Fred Vargas

Die Nacht des Zorns

Fred Vargas

Die Nacht des Zorns

Roman

Aus dem Französischen
von Waltraud Schwarze

Büchergilde Gutenberg

Die Originalausgabe mit dem Titel
L'Armée furieuse
erschien 2011 bei den Éditions Viviane Hamy, Paris.

FSC
www.fsc.org
MIX
Papier aus verantwortungsvollen Quellen
FSC® C006701

Lizenzausgabe für die Büchergilde Gutenberg,
Frankfurt am Main, Zürich, Wien
www.buechergilde.de
Mit freundlicher Genehmigung des Aufbau Verlags, Berlin

(Die deutsche Erstausgabe erschien 2012 im Aufbau Verlag;
Aufbau ist eine Marke der Aufbau Verlag GmbH & Co. KG)

Die Zitate aus dem im Anhang erwähnten Werk von Claude Lecouteux
folgen seiner deutschsprachigen Ausgabe, *Das Reich der Nachtdämonen. Angst und Aberglaube im Mittelalter,* Artemis & Winkler, 2001
(Übersetzung H. Ehrhardt).
Satz: LVD GmbH, Berlin
Druck und Bindung: CPI – Ebner & Spiegel, Ulm
Printed in Germany 2012
ISBN 978-3-7632-6542-8

1

Eine Spur kleiner Brotkrumen lief von der Küche zum Zimmer bis auf die sauberen Laken, in denen die alte Frau ruhte, tot und mit offenem Mund. Kommissar Adamsberg ging mit langsamen Schritten die Krümelspur entlang, schweigend betrachtete er die Bröckchen und fragte sich, welcher kleine Däumling oder in diesem Fall auch welcher Oger sie hier verstreut hatte. Die Wohnung bestand aus drei dunklen kleinen Zimmern im Erdgeschoss eines Hauses im 18. Pariser Arrondissement.

Im Schlafzimmer die alte Frau auf dem Bett. Im Esszimmer der Ehemann. Geduldig und ohne jede Gefühlsregung wartete er, allein auf seine Zeitung sah er begehrlich, sie lag auf der Seite mit den Kreuzworträtseln aufgeschlagen, doch er traute sich nicht weiterzuraten, solange die Bullen da waren. Seine kurze Geschichte hatte er schon erzählt: Er und seine Frau hatten sich in einer Versicherungsgesellschaft kennengelernt, sie war dort Sekretärin, er Buchhalter, im Überschwang hatten sie geheiratet, ohne zu ahnen, dass das neunundfünfzig Jahre dauern sollte. Und nun war die Frau in der Nacht gestorben. An Herzstillstand, wie der Kommissar des 18. Arrondissements am Telefon präzisiert hatte. Da er ans Bett gefesselt war, hatte er Adamsberg angerufen mit der Bitte, ihn zu vertreten. Tu mir den Gefallen, es kostet dich nicht mal eine Stunde, reine morgendliche Routine.

Noch einmal ging Adamsberg die Krümelspur entlang. Die Wohnung war in makellosem Zustand, die Sessel zierten Schonbezüge für den Kopf, alle Kunststoffoberflächen waren blankpoliert, die Fenster geputzt, der Abwasch erledigt. Er ging bis zum Brotkasten zurück, in dem noch ein halbes Baguette lag und, eingeschlagen in ein sauberes Geschirrtuch, ein großer Kanten, dessen Inneres ausgehöhlt war. Dann kam er zu dem Mann zurück und zog sich einen Stuhl zu dessen Sessel heran.

»Keine guten Nachrichten heute Morgen«, meinte der Alte und sah von seiner Zeitung auf. »Diese Hitze aber auch, da kocht einem das Gemüt. Hier im Erdgeschoss kann man die Kühle wenigstens halten. Darum lasse ich auch die Fensterläden zu. Und viel trinken muss man, sagen sie.«

»Sie haben nichts bemerkt?«

»Als ich mich hinlegte, war sie ganz normal. Ich sah nämlich immer noch mal nach ihr, weil sie herzkrank war. Erst heute Morgen habe ich bemerkt, dass sie gestorben ist.«

»In ihrem Bett sind Brotkrümel.«

»Ja, das mochte sie. Im Liegen noch was knabbern. Ein Stückchen Brot oder einen Zwieback vorm Einschlafen.«

»Ich könnte mir eher vorstellen, dass sie danach alle Krümel beseitigt hätte.«

»Aber sicher. Sie putzte von früh bis abends, als wenn das ihr Lebenszweck wäre. Am Anfang war es gar nicht so schlimm. Aber mit den Jahren wurde es geradezu eine Besessenheit. Sie hätte etwas schmutzig gemacht, nur um es saubermachen zu können. Das hätten Sie mal sehen müssen. Und gleichzeitig war sie dadurch auch beschäftigt, die Gute.«

»Aber das Brot? Hat sie gestern Abend nicht saubergemacht?«

»Natürlich nicht, denn da hab ich es ihr ja gebracht. Sie war zu schwach, um aufzustehen. Klar hat sie mir befohlen, die Krümel wegzunehmen, aber mir ist das doch so was von egal. Sie hätte es am nächsten Tag ohnehin gemacht. Jeden Tag hat sie das Bettzeug ausgeschüttelt. Keine Ahnung, was das soll.«

»Sie haben ihr also Brot ans Bett gebracht und haben es dann in den Kasten zurückgelegt.«

»Nein, ich habe es in den Mülleimer geworfen. Es war viel zu hart, das Brot, sie konnte es schon nicht mehr essen. Ich habe ihr einen Zwieback gebracht.«

»Es liegt aber nicht im Mülleimer, es liegt im Brotkasten.«

»Ja, ich weiß.«

»Und die Krume ist rausgepult. Hat sie die ganze Krume gegessen?«

»Aber nicht doch, Kommissar. Warum sollte sie sich mit Brotkrume vollstopfen? Noch dazu von altbackenem Brot? Sie sind doch Kommissar, oder?«

»Ja. Jean-Baptiste Adamsberg, Brigade criminelle.«

»Und warum kommt nicht die für das Viertel zuständige Polizei?«

»Der Kommissar liegt mit einer Sommergrippe im Bett, und sein Stab ist unabkömmlich.«

»Alle die Grippe?«

»Nein, es gab eine Schlägerei heute Nacht. Zwei Tote und vier Verletzte. Wegen eines gestohlenen Motorrollers.«

»Scheiße. Ich sag's ja, bei dieser Hitze kocht den Leuten das Gehirn. Also, ich bin Tuilot Julien, Finanzbuchhalter im Ruhestand der Versicherungsgesellschaft ALLB.«

»Ja, habe ich notiert.«

»Sie hat mir immer vorgeworfen, dass ich Tuilot heiße, ihr Mädchenname, Kosquer, sei viel schöner. Womit sie übrigens gar nicht so unrecht hatte. Dass Sie Kommissar sind, hab ich mir gedacht, so wie Sie einen über Brotkrümel ausfragen. Der Kollege von hier ist nicht so.«

»Sie finden, dass ich mich zu lange bei den Krümeln aufhalte?«

»Nein, machen Sie ruhig, wie Sie wollen. Das ist für Ihren Bericht, irgendwas müssen Sie ja in den Bericht schreiben. Verstehe ich vollkommen, ich habe mein Leben lang nichts anderes gemacht bei der ALLB, Abrechnungen und Berichte. Wenn es noch ehrliche Berichte gewesen wären.

Von wegen. Der Chef hatte seine Devise, er sagte immer: Eine Versicherung muss nicht zahlen, selbst wenn sie zahlen muss. Fünfzig Jahre Betrug in dieser Weise, das verkleistert einem ganz schön den Verstand. Ich sagte zu meiner Frau: Wenn du mal meinen Kopf waschen könntest statt der Gardinen, das wäre weiß Gott nützlicher.«

Tuilot Julien lachte, wie um seinen Geistesblitz zu unterstreichen.

»Ich verstehe ja nur diese Geschichte mit dem Brotkanten nicht.«

»Wer verstehen will, muss logisch vorgehen, Kommissar, logisch und schlau. Ich, Tuilot Julien, bin es, ich habe sechzehn Kreuzworträtselmeisterschaften in zweiunddreißig Jahren gewonnen. Im Schnitt alle zwei Jahre eine, allein mit meinem Grips. Logisch und schlau. Das bringt auf diesem Niveau sogar Geld ein. Das hier«, sagte er und wies auf die Zeitung, »ist Kinderkram. Allerdings muss man dabei häufig seine Bleistifte anspitzen, und das gibt Späne. Was ist sie mir auf den Geist gegangen mit diesen Spänen! Was stört Sie eigentlich an diesem Brot?«

»Es liegt nicht im Mülleimer, ich finde es gar nicht besonders alt, und ich begreife nicht, warum es keine Krume mehr hat.«

»Geheimnis des Hauses«, sagte Tuilot, und er schien amüsiert. »Ich habe nämlich zwei kleine Untermieter, Toni und Marie, ein richtiges kleines Paar, unheimlich nett, und sie lieben sich innig. Nur sind sie nicht nach dem Geschmack meiner Frau, das können Sie mir glauben. Über Tote soll man ja nichts Schlechtes sagen, aber sie hat alles versucht, sie mir umzubringen. Und ich hintertreibe nun seit drei Jahren alle ihre Listen! Logisch und schlau, das ist das Geheimnis. Nicht du, meine arme Lucette, sagte ich zu ihr, wirst einen Kreuzworträtsel-Champion austricksen. Ich und diese beiden, wir sind ein Trio, sie wissen, dass sie auf mich zählen können, und ich auf sie. Allabendlich ein kleiner Besuch. Da sie schlau sind und sehr feinfühlig, kommen sie nie, bevor Lucette im Bett ist. Sie wissen ja, dass ich auf sie warte. Toni kommt immer als Erster, er ist der Größere, Kräftigere.«

»Und die haben also die Krume gefressen? Während das Brot im Mülleimer lag?«

»Sie sind ganz verrückt danach.«

Adamsberg warf einen Blick auf die Kreuzworträtsel, die ihm durchaus nicht so einfach erschienen, dann schob er die Zeitung von sich.

»Und wer sind ›sie‹, Monsieur Tuilot?«

»Ich spreche nicht gern darüber, die Leute verurteilen so was. Sie sind borniert, die Leute.«

»Tiere? Hunde, Katzen?«

»Ratten. Toni ist brauner als Marie. Und sie lieben sich so sehr, dass sie oft mitten im Fressen innehalten, um einander mit ihren Pfoten den Kopf zu kraulen. Wenn die Leute nicht so vernagelt wären, würden sie so ein Schauspiel bemerken. Marie ist die Lebhaftere. Nach ihrer Mahlzeit klettert sie auf meine Schulter und krallt sich in meine Haare. Sie kämmt mich sozusagen. Es ist ihre Art, sich zu bedanken. Oder mich zu lieben? Wer kann das sagen? Jedenfalls ist es irgendwie tröstlich. Und dann, nachdem wir uns eine Menge netter Dinge gesagt haben, trennen wir uns bis zum nächsten Abend. Durch das Loch hinter dem Fallrohr gelangen sie wieder in den Keller. Einmal hat Lucette alles zuzementiert. Arme Lucette, sie hat keine Ahnung, wie man Zement anmischt.«

»Ich verstehe«, sagte Adamsberg.

Der Alte erinnerte ihn an Félix, der achthundertachtzig Kilometer von hier Weinstöcke beschnitt. Er hatte eine Ringelnatter mit Milch gezähmt. Eines Tages hatte ein Kerl seine Ringelnatter getötet. Daraufhin tötete Félix den Kerl. Adamsberg ging zum Schlafzimmer zurück, wo Lieutenant Justin bei der Toten wachte, bis der behandelnde Arzt käme.

»Sieh mal in ihren Mund«, sagte er. »Sieh nach, ob du weißliche Überreste findest, wie Brotkrume.«

»Ich habe keine große Lust, das zu tun.«

»Tu's trotzdem. Ich denke, dass der Alte sie erstickt hat, indem er sie mit Brotkrume vollstopfte. Danach hat er die Krume wieder rausgeholt und sie irgendwohin geschmissen.«

»Die Krume, die in dem Kanten war?«

»Ja.«

Adamsberg öffnete das Fenster und stieß die Läden auf. Prüfend sah er in den kleinen, mit Vogelfedern übersäten Hof hinaus, der zur Hälfte als Gerümpelablage diente. In seiner Mitte bedeckte ein Rost den Wasserabfluss, er war nass, obwohl es nicht geregnet hatte.

»Geh dann mal raus und nimm den Rost ab. Ich vermute, er hat die Krume da reingeschmissen und einen Eimer Wasser drübergekippt.«

»Schwachsinn«, murmelte Justin, während er seine Taschenlampe in den Mund der alten Frau richtete. »Wenn er das getan hat, warum hat er den leeren Kanten dann nicht weggeworfen? Und die Krümel beseitigt?«

»Um den Kanten wegzuwerfen, hätte er zu den Mülltonnen gehen, sich also auf der Straße zeigen müssen in der Nacht. Genau nebenan ist eine Caféterrasse, und in solchen warmen Nächten sitzen da sicher eine Menge Leute. Man hätte ihn gesehen. Und er hat sich eine sehr gute Erklärung für den Brotkanten und die Krümel ausgedacht. So originell, dass sie schon wieder wahrscheinlich wird. Er ist Champion im Kreuzworträtselraten, er hat so seine Art der Gedankenverbindung.«

Deprimiert und zugleich mit ein wenig Bewunderung ging Adamsberg zu Tuilot zurück.

»Als Marie und Toni kamen, haben Sie das Brot wieder aus dem Mülleimer rausgeholt?«

»Aber nicht doch, die kennen das Ding, und sie mögen

das. Toni setzt sich auf den Tritt, der Deckel springt auf, und Marie holt alles raus, was sie interessiert. Clever, was? Ja, schlau sind die, da kann man nichts gegen sagen.«

»Also, Marie hat das Brot rausgeholt. Und dann haben alle beide die Krume gefressen? Und sich dabei geliebt?«

»So ist es.«

»Die gesamte Krume?«

»Es sind große Ratten, Kommissar, die sind gefräßig.«

»Und die Krümel? Warum haben sie die Krümel liegen lassen?«

»Kommissar, geht's hier um Lucette oder um die Ratten?«

»Ich begreife nicht, warum Sie das Brot, in ein Tuch gewickelt, weggeräumt haben, nachdem die Ratten es ausgehöhlt hatten. Während Sie es davor direkt in den Müll geworfen hatten.«

Der Alte setzte ein paar Buchstaben in sein Rätsel.

»Sie sind vermutlich nicht besonders gut im Kreuzworträtselraten, Kommissar. Wenn ich den leeren Brotkanten in den Mülleimer geworfen hätte, das können Sie sich doch wohl denken, hätte Lucette erkannt, dass Toni und Marie da waren.«

»Sie hätten ihn ja draußen in den Müll werfen können.«

»Die Tür quietscht wie ein Schwein auf der Schlachtbank. Haben Sie das nicht bemerkt?«

»Doch.«

»Also habe ich es einfach in das Geschirrtuch gewickelt. Das erspart mir eine Szene am Morgen. Denn Szenen macht sie mir endlos, jeden Tag. Mein Gott, fünfzig Jahre lang geht sie nun schon schimpfend mit ihrem Putzlappen überall rum, wischt unter meinem Glas, unter meinen Füßen, unter meinem Hintern. Als ob ich nicht mehr das Recht hätte, zu laufen oder mich hinzusetzen. Wenn Sie so was erleben würden, hätten Sie den Kanten auch versteckt.«

»Und im Brotkasten hätte sie ihn nicht gesehen?«

»Eben nicht. Morgens isst sie Zwieback mit Rosinen. Sie scheint das absichtlich zu tun, denn diese Zwiebäcke verbreiten Tausende von Krümeln. So dass sie hinterher zwei Stunden lang zu putzen hat. Begreifen Sie die Logik?«

Justin trat ins Zimmer und gab Adamsberg ein kurzes Zeichen der Bestätigung.

»Aber gestern«, sagte Adamsberg etwas matt, »ist es nicht so gelaufen. Sie haben die Krume aus dem Brot gebohrt, zwei große Batzen Krume, fest geknetet, und sie ihr in den Mund gestopft. Als sie nicht mehr geatmet hat, haben Sie die ganze Krume wieder rausgeholt und in den Abfluss im Hof geschmissen. Es verblüfft mich, dass Sie auf diese Methode gekommen sind, sie umzubringen. Das habe ich noch nie erlebt, dass einer jemanden mit Brotkrume erstickt hat.«

»Einfallsreich«, bestätigte Tuilot gelassen.

»Sie ahnen sicherlich, Monsieur Tuilot, dass man auf der Brotkrume den Speichel Ihrer Frau finden wird. Und da Sie logisch vorgehen und schlau, wird man auf dem Kanten auch die Spuren der Rattenzähne finden. Sie haben sie die restliche Krume rausfressen lassen, um Ihrer Geschichte Glaubwürdigkeit zu verleihen.«

»In einen Brotkanten reinkriechen, das mögen sie, es ist eine helle Freude, ihnen dabei zuzusehen. Ja, wir hatten gestern wirklich einen schönen Abend miteinander. Ich habe sogar zwei Gläschen getrunken, während Marie mir den Kopf kraulte. Ich habe mein Glas danach abgewaschen und wieder eingeräumt, um mir keinen Tadel einzuhandeln. Während sie doch schon tot war.«

»Während Sie sie doch gerade umgebracht hatten.«

»Ja«, sagte der Mann mit einem achtlosen Seufzer, während er wieder einige Kästchen in seinem Rätsel ausfüllte. »Der Arzt war den Abend vorher da, sie zu untersuchen, er hat mir versichert, dass sie noch etliche Monate durchhalten würde. Das hieß noch Dutzende Dienstage mit fetten Pastetchen, noch Hunderte Beschwerden, noch Tausende Male der Putzlappen vor meiner Nase. Mit sechsundachtzig Jahren hat man das Recht, mit dem Leben zu beginnen. Und dann kommt so ein Abend. Ein Abend, wo ein Mann aufsteht und handelt.«

Und Tuilot stand auf, öffnete die Fensterläden des Esszimmers und ließ die bleierne, klebrige Hitze dieser ersten Augusttage hereinströmen.

»Auch die Fenster wollte sie nicht aufmachen. Aber das alles werde ich nicht sagen, Kommissar. Ich werde sagen, dass ich sie getötet habe, um ihr Leiden zu ersparen. Mit der Krume vom Brot, weil sie die so mochte, gleichsam als eine letzte kleine Leckerei. Ich habe alles hier drin bedacht«, sagte er und pochte sich an die Stirn, »niemand wird beweisen können, dass ich es nicht aus Barmherzigkeit getan habe. Stimmt's? Aus Barmherzigkeit. Ich werde freigesprochen werden, und zwei Monate später bin ich wieder zu Hause, ich werde mein Glas einfach so auf den Tisch stellen, ohne einen Untersetzer, und wir werden uns alle drei sehr wohl fühlen, Toni, Marie und ich.«

»Ja, das glaube ich«, sagte Adamsberg und stand sachte auf. »Es kann aber auch sein, Monsieur Tuilot, dass Sie es nicht wagen werden, Ihr Glas auf den Tisch zu stellen. Dass Sie vielleicht doch diesen Untersetzer rausholen. Und dass Sie am Ende sogar die Krümel wegwischen.«

»Und warum sollte ich das tun?«

Adamsberg zuckte mit den Schultern.

»Ich sage nur, was ich gesehen habe. Häufig geschieht es eben so.«

»Keine Sorge, nicht bei mir. Ich bin schlau, wissen Sie.«

»Das stimmt, Monsieur Tuilot.«

Die Hitze draußen ließ die Leute in den Schatten flüchten, mit offenen Mündern schlichen sie dicht an den Häuserwänden entlang. Adamsberg wählte den sonnenbeschienenen leeren Bürgersteig und beschloss, sich zu Fuß nach Süden treiben zu lassen. Ein langer Marsch, um das vergnügte – und in der Tat schlaue – Gesicht des Kreuzworträtsel-Champions loszuwerden. Der sich an einem der nächsten Dienstage vielleicht ein Schweinspastetchen zum Abendessen kaufen würde.

2

Eineinhalb Stunden später kam er in der Brigade an, sein schwarzes T-Shirt war schweißnass, und seine Gedanken waren wieder geordnet. Es kam selten vor, dass ein guter oder ein schlechter Eindruck Adamsbergs Verstand sehr lange beschäftigte. Wobei man sich fragen konnte, ob er überhaupt einen hatte, einen Verstand, wie seine Mutter zu sagen pflegte. Er diktierte seinen Bericht für den vergrippten Kommissar, ging beim Empfang vorbei, um nach eingegangenen Nachrichten zu fragen. Brigadier Gardon, der an der Telefonzentrale saß, hielt den Kopf gesenkt, um den Luftstrom eines kleinen Ventilators abzubekommen, der auf dem Fußboden stand. Seine feinen Haare wehten in dem frischen Lüftchen, so als säße er unter der Trockenhaube eines Frisiersalons.

»Lieutenant Veyrenc wartet im Café auf Sie, Kommissar«, sagte er, ohne sich aufzurichten.

»Im Café oder in der Brasserie?«

»Im Café, im *Würfelbecher.*«

»Veyrenc ist nicht mehr Lieutenant, Gardon. Erst heute Abend werden wir wissen, ob er von neuem in den Ring steigt.«

Adamsberg betrachtete den Brigadier einen kurzen Moment, wobei er sich fragte, ob wohl Gardon einen Verstand hatte und, wenn ja, was er da hineintun mochte.

Er setzte sich zu Veyrenc an den Tisch, und beide Männer begrüßten sich mit einem offenen Lächeln und einem langen Händedruck. Nur manchmal noch jagte die Erinnerung an

Veyrencs plötzliches Auftauchen in Serbien* Adamsberg einen kurzen Schauer über den Rücken. Er bestellte einen Salat, und während er aß, gab er einen sehr langen Bericht über Madame Tuilot Lucette, Monsieur Tuilot Julien, Toni, Marie, ihre Liebe, den Brotkanten, den Tritt vom Mülleimer, die geschlossenen Fensterläden, die Schweinspastete vom Dienstagabend. Von Zeit zu Zeit warf er einen Blick durch die Fensterscheibe des Cafés, die Tuilot Lucette viel gründlicher geputzt hätte.

Veyrenc bestellte zwei Kaffee beim Wirt, einem dicken Kerl, dessen ohnehin grantige Laune sich bei der Hitze noch verschlimmert hatte. Seine Frau, eine stumme, kleine Korsin, huschte wie eine schwarze Fee vorüber und servierte die Speisen.

»Eines Tages«, sagte Adamsberg und wies mit einer Geste auf sie, »wird sie ihn mit zwei großen Batzen Brotkrume ersticken.«

»Schon möglich«, meinte Veyrenc zustimmend.

»Da steht sie immer noch auf dem Bürgersteig«, sagte Adamsberg und warf erneut einen Blick nach draußen. »Sie wartet seit fast einer Stunde unter dieser bleiernen Sonne. Sie weiß nicht, was sie machen soll, wie sie sich entscheiden soll.«

Veyrenc folgte Adamsbergs Blick und sah eine schmächtige kleine Frau, adrett bekleidet mit einer geblümten Bluse, einer, wie man sie in den Geschäften in Paris nicht findet.

»Bist du sicher, dass sie auf dich wartet? Sie steht nicht gegenüber der Brigade, sie läuft zehn Meter davon entfernt auf und ab. Sie hat eine Verabredung, die nicht eingehalten wurde.«

»Sie steht meinetwegen dort, Louis, kein Zweifel. Wer würde sich in so einer Straße verabreden? Sie hat Angst. Das ist es, was mir zu denken gibt.«

* Fred Vargas, *Der verbotene Ort.*

»Weil sie fremd ist in Paris.«

»Vielleicht ist sie sogar das erste Mal hier. Also hat sie ein ernstes Problem. Was aber deines nicht löst, Veyrenc. Du überlegst nun schon seit Monaten, hängst die Füße in deinen Fluss und hast noch immer nichts entschieden.«

»Du könntest die Frist verlängern.«

»Das habe ich schon gemacht. Heute Abend um sechs musst du unterschrieben oder nicht unterschrieben haben. Dass du in den Polizeidienst zurückkehrst oder nicht. Du hast noch viereinhalb Stunden«, fügte Adamsberg unbekümmert hinzu und sah auf seine Uhr, genauer gesagt auf die beiden Uhren, die er am Handgelenk trug, ohne dass man recht wusste, warum.

»Ich hab noch genügend Zeit«, sagte Veyrenc und rührte seinen Kaffee um.

Kommissar Adamsberg und der Ex-Lieutenant Louis Veyrenc de Bilhc, aufgewachsen in zwei benachbarten Dörfern der Pyrenäen, besaßen beide gleichermaßen eine Art abgehobener Ruhe, die etwas ziemlich Verwirrendes hatte. Sie konnte bei Adamsberg alle Anzeichen einer erschreckenden Unaufmerksamkeit und Gleichgültigkeit annehmen. Bei Veyrenc führte diese Teilnahmslosigkeit mitunter zu unerklärlichem plötzlichen Verschwinden, zu hartnäckigem Eigensinn, der rigoros und verschwiegen war und sich gelegentlich sogar zu Anwandlungen von Jähzorn steigerte. »Das hat das alte Gebirge so gemacht«, sagte Adamsberg ohne jede weitere Begründung. »Das alte Gebirge kann keine lustig wogenden Gräser ausspucken wie die weiten Auen des Flachlands.«

»Gehen wir«, sagte Adamsberg plötzlich und zahlte schnell ihr Essen, »die kleine Frau haut gleich ab. Sieh nur, sie verliert den Mut, ihr Zweifel gewinnt die Oberhand.«

»Auch ich zweifle«, sagte Veyrenc und trank seinen Kaffee in einem Zug aus. »Aber mir hilfst du nicht.«

»Nein.«

»Also gut. *So geht er zögernd denn, allein, vom Zweifel gebeugt, / Und nirgends eine Hand, die hilfreich sich ihm zeigt.*«

»Man kennt seine Entscheidung immer schon lange, bevor man sie trifft. Im Grunde von Anfang an. Darum nutzen Ratschläge überhaupt nichts. Nur dass ich dir wieder einmal sagen muss, dass dein Verseschmieden Commandant Danglard auf den Geist geht. Er mag es nicht, wenn man die Dichtkunst massakriert.«

Adamsberg grüßte den Wirt mit einer sparsamen Geste. Überflüssig, ihn anzusprechen, der Dicke mochte das nicht, oder genauer gesagt, er mochte nicht sympathisch sein. Passend zu seinem Etablissement war er kahl, betont proletenhaft, ja nahezu kundenunfreundlich. Es tobte ein erbitterter Kampf zwischen dem stolzen, kleinen Bistro und der opulenten Brasserie auf der anderen Straßenseite. Je mehr die *Brasserie der Philosophen* ihr Image einer reichen, etwas preziösen alten Dame pflegte, desto kärglicher gab sich der *Würfelbecher,* denn beide lagen in gnadenlosem sozialen Wettbewerb miteinander. »Eines Tages«, murmelte Commandant Danglard, »gibt es hier noch einen Toten.« Nicht gerechnet die kleine Korsin, die ihrem Mann den Hals mit Brotkrume stopfen würde.

Beim Verlassen des Cafés stöhnte Adamsberg auf unter dem Eindruck der glühenden Luft und näherte sich vorsichtig der kleinen Frau, die immer noch ein paar Schritte von der Brigade entfernt stand. Eine Taube hockte vor dem Eingangsportal des Gebäudes, und er fürchtete, wenn er den Vogel im Vorbeigehen aufschreckte, würde die Frau durch einen mimetischen Effekt ebenfalls davonfliegen. Als wäre sie leicht, flüchtig und fähig, wie ein Strohhalm im Wind zu verschwinden. Aus der Nähe betrachtet, schätzte er sie auf etwa fünfundsechzig Jahre. Sie hatte darauf geachtet, zum Friseur zu gehen, bevor sie in die Hauptstadt fuhr, ein paar blonde Locken hielten sich noch in ihrem grauen Haar. Während Adamsberg sie ansprach, rührte sich die Taube nicht, und die Frau wandte ihm ein verängstigtes Gesicht zu. Adamsberg sprach langsam und fragte, ob er ihr irgendwie helfen könne.

»Vielen Dank, nein«, erwiderte die Frau und sah zur Seite.

»Wollten Sie nicht da rein?«, meinte Adamsberg und wies auf das alte Gebäude der Brigade criminelle. »Um mit einem Polizisten zu sprechen oder so was? Denn ansonsten gibt es in dieser Straße kaum was zu tun.«

»Aber wenn einen die Polizisten nicht anhören, braucht man auch gar nicht erst hinzugehen«, meinte sie und wich ein paar Schritte zurück. »Sie glauben einem nicht, die Polizisten, wissen Sie.«

»Also wollten Sie genau dahin? Zur Mordbrigade?«

Die Frau senkte ihre fast durchsichtigen Brauen.

»Sind Sie das erste Mal in Paris?«

»Weiß Gott, ja. Und ich muss heute Abend zurück sein. Sie dürfen es nicht merken.«

»Sie sind gekommen, um mit einem Polizisten zu reden?«

»Ja. Also, vielleicht.«

»Ich bin Polizist. Ich arbeite da drin.«

Die Frau warf einen Blick auf Adamsbergs nachlässigen Aufzug und schien enttäuscht oder auch skeptisch.

»Also kennen Sie die da vermutlich.«

»Ja.«

»Alle?«

»Ja.«

Die Frau öffnete ihre große braune, an den Seiten abgegriffene Tasche und zog ein Papier heraus, das sie behutsam auseinanderfaltete.

»Monsieur le commissaire Adamsberg«, las sie eifrig. Kennen Sie den?«

»Ja. Kommen Sie von weit her, um ihn zu sprechen?«

»Aus Ordebec«, erwiderte sie, als wenn dieses persönliche Eingeständnis sie etwas kostete.

»Sagt mir nichts.«

»Das ist in der Nähe von, sagen wir, Lisieux.«

Normandie, dachte Adamsberg, was ihr zögerndes Reden erklären mochte. Er hatte schon einmal eine Begegnung mit Normannen gehabt, regelrechten »Schweigern«, die zu zähmen er Tage gebraucht hatte. Als wenn ein paar Worte fallenzulassen so viel bedeutete wie einen Louisdor rauszurücken, den der andere nicht mal unbedingt verdiente. Adamsberg setzte sich in Bewegung und forderte die Frau auf, ihn zu begleiten.

»Es gibt auch in Lisieux eine Polizei«, sagte er. »Und vielleicht sogar in Ordebec. Es gibt doch Gendarmen bei Ihnen, oder?«

»Sie würden mir nicht zuhören. Aber der Vikar von Lisieux, der den Pfarrer von Mesnil-Beauchamp kennt, hat gesagt, dass der Kommissar von hier mich anhören würde. Die Reise war teuer.«

»Geht es um etwas Ernstes?«

»Ja, sicher ist es ernst.«

»Um einen Mord?«, beharrte Adamsberg.

»Vielleicht ja. Das heißt, nein. Es geht um Leute, die erst sterben werden. Da muss ich die Polizei doch warnen, nicht wahr?«

»Leute, die sterben werden? Haben sie Drohungen erhalten?«

Dieser Mann beruhigte sie ein wenig. Paris erschreckte sie, und ihr Entschluss noch mehr. Klammheimlich von zu Hause wegzufahren, die Kinder anzulügen. Und wenn der Zug sie nicht rechtzeitig zurückbrachte? Und wenn sie den Bus verpasste? Dieser Polizist sprach so sanft, ein bisschen, als wenn er singen würde. Sicher nicht einer von hier. Nein, eher ein kleiner Mann aus dem Süden, mit seinem matten Teint und den gefurchten Zügen. Ihm hätte sie ihre Geschichte gern erzählt, aber der Vikar war in diesem Punkt sehr strikt gewesen. Es sollte der Kommissar Adamsberg sein und niemand anders. Und der Vikar war nicht irgendwer, er war ein Cousin des früheren Staatsanwalts von Rouen, der sich bei Polizisten sehr gut auskannte. Er hatte ihr den Namen von Adamsberg nur widerstrebend gegeben, ihr von ihrem Vorhaben abgeraten und war im Übrigen sicher, dass sie die Reise nicht machen würde. Aber sie konnte sich doch nicht einfach verkriechen, während die *Ereignisse* ihren Lauf nahmen. Wenn nun den Kindern etwas zustieße.

»Darüber kann ich nur mit diesem Kommissar reden.«

»Ich *bin* der Kommissar.«

Die kleine Frau war nahe daran, aus der Haut zu fahren, so schmächtig sie war.

»Und warum haben Sie das nicht gleich gesagt?«

»Ich weiß ja auch nicht, wer Sie sind.«

»Das würde nichts bringen. Man sagt seinen Namen, und dann plappert alle Welt ihn nach.«

»Und was macht das schon?«

»Ärger. Niemand darf etwas wissen.«

Intrigantin, dachte Adamsberg. Die vielleicht früher oder später an zwei dicken Klumpen Brotkrume im Hals ersticken würde. Eine Intrigantin jedoch, die eine bestimmte Sache heftig ängstigte. Und das ließ ihn nicht los. *Leute, die sterben werden.*

Sie waren umgekehrt und liefen zur Brigade zurück.

»Ich habe Ihnen ja nur helfen wollen. Ich hatte Sie schon eine ganze Weile da stehen sehen.«

»Und der Mann dahinten? Gehört der zu Ihnen? Hat der mich auch beobachtet?«

»Welcher Mann?«

»Dahinten, der mit den seltsamen Haaren, mit den orangefarbenen Strähnen, gehört der zu Ihnen?«

Adamsberg hob den Blick und sah in zwanzig Meter

Entfernung Veyrenc im Torrahmen stehen. Er war nicht ins Gebäude hineingegangen, er wartete neben der Taube, die sich auch nicht fortbewegt hatte.

»Der«, sagte Adamsberg, »ist als Kind mit Messerstichen verletzt worden. Und über den Narben sind die Haare genau so nachgewachsen, rot. Ich rate Ihnen, niemals darauf anzuspielen.«

»Ich dachte mir nichts Böses dabei, ich kann mich nur nicht so gut ausdrücken. In Ordebec rede ich fast nie.«

»Das macht nichts.«

»Meine Kinder reden dagegen sehr viel.«

»So.«

Aber was hat diese Taube, verdammt?, dachte Adamsberg. Warum fliegt sie nicht weg?

Müde der Unentschlossenheit der kleinen Frau, ließ der Kommissar sie stehen und steuerte auf den reglosen Vogel zu, während Veyrenc mit seinem schweren Schritt an ihm vorbeiging. Sehr gut, sollte er sich doch um sie kümmern, wenn es denn überhaupt die Mühe lohnte. Er würde sehr gut damit klarkommen. Das gedrungene Gesicht von Veyrenc hatte etwas Überzeugendes, Glaubwürdiges, wobei ihm ein selten schönes Lächeln zu Hilfe kam, das die eine Seite seiner Oberlippe verführerisch nach oben zog. Ein eindeutiger Vorzug, den Adamsberg einst gehasst hatte und der sie in einen zerstörerischen Konflikt zueinander gebracht hatte.* Zurzeit waren beide darum bemüht, dessen restliche Spuren zu löschen. Während er die erstarrte Taube in seine hohlen Hände nahm, kam Veyrenc ohne alle Eile zu ihm zurück, gefolgt von der durchsichtigen kleinen Frau, die ein wenig schnell atmete. Im Grunde machte sie sich so unscheinbar, dass Adamsberg sie vielleicht gar nicht bemerkt hätte ohne die geblümte Bluse, die ihr einen Umriss gab.

* Fred Vargas, *Die dritte Jungfrau.*

»So eine Drecksgöre hat ihm die Beine zusammengebunden«, sagte er zu Veyrenc, während er den verschmutzten Vogel untersuchte.

»Sie befassen sich auch mit Tauben?«, fragte die Frau ohne eine Spur von Ironie. »Ich habe hier jede Menge Tauben gesehen, die machen viel Dreck.«

»Aber die hier«, meinte Adamsberg barsch, »ist nicht ›jede Menge‹, es ist einfach eine Taube, eine Taube für sich allein. Das ist der Unterschied.«

»Ja, natürlich«, sagte die Frau.

Verständnisvoll und letztendlich passiv. Vielleicht hatte er sich getäuscht, und sie würde nicht mit Brotkrume im Hals enden. Vielleicht war sie gar keine Intrigantin. Vielleicht hatte sie schlicht und einfach ein Problem.

»Sie lieben Tauben?«, fragte die Frau.

Adamsberg sah sie aus seinen verschwommenen Augen an.

»Nein«, sagte er. »Aber ich liebe auch keine kleinen Drecksgören, die ihnen die Füße zusammenbinden.«

»Ja, natürlich.«

»Ich weiß nicht, ob man dieses Spiel bei Ihnen kennt, aber in Paris gibt es das. Einen Vogel fangen, ihm beide Beine mit drei Zentimetern Schnur zusammenbinden. Dann kann die Taube nur noch mit ganz kleinen Hüpfern vorwärtskommen, und fliegen kann sie gar nicht mehr. Sie verendet langsam an Hunger und Durst. So geht das Spiel. Und ich verabscheue dieses Spiel und werde den Kerl finden, der sich daraus einen Spaß macht.«

Adamsberg ging durch das große Portal der Brigade und ließ die Frau und Veyrenc auf dem Bürgersteig zurück. Die Frau starrte unverwandt auf den Haarschopf des Lieutenant, der sehr dunkel war und von auffallend fuchsroten Strähnen durchzogen.

»Wird er sich wirklich damit befassen?«, fragte sie verdutzt. »Aber dafür ist es zu spät, wissen Sie. Ihr Kommissar hatte die Arme schon voller Flöhe. Der Beweis, dass die Taube nicht mehr die Kraft hat, für sich zu sorgen.«

Adamsberg vertraute den Vogel der Riesin in seiner Mannschaft an, Lieutenant Violette Retancourt, in blindem Vertrauen auf ihre Fähigkeiten, das Tier zu behandeln. Wenn Retancourt die Taube nicht rettete, würde kein anderer es vermögen. Die sehr große, füllige Frau hatte eine Grimasse gezogen, was kein gutes Zeichen war. Der Vogel war in einem üblen Zustand, die Haut an seinen Beinen war aufgeschlitzt durch seine erschöpfenden Versuche, sie aus der Schnur zu befreien, die bereits tief ins Fleisch geschnitten hatte. Sie war unterernährt und dehydriert, man würde sehen, was man tun könnte, hatte Retancourt geschlossen. Adamsberg nickte, er presste kurz die Lippen aufeinander wie jedes Mal, wenn er der Grausamkeit begegnete. Und dieses Stück Schnur gehörte dazu.

Veyrenc folgend, ging die kleine Frau mit instinktivem Respekt an der riesigen Polizistin vorbei. Die massige Frau war schon dabei, das Tier in ein feuchtes Tuch zu hüllen. Später, meinte sie zu Veyrenc, würde sie sich seine Beine vornehmen, um den Bindfaden herauszulösen. Von Violette Retancourts breiten Händen umschlossen, versuchte die Taube keinerlei Bewegung. Sie ließ alles über sich ergehen, wie jeder es getan hätte, ebenso ängstlich wie voll Bewunderung.

Die Frau nahm, nun schon etwas ruhiger, in Adamsbergs Büro Platz. Sie war so schmal, dass sie nur die Hälfte des Stuhls einnahm. Veyrenc postierte sich in einer Ecke und überschaute den Ort, der ihm vertraut gewesen war. Es blieben ihm noch dreieinhalb Stunden, um sich zu entscheiden. Eine Entscheidung, die er laut Adamsberg schon getroffen hatte, aber noch nicht kannte. Als er eben den großen Gemeinschaftssaal durchschritten hatte, war er dem feindseligen Blick von Commandant Danglard begegnet, der in den Aktenordnern wühlte. Nicht nur seine Verse mochte Danglard nicht, er hatte etwas gegen ihn selbst.

3

Die Frau hatte am Ende eingewilligt, ihren Namen zu nennen, und Adamsberg notierte ihn auf irgendeinem Blatt, eine Nachlässigkeit, die sie beunruhigte. Vielleicht hatte der Kommissar ja gar nicht die Absicht, sich mit ihr zu befassen.

»Valentine Vendermot, mit einem ›o‹ und einem ›t‹«, wiederholte er, denn er hatte so seine Schwierigkeiten mit neuen Wörtern und mehr noch mit Eigennamen. »Und Sie kommen aus Ardebec.«

»Ordebec. Im Calvados.«

»Sie sagten, Sie haben Kinder?«

»Vier. Drei Jungen und ein Mädchen. Ich bin Witwe.«

»Was ist vorgefallen?«

Wieder griff die Frau zu ihrer großen Tasche und zog eine Lokalzeitung heraus. Sie faltete sie leicht zitternd auseinander und legte sie auf den Tisch.

»Um diesen Mann geht es. Er ist verschwunden.«

»Wie ist sein Name?«

»Michel Herbier.«

»Ein Freund von Ihnen? Ein Verwandter?«

»O nein. So ziemlich das Gegenteil.«

»Das heißt?«

Adamsberg wartete geduldig auf die Antwort, die schwierig zu formulieren schien.

»Ich verabscheue ihn.«

»Ah, sehr gut«, sagte er und nahm sich die Zeitung.

Während Adamsberg sich auf den kurzen Artikel konzentrierte, betrachtete die Frau mit besorgten Blicken die Wände, besah sich die rechte, dann die linke Wand, ohne dass Adamsberg den Grund dieser Inspektion verstand. Irgendetwas machte ihr schon wieder Angst. Angst vor allem. Angst vor der Stadt, Angst vor den anderen, Angst vor dem Was-werden-die-Leute-sagen, Angst vor ihm. Wie er auch noch nicht verstanden hatte, warum sie bis hierher gekommen war und ihm von diesem Michel Herbier erzählte, wenn sie ihn hasste. Der Mann, Rentner, besessener Jäger, hatte mit seinem Mofa das Anwesen verlassen und war seitdem verschwunden. Nach einer Woche Abwesenheit waren die Gendarmen zu einer Sicherheitskontrolle bei ihm eingedrungen. Der Inhalt seiner beiden Gefriertruhen, die vollgestopft gewesen waren mit Wildbret aller Art, lag gänzlich über den Boden verteilt. Das war alles.

»Da kann ich mich nicht einmischen«, sagte Adamsberg entschuldigend, indem er ihr die Zeitung zurückgab. »Wenn dieser Mann verschwunden ist, verstehen Sie, dann ist dafür zwangsläufig die örtliche Gendarmerie zuständig. Und was auch immer Sie wissen, müssen Sie denen dort sagen.«

»Das ist unmöglich, Herr Kommissar.«

»Sie verstehen sich nicht gut mit der örtlichen Gendarmerie?«

»So ist es. Darum hat der Vikar mir Ihren Namen genannt. Darum habe ich auch diese Reise gemacht.«

»Um mir ... was zu sagen, Madame Vendermot?«

Die Frau strich ihre geblümte Bluse glatt und senkte den Kopf. Das Sprechen fiel ihr leichter, wenn man sie nicht ansah.

»Was mit ihm passiert ist. Oder passieren wird. Er ist tot, oder aber er wird sterben, wenn man nichts unternimmt.«

»Allem Anschein nach ist der Mann einfach weggefahren, denn sein Mofa steht nicht mehr da. Weiß man, ob er irgendwelche Sachen mitgenommen hat?«

»Nichts außer einem seiner Gewehre. Er hat viele Gewehre.«

»Dann wird er nach einiger Zeit wiederkommen, Madame Vendermot. Sie wissen sicher, dass wir nicht berechtigt sind, einen erwachsenen Mann zu suchen, nur weil er für ein paar Tage verschwindet.«

»Er kommt nicht zurück, Kommissar. Das Mofa hat nichts zu bedeuten. Es ist weg, damit ihn keiner sucht.«

»Sagen Sie das, weil man ihn bedroht hat?«

»Ja.«

»Hat er einen Feind?«

»Heilige Muttergottes, den schrecklichsten aller Feinde, Kommissar.«

»Kennen Sie seinen Namen?«

»O Gott, den darf man nicht aussprechen.«

Adamsberg seufzte bekümmert, mehr ihret- als seinetwegen.

»Und Sie meinen, dieser Michel Herbier ist geflohen?«

»Nein, er weiß es ja nicht. Er ist bestimmt schon tot. Er war *ergriffen* worden, verstehen Sie.«

Adamsberg stand auf und lief einige Augenblicke von einer Wand zur anderen, die Hände in den Taschen vergraben.

»Madame Vendermot, ich will Ihnen ja gern zuhören, ich will sogar gern die Gendarmerie in Ordebec benachrichtigen. Aber ich kann nichts machen, solange ich nichts begreife. Entschuldigen Sie mich mal eine Sekunde.«

Er verließ sein Büro und ging zu Commandant Danglard hinüber, der noch immer sehr verdrossen über seinen Akten saß. Neben einigen Milliarden anderer Informationen hatte Danglard in seinem Gehirn fast alle Namen von Chefs und Unter-Chefs der Gendarmerien und Kommissariate Frankreichs gespeichert.

»Der Capitaine der Gendarmerie von Ordebec, sagt Ihnen der was, Danglard?«

»Ordebec im Calvados?«

»Ja.«

»Das ist Émeri, Louis Nicolas Émeri. Louis Nicolas in

Anlehnung an seinen Vorfahren Louis Nicolas Davout, Marschall des Kaiserreichs, Befehlshaber des 3. Corps von Napoleons Grande Armée. Schlachten bei Ulm, Austerlitz, Preußisch Eylau, Wagram, Herzog von Auerstedt und Fürst von Eckmühl, nach dem Namen einer seiner berühmten Schlachten.«

»Danglard, es ist der Mensch von heute, der mich interessiert, der Bulle von Ordebec.«

»Ja, genau. Seine Herkunft zählt nämlich viel, er lässt niemanden darüber im Unklaren. Darum kann er mitunter etwas hochfahrend, stolz, martialisch auftreten. Bis auf dieses napoleonische Erbe aber ist er ein recht sympathischer Mann, sehr besonnen als Bulle, vorsichtig, vielleicht allzu vorsichtig. Um die vierzig. Hat sich in seinen früheren Dienststellen, in der Banlieue von Lyon, glaube ich, nicht sonderlich hervorgetan. Er will seine Ruhe haben in Ordebec. Es ist friedlich dort.«

Adamsberg kam in sein Büro zurück, wo die Frau in ihrer eingehenden Betrachtung der Wände fortgefahren war.

»Es ist nicht leicht, Kommissar, das wird mir jetzt klar. Weil es normalerweise nämlich verboten ist, darüber zu reden, verstehen Sie. Das kann schreckliches Ungemach heraufbeschwören. Sagen Sie, Ihre Wandregale, sind die wenigstens richtig angeschraubt? Weil, Sie haben schwere Schriftstücke nach oben gestellt und leichte nach unten. Das könnte durchaus mal auf die Leute runterstürzen. Man muss die schweren Sachen immer nach unten stellen.«

Angst vor den Bullen, Angst vor umfallenden Bücherwänden.

»Dieser Michel Herbier, warum verabscheuen Sie ihn?«

»Alle Welt verabscheut ihn, Kommissar. Er ist ein schrecklich brutaler Kerl, er war schon immer so. Niemand redet mit ihm.«

»Das könnte erklären, dass er Ordebec verlassen hat.«

Adamsberg nahm sich noch einmal die Zeitung.

»Er lebt allein«, sagte er, »er ist in Rente, vierundsechzig Jahre alt. Warum sollte er nicht woanders ein neues Leben beginnen? Hat er irgendwo Angehörige?«

»Er war mal verheiratet, früher. Er ist Witwer.«

»Seit wie vielen Jahren?«

»Oh. Über fünfzehn Jahre.«

»Begegnen Sie ihm von Zeit zu Zeit?«

»Ich sehe ihn nie. Da er ein bisschen außerhalb von Ordebec wohnt, ist es leicht, ihm aus dem Weg zu gehen. Und das ist allen recht so.«

»Aber dennoch haben sich Nachbarn Sorgen um ihn gemacht.«

»Ja, die Hébrards. Das sind rechtschaffene Leute. Sie haben ihn gegen sechs Uhr abends fortfahren sehen. Sie wohnen jenseits der kleinen Landstraße, verstehen Sie. Während er, er lebt fünfzig Meter weiter, schon fast im Bigard-Wäldchen drin, bei der alten Mülldeponie. Es ist feucht wie sonst was da.«

»Wieso haben die sich Sorgen gemacht, wenn sie ihn mit dem Mofa haben wegfahren sehen?«

»Weil er ihnen, wenn er eine Weile weg ist, für gewöhnlich den Briefkastenschlüssel dalässt. Aber diesmal nicht. Und sie haben ihn nicht zurückkommen hören. Und es war eine Menge Post da, sie ragte schon aus dem Kasten heraus. Also heißt das, Herbier ist nur für kurze Zeit weggefahren und durch irgendetwas daran gehindert worden, zurückzukehren. Die Gendarmen sagen, sie haben ihn auch in keinem Krankenhaus gefunden.«

»Als sie sich das Haus angesehen haben, lag der Inhalt der Gefriertruhen über den ganzen Raum verstreut.«

»Ja.«

»Wozu hat er dieses ganze Fleisch? Hält er Hunde?«

»Er ist Jäger, also packt er sein Wildbret in Gefrierschränke. Er tötet viele Tiere, und er gibt nichts ab.«

Die Frau erschauerte ein wenig.

»Brigadier Blériot – der, der ist sehr nett zu mir, nicht wie der Capitaine Émeri – hat mir die Szene beschrieben. Es war grauenvoll, hat er gesagt. Auf dem Boden lag die eine Hälfte einer Bache, aber mit dem ganzen Kopf, mehrere Keulen von Hirschkühen, Häsinnen, Frischlinge, Rebhühner. Das alles einfach so hingeschmissen, Kommissar. Als die Gendarmen reinkamen, faulte das schon seit Tagen. Bei dieser Hitze ist das kreuzgefährlich, all diese Fäulnis.«

Angst vor Bücherwänden und Angst vor Mikroben. Adamsberg warf einen Blick auf die beiden großen Geweihstangen, die, von Staub bedeckt, noch immer auf dem Fußboden seines Büros lagen. Das fürstliche Geschenk just eines Normannen.

»Häsinnen, Hirschkühe? Ist ein guter Beobachter, Ihr Brigadier. Jagt er auch?«

»O nein. Wir sagen zwangsläufig ›Hirschkuh‹ oder ›Häsin‹, weil wir ja wissen, wie er ist, Herbier. Er ist ein widerlicher Jäger, ein Verbrecher. Er tötet nur Weibchen und Jungtiere, und ganze Würfe. Er schießt sogar auf trächtige Weibchen.«

»Woher wissen Sie das?«

»Alle Welt weiß das. Einmal ist Herbier verurteilt worden, weil er eine Bache mit ihren Kleinen im Gefolge getötet hatte. Auch Rehkitze. Was für ein Jammer. Aber da er das in der Nacht macht, kriegt Émeri ihn nie zu fassen. Fest steht jedenfalls, dass seit langem kein Jäger mehr mit ihm auf die Jagd gehen will. Selbst die Schlächter unter ihnen, die auf alles schießen, was sich bewegt, wollen nichts mehr mit ihm zu tun haben. Aus der Jagdliga Ordebequer Flur ist er ausgeschlossen worden.«

»Demnach hat er Dutzende Feinde, Madame Vendermot.«

»Also, es ist eher so, dass niemand mit ihm verkehrt.«

»Meinen Sie, dass Jäger ihn umbringen würden? Ist es das? Oder auch Gegner der Jagd?«

»O nein, Kommissar. Den hat was ganz anderes ergriffen.«

Nachdem sie einen Augenblick lang recht mitteilsam gewesen war, zögerte die Frau von neuem. Sie hatte immer noch Angst, aber Bücherwände schienen sie nicht mehr zu beunruhigen. Es war eine hartnäckige, tiefinnerliche Furcht, die Adamsbergs Aufmerksamkeit noch immer beschäftigte, während der Fall Herbier die Reise aus der Normandie nicht erfordert hätte.

»Wenn Sie nichts wissen«, fuhr er in müdem Ton fort, »oder wenn es Ihnen untersagt ist, zu reden, kann ich Ihnen nicht helfen.«

Commandant Danglard war im Türrahmen aufgetaucht und machte ihm Zeichen höchster Dringlichkeit. Es gab Nachricht von dem achtjährigen Mädchen, das in den Wald von Versailles geflohen war, nachdem es eine Flasche Obstsaft auf dem Kopf seines Großonkels zerschlagen hatte. Der Mann hatte gerade noch das Telefon erreichen können, bevor er ohnmächtig zusammenbrach. Adamsberg gab Danglard wie der Frau zu verstehen, dass er zum Ende käme. Die Sommerferien hatten begonnen, in drei Tagen würde sich die Brigade um ein Drittel ihres Personals verkleinern, die laufenden Akten mussten abgearbeitet werden. Die Frau verstand, dass ihr nicht mehr viel Zeit blieb. In Paris nehmen sich die Leute nicht so viel Zeit, das hatte ihr schon der Vikar gesagt, selbst wenn dieser kleine Kommissar freundlich und geduldig mit ihr gewesen war.

»Lina, meine Tochter«, sagte sie darum hastig, »hat ihn gesehen. Herbier. Sie hat ihn zwei Wochen und zwei Tage vor seinem Verschwinden gesehen. Sie hat es ihrer Chefin erzählt, und am Ende hat ganz Ordebec es gewusst.«

Danglard war zu seinen Akten zurückgekehrt, ein Balken des Unmuts furchte seine breite Stirn. Er hatte Veyrenc in Adamsbergs Büro gesehen. Was hatte er da zu suchen? Würde er unterschreiben? Sich weiter verpflichten? Heute

Abend sollte die Entscheidung fallen. Danglard blieb am Kopiergerät stehen und streichelte den dicken Kater, der sich dort fläzte, in seinem Fell ein wenig Trost suchend. Die Gründe seiner Antipathie gegenüber Veyrenc mochte er sich nicht eingestehen. Eine dumpfe und hartnäckige, nahezu weibliche Eifersucht, das zwingende Bedürfnis, ihn von Adamsberg fernzuhalten.

»Wir müssen uns beeilen, Madame Vendermot. Ihre Tochter hat ihn gesehen, und irgendwas hat sie auf den Gedanken gebracht, er würde ermordet werden?«

»Ja. Er schrie. Und noch drei andere waren mit ihm. Es war in der Nacht.«

»Gab es eine Schlägerei? Wegen der Hirschkühe und der Rebhühner? Während einer Versammlung? Bei einem Essen unter Jägern?«

»O nein.«

»Kommen Sie morgen wieder oder später noch einmal«, sagte Adamsberg schließlich, während er zur Tür ging. »Kommen Sie wieder, wenn Sie reden können.«

Danglard erwartete den Kommissar, mit verdrossener Miene auf einer Ecke seines Schreibtischs sitzend.

»Haben wir das Mädchen?«, fragte Adamsberg.

»Die Jungs haben sie aus einem Baum heruntergeholt. Sie war ganz nach oben geklettert, wie ein junger Jaguar. Sie hält eine Rennmaus in den Händen, die will sie nicht loslassen. Die Rennmaus scheint okay zu sein.«

»Eine Rennmaus, Danglard?«

»Ein kleines Nagetier. Die Kinder sind verrückt danach.«

»Und die Kleine? In welcher Verfassung ist sie?«

»Ungefähr wie Ihre Taube. Ausgehungert, durstig und todmüde. Sie wird versorgt. Eine der Krankenschwestern weigert sich, ihr Zimmer zu betreten, wegen der Rennmaus, die sich unters Bett geflüchtet hat.«

»Hat sie eine Erklärung für ihre Tat?«

»Nein.«

Danglard antwortete reserviert, er kaute auf seinen Sorgen herum. Der Tag ließ sich nicht sehr gesprächig an.

»Weiß sie, dass ihr Großonkel noch mal davongekommen ist?«

»Ja. Sie schien erleichtert und zugleich enttäuscht. Sie lebte ganz allein da drin mit ihm seit wer weiß wie lange, sie hat noch nie einen Fuß in die Schule gesetzt. Wir sind überhaupt nicht mehr sicher, ob er ein Großonkel ist.«

»Gut, wir übergeben die Fortsetzung an Versailles. Aber sagen Sie dem Lieutenant, der die Sache übernimmt, er soll die Rennmaus der Kleinen nicht töten. Man soll sie in einen Käfig tun und mit Nahrung versorgen.«

»Ist das so dringend?«

»Gewiss, Danglard, vielleicht ist die Maus alles, was das Kind hat. Einen Moment.«

Adamsberg eilte zum Büro von Retancourt, die dabei war, die Beine der Taube mit Wasser zu benetzen.

»Haben Sie sie desinfiziert, Lieutenant?«

»Immer langsam«, erwiderte Retancourt, »ich musste sie erst rehydrieren.«

»Sehr gut, und werfen Sie die Schnur nicht weg, ich will Proben davon nehmen lassen. Justin hat den Techniker schon bestellt, er ist auf dem Weg.«

»Sie hat auf mich draufgeschissen«, bemerkte Retancourt seelenruhig. »Was will sie, diese kleine Frau?«, fragte sie und deutete auf sein Büro.

»Irgendetwas sagen, was sie nicht sagen will. Die Unschlüssigkeit in Person. Sie wird von allein gehen, oder wir schmeißen sie bei Büroschluss raus.«

Retancourt zuckte ein wenig verächtlich die Schultern, Unschlüssigkeit war ein Phänomen, das ihrer Handlungsweise fremd war. Von daher besaß sie eine Antriebsdynamik, welche die der siebenundzwanzig anderen Mitglieder der Brigade bei weitem übertraf.

»Und Veyrenc? Ist der auch immer noch unschlüssig?«

»Veyrenc hat sich seit langem entschieden. Bulle oder Lehrer, was würden Sie machen? Unterrichten ist eine Tugend, die verbittert. Bullenarbeit ist ein Laster, das überheblich macht. Und da es leichter ist, eine Tugend aufzugeben als ein Laster, hat er keine Wahl. Ich seh mal nach dem sogenannten Großonkel im Krankenhaus von Versailles.«

»Was machen wir mit der Taube? Bei mir zu Hause kann ich sie nicht behalten, mein Bruder ist allergisch gegen Federn.«

»Ihr Bruder lebt bei Ihnen?«

»Vorübergehend. Er hat seinen Job verloren, er hat eine Kiste mit Bolzen in der Garage geklaut, und ein paar Ölkännchen.«

»Können Sie ihn heute Abend bei mir vorbeibringen? Den Vogel, meine ich.«

»Kann ich«, brummte Retancourt.

»Passen Sie auf, im Garten stromern Katzen herum.«

Die Hand der kleinen Frau legte sich schüchtern auf seine Schulter. Adamsberg wandte sich um.

»Ja?«

»In jener Nacht«, sagte sie langsam, »hat Lina das Wütende Heer vorüberreiten sehen.«

»Wen?«

»Das Wütende Heer«, wiederholte die Frau mit leiser Stimme. »Und Herbier war unter ihnen. Und er schrie. Und noch drei andere.«

»Ist das ein Verein? Irgendwas, das mit der Jagd zu tun hat?«

Madame Vendermot sah Adamsberg ungläubig an.

»Das Wütende Heer«, sagte sie wieder sehr leise. »Die Wilde Jagd. Sie wissen nicht?«

»Nein«, sagte Adamsberg und hielt ihrem erstaunten Blick stand. »Kommen Sie ein andermal wieder, dann erklären Sie es mir.«

»Wie, Sie kennen nicht mal ihren Namen? Die *Mesnie Hellequin?*«, flüsterte sie.

»Nein, tut mir leid«, wiederholte Adamsberg und ging mit ihr zu seinem Büro zurück. »Veyrenc, das Verwegene Heer, kennen Sie die Truppe?«, fragte er, während er seine Schlüssel und sein Mobiltelefon einsteckte.

»Wütende«, korrigierte die Frau.

»Ja. Die Tochter von Madame Vendermot hat den Verschollenen mit ihm gesehen.«

»Und noch ein paar andere«, beharrte die Frau. »Jean Glayeux und Michel Mortembot. Aber den Vierten hat meine Tochter nicht erkannt.«

Ein Ausdruck heftiger Überraschung glitt über Veyrencs Gesicht, dann lächelte er leicht, die Oberlippe lüpfend. Wie ein Mensch, dem man ein ganz unerwartetes Geschenk macht.

»Ihre Tochter hat das Heer tatsächlich gesehen?«, fragte er.

»Ja, sicher.«

»Und wo?«

»Da, wo es bei uns vorüberzieht. Auf dem Weg von Bonneval, im Wald von Alance. Da ist es immer durchgeritten.«

»Wohnt sie dort gegenüber?«

»Nein, wir wohnen mehr als drei Kilometer weiter weg.«

»Ist sie hingegangen, um es zu sehen?«

»Nein, das schon gar nicht. Lina ist ein sehr vernünftiges Mädchen, sehr besonnen. Sie war eben da, Punkt.«

»In der Nacht?«

»Sie kommt immer nachts da durch.«

Adamsberg zog die kleine Frau mit sich aus dem Büro und bat sie, am folgenden Tag wiederzukommen oder ihn demnächst noch einmal anzurufen, wenn alles in ihrem Kopf ein wenig klarer wäre. Veyrenc, auf einem Stift herumkauend, hielt ihn diskret zurück.

»Jean-Baptiste«, fragte er, »hast du wirklich nie davon gehört? Von dem Wütenden Heer?«

Adamsberg schüttelte den Kopf, wobei er sich mit den Fingern rasch die Haare kämmte.

»Dann frag mal Danglard«, insistierte Veyrenc. »Das wird ihn sehr interessieren.«

»Warum?«

»Weil es, soviel ich weiß, die Ankündigung einer Erschütterung ist. Einer verdammt heftigen Erschütterung vielleicht.«

Wieder lächelte Veyrenc kaum merklich, und als hätte das plötzliche Auftauchen dieses Wütenden Heeres ihn auf einmal überzeugt, unterschrieb er.

4

Als Adamsberg nach Hause kam, viel später als gedacht – der Großonkel war eine harte Nuss gewesen –, stand sein Nachbar, der alte Spanier Lucio, in der Abendwärme und pisste geräuschvoll an den Baum im kleinen Garten.

»Hallo, *hombre*«, sagte der Alte, ohne sich zu unterbrechen. »Einer von deinen Lieutenants wartet auf dich. Eine ziemlich stämmige, gute Frau, hoch und breit wie ein Turm. Dein Junge hat ihr aufgemacht.«

»Das ist keine stämmige, gute Frau, Lucio, das ist eine Göttin, eine vielseitige Göttin.«

»Ah, die ist das?«, sagte Lucio und zog seine Hose zurecht. »Von der du die ganze Zeit sprichst?«

»Ja, die Göttin. Also kann sie auch nicht wie alle Welt aussehen. Weißt *du*, was das ist? Das Verwegene Heer? Hast du diesen Begriff schon mal gehört?«

»Nein, *hombre*.«

Lieutenant Retancourt und Adamsbergs Sohn Zerk – er hieß in Wirklichkeit Armel, aber der Kommissar hatte sich in den nur sieben Wochen, seitdem er ihn kannte, noch nicht daran gewöhnt – standen beide in der Küche, mit Zigarette im Mundwinkel, über einen mit Watte ausgelegten Korb gebeugt. Sie wandten nicht den Kopf, als Adamsberg eintrat.

»Hast du's nun kapiert oder nicht?«, sagte Retancourt barsch zu dem jungen Mann. »Du befeuchtest kleine Stückchen Zwieback, nicht groß, und führst sie ihr ganz behutsam in den Schnabel ein. Danach ein paar Tropfen Wasser mit der Pipette, nicht zu viel am Anfang. Dann einen Tropfen aus diesem Fläschchen. Das ist ein Stärkungsmittel.«

»Sie lebt noch?«, erkundigte sich Adamsberg, er fühlte sich seltsam fremd in seiner eigenen Küche, wie sie da von der großen Frau und diesem unbekannten Sohn von achtundzwanzig Jahren eingenommen war.

Retancourt richtete sich auf und legte ihre Hände flach auf die Hüften.

»Es ist nicht sicher, ob sie die Nacht übersteht. Fazit, ich habe über eine Stunde gebraucht, die Schnur von ihren Beinen zu lösen, sie hatte sie sich bis zum Knochen eingeschnitten, sie muss tagelang daran herumgezerrt haben. Aber er ist nicht gebrochen. Es ist alles desinfiziert, der Verband muss jeden Morgen gewechselt werden. Der Mull ist da drin«, sagte sie und schlug auf eine kleine Schachtel auf dem Tisch. »Sie hat ein Flohmittel bekommen, das müsste ihr auch von daher Erleichterung verschaffen.«

»Danke, Retancourt. Hat der von der Spurensicherung die Schnur mitgenommen?«

»Hat er. Was nicht ganz einfach war, da das Labor nicht für die Analyse von Taubenfesseln bezahlt wird. Es ist übrigens ein Täuberich. Hat Voisenet gesagt.«

Lieutenant Voisenet hatte seine Berufung zum Zoologen verfehlt, auf gebieterischen Befehl eines Vaters, der ihn ohne jede Diskussion in die Polizei gesteckt hatte. Voisenet war auf Fische spezialisiert, Meeres- und vor allem Flussfische, und auf seinem Schreibtisch stapelten sich die Zeitschriften für Ichthyologie. Aber er war auch sehr bewandert auf vielen anderen Gebieten der Fauna, von Insekten bis zu Fledermäusen, auf dem Umweg über das Gnu, und dieses Wissen lenkte ihn zum Teil von seinen dienstlichen Pflichten ab. Der Divisionnaire, der von dieser Entartung erfahren hatte, hatte ihm eine Abmahnung erteilt wie zuvor schon dem Lieutenant Mercadet, der an Hypersomnie litt. Doch wer in dieser Brigade, fragte sich Adamsberg, hatte nicht seine

Macke? Es sei denn Retancourt, aber deren Fähigkeiten und Energien wichen ebenfalls etwas von der Norm ab.

Nachdem die Polizistin gegangen war, stand Zerk mit hängenden Armen da, den Blick noch immer auf die Tür gerichtet.

»Sie hat dich beeindruckt, was?«, meinte Adamsberg. »Sie beeindruckt jeden beim ersten Mal. Und alle folgenden Male auch.«

»Sie ist sehr schön«, sagte Zerk.

Adamsberg sah seinen Sohn erstaunt an, denn Schönheit war nun gewiss nicht das vorherrschende Merkmal von Violette Retancourt. Ebenso wenig Anmut und Feingefühl, oder Liebenswürdigkeit. Sie war in allen Punkten das Gegenteil zum zarten und zerbrechlichen Liebreiz, der sich mit ihrem Vornamen, dem Veilchen, verband. Obwohl ihr Gesicht fein gezeichnet war, war es doch eingerahmt von breiten Wangen und mächtigen Kieferknochen, die auf einem Stiernacken ruhten.

»Wie du meinst«, sagte Adamsberg zustimmend, denn er hatte keine Lust, über den Geschmack eines jungen Mannes zu streiten, den er noch nicht kannte.

Wie er sich auch über seine Intelligenz noch keine feste Meinung gebildet hatte. Besaß er eine oder nicht? Oder ein wenig? Eines beruhigte den Kommissar: dass die meisten Leute sich auch über seine, Adamsbergs Intelligenz noch immer nicht im Klaren waren, nicht mal er selbst. Er stellte sich keine Fragen darüber, warum also sollte er sich über die Intelligenz von Zerk den Kopf zerbrechen? Veyrenc hatte ihm versichert, dass der Junge begabt sei, doch Adamsberg hatte noch nicht bemerkt, wofür.

»Die Verwegene Armee, sagt dir das was?«, fragte Adamsberg, während er den Korb mit der Taube vorsichtig auf die Anrichte stellte.

»Die was?«, fragte Zerk und machte sich daran, den

Tisch zu decken, die Gabeln rechts und die Messer links vom Teller, genau wie sein Vater.

»Ach, lass es. Wir werden Danglard danach fragen. Das gehört zu den Dingen, die ich deinem Bruder schon mit sieben Monaten beigebracht habe. Die ich auch dir beigebracht hätte, wenn ich dich in dem Alter gekannt hätte. Es gibt drei Regeln zu beachten, Zerk, und damit bist du aus dem Schneider: Wenn man eine Sache nicht bis zum Ende durchstehen kann, muss man Veyrenc fragen. Wenn einem etwas Schwieriges nicht gelingt, muss man Retancourt fragen. Und wenn man etwas nicht weiß, muss man Danglard fragen. Diese drei Dinge musst du verinnerlichen. Aber heute Abend wird Danglard ziemlich sauer sein, ich weiß nicht, ob wir da viel aus ihm rauskriegen. Veyrenc kehrt in die Brigade zurück, und das wird ihm nicht schmecken. Danglard ist ein Luxusgeschöpf und wie jeder seltene Gegenstand zerbrechlich.«

Adamsberg rief seinen dienstältesten Stellvertreter an, während Zerk das Abendessen servierte. Gedünsteten Thunfisch mit Zucchini und Tomaten, dazu Reis, zum Nachtisch Früchte. Zerk hatte darum gebeten, eine Zeitlang bei seinem neuen Vater wohnen zu dürfen, und die zwischen ihnen geschlossene Übereinkunft sah vor, dass er für das Abendessen sorgte. Was leicht umzusetzen war, denn Adamsberg war nahezu gleichgültig gegenüber dem, was er aß, er konnte ewig den gleichen Teller Pasta hinunterschlingen, wie er auch ständig das Gleiche anzog, Jacke und Hose aus schwarzem Leinen, wie immer das Wetter war.

»Danglard weiß wirklich alles?«, fragte der junge Mann und runzelte die Brauen, die ebenso buschig waren wir die seines Vaters, bei dem sie eine Art urwüchsiges Vordach über seinem verschwommenen Blick bildeten.

»Nein, es gibt viele Dinge, die er nicht weiß. Er weiß nicht, wie man eine Frau findet, obwohl er seit zwei Monaten eine neue Freundin hat, was schon ein außergewöhnliches Ereignis ist. Er weiß nicht, wo man Wasser suchen muss, aber Weißwein findet er ziemlich schnell; er weiß seine Ängste nicht zu beherrschen noch die Menge seiner Fragen zu vergessen, die sich zu einem ungeheuren Haufen auftürmen, den er unablässig durchforscht wie ein Biber seinen Bau. Er versteht nicht zu rennen, er versteht nicht zu beobachten, wie der Regen fällt oder der Fluss fließt, er versteht es nicht, über die Sorgen des Lebens hinwegzusehen, ja, er denkt sie sich schon im Vorhinein aus, damit sie ihn nicht überraschen. Dagegen weiß er alles, was auf den ersten Blick nicht von Nutzen ist. Alle Bibliotheken dieser Welt haben Eingang gefunden in Danglards Kopf, und noch immer ist da eine Menge Platz drin. Das ist etwas Kolossales, Unerhörtes, etwas, das ich dir nicht beschreiben kann.«

»Und wenn es auf den ersten Blick nicht von Nutzen ist?«

»Dann zwangsläufig auf den zweiten oder fünften Blick.«

»Ach so«, sagte Zerk, offensichtlich zufrieden mit der Antwort. »Ich selbst weiß nicht, was ich weiß. Was denkst du, was ich weiß?«

»Dasselbe wie ich.«

»Das heißt?«

»Ich weiß nicht, Zerk.«

Adamsberg hob eine Hand zum Zeichen, dass er Danglard endlich erreicht hatte.

»Danglard? Schläft alles bei Ihnen? Können Sie auf einen Sprung vorbeikommen?«

»Wenn es um die Taubenpflege geht, dann muss ich passen. Das Tier ist voller Flöhe, und ich habe eine schlechte Erinnerung an Flöhe. Ihren Kopf unterm Mikroskop mag ich auch nicht noch mal sehen.«

Zerk sah auf die beiden Uhren seines Vaters. 21 Uhr. Violette hatte befohlen, die Taube jede Stunde zu nähren und ihr zu trinken zu geben. Er weichte Zwiebackstückchen ein, füllte die Pipette mit Wasser, gab einen Tropfen von dem Stärkungsmittel hinzu und machte sich an seine Aufgabe. Das Tier hielt die Augen geschlossen, nahm aber die Nahrung an, die der junge Mann ihm in den Schnabel füllte. Zerk hob sanft den Körper der Taube an, wie Violette es ihm gezeigt hatte. Diese Frau war ein Schock für ihn gewesen. Er hätte nie geglaubt, dass es ein derartiges Geschöpf geben könnte. Er sah ihre großen Hände vor sich, wie sie geschickt mit dem Vogel umgingen, ihre kurzen blonden, zum Tisch hin fallenden Haare, die sich in ihrem breiten Nackten ringelten, der von einem zarten weißen Flaum überzogen war.

»Um die Taube kümmert sich Zerk. Und Flöhe hat sie keine mehr. Retancourt hat das Problem erledigt.«

»Also was dann?«

»Da ist eine Sache, die mir keine Ruhe lässt, Danglard. Die kleine Frau mit der geblümten Bluse, die vorhin bei uns war, haben Sie die bemerkt?«

»Wenn man so will, ja. Ein spezieller Fall von Unbeständigkeit, von physischer Vergänglichkeit. Sie würde wegfliegen, wenn man sie anpusten würde, wie die Achänen vom Löwenzahn.«

»Die Achänen, Danglard?«

»Die Samenkörner des Löwenzahns, die von ihren flaumigen Flugschirmen getragen werden. Haben Sie niemals als Kind da draufgepustet?«

»Na sicher. Alle haben wir auf Pusteblumen geblasen. Aber ich wusste nicht, dass die Dinger Achänen heißen.«

»Ja.«

»Doch abgesehen von ihrem flaumigen Fallschirm, Danglard, war die kleine Frau wie gelähmt vor Schrecken.«

»Habe ich nicht bemerkt.«

»Doch, Danglard. Schrecken in Reinkultur, Schrecken, wie aus tiefster Seele gekommen.«

»Hat Sie Ihnen gesagt, warum?«

»Es ist ihr scheinbar verboten, darüber zu reden. Bei

Todesstrafe, nehme ich an. Aber sie hat mir mit leiser Stimme einen Hinweis gegeben. Ihre Tochter hat das Verwegene Heer vorüberrasen sehen. Wissen Sie, was sie damit meint?«

»Nein.«

Adamsberg war grausam enttäuscht, nahezu gedemütigt, als hätte er vor seinem Sohn soeben versagt, sein Versprechen nicht eingelöst. Er begegnete Zerks gespanntem Blick und gab ihm durch ein Zeichen zu verstehen, dass die Beweisführung noch nicht beendet sei.

»Veyrenc scheint zu wissen, worum es sich handelt«, fuhr Adamsberg fort, »er hat mir geraten, Sie zu konsultieren.«

»Ach ja?«, sagte Danglard in etwas lebhafterem Ton, die Erwähnung Veyrencs schien ihn in Unruhe zu versetzen wie der Anflug einer Hornisse. »Was genau hat er denn gehört?«

»Dass ihre Tochter in einer Nacht das Verwegene Heer gesehen hat. Und dass diese Tochter – sie heißt Lina – noch einen Jäger und drei andere Kerle in der Bande erkannt hat. Der Jäger ist seit über einer Woche verschwunden, sie meint, dass er tot ist.«

»Wo? Wo hat sie das alles gesehen?«

»Auf einem Weg dort in ihrer Nähe. In der Gegend von Ordebec.«

»Ah«, sagte Danglard, nun sichtlich belebt, wie jedes Mal, wenn seine Kenntnisse gefragt waren, wie jedes Mal, wenn er in sein Wissen eintauchen und sich dann in dessen tiefsten Gründen vor Wonne suhlen konnte. »Ah, das Wütende Heer! Nicht ›Verwegene‹.«

»Wütende. Pardon.«

»Sie hat wirklich davon gesprochen? Von Hellequins Gefolge?«

»Ja, so einen Namen hat sie genannt.«

»Die Wilde Jagd?«

»Auch den«, sagte Adamsberg und sandte Zerk ein triumphierendes Augenzwinkern, wie einer, dessen Fisch soeben angebissen hat.

»Und diese Lina hat den Jäger in der Truppe gesehen?«

»Genau. Er schrie, so scheint es. Und die anderen auch. Wohl eine ziemlich beunruhigende Horde, die kleine Frau mit dem flaumigen Fallschirm denkt vermutlich, dass diese Männer in Gefahr sind.«

»Beunruhigend?«, sagte Danglard und amüsierte sich einen Moment. »Das ist nicht das richtige Wort, Kommissar.«

»Das meint auch Veyrenc. Dass wir uns mit dieser Bande auf eine verdammt heftige Erschütterung gefasst machen müssen.«

Wieder hatte Adamsberg Veyrencs Namen genannt, und mit Absicht, nicht um Danglard zu verletzen, sondern um ihn wieder an die Anwesenheit des rotgesträhnten Lieutenant in der Brigade zu gewöhnen, ihn gleichsam zu desensibilisieren, indem er ihm seinen Namen in wiederholten kleinen Mengen injizierte.

»Innere Erschütterung allerdings nur«, beschwichtigte Danglard in etwas leiserem Ton. »Nichts Dringendes.«

»Mehr hat Veyrenc mir nicht darüber sagen können. Kommen Sie doch auf ein Glas vorbei. Zerk hat Vorräte für Sie angelegt.«

Danglard antwortete nicht gern postwendend auf die Aufforderungen von Adamsberg, einfach weil er sie stets annahm und diese Willensschwäche ihn demütigte. So brummelte er noch ein paar Minuten lang seine Einwände, während Adamsberg, an den formalen Widerstand des Commandant gewöhnt, beharrte.

»Lauf, Sohn«, sagte er, als er auflegte. »Hol aus dem Laden im Viertel einen Weißen. Und überleg nicht lange, nimm den besten, man kann Danglard keinen gepanschten Wein vorsetzen.«

»Darf ich mit euch trinken?«, fragte Zerk.

Adamsberg sah seinen Sohn an und wusste nicht, was er

darauf erwidern sollte. Zerk kannte ihn kaum, er war achtundzwanzig Jahre alt, er brauchte niemanden um Erlaubnis zu fragen, und schon gar nicht ihn.

»Natürlich«, antwortete Adamsberg mechanisch. »Wenn du nicht so viel säufst wie Danglard«, fügte er hinzu, und der väterliche Grundton dieses Rats überraschte ihn. »Nimm das Geld von der Anrichte.«

Beider Blicke streiften den Korb. Ein großräumiger Erdbeerkorb, den Zerk mit Molton gepolstert und zur Lagerstatt der Taube gemacht hatte.

»Wie schätzt du ihren Zustand ein?«, fragte Adamsberg.

»Sie zittert, aber sie atmet«, erwiderte sein Sohn vorsichtig.

In einer flüchtigen Geste strich er mit einem Finger über das Federkleid des Vogels, bevor er ging. Wenigstens dafür begabt, dachte Adamsberg und sah seinem Sohn hinterher, begabt für das Streicheln von Vögeln, selbst so gewöhnlichen, schmutzigen und hässlichen wie diesem.

5

»Das wird schnell gehen«, meinte Danglard, und Adamsberg wusste im Augenblick nicht, ob er von dem Wütenden Heer sprach oder vom Wein, denn sein Sohn hatte nur eine Flasche mitgebracht.

Adamsberg nahm sich eine Zigarette von Zerk, eine Geste, die ihn unweigerlich an ihre erste Begegnung erinnerte, die beinahe tödlich ausgegangen wäre.* Seit jenem Tag rauchte er wieder, und meistens die Zigaretten von Zerk. Danglard gönnte sich sein erstes Glas.

»Ich nehme an, die Löwenzahn-Frau hat mit dem Capitaine in Ordebec darüber nicht sprechen wollen.«

»Sie weigert sich rundweg.«

»Das ist normal, er würde es wohl nicht sonderlich zu schätzen wissen. Und auch Sie, Kommissar, werden das alles hinterher vergessen können. Was weiß man über diesen verschwundenen Jäger?«

»So viel, dass er ein grausamer Schlächter ist und schlimmer noch, denn er tötet vor allem Weibchen und Jungtiere. Die örtliche Jagdliga hat ihn ausgeschlossen, niemand will mehr mit ihm jagen gehen.«

»Ein übler Typ also? Gewalttätig? Ein Killer?«, fragte Danglard und trank einen Schluck.

»Offensichtlich.«

»Das passt. Diese Lina wohnt in Ordebec selbst, war es so?«

»Ich glaube.«

* Fred Vargas, *Der verbotene Ort.*

»Nie gehört von der kleinen Ortschaft Ordebec? Ein großer Komponist hat dort einige Zeit gelebt.«

»Das ist nicht das Thema, Commandant.«

»Aber es ist eine positive Anmerkung. Der Rest ist weit beunruhigender. Dieses Heer, ist es über den Pfad von Bonneval gekommen?«

»Das ist der Name, den die Frau genannt hat«, antwortete Adamsberg überrascht. »Haben Sie gehört, wie sie diesen Weg erwähnte?«

»Nein, aber er ist einer der bekanntesten Grimwelds, er durchquert den Wald von Alance. Sie können sicher sein, dass kein Bewohner von Ordebec ihn nicht kennt und dass sie diese alte Geschichte immer wieder aufwärmen, selbst wenn sie sie lieber vergessen würden.«

»Kenne ich nicht, Danglard, dieses Wort. Was ist ein Grimweld?«

»So nennt man einen Weg, über den die Mesnie Hellequin zieht, oder das Wütende Heer, wenn Ihnen das lieber ist, oder die Wilde Jagd. Nur wenige Männer oder Frauen haben sie je gesehen. Einer dieser Männer ist sehr berühmt, er hat sie auch in Bonneval gesehen, genau wie diese Lina. Er heißt Gauchelin, und er ist Pfarrer.«

Danglard nahm zwei große Schlucke nacheinander und lächelte. Adamsberg warf seine Asche in den kalten Kamin und wartete. Dieses etwas provokante Lächeln, das die weichen Wangen des Commandant fältelte, verhieß ihm nichts Gutes, außer dass Danglard sich nun endlich vollkommen wohl fühlte.

»Es geschah Anfang des Monats Januar im Jahr 1091. Du hast einen guten Wein ausgesucht, Armel. Aber er wird nicht reichen.«

»Welchem Jahr?«, fragte Zerk, der seinen Hocker an den Kamin herangerückt hatte und dem Commandant aufmerksam zuhörte, die Ellbogen auf die Knie gestützt, sein Weinglas in einer Hand.

»Ende des 11. Jahrhunderts. Fünf Jahre vor Beginn des Ersten Kreuzzuges.«

»Scheiße«, sagte Adamsberg halblaut, den das unangenehme Gefühl überkam, von der kleinen Löwenzahn-Frau aus Ordebec, so zerbrechlich sie sein mochte, reingelegt worden zu sein.

»Ja«, stimmte Danglard ihm zu. »Es ist viel Mühe für nichts, Kommissar. Aber Sie wollen doch immer noch das Entsetzen der Frau verstehen, oder?«

»Vielleicht.«

»Dann müssen Sie die Geschichte von Gauchelin kennen. Und eine zweite Flasche brauchen wir auch«, wiederholte er. »Wir sind zu dritt.«

Zerk sprang auf.

»Ich geh noch mal«, sagte er.

Bevor er ging, sah Adamsberg ihn wieder mit einem Finger sanft über die Taube streichen. Und mechanisch, wie ein Vater, wiederholte Adamsberg: »Nimm das Geld von der Anrichte.«

Sieben Minuten später schenkte sich Danglard, beruhigt durch das Erscheinen einer zweiten Flasche Wein, ein neues Glas ein, begann die Geschichte von Gauchelin zu erzählen, unterbrach sich dann aber und hob die Augen zu der niedrigen Decke.

»Aber vielleicht gibt die Chronik des Hélinand de Froidmont vom Beginn des 13. Jahrhunderts ein noch genaueres Bild davon. Geben Sie mir einen Augenblick, ich versuche mich zu erinnern, es ist ja kein Text, in dem ich alle Tage lese.«

»Tun Sie das«, sagte Adamsberg etwas verwirrt.

Seit er begriffen hatte, dass sie sich gerade ins tiefste Mittelalter entfernten, Michel Herbier seinem Schicksal überlassend, stellte sich die Geschichte der kleinen Frau und ihres Entsetzens unter einem Blickwinkel dar, mit dem er nichts anzufangen wusste.

Er stand auf, schenkte sich ein kleines Glas ein und warf einen Blick auf die Taube. Das Wütende Heer ging ihn nichts mehr an, und über die verhuschte Madame Vendermot hatte er sich getäuscht. Sie brauchte ihn nicht. Sie war eine harmlos schwachsinnige Person, aber doch schwachsinnig genug, um zu befürchten, dass Bücherregale, selbst solche aus dem 11. Jahrhundert, auf sie herabstürzen könnten.

»Es ist sein Onkel Hellebaud, der das Geschehen berichtet«, präzisierte Danglard, der sich jetzt nur noch an den jungen Mann wandte.

»Der Onkel von Hélinand de Froidmont?«, fragte Zerk, sehr konzentriert.

»Genau, sein Onkel väterlicherseits. Er sagt so: *Als wir uns um die Mittagszeit diesem Waldstück näherten, ich und mein Diener, der mir auf seinem Pferd vorauseilte, damit er sich um meine Herberge kümmere, hörte er ein lautes Getümmel im Wald wie vom Gewieher vieler Pferde, von Waffenlärm und vom Rufen einer großen Anzahl von Männern, die sich zu einem Angriff bereiteten. Voller Schrecken kamen er und sein Pferd zu uns zurück. Als ich ihn fragte, warum er umgekehrt sei, antwortete er: ›Ich konnte mein Pferd nicht vorantreiben, nicht durch Schläge, nicht durch Sporen, und ich selbst bin so erschrocken, daß ich nicht weitergehen konnte. Wahrhaftig, ich habe erstaunliche Dinge gehört und gesehen.‹*«

Danglard streckte den Arm zu dem jungen Mann hin.

»Armel« – denn Danglard lehnte es entschieden ab, ihn bei seinem Kriegsnamen »Zerk« zu nennen, und ebendas warf er dem Kommissar heftig vor –, »gieß mir noch mal ein, und du wirst erfahren, was diese Lina gesehen hat. Und welche Angst sie in ihren Nächten umtreibt.«

Zerk bediente den Commandant mit dem Eifer eines Jungen, der fürchtet, eine Geschichte könnte unterbrochen werden, und nahm seinen Platz neben Danglard wieder ein. Er hatte keinen Vater gehabt, und nie hatte ihm einer Geschichten erzählt. Seine Mutter putzte nachts in der Fischfabrik.

»Danke, Armel. Und der Diener fährt fort: *Der Wald steckt voller Totenseelen und voller Dämonen. Ich habe sie rufen und schreien hören: ›Den Amtmann von Arques haben wir schon, jetzt holen wir uns noch den Erzbischof von Reims!‹ Darauf erwiderte ich: ›Wir wollen unsere Stirn mit dem Kreuz zeichnen und also behütet weitergehen.‹*«

»Jetzt spricht wieder der Onkel Hellebaud.«

»Genau. Und Hellebaud sagt: *Als wir voranschritten und den Wald erreichten, breitete sich schon die Dunkelheit aus, und dennoch hörte ich Stimmengewirr, Waffenlärm und Pferdegewieher, aber ich konnte weder die Schatten erkennen noch die Stimmen verstehen. Als wir zu Hause angekommen waren, fanden wir den Erzbischof in seinen letzten Zügen liegen, und er überlebte keine zwei Wochen, nachdem wir diese Stimmen gehört hatten. Wir schlossen daraus, dass er von diesen Geistern geholt worden war, von denen wir hatten sagen hören, sie seien gekommen, ihn zu ergreifen.*«

»Das entspricht nicht dem, was die Mutter von Lina erzählt hat«, ließ Adamsberg sich in gedämpftem Ton vernehmen. »Sie hat nicht gesagt, dass ihre Tochter Stimmen gehört habe oder Gewieher, oder dass sie Schatten gesehen habe. Sie hat lediglich Michel Herbier und drei andere Kerle mit einigen Männern von diesem Heer gesehen.«

»Deshalb, weil die Mutter nicht alles zu sagen gewagt hat. Und weil man in Ordebec nicht alles haarklein erläutern muss. Wenn dort einer sagt: ›Ich habe die Wilde Jagd vorüberreiten sehen‹, dann wissen alle sehr wohl, wovon die Rede ist. Ich will Ihnen diese Jagd, wie Lina sie gesehen hat, noch eingehender beschreiben, dann werden Sie verstehen, dass ihre Nächte seitdem nicht sehr friedlich sind. Und eins ist sicher, Kommissar, sie dürfte es in Ordebec jetzt sehr schwer haben. Man geht ihr bestimmt aus dem Weg, man meidet sie wie die Pest. Ich glaube, die Mutter wollte Ihnen davon erzählen, um ihre Tochter zu schützen, vor allem darum.«

»Was hat sie also gesehen?«, fragte Zerk, die Zigarette zwischen den Lippen.

»Dieses alte Heer, Armel, das da solchen Krach verbreitet, ist ziemlich demoliert. Die Pferde und ihre Reiter sind abgezehrt, es fehlen ihnen Arme und Beine. Es ist eine Armee von Toten, halb vermoderten, schreienden und sich wild gebärdenden Toten, die den Himmel nicht finden. Versuch dir das vorzustellen.«

»Ja«, Zerk nickte und goss sich ein neues Glas ein. »Kann ich Sie einen Augenblick unterbrechen, Commandant? Es ist 22 Uhr, ich muss die Taube versorgen. So lautet die Anweisung.«

»Wer hat sie dir erteilt?«

»Violette Retancourt.«

»Dann mach.«

Zerk hantierte gewissenhaft mit dem eingeweichten Zwieback, dem Fläschchen und der Pipette. Er begann sich sehr geschickt dabei anzustellen.

»Es geht ihr nicht besser«, sagte er traurig zu seinem Vater. »Dieser kleine Mistkerl.«

»Den kriege ich noch, verlass dich drauf«, sagte Adamsberg sanft.

»Sie wollen tatsächlich gegen den Taubenkiller ermitteln?«, fragte Danglard überrascht.

»Aber gewiss, Danglard«, erwiderte Adamsberg. »Warum nicht?«

Danglard wartete, bis Zerks Aufmerksamkeit sich wieder auf ihn richtete, um seine Erzählung über die schwarze Armee fortzusetzen. Er war von Mal zu Mal mehr verblüfft über die Ähnlichkeit von Vater und Sohn, ihren ganz gleichen, wie ertrunkenen Blick ohne Glanz noch Schärfe, in welchem undeutlich und ungreifbar die Pupille schwamm.

Außer wenn, bei Adamsberg, unversehens ein Funke darin aufglomm, wie das Sonnenlicht ihn bei Ebbe manchmal auf die Braunalgen setzt.

»Dieses Wütende Heer schleppt immer auch ein paar lebende Männer oder Frauen mit sich, die schreien und wehklagen in Feuer und Pein. Und die sind es, die der Zeuge erkennt. Genau wie Lina den Jäger und drei andere Individuen erkannt hat. Diese Lebenden flehen darum, dass eine gute Seele ihre schändlichen Verbrechen wiedergutmacht, damit sie von ihrer Qual erlöst werden. So sagt es Gauchelin.«

»Nein, Danglard«, bat Adamsberg, »genug jetzt von Gauchelin. Es reicht, wir können uns das nun ganz gut vorstellen.«

»Sie waren es doch, der mich hergebeten hat, Ihnen etwas über das Heer zu erzählen«, meinte Danglard mit säuerlicher Miene.

Adamsberg zuckte die Schultern. Solche ausführlichen Wiedergaben schläferten ihn immer leicht ein, er hätte es bei weitem vorgezogen, dass Danglard sich mit einer Zusammenfassung begnügte. Aber er wusste auch, mit welchem Genuss der Commandant sich darin aalte wie in einem gänzlich mit dem besten Weißwein der Welt gefüllten See. Zumal unter dem erstaunten und bewundernden Blick von Zerk. Wenigstens erlöste diese Abwechslung ihn von dem hartnäckigen Grollen Danglards, der im Augenblick etwas zufriedener mit dem Leben zu sein schien.

»Und weiter sagt Gauchelin«, fuhr Danglard fort, lächelnd und weil er spürte, dass Adamsberg aufgab: »*Da zog eine riesige Menschenmenge zu Fuß vorbei. Sie trugen auf ihrem Rücken und auf ihren Schultern Vieh, Kleider und alle Arten von Gegenständen und verschiedene Geräte, die Räuber für gewöhnlich mit sich führen.* Ein schöner Text, nicht wahr?«, fragte er Adamsberg mit einem feinen Lächeln.

»Sehr schön«, räumte Adamsberg ein, ohne sich etwas dabei zu denken.

»Nüchternheit wie Anmut, alles drin. Das ist schon was anderes als die Verse von Veyrenc, die einem wie Beton in den Ohren liegen.«

»Das ist nicht seine Schuld, seine Großmutter liebte Racine. Sie hat ihm in seiner Kindheit jeden Tag aus seinen Dramen rezitiert, Racine und immer wieder Racine. Sie hatte die Bände aus einem Brand ihres Pensionats gerettet.«

»Sie hätte lieber ein paar Lehrbücher über Anstand und gute Manieren retten und ihrem Enkel daraus vorlesen sollen.«

Adamsberg schwieg dazu, ohne Danglard aus den Augen zu lassen. Der Prozess der Eingewöhnung würde lange dauern. Im Augenblick sah es eher nach einem Duell zwischen beiden Männern aus, genauer gesagt – und das war sogar eine seiner Ursachen –, zwischen den beiden intellektuellen Schwergewichten der Brigade.

»Aber lassen wir das«, fuhr Danglard fort. »Gauchelin sagt: *Alle wehklagten sie und spornten sich an, schneller zu gehen. Der Pfarrer erkannte in diesem Zug einige seiner vor kurzem gestorbenen Nachbarn, und er hörte sie über die großen Qualen klagen, die sie wegen ihrer Verfehlungen erdulden müßten. So sah er auch,* und hier sind wir schon ganz dicht bei Ihrer Lina, *er sah auch Landri. In den Rechtssachen und den Gerichtssitzungen urteilte er nach seinen Launen, und je nach erhaltenen Geschenken änderte er seine Urteile. Er stand mehr im Dienste der Habgier und der Falschheit als im Dienste der Gerechtigkeit.* Und darum wurde Landri, Vicomte von Ordebec, von dem Wütenden Heer ›ergriffen‹. Ein ungerechtes Urteil zu sprechen wog damals ebenso schwer wie ein blutiges Verbrechen. Während man heute darauf scheißt.«

»Ja«, stimmte Zerk zu, der keinerlei kritischen Verstand gegenüber dem Commandant zu entwickeln schien.

»Doch«, fuhr Danglard fort, »was auch immer der Zeuge tut, wenn er nach dieser Schreckensvision nach Hause kommt, wie viele Messen er auch lesen lässt, die lebenden Personen, die er in der Macht der Reiter gesehen hat, sterben in der Woche, die auf die Erscheinung folgt. Oder bestenfalls drei Wochen später. Und einen Punkt sollten wir auch für die Geschichte der kleinen Frau festhalten, Kommissar: Alle, die von dem Heer ›ergriffen‹ werden, sind Schurken, schwarze Seelen, Ausbeuter, unwürdige Richter oder Mörder. Und meistens ist ihre Untat ihren Zeitgenossen nicht mal bekannt. Straflos. Darum nimmt das Heer sich ihrer an. Wann genau hat Lina die Vision gehabt?«

»Vor über drei Wochen.«

»Dann besteht kein Zweifel«, sagte Danglard ruhig, indem er sein Glas betrachtete. »Dann ist der Mann tot. Von der Mesnie Hellequin geholt.«

»Der Mesnie, Commandant?«, fragte Zerk.

»Der Maisonnée, dem Haus Hellequin, wenn du so willst. Hellequin ist sein Seigneur.«

Adamsberg kam, wieder ein bisschen neugieriger, zum Kamin zurück und lehnte sich an die backsteinerne Einfassung. Die Tatsache, dass das Wütende Heer straflos ausgegangene Mörder kennzeichnete, interessierte ihn. Ihm wurde plötzlich klar, dass die Männer in Ordebec, deren Namen Lina genannt hatte, sich nicht mehr allzu wohl in ihrer Haut fühlen dürften. Die anderen mussten sie beobachten, sich ihre Gedanken machen, sich fragen, was für ein Verbrechen sie begangen haben mochten. Denn mag man noch so wenig daran glauben, man glaubt trotzdem daran. Die tückische Idee gräbt sich ihre Gänge. Lautlos dringt sie in die unnennbaren Regionen des Geistes vor, sie schnüffelt, sie schlendert. Man stößt sie zurück, sie schweigt, sie kommt wieder.

»Auf welche Weise sterben die, die ›ergriffen‹ werden?«

»Das kommt drauf an. An einem schrecklichen Fieber oder durch Mord. Wenn es nicht durch eine blitzartig auftretende Krankheit oder einen Unfall geschieht, dann von der Hand eines Irdischen, der sich zum Vollstrecker des gnadenlosen Willens der Armee macht. Ein Mord also, aber ein vom Seigneur Hellequin befohlener Mord. Sie verstehen?«

Die beiden Gläser Wein, die er getrunken hatte – was ihm selten passierte –, hatten Adamsbergs leichte Verstimmung gelöst. Jetzt fand er, ganz im Gegenteil, dass die Begegnung mit einer Frau, die die Gabe hatte, dieses schaurige Heer zu sehen, eine seltene und anregende Erfahrung war. Und dass die realen Konsequenzen einer solchen Vision erschreckend sein konnten. Er schenkte sich noch ein halbes Glas ein und stahl sich eine Zigarette aus dem Päckchen seines Sohns.

»Ist das eine Legende speziell von Ordebec?«, fragte er.

Danglard schüttelte den Kopf.

»Nein. Die Mesnie Hellequin zieht durch ganz Nordeuropa. Durch die skandinavischen Länder, Flandern, dann durchquert sie den Norden Frankreichs und England. Aber sie wählt immer dieselben Wege. Über den von Bonneval jagt sie seit tausend Jahren.«

Adamsberg zog einen Stuhl heran und setzte sich, die Beine lang ausgestreckt, womit er den kleinen Kreis der drei Männer vor dem Kamin schloss.

»Und doch«, begann er – und da endete sein Satz wie so oft mangels eines hinreichend präzisen Gedankens, um ihn fortsetzen zu können.

Danglard hatte sich niemals an die unbestimmten Nebelschwaden des Adamsberg'schen Denkens gewöhnen können, an seine Zusammenhangslosigkeit, seine mangelnde Schlüssigkeit.

»Und doch«, fuhr er an seiner Stelle fort, »ist es nur die Geschichte einer unglücklichen jungen Frau, die immerhin so verstört ist, dass sie Visionen hat. Und einer Mutter, die so verängstigt ist, dass sie daran glaubt und sogar die Polizei um Hilfe bittet.«

»Und doch ist es auch eine Frau, die vier Tode ankündigt. Nehmen Sie mal an, Michel Herbier ist nicht weggefahren, nehmen Sie an, man findet seine Leiche.«

»Dann ist Ihre Lina in einer sehr schlimmen Lage. Wer sagt, dass sie Herbier nicht umgebracht hat? Und diese Geschichte nur erzählt, um ihre Leute zu verwirren?«

»Verwirren, wie das?«, meinte Adamsberg lächelnd. »Glauben Sie tatsächlich, dass die Reiter dieses Wütenden Heeres plausible Verdächtige für einen Bullen abgeben? Glauben Sie, Lina hält sich für schlau, wenn sie uns einen Typen als Schuldigen anbietet, der seit tausend Jahren dort in der Gegend herumreitet? Wen sollen wir da verhaften? Den Boss von dieser Hennequin-Sippe?«

»Hellequin. Und er ist Seigneur. Am Ende gar ein Nachfahre von Odin.«

Danglard füllte mit sicherer Hand sein Glas.

»Vergessen Sie's, Kommissar. Lassen Sie die Reiter ohne Beine, wo sie sind, und diese Lina auch.«

Adamsberg nickte zum Zeichen der Zustimmung, und Danglard leerte sein Glas. Nachdem er gegangen war, lief Adamsberg mit leerem Blick im Zimmer auf und ab.

»Erinnerst du dich«, sagte er zu Zerk, »als du das erste Mal hier warst, war die Glühbirne an der Decke kaputt?«

»Ist sie immer noch.«

»Wie wär's, wenn wir sie auswechselten?«

»Damals hast du gesagt, dass dir das egal ist, ob die Birnen brennen oder nicht.«

»Das stimmt. Aber es kommt immer ein Moment, wo man einen Schritt tun muss. Es kommt immer ein Moment, wo man sich sagt, dass man die Birne auswechseln wird, wo man sich sagt, morgen rufe ich den Capitaine der Gendarmerie in Ordebec an. Das muss ich dann nur auch tun.«

»Aber Commandant Danglard wird schon recht haben. Die Frau ist bestimmt nicht ganz richtig im Kopf. Was willst du mit ihrer Wütenden Armee anfangen?«

»Was mich stört, ist nicht ihre Armee, Zerk. Sondern dass da einer kommt und mir mehrere gewaltsame Tode ankündigt, auf welche Weise auch immer.«

»Ich verstehe. Also dann kümmere ich mich mal um die Birne.«

»Wartest du noch bis elf, um die Taube zu füttern?«

»Ich werde heute Nacht hier unten bleiben, um sie jede Stunde zu versorgen. Ich kann gut im Sitzen ein bisschen die Augen zumachen.«

Zerk berührte den Vogel mit dem Fingerrücken.

»Sie fasst sich nicht sehr warm an, trotz der hohen Außentemperatur.«

6

Morgens um Viertel nach sechs spürte Adamsberg, wie eine Hand ihn wachrüttelte.

»Sie hat die Augen geöffnet! Komm, sieh's dir an. Schnell.«

Zerk wusste immer noch nicht, wie er Adamsberg nennen sollte. »Vater«? Viel zu feierlich. »Papa«? Das lernte man in seinem Alter nicht mehr. »Jean-Baptiste«? Kumpelhaft und unpassend. So nannte er ihn einstweilen gar nicht, und dieser Mangel ließ in seinen Sätzen mitunter verwirrende Leerräume entstehen. Hohlräume. Aber diese Hohlräume drückten vollendet seine achtundzwanzig Jahre Abwesenheit aus.

Die beiden Männer gingen die Treppe hinunter und beugten sich über den Erdbeerkorb. Es sah besser aus, ganz eindeutig. Zerk machte sich daran, den Verband von den Beinen zu lösen und sie zu desinfizieren, während Adamsberg den Kaffee durchlaufen ließ.

»Wie wollen wir sie nennen?«, fragte Zerk, während er einen feinen sauberen Gazestreifen um die Beine wickelte. »Wenn sie überlebt, müssen wir sie schon irgendwie nennen. Wir können nicht immer ›die Taube‹ sagen. Wenn wir sie nun Violette nennen, wie die schöne Polizistin?«

»Das geht nicht. Es würde keinem Menschen je gelingen, Retancourt zu schnappen und ihr die Beine zusammenzubinden.«

»Nennen wir sie also Hellebaud, wie der Typ in der Geschichte vom Commandant. Denkst du, dass er seine Texte noch mal durchgesehen hat, bevor er herkam?«

»Ja, er muss sie wohl noch mal gelesen haben.«

»Aber selbst dann, wie hat er sie im Kopf behalten können?«

»Versuch es nicht herauszufinden, Zerk. Denn wenn man wirklich das Innere von Danglards Kopf sehen könnte, wenn wir, du und ich, darin spazieren gehen würden, ich glaube, wir würden davor mehr erschrecken als vor jedem Getöse des Wütenden Heers.«

Gleich nach seiner Ankunft in der Brigade sah Adamsberg im Telefonverzeichnis nach und rief Capitaine Louis Nicolas Émeri in der Gendarmerie von Ordebec an. Er nannte seinen Namen und bemerkte eine gewisse Unentschlossenheit auf der anderen Seite. Halblaut gemurmelte Fragen, Ansichten, Gebrabbel, Stühlerücken. Das Erscheinen von Adamsberg in einer Gendarmerie löste häufig diese sofortige Verunsicherung aus, jeder stellte sich die Frage, ob man seinen Anruf entgegennehmen oder ihn unter irgendeinem Vorwand abbiegen sollte. Schließlich war Louis Nicolas Émeri in der Leitung.

»Ich höre, Kommissar«, sagte er misstrauisch.

»Capitaine Émeri, ich rufe wegen diesem verschwundenen Mann an, dem mit dem ausgeleerten Gefrierschrank.«

»Herbier?«

»Ja. Gibt's da was Neues?«

»Nicht das Geringste. Wir haben sein Haus durchsucht und alle Nebengebäude. Keine Spur von der Person.«

Eine angenehme, vielleicht ein wenig zu wohlartikulierte Stimme, ein sehr bestimmter und ausgenommen höflicher Tonfall.

»Interessiert Sie etwas an der Angelegenheit?«, fuhr der Capitaine fort. »Es würde mich verwundern, wenn Sie von einem so gewöhnlichen Vermisstenfall betroffen sein sollten.«

»Das bin ich nicht. Ich fragte mich lediglich, was Sie zu tun gedenken.«

»Das Gesetz anwenden, Kommissar. Niemand hat einen Nachforschungsantrag gestellt, folglich fällt der Mann nicht unter die vermissten Personen. Er ist mit seinem Mofa weggefahren, und ich habe keinerlei Recht, mich an seine Fersen zu heften. Er ist ein freier Mensch«, betonte Émeri mit einer gewissen Arroganz. »Alles Vorschriftsmäßige ist getan worden, es wurde kein Verkehrsunfall gemeldet, und sein Fahrzeug wurde nirgends gesichtet.«

»Was halten Sie von seinem Verschwinden, Capitaine?«

»Nicht sehr verwunderlich, im Grunde. Herbier war nicht sehr beliebt in der Gegend, ja, viele hassten ihn regelrecht. Die Sache mit dem Gefrierschrank beweist vielleicht, dass einer von ihnen die leeren Drohungen leid war, was seine bestialischen Jagdmethoden angeht, Sie wissen, was ich meine?«

»Ja. Die Weibchen und die Jungtiere.«

»Möglich, dass Herbier eingeschüchtert wurde, dass er's mit der Angst zu tun bekam und sich sang- und klanglos aus dem Staub gemacht hat. Oder aber er hat so was wie eine Krise bekommen, Gewissensbisse, hat selber seinen Gefrierschrank ausgeräumt und alles zurückgelassen.«

»Ja, warum nicht?«

»Jedenfalls hatte er keinerlei Bekannte mehr in der Gegend. Da konnte er sein Leben auch woanders neu anfangen. Das Haus gehört nicht ihm, er hat es gemietet. Und seitdem er in Rente ist, hatte er Mühe, die fälligen Mietzahlungen zu leisten. Sofern nicht der Hauseigentümer Klage erhebt, sind mir die Hände gebunden. Wenn Sie mich fragen, er hat sich klammheimlich davongemacht.«

Émeri war aufgeschlossen und kooperativ, wie Danglard schon gesagt hatte, gleichzeitig aber schien er Adamsbergs Anruf mit einer gewissen Belustigung aufzunehmen.

»All das ist sehr gut möglich, Capitaine. Gibt es bei Ihnen einen Weg von Bonneval?«

»Ja. Und?«

»Er führt von wo nach wo?«

»Er beginnt bei dem Ort Les Illiers, fast drei Kilometer von hier, dann durchquert er einen Teil des Waldes von Alance. Von La Croix de Bois an hat er einen anderen Namen.«

»Sind dort viele Leute unterwegs?«

»Tagsüber kann man den Weg gehen. Aber niemand traut sich in der Nacht da lang. Alte Legenden, Sie wissen, was das bedeutet.«

»Sie haben sich da nicht mal ein bisschen umgesehen?«

»Wenn das eine Vermutung sein soll, Kommissar Adamsberg, dann will ich Ihnen meinerseits eine sagen. Ich vermute, Sie hatten den Besuch eines Bewohners von Ordebec. Oder irre ich mich?«

»Das stimmt, Capitaine.«

»Wer?«

»Das kann ich Ihnen nicht sagen. Eine Person, die beunruhigt ist.«

»Und ich kann mir sehr gut vorstellen, wovon sie Ihnen erzählt hat. Von dieser Truppe verfluchter Gespenster, die Lina Vendermot gesehen hat, falls man das ›sehen‹ nennen kann. Und in deren Gesellschaft sie Herbier bemerkt haben will.«

»Stimmt«, gab Adamsberg zu.

»Sie werden doch nicht darauf hereinfallen, Kommissar? Wissen Sie, warum Lina Herbier in diesem verdammten Heer gesehen hat?«

»Nein.«

»Weil sie ihn hasst. Er ist ein alter Freund ihres Vaters, der einzige vielleicht. Folgen Sie meinem Rat, Kommissar, vergessen Sie das Ganze. Dieses Mädchen hat einen Sprung in der Schüssel, hatte sie schon als Kind, jeder hier weiß das. Und jeder hütet sich vor ihr, vor ihr und ihrer ganzen Sippe von Beknackten. Ist nicht deren Schuld. Im Grunde sind sie ja sogar zu bedauern.«

»Wissen alle Leute, dass sie das Heer gesehen hat?«

»Aber ja. Lina hat es ihrer Familie und ihrer Chefin erzählt.«

»Wer ist ihre Chefin?«

»Sie ist Anwältin und Partnerin der Kanzlei Deschamps et Poulain.«

»Wer hat das Gerücht weiterverbreitet?«

»Alle. Man spricht hier seit drei Wochen von nichts anderem mehr. Es gibt starke Gemüter, die lachen darüber, aber die schwachen Geister haben Angst. Ich versichere Ihnen, wir könnten gut und gern darauf verzichten, dass Lina sich damit amüsiert, die Bevölkerung zu terrorisieren. Ich könnte mit geschlossenen Augen drauf wetten, dass seitdem niemand einen Fuß auf den Weg von Bonneval gesetzt hat. Nicht mal ein starker Geist. Und ich noch viel weniger.«

»Warum, Capitaine?«

»Denken Sie nicht, ich fürchtete mich vor was auch immer« – aus dieser Versicherung meinte Adamsberg den alten Marschall des Kaiserreichs herauszuhören –, »aber ich habe keine Lust, dass man überall herumerzählt, Capitaine Émeri glaubt an das Wütende Heer. Gleiches gilt für Sie, wenn ich Ihnen einen Rat geben darf. Man muss diese Angelegenheit möglichst niedrighängen. Aber ich werde mich jederzeit freuen, Sie hier zu empfangen, sollten Ihre Geschäfte Sie eines Tages nach Ordebec führen.«

Ein zweideutiger und etwas dorniger Gedankenaustausch, dachte Adamsberg, als er auflegte. Émeri hatte sich mokiert, wenn auch in wohlwollender Weise. Er hatte ihn erst mal kommen lassen, bereits darüber informiert, dass jemand aus Ordebec ihn aufgesucht hatte. Seine Zurückhaltung war verständlich. Eine Visionärin in seinem Revier zu haben war kein Geschenk des Himmels.

Die Brigade füllte sich allmählich, Adamsberg war ja meist schon vor der Zeit da. Die Masse von Retancourt schob sich für einen Augenblick in die Tür und ins Licht, und Adamsberg sah sie ohne jede Anmut zu ihrem Arbeitsplatz streben.

»Die Taube hat heute Morgen die Augen geöffnet«, sagte er zu ihr. »Zerk hat sie die ganze Nacht hindurch gefüttert.«

»Gute Nachricht«, sagte Retancourt schlicht, sie war kein Mensch großer Gefühle.

»Wenn sie am Leben bleibt, wird sie Hellebaud heißen.«

»Aile Beau? Das ergibt keinen Sinn.«

»Nein, ›Hellebaud‹, in einem Wort. Es ist ein sehr alter Vorname. Der Onkel oder der Neffe von ich weiß nicht mehr wem.«

»Ah, so«, meinte sie und schaltete ihren Rechner ein. »Justin und Noël wollen Sie sprechen. Momo-mèche-courte* scheint wieder mal ein Ding gedreht zu haben, aber diesmal gab's erheblichen Schaden. Der Wagen ist komplett ausgebrannt, wie gewöhnlich, aber drin saß einer und schlief. Nach den ersten Analysen soll es sich um einen alten Menschen handeln. Fahrlässige Tötung, da wird er diesmal nicht mit sechs Monaten davonkommen. Sie haben die Ermittlungen aufgenommen, aber sie erwarten, wie soll ich sagen, Ihre Orientierung.«

Retancourt hatte das Wort »Orientierung« mit einer Spur von Ironie hervorgehoben. Denn einerseits war sie der Ansicht, dass Adamsberg eine solche nicht hatte, andererseits missbilligte sie generell die Art und Weise, wie der Kommissar sich in der Hektik der Ermittlungen bewegte. Dieser Konflikt über die Vorgehensweise bestand in latenter Form seit den Anfängen, ohne dass sie oder Adamsberg irgendetwas unternommen hätten, ihn zu lösen. Was Adamsberg nicht daran hinderte, für Retancourt jene instinktive Verehrung zu empfinden, die ein Heide für den größten Baum im Wald hegen würde. Den einzigen, der wirklich eine Zuflucht bietet.

* (franz.) Momo-kurze-Zündschnur

Der Kommissar setzte sich zu Justin und Noël an den Rechner, die gerade die letzten Angaben über das ausgebrannte Auto mit dem Mann darin speicherten. Momomèche-courte hatte damit sein elftes Fahrzeug abgefackelt.

»Wir haben Mercadet und Lamarre vor dem Wohnblock in der Cité des Buttes zurückgelassen, wo Momo wohnt«, erläuterte Noël. »Der Wagen hat im 5. Arrondissement gebrannt, Rue Henri-Barbusse. Es handelt sich, wie gewöhnlich, um einen teuren Mercedes.«

»Der Mann, der dabei umgekommen ist, weiß man, wer das war?«

»Noch nicht. Es ist nichts von seinen Papieren und auch nichts vom Nummernschild übriggeblieben. Die Jungs setzen auf den Motor. Attentat auf die Großbourgeoisie, das ist die Handschrift von Momo-mèche-courte. Er hat nie außerhalb dieses Viertels gezündelt.«

»Nein«, sagte Adamsberg und schüttelte den Kopf. »Das war nicht Momo. Wir verlieren nur unsere Zeit.«

Zeit-Verlieren an sich störte Adamsberg nicht. Unempfindlich für das Brennen der Ungeduld, folgte er dem häufig hektischen Rhythmus seiner Mitarbeiter durchaus nicht im gleichen Maße, ebenso wenig wie seine Mitarbeiter sich auf sein langsames Dümpeln einzulassen verstanden. Adamsberg hatte zwar keine Methode daraus gemacht, noch weniger eine Theorie, aber was die Zeit anging, so schien ihm, dass sich in den fast unbeweglichen Intervallen einer Ermittlung mitunter die seltensten Perlen fanden. So wie die kleinen Muscheln fern von der Dünung auf hoher See in schmale Felsspalten hineinrutschen. Dort jedenfalls hatte er sie immer gefunden.

»Das ist absolut seine Handschrift«, beharrte Noël. »Der alte Mann in dem Wagen schien wohl auf jemanden gewartet zu haben. Es war dunkel, er kann eingeschlafen und dabei möglicherweise zusammengesackt sein. Im besten Fall hat Momo-mèche-courte ihn nicht gesehen. Im schlimmsten Fall hat er beide abgefackelt. Den Wagen und seinen Insassen.«

»Nicht Momo.«

Adamsberg sah das Gesicht des jungen Mannes deutlich vor sich, ein eigensinniges, intelligentes Gesicht, sehr fein geschnitten unter einer Masse lockiger schwarzer Haare. Er hätte nicht sagen können, warum er Momo nicht vergessen hatte, ja warum er ihn irgendwie mochte. Während er noch seinen Mitarbeitern zuhörte, erkundigte er sich telefonisch nach Zügen, die am selben Tag nach Ordebec fuhren, sein Auto war zur Reparatur. Die kleine Frau ließ sich nicht blicken, und der Kommissar vermutete, dass sie nach ihrer missglückten Mission am Tage zuvor in die Normandie zurückgekehrt war. Die Unwissenheit des Kommissars über das Wütende Heer hatte ihren restlichen Mut auch noch versiegen lassen. Denn den braucht es wohl, wenn man einem Bullen von einer Truppe tausendjähriger Dämonen erzählen will.

»Kommissar, er hat bereits zehn Autos in Brand gesteckt, er hat sich einen Kriegsnamen gemacht. Man bewundert ihn in der Cité. Es reizt ihn, noch weiter aufzusteigen. Von den Mercedes-Wagen, seinen Feinden, bis zu den Leuten, die sie fahren, ist für ihn nur ein Schritt.«

»Ein Riesenschritt, Noël, und den wird er nie tun. Ich habe ihn während seiner zwei vorausgehenden Haftzeiten kennengelernt. Momo würde niemals ein Auto anzünden, ohne sich den Wagen vorher angesehen zu haben.«

Ordebec hatte keinen Bahnhof, man musste in Cérenay aussteigen und einen Bus nehmen. Er würde erst gegen fünf Uhr am Ziel sein, eine ziemlich aufwendige Expedition für einen kurzen Spaziergang. Aber bei dem sommerlichen Licht hatte er alle Zeit, die fünf Kilometer des Weges von Bonneval abzulaufen. Hätte ein Mörder die Psychose dieser Lina ausnutzen wollen, dann konnte er vielleicht dort eine

Leiche abgelegt haben. Aber dieses Ausbüxen in den Wald war nicht mehr nur eine unausgesprochene Verpflichtung gegenüber der kleinen Frau, die er meinte erfüllen zu müssen, es war auch eine heilsame Flucht. Er stellte sich den Geruch des Waldweges vor, seine Schatten, das Bett aus weichen Blättern unter seinen Füßen. Er hätte irgendeinen seiner Brigadiers hinschicken oder sogar Capitaine Émeri überreden können, ihn abzugehen. Aber die Vorstellung, ihn selbst zu erkunden, hatte sich ihm im Laufe des Vormittags sanft aufgedrängt, eine Erklärung hatte er nicht, nur das dunkle Gefühl, dass ein paar Einwohner von Ordebec eine ziemlich schwere Zeit durchmachten. Er klappte sein Mobiltelefon zu und wandte seine Aufmerksamkeit wieder den beiden Lieutenants zu.

»Bleibt an dem alten Mann dran, der da verbrannt ist. Bei dem Ruf, den Momo in dieser Gegend des 5. Arrondissements genießt, ist es leicht, ihm einen Mord anzuhängen, indem man seine Methoden nachahmt, die nicht sehr kompliziert sind. Benzin und eine kurze Zündschnur sind alles, was der Mörder braucht. Er lässt den Mann im Wagen warten, kommt im Dunkeln zurück und legt Feuer. Findet heraus, wer der Mann war, ob er gut sah, ob er gut hörte. Und sucht mir den, der den Wagen fuhr und bei dem der Alte sich in Sicherheit wähnte. Das dürfte nicht allzu viel Zeit in Anspruch nehmen.«

»Momos Alibi stellen wir trotzdem fest?«

»Ja. Aber schickt die Benzinrückstände zur Analyse, Oktanzahl und so weiter. Momo benutzt Mofa-Treibstoff, der ist stark mit Öl vermischt. Überprüft die Zusammensetzung, sie steht in der Akte. Sucht heute Nachmittag nicht nach mir«, fügte er hinzu und stand auf, »ich bin bis zum Abend unterwegs.«

Wohin?, fragte stumm der Blick des hageren Justin.

»Ich will ein paar alte Reiter im Wald treffen. Dauert nicht lange. Sagt in der Brigade Bescheid. Wo ist Danglard?«

»Beim Kaffeeautomaten«, sagte Justin und deutete mit dem Finger in die obere Etage. »Er hat den Kater zu seinem Napf getragen, er war heute dran.«

»Und Veyrenc?«

»Am entgegengesetztesten Ende des Gebäudes«, sagte Noël mit hässlichem Grinsen.

Adamsberg fand Veyrenc, an die Wand gelehnt, in dem vom großen Gemeinschaftssaal am weitesten entfernten Büro.

»Ich bin dabei, mich einzuarbeiten«, sagte er und wies auf einen Stapel Akten. »Ich schau mir gerade an, woran ihr in meiner Abwesenheit so gebastelt habt. Der Kater ist dicker geworden, finde ich, und Danglard auch. Es geht ihm besser.«

»Wieso soll er nicht dicker werden? Er hängt den ganzen Tag auf dem Fotokopiergerät herum, möglichst nahe bei Retancourt.«

»Du sprichst von dem Kater. Und wenn man ihn nicht mehr zu seinem Fressnapf trüge, würde er sich vielleicht mal entschließen zu laufen.«

»Haben wir schon versucht, Louis. Dann hat er nichts mehr gefressen, und wir haben den Versuch nach vier Tagen abgebrochen. Er läuft übrigens sehr gut. Sobald Retancourt weggeht, kann er sehr wohl von seinem Sockel heruntersteigen, um sich auf ihren Stuhl zu setzen. Und was Danglard angeht, er hat während des Kongresses in London eine neue Freundin gefunden.«

»Also darum. Aber als er mich heute Morgen traf, schien es, als kräusele sich sein ganzes Wesen vor Unmut. Hast du ihn über dieses Heer befragt?«

»Ja. Sehr alt.«

»In der Tat«, bestätigte Veyrenc lächelnd. »*In alten Furchen verborgen, tote Geschichten ruhen. / Weck sie nicht auf, heb nicht den Deckel der Truhen, / Der sie verschlossen hält.*«

»Mach ich auch nicht, ich werde nur mal über den Weg von Bonneval spazieren.«

»Ist das ein Grimweld?«

»Der von Ordebec.«

»Weiß Danglard von deinem kleinen Ausflug?« Veyrenc hämmerte in die Tastatur seines Rechners.

»Ja, und er hat sich vor Unmut gekräuselt. Er hat mir zwar mit dem größten Vergnügen die Geschichte von dem Heer erzählt, aber es gefällt ihm gar nicht, dass ich ihr nachspüre.«

»Hat er dir von den ›Ergriffenen‹ erzählt?«

»Ja.«

»Dann solltest du wissen, falls es das ist, was du suchst, dass die Leichen der Ergriffenen nur äußerst selten auf einem Grimweld zurückgelassen werden. Man findet sie einfach bei sich zu Hause oder auf einer abgelegenen Lichtung oder in einem Brunnenschacht oder auch in der Nähe einer nicht mehr benutzten Kultstätte. Denn du weißt, dass verlassene Kirchen den Dämon anziehen. Kaum hast du den Ort aufgegeben, zieht das Böse dort ein. Und wer vom Heer ergriffen wird, den holt zwangsläufig der Dämon.«

»Logisch.«

»Sieh mal«, sagte er und wies auf seinen Monitor. »Das ist die Karte vom Wald von Alance.«

»Hier«, sagte Adamsberg und fuhr mit dem Finger eine Linie entlang, »das muss der Weg sein.«

»Und dort hast du die Kapelle von Saint-Antoine d'Alance. Und ganz entgegengesetzt im Süden einen Kalvarienberg. Das sind Orte, die du aufsuchen kannst. Hab ein Kreuz dabei zu deinem Schutz.«

»Ich hab einen Bachkiesel in der Tasche.«

»Der tut's auch.«

7

Es war an die sechs Grad kühler in der Normandie, und sobald Adamsberg auf dem nahezu verlassenen Platz des Busbahnhofs stand, reckte er seinen Kopf in den frischen Wind, ließ ihn über seinen Nacken streichen und hinter die Ohren, in einer fast kreatürlichen Bewegung, ein wenig wie ein Pferd, das die Bremsen verscheucht. Er umging Ordebec von Norden her, und eine halbe Stunde später betrat er den Weg von Bonneval, der durch ein altes, handbemaltes hölzernes Schild ausgewiesen war. Der Pfad war schmal, ganz im Gegenteil zu dem, was er gedacht hatte, vermutlich weil die Vorstellung vom Durchzug Hunderter bewaffneter Männer das Bild eines breiten und beeindruckenden Reitweges heraufbeschworen hatte, der unter einem geschlossenen Dom hoher Buchen verläuft. Der Weg war indes sehr viel bescheidener, er bestand aus zwei durch eine grasbewachsene Erhebung getrennten Wagenspuren und war gesäumt von Entwässerungsgräben, die von Brombeersträuchern, von Ulmenschösslingen und Haselnusspflänzchen überwuchert waren. Viele der Beeren waren schon reif – durch die ungewöhnliche Hitze lange vor der Zeit –, und Adamsberg pflückte sie im Vorübergehen. Er lief langsam, streifte mit seinem Blick das Unterholz, aß ohne Eile die Beeren, die er in der Hand hielt. Eine Menge Fliegen umschwirrten sein Gesicht, um den Schweiß davon aufzusaugen.

Alle drei Minuten blieb er stehen, um seinen Brombeervorrat zu erneuern, wobei er sich sein altes schwarzes Hemd an den Dornen zerriss. Auf halbem Wege blieb er plötzlich stehen, weil er sich erinnerte, dass er Zerk keine Nachricht hinterlassen hatte. Er war so sehr an sein Alleinsein gewöhnt, dass es ihn Mühe kostete, andere über seine Abwesenheiten zu informieren. Er gab Zerks Nummer ein.

»Hellebaud hat sich auf die Füße gestellt«, verkündete ihm der junge Mann. »Seine Körner hat er ganz allein gefressen. Allerdings hat er hinterher auf den Tisch geschissen.«

»So ist das nun mal, wenn das Leben zurückkehrt. Leg solange ein Stück Plastikfolie auf den Tisch. Das findest du auf dem Dachboden. Ich komme erst heute Abend zurück, Zerk, ich bin auf dem Weg von Bonneval.«

»Und, siehst du sie?«

»Nein, dazu ist es noch zu hell. Ich seh mich um, ob ich nicht die Leiche des Jägers finde. Hier ist kein Mensch in den letzten drei Wochen langgegangen, alles ist voller Brombeeren, sie sind dieses Jahr schon früher reif. Wenn Violette anruft, sag ihr nicht, wo ich bin, sie würde das nicht mögen.«

»Klar«, erwiderte Zerk – und Adamsberg sagte sich, dass sein Sohn schlauer war, als es den Anschein hatte. So trug er Krümel für Krümel ein wenig Wissen über ihn zusammen.

»Ich habe die Birne in der Küche ausgewechselt«, fügte Zerk hinzu. »Die auf der Treppe brennt auch nicht. Soll ich da auch eine neue reinschrauben?«

»Ja, aber kein zu helles Licht. Ich mag es nicht, wenn man alles sieht.«

»Wenn du auf das Heer triffst, ruf mich an.«

»Ich glaube nicht, Zerk, dass ich das kann. Sein Durchzug dürfte den Empfang stören. Der Aufeinanderprall zweier verschiedener Zeiten.«

»Ja, sicher«, sagte der junge Mann zustimmend, bevor er auflegte.

Adamsberg ging noch achthundert Meter weiter, immer mit dem Blick ins Unterholz. Denn Herbier war tot, da war er sicher, und das war der einzige Punkt, in dem er mit der kleinen Frau Vendermot übereinstimmte, die davonfliegen würde, wenn man sie anpustete. Und er stellte fest, dass er schon wieder vergessen hatte, wie die Samenkörnchen des Löwenzahns hießen.

Da war eine Gestalt auf dem Weg, Adamsberg kniff die Augen zusammen und ging langsamer weiter. Eine sehr lange Gestalt, die auf einem Baumstamm saß, sie war so alt und zusammengekrümmt, dass er fürchtete, ihr Angst einzujagen.

»Hello«, sagte die alte Frau, als sie ihn kommen sah.

»Hello«, antwortete Adamsberg überrascht.

»Hello« war eines der wenigen englischen Wörter, die er kannte, neben »yes« und »no«.

»Sie haben lange gebraucht vom Bahnhof bis hierher«, bemerkte sie.

»Ich habe Brombeeren gepflückt«, erklärte Adamsberg, wobei er sich fragte, wie eine so feste Stimme aus diesem schmalen Gehäuse kommen konnte. Schmal, aber stabil. »Sie wissen, wer ich bin?«

»Nicht ganz. Lionel hat Sie aus dem Pariser Zug aussteigen und den Bus nehmen sehen. Bernard hat's mir erzählt, eins kommt zum andern, und da sind Sie. Bei den heutigen Zeiten und bei allem, was so vor sich geht, kann das kaum was anderes sein als ein Polizist aus der Stadt. Bei uns ist dicke Luft. Wobei – Michel Herbier ist kein großer Verlust.«

Die alte Frau schniefte geräuschvoll, fuhr sich mit dem Handrücken unter ihrer sehr großen Nase entlang, um einen Tropfen aufzufangen.

»Und Sie haben auf mich gewartet?«

»Aber nein, ich warte auf meinen Hund. Er ist verrückt nach der Hündin von dem Gehöft in Les Longes, gleich dahinten. Wenn ich ihn nicht von Zeit zu Zeit herbringe, damit er sie decken kann, dreht er mir durch. Renoux, der Bauer auf Les Longes, tobt, er sagt, er will nicht den ganzen Hof voll kleiner Bastarde haben. Aber was kann man dagegen machen? Nichts. Und wegen meiner Sommergrippe habe ich ihn seit zehn Tagen nicht mehr herbringen können.«

»Und haben Sie keine Angst, so allein auf diesem Weg?«

»Weswegen?«

»Wegen dem Wütenden Heer«, probierte Adamsberg.

»Du liebe Güte«, die Frau schüttelte den Kopf. »Erstens ist nicht Nacht, und selbst wenn, ich sehe die sowieso nicht. Das ist nicht jedem gegeben.«

Adamsberg bemerkte eine riesige Brombeere über dem Kopf der großen Frau, aber er wagte nicht, sie deshalb zu stören. Seltsam, dachte er, wie der Sammelinstinkt den Menschen ergreift, kaum dass er zwanzig Schritte in den Wald getan hat. Das hätte seinem Prähistorikerfreund Mathias gefallen. Denn wenn man's recht bedenkt, ist nur das Pflücken so verführerisch. Denn die Brombeere an sich ist keine so unwiderstehliche Frucht.

»Ich heiße Léone«, sagte die Frau und wischte sich einen neuerlichen Tropfen von ihrer großen Nase. »Aber man nennt mich Léo.«

»Jean-Baptiste Adamsberg, Kommissar der Brigade criminelle von Paris. Habe mich gefreut, Sie kennengelernt zu haben«, fügte er höflich hinzu. »Ich werde dann mal weitergehen.«

»Wenn es Herbier ist, den Sie suchen, den finden Sie dort drüben nicht. Er liegt zerstückelt in seinem schwarzen Blut, zwei Schritt von der Kapelle von Saint-Antoine entfernt.«

»Tot?«

»Schon lange. Nicht, dass mir darüber die Tränen kommen, aber schön ist es nicht anzusehen. Wer das getan hat, der war nicht gerade zimperlich, man erkennt nicht mal mehr den Kopf.«

»Haben die Gendarmen ihn gefunden?«

»Nein, junger Mann, ich war's. Ich bringe öfter mal einen Blumenstrauß zur Kapelle, mir gefällt es nicht, dass der heilige Antonius so alleingelassen wird. Der Heilige beschützt die Tiere. Haben Sie eins, ein Tier?«

»Ich habe eine kranke Taube.«

»Das trifft sich ja gut, sehen Sie. Wenn Sie bei der Kapelle sind, müssen Sie an sie denken. Der heilige Antonius hilft einem auch, verlorene Dinge wiederzufinden. Jetzt, wo ich alt werde, verliere ich schon mal was.«

»Hat Sie das nicht schockiert? Dieser Leichnam da oben?«

»Es ist nicht dasselbe, wenn man damit rechnet. Ich wusste ja, dass man ihn umgebracht hat.«

»Wegen der Sache mit dem Heer?«

»Wegen meines Alters, junger Mann. Hier kann kein Vogel ein Ei legen, ohne dass ich's weiß oder spüre. Zum Beispiel, Sie können sicher sein, dass letzte Nacht der Fuchs sich ein Huhn vom Hof von Deveneux geholt hat. Dabei hat er nur noch drei Beine und einen Stummel von Schwanz.«

»Der Bauer?«

»Der Fuchs, ich hab seinen Kot gesehen. Aber glauben Sie mir, der kommt klar damit. Vergangenes Jahr hatte eine Kohlmeise sich ihn ausgeguckt. Hab so was zum ersten Mal gesehen. Sie lebte auf seinem Rücken, und er hat sie nie gefressen. Sie und keine andere, wohlgemerkt. Es gibt so viele kleine Dinge in der Welt, haben Sie das schon mal bemerkt? Und da jedes kleine Ding sich nie in der gleichen Form wiederholt und auch noch andere Dinge in Schwingung versetzt, geht das immer so weiter und weiter. Wenn Herbier noch lebte, hätte er den Fuchs eines Tages getötet und damit auch die Kohlmeise. Da hätte es bei den Gemeindewahlen wieder mächtigen Stunk gegeben. Aber ob die Meise in diesem Jahr wiedergekommen ist, weiß ich nicht. Man wird's wohl nie erfahren.«

»Sind die Gendarmen schon vor Ort? Haben Sie es ihnen gemeldet?«

»Wie sollte ich denn? Ich muss auf meinen Hund warten.

Aber wenn Sie's so eilig haben, brauchen Sie doch nur selbst bei denen anzurufen.«

»Ich glaube, das ist keine so gute Idee«, sagte Adamsberg nach einem Augenblick. »Die Gendarmen mögen es nicht, wenn die Jungs aus Paris sich in ihre Angelegenheiten einmischen.«

»Und warum sind Sie dann hier?«

»Weil eine Frau von hier bei mir war. Also bin ich mal vorbeigekommen.«

»Die Mutter Vendermot. Sie hat ganz sicher Angst um ihre Kinder. Wie sie ebenso sicher besser geschwiegen hätte. Aber diese Geschichte beunruhigt sie dermaßen, dass sie nicht anders konnte, als Hilfe zu holen.«

Ein großer gelbbrauner Hund mit langen Schlappohren brach plötzlich bellend aus dem Gebüsch und legte seinen Kopf auf die langen, mageren Beine seiner Herrin, die Augen geschlossen wie zum Zeichen der Dankbarkeit.

»Hello, Flem«, sagte sie und wischte sich die Nase, während der Hund seine eigene Schnauze an ihrem grauen Rock abwischte. »Sehen Sie, wie zufrieden er ausschaut.«

Léo zog ein Stück Zucker aus ihrer Tasche und steckte es in die Hundeschnauze. Dann begann Flem aufgeregt vor Neugier Adamsberg zu umkreisen.

»Ist ja gut, Flem« sagte Adamsberg und klopfte ihm den Hals.

»Sein richtiger Name ist Flemmard. Er war ein Faulenzer von klein auf. Es gibt immer Leute, die sagen, außer überall rumbumsen kann er nichts anderes. Und ich sage, das ist immer noch besser, als alle Leute zu beißen.«

Die alte Frau stand auf, klappte ihr ganzes gebeugtes Gestell auseinander und stützte sich auf ihre beiden Stöcke.

»Wenn Sie nach Hause gehen, um die Gendarmen anzurufen«, fragte Adamsberg, »haben Sie etwas dagegen, wenn ich Sie begleite?«

»Im Gegenteil, ich bin gern in Gesellschaft. Aber ich laufe

nicht sehr schnell. Wenn wir die Abkürzung durch den Wald nehmen, sind wir in einer halben Stunde da. Früher, zu Lebzeiten von Ernest, hatte ich den Hof zu einer Herberge gemacht. Wir boten Übernachtung und Frühstück. Zu der Zeit, ja, da waren immer Leute um uns herum, junge vor allem. Es ging fröhlich zu, ein ständiges Kommen und Gehen. Vor zwölf Jahren hab ich dann aufhören müssen, und jetzt ist es sehr viel eintöniger. Wenn ich also Gesellschaft finde, sage ich nicht nein. Keinen zum Reden zu haben ist nicht gut.«

»Es heißt, die Normannen reden nicht gern«, wagte Adamsberg sich vor, während er hinter der Frau herlief, die einen leichten Geruch von Holzfeuer verströmte.

»Nicht, dass sie nicht gern redeten, sie antworten nicht gern. Das ist nicht dasselbe.«

»Was macht man also, wenn man eine Frage stellen will?«

»Man weiß sich zu helfen. Kommen Sie mit mir bis zur Herberge? Der Hund hat nämlich jetzt Hunger.«

»Ich begleite Sie. Um wie viel Uhr geht der Abendzug?«

»Der Abendzug, junger Mann, ist schon vor einer guten Viertelstunde durch. Zwar gibt es noch den von Lisieux, aber der letzte Bus dahin fährt in zehn Minuten, und den kriegen Sie auf keinen Fall.«

Adamsberg hatte nicht geplant, über Nacht in der Normandie zu bleiben, er hatte nichts weiter bei sich als etwas Geld, seinen Ausweis und seine Schlüssel. Das Wütende Heer nagelte ihn auf der Stelle fest. Die Alte kümmerte das nicht, mit flinken Bewegungen schlüpfte sie zwischen den Bäumen hindurch, immer auf ihre Stöcke gestützt. Man hätte meinen können, eine Heuschrecke, die in Sprüngen über die Wurzeln setzte.

»Es gibt doch vielleicht ein Hotel in Ordebec.«

»Das ist kein Hotel, das ist ein Kaninchenstall«, versicherte die Alte mit ihrer kräftigen Stimme. »Aber es wird renoviert. Sie haben ja sicher Bekannte, bei denen Sie schlafen können, nehme ich an.«

Adamsberg erinnerte sich, wie zögernd die Normannen direkte Fragen stellten, was ihm schon in dem Dorf Haroncourt* Schwierigkeiten bereitet hatte. Wie Léone umgingen die Männer in Haroncourt das Hindernis, indem sie eine Tatsache, welche auch immer, behaupteten, um eine Antwort herauszufordern.

»Sie werden irgendwo übernachten, nehme ich an«, hakte Léone noch einmal nach. »Weiter, Flem. Er muss immer an alle Bäume pinkeln.«

»Genau so einen Nachbarn hab ich«, sagte Adamsberg und dachte an Lucio. »Nein, ich kenne niemanden hier.«

»Sie können natürlich im Heu schlafen. Im Augenblick haben wir eine ungewöhnliche Hitzewelle, aber trotzdem ist es feucht am Morgen. Sie kommen aus einer anderen Ecke, nehme ich an.«

»Aus dem Béarn.«

»Das ist weiter im Osten.«

»Im Südwesten, dicht bei Spanien.«

»Und Sie waren schon mal hier in der Nähe, vermute ich.«

»Ich habe Freunde im Café von Haroncourt.«

»Haroncourt im Departement Eure? Im Café an der Markthalle?«

»Ja. Dort habe ich Freunde. Vor allem Robert.«

Léo blieb schlagartig stehen, was Flem ausnutzte, um sich einen neuen Baum auszusuchen. Dann lief sie weiter und murmelte auf fünfzig Metern leise vor sich hin.

»Robert ist ein entfernter Verwandter von mir«, sagte sie schließlich, ganz aufgewühlt von der überraschenden Nachricht. »Ein guter entfernter Verwandter.«

»Er hat mir zwei Geweihstangen geschenkt. Die hab ich noch immer in meinem Büro.«

»Also, wenn er das getan hat, hat er Sie wohl sehr ge-

* Fred Vargas, *Die dritte Jungfrau.*

schätzt. Man gibt nicht jedem Dahergelaufenen ein paar Stangen.«

»Das will ich hoffen.«

»Wir reden doch hier von Robert Binet?«

»Ja.«

Adamsberg legte noch etwa hundert Meter im Kielwasser der alten Dame zurück. Inzwischen konnte man durch die Baumstämme den Verlauf einer Straße erkennen.

»Wenn Sie ein Freund von Robert sind, ist das was anderes. Dann könnten Sie *Chez Léo* übernachten, wenn es sich mit dem, was Sie vorhatten, vereinbaren lässt. *Chez Léo,* das ist bei mir. Es war der Name meiner Herberge.«

Der Appell der alten Frau, die sich langweilte, war unüberhörbar, obwohl Adamsberg nicht recht wusste, wie er sich entscheiden sollte. Doch, wie er zu Veyrenc gesagt hatte, Entscheidungen fallen lange, bevor man sie ausspricht. Er hatte nirgendwo eine Bleibe für die Nacht, und die ruppige Alte gefiel ihm. Selbst wenn er sich ein bisschen reingelegt fühlte, so als hätte Léo alles von vornherein so geplant.

Fünf Minuten später kam *Chez Léo* in Sicht, ein langgestrecktes, eingeschossiges altes Haus, das sich seit mindestens zwei Jahrhunderten wer weiß wie auf seinen Balken hielt. Und in seinem Innern schien sich seit Jahrzehnten nichts verändert zu haben.

»Setzen Sie sich auf die Bank«, sagte Léo, »wir werden Émeri anrufen. Er ist kein schlechter Kerl, ganz im Gegenteil. Manchmal bläst er sich ein bisschen auf, weil er einen Vorfahren hat, der Marschall war unter Napoleon. Doch insgesamt mögen wir ihn ganz gern. Allerdings hat der Beruf ihn mit der Zeit deformiert. Wenn einer den Leuten ständig misstrauen muss, wenn er immerzu strafen muss, das macht den Charakter nicht besser. Ihnen geht das genauso, nehme ich an.«

»Zweifellos.«

Léo zog einen Hocker an das große alte Telefon heran.

»Nun ja«, seufzte sie, während sie die Nummer wählte, »ist halt ein notwendiges Übel, die Polizei. Während des Krieges war sie ein Übel schlechthin. Bestimmt hat's unter denen so manch einen gegeben, den sich das Wütende Heer geholt hat. Wir werden uns ein Feuerchen machen, es wird kühl. Das können Sie sicher, nehme ich an. Den Holzschuppen finden Sie, wenn Sie aus dem Haus rauskommen, gleich links. Hello, Louis, hier spricht Léo.«

Als Adamsberg mit einer Ladung Holz auf dem Arm zurückkam, war Léo noch immer am Reden. Und es war eindeutig zu erkennen, dass Émeri der Unterlegene war. Mit entschiedener Geste streckte sie dem Kommissar die alte Hörmuschel hin.

»Na, weil ich dem heiligen Antonius immer mal ein paar Blumen hinbringe, das weißt du doch. Also hör mal, Louis, du wirst mir jetzt nicht auf den Wecker fallen unter dem Vorwand, dass ich seine Leiche gefunden habe, oder? Wenn du deinen Hintern ein bisschen bewegt hättest, hättest du ihn von allein gefunden, und das hätte mir allerhand Ärger erspart.«

»Reg dich nicht auf, Léo, ich glaube dir.«

»Sein Mofa ist auch dort, es liegt im Haselnussgehölz. Wenn du mich fragst, so hat ihn einer dahinbestellt, und er hat sein Fahrzeug in die Büsche geschmissen, damit man es ihm nicht klaut.«

»Ich geh hin, Léo, danach komme ich bei dir vorbei. Um acht bist du doch noch nicht im Bett?«

»Um acht beende ich gerade mein Abendessen. Und ich mag es nicht, wenn man mich dabei stört.«

»Acht Uhr dreißig.«

»Das passt mir nicht, ich hab einen Cousin aus Haroncourt zu Besuch. Einen Gendarmen empfangen am Abend seiner Ankunft, das ist nicht sehr höflich. Und außerdem bin ich müde. Im Wald rumlaufen, das ist nichts mehr für mein Alter.«

»Darum frage ich mich ja auch, warum du bis zur Kapelle gelaufen bist.«

»Das habe ich dir gesagt. Um Blumen hinzubringen.«

»Du sagst immer nur ein Viertel von dem, was du weißt.«

»Der Rest würde dich nicht interessieren. Du tätest besser daran, dich auf die Socken zu machen, bevor die Tiere ihn fressen. Und wenn du mich sprechen willst, dann morgen.«

Adamsberg legte den Hörer zurück und begann das Feuer anzuzünden.

»Louis Nicolas vermag überhaupt nichts gegen mich«, erklärte Léonie, »ich hab ihm das Leben gerettet, als er ein kleiner Knirps war. Der dumme Bengel war kopfüber in den Jeanlin-Teich gefallen, ich hab ihn am Hosenboden herausgezogen. Mir kann er nicht mit seinem kaiserlichen Marschall kommen.«

»Er stammt hier aus der Gegend?«

»Er ist hier geboren.«

»Wie hat er dann hierher beordert werden können? Man setzt Bullen nie in ihrer Heimatregion ein.«

»Das weiß ich, junger Mann. Aber er hat Ordebec mit elf Jahren verlassen, und seine Eltern waren hier nicht wirklich verwurzelt. Er war lange Zeit in der Nähe von Toulon, dann in der Gegend von Lyon, danach hat er den Dispens bekommen. Er kennt die Leute hier gar nicht mehr richtig. Aber er wird vom Grafen protegiert, da läuft's von allein.«

»Dem hiesigen Grafen?«

»Rémy, dem Grafen von Ordebec. Sie essen mit von der Suppe, nehme ich an.«

»Danke«, sagte Adamsberg und reichte seinen Teller hin.

»Es ist Mohrrübe. Danach gibt es Braten mit Sahnesauce.«

»Émeri sagt, diese Lina sei total verrückt.«

»Das stimmt nicht«, sagte Léone und fuhr einen großen Löffel Suppe in ihren kleinen Mund ein. »Sie ist ein lebhaftes und anständiges Mädchen, da gibt's gar nichts. Außerdem hat sie ja nicht unrecht gehabt mit dem, was sie gesagt hat. Er ist tatsächlich tot, Herbier. Louis Nicolas wird ihn finden, so viel steht jedenfalls fest.«

Adamsberg wischte seinen Suppenteller mit einem Stück Brot aus, wie Léo, und trug den Braten herein: Kalb mit grünen Bohnen, und mit ihm den Geruch von Holzfeuer.

»Und da sie nicht so sehr beliebt sind, sie und ihre Brüder«, fuhr Léone fort, während sie das Fleisch ein bisschen rabiat zerteilte, »wird's einen schönen Schlamassel geben. Denken Sie nicht, dass sie nicht nett wären, aber die Leute haben immer Angst vor dem, was sie nicht begreifen. Und Lina mit ihrer besonderen Gabe, und ihre Brüder, die auch nicht gerade angepasst sind, das trägt nicht zu ihrem guten Ruf bei.«

»Im Zusammenhang mit dem Wütenden Heer.«

»Damit und mit anderen Dingen. Die Leute sagen, dass sie den Teufel im Haus haben. Hier ist es wie überall, es gibt eine Menge Hohlköpfe, die füllen sich schnell mit irgendwas, wenn möglich, mit dem Schlimmsten. Denn das mögen sie alle, das Schlimmste. Man langweilt sich ja so.«

Léone unterstrich ihre Erklärung mit einer Kinnbewegung und verschlang einen großen Bissen Fleisch.

»Sie haben Ihre Meinung zum Wütenden Heer, nehme ich an«, sagte Adamsberg, Léones Methode folgend, um sie auszufragen.

»Das kommt drauf an, wie man es sieht. In Ordebec denkt so manch einer, dass der Seigneur Hellequin im Dienst des Satans steht. Ich selbst glaube nicht allzu viel, aber wenn einige Leute überleben, weil sie heilig sind, wie der heilige Antonius, warum überleben dann andere nicht, weil sie boshaft sind? Denn die in Hellequins Gefolge sind allesamt böse Menschen. Wissen Sie das?«

»Ja.«

»Und darum werden sie ergriffen. Andere wieder meinen, dass die arme Lina Visionen hat, dass sie krank ist im Kopf. Sie war schon bei Ärzten, aber sie haben nichts gefunden. Wieder andere sagen, dass ihr Bruder Satansröhrlinge ins Pilzomelette mischt und sie davon Halluzinationen kriegt. Sie kennen den Satansröhrling, nehme ich an. Den mit dem roten Fuß.«

»Ja.«

»Tatsächlich«, sagte Léone ein wenig enttäuscht.

»Er verursacht allenfalls schwere Bauchschmerzen.«

Léone trug die Teller in die dunkle kleine Küche und machte sich schweigend an den Abwasch, ganz in ihre Aufgabe vertieft. Adamsberg trocknete ab.

»Mir ist das alles egal«, hob Léone wieder an, während sie ihre großen Hände trocknete. »Es geht ja nur darum, dass Lina das Heer sieht, und das, das ist sicher. Ob dieses Heer wahr ist oder falsch, darüber kann ich nicht urteilen. Doch jetzt, wo Herbier tot ist, werden die anderen über sie herfallen. Schließlich sind Sie ja auch deswegen hier.«

Die alte Frau griff wieder zu ihren Stöcken und kehrte zu ihrem Platz am Tisch zurück. Aus der Schublade zog sie eine Zigarrenkiste von beachtlichem Format. Sie nahm eine Zigarre heraus, führte sie unter ihrer Nase entlang, leckte über das Ende und zündete sie mit Sorgfalt an, Adamsberg die offene Schachtel hinschiebend.

»Die schickt mir ein Freund, er hat sie aus Kuba. Ich habe zwei Jahre in Kuba gelebt, vier in Schottland, drei in Argentinien und fünf auf Madagaskar. Mit Ernest haben wir überall Restaurants aufgemacht, wir haben was von der Welt gesehen. Und Küche vom Feinsten. Seien Sie doch so freundlich und geben Sie uns den Calvados heraus, unten aus dem Wandschrank, und schenken Sie uns zwei Gläschen ein. Sie trinken doch einen Schluck mit mir, nehme ich an.«

Adamsberg folgte ihrer Bitte, er begann sich allmählich sehr wohl zu fühlen in diesem schlecht beleuchteten kleinen Raum, mit dieser Zigarre, diesem Glas, diesem Feuer und dieser großen alten Léo, zerknittert wie ein trockener Putzlappen, und ihrem schnarchenden Hund auf dem Boden.

»Warum bin ich hier, Léo? Wenn ich Sie so nennen darf?«

»Um Lina und ihre Brüder zu schützen. Ich habe keine Kinder, und sie ist ein bisschen wie eine Tochter für mich. Sollte es noch mehr Tote geben, ich meine, wenn die, die sie im Heer gesehen hat, auch sterben, dann ist hier was los. Die gleiche Geschichte ist in Ordebec schon mal passiert, kurz vor der Revolution. Der Mann hieß François-Benjamin, er hatte vier böse Menschen in Hellequins Gefolge gesehen, die von ihm ergriffen worden waren. Aber auch er hatte nur drei der vier Namen nennen können. Wie Lina. Und zwei dieser Männer starben elf Tage später. Da bekamen die Leute solche Angst – wegen der namenlosen vierten Person –, dass sie meinten, sie könnten die Tode der Mesnie aufhalten, wenn sie den umbrächten, der sie gesehen hatte. François-Benjamin wurde mit Heugabeln erschlagen, und dann haben sie ihn auf dem Marktplatz verbrannt.«

»Und der Dritte starb nicht?«

»Doch. Und nach ihm der Vierte, in der vorhergesagten Reihenfolge. So dass es also nichts gebracht hatte, dass sie François-Benjamin aufgespießt hatten.«

Léo nahm einen Calva, spülte sich den Mund, schluckte geräuschvoll und genießerisch, dann tat sie einen langen Zug an ihrer Zigarre.

»Und ich möchte nicht, dass Lina das Gleiche passiert. Die Zeiten haben sich geändert, heißt es. Das will lediglich besagen, dass man heute diskreter ist. Dass man es nicht mit Forke und Feuer tut, sondern auf andere Weise. Alle hier, die eine Untat auf dem Gewissen haben, sind schon starr vor Entsetzen, da können Sie sicher sein. Vor Angst, ergriffen zu werden, und davor, dass sie herauskommt.«

»Eine schwere Untat? Ein Mord?«

»Nicht unbedingt. Ein niederträchtiger Raub, eine Verleumdung oder falsche Rechtsprechung. Es würde sie sehr beruhigen, wenn sie Lina beseitigen und ihr Geschwätz zum Schweigen bringen könnten. Weil das die Verbindung zum Heer unterbricht, verstehen Sie. So sagen sie. Genau wie früher. Wir haben uns nicht groß weiterentwickelt, Kommissar.«

»Ist Lina seit diesem François-Benjamin die Erste, die das Heer wieder gesehen hat?«

»Natürlich nicht, Kommissar«, sagte sie mit ihrer heiseren Stimme in einer Wolke von Qualm, als tadelte sie einen Schüler, der sie enttäuscht. »Wir sind in Ordebec. Es gibt wenigstens einen *passeur* in jeder Generation hier. Der *passeur,* der Fährmann, ist der, der sie sieht, das Verbindungsglied zwischen den Lebenden und dem Heer. Vor Linas Geburt war es Gilbert. Man erzählt sich, er habe überm Weihwasserbecken seine Hand auf den Kopf der Kleinen gelegt und so die Bestimmung an sie weitergegeben. Und wenn man die Bestimmung hat, nützt es einem nichts wegzulaufen, das Heer holt einen immer wieder auf den Grinvèlde zurück. Oder den Grimweld, wie sie im Osten sagen.«

»Aber niemand hat diesen Gilbert getötet, oder?«

»Nein«, sagte Léo und blies eine dicke runde Wolke in die Luft. »Aber der Unterschied ist, dass dieses Mal Lina, wie François-Benjamin, vier Männer gesehen hat, doch nur drei hat benennen können: Herbier, Glayeux und Mortembot. Den vierten nennt sie nicht. Wenn also Glayeux und Mortembot auch sterben, wird die Angst in der ganzen Stadt umgehen. Weil man nicht weiß, wer der Nächste ist, wird sich niemand mehr sicher fühlen. Schon die Ankündigung der Namen von Glayeux und Mortembot hat einen mächtigen Wirbel ausgelöst.«

»Warum?«

»Wegen der Gerüchte, die schon lange über sie in Umlauf sind. Es sind bösartige Männer.«

»Was machen sie?«

»Glayeux baut Fenster für alle Kirchen in der Region, er ist handwerklich sehr begabt, aber kein besonders liebenswerter Mensch. Er hält sich für was Besseres als die Bauernärsche hier und lässt das alle Welt auch gern wissen. Dabei war sein Vater nur Kunstschmied in Charmeuil-Othon. Und ohne die Bauernärsche, die so fleißig zur Messe gehen, bekäme er keine Aufträge für Kirchenfenster. Mortembot ist Pflanzenzüchter an der Straße nach Livarot, der ist ein schweigsamer Mensch. Es leuchtet ein, dass sie, seitdem das Gerücht umläuft, beide ein Problem haben. Die Kundschaft in der Baumschule macht sich rar, man geht ihnen aus dem Weg. Und wenn erst bekannt wird, dass Herbier tot ist, wird es noch viel schlimmer werden. Darum sage ich ja, Lina hätte besser geschwiegen. Aber die Fährleute haben von jeher dieses Problem. Sie fühlen sich verpflichtet zu reden, um den Ergriffenen eine Chance zu geben. Sie verstehen, vermute ich, was die ›Ergriffenen‹ sind.«

»Ja.«

»Die Fährleute reden, denn es könnte ja sein, dass es den Ergriffenen gelingt, ihr Unrecht wiedergutzumachen. Darum also ist Lina in Gefahr, und Sie könnten sie schützen.«

»Ich kann überhaupt nichts tun, Léo, es ist Émeris Fall.«

»Aber Émeri macht sich keine Gedanken um Lina. Diese ganze Geschichte mit dem Wütenden Heer nervt ihn, sie widert ihn an. Er glaubt, wir haben uns verändert, er glaubt, dass die Leute vernünftig geworden sind.«

»Erst mal wird man Herbiers Mörder suchen. Und die beiden anderen sind ja noch am Leben. So dass auch Lina im Augenblick nicht bedroht ist.«

»Mag sein«, sagte Léo und blies auf ihren Zigarrenstummel.

Um in eines der Schlafzimmer zu gelangen, musste man aus dem Haus hinausgehen, jedes Zimmer führte direkt nach draußen durch eine elend knarrende Tür, die Adamsberg an Tuilot Juliens Tür erinnerte, jene Tür, die ihm die

Anklage erspart hätte, wenn er es gewagt hätte, sie zu benutzen. Léo wies ihm mit ihrer Stockspitze sein Zimmer.

»Man muss sie anheben, damit sie nicht allzu sehr kreischt.«

»Ich weiß nicht mal Ihren Namen, Léo.«

»Den wollen die Polizisten immer wissen. Und Ihrer?«, fügte sie hinzu und spuckte ein paar Tabakkrümel aus, die ihr auf der Zunge kleben geblieben waren.

»Jean-Baptiste Adamsberg.«

»Wundern Sie sich nicht, in Ihrem Zimmer steht eine ganze Sammlung alter pornografischer Bücher aus dem 19. Jahrhundert. Die hat mir ein Freund vererbt, seine Familie duldete so was nicht im Haus. Sie können sie sich natürlich anschauen, aber seien Sie vorsichtig beim Umblättern, sie sind alt, und das Papier ist brüchig geworden.«

8

Am Morgen streifte Adamsberg seine Hose über und ging leise nach draußen, die bloßen Füße im feuchten Gras. Es war 6 Uhr 30, und der Tau war noch nicht verdunstet. Er hatte wunderbar geschlafen auf einer alten Wollmatte, mit einer Kuhle in der Mitte, in die er sich hineingeschmiegt hatte wie ein Vogel ins Nest. Er lief einige Minuten durch die Wiese, bevor er fand, was er suchte, ein biegsames Holzstöckchen, dessen Ende, wenn er es zu einem kleinen Besen zerfranste, ihm als Zahnbürste dienen konnte. Er war gerade dabei, das Ende seines Stocks zu schälen, als Léo den Kopf aus dem Fenster steckte.

»Hello, Capitaine Émeri hat angerufen und nach Ihnen verlangt, er hörte sich nicht sehr friedlich an. Kommen Sie, der Kaffee ist heiß. Man holt sich was, wenn man mit bloßen Füßen draußen bleibt.«

»Wie hat er erfahren, dass ich hier bin?«, fragte er, während er zu ihr ins Haus ging.

»Ich vermute, dass er die Geschichte mit dem Cousin nicht geschluckt hat. Er wird sich seinen Teil gedacht haben bei dem Menschen aus Paris, der gestern aus dem Bus gestiegen ist. Er sagte, er hätte nicht gern einen Bullen im Rücken und auch nicht, dass ich ihm den verheimlichte. Als wenn wir ein Komplott geschmiedet hätten, wie in Zeiten des Krieges. Der kann Ihnen Ärger machen, wissen Sie.«

»Ich werde ihm die Wahrheit sagen. Ich bin hergekommen, um mir anzusehen, was in etwa ein Grimweld ist«, sagte Adamsberg, während er sich eine dicke Scheibe Brot abschnitt.

»Genau. Und ein Hotel gab es nicht.«

»Bitte.«

»Mit dieser Vorladung aufs Revier werden Sie den Zug um 8 Uhr 50 von Lisieux nicht mehr schaffen. Dann nehmen Sie den nächsten von Cérenay, um 14 Uhr 35. Aber kalkulieren Sie ein, dass Sie mit dem Bus Ihre halbe Stunde brauchen. Wenn Sie aus dem Haus kommen, gehen Sie nach rechts, dann wieder nach rechts und dann achthundert Meter geradeaus Richtung Stadtzentrum. Die Gendarmerie ist gleich hinter der Grünanlage. Lassen Sie Ihre Schale stehen, ich räume ab.«

Adamsberg lief einen knappen Kilometer querfeldein, dann präsentierte er sich am Empfang der Gendarmerie, die seltsamerweise in einem kräftigen Gelb frisch gestrichen war, als wäre sie ein Ferienhaus.

»Kommissar Jean-Baptiste Adamsberg«, meldete er sich bei einem untersetzten Brigadier. »Der Capitaine erwartet mich.«

»So ist es«, erwiderte der Mann und warf ihm einen etwas beklommenen Blick zu, den Blick eines Mannes, der nicht gern an seiner Stelle gewesen wäre. »Sie gehen den Flur hinunter, es ist das Büro ganz am Ende. Die Tür steht offen.«

Adamsberg blieb auf der Schwelle stehen und beobachtete ein paar Sekunden lang Capitaine Émeri, wie er in seinem Büro auf und ab ging, nervös, angespannt, aber sehr elegant in einer enganliegenden Uniform. Ein gutaussehender Mann Anfang vierzig, ebenmäßiges Gesicht, volles, noch immer blondes Haar, dessen Militärhemd mit den Rangabzeichen sich über einem flachen Bauch spannte.

»Was soll das?«, fragte Émeri, indem er sich zu Adamsberg umwandte. »Wer hat Ihnen gesagt, dass Sie hier hereinkommen können?«

»Sie, Capitaine. Sie haben mich heute Morgen schon zu früher Stunde herbestellt.«

»Adamsberg?«, sagte Émeri und musterte mit raschem

Blick den Aufzug des Kommissars, der, abgesehen von seiner saloppen Kleidung, sich außerdem weder rasiert noch gekämmt hatte.

»Tut mir leid wegen des Bartes«, sagte Adamsberg, während er ihm die Hand gab, »ich hatte nicht vor, heute Nacht in Ordebec zu bleiben.«

»Setzen Sie sich, Kommissar«, sagte Émeri und sah noch immer gebannt auf Adamsberg.

Es gelang ihm nicht, diesen berühmten, im Guten wie im Schlechten berühmten Namen mit einem so kleinen und so schlicht daherkommenden Menschen in Übereinstimmung zu bringen, der ihm, angefangen bei seinem dunklen Teint bis zu seiner schwarzen Kleidung, irgendwie aufgelöst, nicht klassifizierbar oder zumindest nicht konform erschien. Er suchte seinen Blick, ohne ihn wirklich zu finden, und blieb an dem Lächeln hängen, das ebenso angenehm wie fern war. Die offensive Ansprache, die er sich vorgenommen hatte, war in seiner Verblüffung zum Teil untergegangen, als hätte sie sich am Widerstand nicht einer Mauer, sondern an der gänzlichen Abwesenheit eines Widerstands gebrochen. Und er wusste nicht, wie er einen nicht vorhandenen Widerstand angreifen oder auch nur zu fassen kriegen sollte. Adamsberg war es, der das Gespräch eröffnete.

»Léone hat mich über Ihr Missfallen unterrichtet, Capitaine«, sagte er, seine Worte bewusst wählend. »Aber es liegt ein Missverständnis vor. Wir hatten gestern 36 Grad in Paris, und ich hatte gerade einen alten Mann überführt, der seine Frau mit Brotkrume umgebracht hat.«

»Mit Brotkrume?«

»Indem er ihr zwei große Batzen gepresster Krume in den Hals gestopft hat. Danach konnte ich dem verführerischen Gedanken, in frischer Luft über einen Grimweld zu laufen, nicht widerstehen. Ich nehme an, Sie verstehen, was ich meine.«

»Vielleicht.«

»Dabei habe ich viele Brombeeren gepflückt und gegessen« – und Adamsberg sah, dass die schwarzen Spuren der Früchte noch nicht von seinen Handflächen verschwunden waren. »Ich hatte nicht geahnt, dass ich Léone begegnen würde, sie wartete dort auf dem Weg auf ihren Hund. Und auch sie hatte nicht geahnt, dass sie bei der Kapelle auf die Leiche von Herbier stoßen würde. Das Vorrecht, als Erster am Tatort zu sein, stand Ihnen zu, darum habe ich mir den Schauplatz des Verbrechens nicht angesehen. Es fuhr kein Zug mehr, sie bot mir ihre Gastfreundschaft an. Ich hatte nicht damit gerechnet, dass ich eine echte Havanna rauchen würde, bei einem Calvados grand cru vor dem Kamin, aber genau das haben wir getan. Eine sehr anständige Frau, wie sie selbst sagen würde, aber weit mehr als das.«

»Wissen Sie, warum diese sehr anständige Frau echte kubanische Zigarren raucht?«, fragte Émeri mit einem ersten leisen Lächeln. »Wissen Sie, wer sie ist?«

»Sie hat mir ihren Namen nicht gesagt.«

»Das wundert mich nicht. Léo, das ist Léone Marie de Valleray, Gräfin von Ordebec. Einen Kaffee, Kommissar?«

»Ich bitte darum.«

Léo, Gräfin von Ordebec. Die einen alten, verfallenen Hof bewohnte, von seiner Bewirtschaftung als Herberge gelebt hatte. Léo, die ihre Suppe mit vollen Löffeln einfuhr und Tabakkrümel spuckte. Capitaine Émeri kam mit zwei Tassen zurück, und diesmal lächelte er freimütig, was sein »gutherziges Wesen« erkennen ließ, von dem Léo gesprochen hatte, liebenswürdig und geradeheraus.

»Erstaunt?«

»Das kann man sagen. Sie ist arm. Léo sagte mir, dass der Graf von Ordebec vermögend wäre.«

»Sie war die erste Frau des Grafen, aber das war vor sechzig Jahren. Eine heiße Jugendliebe. Es gab deswegen einen Mordsskandal in der gräflichen Familie, die einen solchen

Druck ausübte, dass die Ehe zwei Jahre später geschieden wurde. Man erzählt sich, dass sie sich noch lange Zeit danach immer getroffen haben. Aber mit der Zeit siegte die Vernunft, und jeder ging wieder seines Wegs. Doch lassen wir Léo«, sagte Émeri und hörte auf zu lächeln. »Als Sie gestern zu diesem Weg kamen, da wussten Sie nichts? Ich meine: Als Sie mich am selben Morgen aus Paris anriefen, wussten Sie nicht, dass Herbier tot war und tot in der Nähe der Kapelle lag?«

»Nein.«

»Nehmen wir's mal an. Machen Sie das oft, die Brigade verlassen, um unter dem erstbesten Vorwand im Wald spazieren zu gehen?«

»Oft.«

Émeri trank einen Schluck Kaffee und sah auf.

»Tatsächlich?«

»Ja. Vergessen Sie nicht diese ganze Brotkrume am Morgen.«

»Und was sagen Ihre Leute dazu?«

»Unter meinen Leuten, Capitaine, ist einer, der an Hypersomnie leidet und ganz unvermittelt zusammenbricht, ein Zoologe mit dem Spezialgebiet Fische, vor allem Süßwasserfische, eine Bulimikerin, die gelegentlich verschwindet, um ihre Essensvorräte aufzufüllen, ein alter Reiher, der beschlagen ist in Märchen und Legenden, ein Monster an Wissen, das am Weißwein hängt, und das alles, wie's gerade kommt. Die können sich nicht erlauben, sehr förmlich zu sein.«

»Und gearbeitet wird da auch?«

»Viel.«

»Was hat Léo zu Ihnen gesagt, als Sie ihr begegneten?«

»Sie grüßte mich, sie wusste schon, dass ich Bulle bin und aus Paris komme.«

»Das wundert mich nicht, sie hat mehr Gespür als ihr Hund. Sie wäre übrigens entrüstet, dass ich es Gespür nenne.

Sie hat so ihre eigene Theorie über die verknüpften Wirkungen von Dingen aufeinander. Die Sache mit dem Schmetterling in New York, der einen Flügel bewegt, woraufhin es in Bangkok zu einer Explosion kommt. Ich habe vergessen, woher diese Geschichte stammt.«

Adamsberg schüttelte den Kopf, er wusste es auch nicht.

»Léo beharrt auf dem Schmetterlingsflügel«, fuhr Émeri fort. »Sie sagt, entscheidend ist, dass man ihn in dem Moment sieht, wo er sich bewegt. Und nicht erst dann, wenn schon alles in die Luft fliegt. Und dafür ist sie begabt, das muss man ihr lassen. Lina sieht das Wütende Heer vorüberziehen. Das ist der Schmetterlingsflügel. Ihre Chefin erzählt es weiter, Léo erfährt es, die Mutter kriegt Angst, der Vikar nennt ihr Ihren Namen – ich irre mich doch nicht? –, sie steigt in den Zug, ihre Story beeindruckt Sie, es herrschen 36 Grad in Paris, eine Frau ist mit Brotkrume erstickt worden, der Gedanke an die frische Luft auf dem Grimweld verführt Sie, auf dem Pfad lauert Léo, und nun sitzen Sie hier.«

»Was nicht gerade eine Explosion ist.«

»Aber der Tod von Herbier schon. Er ist die Explosion von Lisas Traum in der Wirklichkeit. Als hätte der Traum einen Wolf aus dem Wald gelockt.«

»Der Seigneur Hellequin hat ein paar Opfer bestimmt, und ein Mensch glaubt sich legitimiert, sie zu töten. Ist es das, was Sie denken? Dass Linas Vision einen Mörder auf den Plan gerufen hat?«

»Es ist nicht einfach eine Vision, es ist eine Legende, die Ordebec seit tausend Jahren prägt. Man kann darauf wetten, dass insgeheim über drei Viertel der Bewohner den Durchzug der toten Reiter fürchten. Sie alle würden zittern, wenn ihr Name durch Hellequin verkündet würde. Aber sie würden es nicht sagen. Ich kann Ihnen versichern, dass keiner bei Nacht über den Grimweld geht, außer ein paar Jugendlichen, die das als Mutprobe auffassen. Eine Nacht auf dem Weg von Bonneval zu verbringen gilt als eine Art Initiationsritus, mit dem man beweist, dass man ein Mann geworden ist. Ein Schülerstreich mit mittelalterlichem Anstrich, wenn Sie wollen. Aber dass jemand so ernsthaft daran glaubte, dass er sich zum Vollstrecker von Hellequins Werken machen würde, nein. Einen Punkt allerdings räume ich ein: Der Terror, den die Vorstellung von dem Heer verbreitet, steht am Ursprung von Herbiers Tod. Ich sagte ›Tod‹, und nicht ›Ermordung‹.«

»Léo sprach von einem Gewehrschuss.«

Émeri nickte. Jetzt, da seine kampfeslustigen Absichten nahezu in sich zusammengefallen waren, war alles Förmliche aus seiner Haltung und seinem Gesicht gewichen. Die Veränderung war frappierend, Adamsberg musste wieder an den Löwenzahn denken. Wenn sich die Blüte am Abend schließt, ein kümmerliches und nichtssagendes gelbliches Faserbündel, und wenn sie sich bei Tage öffnet, üppig und verlockend. Doch im Unterschied zur Mutter Vendermot hatte der robuste Capitaine nichts von einer zarten Blume. Adamsberg suchte noch immer nach dem Namen des Samenkorns mit dem Fallschirm und überhörte den Anfang von Émeris Antwort.

»... ist schon seine Flinte, eine Darne mit abgesägtem Lauf. Der brutale Kerl liebte Schrotflinten, um die Muttertiere und ihre Jungen auf ein Mal zu treffen. Dem Einschuss nach zu urteilen, der aus großer Nähe erfolgte, ist es gar nicht ausgeschlossen, dass er sie, den Lauf auf Höhe der Stirn, vor sich gehalten und abgedrückt hat.«

»Und warum?«

»Aus den genannten Gründen. Weil das Heer erschienen ist. Man kann sich die Verkettung der Dinge durchaus vorstellen. Herbier erfährt von der Weissagung. Er hat eine schwarze Seele, und das weiß er. Er gerät in Panik und schwenkt komplett um. Er räumt selber seine Gefrierschränke aus, wie um alle seine Jagdfrevel zu verleugnen, und tötet sich. Denn es heißt, wer sich selber richtet, gerät nicht in die Hölle von Hellequins Armee.«

»Wieso sagen Sie, er hat den Lauf auf Höhe der Stirn gehalten. Hat er die Stirn nicht berührt?«

»Nein. Die Distanz betrug mindestens zehn Zentimeter.«

»Es wäre aber logischer, dass er den Lauf auf seiner Stirn aufgesetzt hätte.«

»Nicht unbedingt. Es kommt drauf an, was er kurz zuvor sehen wollte. Die Mündung des auf ihn gerichteten Gewehrs. Wir haben vorerst nur seine Fingerabdrücke auf dem Schaft.«

»Folglich könnte man auch annehmen, dass ein Typ Linas Weissagung benutzt hat, um Herbier zu liquidieren und es wie einen Selbstmord aussehen zu lassen.«

»Aber man kann sich nicht vorstellen, dass dieser Typ so weit geht, auch noch die Gefrierschränke auszuräumen. Hier in der Gegend gibt's mehr Jäger als Tierfreunde. Schon gar bei den enormen Schäden, die die Wildschweine anrichten. Nein, Adamsberg, diese Geste ist eine Absage an seine Verbrechen, eine Sühne.«

»Und sein Mofa? Warum sollte er es unter dem Haselnussgestrüpp versteckt haben?«

»Er hat es nicht versteckt. Er hat's nur gerade so in den Busch geworfen, wie um es unterzustellen. Ein Reflex, nehme ich an.«

»Und warum sollte er bis zur Kapelle gefahren sein, um sich umzubringen?«

»Genau deswegen. In der Legende findet man Ergriffene häufig ganz in der Nähe verlassener Kultstätten.«

»Ja«, sagte Adamsberg.

»Damit nämlich sind sie an Orten, auf denen ein teuflischer Bann liegt, folglich in Hellequins Reich. Dort tötet sich Herbier, er kommt seinem Schicksal zuvor, und dank seiner Reue entgeht er der Strafe.«

Adamsberg saß nun schon zu lange auf diesem Stuhl, die Ungeduld kribbelte ihm in den Beinen.

»Kann ich in Ihrem Büro ein bisschen auf und ab gehen? Ich halte es im Sitzen nicht sehr lange aus.«

Ein Ausdruck ehrlicher Sympathie entspannte das Gesicht des Capitaine nun vollends.

»Ich auch nicht«, sagte er mit der lebhaften Befriedigung eines Menschen, der das eigene Unbehagen bei einem anderen wiedertrifft. »Da verknotet sich am Ende etwas in meinem Bauch, da wird kugelweise nervöse Elektrizität freigesetzt. Ein ganzer Haufen kleiner Kugeln, die mir über den Magen rollen. Es heißt, mein Vorfahr Davout, Marschall des Kaiserreichs, sei ein nervöser Typ gewesen. Ich muss ein bis zwei Stunden am Tag herumrennen, um diese Batterie zu entladen. Was meinen Sie, wollen wir beim Reden durch die Straßen laufen? Ist hübsch hier, Sie werden sehen.«

Der Capitaine führte seinen Kollegen durch schmale Gassen zwischen alten Lehmmauern und niedrigen Häusern mit morschem Gebälk, an verlassenen Scheunen und krummgebogenen Apfelbäumen vorbei.

»Léo ist da anderer Ansicht«, sagte Adamsberg. »Sie zweifelt nicht daran, dass Herbier umgebracht wurde.«

»Und, erklärt sie es?«

Adamsberg zuckte die Schultern.

»Nein. Sie scheint es zu wissen, weil sie es weiß, basta.«

»Das ist das Problem mit ihr. Sie ist so schlau, dass sie mit den Jahren zu der Ansicht gekommen ist, dass sie immer recht hat. Wenn man ihr den Kopf abschlagen würde, würde Ordebec einen Gutteil seiner Intelligenz verlieren, das stimmt. Aber je älter sie wird, desto weniger erklärt sie sich. Ihr Ruf gefällt ihr, und sie pflegt ihn. Sie hat wirklich keine Einzelheit genannt?«

»Nein. Sie sagte, dass Herbiers Verschwinden kein Verlust wäre. Dass sie auch nicht schockiert gewesen sei, als sie ihn fand, da sie ja wusste, dass er tot war. Sie hat mir weit mehr von dem Fuchs und seiner Meise erzählt als davon, was sie an der Kapelle gesehen hat.«

»Der Kohlmeise, die sich den dreibeinigen Fuchs auserkoren hatte?«

»Ja, genau. Sie hat mir auch von ihrem Hund erzählt, von der Hündin auf dem Hof nebenan, vom heiligen Antonius, von ihrer Herberge, von Lina und ihrer Familie, von Ihnen, als sie Sie aus dem Teich gefischt hat.«

»Stimmt«, sagte Émeri lächelnd. »Ich verdanke ihr mein Leben, und das ist meine früheste Erinnerung. Man nennt sie meine ›Wassermutter‹, weil sie mich ein zweites Mal hat auf die Welt kommen lassen, wie eine Venus aus dem Jeanlin-Teich. Meine Eltern haben Léo seit diesem Tag abgöttisch verehrt, und mir war eingeschärft worden, ihr niemals ein Haar zu krümmen. Es war tiefer Winter, und Léo ist bis auf die Knochen erstarrt mit mir aus dem Teich gestiegen. Man erzählt, dass sie drei Tage gebraucht hat, um wieder warm zu werden. Dann bekam sie eine Rippenfellentzündung, bei der sie beinahe draufgegangen wäre.«

»Von der Kälte hat sie mir nichts erzählt. Sie hat mir auch nicht gesagt, dass sie mit dem Grafen verheiratet war.«

»Sie rühmt sich niemals, sie begnügt sich damit, still ihre Überzeugungen zu verbreiten, und das ist schon viel. Keiner hier würde es wagen, ihren dreibeinigen Fuchs abzuknallen. Keiner außer Herbier. Seine Pfote und seinen Schwanz hat er in einer von dessen verfluchten Fallen verloren. Aber Herbier hat keine Zeit mehr gehabt, ihn vollends zu erledigen.«

»Weil Léo ihn getötet hat, bevor er den Fuchs töten konnte.«

»Dazu wäre sie durchaus fähig«, meinte Émeri aufgeräumt.

»Haben Sie vor, den nächsten Ergriffenen überwachen zu lassen? Den Glaser?«

»Er ist kein Glaser, er ist Glaskünstler.«

»Stimmt. Léo sagt, dass er sehr begabt sei.«

»Glayeux ist ein Dreckskerl, der nichts und niemanden fürchtet. Er ist nicht der Typ, der wegen eines Wütenden Heeres unruhig würde. Sollte er bedauerlicherweise doch in Panik geraten, können wir nichts dagegen machen. Wir werden einen Kerl nicht daran hindern, sich umzubringen, wenn er es will.«

»Und wenn Sie sich nun irrten, Capitaine? Wenn man Herbier ermordet hätte? Dann könnte man auch Glayeux ermorden. Das meine ich.«

»Sie verrennen sich, Adamsberg.«

»Sie auch, Capitaine. Weil Sie keine andere Lösung haben. Ein Selbstmord wäre das kleinere Übel.«

Émeri verlangsamte seinen Schritt, schließlich blieb er stehen und holte seine Zigaretten heraus.

»Das müssen Sie mir näher erläutern, Kommissar.«

»Das Verschwinden von Herbier wurde vor über einer Woche festgestellt. Außer einem Kontrollbesuch in seinem Hause, auf den nichts Weiteres folgte, haben Sie nichts unternommen.«

»So ist das Gesetz, Adamsberg. Wenn Herbier weggehen wollte, ohne irgendjemandem etwas davon zu sagen, hatte ich kein Recht, ihm nachzuspionieren.«

»Nicht mal nach dem Durchzug des Wütenden Heeres?«

»Für diese Art Wahnwitz ist kein Platz in den Ermittlungen einer Gendarmerie.«

»Doch. Wenn Sie gleichzeitig einräumen, dass von diesem Heer alles seinen Ausgang nimmt. Ob man ihn oder er sich selbst getötet hat. Sie wussten, dass er von Lina benannt worden war, und doch haben Sie nichts unternommen. Wenn man die Leiche erst entdeckt, ist es zu spät, um noch darauf zu hoffen, dass man irgendwelche Hinweise findet.«

»Sie denken, es wird mir an den Kragen gehen?«

»Ja.«

Émeri tat einen Zug, stieß den Rauch aus, als wenn er

seufzte, dann lehnte er sich an die alte Mauer, die die Straße säumte.

»Also gut«, gestand er. »Es wird mir an den Kragen gehen. Vielleicht aber auch nicht. Man kann nicht verantwortlich gemacht werden für einen Suizid.«

»Darum bestehen Sie ja auch so sehr darauf. Das Verschulden wiegt weniger schwer. Aber wenn es ein Mord ist, stecken Sie bis zum Hals in der Scheiße.«

»Nichts beweist es.«

»Warum haben Sie nichts getan, um Herbier zu suchen?«

»Wegen der Vendermots. Wegen Lina und ihrer schwachsinnigen Brüder. Wir verstehen uns nicht besonders, ich wollte nicht auf ihr Spiel eingehen. Ich repräsentiere die Ordnung, sie die Unvernunft. Das haut nicht hin. Ich habe Martin mehrmals bei nächtlicher Wilderei erwischt. Auch den Ältesten, Hippolyte. Er hat auf eine Gruppe von Jägern angelegt, hat sie gezwungen, ihre Sachen auszuziehen, hat sämtliche Gewehre einkassiert und alles in den Fluss geschmissen. Das Bußgeld konnte er nicht zahlen, er musste für zwanzig Tage in den Knast. Die würden mich gern hochgehen sehen. Darum habe ich mich nicht gerührt. Kommt gar nicht in Frage, dass ich denen in die Falle gehe.«

»Was für eine Falle?«

»Sehr einfach. Lina behauptet, dass sie eine Vision gehabt hat, dann verschwindet Herbier. Sie stecken unter einer Decke. Ich mache mich auf die Suche nach Herbier, und sie erstatten auf der Stelle Anzeige wegen Amtsmissbrauchs und Angriffs auf die persönliche Freiheit. Lina hat Jura studiert, mit dem Gesetz kennt sie sich aus. Angenommen, ich beharre darauf und suche weiter nach Herbier. Die Anzeige nimmt ihren Lauf bis rauf zur Generaldirektion. Eines schönen Tages taucht Herbier gesund und munter wieder auf, schließt sich den anderen an und erstattet Strafanzeige gegen mich. Ich handle mir einen Verweis oder eine Versetzung ein.«

»Warum hätte, in diesem Fall, Lina dann die Namen von noch zwei weiteren Geiseln des Wütenden Heeres genannt?«

»Aus Gründen der Glaubwürdigkeit. Sie ist schlau wie ein Wiesel, obwohl sie sich den harmlosen Anschein eines braven Muttchens gibt. Das Heer greift sich oft mehrere Lebende zugleich, das weiß sie. Mehrere Namen zu nennen war ein geschicktes Ablenkungsmanöver. An all das habe ich gedacht. Ich war überzeugt davon.«

»Aber das war's nicht.«

»Nein.«

Émeri drückte seine Zigarette an der Mauer aus und schob die Kippe zwischen zwei Steine.

»Trotzdem, so wird es sein«, sagte er. »Er hat sich umgebracht.«

»Das glaube ich nicht.«

»Verdammt«, sagte Émeri und schlug einen lauteren Ton an, »was willst du von mir? Du hast keine Ahnung von der Geschichte, du weißt nichts von den Leuten hier, du kreuzt mir nichts, dir nichts aus deiner Hauptstadt auf und gibst deine Befehle.«

»Es ist nicht meine Hauptstadt. Ich bin Béarner.«

»Was soll mich das scheren?«

»Und es sind keine Befehle.«

»Ich werde dir sagen, was passieren wird, Adamsberg. Du wirst deinen Zug nehmen, ich werde die Akte über dem Selbstmord schließen, und in drei Tagen ist alles vergessen. Es sei denn, natürlich, du hast die Absicht, mich fertigzumachen mit deinem Mordverdacht. Der nichts weiter ist als Wind.«

Wind, der ihm durch den Kopf weht, ein ständiger Luftzug zwischen beiden Ohren, das hatte schon seine Mutter immer zu ihm gesagt. Und unter diesem Wind kann kein Gedanke Wurzeln schlagen, ja nicht mal für einen Augenblick verweilen. Unterm Wind oder unterm Wasser, das ist gleich. Alles wogt und schlängelt sich. Adamsberg wusste es und misstraute sich selbst.

»Ich habe nicht die Absicht, dich fertigzumachen, Émeri. Ich sage nur, dass ich an deiner Stelle den nächsten Mann unter Polizeischutz stellen würde. Den Glaser.«

»Glaskünstler.«

»Ja. Stell ihn unter Polizeischutz.«

»Wenn ich das tue, Adamsberg, liefere ich mich selbst aus. Verstehst du nicht? Damit würde ich sagen, dass ich nicht an Herbiers Selbstmord glaube. Und ich glaube daran. Soll ich dir sagen, was ich denke? Lina hatte allen Anlass, diesen Typ in den Selbstmord zu treiben, sie hat es vielleicht sogar absichtlich getan. Und darüber, ja, darüber könnte ich eine Ermittlung führen. Anstiftung zum Suizid. Die Vendermot-Kinder haben allen Grund, Herbier zum Teufel schicken zu wollen. Ihr Vater und er, das waren Brutalos, die sahen immer nur zu, wie sie einander an Rohheit übertreffen konnten.«

Émeri lief weiter, die Hände in den Taschen, was die Eleganz seiner Uniform etwas verbeulte.

»Freunde?«

»Die zwei Finger einer Hand. Es heißt, der alte Vendermot hatte aus dem Algerienkrieg noch eine Kugel im Kopf, der hat man alle seine Anfälle von Gewalt zugeschrieben. Aber er und dieser Sadist Herbier, die haben sich gegenseitig noch aufgestachelt, so viel steht fest. Herbier zu terrorisieren, ihn in den Selbstmord zu treiben, das wäre eine gelungene Rache für Lina. Ich hab dir ja gesagt, das Mädchen ist gerissen. Ihre Brüder im Übrigen auch, aber sie haben alle eine Macke.«

Sie waren auf der höchsten Erhebung von Ordebec angekommen, von wo man das Städtchen und die umliegenden Felder überschauen konnte. Der Capitaine wies mit dem Arm auf einen Punkt im Osten.

»Das Haus der Vendermots«, so erklärte er. »Die Fensterläden stehen offen, sie sind aufgestanden. Die Zeugenaussage von Léo kann warten, ich werde mal auf ein Wort bei denen vorbeigehen. Wenn Lina nicht zu Hause ist, ist es leichter, die Brüder zum Reden zu bringen. Vor allem den aus Ton.«

»Aus Ton?«

»Du hast ganz richtig gehört. Aus brüchigem Ton. Glaub mir, steig in deinen Zug und vergiss sie. Wenn eines stimmt, was den Pfad von Bonneval angeht, dann, dass er die Leute verrückt macht.«

9

Auf der Anhöhe über Ordebec suchte Adamsberg sich ein sonnenbeschienenes Mäuerchen und setzte sich im Schneidersitz darauf. Er zog Schuhe und Socken aus und betrachtete das blassgrüne Gefälle der Hügel, die Kühe, die wie Statuen in den Wiesen standen, wie um als Orientierungspunkte zu dienen. Schon möglich, dass Émeri recht hatte, schon möglich, dass Herbier, in Panik geraten durch die Ankunft der schwarzen Reiter, sich eine Kugel in die Stirn geschossen hatte. Doch das Gewehr aus einem Abstand von mehreren Zentimetern auf sich zu richten war ziemlich unnatürlich. Sicherer und wahrscheinlicher war es, sich den Lauf in den Mund zu stecken. Es sei denn, um Émeris Analyse zu folgen, Herbier hätte diese Sühnehandlung bewusst gewählt, um sich den Tod zu geben, wie er es bei den Tieren tat, indem er direkt auf ihre Stirn zielte. Sollte dieser Kerl zu einer Wiederkehr von Gewissen, zu Reue fähig gewesen sein? Fähig vor allem, die Vergeltung durch das Wütende Heer in einem solchen Maße zu fürchten? Ja. Diese verstümmelte, stinkende schwarze Reiterhorde fraß an dem Land hier seit zehn Jahrhunderten. Sie hatte Abgründe gegraben, in die jeder, selbst der Vernünftigste plötzlich hinabstürzen und in denen er gefangen bleiben konnte.

Eine Nachricht von Zerk teilte ihm mit, dass Hellebaud nun schon allein getrunken hatte. Adamsberg brauchte ein paar Sekunden, um sich zu erinnern, dass das der Name der Taube war. Es folgten mehrere Mitteilungen aus der Brigade, die Analyse hatte bestätigt, dass sich Spuren von Brotkrume in der Kehle des Opfers, Tuilot Lucette, befanden, aber keine in ihrem Magen. Eindeutiger Fall von Mord. Dem Mädchen mit seiner Rennmaus im Krankenhaus von Versailles ging es besser, der vermeintliche Großonkel war wiederhergestellt und befand sich in Polizeigewahrsam. Retancourt sandte eine alarmierendere Nachricht, geschrieben in Großbuchstaben. Momo-mèche-courte im Verhör, Belastungsmaterial ausreichend für Anklage, verkohlter alter Mann identifiziert, riesiger Aufruhr, dringende Bitte um Rückruf.

Adamsberg verspürte ein Kribbeln im Nacken, ein Gefühl heftigen Unmuts, vielleicht eine von diesen kleinen Kugeln Elektrizität, von denen Émeri gesprochen hatte. Er rieb sich den Hals, während er Danglards Nummer wählte. Es war 11 Uhr, der Commandant musste am Arbeitsplatz sein. Zu früh, um schon einsatzfähig zu sein, aber anwesend.

»Warum sind Sie noch dort«, fragte Danglard in seinem morgendlichen, sehr mürrischen Ton.

»Man hat gestern die Leiche des Jägers gefunden.«

»Habe ich gelesen. Und das ist nicht unsere Angelegenheit. Reißen Sie sich von diesem verdammten Grimweld los, bevor er Sie einholt. Es gibt Neuigkeiten hier. Émeri ist in der Lage, allein damit klarzukommen.«

»Und scharf darauf. Er ist ein anständiger Typ, kooperativ, aber empfiehlt mir den nächsten Zug zurück. Er optiert für Selbstmord.«

»Gute Nachricht für ihn. Das käme ihm entgegen.«

»Gewiss. Aber die alte Léo, bei der ich übernachtet habe, war sich sicher, dass es sich um einen Mord handelt. Sie ist für die Stadt Ordebec das, was ein Schwamm fürs Wasser ist. Sie nimmt alles auf, und das seit achtundachtzig Jahren.«

»Und wenn Sie draufdrücken, sagt sie's dann?«

»Wo draufdrücken?«

»Auf diese Léo. Wie auf einen Schwamm.«

»Nein, sie bleibt auf der Hut. Sie ist kein Klatschweib, Danglard. Sie funktioniert nach dem Prinzip des Schmetterlings, der sich in New York bewegt und eine Explosion in Bangkok auslöst.«

»Sagt sie das?«

»Nein, Émeri.«

»Nun, dann irrt er sich. In *Brasilien* tut der Schmetterling einen Flügelschlag, und in *Texas* löst das einen Tornado aus.«

»Ändert das irgendwas, Danglard?«

»Ja. Indem man sich von den Wörtern entfernt, wird aus den reinsten Theorien bloßes Getratsche. Am Ende weiß man überhaupt nichts mehr. Zwischen annähernd und ungenau löst sich die Wahrheit auf und macht dem Obskurantismus Platz.«

Danglards Laune besserte sich ein wenig, wie jedes Mal, wenn er Gelegenheit hatte zu dozieren, ja kraft seines Wissens zu widersprechen. Der Commandant war kein Mensch, der den ganzen Tag redete, aber das Schweigen bekam ihm nicht, da es seinen melancholischen Neigungen viel Handlungsspielraum ließ. So bedurfte es mitunter nur weniger Gegenfragen, um Danglard aus seiner Düsternis zu reißen. Adamsberg schob den Moment, wo er das Thema Momomèche-courte anschneiden musste, hinaus, und Danglard ebenfalls, was kein gutes Zeichen war.

»Es gibt ja sicher mehrere Versionen von dieser Schmetterlingsgeschichte.«

»Nein«, erwiderte Danglard entschieden. »Denn es ist kein erbauliches Märchen, es ist eine wissenschaftliche Theorie über die Vorhersagbarkeit. Sie wurde von Edward Lorenz 1972 in der Form fixiert, die ich Ihnen sagte. Der Schmetterling in Brasilien und der Tornado in Texas, daran ist nicht zu rütteln.«

»Gut, Danglard, rühren wir nicht mehr daran. Was soll Momo in einem Verhör?«

»Wir haben ihn heute Morgen festgenommen. Das verwendete Benzin könnte dem entsprechen, das er benutzt.«

»Exakt?«

»Nein, nicht genügend Öl. Aber es ist Mofa-Treibstoff. Momo hat kein Alibi für die Brandnacht, niemand hat ihn gesehen. Er hatte angeblich eine Verabredung mit einem Typen in einem Park, der mit ihm über seinen Bruder reden wollte. Momo will zwei Stunden vergeblich gewartet haben, dann sei er nach Hause gegangen.«

»Das reicht nicht aus, um ihn zu verhaften, Danglard. Wer hat das entschieden?«

»Retancourt.«

»Ohne Ihren Rückhalt?«

»Mit. Um den Wagen herum gibt es Spuren benzingetränkter Turnschuhsohlen. Die Sportschuhe wurden heute früh bei Momo gefunden, eingewickelt in einen Plastikbeutel. Kein Zweifel möglich, Kommissar. Momo wiederholt stupide, dass es nicht seine sind. Seine Verteidigung ist eine einzige Katastrophe.«

»Sind seine Fingerabdrücke auf dem Beutel und den Schuhen?«

»Das Resultat liegt noch nicht vor. Momo sagt, dass welche drauf sein werden, weil er sie angefasst hat. Angeblich, weil er diesen Beutel in seinem Wandschrank gefunden und nachgesehen hat, was drin ist.«

»Haben sie seine Größe?«

»Ja. Dreiundvierzig.«

»Das will nichts heißen. Es ist die Durchschnittsgröße bei Männern.«

Adamsberg griff sich wieder mit der Hand in den Nacken, um die knisternde Stromkugel zu fassen zu kriegen, die dort herumrollte.

»Aber schlimmer noch«, fuhr Danglard fort. »Der alte Mann im Wagen war nicht zusammengesackt, als er schlief. Er saß noch sehr aufrecht auf seinem Sitz, als der Wagen Feuer fing. Also hat der Brandstifter ihn zwangsläufig gesehen. Damit sind wir schon weg von fahrlässiger Tötung.«

»Neue?«, fragte Adamsberg.

»Neue was?«

»Die Turnschuhe.«

»In der Tat, warum?«

»Sagen Sie mir, Commandant, warum sollte sich Momo ein Paar neue Schuhe versauen, wenn er ein Auto abfackeln geht, und wenn er's denn getan hätte, warum hat er dann hinterher nicht zugesehen, dass er sie loswird? Und seine Hände? Haben Sie überprüft, ob Benzinspuren dran sind?«

»Der von der Spurensicherung wird jeden Augenblick hier sein. Wir haben Weisung erhalten, den Fall unter allerhöchster Dringlichkeit einzustufen. Ein Name genügt, um zu begreifen, wo wir da reingeraten sind. Der Alte, der verbrannt ist, war Antoine Clermont-Brasseur.«

»Nichts weiter als das«, sagte Adamsberg nach längerem Schweigen.

»Ja«, sagte Danglard ernst.

»Und Momo sollte rein zufällig an ihn geraten sein?«

»Wieso zufällig? Indem er einen Clermont-Brasseur umbringt, trifft er den Kapitalismus mitten ins Herz. Vielleicht war das Momos Ehrgeiz.«

Adamsberg ließ Danglard eine Weile allein weiterreden, während er sich daranmachte, mit einer Hand seine Strümpfe und seine Schuhe wieder anzuziehen.

»Der Richter ist noch nicht eingeschaltet?«

»Wir warten die Analyse der Hände ab.«

»Danglard, was auch immer diese Analyse ergibt, veranlassen Sie noch nicht die Anklageerhebung. Warten Sie auf mich.«

»Ich sehe nicht, wie. Wenn der Richter erfährt, dass wir die Sache hinausgezögert haben, bei einem Namen wie Clermont-Brasseur, haben wir binnen einer Stunde den Minister auf dem Hals. Der persönliche Referent des Präfekten hat bereits angerufen, um erste Ergebnisse zu erfahren. Er will, dass der Mörder noch heute eingebuchtet wird.«

»Wer hat bei der Clermont-Gruppe heute die Fäden in der Hand?«

»Der Vater besaß noch immer zwei Drittel der Anteile. Er hat zwei Söhne, die sich den Rest teilen. Vereinfacht ausgedrückt. In Wirklichkeit verfügte der Vater über zwei Drittel des Bausektors und der Metallindustrie. Der eine der Söhne ist Mehrheitseigner in der Informatikbranche, der andere im Immobiliensektor. Aber in der Summe herrschte der Alte, und er hatte nicht die Absicht, seinen Söhnen die alleinige Befehlsgewalt zu überlassen. Seit einem Jahr kursierten Gerüchte, wonach der Alte bereits etliche Fehlentscheidungen getroffen hätte und Christian, der ältere Sohn, erwägen würde, ihn zur Sicherung des Konzerns unter Vormundschaft stellen zu lassen. Aus Wut darüber hatte der Alte beschlossen, im nächsten Monat seine Haushälterin zu heiraten, ein Mädchen von der Elfenbeinküste, vierzig Jahre jünger als er, die ihm seit zehn Jahren auch sonst manchen kleinen Dienst erweist und seine Gespielin im Bett ist. Sie hat einen Sohn und eine Tochter, die der alte Antoine anschließend zu adoptieren gedachte. Vielleicht eine Provokation, aber die Entschlossenheit eines alten Mannes kann hundertmal unbeugsamer sein als das Feuer der Jugend.«

»Haben Sie die Alibis der beiden Söhne überprüft?«

»Absolutes Veto«, knurrte Danglard zwischen den Zähnen. »Sie stehen zu sehr unter Schock, um die Polizei empfangen zu können, wir wurden gebeten, zu warten.«

»Danglard, wer ist der Techniker, den das Labor uns schickt?«

»Enzo Lalonde. Ein sehr guter Mann. Machen Sie das nicht, Kommissar. Uns fängt der Boden unter den Füßen schon an beiden Enden an zu brennen.«

»Das was?«

»Ach, nichts.«

Adamsberg steckte sein Telefon ein, rieb sich den Nacken und schleuderte seinen Arm in Richtung Hügel, um seine Stromkugel ins Land zu werfen. Es schien zu funktionieren. Mit offenen Schnürsenkeln rannte er sehr schnell die Gässchen von Ordebec hinunter, geradewegs auf eine Telefonzelle zu, die er auf dem Weg zwischen Léos Herberge und dem Stadtzentrum bemerkt hatte. Eine Kabine, die kaum einsehbar war, da sie von den hohen Blütendolden wilder Karotten umschlossen war. Er rief das Labor an und verlangte Enzo Lalonde zu sprechen.

»Keine Sorge, Kommissar«, entschuldigte sich Lalonde sofort. »In fünfundvierzig Minuten spätestens bin ich bei Ihnen in der Brigade. Ich beeile mich.«

»Im Gegenteil, eilen Sie nicht. Sie werden noch einen Augenblick im Labor aufgehalten, danach haben Sie die größten Probleme, Ihren Wagen zu starten, schließlich stehen Sie in einem Stau, sind womöglich in einen Unfall verwickelt. Wenn Sie sich an einem Eckpfosten einen Scheinwerfer einschlagen könnten, wäre das perfekt. Oder eine Stoßstange einbeulen. Ich überlasse das Ihrer Improvisation, es heißt, Sie sind gut.«

»Irgendwas nicht in Ordnung, Kommissar?«

»Ich brauche Zeit. Zögern Sie Ihre Probenentnahme so weit wie möglich hinaus, dann teilen Sie mit, dass bei einer Versuchsabweichung die Analyse verdorben wurde. Dass man sie morgen wird wiederholen müssen.«

»Kommissar«, sagte Lalonde nach einem Moment des Schweigens, »ist Ihnen klar, was Sie da von mir verlangen?«

»Nur ein paar Stunden, nicht mehr. Auf Weisung eines Vorgesetzten und im Interesse der Ermittlung. Der Angeklagte geht in jedem Fall in den Knast. Sie können ihm doch wohl einen Tag mehr lassen?«

»Ich weiß nicht, Kommissar.«

»Nichts für ungut, Lalonde. Verbinden Sie mich mit Dr. Romain und vergessen Sie den Auftrag. Romain wird ihn ohne Herzdrücken übernehmen.«

»Also gut, Kommissar, ich mach's«, sagte Lalonde nach einem weiteren Schweigen. »Dienst gegen Dienst, zufällig habe ich diese Geschichte mit dem Bindfaden an den Beinen einer Taube auf den Tisch bekommen, geben auch Sie mir etwas Zeit, ich bin überlastet.«

»Soviel Sie wollen. Aber finden Sie was.«

»Es sind Hautzellen an der Faser hängengeblieben. Der Typ hat sich die Finger dran aufgeschnitten. Vielleicht sogar aufgerissen. Sie brauchen nur noch nach einem Kerl zu suchen, der einen unsichtbaren kleinen Schnitt in der Falte vom Zeigefinger hat. Wobei die Schnur selbst vielleicht noch mehr aussagen kann. Es ist keine gewöhnliche.«

»Sehr gut«, beglückwünschte Adamsberg ihn, weil er spürte, dass der junge Enzo Lalonde versuchte, seine Zaghaftigkeit vergessen zu machen. »Und vor allem, rufen Sie mich nicht in der Brigade oder auf meinem Mobiltelefon an.«

»Ich habe verstanden, Kommissar. Nur eins noch: Ich kann es so einrichten, dass ich die Schlussfolgerungen erst morgen liefere. Aber ich werde die Ergebnisse einer Analyse nie fälschen. Verlangen Sie das nicht von mir. Wenn der Typ erledigt ist, kann ich nichts machen.«

»Von Fälschung ist nicht die Rede. Auf jeden Fall werden Sie Benzinspuren an seinen Fingern finden. Und es wird dasselbe Benzin sein wie auf den Schuhen, denn er hat sie in der Hand gehabt, und dasselbe wie am Ort des Brandes. In den Knast kommt er, darauf können Sie sich verlassen.«

Und alle Welt wird zufrieden sein, schloss Adamsberg, als er auflegte und mit dem Saum seines Hemdes seine Fingerabdrücke vom Hörer wischte. Und das Leben von Momo-mèche-courte wird auf sein Schicksal zurollen, das schon festgeschrieben, schon besiegelt ist.

Léones Hof kam in der Ferne in Sicht, und Adamsberg blieb plötzlich stehen, lauschte. Die reine Luft trug ihm eine langgezogene Klage zu, das durchdringende Geheul eines Hundes in großer Bedrängnis. Adamsberg rannte auf die Straße hinaus.

10

Die Tür des Esszimmers stand weit offen, Adamsberg trat schweißüberströmt in den dunklen kleinen Raum und blieb wie angewurzelt stehen. Der lange, magere Körper von Léone lag ausgestreckt auf den Fliesen, den Kopf in einer Blutlache. Neben ihr, auf die Seite geworfen, der winselnde Flem, seine mächtige Pfote auf der Taille der alten Frau. Adamsberg spürte, wie vom Nacken herab bis in seinen Bauch etwas wie eine Wand in ihm einstürzte und in die Beine hinabfuhr.

Neben Léone am Boden kniend, legte er seine Hand auf ihren Hals, auf die Handgelenke, ohne das geringste Pulsieren wahrzunehmen. Léone war nicht hingefallen, jemand hatte sie getötet, hatte ihr brutal den Kopf auf die Fliesen geschmettert. Er hörte sich aufheulen wie der Hund, fassungslos schlug er mit der Faust auf den Boden. Der Körper war warm, der Überfall konnte erst wenige Minuten her sein. Vielleicht hatte er den Mörder sogar aufgestört, als er im Laufschritt angerannt kam, die Kieselsteine auf dem Weg knirschten. Er öffnete die Hintertür, überflog mit raschem Blick die verlassene Umgebung, dann lief er zur Nachbarin, um sich die Nummer der Gendarmerie geben zu lassen.

Adamsberg wartete im Schneidersitz neben Léo auf die Ankunft der Polizisten. Wie der Hund hatte er seine Hand auf sie gelegt.

»Wo ist Émeri?«, fragte er den Brigadier, der den Raum in Begleitung einer Frau betrat, die die Ärztin sein musste.

»Bei den Bekloppten. Er kommt.«

»Krankenwagen«, befahl die Ärztin mit schneller Stimme.

»Sie lebt noch. Vielleicht noch für ein paar Augenblicke. Koma.«

Adamsberg hob den Kopf.

»Ich habe keinen Puls gefühlt«, sagte er.

»Überaus schwach«, bestätigte die Ärztin, eine Frau um die vierzig, sehr anziehend und energisch.

»Wann ist es passiert?«, fragte der Brigadier, der auf das Eintreffen seines Chefs lauerte.

»Vor wenigen Minuten«, erwiderte die Ärztin. »Nicht mehr als fünf. Sie ist im Fallen mit dem Kopf auf den Boden gestoßen.«

»Nein«, sagte Adamsberg, »jemand hat ihr den Kopf auf den Boden geschlagen.«

»Haben Sie sie berührt?«, fragte die Frau. »Wer sind Sie?«

»Ich habe sie nicht berührt, und ich bin Bulle. Untersuchen Sie den Hund, Frau Doktor. Er kann nicht wieder aufstehen. Vermutlich hat er Léo verteidigt, und der Mörder hat auf ihn eingedroschen.«

»Ich habe den Hund untersucht, er hat nichts. Ich kenne Flem. Wenn er sich nicht erheben will, kann man nichts machen. Er wird sich nicht von der Stelle rühren, solange man seine Herrin nicht weggebracht hat. Und selbst dann.«

»Sie wird einen Schwächeanfall gehabt haben«, schlug der dicke Brigadier überflüssigerweise vor, »oder sie ist mit den Füßen am Stuhl hängengeblieben. Und dann gestürzt.«

Adamsberg schüttelte den Kopf, verzichtete aber auf eine Erwiderung. Léone war erschlagen worden, wegen des Schmetterlings in Brasilien, dessen Flügelschlag sie gesehen hatte. Welcher? Wo? Allein das Städtchen Ordebec lieferte schon mehrere tausend Anhaltspunkte pro Tag, mehrere tausend Schmetterlingsflügelschläge. Und ebenso viele Vorkommnisse nacheinander. Darunter der Mord an Michel Herbier. Und in dieser gewaltigen Menge von Schmetterlingsflügeln hatte einer vor Léos Augen vibriert, und Léo hatte die Gabe besessen, ihn zu sehen oder zu hören. Aber welchen? Einen Schmetterlingsflügel in einem Ballungsraum von zweitausend Seelen zu finden war ein utopisches Unterfangen im Vergleich mit der berühmten Nadel im Heuhaufen. Die zu finden Adamsberg nie unüberwindbar erschienen war. Es reichte, das Heu zu verbrennen, dann hatte man die Nadel.

Die Ambulanz hielt vor dem Haus, Türen schlugen, Adamsberg erhob sich und ging hinaus. Er wartete, bis die Krankenpfleger die Trage behutsam in den Wagen schoben, und strich mit dem Handrücken sanft über das Haar der alten Frau.

»Ich komme wieder, Léo«, sagte er zu ihr. »Ich werde da sein. Brigadier, bitten Sie Capitaine Émeri, dass er sie Tag und Nacht bewachen lässt.«

»Gut, Kommissar.«

»Niemand darf zu ihr ins Zimmer.«

»Gut, Kommissar.«

»Überflüssig«, sagte die Ärztin kalt, als sie in der Ambulanz Platz nahm. »Sie wird den heutigen Abend nicht erleben.«

Noch langsamer als gewöhnlich ging Adamsberg ins Haus zurück, das der dicke Brigadier bewachte. Er hielt seine Hände unters Wasser, wusch sich Léones Blut ab, trocknete sie an dem Tuch, das er am Abend zuvor fürs Geschirr benutzt hatte, legte es ordentlich über eine Stuhllehne. Ein blau-weißes Geschirrtuch mit Bienenmuster.

Trotz des Verschwindens seiner Herrin hatte sich der Hund nicht von der Stelle gerührt. Er wimmerte leiser jetzt, stieß seine Klage bei jedem Atemzug aus.

»Nehmen Sie ihn mit«, sagte Adamsberg zu dem Brigadier. »Geben Sie ihm ein Stück Zucker. Lassen Sie das Tier nicht hier.«

Im Zug trockneten der Dreck und die Blätter unter seinen Schuhsohlen und setzten sich in zahlreichen schwärzlichen Klümpchen auf dem Boden ab, unter dem pikierten

Blick einer Frau, die ihm gegenübersaß. Adamsberg nahm ein Bruchstückchen davon auf, geformt vom Profil seiner Sohlen, und steckte es in seine Hemdentasche. Die Frau konnte nicht wissen, dachte er, dass sie heilige Relikte sah, Überreste des Weges von Bonneval, zerstampft von den Hufen des Wütenden Heeres. Der Seigneur Hellequin würde Ordebec noch einige Male heimsuchen, es blieben ihm drei Lebende zu ergreifen.

11

Adamsberg hatte Momo-mèche-courte zwei Jahre lang nicht gesehen. Er musste inzwischen dreiundzwanzig sein, zu alt, um noch mit Streichhölzern zu spielen, zu jung, um den Kampf aufzugeben. Seine Wangen verschattete jetzt ein Bart, doch diese neue männliche Note machte ihn nicht beeindruckender.

Man hatte den jungen Mann in den Vernehmungsraum geführt, ohne Tageslicht, ohne Ventilator. Adamsberg beobachtete ihn durch die Glasscheibe, er saß gebeugt auf seinem Stuhl, den Blick zu Boden gerichtet. Die Lieutenants Noël und Morel verhörten ihn. Noël lief um ihn herum, indem er nachlässig mit dem Jo-Jo spielte, das er dem jungen Mann abgenommen hatte. Momo hatte nicht wenige Meisterschaften damit gewonnen.

»Wer hat Noël auf ihn angesetzt?«, fragte Adamsberg.

»Er hat gerade eben die Ablösung übernommen«, erklärte Danglard etwas kleinmütig.

Die Vernehmung dauerte nun schon seit dem Morgen, und Commandant Danglard hatte noch nichts getan, um sie zu unterbrechen. Momo hielt seit Stunden an derselben Version fest: Er hatte allein im Park von Fresnay gewartet, er hatte diese neuen Turnschuhe in seinem Wandschrank gefunden, er hatte sie aus dem Beutel herausgenommen. Wenn er Benzin an den Händen hatte, so rührte es von diesen Schuhen her. Wer Antoine Clermont-Brasseur war, wusste er nicht, keine Ahnung.

»Hat man ihm was zu essen gegeben?«, fragte Adamsberg.

»Ja.«

»Zu trinken?«

»Zwei Cola. Verdammt, Kommissar, was glauben Sie? Wir sind nicht dabei, ihn zu foltern.«

»Der Präfekt persönlich hat angerufen«, schaltete Danglard sich ein. »Momo muss bis heute Abend alles ausgespuckt haben. Order vom Innenminister.«

»Wo sind diese berühmten Turnschuhe?«

»Dort«, sagte Danglard und wies auf einen Tisch. »Sie stinken immer noch nach Benzin.«

Adamsberg prüfte sie, ohne sie anzurühren, und nickte.

»Durchtränkt bis in die Enden der Schnürsenkel«, sagte er.

Brigadier Estalère stürzte herein, gefolgt von Mercadet mit Telefon in der Hand. Ohne Adamsbergs stillschweigenden Schutz hätte der junge Estalère die Brigade schon längst für ein kleines Kommissariat außerhalb der Hauptstadt verlassen. Alle seine Kollegen waren mehr oder weniger der Ansicht, dass Estalère nicht sonderlich aufgeweckt, um nicht zu sagen ein kompletter Idiot war. Er riss seine großen grünen Augen über der Welt auf, als bemühte er sich, nichts von ihr zu verpassen, und doch lief er ständig an den augenscheinlichsten Tatsachen vorbei. Der Kommissar behandelte ihn als einen jungen Spross im Wachstum und versicherte, dass sich sein Potential eines Tages noch offenbaren würde. Aber so beharrlich sich der junge Mann auch mühte, zu lernen und zu verstehen, hatte doch in zwei Jahren noch niemand den erwähnten Spross kräftiger werden sehen. Estalère folgte Adamsberg auf Schritt und Tritt, wie ein Reisender seinem Kompass, er entbehrte jedes kritischen Verstandes und vergötterte gleichzeitig den Lieutenant Retancourt. Der Antagonismus zwischen beider Wesensart stürzte ihn in große Ratlosigkeit, denn Adamsberg bewegte sich auf gewundenen Pfaden, während Retancourt geradlinig auf ihr Ziel zusteuerte, gemäß dem realistischen Spürsinn eines Büffels auf der Suche nach dem Wasserloch.

So dass der junge Brigadier häufig an der Gabelung stehen blieb, unfähig, sich für einen der beiden Wege zu entscheiden. In solchen Augenblicken totaler Verwirrung ging er für die ganze Brigade Kaffee machen. Denn das konnte er perfekt, da er die Sonderwünsche jedes Einzelnen, so geringfügig sie sich von den anderen unterscheiden mochten, in seinem Gedächtnis gespeichert hatte.

»Kommissar«, japste Estalère, »es hat eine Katastrophe im Labor gegeben.«

Der junge Mann unterbrach sich, um auf seinen Notizzettel zu schauen.

»Die Proben, die bei Momo entnommen wurden, sind unbrauchbar. Sie wurden am Ort der Lagerung durch Fremdeinwirkung verunreinigt.«

»Mit anderen Worten«, schaltete Mercadet sich ein, im Augenblick hellwach, »einer der Techniker hat seine Kaffeetasse über die Pappen geschüttet.«

»Seine Teetasse«, korrigierte Estalère. »Enzo Lalonde muss noch mal kommen, damit sie neue Analysen ansetzen können, aber die Ergebnisse werden wir nicht vor morgen haben.«

»Ärgerlich«, murmelte Adamsberg.

»Aber da die letzten Benzinspuren verlöschen können, hat der Präfekt angeordnet, Momo die Hände festzubinden, damit er keine Oberfläche mehr berührt.«

»Was, der Präfekt ist über die Verunreinigung bereits informiert?«

»Er ruft stündlich im Labor an«, sagte Mercadet. »Der Typ mit der Kaffeetasse hatte keinen guten Tag.«

»Tee, der Typ mit der Teetasse.«

»Es kommt aufs Gleiche raus, Estalère«, sagte Adamsberg. »Danglard, rufen Sie beim Präfekten an, und sagen Sie ihm, dass es sinnlos ist, sich an diesem Techniker zu rächen, wir werden Momos Geständnis noch vor heute Abend 22 Uhr haben.«

Adamsberg betrat den Vernehmungsraum, mit den Fingerspitzen die Turnschuhe tragend, und bedeutete Noël durch ein Zeichen hinauszugehen. Über Momos Gesicht ging ein erleichtertes Lächeln, aber der Kommissar schüttelte den Kopf.

»Nein, Mo. Dies ist das Ende deiner Heldentaten als Bandenchef. Weißt du, wen du diesmal angezündet hast? Weißt du, wer das ist?«

»Sie haben's mir gesagt. Der Typ, der Immobilien und Metalle herstellt. Clermont.«

»Und der sie verkauft, Mo. In der ganzen Welt.«

»Ja, der sie verkauft.«

»Anders ausgedrückt, du hast eine der Säulen der nationalen Wirtschaft abgefackelt. Nicht weniger als das. Begreifst du?«

»Ich war es nicht, Kommissar.«

»Nicht das will ich von dir wissen. Ich frage dich, ob du begreifst?«

»Ja.«

»Was begreifst du?«

»Dass er eine Säule der nationalen Wirtschaft ist«, sagte Momo mit einem Anflug von Schluchzen in der Stimme.

»Mit anderen Worten, du hast Feuer im Land schlechthin gelegt. In diesem Augenblick, wo ich mit dir rede, ist man bei Clermont-Brasseur total verunsichert, und die europäischen Börsen beginnen unruhig zu werden. Ist dir das klar? Nein, erzähl mir nicht deine Geschichten von nebulösen Verabredungen im Park, von dir unbekannten Sportschuhen. Was ich wissen will, ist, ob du ihn zufällig getötet hast oder ob du es speziell auf Clermont-Brasseur abgesehen hattest. Fahrlässige oder vorsätzliche Tötung, das macht einen großen Unterschied.«

»Bitte, Kommissar.«

»Beweg deine Hände nicht. Hattest du es auf ihn abgesehen? Wolltest du mit deinem Namen in die Geschichte eingehen? Wenn ja, bist du erledigt. Streif diese Handschuhe über und zieh diese Schuhe an. Zieh einen davon an, das genügt mir.«

»Sie gehören nicht mir.«

»Zieh einen an«, sagte Adamsberg in etwas lauterem Ton.

Noël, der, um zuzuhören, hinter der Scheibe stehen geblieben war, zuckte entrüstet die Schultern.

»Er bringt den Kerl noch zum Heulen, so hart, wie er rangeht. Und dann heißt es immer, der Unmensch in der Brigade sei ich.«

»Schon gut, Noël«, sagte Mercadet. »Wir haben Weisung. Momos Feuer hat sich bis zum Justizpalast ausgebreitet, es wird ein Geständnis verlangt.«

»Und seit wann gehorcht der Kommissar so prompt solchen Weisungen?«

»Seit er angezählt ist. Erscheint dir das nicht normal, dass einer seine Haut retten will?«

»Sicher erscheint mir das normal. Aber von seiner Seite, nein«, erwiderte Noël im Weggehen. »Ja, es enttäuscht mich sogar.«

Adamsberg kam aus dem Vernehmungsraum und reichte Estalère die Schuhe. Er begegnete den vielsagenden Blicken seiner Mitarbeiter, insbesondere dem von Commandant Danglard.

»Übernehmen Sie, Mercadet, ich habe noch mit der Normandie zu tun. Jetzt, wo Mo das Vertrauen in mich verloren hat, wird er ziemlich schnell aufgeben. Stellen Sie ihm einen Ventilator rein, dann schwitzt er weniger an den Händen. Und sobald der Techniker seine erneuten Proben genommen hat, schicken Sie ihn zu mir rein.«

»Ich glaubte immer, Sie wären gegen eine Anklage«, bemerkte Danglard in etwas gespreiztem Ton.

»Aber seitdem habe ich seine Augen gesehen. Er hat es getan, Danglard. So traurig es ist, aber er hat's getan. Willentlich oder nicht, das müssen wir noch herausfinden.«

Wenn es etwas gab, was Danglard mehr als alles andere an Adamsberg missbilligte, so war es diese Art, seine Empfindungen als erwiesene Tatsachen zu betrachten. Darauf pflegte Adamsberg zu entgegnen, dass Empfindungen Tatsachen seien, materielle Elemente, die den gleichen Wert hätten wie eine Laboranalyse. Dass das menschliche Hirn das gigantischste aller Labore sei und vollkommen in der Lage, empfangene Daten wie zum Beispiel einen Blick systematisch zu gliedern und zu analysieren und daraus nahezu sichere Schlüsse zu ziehen. Diese Pseudologik widerte Danglard an.

»Es geht nicht darum, zu sehen oder nicht zu sehen, Kommissar, sondern zu wissen.«

»Und wir wissen, Danglard. Mo hat den Alten auf dem Altar seiner Überzeugungen geopfert. Heute Morgen hat in Ordebec ein Kerl eine alte Dame erschlagen, so wie man einen Wurm auf dem Boden zertritt. Ich bin nicht in der Stimmung, Mörder mit Glacéhandschuhen anzufassen.«

»Heute früh waren Sie der Meinung, dass Momo in eine Falle gegangen sei. Heute früh sagten Sie, dass er sich auf jeden Fall seiner Schuhe entledigt hätte, statt sie in seinem Wandschrank für die Anklage aufzuheben.«

»Mo hat sich für noch schlauer gehalten. Für so schlau, dass er sich neue Turnschuhe besorgt hat, um uns glauben zu machen, wir hätten ihm fälschlicherweise die Schuld zuschieben wollen. Dabei, Danglard, geht die Sache sehr wohl auf seine eigene Kappe.«

»Wegen seines Blicks?«

»Zum Beispiel.«

»Und was für Beweise haben Sie in seinem Blick gelesen?«

»Hochmut, Grausamkeit, und jetzt nackte Angst.«

»Das haben Sie alles im richtigen Maß herausgelesen? Und analysiert?«

»Ich sagte Ihnen, Danglard«, erwiderte Adamsberg mit

etwas unheilvoller Sanftheit, »dass ich nicht in der Stimmung bin, zu diskutieren.«

»Abscheulich«, murmelte Danglard schroff.

Adamsberg wählte auf seinem Telefon die Nummer des Krankenhauses von Ordebec. Er machte Danglard ein Zeichen mit der Hand, wie ein gleichgültiges Abwinken.

»Gehen Sie nach Hause, Commandant, das ist das Beste, was Sie tun können.«

Sieben von seinen Mitarbeitern hatten sich um sie geschart, um den Wortwechsel zu verfolgen. Estalère machte ein völlig verstörtes Gesicht. »Und Sie alle auch, wenn Sie befürchten, die Fortsetzung könnte Ihnen nicht gefallen. Ich brauche nur zwei Männer hier bei Mo. Mercadet und Estalère.«

Dergestalt verabschiedet, zerstreute sich die Gruppe schweigend, sprachlos oder voller Missbilligung. Danglard hatte sich, bebend vor Zorn, mit großen Schritten entfernt, so schnell, wie sein eigentümlicher Gang es ihm erlaubte, denn seine zwei langen Beine erweckten den wenig verlässlichen Eindruck von zwei halb geschmolzenen Kerzen. Er stieg die Wendeltreppe zum Keller hinunter, zog die Weißweinflasche heraus, die er hinter dem großen Heizkessel versteckt hielt, und trank, ohne innezuhalten. Schade, sagte er sich, wo er nun schon mal bis sieben Uhr abends ohne zu trinken ausgehalten hatte. Er setzte sich auf die Kiste, die ihm hier unten als Sitzgelegenheit diente, und bemühte sich, ruhig zu atmen, um seine Wut zu besänftigen und vor allem den Schmerz seiner Enttäuschung. Ein beinahe panischer Zustand für ihn, der Adamsberg so sehr geliebt hatte, sich immer verlassen hatte auf die verführerischen Wege seines Denkens, auf sein Abgehobensein und, ja, auch auf seine etwas schlichte und nahezu unerschütterliche Sanftmut. Aber die Zeit war vergangen, und die fortgesetzten Erfolge hatten Adamsbergs ursprüngliches Wesen verdorben. Gewissheit und Selbstsicherheit waren in sein Bewusstsein eingesickert, neues Material mit sich führend, den Ehrgeiz, den Hochmut, die Unnachgiebigkeit. Adamsbergs berühmte Lässigkeit wendete sich und zeigte allmählich ihre dunkle Seite.

Ungetröstet stellte Danglard die Flasche in ihr Versteck zurück. Er hörte die Tür zuschlagen, die Beamten folgten der Anweisung und verließen nach und nach das Haus, in Erwartung eines besseren Morgen. Der folgsame Estalère blieb bei Momo zurück, zusammen mit Lieutenant Mercadet, der neben ihm vermutlich einschlief. Mercadets Wach- und Schlafrhythmus lag bei etwa dreieinhalb Stunden. Beschämt über dieses Handicap, wagte er nicht, sich dem Kommissar zu widersetzen.

Danglard erhob sich kraftlos, und um den Nachhall ihres Streits zu verdrängen, richtete er sein Denken auf das Abendessen mit seinen fünf Kindern. Seine fünf Kinder, dachte er grimmig, während er das Treppengeländer fasste, um wieder nach oben zu gehen. Dort war sein Leben, nicht bei Adamsberg. Seinen Job kündigen, warum nicht gar nach London gehen, wo seine Freundin lebte, die er viel zu selten sah. Dieser Beinah-Entschluss schenkte ihm ein Gefühl von Stolz und gab seinem verletzten Gemüt ein wenig Elan zurück.

Adamsberg, der sich in sein Büro eingeschlossen hatte, hörte die Tür der Brigade zuschlagen, jedes Mal, wenn einer seiner verstörten Mitarbeiter diesen von Unbehagen und Groll vergifteten Ort verließ. Er hatte getan, was getan werden musste, und machte sich keinerlei Vorwurf. Er war es ein bisschen grob angegangen, aber die Dringlichkeit hatte ihm keine Wahl gelassen. Danglards Zornausbruch überraschte ihn. Seltsam, dass sein alter Freund ihn nicht unterstützt hatte und ihm gefolgt war wie sonst fast immer. Zumal Danglard nicht an Momos Schuld zweifelte. Seine so feine Intelligenz hatte versagt. Doch wenn die großen inneren Ängste über ihn kamen, verbargen sie dem Commandant häufig die einfache Wahrheit, verzerrten sie alles auf ihrem Wege, verschlossen sie ihm die Augen vor dem Offenkundigen. Wenn auch nie für lange.

Gegen 20 Uhr hörte er den schleppenden Schritt von Mercadet, der Mo zu ihm brachte. In einer Stunde würde das Schicksal des jungen Brandstifters entschieden sein, und morgen würde er sich den Reaktionen seiner Kollegen stellen müssen. Die Einzige, die er wirklich fürchtete, war Retancourt. Aber er konnte nicht zögern. Was auch immer Retancourt oder Danglard denken mochten, er hatte in Momos Augen gelesen, und damit war der Weg vorgezeichnet, den er unweigerlich gehen musste. Er stand auf, um die Tür zu öffnen, und steckte sein Handy ein. Léo in Ordebec war noch immer am Leben.

»Setz dich«, sagte er zu dem eintretenden Mo, der den Kopf senkte, um seine Augen zu verbergen. Adamsberg hatte ihn weinen hören, die Verteidigungswälle brachen ein.

»Er hat nichts gesagt«, berichtete Mercadet in sachlichem Ton.

»Es wird gleich vorüber sein«, sagte Adamsberg und drückte dem jungen Mann auf die Schulter, damit er sich setzte. »Mercadet, legen Sie ihm die Handschellen an und gehen Sie nach oben, sich ausruhen.«

Nach oben, das hieß in den kleinen Raum mit dem Getränkeautomaten und dem Fressnapf des Katers, wo der Lieutenant ein paar Kissen auf den Boden gelegt hatte, auf denen er seine zyklischen Siesten hielt. Mercadet nutzte sie, um den Kater zu seinem Napf zu tragen und dann zusammen mit ihm zu schlafen. Retancourt fand, seit der Lieutenant und der Kater sich auf diese Weise zusammengetan hatten, hatte Mercadets Schlaf an Qualität gewonnen, und seine Siesten dauerten weniger lang.

12

Das Telefon klingelte bei Capitaine Émeri mitten beim Abendessen. Verärgert nahm er ab. Die Zeit des Abendessens war für ihn eine luxuriöse und wohltuende Unterbrechung im Tagesablauf, an der er in einem relativ bescheidenen Leben nahezu mit Besessenheit festhielt. In seiner Dreizimmer-Dienstwohnung war der größte Raum dem Speisezimmer vorbehalten und die Verwendung eines weißen Tischtuchs verbindlich. Auf diesem Tuch glänzten zwei aus dem Erbe des Marschalls Davout gerettete silberne Gegenstände, eine Bonbonniere und eine Obstschale, beide geprägt mit dem kaiserlichen Adler und den Initialen des Vorfahren. Émeris Haushälterin drehte das Tischtuch unauffällig auf seine bekleckerte Seite, um Wäsche zu sparen, denn sie hatte keinerlei Respekt vor dem alten Fürsten von Eckmühl.

Émeri war kein Dummkopf. Er wusste, dass seine Verbeugungen vor dem Ahnen ein Leben kompensierten, das er als mittelmäßig ansah, und einen Charakter, der nicht die berühmte Verwegenheit des Marschalls besaß. Eher von ängstlicher Natur, hatte Émeri die Militärkarriere seines Vaters ausgeschlagen und sich in puncto Armee für das Korps der nationalen Gendarmerie und in puncto Eroberungen für den weiblichen Körper entschieden. Er urteilte sehr streng über sich, außer in der glanzvollen Stunde des Diners, während der er sich eine nachsichtige Pause gönnte. An diesem Tisch gestand er sich gewandtes Auftreten und Autorität zu, und diese tägliche Dosis Narzissmus hatte etwas sehr Belebendes für ihn. Man wusste, dass man ihn, außer in dringenden Fällen, im Augenblick des Essens nicht stören durfte. Die Stimme des Brigadiers Blériot klang darum auch ein wenig zögernd.

»Ich bitte vielmals um Entschuldigung, Capitaine, doch ich glaubte Sie informieren zu müssen.«

»Léo?«

»Nein, ihr Hund, Capitaine. Ich passe im Moment auf ihn auf. Dr. Chazy meinte zwar, dass er nichts hat, aber letztendlich hatte doch Kommissar Adamsberg recht.«

»Zur Sache, Brigadier«, sagte Émeri ungeduldig. »Mein Essen wird kalt.«

»Flem schaffte es immer noch nicht aufzustehen, und heute Abend hat er Blut gespuckt. Ich hab ihn zum Tierarzt gebracht, und der hat innere Verletzungen festgestellt. Seiner Meinung nach ist Flem in den Bauch getreten worden, mit Fußtritten also. Und in dem Fall hätte Adamsberg recht, Léo ist wohl doch überfallen worden.«

»Verschonen Sie mich mit Adamsberg, wir können unsere Schlüsse alleine ziehen.«

»Verzeihung, Capitaine, es ist nur, weil er das gleich gesagt hat.«

»Der Tierarzt ist sich seiner Diagnose absolut sicher?«

»Sicher. Er ist bereit, eine Aussage zu unterschreiben.«

»Bestellen Sie ihn für morgen zu einem frühen Termin. Haben Sie sich nach Léo erkundigt?«

»Sie liegt immer noch im Koma. Dr. Merlan rechnet damit, dass sich das innere Hämatom zurückbilden wird.«

»Rechnet er wirklich damit?«

»Nein, Capitaine. Nicht wirklich.«

»Haben Sie schon zu Abend gegessen, Blériot?«

»Ja.«

»Dann kommen Sie in einer halben Stunde zu mir.«

Émeri warf sein Telefon auf das weiße Tischtuch und setzte sich finster wieder vor seinen Teller. Er hatte zu Blériot, der älter war als er, eine widersprüchliche Beziehung.

Er verachtete ihn, und seine Ansichten interessierten ihn in keiner Weise. Blériot war nur ein simpler Brigadier, dick, devot und ungebildet. Gleichzeitig machten ihn sein umgängliches Temperament – Émeri hielt ihn für gutmütig –, seine Geduld, die man mit Dummheit verwechseln konnte, und seine Diskretion zu einem nützlichen und unbedenklichen Vertrauten. So dirigierte Émeri ihn mal wie einen Hund, mal behandelte er ihn wie einen Freund; einen Freund, der speziell die Aufgabe hatte, ihm zuzuhören, ihn zu bestätigen und zu ermutigen. Er arbeitete mit ihm seit sechs Jahren.

»Es sieht nicht gut aus, Blériot«, sagte er zu dem Brigadier, als er ihm die Tür öffnete.

»Für Léone?«, fragte Blériot, während er sich auf dem Empire-Stuhl niederließ, der für ihn bereitstand.

»Für uns. Für mich. Durch meine Schuld ist der ganze Anfang der Ermittlung im Arsch.«

Unter Berufung auf die Tatsache, dass Marschall Davout berühmt war für sein rüdes Vokabular, das er sozusagen aus den Revolutionsjahren mitgebracht hatte, war Émeri nicht sehr um eine gepflegte Ausdrucksweise bemüht.

»Wenn Léo überfallen wurde, Blériot, dann ist auch Herbier umgebracht worden.«

»Warum sehen Sie da eine Verbindung, Capitaine?«

»Alle Leute sehen sie. Denk mal nach.«

»Und was sagen alle Leute?«

»Dass sie eine Menge wusste über Herbiers Tod, so wie Léo ja über alles und jeden immer eine Menge weiß.«

»Léone ist kein Klatschweib.«

»Aber sie ist ein heller Geist, sie ist ein Gedächtnis. Leider hat sie mir nichts anvertraut. Das hätte ihr vielleicht das Leben gerettet.«

Émeri öffnete die Bonbonniere, die mit Lakritze gefüllt war, und schob sie zu Blériot hin.

»Da kommt was auf uns zu, Brigadier. Ein Typ, der eine

alte Dame zu Boden schlägt, ist nicht auf die leichte Schulter zu nehmen. Mit anderen Worten, ein Barbar, ein Dämon, den ich seit Tagen frei herumlaufen lasse. Was erzählt man sich noch in der Stadt?«

»Ich sagte doch, Capitaine. Ich weiß es nicht.«

»Das stimmt nicht, Blériot. Was sagt man über mich? Dass ich meine Arbeit nicht ordentlich gemacht habe, so ist es doch?«

»Das geht vorüber. Die Leute reden, und sie vergessen auch wieder.«

»Nein, Blériot, weil sie nämlich recht haben. Herbier ist vor elf Tagen verschwunden, vor neun Tagen habe ich es erfahren. Ich hatte beschlossen, es zu ignorieren, weil ich gedacht habe, dass die Vendermots mir eine Falle stellen wollten. Du weißt es. Ich habe mich geschützt. Und als man seine Leiche fand, habe ich beschlossen, dass er sich umgebracht hat, denn das kam mir gelegen. Ich war verbohrt wie ein Stier und habe keinen Finger gerührt. Wenn sie sagen, dass ich für Léos Tod verantwortlich bin, haben sie recht. Als der Mord an Herbier gerade erst geschehen war, hätte man noch die Chance gehabt, die Spur zurückzuverfolgen.«

»Man konnte es nicht ahnen.«

»Du nicht. Ich schon. Und jetzt findet sich kein einziges Indiz mehr. Es ist immer das Gleiche. Je mehr man sich zu schützen sucht, desto verwundbarer wird man. Merk dir das.«

Émeri reichte dem Brigadier eine Zigarette, und sie rauchten beide schweigend.

»Und warum ist das so schwerwiegend, Capitaine? Was kann denn auf uns zukommen?«

»Die Generalinspektion der Gendarmerie, nicht mehr und nicht weniger.«

»Gegen Sie?«

»Selbstverständlich. Du, du riskierst nichts, du trägst keine Verantwortung.«

»Lassen Sie sich helfen, Capitaine. Man applaudiert nicht mit nur einer Hand.«

»Helfen, von wem?«

»Vom Grafen. Sein langer Arm reicht bis in die Hauptstadt. Und bis zur Generalinspektion.«

»Hol die Karten raus, Blériot, wir werden ein, zwei Partien spielen, das wird uns guttun.«

Blériot verteilte die Karten mit der Behäbigkeit, die er in alle seine Gesten legte, und Émeri fühlte sich ein wenig gestärkt.

»Der Graf hängt sehr an Léo«, wandte er ein, während er sein Blatt auffächerte.

»Man sagt, sie sei seine einzige Liebe gewesen.«

»Er kann mit vollem Recht annehmen, dass ich verantwortlich bin für das, was ihr zugestoßen ist. Und mich folglich zum Teufel schicken.«

»Den Namen sollte man nicht aussprechen, Capitaine.«

»Warum?«, fragte Émeri und lachte auf. »Glaubst du, dass der Teufel in Ordebec ist?«

»Immerhin. Der Seigneur Hellequin ist durchgeritten.«

»Du glaubst daran, mein armer Blériot.«

»Man kann nie wissen, Capitaine.«

Émeri lächelte und spielte eine Karte aus. Blériot deckte sie mit einer Acht.

»Du bist nicht bei der Sache.«

»Das stimmt, Capitaine.«

13

»Kommissar«, flehte Mo wieder.

»Halt den Mund«, unterbrach ihn Adamsberg. »Du hast schon den Strick um den Hals und nicht mehr viel Zeit.«

»Ich töte niemanden, ich töte nichts. Höchstens die Kakerlaken zu Hause.«

»Halt den Mund, verdammt«, wiederholte Adamsberg mit einer gebieterischen Geste.

Mo schwieg überrascht. Irgendwas am Kommissar war verändert.

»So ist es schon besser«, sagte Adamsberg. »Wie du gehört hast, bin ich nicht in der Stimmung, Mörder laufenzulassen.«

Das Bild von Léo zog an seinem Auge vorüber und löste ein Kribbeln in seinem Nacken aus. Er griff sich mit der Hand an den Hals und schleuderte die Kugel auf den Boden. Mo sah ihm zu, er hatte den Eindruck, er habe einen unsichtbaren Käfer zu fassen gekriegt. Instinktiv machte er die gleiche Bewegung, fasste sich in den Nacken.

»Hast du da auch so eine Kugel?«, fragte Adamsberg.

»Was für eine Kugel?«

»Elektrizität. Du hättest sie schon längst haben müssen.«

Mo schüttelte den Kopf, er verstand nicht.

»In deinem Fall, Mo, haben wir es mit einem zynischen, berechnenden und überaus mächtigen Mörder zu tun. Das ganze Gegenteil von dem triebhaften, blindwütigen Wahnsinnigen, der in Ordebec sein Unwesen treibt.«

»Kenne ich nicht«, murmelte Mo.

»Unwichtig. Irgendjemand hat diesen Antoine Clermont-Brasseur sauber liquidiert. Ich werde dir nicht erklären, warum der alte Finanzier lästig wurde, dazu haben wir keine Zeit, und es ist nicht dein Problem. Was du wissen musst, ist, dass du die Rechnung bezahlen wirst. Das ist seit Beginn der Operation so vorgesehen. In zweiundzwanzig Jahren wirst du wegen guter Führung entlassen, vorausgesetzt, du zündest nicht zwischenzeitlich deine Zelle an.«

»Zweiundzwanzig Jahre?«

»Der Tote ist ein Clermont-Brasseur, nicht irgendein Kneipier. Die Justiz ist nicht blind.«

»Aber wenn Sie wissen, dass ich es nicht war, können Sie es denen doch sagen, und ich gehe nicht in den Knast.«

»Davon darfst du träumen, Mo. Der Clermont-Brasseur-Clan wird nie zulassen, dass einer der Seinen verdächtigt wird. Man kriegt sie nicht mal für eine simple Befragung. Und was auch immer geschehen ist, unsere Regierenden werden den Clan schützen. Dass du nicht zählst, und ich auch nicht, wäre schwach ausgedrückt. Du bist nichts, sie sind alles. So kann man es eher nennen. Und dich haben sie sich ausgesucht.«

»Sie haben keine Beweise«, flüsterte Mo. »Ich kann nicht ohne Beweis verurteilt werden.«

»Aber sicher kannst du das, Mo. Hör auf, wir verlieren nur Zeit. Ich kann dir zwei Jahre Gefängnis anbieten statt zweiundzwanzig. Nimmst du an?«

»Wie das?«

»Du wirst von hier abhauen und dich verstecken. Aber du verstehst, dass ich mich, wenn man dich morgen hier nicht mehr antrifft, werde erklären müssen.«

»Ja.«

»Du hast dem Lieutenant Mercadet – das ist der mit dem Seitenscheitel und den ganz kleinen Händen – die Dienstwaffe und das Handy gestohlen, als er im Vernehmungsraum eingeschlafen ist. Er schläft immer ein.«

»Aber er ist nicht eingeschlafen, Kommissar.«

»Widersprich mir nicht. Er ist eingeschlafen, du hast ihm

seine Waffe und sein Telefon abgenommen, hast beides fest in deine Gesäßtaschen geschoben. Mercadet hat nichts bemerkt.«

»Und wenn er schwört, dass er seine Waffe immer bei sich gehabt hat?«

»Dann irrt er sich, denn ich werde sie ihm abnehmen, und das Handy dazu. Über dieses Telefon hast du einen deiner Komplizen gebeten, draußen auf dich zu warten. Die Waffe hast du mir in den Nacken gedrückt, hast mich gezwungen, dir die Handschellen abzunehmen und sie mir anzulegen. Dann dir den Hinterausgang des Kommissariats zu öffnen. Jetzt hör mir gut zu: Es stehen zwei Posten auf der Straße, links und rechts vom Tor. Du gehst raus, indem du die Waffe auf mich gerichtet hältst, aber knallhart. So hart, dass sie gar nicht erst versuchen einzugreifen. Kriegst du das hin?«

»Vielleicht.«

»Gut. Ich sage den Jungs, dass sie sich nicht rühren sollen. Du musst ziemlich kaltblütig aussehen, zu allem entschlossen. Haben wir uns verstanden?«

»Und wenn ich nicht kaltblütig genug aussehe?«

»Dann setzt du dein Leben aufs Spiel. Sieh zu, dass du das schaffst. An der Ecke der Straße steht ein Verkehrsschild, ein Parkverbotsschild. Dort biegst du rechts ab, verpasst mir eine unters Kinn, ich geh zu Boden. Du rennst los, immer geradeaus. Dann siehst du einen geparkten Wagen, dessen Scheinwerfer in dem Moment aufleuchten, vor einer Fleischerei dreißig Meter weiter. Wirf deine Knarre weg und spring rein.«

»Und das Handy?«

»Das lässt du hier. Ich werde es zerstören.«

Mo hob seine schweren Lider und sah Adamsberg fassungslos an.

»Warum machen Sie das? Man wird sagen, dass Sie nicht mal in der Lage sind, einem kleinen Vorstadtwichser die Stirn zu bieten.«

»Was man über mich sagen wird, ist mein Problem.«

»Man wird Sie verdächtigen.«

»Nicht, wenn du deine Rolle gut spielst.«

»Es ist keine Falle?«

»Zwei Jahre Gefängnis, acht Monate, wenn du dich gut führst. Und sollte es mir gelingen, bis zu dem tatsächlichen Mörder vorzustoßen, musst du dich zumindest für bewaffneten Überfall auf einen Kommissar und Flucht verantworten. Zwei Jahre. Was Besseres kann ich dir nicht bieten. Nimmst du an?«

»Ja«, hauchte Mo.

»Pass auf. Es ist ebenso gut möglich, dass sie eine so hohe Verteidigungsmauer um den Mörder aufrichten, dass ich niemals an ihn rankommen werde. In dem Fall musst du noch viel weiter abhauen, bis über den Ozean.«

Adamsberg sah auf seine Uhr. Wenn Mercadet sich getreu seinem Rhythmus verhalten hatte, musste er eingeschlafen sein. Adamsberg öffnete die Tür und rief Estalère.

»Überwach mir den Kerl, ich komme gleich wieder.«

»Hat er was gesagt?«

»Beinah. Ich verlass mich auf dich, lass ihn nicht aus den Augen.«

Estalère lächelte. Er mochte es, wenn Adamsberg von seinen Augen sprach. Einmal hatte der Kommissar über ihn gesagt, dass er hervorragende Augen habe, dass er alles sehen könne.

Adamsberg schlich leise in die obere Etage hinauf, sich erinnernd, dass er die neunte Stufe auslassen musste, über die jeder stolperte. Lamarre und Morel wachten am Empfang, keine Frage, sie durften nichts davon mitkriegen. In dem Raum mit dem Getränkeautomaten lag Mercadet wie erwartet schlafend auf seinen Kissen, zugedeckt vom Kater, der sich quer über seinen Beinen ausgestreckt hatte. Der Lieutenant hatte sein Holster freundlicherweise aufgeschnallt, die Waffe war in Reichweite. Adamsberg strich dem Kater über den Kopf und entnahm die Magnum, ohne ein Geräusch zu verursachen. Sehr viel behutsamer musste er vorgehen, um das Telefon aus der vorderen Hosentasche zu fädeln. Zwei Minuten später verabschiedete er Estalère und schloss sich erneut mit Momo ein.

»Wo soll ich mich verstecken?«, fragte Mo.

»An einem Ort, wo die Bullen dich nie suchen werden. Nämlich bei einem Bullen.«

»Das heißt?«

»Bei mir zu Hause.«

»Scheiße«, sagte Mo.

»Es ist nun mal so, wir müssen mit den Mitteln auskommen, die wir haben. Ich hatte keine Zeit, mich vorzubereiten.«

Adamsberg sandte eine eilige Nachricht an Zerk, der ihm zurückschrieb, Hellebaud habe seine Flügel ausgebreitet, er sei bereit zu fliegen.

»Es ist so weit«, sagte Adamsberg und stand auf.

Mit Handschellen an den Gelenken, bedrängt von Mo, der ihm die Waffe an den Hals hielt, schloss Adamsberg die beiden Gittertore auf, die auf den großen Hof hinausgingen, wo der Wagenpark der Brigade stand. Während sie auf das Ausgangstor zugingen, legte Mo Adamsberg eine Hand auf die Schulter.

»Kommissar«, sagte er, »ich weiß nicht, was ich sagen soll.«

»Heb es dir für später auf, konzentrier dich.«

»Ich werde meinem ersten Sohn Ihren Vornamen geben, das schwör ich bei Gott.«

»Geh weiter, verdammt. Geh bloß weiter, und sei hart.«

»Nur eins noch, Kommissar.«

»Dein Jo-Jo?«

»Nein, meine Mutter.«

»Man wird ihr Bescheid geben.«

14

Danglard hatte das Geschirr vom Abendessen abgespült und sich auf seinem alten braunen Sofa ausgestreckt, ein Glas Weißwein in Reichweite der Hand, während die Kinder ihre Hausaufgaben beendeten. Fünf Kinder, die heranwuchsen, fünf Kinder, die aus dem Haus gehen würden, besser, er dachte heute Abend nicht daran. Der letzte Kleine, der nicht von ihm war und ihm unaufhörlich das Rätsel seiner von einem anderen Vater geerbten blauen Augen aufgab, war der einzige noch Kindliche unter ihnen, und Danglard hielt ihn auf diesem Stand. Er hatte seine Niedergeschlagenheit den ganzen Abend über nicht verbergen können, und der älteste der Zwillinge hatte ihn beharrlich ausgefragt. Danglard, der sich selten lange sperrte, hatte die Szene geschildert, in der er und der Kommissar aneinandergeraten waren, Adamsbergs beißenden Ton und wie plötzlich er auf dieses erbärmliche Niveau herabgesunken war. Sein Sohn hatte das Gesicht zu einer Grimasse des Zweifels verzogen, sekundiert von seinem Bruder, und diese zweifache Grimasse geisterte noch immer durch das gramvolle Gemüt des Commandant.

Er hörte, wie eines seiner Zwillingsmädchen seine Lektion über Voltaire wiederholte, den Mann, der die Leute verlacht, die auf Illusion und Lüge hereinfallen. Plötzlich richtete er sich auf, auf einen Arm gestützt. Eine Inszenierung, genau das war's, was er miterlebt hatte. Eine Lüge, eine Illusion. Er fühlte, wie sein Denken an Tempo zulegte, mithin auf die Gleise der Exaktheit zurückkehrte. Er stand auf und schob sein Glas weg. Wenn er sich nicht täuschte, brauchte Adamsberg ihn, jetzt in diesem Augenblick.

Zwanzig Minuten später betrat er keuchend die Brigade. Nichts Auffälliges, der Nachtdienst döste unter den noch immer rotierenden Ventilatoren. Er eilte zu Adamsbergs Büro, fand die Gitter offen und rannte, so schnell seine Konstitution es ihm erlaubte, zum Hinterausgang. Auf der dunklen Straße kamen die beiden Wachen mit dem Kommissar in ihrer Mitte an. Adamsberg schien angeschlagen, er stützte sich beim Gehen auf die Schultern der beiden Brigadiers. Danglard übernahm ihn auf der Stelle.

»Holt mir diesen Dreckskerl wieder ein«, befahl Adamsberg den Brigadiers. »Ich glaube, er ist in einem Wagen auf und davon. Ich schicke euch gleich Verstärkung.«

Danglard stützte Adamsberg wortlos bis zu seinem Büro, schloss die beiden Gitter hinter ihm. Der Kommissar lehnte es ab, sich zu setzen, und ließ sich auf den Boden fallen, zwischen seine beiden Geweihstangen, den Kopf gegen die Wand gelehnt.

»Arzt?«, fragte Danglard schroff.

Adamsberg schüttelte den Kopf.

»Dann also einen Schluck Wasser. So was brauchen Verletzte.«

Danglard forderte die Verstärkung an, gab Befehl, das Territorium, Straßen, Bahnhöfe, Flughäfen großräumig zu überwachen, und kam mit einem Glas Wasser, einem leeren Glas und seiner Weißweinflasche zurück.

»Wie hat er Sie überwältigt?«, fragte er, indem er ihm das Glas reichte und den Korken aus der Flasche zog.

»Er hat sich die Knarre von Mercadet gegriffen. Ich konnte nichts machen«, sagte Adamsberg, während er das Glas austrank und es nochmals hinstreckte, diesmal zu Danglards Flasche.

»Wein empfiehlt sich in Ihrem Fall nicht.«

»In Ihrem auch nicht, Danglard.«

»Sie haben sich also wie in blutiger Laie reinlegen lassen?«

»Im Grunde, ja.«

Einer der Posten klopfte und trat unaufgefordert ein. Den kleinen Finger im Bügel, streckte er dem Kommissar eine Magnum entgegen.

»Die lag im Rinnstein«, sagte er.

»Kein Handy?«

»Nein, Kommissar. Nach Aussage des Fleischers, der gerade seine Abrechnung machte, ist ein Wagen, der fünf Minuten vorher vor seinem Laden geparkt hatte, in hohem Tempo wieder davongebraust. Ein Mann sei eingestiegen.«

»Mo«, seufzte Danglard.

»Ja«, bestätigte der Posten. »Die Beschreibung trifft auf ihn zu.«

»Das Nummernschild hat er nicht gesehen?«, fragte Adamsberg, ohne die geringste Erregung erkennen zu lassen.

»Nein. Er ist nicht aus seinem Laden herausgekommen. Was sollen wir machen?«

»Einen Bericht. Wir machen einen Bericht. Das ist immer die richtige Antwort.«

Die Tür schloss sich wieder, und Danglard reichte dem Kommissar ein halbes Glas Weißwein.

»In Ihrem Schockzustand«, bemerkte er etwas spitz, »kann ich Ihnen leider nicht mehr geben.«

Adamsberg tastete nach der Brusttasche seines Hemds und zog eine zerdrückte Zigarette heraus, die er Zerk gestohlen hatte. Er zündete sie umständlich an und versuchte Danglards Blick auszuweichen, der sich in seinen Schädel zu bohren schien wie eine sehr feine, sehr lange Schraube. Was, zum Teufel, machte Danglard hier zu dieser Stunde? Mo hatte ihm tatsächlich weh getan mit seinem Schlag, er rieb sich sein schmerzendes und vermutlich gerötetes Kinn. Sehr gut. Er fühlte eine Schürfwunde und ein bisschen Blut unter seinen Fingern. Perfekt, alles in Ordnung. Außer Danglard und seiner langen Schraube, und genau das hatte er befürchtet. Die Ahnungslosigkeit des Commandant währte nie sehr lange.

»Erzählen Sie«, sagte Danglard.

»Nichts. Er hat einen Tobsuchtsanfall bekommen und mir die Waffe an den Hals gedrückt, ich konnte überhaupt nichts machen. Dann ist er durch die Seitenstraße weg.«

»Wie hat er einen Komplizen kontaktieren können?«

»Über Mercadets Telefon. Er hat ihm vor meinen Augen eine Nachricht geschickt. Was machen wir da im Bericht? Um nicht sagen zu müssen, dass Mercadet schlief?«

»Ja richtig, was machen wir da im Bericht?«, wiederholte Danglard, indem er jedes einzelne Wort dehnte.

»Wir werden die Uhrzeiten verändern. Wir werden schreiben, dass Momo um 9 Uhr abends noch im Vernehmungsraum war. Dass ein Beamter während einer Überstunde einnickt, das wird keine großen Konsequenzen haben. Und die Kollegen, denke ich, werden solidarisch sein.«

»Mit wem?«, fragte Danglard. »Mit Mercadet oder mit Ihnen?«

»Was hätte ich denn tun sollen, Danglard? Sollte ich mir ein paar Löcher in die Haut schießen lassen?«

»Na, na, so heftig soll's gewesen sein?«

»Genau so. Mo ist geradezu tollwütig geworden.«

»Ja sicher«, sagte Danglard und nahm einen Schluck.

Und Adamsberg las seine Niederlage in dem allzu hellsichtigen Blick seines Stellvertreters.

»Also gut«, sagte er.

»Also gut«, bestätigte Danglard.

»Aber zu spät. Sie kommen zu spät, und das Ding ist gelaufen. Ich fürchtete ja, Sie würden es schon vorher durchschauen. Sie waren ein bisschen langsam«, fügte er leicht enttäuscht hinzu.

»Das stimmt. Sie haben mich drei Stunden lang verschaukelt.«

»Nur eben so viel, wie ich brauchte.«

»Sie sind wahnsinnig, Adamsberg.«

Adamsberg nahm einen Schluck aus seinem halben Glas und ließ ihn von einer Wange in die andere rollen.

»Das macht mir nichts aus«, sagte er, als er hinuntergeschluckt hatte.

»Und Sie reißen mich in Ihren Sturz mit hinein.«

»Durchaus nicht. Sie waren nicht verpflichtet, mich zu durchschauen. Sie haben selbst in diesem Moment noch die Möglichkeit, ein Idiot zu sein. Es ist Ihre Entscheidung, Commandant. Gehen Sie raus, oder bleiben Sie.«

»Ich bleibe, wenn Sie mir auch nur ein Detail nennen können, das für ihn spricht. Etwas anderes als sein Blick.«

»Kommt nicht in Frage. Wenn Sie bleiben, dann ohne Bedingungen.«

»Sonst?«

»Sonst ist das Leben nicht viel wert.«

Danglard unterdrückte eine Regung des Unmuts und presste die Finger um sein Glas. Aber es war ein weit weniger schmerzlicher Zorn, so erinnerte er sich, als der Gedanke, den er noch eben gedacht hatte. Dass Adamsberg aus seinen Wolken herabgestürzt wäre. Er nahm sich Zeit, schwieg nachdenklich. Der Form halber, das wusste er.

»Gut«, sagte er.

Das kürzeste Wort, das er gefunden hatte, um seine Kapitulation auszudrücken.

»Sie erinnern sich an die Turnschuhe?«, fragte Adamsberg. »An die Schnürsenkel?«

»Sie haben Momos Größe. Und weiter?«

»Ich spreche von den Schnürsenkeln, Danglard. Die Enden sind auf mehreren Zentimetern von Benzin durchtränkt.«

»Ja und?«

»Es sind diese Turnschuhe, die für junge Leute gemacht sind, mit besonders langen Senkeln.«

»Ich weiß, meine Kinder haben die gleichen.«

»Und wie binden Ihre Kinder sie zu? Denken Sie genau nach, Danglard.«

»Indem sie die Schnürsenkel hinter dem Knöchel entlangführen und dann vorn zusammenknoten.«

»Genau. Es gab mal die Mode mit den offenen Senkeln, jetzt sind sehr lange Senkel modern, die man erst hinter dem Hacken entlangführt, bevor man sie vorn zusammenbindet. So dass die Enden nicht auf dem Boden schleifen. Außer wenn ein vorsintflutlicher Alter diese Schuhe trägt, der nicht weiß, wie man sie zubindet.«

»Verdammt.«

»Ja. Dieser vorsintflutliche Alte, sagen wir zwischen fünfzig und sechzig Jahren, sagen wir, einer der Clermont-Brasseur-Söhne, hat sich Turnschuhe für junge Leute gekauft. Und hat die Schnürsenkel nur vorn zusammengebunden, wie zu seiner Zeit. Und die Enden sind ins Benzin getaucht. Ich habe Mo gebeten, die Schuhe anzuziehen. Erinnern Sie sich?«

»Ja.«

»Und er hat sie auf seine Weise geschnürt, hintenrum und dann nach vorn. Wenn Mo das Feuer gelegt hätte, fände sich Benzin unter seinen Sohlen, das ja. Aber nicht an den Enden der Schnürsenkel.«

Danglard füllte aufs Neue sein Glas, kaum dass er es ausgetrunken hatte.

»Ist es das, Ihr Detail?«

»Ja, und es ist Gold wert.«

»Genau. Aber Sie haben schon vorher begonnen, uns Ihr Theater vorzuspielen. Sie wussten es vorher.«

»Mo ist kein Mörder. Ich habe nie die Absicht gehabt, ihn in das aufgespannte Netz fallen zu lassen.«

»Welchen der Clermont-Söhne verdächtigen Sie?«

»Christian. Er ist ein eiskalter Schurke seit seiner Jugend.«

»Man wird Sie aber nicht machen lassen. Die werden Mo kriegen, wo immer er sich aufhält. Das ist ihre einzige Chance. Wer hat ihn im Wagen abgeholt?«

Adamsberg trank sein Glas aus, ohne zu antworten.

»Wie der Vater, so der Sohn«, schloss Danglard und stand schwerfällig auf.

»Wir haben schon eine kranke Taube, da können wir auch zwei haben.«

»Sie werden ihn nicht lange bei sich behalten können.«

»Das ist auch nicht vorgesehen.«

»Sehr gut. Also, was machen wir?«

»Wie gewöhnlich«, sagte Adamsberg und wand sich aus den Geweihstangen hoch. »Einen Bericht, wir machen einen Bericht. Und das können Sie am besten, Danglard.«

In diesem Augenblick klingelte sein Telefon, auf dem Display leuchtete eine Nummer auf, die er nicht kannte. Adamsberg sah auf seine beiden Uhren, 22 Uhr 05, und runzelte die Brauen. Danglard machte sich schon an den gefälschten Bericht, den unerschütterlichen Rückhalt verfluchend, den er dem Kommissar immer wieder gab, bis in eine Extremsituation wie diese.

»Adamsberg«, sagte der Kommissar mit Vorsicht.

»Louis Nicolas Émeri«, antwortete der Capitaine mit hohler Stimme. »Habe ich dich geweckt?«

»Nein, einer meiner Verdächtigen ist entkommen.«

»Na, wunderbar«, sagte Émeri, ohne zu begreifen.

»Ist Léo gestorben?«

»Nein, noch hält sie durch. Aber ich nicht. Ich bin meines Postens enthoben, Adamsberg.«

»Offiziell?«

»Noch nicht. Ein Kollege von der Generalinspektion hat mich im Voraus verständigt. Es soll morgen geschehen. Hyänen sind das, Hurensöhne.«

»Es war vorauszusehen, Émeri. Suspendiert oder versetzt?«

»Vorübergehend suspendiert, in Erwartung des Berichts.«

»Der Bericht, jaja.«

»Hyänen sind das, Hurensöhne«, wiederholte der Capitaine.

»Warum rufst du mich an?«

»Ich will lieber krepieren als mit ansehen, wie der Capitaine von Lisieux die Leitung der Ermittlung übernimmt. Selbst die heilige Thérèse würde ihn ohne Zögern dem Wütenden Heer vorwerfen.«

»Eine Sekunde, Émeri.«

Adamsberg legte die Hand auf sein Telefon.

»Danglard, der Capitaine von Lisieux?«

»Dominique Barrefond, ein richtiger Scheißkerl.«

»Was willst du tun, Émeri?«, sagte Adamsberg, indem er sich wieder einschaltete.

»Ich will, dass du den Fall übernimmst. Schließlich ist es ja auch deiner.«

»Meiner?«

»Von Anfang an, noch bevor es überhaupt ein Fall war. Als du den Weg von Bonneval gegangen bist, aber noch nicht die leiseste Ahnung hattest.«

»Ich war da langgegangen, um Luft zu schnappen. Ich habe Brombeeren gegessen.«

»Das kannst du anderen Leuten erzählen. Es ist deine Ermittlung«, bekräftigte Émeri. »Und wenn du sie leitest, kann ich dir unter der Hand behilflich sein, und du wirst nicht auf mir rumhacken. Während der Hurensohn von Lisieux mich zur Strecke bringen wird.«

»Also deswegen?«

»Deswegen und weil es dein Fall ist und der von niemand anderem. Das Wütende Heer ist dein Schicksal.«

»Erzähl mir doch keine Geschichten, Émeri.«

»Aber so ist es. Er kommt auf dich zugeritten.«

»Wer?«

»Der Seigneur Hellequin.«

»Daran glaubst du doch keine Sekunde, du denkst nur daran, wie du deine Haut retten kannst.«

»Ja.«

»Tut mir leid, Émeri, du weißt, dass ich die Ermittlung nicht einfach übernehmen kann. Ich habe keinerlei Vorwand.«

»Ich spreche nicht von Vorwand, ich spreche von Beziehungen. Ich kann meine zum Grafen von Ordebec spielen lassen. Sieh zu, dass du von deiner Seite eine nutzen kannst.«

»Warum sollte ich das tun? Um mir Ärger mit den Bullen von Lisieux einzuhandeln? Ich habe hier schon massenhaft Ärger am Hals, Émeri.«

»Aber du bist nicht kaltgestellt.«

»Was weißt du davon? Ich sagte dir doch gerade, dass mir ein Tatverdächtiger abgehauen ist. Aus meinem eigenen Büro, mit der Waffe von einem meiner Beamten.«

»Ein Grund mehr, dir woanders einen Erfolg zu verschaffen.«

Nicht ganz falsch, dachte Adamsberg. Aber wer vermochte es mit dem Seigneur des Wütenden Heeres aufzunehmen?

»Dein entflohener Verdächtiger, ist das der aus der Mordsache Clermont-Brasseur?«, begann Émeri wieder.

»Genau der. Du siehst, das Schiff läuft voll Wasser, und ich werde aus dem Schöpfen nicht herauskommen.«

»Die Clermont-Erben, interessieren die dich?«

»Sehr. Aber sie sind unerreichbar.«

»Nicht für den Grafen von Ordebec. Dem alten Antoine hat er seinerzeit seine Stahlhütten verkauft. In den fünfziger Jahren haben sie zusammen Afrika unsicher gemacht. Der Graf ist ein Freund. Als Léo mich am Hosenboden aus dem Teich gefischt hat, war sie noch mit ihm zusammen.«

»Lass die Clermonts fallen. Wir kennen den Brandstifter.«

»Umso besser. Man ist ja nur gelegentlich versucht, auch das Umfeld ein bisschen aufzuräumen, um einen besseren Durchblick zu bekommen. Reiner Reflex von Berufshygiene, der weiter keine Folgen haben muss.«

Adamsberg nahm das Telefon vom Ohr und verschränkte die Arme. Seine Finger stießen auf das kleine Klümpchen Erde, das er in die Tasche seines Hemds gesteckt hatte. Heute Vormittag erst.

»Lass mich darüber nachdenken«, sagte er.

»Aber schnell.«

»Ich denke nie schnell, Émeri.«

Um nicht zu sagen, überhaupt nicht, ergänzte Danglard schweigend. Momos Flucht war der helle Wahnsinn.

»Ordebec, was?«, sagte Danglard. »Schon morgen früh werden Sie die ganze Regierung gegen sich haben, und dem wollen Sie noch das Wütende Heer hinzufügen?«

»Der Ururenkel des Marschalls Davout hat die Waffen gestreckt. Der Platz will besetzt werden. Er ist nicht ohne Prestige, was meinen Sie?«

»Seit wann machen Sie sich etwas aus Prestige?«

Adamsberg räumte schweigend seine Sachen ein.

»Seit ich Léo versprochen habe, dass ich wiederkommen würde.«

»Sie liegt im Koma, es ist ihr scheißegal, sie erinnert sich nicht mal an Sie.«

»Ich aber wohl.«

Und am Ende, dachte Adamsberg, als er sich zu Fuß auf den Weg nach Hause machte, hatte Émeri vielleicht sogar recht. Dass der Fall seiner war. Er machte einen Abstecher zum Seine-Ufer hinunter und warf Mercadets Telefon in den Fluss.

15

Um 2 Uhr morgens war Danglard mit seinem Bericht fertig. Um 6 Uhr 30 erhielt Adamsberg den Anruf vom Generalsekretär des Direktors der Präfektur, darauf den des Direktors selbst, dann den vom Sekretär des Innenministers und um 9 Uhr 15 schließlich den des Ministers. Im selben Augenblick betrat der junge Mo seine Küche, bekleidet mit einem viel zu großen T-Shirt, das Zerk ihm geliehen hatte, und bat schüchtern um etwas zu essen. Zerk, mit der Taube auf einem Arm, stand auf, um den Kaffee aufzuwärmen. Die Fensterläden zur Gartenseite waren geschlossen geblieben, und vor die Fenstertür hatte Zerk ein Stück von einem ziemlich hässlichen geblümten Stoff gepinnt – wegen der Hitze, hatte er Lucio erklärt. Und Mo hatte Weisung, sich keinem der Fenster im Obergeschoss zu nähern. Mit zwei Gesten gebot Adamsberg den beiden jungen Leuten Schweigen und bat sie, den Raum zu verlassen.

»Nein, Herr Minister, er hat keine Chance, uns zu entkommen. Jawohl, alle Gendarmerien sind seit gestern Abend 21 Uhr 40 verständigt. Ja, sämtliche Grenzposten auch. Ich glaube nicht, dass das was bringen würde, Herr Minister, Lieutenant Mercadet trifft keine Schuld.«

»Da werden und da müssen Köpfe rollen, Kommissar Adamsberg, das dürfte Ihnen wohl klar sein. Die Familie Clermont-Brasseur ist außer sich über die Nachlässigkeit Ihrer Dienststelle. Und ich ebenso, Kommissar. Ich habe mir sagen lassen, dass Sie einen Kranken in Ihrer Brigade beschäftigen? Einer Brigade, bei der man davon ausgeht, dass sie ein Exzellenzzentrum ist?«

»Einen Kranken, Herr Minister?«

»Einen Schlafsüchtigen. Diesen unfähigen Menschen, der sich seine Waffe hat entwenden lassen. Einzuschlafen während eines Gewahrsams, halten Sie das für normal? Es ist eine Verfehlung, Kommissar Adamsberg, eine kolossale Verfehlung, anders kann ich das nicht nennen.«

»Da hat man Sie schlecht unterrichtet, Herr Minister. Lieutenant Mercadet ist einer der belastbarsten Männer in meiner Truppe. Er hatte in der vorherigen Nacht nur zwei Stunden geschlafen und machte bereits Überstunden. Es herrschten annähernd 34 Grad im Vernehmungsraum.«

»Wer bewachte den Tatverdächtigen außer ihm?«

»Brigadier Estalère.«

»Ein fähiger Mitarbeiter?«

»Ein ausgezeichneter.«

»Warum hat er dann den Raum verlassen? Darüber steht kein Wort im Bericht.«

»Um Erfrischungen holen zu gehen.«

»Fehler, riesiger Fehler, da werden Köpfe rollen. Dem tatverdächtigen Mohamed Issam Benatmane Erfrischungen zu reichen ist mit Sicherheit nicht die beste Methode, ihn zum Reden zu bringen.«

»Die Erfrischungen waren für die Mitarbeiter bestimmt, Herr Minister.«

»Da hätte man einen Kollegen rufen müssen. Fehler, kapitaler Fehler. Man bleibt nicht allein mit einem Verdächtigen. Das gilt vor allem für Sie, Kommissar, der Sie ihn ohne einen außerdem noch anwesenden Mitarbeiter in Ihr Büro geholt haben. Und der Sie sich als unfähig erwiesen haben, einen zwanzigjährigen Ganoven zu entwaffnen. Unermesslicher Fehler.«

»Exakt, Herr Minister.«

Mit Kaffeetropfen zeichnete Adamsberg zerstreut verschlungene Formen auf das Plastiktischtuch und legte Pfade zwischen Hellebauds Exkrementen an. Er dachte einen Augenblick, wie hartnäckig sich doch Vogelschiss jedem Reinigungsversuch widersetzte, ein chemisches Geheimnis, auf das auch Danglard keine Antwort wüsste, denn in den Naturwissenschaften war er schlecht.

»Christian Clermont-Brasseur hat Ihre sofortige Entlassung gefordert sowie die Ihrer zwei inkompetenten Mitarbeiter, und ich wäre versucht, dem nachzukommen. Gleichwohl sind wir hier der Ansicht, dass wir Sie noch brauchen. Acht Tage, Adamsberg, nicht einen Tag mehr.«

Adamsberg versammelte alle seine Mitarbeiter im großen Konferenzsaal, genannt Kapitelsaal, nach der gelehrten Bezeichnung, die Danglard für ihn gefunden hatte. Bevor er das Haus verließ, hatte er seine Verletzung am Kinn mit der rauen Seite eines Abwaschschwamms aufgefrischt, so dass seine Haut jetzt eine Reihe roter Schrammen aufwies. Sehr gut, hatte Zerk gemeint und den Bluterguss mit einer grellen Jodlösung noch etwas stärker hervorgehoben.

Es war ihm unangenehm, seine Leute auf die vergebliche Verfolgung von Mo zu schicken, während er doch bei ihm zu Hause am Tisch saß, aber die Umstände ließen ihm keine Wahl. Er verteilte die Aufgaben, und jeder studierte schweigend seinen Routenplan. Sein Blick glitt über die Gesichter seiner neunzehn anwesenden Mitarbeiter, die äußerst perplex waren angesichts der neuen Situation. Allein Retancourt schien sich insgeheim zu amüsieren, was ihn ein bisschen beunruhigte. Mercadets bestürzte Miene ließ das Kribbeln in seinem Nacken wieder aufflackern. Er hatte sich diese Elektrizitätskugel durch den Kontakt mit Capitaine Émeri geholt, er sollte sie ihm früher oder später zurückgeben.

»Acht Tage?«, wiederholte Brigadier Lamarre. »Was soll das? Wenn er sich in einem Wald versteckt hält, brauchen wir womöglich Wochen, um ihn zu lokalisieren.«

»Acht Tage für mich«, präzisierte Adamsberg, ohne das gleichfalls heikle Los von Mercadet und Estalère zu erwähnen. »Wenn ich scheitere, wird wahrscheinlich Commandant Danglard an die Spitze der Brigade berufen werden, und die Arbeit geht weiter.«

»Ich erinnere mich nicht, dass ich im Vernehmungsraum eingeschlafen bin«, sagte Mercadet mit vor Schuldbewusstsein erstickter Stimme. »Es ist alles mein Fehler. Aber ich erinnere mich nicht. Wenn ich jetzt schon einschlafe, ohne es zu bemerken, bin ich für den Dienst nicht mehr tauglich.«

»Der Fehler gibt es viele, Mercadet. Sie sind eingeschlafen, Estalère hat den Raum verlassen, wir haben Mo nicht durchsucht, und ich bin allein mit ihm in meinem Büro geblieben.«

»Selbst wenn wir ihn vor Ablauf von acht Tagen finden, wird man Sie feuern, um ein Exempel zu statuieren«, meinte Noël.

»Schon möglich, Noël. Aber es bleibt uns immer noch eine Hintertür. Ansonsten bleibt mir mein Gebirge. Also nicht weiter dramatisch. Was im Augenblick viel dringlicher ist: Machen Sie sich auf eine überraschende Inspektion unserer Räumlichkeiten im Laufe des Tages gefasst. Bringen Sie also alles, was nach angestrengter Arbeit aussieht, in Stellung, und zwar maximal. Sie, Mercadet, legen sich jetzt schlafen, Sie müssen hellwach sein, wenn die Herren hier aufkreuzen. Lassen Sie danach die Kissen verschwinden. Voisenet, nehmen Sie Ihre Ichthyologie-Zeitschriften vom Tisch, Froissy, keine Spur von Lebensmitteln mehr in den Schränken, und räumen Sie auch Ihre Aquarelle weg. Danglard, holen Sie Ihre Weinreserven aus den Verstecken, Retancourt, bringen Sie den Kater und seine Futternäpfe in eins von den Autos. Was sonst noch? Wir dürfen kein Detail außer Acht lassen.«

»Die Schnur?«, fragte Morel.

»Welche Schnur?«

»Mit der die Beine der Taube zusammengebunden waren. Das Labor hat sie uns zurückgeschickt, sie liegt auf dem Tisch mit den Proben und den Analyseergebnissen. Wenn die Fragen stellen, wäre dies nicht der Augenblick, ihnen von dem Vogel zu erzählen.«

»Die Schnur nehme ich mit«, sagte Adamsberg, und er las auf Froissys Gesicht die Angst, die sie bei dem Gedanken erfasste, sich von ihren Nahrungsmittelreserven trennen zu müssen. »In allem Unheil gibt's aber auch eine gute Nachricht. Der Divisionnaire Brézillon steht diesmal auf unserer Seite. Von daher haben wir keine Störmanöver zu befürchten.«

»Wie kommt's?«

»Die Clermont-Brasseur-Gruppe hat das Handelsunternehmen seines Vaters kaputtgemacht, ein Importgeschäft für bolivianisches Erz. Eine hundsgemeine Heuschreckenaktion, die er ihnen nicht verzeiht. Er wünscht sich nur eins, dass wir ›diesen Banditen die Daumenschrauben anlegen‹, so seine Worte.«

»Die dürften in dem Fall nicht nötig sein«, sagte Retancourt. »Die Familie Clermont hat damit nichts zu tun.«

»Ich sagte es auch nur, um Ihnen eine Vorstellung von der Gemütsverfassung des Divisionnaire zu geben.«

Und wieder diese leise Ironie in Retancourts Augen, oder täuschte er sich?

»Also, gehen Sie«, sagte Adamsberg und erhob sich, wobei er mit einem Griff in den Nacken zugleich seine Stromkugel auf den Boden schleuderte. Säuberung der Räumlichkeiten. »Mercadet, Sie bleiben noch einen Moment, kommen Sie mit mir.«

Er saß Adamsberg gegenüber und knetete seine kleinen Hände. Mercadet war ein anständiger Kerl, gewissenhaft, aber auch verletzlich, und Adamsberg war drauf und dran, ihn in eine Depression zu stürzen, in den Hass auf sich selbst.

»Ich möchte lieber gleich entlassen werden«, sagte Mercadet und rieb sich würdevoll seine Augenringe. »Der Kerl hätte Sie abknallen können. Wenn ich jetzt schon einschlafe, ohne dass es mir bewusst ist, will ich gehen. Ich war schon vorher nicht verlässlich, aber jetzt bin ich ein Risiko geworden, ein unkontrollierbares Risiko.«

»Lieutenant«, sagte Adamsberg und beugte sich über den Tisch, »ich habe gesagt, dass Sie eingeschlafen sind. Aber Sie sind nicht eingeschlafen. Mo hat Ihnen auch nicht Ihre Waffe abgenommen.«

»Nett von Ihnen, Kommissar, dass Sie mir wieder einmal helfen wollen. Aber als ich da oben aufgewacht bin, hatte ich keine Waffe und kein Handy mehr bei mir. Beides hatte Mo.«

»Er hatte sie, weil ich sie ihm gegeben habe. Ich habe sie ihm gegeben, nachdem ich sie Ihnen abgenommen hatte. Oben im Raum mit dem Getränkeautomaten. Verstehen Sie, was ich meine?«

»Nein«, sagte Mercadet und sah ihn entgeistert an.

»Ich selbst, Mercadet. Ich musste Mo zur Flucht verhelfen, bevor er in Haft kam. Mo hat niemals einen Menschen getötet. Die Mittel konnte ich mir nicht aussuchen, und ich habe Sie mit hineingerissen.«

»Mo hat Sie nicht bedroht?«

»Nein.«

»Sie waren es, der die Gitter geöffnet hat?«

»Ja.«

»Ach du Scheiße.«

Adamsberg warf sich in den Stuhl zurück und wartete, dass Mercadet die Information verdaute, was bei ihm normalerweise recht schnell ging.

»Okay«, sagte Mercadet und sah auf. »Das ist mir hundertmal lieber als der Gedanke, ich wäre im Vernehmungsraum weggesackt. Und wenn Mo den Alten nicht umgebracht hat, blieb Ihnen gar nichts anderes übrig, als das zu tun.«

»Und zu schweigen, Mercadet. Allein Danglard hat verstanden. Aber Sie, Estalère und ich werden in acht Tagen sehr wahrscheinlich hochgehen. Und ich habe Sie nicht mal nach Ihrer Meinung gefragt.«

»Es blieb Ihnen gar nichts anderes übrig, als das zu tun«, wiederholte Mercadet. »Wenigstens hat mein Schlaf dann zu etwas genützt.«

»Das bestimmt. Ohne Sie hier im Hause weiß ich nicht, was ich mir hätte einfallen lassen sollen.«

Der Schmetterlingsflügel. Mercadet blinzelt mit den Augen in Brasilien, und in Texas ergreift Mo die Flucht.

»Haben Sie mich deshalb gestern Überstunden machen lassen?«

»Ja.«

»Sehr gut. Habe ich überhaupt nicht gemerkt.«

»Aber wir werden hochgehen, Lieutenant.«

»Es sei denn, Sie kriegen einen der Clermont-Söhne zu fassen.«

»So schätzen Sie die Lage also ein?«, fragte Adamsberg.

»Vielleicht. Ein junger Mann wie Mo hätte seine Schnürsenkel hintenrum geführt und dann vorn verknotet. Mir ist nicht klar, warum die Enden benzingetränkt sind.«

»Mein Kompliment.«

»Haben Sie das auch gesehen?«

»Ja. Und warum denken Sie da zunächst an einen der Söhne?«

»Stellen Sie sich deren Verluste vor, wenn Clermont Vater seine Haushälterin geheiratet und die Kinder adoptiert hätte. Man sagt, die Söhne haben nicht das teuflische Genie des alten Antoine und hätten sich in sehr unbesonnene Operationen gestürzt. Vor allem Christian. Ein kaputter Typ, ein Spieler, der gern mal die Tagesleistung eines Bohrturms innerhalb von vierundzwanzig Stunden verjubelt.« Mercadet schüttelte seufzend den Kopf. »Dabei wissen wir nicht mal, ob er es war, der den Wagen fuhr«, sagte er abschließend und stand auf.

»Lieutenant«, erinnerte Adamsberg ihn, »wir brauchen absolutes Schweigen, ein Schweigen für immer.«

»Ich lebe allein, Kommissar.«

Nachdem Mercadet gegangen war, lief Adamsberg einen Moment in seinem Büro auf und ab, räumte die herumliegenden Geweihstangen an die Wand. Brézillon und sein Hass auf diese Clermont-Brasseur-Bande. Den Polizeidirektor könnte die Idee reizen, über den Grafen von Ordebec bis zu ihnen vorzudringen. In welchem Fall er, Adamsberg, eine Chance hätte, dass ihm die normannische Angelegenheit übergeben würde. In welchem Fall er es mit dem Wütenden Heer zu tun bekäme. Eine Aussicht, die eine unbegreifliche Anziehungskraft auf ihn ausübte, wie aus Urgründen emporgestiegen. Er erinnerte sich an einen jungen Mann, eines Abends, der über ein Brückengeländer gebeugt stand und ins Wasser starrte, das unter ihm heftig strömend dahinrauschte. Er hatte seine Mütze in der Hand, und sein Problem, so erklärte er Adamsberg, war die unwiderstehliche Versuchung, sie ins Wasser zu werfen, obwohl ihm sehr viel an der Mütze lag. Und der junge Kerl versuchte zu begreifen, warum es ihn so heftig dazu drängte, obwohl er es doch gar nicht wollte. Schließlich war er, die Mütze fest in der Hand, weggerannt, als müsste er sich aus einem Magnetfeld losreißen. Heute verstand Adamsberg diese idiotische Geschichte mit der Mütze auf der Brücke schon besser. Die Kavalkade der schwarzen Pferde zog durch sein Denken, raunte ihm unergründliche und beharrliche Aufforderungen zu, so beharrlich, dass er den säuerlichen Realismus der politisch-finanziellen Angelegenheiten des Clermont-Brasseur-Clans bereits als lästig empfand. Einzig das Gesicht von Mo, ein Grashalm unter ihren Riesenfüßen, gab ihm die Kraft, daran zu arbeiten. Die Geheimnisse der Clermonts bargen keinerlei Überraschung, sie waren ermüdend in ihrem Pragmatismus, was den schrecklichen Tod des alten Industriellen noch trostloser erscheinen ließ. Während das

Geheimnis von Ordebec eine unverständliche, dissonante Musik aussandte, eine Komposition aus Trugbildern und Wahnvorstellungen, die ihn anzog wie das Wasser, das unter der Brücke dahinströmte.

Er konnte es sich nicht erlauben, an diesem aufgewühlten Tag die Brigade allzu lange zu verlassen, darum nahm er einen Wagen, um zu Brézillon zu fahren. An der zweiten roten Ampel bemerkte er, dass er sich just das Auto genommen hatte, in dem Retancourt den Kater und seine Näpfe versteckt hatte. Er drosselte das Tempo, um das Wasser im Napf nicht zu verschütten. Sie würde ihm niemals verzeihen, wenn er das Tier dehydriert hätte.

Brézillon empfing ihn mit einem ungeduldigen Lächeln und schlug ihm komplizenhaft auf die Schulter. Ein seltener Moment, der ihn gleichwohl nicht hinderte, mit seinem üblichen Satz an die Adresse des Kommissars zu beginnen.

»Sie wissen, ich schätze Ihre Methoden nicht sehr, Adamsberg. Sie sind unvorschriftsmäßig, undurchschaubar, sowohl für Ihre Vorgesetzten als auch Ihre Mitarbeiter, und vernachlässigen die für eine korrekte Vorgehensweise notwendigen faktischen Elemente. Doch in der Angelegenheit, die uns zusammenführt, könnten sie ihr Gutes haben, da wir diesmal wohl eher einen dunklen Pfad einschlagen müssen.«

Adamsberg ließ die Einführung vorüberrauschen und legte dann das exzellente faktische Element dar, das die vom Brandstifter falsch geknoteten Schnürsenkel der Turnschuhe bedeuteten. Es fiel ihm nicht leicht, die langen Monologe des Divisionnaire zu unterbrechen.

»Interessant«, bemerkte Brézillon, während er seine Zigarettenkippe mit dem Daumen ausdrückte, eine sehr entschiedene Geste, die ihm eigen war. »Aber Sie sollten besser Ihr Handy ausmachen, bevor wir fortfahren. Sie werden abgehört seit der Flucht des Verdächtigen, seit Sie so wenig Eifer erkennen lassen, diesen Mohamed wiederzufinden …

Mit anderen Worten, das erwählte Opferlamm«, präzisierte er, nachdem Adamsberg sein Telefon ausgeschaltet hatte. »Dass wir uns richtig verstehen: Ich war nie der Meinung, dass dieser unbedeutende junge Mensch rein zufällig einen unserer Finanzmagnaten verbrannt haben könnte. Man hat Ihnen acht Tage gegeben, ich weiß, und ich sehe nicht, wie Sie das in so kurzer Zeit schaffen wollen. Zum einen, weil Sie langsam sind, zum anderen, weil Ihnen der Weg versperrt ist. Dennoch bin ich bereit, Sie in jeder gewünschten und rechtmäßigen Form zu unterstützen, wenn Sie den Angriff auf die beiden Brüder wagen wollen. Es versteht sich, Adamsberg, dass ich wie alle fest von der Schuld des Arabers überzeugt bin und, was auch immer dem Clermont-Clan passieren sollte, diesen Skandal nicht zulassen werde. Finden Sie den Weg.«

16

Um 17 Uhr kam Adamsberg in die Brigade zurück, den wie einen Lappen gefalteten Kater überm Arm, den er auf das warme Bett des Fotokopiergeräts zurücksetzte. Nichts hatte den Argwohn des Inspektionstrupps erregt, der in der Tat zwei Stunden zuvor erschienen war und die Räumlichkeiten gnadenlos und ohne jeden Kommentar durchsucht hatte. In der Zwischenzeit waren die Berichte von Gendarmerien und Polizeiposten eingegangen, Momo blieb unauffindbar. Noch waren viele Mitarbeiter unterwegs, sie durchsuchten die Wohnungen aller Leute, von denen bekannt war, dass er mit ihnen verkehrte. Eine Operation noch größeren Ausmaßes war für den Abend geplant, dann sollten sämtliche Häuser der Cité des Buttes durchsucht werden, des Viertels, in dem Momo wohnte und dessen jährliche Quote an in Brand gesetzten Autos überdurchschnittlich hoch war. Man wartete auf die notwendige Verstärkung durch drei Pariser Kommissariate, um die Cité einzukreisen.

Adamsberg gab Veyrenc, Morel und Noël ein Zeichen und setzte sich quer über Retancourts Schreibtisch.

»Hier ist die Adresse der beiden Clermont-Söhne Christian und Christophe. Der ›beiden Christusse‹, wie man sie nennt.«

»Die aber wohl nicht im Ruf des Erlösers stehen«, bemerkte Retancourt.

»Der Vater hat etwas zu hohe Erwartungen in sie gesetzt.«

»Weinend auf seine ehrlosen Söhne er sieht, / Um die Tugenden trauernd, die er selber einst mied.«, ergänzte Vey-

renc. »Nehmen Sie an, dass die Clermonts uns die Tür aufmachen werden?«

»Nein. Vielmehr werdet ihr euch Tag und Nacht an ihre Fersen heften. Sie wohnen am selben Ort, in den zwei Flügeln eines riesigen Stadtpalais. Wechselt immer wieder die Fahrzeuge, auch euer Aussehen, und du, Veyrenc, färb dir die Haare.«

»Noël ist nicht unser bester Mann für Observierungen«, wandte Morel ein. »Den erkennt man schon von weitem.«

»Aber wir brauchen ihn. Noël ist boshaft und infam, er hängt sich an jede Spur. Auch das brauchen wir.«

»Danke«, sagte Noël ohne jede Ironie, denn er verachtete seine negativen Eigenschaften nicht.

»Hier sind Fotos von ihnen«, sagte Adamsberg und ließ ein paar Bilder in der Gruppe herumgehen. Sie sehen sich ziemlich ähnlich, der eine in Dick, der andere in Dünn. Sechzig und achtundfünfzig Jahre. Der Dünne ist der Ältere, Christian, wir nennen ihn Erlöser 1. Schönes silberfarbenes Haar, das er immer halblang trägt. Elegant, brillant, witzig, sehr teure Anzüge. Der kleine Untersetzte ist zurückhaltend, sehr viel nüchterner und hat kaum noch Haare. Das ist Christophe, genannt Erlöser 2. Der ausgebrannte Mercedes war seiner. Ein Weltmann auf der einen und ein Arbeitstier auf der anderen Seite. Was nicht heißt, dass der eine besser wäre als der andere. Wir wissen immer noch nicht, was sie am Abend des Brandanschlags gemacht haben, und genauso wenig, wer den Wagen fuhr.«

»Was geht hier eigentlich vor?«, fragte Retancourt. »Lassen wir Momo jetzt fallen?«

Adamsberg sah zu Retancourt hinüber und bemerkte schon wieder dieses unergründliche spöttische Misstrauen in ihrem Blick.

»Wir suchen Mo, Lieutenant, genau in diesem Augenblick und heute Abend noch mit Verstärkung. Aber wir haben ein Problem mit Schnürsenkeln.«

»Wann sind Sie darauf gekommen?«, fragte Noël, nachdem Adamsberg die Sache mit den falsch gebundenen Senkeln erläutert hatte.

»Heute Nacht«, log Adamsberg ungeniert.

»Warum haben Sie ihn dann gestern einen Schuh anziehen lassen?«

»Um seine Schuhgröße zu überprüfen.«

»Aha«, sagte Retancourt, und sie legte ihre gesammelte Skepsis in dieses eine Wort.

»Das beweist zwar nicht Momos Unschuld«, fuhr Adamsberg fort. »Aber es irritiert.«

»Sehr sogar«, pflichtete Noël ihm bei. »Sollte einer der beiden Christusse seinen Vater abgefackelt und Mo mit hineingezogen haben, gerät das Schiff ins Schlingern.«

»Das Schiff hat bereits ein Leck«, kommentierte Veyrenc. »*Kaum war man an Bord und die Segel gesetzt, / Als ein Riff unterm Kiel die Bordwand verletzt.*«

Seit seiner gerade erfolgten Wiedereinstellung hatte Lieutenant Veyrenc schon einige Dutzend von seinen fürchterlichen Versen abgelassen. Aber niemand schenkte ihnen mehr Beachtung, als wären sie ein ganz gewöhnliches akustisches Element, wie etwa Mercadets Schnarchtöne oder das Maunzen des Katers, das nun mal unvermeidlich zur Geräuschkulisse der Brigade dazugehörte.

»Wenn einer der beiden Christusse das getan haben sollte«, stellte Adamsberg klar, » – aber wir haben nicht gesagt, dass dem so ist, und wir glauben es auch nicht –, müssten sich in seinem Anzug noch Spuren von Benzindämpfen erhalten haben.«

»Die schwerer sind als Luft«, bestätigte Veyrenc.

»Ebenso in der Tasche oder dem Beutel, die er benutzt hat, um die Schuhe auszutauschen«, sagte Morel.

»Vielleicht sogar an seiner Türklinke, als er nach Hause kam«, ergänzte Noël.

»Oder an seinem Schlüssel.«

»Nicht, wenn er alles gesäubert hat«, wandte Veyrenc ein.

»Man muss herausfinden, ob einer der beiden einen Anzug entsorgt hat. Oder in die Reinigung hat bringen lassen.«

»In Klartext gesprochen, Kommissar«, bemerkte Retancourt, »verlangen Sie also von uns, die beiden Christusse zu beobachten, als handelte sich um Mörder, und bitten uns gleichzeitig, sie nicht als solche zu betrachten.«

»Genau«, bestätigte Adamsberg lächelnd. »Mo ist schuldig, und wir suchen ihn. Trotzdem verfolgen Sie die Christusse, als wären es Zecken.«

»Allein um der schönen Geste willen«, sagte Retancourt.

»Man braucht hin und wieder ein bisschen Schönheit in den Gesten. Ein wenig Ästhetik wird uns für die Razzia heute Abend in der Cité des Buttes entschädigen, die nichts Stilvolles haben wird. Retancourt und Noël übernehmen den älteren Sohn, Christian Erlöser 1. Morel und Veyrenc Christophe Erlöser 2. Behalten Sie diesen Code bei, ich bin auf Empfang.«

»Dazu brauchen wir die Leute von zwei Nachtschichten.«

»Das werden Froissy, die sich um die Kugelmikrofone kümmert, Lamarre, Mordent und Justin sein. Die Fahrzeuge sollten in ausreichendem Abstand geparkt sein. Das Palais wird bewacht.«

»Und wenn sie uns bemerken?«

Adamsberg überlegte einen Augenblick, dann schüttelte er machtlos den Kopf.

»Also werden sie uns nicht bemerken«, schloss Veyrenc.

17

Sein Nachbar Lucio hielt ihn an, als er den kleinen Garten durchquerte, um zu seinem Haus zu gelangen.

»*Hola, hombre*«, grüßte der alte Mann.

»*Hola,* Lucio.«

»Ein kühles Bier wird dir guttun bei der Hitze.«

»Nicht jetzt, Lucio.«

»Und auch bei all deinem Ärger.«

»Du meinst, ich hätte Ärger?«

»Aber sicher, *hombre.*«

Adamsberg missachtete Lucios Ankündigungen nie, und so wartete er im Garten, bis der alte Spanier mit zwei gekühlten Bieren zurückkam. Ihm schien, dass durch Lucios ständiges An-den-Baum-Pinkeln das Gras am Fuß der Buche bereits verkümmerte. Aber vielleicht kam es auch von der Hitze.

Der Alte öffnete die beiden Flaschen – Dosenbier gab's nicht bei ihm – und reichte ihm eine davon.

»Zwei Typen schnüffeln rum«, sagte Lucio zwischen zwei Schlucken.

»Hier?«

»Ja. Tun so, als ob nichts wäre. Als wären sie zwei Typen, die einfach so die Straße langgehen. Aber je mehr du nach nichts aussiehst, desto mehr siehst du nach was aus. Scheißschnüffler eben. Scheißschnüffler laufen nie mit dem Blick nach vorn oder den Kopf gesenkt, wie alle Leute. Sie haben ihre Augen überall, als würden sie durch eine Straße mit lauter Sehenswürdigkeiten spazieren. Dabei ist unsere Straße doch überhaupt nicht touristisch, oder, *hombre*?«

»Nein.«

»Es sind Scheißschnüffler, und es ist dein Haus, das sie interessierte.«

»Objektbeobachtung.«

»Und um das Kommen und Gehen deines Sohnes zu notieren, vielleicht, um in Erfahrung zu bringen, wann keiner zu Hause ist.«

»Scheißschnüffler«, murmelte Adamsberg. »Solche Typen enden eines Tages mit Brotkrume im Hals.«

»Warum willst du sie mit Brotkrume ersticken?«

Adamsberg breitete die Arme aus.

»Dann werd ich's dir sagen«, fuhr Lucio fort. »Wenn solche Scheißschnüffler versuchen, bei dir reinzukommen, dann, weil du Probleme hast.«

Adamsberg blies über den Flaschenhals, um jenes kleine Tuten hervorzubringen – was mit einer Dose nicht ging, wie Lucio zu Recht bemerkte –, und setzte sich auf die alte Holzkiste, die sein Nachbar unter die Buche gestellt hatte.

»Hast du Mist gebaut, *hombre*?«

»Nein.«

»Mit wem legst du dich an?«

»Verbotenes Terrain.«

»Sehr unklug, *amigo*. Wenn du etwas oder jemanden in Sicherheit bringen willst, weißt du ja, wo mein Zweitschlüssel liegt.«

»Ja. Unter dem mit Splitt gefüllten Eimer hinterm Schuppen.«

»Du solltest ihn besser in deine Tasche stecken. Aber mach, was du für richtig hältst, *hombre*«, sagte Lucio und entfernte sich.

Der Tisch war auf dem von Hellebaud beschmutzten Plastiktuch gedeckt, Zerk und Momo warteten mit dem Abendessen auf Adamsberg. Zerk hatte Pasta gekocht, mit Thunfischstückchen in Tomatensoße, eine Variante vom Reis mit Thunfisch und Tomaten, den er ein paar Tage zuvor serviert hatte. Adamsberg überlegte, ob er ihn bitten sollte, etwas mehr Abwechslung in die Speisekarte zu bringen, verwarf den Gedanken aber sofort wieder, es war müßig, einen unbekannten Sohn wegen so einer Thunfischsache kritisieren zu wollen. Schon gar nicht vor einem unbekannten Mo. Zerk legte kleine Brocken Fisch neben seinen Teller, und Hellebaud pickte wie besessen darin herum.

»Es geht ihr ja schon viel, viel besser«, meinte Adamsberg.

»Ja«, bestätigte Zerk.

Adamsberg hatte Schweigen in einer Runde noch nie etwas ausgemacht, und er verspürte nicht das zwanghafte Bedürfnis, die Gesprächslücken um jeden Preis zu füllen. Da konnten die Engel durchs Zimmer kommen und gehen, so behauptete man, es kümmerte ihn nicht. Sein Sohn schien aus demselben Holz geschnitzt, und Mo war zu verschüchtert, um ein Gesprächsthema anzubieten. Doch er gehörte zu den Menschen, die solche Engel aus der Fassung brachten.

»Sind Sie Diabolist?«, fragte er den Kommissar mit zaghafter Stimme.

Adamsberg sah den jungen Mann an, ohne zu begreifen, während er mit langen Zähnen auf seinem Bissen herumkaute. Es gibt nichts Zäheres und Trockneres als gedünsteten Thunfisch, dachte er gerade, als Mo ihm diese Frage stellte.

»Ich verstehe nicht, Mo.«

»Spielen Sie gern Diabolo?«

Adamsberg goss sich noch einmal etwas Tomatensoße über seine Nudeln und überlegte, dass Diabolist sein oder Diabolo spielen für die Jungs in der Cité von Mo so etwas wie »mit dem Teufel spielen« bedeuten musste.

»Manchmal sind wir schon dazu gezwungen«, erwiderte er.

»Aber als Profi spielen Sie nicht?«

Adamsberg hielt im Kauen inne und trank einen Schluck Wasser.

»Ich glaube, wir reden nicht von derselben Sache. Was verstehst du unter ›Diabolo‹?«

»Das Spiel«, erklärte Mo und wurde rot. »Der Doppelkegel aus Hartgummi, den man mit zwei Stöcken über eine Schnur rollen lässt«, fügte er, die Bewegung des Spielers nachahmend, hinzu.

»Ah, verstehe, das Diabolo«, bestätigte Adamsberg. »Nein, ich spiele nicht Diabolo. Auch nicht Jo-Jo.«

Mo beugte sich wieder über seinen Teller, enttäuscht von seinem missglückten Versuch, und suchte einen anderen Strohhalm, an den er sich klammern konnte.

»Ist die wirklich wichtig für Sie? Ich meine, die Taube?«

»Auch dir, Mo, hat man die Beine zusammengebunden.«

»Wer, ›man‹?«, fragte Mo.

»Die Großen dieser Welt, die sich mit dir beschäftigen.«

Adamsberg stand auf, schob ein Stück von dem an die Tür gepinnten Vorhang beiseite, beobachtete den Garten in der einbrechenden Dunkelheit, sah Lucio, der sich mit der Zeitung auf seiner Kiste niedergelassen hatte.

»Wir werden uns wohl was überlegen müssen«, sagte er und begann um den Tisch herumzuwandern. »Zwei verdammte Schnüffler haben sich heute hier in der Nähe herumgetrieben. Keine Angst, Mo, wir haben noch ein bisschen Zeit, die Kerle sind nicht deinetwegen gekommen.«

»Bullen?«

»Eher eine dem Ministerium nahestehende Garde. Sie wollen herausfinden, was genau ich hinsichtlich der Clermont-Brasseurs im Schilde führe. Die Sache mit den Schnürsenkeln beunruhigt sie. Ich werde es dir später erklären, Mo. Das ist ihr einziger Schwachpunkt. Und dein Verschwinden macht sie nervös.«

»Was suchen sie hier?«, fragte Zerk.

»Sie suchen nach Unterlagen, aus denen hervorgeht, ob eine offiziöse Ermittlung gegen die Clermont-Brasseurs im

Gange ist. Das heißt, sie wollen während unserer Abwesenheit ins Haus. Mo kann nicht hierbleiben.«

»Müssen wir ihn noch heute Abend wegbringen?«

»Überall sind Straßensperren, Zerk. Wir müssen ein bisschen nachdenken«, wiederholte er.

Zerk zog mit gerunzelter Stirn an seiner Zigarette.

»Wenn sie uns auf der Straße auflauern, können wir Mo nicht in ein Auto steigen lassen.«

Adamsberg lief weiter seine Runden um den Tisch, registrierte aber en passant, dass sein Sohn möglicherweise zu schnellem Handeln und sogar zu Pragmatismus in der Lage war.

»Wir gehen bei Lucio durchs Haus und von dort auf die rückseitige Straße.«

Adamsberg blieb stehen, er hörte ein Geräusch wie von Schritten im Gras. Unmittelbar darauf wurde an die Tür geklopft. Mo war schon aufgestanden und, seinen Teller in der Hand, zur Treppe hin zurückgewichen.

»Retancourt«, meldete sich eine kräftige Stimme. »Kann man hereinkommen, Kommissar?«

Mit einer Daumenbewegung wies Adamsberg Mo die Richtung zum Keller und öffnete die Tür. Es war ein altes Haus, und die Polizistin zog den Kopf ein, um sich beim Eintreten nicht am Türrahmen zu stoßen. Die Küche erschien sofort viel enger, wenn Retancourt darin stand.

»Es ist wichtig«, sagte Retancourt.

»Haben Sie schon zu Abend gegessen, Violette?«, fragte Zerk, den der Anblick der Polizistin zu erleuchten schien.

»Unwichtig.«

»Ich wärme es schnell auf«, sagte Zerk und machte sich sogleich am Herd zu schaffen.

Die Taube hüpfte auf den Tisch und näherte sich bis auf zehn Zentimeter Retancourts Arm.

»Sie scheint mich wiederzuerkennen, was? Und sie sieht erholt aus.«

»Ja, aber sie fliegt nicht.«

»Wir wissen nicht, ob es physisch oder mental bedingt ist«, erklärte Zerk mit großem Ernst. »Ich habe einen Versuch im Garten mit ihr gemacht, aber sie ist einfach stehen geblieben und hat nur gepickt, als wenn sie vergessen hätte, dass sie abheben kann.«

»Gut«, sagte Retancourt und setzte sich auf den stabilsten Stuhl. »Ich habe Ihren Plan, was die Beschattung der Clermont-Brüder angeht, abgeändert.«

»Gefällt er Ihnen nicht?«

»Nein. Zu klassisch, zu langwierig, riskant und ohne Aussicht auf Erfolg.«

»Möglich«, gab Adamsberg zu, er wusste sehr wohl, dass er seit dem Vortag alle seine Entscheidungen in großer Eile und vielleicht ohne rechte Urteilsfähigkeit getroffen hatte. Retancourts Kritik verletzte ihn nie.

»Haben Sie eine bessere Idee?«, fügte er hinzu.

»Sich an Ort und Stelle einnisten. Was anderes sehe ich nicht.«

»Auch klassisch«, erwiderte Adamsberg, »und nicht realisierbar. Das Haus ist hermetisch abgeriegelt.«

Zerk stellte einen Teller mit aufgewärmten Nudeln und Thunfisch vor Retancourt hin. Adamsberg nahm an, dass Violette mit dem Fisch mühelos zu Rande kommen würde, ohne sich an etwas zu stören.

»Hast du einen Schluck Wein dazu?«, fragte sie. »Bleib sitzen, ich weiß ja, wo er steht, ich geh runter.«

»Nein, ich gehe«, sagte Zerk hastig.

»Fast hermetisch, das stimmt, also habe ich alles auf eine Karte gesetzt.«

Adamsberg erschauerte leicht.

»Sie hätten mich konsultieren sollen, Lieutenant«, bemerkte er.

»Sie hatten gesagt, Sie wären auf Empfang.« Retancourt fuhr einen sehr großen Bissen Fisch ein, es schien ihr nichts auszumachen. »Übrigens, ich habe Ihnen ein neues, noch jungfräuliches Handy mitgebracht und einen Ersatzchip. Er hat einem der Gangster von La Garenne gehört, genannt die ›Spitzmaus‹, aber das kann uns egal sein, er ist tot. Ich habe auch noch eine persönliche Nachricht für Sie, die heute Abend in der Brigade abgegeben wurde. Vom Divisionnaire.«

»Was haben Sie gemacht, Retancourt?«

»Nichts Außergewöhnliches. Ich bin zum Stadtpalais der Clermonts gegangen und habe dem Pförtner erklärt, ich hätte erfahren, es sei eine Stelle zu vergeben. Ich weiß nicht, warum, ich muss den Pförtner beeindruckt haben, denn er hat mich nicht gleich weggeschickt.«

»Was man verstehen kann. Aber er wird Sie vermutlich gefragt haben, woher Sie die Information haben.«

»Selbstverständlich. Ich habe ihm den Namen von Clara de Verdier genannt und gesagt, dass sie eine Freundin der Tochter von Christophe Clermont ist.«

»Die Info werden die überprüfen lassen, Retancourt.«

»Vielleicht«, sagte sie und bediente sich aus der Flasche, die Zerk entkorkt hatte. »Sehr gut, dein Abendessen, Zerk. Sie können überprüfen, was sie wollen, denn die Info ist echt. Und dass eine Stelle frei ist, stimmt auch. In solchen großen Häusern gibt es dermaßen viel Personal, dass immer irgendein subalterner Posten zu besetzen ist, zumal Christian Erlöser 1 den Ruf hat, sehr hart gegenüber seinen Angestellten zu sein. Da dreht sich das Karussell ständig. Diese Clara war eine Freundin meines Bruders Bruno, ich habe sie aus einer Geschichte mit einem Raubüberfall seinerzeit mal rausgehauen. Ich habe sie angerufen, sie wird meine Aussage bestätigen, falls es nötig sein sollte.«

»Gewiss«, sagte Adamsberg ein wenig benommen. Er war einer der Ersten, der die ungewöhnliche Schlag- und Entschlusskraft von Retancourt bewunderte, die sich auf jeden Auftrag, jede Zielsetzung, jedes Terrain einzustellen in der Lage war, aber es überkam ihn immer ein leichtes Schwindelgefühl, wenn er damit konfrontiert wurde.

»So dass ich«, sagte Retancourt, während sie die restliche Soße mit einem Stück Brot aufstippte, »falls Sie keine Einwände haben, morgen dort anfangen werde.«

»Etwas genauer, Retancourt. Der Pförtner hat Sie also hereingelassen?«

»Natürlich. Ich wurde vom ersten Sekretär von Christian Erlöser 1 empfangen, einem sehr unangenehmen Kerl, der sich als Chef aufspielte und zunächst mal nicht geneigt war, mir den Job zu geben.«

»Worin besteht er?«

»In der häuslichen Rechnungsführung am Computer. Kurz, ich habe bei der Erwähnung meiner Fähigkeiten ein bisschen auf die Tube gedrückt, und am Ende hat der Typ mich eingestellt.«

»Er hat zweifellos keine Wahl gehabt«, sagte Adamsberg sanft.

»Ich vermute, nein.«

Retancourt trank ihr Glas aus und stellte es geräuschvoll wieder auf den Tisch.

»Nicht sehr sauber, dieses Tischtuch«, bemerkte sie.

»Das ist von der Taube. Zerk wischt es ab, so gut er kann, aber dieser Vogelschiss greift das Plastikzeug an. Ich frage mich, was die da bloß drinhaben.«

»Säure oder so was. Was machen wir? Übernehme ich den Job oder nicht?«

Mitten in der Nacht wachte Adamsberg auf und ging in die Küche hinunter. Er hatte die Nachricht des Divisionnaire vergessen, die Retancourt ihm mitgebracht hatte und die immer noch auf dem Küchentisch lag. Er las sie, lächelte und verbrannte sie im Kamin. Brézillon übergab ihm den Fall Ordebec.

Nun hatte er es vor sich, das Wütende Heer.

Um 6 Uhr 30 weckte er Zerk und Mo.

»Der Seigneur Hellequin kommt uns zu Hilfe«, sagte er, und Zerk fand, dieser Satz klang ein bisschen wie eine Verkündigung in der Kirche.

»Violette auch«, sagte Zerk.

»Auch, aber sie macht das immer. Der Fall Ordebec ist mir übertragen worden. Haltet euch bereit, dass wir noch im Laufe des Tages fahren können. Reinigt das ganze Haus von Grund auf, geht mit Desinfektionslösung überall durchs Bad, wascht Momos Bettzeug, wischt alles ab, womit seine Finger in Berührung gekommen sein könnten. Wir nehmen ihn in meinem Dienstwagen mit und verstecken ihn dort. Zerk, du holst mein eigenes Auto aus der Garage und kaufst einen Käfig für Hellebaud. Nimm das Geld von der Anrichte.«

»Halten sich Fingerabdrücke auf Vogelfedern? Hellebaud wird es nicht sonderlich mögen, wenn ich ihm den ganzen Körper mit einem Lappen abreibe.«

»Nein, reib ihn nicht ab.«

»Kommt er auch mit?«

»Er kommt mit, wenn du mitkommst. Falls du einverstanden bist. Ich könnte dich dort gebrauchen, um Mo in seinem Versteck mit Nahrungsmitteln zu versorgen.«

Zerk nickte zustimmend.

»Ich weiß nur noch nicht, ob du mit mir fährst oder allein mit meinem Wagen.«

»Du willst noch darüber nachdenken?«

»Ja, und ich muss schnell denken.«

»Nicht einfach«, meinte Zerk, der das Problem in seinem vollen Umfang erfasste.

18

Eine neuerliche Sitzung versammelte die Mitarbeiter der Brigade im Konzilsaal, unter den auf höchster Stufe rotierenden Ventilatoren. Es war Sonntag, aber die Dringlichkeitsorder des Ministeriums hatte jede Pause und jeden Urlaub bis zur Lösung des Falls Mohamed annulliert. Selbst Danglard war dieses Mal schon am Morgen anwesend, was ihm das Aussehen eines vom Leben besiegten Menschen verlieh, der nicht mal versucht hatte, zu kämpfen. Jeder wusste, dass sich sein zerknittertes Gesicht erst gegen Mittag auseinanderfalten würde. Adamsberg hatte Zeit gehabt, so zu tun, als läse er die Berichte über die Razzia in der Cité des Buttes, die ohne jedes Ergebnis bis 2 Uhr 20 morgens gedauert hatte.

»Wo ist Violette?«, fragte Estalère, während er die erste Runde Kaffee servierte.

»Auf Tauchstation im Hause Clermont-Brasseur, sie hat sich beim Personal anheuern lassen.«

Noël ließ einen langen, bewundernden Pfiff hören.

»Keiner von uns darf darüber reden oder sie kontaktieren. Offiziell ist sie auf einer Weiterbildung in Toulon, auf einem vierzehntägigen Intensivlehrgang für Informatik.«

»Wie hat sie es geschafft, da reinzukommen?«, fragte Noël.

»Es war ihre Absicht, und die hat sie konkretisiert.«

»Anregendes Beispiel«, bemerkte Voisenet mit träger Stimme. »Wenn wir unsere Absichten auch so perfekt konkretisieren könnten.«

»Vergessen Sie's, Voisenet«, sagte Adamsberg. »Retancourt kann keinem von uns als Vorbild dienen, sie setzt Fähigkeiten ein, die nicht übertragbar sind.«

»Weiß Gott«, bestätigte Mordent ernst.

»Wir stellen also das gesamte Überwachungsaufgebot ein und gehen zu anderem über.«

»Aber wir verfolgen Mo doch weiter, oder?«, fragte Morel.

»Natürlich, das bleibt unsere vorrangige Aufgabe. Aber einige von Ihnen sollten sich zur Verfügung halten. Wir gehen in die Normandie. Man hat uns mit dem Fall Ordebec betraut.«

Danglard hob lebhaft den Kopf, und sein Gesicht furchte sich vor Missfallen.

»Haben Sie das durchgesetzt, Kommissar?«, sagte er.

»Nicht ich. Capitaine Émeri ist aus dem Verkehr gezogen worden. Er hat von zwei Morden den einen als Selbstmord, den anderen als Unfall abgetan, er ist suspendiert.«

»Und warum kriegen wir das aufgebrummt?«, fragte Justin.

»Weil ich gerade vor Ort war, als man die erste Leiche fand und als das zweite Opfer überfallen wurde. Weil Capitaine Émeri Druck gemacht hat. Und weil sich von dort vielleicht eine Möglichkeit ergibt, in die Festung Clermont-Brasseur einzudringen.«

Adamsberg log. Er glaubte nicht an die Macht des Grafen von Ordebec. Émeri hatte ihn mit diesem Nebeneffekt zu locken versucht, um ihm einen Vorwand zu liefern. Adamsberg ging in die Normandie, weil es ihn fast unwiderstehlich reizte, das Wütende Heer herauszufordern. Und weil sie ein hervorragendes Versteck für Mo sein würde.

»Ich sehe nicht, wo da der Zusammenhang mit den Brüdern Clermont ist«, sagte Mordent.

»Es gibt dort einen alten Grafen, der uns einige Türen öffnen könnte. Er hat früher mal mit Antoine Clermont Geschäfte gemacht.«

»Nehmen wir's mal an«, sagte Morel. »Und was ist das für ein Fall? Worum handelt es sich?«

»Es hat einen Mord gegeben – ein Mann – und einen Mordversuch an einer alten Frau. Man glaubt nicht, dass sie überleben wird. Drei weitere Tode sind angekündigt.«

»Angekündigt?«

»Ja. Denn diese Verbrechen stehen in direkter Verbindung zu einer Art stinkenden Horde, eine sehr alte Geschichte.«

»Einer Horde von was?«

»Von bewaffneten Toten. Sie zieht seit Hunderten und Aberhunderten von Jahren dort durch die Gegend und schleppt lebende Personen ab, die sich schuldig gemacht haben.«

»Perfekt«, sagte Noël, »die machen gewissermaßen unseren Job.«

»Schon ein bisschen mehr, denn sie töten sie. Danglard, erklären Sie ihnen in kurzen Worten, was das Wütende Heer ist.«

»Ich bin nicht damit einverstanden, dass wir uns in diese Sache reinhängen«, knurrte der Commandant. »Sie haben bei der Übernahme dieses Falls auf die eine oder andere Weise Ihre Hand im Spiel gehabt, erzählen Sie mir, was Sie wollen. Und ich bin dagegen, absolut dagegen.«

Danglard hob die Hände zum Zeichen der Verweigerung, wobei er sich fragte, woher dieser Widerwille gegen den Fall Ordebec in ihm rührte. Er hatte schon zwei Mal von Hellequins Armee geträumt, seit er sie Zerk und Adamsberg mit solchem Wohlgefallen beschrieben hatte. In seinen Träumen allerdings war keine Spur mehr von Wohlgefallen gewesen, dort schlug er sich mit der dunklen Vorahnung herum, dass er in sein Verderben rannte.

»Erzählen Sie trotzdem«, sagte Adamsberg und beobachtete seinen Stellvertreter mit großer Aufmerksamkeit, denn er erkannte die Angst in seinem Rückzug. Selbst bei Danglard, der überzeugter Atheist und über jeden Mystizismus erhaben war, konnte der Aberglaube auf ziemlich breiter Front einbrechen, indem er die immer weit geöffneten Pforten seiner Ängste nutzte.

Der Commandant zuckte mit den Schultern in scheinbarer Selbstsicherheit und stand auf, wie er es immer zu tun pflegte, um den Mitarbeitern der Brigade die Situation im Mittelalter darzulegen.

»Fassen Sie sich kurz, Danglard«, bat Adamsberg ihn. »Die Texte müssen Sie nicht zitieren.«

Sinnlose Empfehlung, Danglards Darstellung dauerte geschlagene vierzig Minuten und war für die Beamten eine unterhaltsame Abwechslung in der bedrückenden Wirklichkeit der Clermont-Affäre. Nur Froissy verschwand für einen Moment, um ein paar Kekse und ein wenig Pastete zu essen. Verständnisvolles Kopfnicken hier und da, man wusste, dass sie ihr Versteck kürzlich mit einem Vorrat an köstlichen Terrinen aufgefüllt hatte, etwa einer Hasenleberpastete mit Austernseitlingen, die so manchem das Wasser im Munde zusammenlaufen ließ. Als Froissy sich wieder an den Tisch setzte, standen die Mitarbeiter der Brigade bereits völlig im Bann von Danglards Beredsamkeit und vor allem des unheimlich beeindruckenden Schauspiels von Hellequins Armee – unheimlich im ursprünglichen Sinne, wie der Commandant betonte, das heißt furchteinflößend.

»Hat diese Lina den Jäger ermordet?«, fragte Lamarre. »Wird sie alle hinrichten, die sie in ihrer Vision erkannt hat?«

»Also gehorcht sie irgendeiner Macht?«, fügte Justin hinzu.

»Vielleicht«, schaltete Adamsberg sich ein. »Man sagt in Ordebec, die gesamte Familie Vendermot sei verrückt. Aber alle Bewohner dort stehen unter dem Bann der Armee. Die treibt sich schon seit sehr langer Zeit in der Gegend herum, und es sind nicht ihre ersten Opfer. Niemand fühlt sich wohl mit dieser Legende, und viele Leute fürchten sie tatsächlich. Wenn ein weiteres von den bezeichneten

Opfern stirbt, kriegt die Stadt einen Koller. Und erst recht, was das vierte Opfer angeht, das keinen Namen hat.«

»So dass viele sich als das vierte Opfer sehen können«, schlussfolgerte Mordent, während er sich Notizen machte.

»Alle, die sich an etwas schuldig fühlen?«

»Nein, die es tatsächlich sind«, präzisierte Adamsberg. »Betrüger, Dreckskerle, Mörder, die nie verdächtigt wurden und straflos blieben, sie alle fürchten das Erscheinen der Hellequin-Truppe weit mehr als eine Polizeikontrolle. Weil sie überzeugt sind, dass er, Hellequin, alles weiß, alles sieht.«

»Das ganze Gegenteil von dem, was man von uns Bullen denkt«, meinte Noël.

»Mal angenommen«, sagte Justin, der immer alles ganz genau wissen wollte, »einer fürchtet, das vierte der von diesem Hellequin benannten Opfer zu sein. Der vierte ›Ergriffene‹, wie Sie sagen. Man begreift nicht, was er davon hat, wenn er die anderen ›Ergriffenen‹ tötet.«

»Doch«, erklärte Danglard, »denn eine weitere Überlieferung, die allerdings nicht von allen geteilt wird, besagt, wer Hellequins Absichten ausführt, kann vor seinem eigenen Schicksal bewahrt bleiben.«

»Im Tausch für seine guten Dienste«, kommentierte Mordent, der sich als Sammler von Märchen und Legenden immer wieder seine Notizen zu dieser Geschichte machte, die er noch nicht kannte.

»Ein belohnter Kollaborateur, sozusagen«, meinte Noël.

»Der Gedanke steckt dahinter, ja«, bestätigte Danglard. »Aber er ist jüngeren Datums, er kommt erst zu Beginn des 19. Jahrhunderts auf. Die andere gefährliche Hypothese ist, dass jemand, der sich zwar nicht für einen ›Ergriffenen‹ hält, doch an Hellequins Anschuldigungen glaubt, seinen Willen ausführt. Auf dass *wahre Gerechtigkeit werde.*«

»Was konnte diese Léo wissen?«

»Unmöglich zu erraten. Sie war allein, als sie Herbiers Leiche fand.«

»Wie ist unser Plan?«, fragte Justin. »Wie teilen wir uns auf?«

»Es gibt keinen Plan. Ich hatte schon seit einer geraumen Weile keine Zeit mehr, irgendwelche Pläne auszuarbeiten.«

Noch nie, korrigierte Danglard stumm. Sein Widerwille gegen die Operation Ordebec machte ihn aggressiv.

»Ich fahre mit Danglard, falls er dazu bereit ist, und im Bedarfsfall werde ich auf den einen oder anderen von Ihnen zukommen.«

»Wir bleiben also an Mo dran.«

»So ist es. Finden Sie mir diesen Kerl wieder. Bleiben Sie in ständiger Verbindung mit allen Polizeistationen im Lande.«

Adamsberg zog Danglard mit sich, nachdem er die Sitzung beendet hatte.

»Schauen Sie sich an, in welchem Zustand Léo ist«, sagte er zu ihm. »Und Sie werden genügend Gründe haben, sich dem Wütenden Heer in den Weg stellen zu wollen. Jenem Wahnsinnigen, der die Wünsche des Seigneur Hellequin ausführt.«

»Das wäre unklug«, sagte Danglard und schüttelte den Kopf. »Einer muss hierbleiben und die Brigade am Laufen halten.«

»Wovor haben Sie Angst, Danglard?«

»Ich habe keine Angst.«

»Doch.«

»Nun gut«, gab Danglard zu. »Ich glaube, dass ich meine Haut in Ordebec lassen werde. Das ist alles. Dass dies mein letzter Fall sein wird.«

»Um Himmels willen, Danglard, wie kommen Sie auf so was?«

»Ich habe zwei Mal davon geträumt. Vor allem von einem Pferd, das nur noch drei Beine hat.«

Danglard überlief ein Frösteln, fast wurde ihm übel.

»Kommen Sie, setzen Sie sich«, sagte Adamsberg und zog ihn sanft am Ärmel.

»Es wird von einem schwarzen Mann geritten«, fuhr Danglard fort, »er schlägt auf mich ein, ich stürze hin, ich bin tot, und das war's. Ich weiß, Kommissar, wir glauben nicht an Träume.«

»Also?«

»Also, ich selbst habe alles ausgelöst, indem ich Ihnen die Geschichte von diesem Wütenden Heer erzählte. Sonst hätten Sie weiter von Ihrem Verwegenen Heer gesprochen, und dabei wäre es geblieben. Ich aber musste den verbotenen Schrein öffnen, aus Vergnügen, aus Gelehrsamkeit. Damit habe ich Hellequin herausgefordert. Und das wird er mich mit dem Leben bezahlen lassen, dort in Ordebec. Er mag es nicht, wenn man seine Scherze mit ihm treibt.«

»Nein, das wird ihm nicht gefallen. Ich denke auch, der ist kein Spaßvogel.«

»Machen Sie keine Witze, Kommissar.«

»Das meinen Sie doch nicht im Ernst, Danglard.«

Danglard schüttelte seine weichen Schultern.

»Natürlich nicht. Aber ich stehe mit diesem Gedanken auf, und ich schlafe damit ein.«

»Das ist das erste Mal, dass Sie etwas anderes fürchten als sich selbst. Womit Sie jetzt zwei Feinde hätten. Das ist zu viel, Danglard.«

»Was schlagen Sie vor?«

»Dass wir heute Nachmittag fahren. Zu Abend essen wir im Restaurant? Mit einem guten Wein?«

»Und wenn ich dran glauben muss?«

»Pech gehabt.«

Danglard musste lächeln, und als er aufsah, war sein Blick verändert. »Pech gehabt.« Diese Antwort sagte ihm zu, sie beendete mit einem Schlag seine Klage, als hätte Adamsberg auf eine Stopptaste gedrückt und seine Ängste gelöscht.

»Um wie viel Uhr?«

»Seien Sie in zwei Stunden bei mir zu Hause. Bitten Sie Froissy, dass sie Ihnen zwei neue Mobiltelefone besorgt, und suchen Sie den Namen eines guten Restaurants heraus.«

Als der Kommissar sein Haus betrat, war alles blitzsauber, der Käfig für Hellebaud stand bereit, die Taschen waren fast fertiggepackt. Zerk war dabei, in die von Mo Zigaretten, Bücher, Stifte, Kreuzworträtsel hineinzustecken. Mo sah ihm zu, als würden die Gummihandschuhe an seinen Händen ihn daran hindern, sich zu bewegen. Adamsberg wusste, dass der Status des gesuchten Mannes, des gehetzten Wildes von den ersten Tagen an die natürlichen Bewegungen des Körpers lähmt. Nach einem Monat zögert man, beim Gehen Geräusche zu verursachen, nach drei Monaten wagt man schon nicht mehr zu atmen.

»Ich habe ihm auch ein neues Jo-Jo gekauft«, erklärte Zerk. »Es ist nicht so gut wie sein altes, aber ich konnte nicht zu lange wegbleiben. Lucio hat mich in der Zeit vertreten, er hat sich mit seinem Radio in die Küche gesetzt. Weißt du, warum er immer dieses zirpende Radio mit sich herumschleppt? Man versteht gar nicht, was da gesprochen wird.«

»Er hört gern menschliche Stimmen, aber nicht, was sie sagen.«

»Wo werde ich untergebracht sein?«

»In einer Hütte, halb Beton, halb Holz, etwas außerhalb des Ortes, ihr Bewohner ist gerade ermordet worden. Also wurde sie von der Gendarmerie versiegelt, einen besseren Unterschlupf kannst du gar nicht finden.«

»Und was machen wir mit den Siegeln?«, fragte Zerk.

»Wir machen sie ab und bringen sie wieder an. Ich zeig's dir. Jedenfalls hat die Gendarmerie keinerlei Grund mehr, dort aufzukreuzen.«

»Warum ist der Typ ermordet worden?«, fragte Mo.

»So ein widerlicher Hüne dort aus der Gegend ist über ihn hergefallen, ein gewisser Hellequin. Aber lass dich davon nicht beeindrucken, auf dich hat der's nicht abgesehen. Wofür hast du Buntstifte gekauft, Zerk?«

»Falls er zeichnen will.«

»Gut. Wirst du zeichnen wollen, Mo?«

»Nein, ich glaube nicht.«

»Gut«, wiederholte Adamsberg. »Mo fährt mit mir, im Kofferraum des Dienstwagens. Die Fahrt wird ungefähr zwei Stunden dauern, und es wird sehr heiß da drin sein. Wasser kriegst du mit. Wirst du durchhalten?«

»Ja.«

»Du wirst die Stimme noch eines zweiten Mannes hören, die von Commandant Danglard. Keine Sorge, er weiß, wie deine Flucht abgelaufen ist. Oder vielmehr, er hat's erraten, ich konnte es nicht verhindern. Aber er weiß noch nicht, dass ich dich dabeihabe. Das wird nicht lange dauern, Danglard ist ein Phänomen, er errät alles und sagt alles voraus, selbst die mörderischen Absichten des Seigneur Hellequin. Ich setz dich in dem leeren Haus ab, bevor wir nach Ordebec reinfahren. Du, Zerk, kommst mit dem anderen Wagen und dem übrigen Gepäck hinterher. Da du mit einer Kamera umgehen kannst, werden wir im Ort erzählen, dass du ein informelles Praktikum in Fotografie machst, und gleichzeitig arbeitest du freiberuflich für eine, sagen wir, schwedische Zeitschrift, wofür du in der Gegend umherstreifen musst. Wir brauchen eine Erklärung für deine Abwesenheiten. Es sei denn, du weißt was Besseres?«

»Nein«, sagte Zerk schlicht.

»Was könntest du denn fotografieren?«

»Landschaften? Kirchen?«

»Schon viel zu oft fotografiert. Denk dir was anderes aus. Ein Thema, das deine Anwesenheit auf Feldern und in Wäldern erklärt, falls man dich dort antreffen sollte. Denn da wirst du durchgehen, um zu Mo zu gelangen.«

»Blumen?«, sagte Mo.

»Vermodertes Laub?«, schlug Zerk vor.

Adamsberg stellte die Reisetaschen in die Nähe der Tür.

»Warum willst du vermodertes Laub fotografieren?«

»*Du* wolltest doch, dass ich dir ein Fotomotiv nenne.«

»Aber wie kommst du auf ›vermodertes Laub‹?«

»Weil es sich bestens eignet. Weißt du, was es da alles drin gibt, in modrigem Laub? In nur zehn Quadratzentimetern modrigem Laub? Insekten, Würmer, Larven, Gase, Pilzsporen, Vogeldreck, Wurzeln, Mikroorganismen, Samenkörner? Ich mache eine Reportage über das Leben in modrigem Laub, für *Svenska Dagbladet*.«

»*Svenska* was?«

»Eine schwedische Zeitung. Wolltest du doch, oder?«

»Richtig«, erwiderte Adamsberg und sah auf seine Uhren. »Geh jetzt mit Mo und dem Gepäck rüber zu Lucio. Ich parke meinen Wagen vor seinem Hinterausgang, und sobald Danglard eingetroffen ist, geb ich dir Bescheid, dass wir aufbrechen.«

»Ich freue mich schon, dass wir dort hinfahren«, sagte Zerk in jenem naiven Ton, der sich häufig in seine Rede schlich.

»Das sag mal vor allem Danglard. Den verdrießt es nämlich sehr.«

Zwanzig Minuten später fuhr Adamsberg über die Autobahn West aus Paris heraus, den Commandant zu seiner Rechten, der sich mit einer Frankreichkarte Luft zufächelte, und Mo im Kofferraum mit einem Kissen unterm Kopf.

Nach einer Dreiviertelstunde rief der Kommissar Émeri an.

»Ich komme jetzt erst hier los«, sagte er zu ihm. »Früher als in zwei Stunden brauchst du nicht mit mir zu rechnen.«

»Freue mich, dich hier zu haben. Der Hurensohn in Lisieux ärgert sich schwarz.«

»Ich gedenke mich in Léos Herberge einzuquartieren. Spricht was dagegen?«

»Durchaus nicht.«

»Sehr gut, ich werde ihr Bescheid sagen.«

»Sie hört dich doch gar nicht.«

»Ich sage ihr trotzdem Bescheid.«

Adamsberg steckte den Apparat wieder ein und gab Gas.

»Müssen wir unbedingt so schnell fahren?«, fragte Danglard. »Es kommt doch auf eine halbe Stunde mehr oder weniger nicht an.«

»Wir fahren schnell, weil es heiß ist.«

»Warum haben Sie Émeri über unsere Ankunftszeit belogen?«

»Stellen Sie nicht zu viele Fragen, Commandant.«

19

Fünf Kilometer vor Ordebec, in dem kleinen Dorf Charny-la-Vieille, verlangsamte Adamsberg die Fahrt.

»Bevor wir nach Ordebec reinfahren, Danglard, habe ich noch was zu erledigen. Ich schlage Ihnen vor, dass Sie hier auf mich warten, in einer halben Stunde hole ich Sie wieder ab.«

Danglard nickte.

»Dann weiß ich von nichts und werde auch nicht in die Sache hineingezogen.«

»So ungefähr.«

»Nett von Ihnen, dass Sie mich schützen wollen. Aber als Sie mich baten, den gefälschten Bericht zu schreiben, haben Sie mich bereits bis zum Hals in Ihren Deal mit hineingezogen.«

»Niemand hatte Sie gebeten, Ihre Nase da reinzustecken.«

»Es ist mein Job, Leitplanken auf Ihren Weg zu stellen.«

»Sie haben mir nicht geantwortet, Danglard. Setze ich Sie hier ab?«

»Nein. Ich fahre mit Ihnen.«

»Was jetzt kommt, wird Ihnen vermutlich nicht gefallen.«

»Mir gefällt schon Ordebec nicht.«

»Da haben Sie aber unrecht, es ist nämlich wunderhübsch. Wenn man auf den Ort zufährt, sieht man die große Kirche oben auf dem Hügel und das kleine Städtchen zu ihren Füßen, die aus Holz und Lehm gebauten Häuser, das wird Ihnen gefallen. Die Felder ringsum sind in allen erdenklichen Grüntönen gemalt, und auf dieses Grün hat man eine Menge regloser Kühe gestellt. Ich habe keine einzige Kuh sich bewegen sehen, ich frage mich, wie das möglich ist.«

»Man muss sie eben sehr lange betrachten.«

»Sicher.«

Adamsberg erkannte die von Madame Vendermot beschriebenen Orte, das Haus der Nachbarn Hébrard, das Bigard-Wäldchen, die alte Mülldeponie. Ohne anzuhalten, fuhr er an Herbiers Briefkasten vorbei und noch hundert Meter weiter, dann bog er links auf einen holprigen Feldweg ein.

»Wir fahren von hinten ran, durch den kleinen Wald.«

»Wo ran?«

»An das Haus, in dem der erste Tote gewohnt hat, der Jäger. Wir machen schnell und kein großes Aufheben.«

Adamsberg nahm die letzten Meter über einen kaum befahrbaren Pfad und hielt im Schutz der Bäume. Rasch ging er um den Wagen herum und öffnete den Kofferraum.

»Du hast es überstanden, Mo, gleich bist du an der frischen Luft. Die Hütte liegt dreißig Meter von hier durchs Gehölz.«

Danglard schüttelte schweigend den Kopf, als er den Jungen aus dem Kofferraum steigen sah. Er hatte ihn irgendwo in den Pyrenäen vermutet, oder schon im Ausland mit falschen Papieren, so weit, wie es mit Adamsberg gekommen war. Aber es war ja viel schlimmer. Momo sozusagen im Handgepäck mit sich zu führen erschien ihm noch unvernünftiger.

Adamsberg brach die Siegel auf, stellte Momos Gepäck ab und besichtigte hastig das Haus. Ein helles Wohnzimmer, ein kleiner, fast aufgeräumter Schlafraum und eine Küche, von der aus man ins Grüne sah und auf sechs oder sieben Kühe.

»Schön ist es hier«, sagte Mo, der erst ein Mal in seinem Leben und nur sehr kurz auf dem Land gewesen war, und noch nie am Meer. »Ich kann Bäume sehen, den Himmel und Felder. Scheiße«, sagte er plötzlich, »sind das Kühe? Da drüben?«, fügte er hinzu und drückte sein Gesicht an die Scheibe.

»Weg vom Fenster, Mo. Ja, das sind Kühe.«

»Scheiße.«

»Hast du noch nie welche gesehen?«

»Nie in echt.«

»Du wirst alle Zeit haben, sie zu betrachten, ja sogar sich bewegen zu sehen. Aber bleib einen Meter vom Fenster entfernt. Abends machst du natürlich kein Licht an. Und wenn du eine rauchst, setzt du dich auf den Boden, eine glimmende Zigarette sieht man aus großer Entfernung. Du kannst dir was Warmes zu essen machen, der Herd ist vom Fenster aus nicht zu sehen. Und waschen kannst du dich auch, das Wasser wurde nicht abgestellt. Zerk wird in Kürze mit ein paar Vorräten hier sein.«

Mo lief durch sein neues Zuhause, ohne bei dem Gedanken an sein Eingeschlossensein allzu große Angst erkennen zu lassen, wobei sein Blick immer wieder zum Fenster ging.

»Ich hab noch nie einen Typen wie Zerk getroffen«, sagte er, »ich hab noch nie einen Typen getroffen, der mir Buntstifte kauft, außer meiner Mutter. Aber den haben ja auch Sie großgezogen, Kommissar, klar, dass er dann so ist.«

Adamsberg fand, dies war nicht der Augenblick, Mo zu erklären, dass er von seinem Sohn erst seit wenigen Wochen etwas wusste, wie es auch sinnlos war, so früh seine Illusionen zu zerstören, indem er ihm erzählte, dass er Zerks Mutter mit bodenloser Unbekümmertheit im Stich gelassen hatte. Das Mädchen hatte ihm geschrieben, er hatte den Brief kaum gelesen, er hatte nichts geahnt.

»Und weiß Gott, wie gut er ihn erzogen hat«, bestätigte Danglard, der in Sachen Vaterschaft keinen Spaß verstand und Adamsberg in dieser Hinsicht für unter aller Würde befand.

»Ich werde hinter dir die Siegel wieder anbringen. Benutz das Telefon nur im alleräußersten Notfall. Selbst wenn du dich langweilst wie eine Ratte, ruf keinen Menschen an, werd nicht schwach, deine sämtlichen Bekannten werden abgehört.«

»Kein Problem, Kommissar. Es gibt ja viel zu sehen. Und dann alle diese Kühe. Ich zähle mindestens zwölf. Im Knast würden mir zehn Jungs auf der Pelle sitzen, und ich hätte kein Fenster. Mir alle diese Kühe und Bullen allein anschauen zu können ist schon ein Wunder.«

»Bullen sind nicht darunter, Mo, man lässt sie nie gemeinsam weiden, außer in der Zeit des Deckens. Es sind alles Kühe.«

»Ach so.«

Adamsberg vergewisserte sich, dass das Wäldchen verlassen lag, dann verabschiedete er sich von Mo und öffnete lautlos die Tür. Er nahm eine Wachspistole aus der Tasche und brachte in aller Ruhe die Siegel wieder an. Danglard sah sich nervös um.

»Ich mag so was überhaupt nicht«, murmelte er.

»Später, Danglard.«

Wieder auf der Hauptstraße, rief Adamsberg Capitaine Émeri an, um ihm mitzuteilen, dass er gleich in Ordebec eintreffen werde.

»Vorher fahre ich noch beim Krankenhaus vorbei«, sagte er.

»Sie wird dich nicht erkennen, Adamsberg. Kann ich euch zum Abendessen erwarten?«

Adamsberg sah zu Danglard hin, der den Kopf schüttelte. In seinen schlechten Gemütsphasen, und Danglard machte zweifellos eine durch, die umso bedrückender war, als es keinen rechten Grund dafür gab, half der Commandant sich damit, dass er sich Tag für Tag kleine begehrenswerte Ziele setzte, etwa die Auswahl eines neuen Anzugs, den Kauf eines antiquarischen Buchs oder ein erlesenes Essen im Restaurant, so dass jede depressive Phase auf diese Weise gefährliche Löcher in sein Budget riss. Danglard sein Abendessen in der *Rasenden Wildsau* nehmen, das er minutiös vorbereitet hatte, hieß das schwache Licht ausblasen, das er für den heutigen Tag angezündet hatte.

»Ich habe meinem Sohn ein Abendessen in der *Rasenden Wildsau* versprochen. Kommen Sie doch dazu, Émeri.«

»Sehr gutes Lokal, aber auch sehr schade«, antwortete Émeri trocken. »Ich hoffte, euch die Ehre meiner Tafel zuteil werden zu lassen.«

»Ein andermal, Émeri.«

»Ich glaube, wir haben da eine empfindliche Saite bei ihm berührt«, kommentierte Adamsberg, als er aufgelegt hatte, ein wenig überrascht, da er über die Neurose, die den Capitaine durch eine anspruchsvolle Nabelschnur mit seinem Empire-Speisezimmer verband, noch nicht aufgeklärt war.

Vor dem Krankenhaus traf er, wie verabredet, mit Zerk zusammen. Der junge Mann hatte alle Einkäufe schon erledigt, Adamsberg umarmte ihn zur Begrüßung und ließ dabei die Wachspistole, das Siegel und den Lageplan von Herbiers Hütte in seine Tasche gleiten.

»Wie hast du das Haus vorgefunden?«, fragte Zerk.

»Sauber. Die Gendarmen haben alles Wildbret weggeräumt.«

»Was mache ich mit der Taube?«

»Sie ist gut untergebracht, sie erwartet dich.«

»Ich spreche nicht von Mo, sondern von Hellebaud. Er ist seit Stunden im Auto und mag das überhaupt nicht.«

»Nimm ihn mit«, sagte Adamsberg nach kurzer Überlegung. »Übergib ihn Mo, dann hat er jemanden, der ihm Gesellschaft leistet, jemanden, mit dem er reden kann. Er will sich die Kühe angucken, aber die bewegen sich hier ja nicht.«

»War der Commandant dabei, als du die Taube abgesetzt hast?«

»Ja.«

»Wie hat er's aufgenommen?«

»Ziemlich übel. Er denkt immer noch, dass es eine Straftat und der blanke Wahnsinn ist.«

»Ach, wirklich? Dabei ist es doch eher vernünftig«, meinte Zerk und nahm seine Einkaufsbeutel hoch.

20

»Wie klein sie aussieht, was?«, sagte Adamsberg leise zu Danglard, als er mit Ergriffenheit Léones neues Gesicht auf dem Kissen betrachtete. »Dabei ist sie im Leben sehr groß. Auf jeden Fall größer als ich, wenn sie nicht gebeugt steht.«

Er setzte sich auf den Rand des Bettes und legte seine beiden Hände auf ihre Wangen.

»Léo, ich bin wieder da. Ich bin der Kommissar aus Paris. Wir haben zusammen zu Abend gegessen. Es gab Suppe und Kalbsbraten, und danach haben wir einen Calva getrunken vor dem Holzfeuer und eine Havanna geraucht.«

»Sie rührt sich nicht mehr«, sagte der Arzt, der soeben ins Zimmer getreten war.

»Wer kommt sie besuchen?«, fragte Adamsberg.

»Die kleine Vendermot und der Capitaine Émeri. Aber sie bleibt starr wie ein Brett. Klinisch gesehen, müsste sie Lebenszeichen von sich geben. Aber nichts. Sie liegt nicht mehr im Koma, das innere Hämatom hat sich recht gut zurückgebildet, das Herz arbeitet zufriedenstellend, obwohl es von den Zigarren etwas geschwächt ist. Sie ist in der physischen Verfassung, die Augen aufzumachen, mit uns zu reden. Aber nichts passiert, und schlimmer noch, ihre Körpertemperatur ist zu niedrig. Man könnte meinen, die Maschine ist in eine Art Winterstarre gefallen. Und ich kann den Defekt nicht finden.«

»Kann sie lange so daliegen?«

»Nein. In ihrem Alter, ohne sich zu bewegen noch Nahrung aufzunehmen, hält sie das nicht durch. Eine Angelegenheit von wenigen Tagen.«

Der Arzt beobachtete mit kritischem Auge Adamsbergs Hände auf dem Gesicht der alten Léone.

»Rütteln Sie nicht an ihrem Kopf«, sagte er.

»Léo«, wiederholte Adamsberg, »Ich bin es. Ich bin da, und ich bleibe da. Ich werde mich in Ihrer Herberge einquartieren, mit einigen meiner Leute. Gestatten Sie mir das? Wir bringen auch nichts durcheinander.«

Adamsberg nahm einen Kamm vom Nachttisch, und eine Hand immer noch auf ihrem Gesicht, begann er sie zu frisieren. Danglard setzte sich auf den einzigen Stuhl im Raum, er richtete sich auf eine lange Sitzung ein. Adamsberg würde die alte Dame nicht so leicht aufgeben. Achselzuckend verließ der Arzt das Zimmer, doch nach eineinhalb Stunden kam er wieder, beeindruckt, mit welcher Beharrlichkeit dieser Polizist sich mühte, Léone ins Leben zurückzuholen. Auch Danglard beobachtete Adamsberg, der unaufhörlich weiterredete und dessen Gesicht jenes Leuchten angenommen hatte, das er aus einigen seltenen Momenten der Konzentration gut an ihm kannte, so als hätte der Kommissar eine Lampe verschluckt, die unter seiner olivbraunen Haut ihr Licht aussandte.

Ohne sich umzudrehen, streckte Adamsberg eine Hand gegen den Arzt aus, um jedes Eingreifen zu verhindern. Léones Wange unter seiner Hand war noch immer genauso kalt, aber ihre Lippen hatten sich bewegt. Er bedeutete Danglard, näher zu kommen. Und wieder eine Lippenbewegung, dann ein Laut.

»Danglard, haben Sie auch ein ›Hello‹ gehört? Sie hat doch ›Hello‹ gesagt, nicht wahr?«

»Es hörte sich so an.«

»Das ist ihre Art zu grüßen. Hello, Léo. Ich bin's.«

»Hello«, wiederholte die Frau nun deutlicher,

Adamsberg umschloss mit den Fingern ihre Hand, schüttelte sie ein wenig.

»Hello. Ich höre Sie, Léo.«

»Flem.«

»Flem geht es gut, er ist bei Brigadier Blériot.«

»Flem.«

»Es geht ihm gut. Er wartet auf Sie.«

»Zucker.«

»Ja, der Brigadier gibt ihm jeden Tag welchen«, versicherte Adamsberg, obwohl er keine Ahnung hatte. »Er hat es sehr gut bei ihm, er wird gut behandelt.«

»Hello«, sagte die Frau noch einmal.

Das war alles. Ihre Lippen schlossen sich wieder, Adamsberg begriff, dass sie am Ende ihrer Kräfte angekommen war.

»Mein Kompliment«, sagte der Arzt.

»Gern geschehen«, erwiderte Adamsberg gedankenlos. »Würden Sie mich anrufen, sobald sie das geringste Bedürfnis erkennen lässt, zu sprechen?«

»Lassen Sie mir Ihre Karte da, und machen Sie sich keine allzu großen Hoffnungen. Das war vielleicht ihr letztes Aufflackern.«

»Sie hören nicht auf, Doktor, sie vor der Zeit zu begraben«, sagte Adamsberg, während er zur Tür ging. »Sie haben es doch wohl nicht eilig, oder?«

»Ich bin Geriater, ich kenne mein Metier«, antwortete der Arzt mit verkniffenem Mund.

Adamsberg notierte sich den Namen, der auf seinem Anstecker stand – Jacques Merlan –, und verließ die Einrichtung. Schweigend ging er zum Auto und übergab Danglard das Steuer.

»Wohin fahren wir?«, fragte Danglard und startete.

»Ich mag diesen Arzt nicht.«

»Er hat eine Entschuldigung. Es muss nicht besonders lustig sein, Merlan zu heißen.«

»Das passt sehr gut zu ihm. Nicht viel mehr Gefühl als ein Schwarm Fische.«

»Sie haben mir nicht gesagt, wohin wir fahren«, meinte

Danglard, der aufs Geratewohl durch die Gassen des Städtchens kurvte.

»Sie haben sie gesehen, Danglard. Wie ein Ei, das man auf den Boden geworfen und zertreten hat.«

»Ja, Sie sagten es.«

»Wir fahren zu ihr, zur alten Herberge. Biegen Sie dort rechts ab.«

»Seltsam, dass sie ›Hello‹ sagt statt ›Guten Tag‹.«

»Das ist Englisch.«

»Ich weiß«, sagte Danglard ohne jeden weiteren Kommentar.

Die Gendarmen von Ordebec waren schnell gewesen und hatten Léos Haus nach einer ersten Inspektion bereits ordentlich aufgeräumt. Der Fußboden im Speisezimmer war aufgewischt worden, und sollten noch Spuren von Blut geblieben sein, so waren sie zwischen den alten rotbraunen Fliesen versickert. Adamsberg nahm sich wieder das Zimmer, in dem er schon einmal geschlafen hatte, Danglard wählte eins am entgegengesetzten Ende des Hauses. Während er seine paar Sachen verstaute, beobachtete der Commandant Adamsberg durch das Fenster. Er saß im Schneidersitz mitten im Hof des Anwesens unter einem schräg geneigten Apfelbaum, die Ellbogen auf die Schenkel gestützt, den Kopf gesenkt, so als wollte er sich von dort nicht mehr fortbewegen. Von Zeit zu Zeit griff er sich in den Nacken, wo ihn irgendetwas zu reizen schien.

Kurz vor acht Uhr, die Sonne neigte sich schon, ging Danglard zu ihm hinaus und warf dem Kommissar seinen Schatten vor die Füße.

»Es ist so weit«, sagte er.

»Für die *Blaue Wildsau*«, Adamsberg hob den Kopf.

»Nicht die blaue, die *Rasende Wildsau*.«

»Rennen denn Wildschweine?«, fragte Adamsberg und streckte dem Commandant seine Hand hin, damit er ihm beim Aufstehen half.

»Bis zu fünfunddreißig Kilometer in der Stunde, glaube ich. Ich weiß nicht viel über Wildschweine. Außer dass sie nicht schwitzen.«

»Wie machen sie das?«, fragte Adamsberg, während er seine Hose säuberte, aber die Antwort interessierte ihn schon nicht mehr.

»Sie suhlen sich im schlammigen Wasser, das erfrischt sie.«

»So kann man sich vielleicht den Mörder vorstellen. Ein schmutzverkrustetes Vieh von annähernd zweihundert Kilo, das nicht mal schwitzt. Er tut sein Werk, ohne mit der Wimper zu zucken.«

21

Danglard hatte einen runden Tisch reservieren lassen, an dem er sich nun mit Befriedigung niederließ. Diese erste Mahlzeit in Ordebec, in einem alten Restaurant unter niedrigen Deckenbalken, markierte eine Pause in seinen Ängsten. Zerk gesellte sich pünktlich zu ihnen und ließ sie durch ein feines Augenzwinkern wissen, dass im Haus am Wald alles in Ordnung war. Adamsberg hatte noch einmal darauf bestanden, dass auch Émeri dazukäme, und schließlich hatte der Capitaine zugesagt.

»Der Taube hat die Idee mit der Taube sehr gefallen«, sagte Zerk leise zu Adamsberg. »Als ich ging, waren sie schon in ein angeregtes Gespräch vertieft. Hellebaud mag es, wenn die Taube Jo-Jo spielt. Wenn die Spule den Boden berührt, pickt er wie wild darauf rum.«

»Ich habe den Eindruck, Hellebaud entfernt sich von seiner natürlichen Lebensweise. Wir erwarten noch Capitaine Émeri. Er ist ein großer, etwas martialisch auftretender blonder Kerl in tadellos sitzender Uniform. Du wirst ihn mit ›Capitaine‹ anreden.«

»Okay.«

»Er ist ein Nachfahre von Marschall Davout, einem Typen aus der Zeit Napoleons, der nicht ein einziges Mal besiegt wurde und auf den ist er sehr stolz. Also keine blöden Bemerkungen dazu.«

»Keine Gefahr.«

»Da kommen sie. Der Dicke mit den dunklen Haaren, der ihn begleitet, ist Brigadier Blériot.«

»Den rede ich mit ›Brigadier‹ an.«

»Genau.«

Sobald die Vorspeisen aufgetragen waren, begann Zerk vor allen anderen zu essen, wie auch Adamsberg es ganz natürlich getan hatte, bevor Danglard ihm die Grundkenntnisse der feinen Lebensart beibrachte. Auch schmatzte Zerk beim Kauen, das musste er ihm sagen. In Paris hatte er es nicht bemerkt. Aber in dem etwas steifen Ambiente dieses beginnenden Abends hatte er den Eindruck, dass man nur seinen Sohn essen hörte.

»Wie geht es Flem?«, fragte Adamsberg den Brigadier. »Léo hat heute ein paar Worte mit mir gesprochen. Sie macht sich Sorgen um ihren Hund.«

»Sie hat gesprochen?«, Émeri war erstaunt.

»Ja. Ich war fast zwei Stunden bei ihr, und sie hat gesprochen. Der Arzt, er heißt ›Heilbutt‹ oder so ähnlich, schien darüber noch nicht mal erfreut. Meine Methode muss ihm wohl nicht gefallen haben.«

»Merlan«, raunte Danglard ihm zu.

»Und da warten Sie die ganze Zeit, bis Sie mir das erzählen?«, sagte Émeri. »Reden Sie, mein Gott, was hat sie denn gesagt?«

»Sehr wenig. Sie hat mehrmals ›Guten Tag‹ gesagt, außerdem ›Flem‹ und ›Zucker‹. Das ist schon alles. Ich habe ihr versichert, dass der Brigadier dem Hund jeden Tag ein Stück Zucker gibt.«

»Was ich auch tue«, bestätigte Blériot, »obwohl ich dagegen bin. Aber Flem setzt sich jeden Abend um sechs Uhr vor die Zuckerdose. Er tickt innerlich wie ein Drogenabhängiger.«

»Umso besser. Ich hätte Léo nicht gern belogen. Von dem Augenblick an, wo sie sprechen wird«, sagte Adamsberg, zu Émeri gewandt, »halte ich es für klug, einen Posten vor ihre Zimmertür zu stellen.«

»Du lieber Gott, Adamsberg, haben Sie gesehen, wie viele Leute ich hier habe? Ihn und noch einen halben anderen, der seinen Dienst zwischen Ordebec und Saint-Venon teilt. Einen halben Mann in jeder Hinsicht. Halb schlau, halb beschränkt, halb gefügig, halb cholerisch, halb schmutzig und halb sauber. Wie soll ich das bewerkstelligen?«

»Man könnte eine Überwachungskamera in ihrem Zimmer installieren«, schlug der Brigadier vor.

»Zwei Kameras«, sagte Danglard. »Eine, die jede hereinkommende Person aufnimmt, die andere an Léos Bett.«

»Sehr gut«, meinte auch Émeri. »Aber die Techniker dafür müssen aus Lisieux kommen, erwarten Sie nicht, dass die Anlage vor morgen 15 Uhr einsatzbereit ist.«

»Was den Schutz der beiden anderen Ergriffenen angeht«, fügte Adamsberg hinzu, »des Glasers und des Pflanzenzüchters, so können wir zwei Leute aus Paris herbeordern. Zunächst der Glaser.«

»Ich habe mit Glayeux schon darüber gesprochen«, sagte Émeri und schüttelte den Kopf, »er lehnt jede Überwachung strikt ab. Ich kenne den Kerl, er würde sich sehr gedemütigt fühlen, wenn man glaubte, die Hirngespinste der Vendermot-Tochter würden ihn beeindrucken. Das ist keiner, der den Kopf einzieht.«

»Couragiert?«, fragte Danglard.

»Eher gewalttätig, kampflustig, dabei sehr gut erzogen, einfallsreich und ohne jeden Skrupel. Sehr talentiert in seiner Glaskunst, das muss man ihm lassen. Er ist kein sympathischer Mensch, das sagte ich Ihnen schon, Sie werden selber sehen. Und das sage ich nicht, weil er homosexuell ist, aber er ist homosexuell.«

»Weiß man das in Ordebec?«

»Er verbirgt es nicht, sein Freund wohnt auch hier, er arbeitet bei der Zeitung. Das ganze Gegenteil von Glayeux, sehr zuvorkommend, sehr beliebt.«

»Leben sie zusammen?«, fragte Danglard weiter.

»O nein. Glayeux wohnt mit Mortembot zusammen, dem von der Baumschule.«

»Die beiden nächsten Opfer des Wütenden Heers leben unter einem Dach?«

»Seit Jahren. Sie sind Cousins und unzertrennlich seit ihrer Jugend. Aber Mortembot ist nicht homosexuell.«

»War Herbier es auch?«, fragte Danglard.

»Sie denken an eine homophobe Mordserie?«

»Könnte man in Erwägung ziehen.«

»Herbier war nicht homosexuell, ganz bestimmt nicht. Eher ein bestialischer Hetero mit einem Hang zum Vergewaltiger. Vergessen Sie nicht, es war Lina, die die ›ergriffenen‹ Opfer benannt hat. Und ich habe keinen Grund zu der Annahme, dass sie irgendwas gegen Schwule hätte. Lina führt, wie soll ich sagen, in sexueller Hinsicht ein eher freizügiges Leben.«

»Wahnsinnsbusen«, meinte der Brigadier. »Zum Reinbeißen.«

»Ist ja gut, Blériot«, sagte Émeri, »diese Art Kommentar bringt uns nicht weiter.«

»Alles zählt«, sagte Adamsberg, der wie sein Sohn seine Haltung bei Tisch für einen Moment vergaß und sein Brot in die Soße tunkte. »Émeri, da die von der Armee bezeichneten Opfer, wie es heißt, boshafte Menschen sind, würde das auch auf den Glaser und seinen Cousin zutreffen?«

»Es trifft nicht nur perfekt zu, es ist auch allgemein bekannt.«

»Was wirft man ihnen vor?«

»Zwei Vorkommnisse, die nie aufgeklärt wurden. Keine meiner Ermittlungen kam zu einem Ergebnis, ich habe getobt. Wollen wir uns zum Kaffee vielleicht an einen anderen Ort begeben? Sie haben hier einen kleinen Salon, in dem ich das Privileg genieße, rauchen zu dürfen.«

Beim Aufstehen sah der Capitaine noch einmal zu Zerk hin, der ein altes, ausgeleiertes T-Shirt trug, er schien sich zu fragen, was Adamsbergs Sohn hier wohl suchte.

»Arbeitet dein Junge mit dir?«, fragte er, während er zum

kleinen Salon hinüberging. »Will er Bulle werden, oder was?«

»Nein, er schreibt eine Reportage über faule Blätter, und da war das hier die Gelegenheit. Für eine schwedische Zeitung.«

»Faule Blätter? Die Presse, meinst du? Die Zeitungen?«

»Nein, die Blätter im Wald.«

»Es geht um den bei der Zersetzung von Pflanzen sich entwickelnden Mikrokosmos«, bemerkte Danglard, um dem Kommissar zu Hilfe zu kommen.

»Ah, so«, sagte Émeri und wählte einen sehr geraden Stuhl, um sich zu setzen, während die vier anderen Männer auf den Sesseln Platz nahmen.

Zerk reichte seine Zigaretten herum, und Danglard bestellte eine weitere Flasche Wein. Sich zu fünft zwei ganze Flaschen teilen zu müssen war während des Essens ein unerquickliches Ärgernis für ihn gewesen.

»Im Umfeld von Glayeux und Mortembot gab es zwei gewaltsame Tode«, begann Émeri, während er einschenkte. »Vor sieben Jahren stürzte an der Kirche von Louverain Glayeux' Kollege vom Gerüst. Sie hockten beide dort in gut zwanzig Metern Höhe, wo sie Restaurierungsarbeiten an den Fenstern des Kirchenschiffs ausführten. Und vor vier Jahren kam die Mutter von Mortembot im Lagerraum der Baumschule ums Leben. Sie rutschte von einer Trittleiter und klammerte sich im Fallen an das Metallgestell mit den Blumentöpfen und den kiloschweren Pflanzkübeln voller Erde drauf, das über ihr zusammenbrach. Zwei eindeutige Unfälle. Und in beiden Fällen eine ähnliche Ursache: ein Sturz. Ich habe im einen wie im anderen Fall Ermittlungen eingeleitet.«

»Auf Grund welcher Fakten?«, fragte Danglard und trank erleichtert sein nächstes Glas Wein.

»In Wirklichkeit, weil Glayeux und Mortembot zwei Hurensöhne sind, jeder in seiner Art. Zwei Gullyratten, und das sieht man von weitem.«

»Es gibt auch sympathische Gullyratten«, meinte Adamsberg, »Toni und Marie zum Beispiel.«

»Wer ist das?«

»Zwei verliebte Ratten, aber vergiss sie«, erwiderte Adamsberg und schüttelte den Kopf.

»Die jedenfalls sind nicht sympathisch, Adamsberg. Für Kohle und für Erfolg würden die ihre Seele verkaufen, und ich bin sicher, das haben sie auch getan.«

»Dem Seigneur Hellequin verkauft«, meinte Danglard.

»Warum nicht, Commandant. Ich bin nicht der Einzige, der das hier denkt. Als der Buisson-Hof abgebrannt ist, haben sie nicht einen Cent für die Familie gespendet. So sind sie. Sie halten alle Bewohner von Ordebec für Bauerntrottel, die ihres Interesses unwürdig sind.«

»Auf welches Motiv hin haben Sie die erste Ermittlung eingeleitet?«

»Darauf, dass Glayeux ein gesteigertes Interesse daran hatte, seinen Kollegen loszuwerden. Der kleine Tétard, so hieß er, war sehr viel jünger als er, aber er konnte was auf seinem Gebiet, ja er hatte sich sogar allmählich zu einem herausragenden Glaskünstler entwickelt. Die Gemeinden in der Region begannen, lieber ihm die Aufträge zu geben als Glayeux. Es war absehbar, dass der Junge Glayeux in kurzer Zeit verdrängen würde. Einen Monat vor seinem Sturz hatte die Stadt Coutances – kennen Sie die Kathedrale …?«

»Ja«, versicherte Danglard.

»… hatte Coutances sich bei der Restaurierung eines der Fenster des Querschiffs für Tétard entschieden. Das war ja nicht irgendwas. Wenn der Junge das gepackt hätte, hätte ihm eine große Karriere bevorgestanden. Und Glayeux wäre erledigt gewesen und gedemütigt außerdem. Aber dann stürzte Tétard vom Gerüst. Und die Stadt Coutances wandte sich wieder an Glayeux.«

»Klar«, murmelte Adamsberg. »Was hat die Untersuchung des Gerüsts ergeben?«

»Es war nicht ordnungsgemäß aufgebaut, die Planken waren nicht ausreichend an den Metallrohren fixiert, die Halterungen hatten Spielraum. Glayeux und Tétard arbeiteten an verschiedenen Fenstern, also auf verschiedenen Planken. Glayeux brauchte nur ein paar Schrauben zu lockern, ein Brett in der Nacht zu verschieben – er hatte während der Arbeiten den Schlüssel zur Kirche – und es in eine instabile Lage auf dem Gestänge zu bringen. Und schon war's passiert.«

»Was unmöglich zu beweisen war.«

»Eben«, sagte Émeri voll Bitterkeit. »Wir konnten Glayeux noch nicht mal wegen beruflicher Fahrlässigkeit belangen, denn das Gerüst hatte Tétard aufgebaut, zusammen mit einem Cousin. Auch Mortembot konnten wir nichts beweisen. Er war nicht im Lager, als seine Mutter stürzte, er räumte im Laden gerade die neugelieferte Ware ein. Aber es ist kein Kunststück, so eine Leiter aus der Entfernung zum Umfallen zu bringen. Man braucht bloß an einem Fuß ein Seil anzubinden und von fern dran zu ziehen. Auf das Getöse hin ist Mortembot hinübergerannt mit einem Angestellten. Aber da war kein Seil.«

Émeri sah Adamsberg beinahe herausfordernd an, als verlangte er von ihm die Lösung.

»Er hat das Seil nicht angeknotet«, sagte Adamsberg, »er hat es einfach um den Fuß herumgeschlungen. Dann brauchte er von seinem Platz aus nur an einem der beiden Enden zu ziehen, um es in seiner ganzen Länge zu sich zurückzuholen. Das braucht allenfalls ein paar Sekunden, wenn das Seil gut gleitet.«

»Genau. Und es hinterlässt keinerlei Spuren.«

»Schließlich kann nicht jeder irgendwo einen Batzen Brotkrume rumliegen lassen.«

Émeri goss sich noch einen Kaffee ein, er hatte begriffen, dass man viele von Adamsbergs Bemerkungen besser ohne Erwiderung ließ. Er hatte an die Reputation dieses Bullen geglaubt, doch ohne dass er schon vorzeitige Schlüsse ziehen wollte, sah es ganz so aus, als ob Adamsberg nicht unbedingt normale Wege ging. Oder dass er nicht normal war. Ein ruhiger Typ jedenfalls, der ihn, wie er gehofft hatte, bei dieser Ermittlung nicht ausgrenzte.

»Verstand Mortembot sich nicht gut mit seiner Mutter?«

»Soweit ich weiß, schon. Er war ihr sogar nahezu hörig. Wenngleich die Mutter entrüstet darüber war, dass ihr Sohn mit seinem Cousin zusammenlebte, weil der homosexuell war und sie sich dafür schämte. Sie setzte ihm damit pausenlos zu, verlangte, er solle nach Hause zurückkehren, oder sie würde ihm einen Teil vom Erbe streichen. Mortembot willigte ein, um seine Ruhe zu haben, aber er änderte nichts an seinem Leben. Und so fingen die Szenen wieder von vorn an. Was er wollte, waren die Kohle, das Geschäft, seine Freiheit. Er muss wohl der Ansicht gewesen sein, dass sie ihre Zeit gelebt hatte, und ich vermute, Glayeux hat ihn darin noch bestärkt. Sie war dieser Typ Frau, der hundertzehn Jahre alt wird und sich bis zuletzt um den Laden kümmert. Sie war besessen von ihrer Arbeit, und nicht zu Unrecht. Seit ihrem Tod, so heißt es, seien die Schösslinge nicht mehr von der gleichen Qualität. Er verkauft Fuchsien, die im ersten Winter eingehen. Und dazu gehört schon was, eine Fuchsie kaputtzukriegen. Er pfuscht bei seinen Stecklingen, solche Sachen eben erzählen sich die Leute.«

»Tatsächlich«, meinte Adamsberg, der noch nie Stecklinge gezogen hatte.

»Ich habe seinerzeit beide in die Zange genommen, soweit ich konnte, mit Polizeigewahrsam bei Schlafentzug und alldem üblichen Kram. Glayeux hat nur verächtlich gegrinst und gewartet, bis es vorüber war. Mortembot hat nicht mal den Anstand besessen, so zu tun, als trauere er um seine Mutter. Er war nun mit einem Schlag alleiniger Besitzer der Baumschule und ihrer Niederlassungen, eines riesigen Unternehmens. Er ist eher der phlegmatische Typ, ein gutmütiger Klotz, den konnte keine Provokation und keine Drohung aus der Ruhe bringen. Ich habe nichts erreicht, und dennoch sind in meinen Augen beide Mörder, von der eigennützigsten und zynischsten Sorte. Und wenn es den Seigneur Hellequin wirklich gäbe, ja, dann würde er sich Männer wie diese holen.«

»Wie nehmen sie die Bedrohung durch das Wütende Heer auf?«

»Wie sie auch die Ermittlungen aufgenommen haben. Es ist ihnen scheißegal, Lina ist in ihren Augen eine hysterische Spinnerin. Wenn nicht gar eine Mörderin.«

»Was vielleicht auch nicht ganz falsch ist«, meinte Danglard mit halbgeschlossenen Augen.

»Sie werden die Familie ja kennenlernen. Seien sie nicht allzu überrascht, die drei Brüder sind ebenso verrückt. Ich sagte dir ja, Adamsberg, sie haben jede Menge Gründe dafür. Ihr Vater hat sie regelrecht massakriert. Aber wenn du keinen Ärger willst, dann tritt niemals sehr plötzlich an Antonin heran.«

»Ist er gefährlich?«

»Im Gegenteil. Er kriegt es mit der Angst, sobald du ihm zu nahe kommst, und die ganze Familie schließt sich um ihn zusammen. Er ist überzeugt, dass sein Körper zur Hälfte aus Ton besteht.«

»Das erzähltest du schon mal.«

»Aus bröckligem Ton. Antonin glaubt, er zerbricht, wenn er einen zu heftigen Stoß abkriegt. Total beknackt. Abgesehen davon scheint er normal zu sein.«

»Geht er arbeiten?«

»Er macht irgendwas an seinem Computer, geht aber nicht aus dem Haus. Wundere dich auch nicht, wenn du nicht alles verstehst, was der Älteste sagt, Hippolyte, den alle Welt Hippo nennt, so dass man bei ihm immer an ein Flusspferd denken muss. Was gar kein so schlechter Vergleich ist, vom Format wie auch vom Gewicht her. Wenn ihm danach ist, spricht er seine Sätze verkehrt herum.«

»Du meinst, er spricht *verlan,* dreht also die Silben innerhalb der Wörter um?«

»Nein, er dreht die Wörter Buchstabe für Buchstabe um.«

Émeri unterbrach sich, um nachzudenken, dann, als wollte er das Thema wechseln, zog er ein Blatt Papier und einen Stift aus der Tasche.

»Nimm mal an, er will sagen: ›Geht es Ihnen gut, Kommissar?‹, dann kommt Folgendes heraus«, und Émeri schrieb Buchstabe für Buchstabe auf das Papier: »›Theg se nenhi tug, rassimmok?‹«

Dann gab er das Blatt Adamsberg, der es verblüfft betrachtete. Danglard hatte die Augen wieder aufgemacht, er witterte eine neue intellektuelle Erfahrung.

»Aber man muss ein Genie sein, um das hinzukriegen«, sagte Adamsberg mit gerunzelter Stirn.

»Hippolyte ist ein Genie. Alle in der Familie sind es, auf ihre Art. Darum respektiert man sie hier auch, und man kommt ihnen nicht zu nahe. Ein bisschen, als wären sie übernatürliche Wesen. Einige Leute meinen, man sollte sie abschieben, andere sagen, dass es gefährlich wäre, sich an sie heranzuwagen. Und Hippolyte mit all seinen Talenten hat sich nie eine Arbeit gesucht. Er kümmert sich um das Haus, den Gemüse- und den Obstgarten, das Federvieh. Sie leben ziemlich autark dort auf dem Hof.«

»Und der dritte Bruder?«

»Martin ist längst nicht so imponierend, aber trau nicht dem Schein. Er ist lang und dünn wie eine braune Garnele, mit riesigen Pranken. Er sammelt auf Wiesen und im Wald alle Arten von Insekten zum Essen, Heuschrecken, Raupen, Schmetterlinge, Ameisen, was weiß ich. Es ist widerlich.«

»Isst er sie roh?«

»Nein, er brät sie. Als Hauptgericht oder als Gewürzbeilage. Ekelhaft. Aber mit seiner Ameisenkonfitüre, die ja eine therapeutische Wirkung haben soll, hat er sich sogar eine gewisse Kundschaft in der Region herangezogen.«

»Und die ganze Familie isst davon?«

»Vor allem Antonin. Seinetwegen hat Martin überhaupt mit dem Insektensammeln angefangen, zur Stärkung seiner tönernen Knochen. Was sich in Hippolytes Sprache ›nenrenöt‹ spricht.«

»Und die Tochter? Außer, dass sie die Gabe besitzt, das Wütende Heer zu sehen?«

»Sonst nichts weiter, was erwähnenswert wäre, allerdings versteht sie problemlos die Rückwärts-Sätze ihres Bruders Hippo. Das ist zwar nicht so schwer, wie sie zu formulieren, aber man muss trotzdem ganz schön was auf dem Kasten haben.«

»Empfangen sie Besucher?«

»Sie sind sehr gastfreundlich gegenüber Leuten, die bereit sind, zu ihnen zu kommen. Offen, ja fröhlich, sogar Antonin. Wer sie fürchtet, sagt, diese Herzlichkeit sei gespielt, um die Leute anzulocken, und wenn du erst mal eingetreten bist, seist du geliefert. Mich mögen sie nicht, aus den Gründen, die ich dir nannte, und weil ich sie für verrückt halte, aber du brauchst mich ja nicht zu erwähnen, dann dürfte alles klargehen.«

»Wer war so intelligent in der Familie? Der Vater? Die Mutter?«

»Weder noch. Die Mutter hast du in Paris ja schon gesehen, wenn ich mich nicht irre. Sie ist sehr unscheinbar und ein eher stiller Mensch, sie kümmert sich ein wenig um den Haushalt. Wenn du ihr eine Freude machen willst, bring ihr ein paar Blumen mit. Das mag sie sehr, denn der Folterknecht – ihr Mann – hat ihr nie welche geschenkt. Die trocknet sie dann, indem sie sie mit den Köpfen nach unten aufhängt.«

»Warum sagst du ›Folterknecht‹?«

Émeri erhob sich mit einer Grimasse.

»Geh erst mal hin. Vorher aber«, fügte er mit einem Lächeln hinzu, »lauf über den Weg von Bonneval, nimm ein kleines Klümpchen Erde auf und steck's in deine Tasche. Man sagt hier, das schütze vor Linas Macht. Vergiss nicht, dieses Mädchen ist die Flügeltür in der Wand, die die Lebenden von den Toten trennt. Mit einem Stück Erde kann dir nichts passieren. Aber da nichts so ganz einfach ist, geh nicht näher als einen Meter an sie heran, denn es heißt, sie riecht es, buchstäblich, meine ich, wenn du Erde vom Weg bei dir hast. Und das mag sie nicht.«

Während er neben Danglard zum Wagen lief, legte Adamsberg die Hand auf seine Hosentasche und fragte sich, welcher gute Geist ihm schon viel früher den Gedanken eingegeben hatte, sich ein Klümpchen Erde vom Bonneval mitzunehmen. Und warum er dieses Klümpchen noch immer bei sich trug.

22

Adamsberg wartete vor dem Anwaltsbüro – der Kanzlei Deschamps et Poulain – in einer der hochgelegenen Gassen von Ordebec. Seltsam, an welchem erhöhten Punkt der kleinen Stadt auch immer man sich befand, man sah zu Statuen erstarrte Kühe im Schatten der Apfelbäume. Jeden Augenblick würde Lina herauskommen, mit der er verabredet war, in der Zeit würde er nicht eine Kuh sich bewegen sehen. Vielleicht war es unter diesem Gesichtspunkt sogar ergiebiger, seine Aufmerksamkeit auf eine einzige zu konzentrieren, statt das ganze Feld im Auge zu haben.

Er hatte die Dinge nicht überstürzen wollen, indem er Lina Vendermot zur Gendarmerie bestellte, darum hatte er sie in die *Rasende Wildsau* eingeladen, wo man unter niedrigem Gebälk diskret miteinander reden konnte. Ihre Stimme am Telefon war herzlich gewesen, ohne jede Angst, ohne Verlegenheit. Indem er sich auf eine Kuh konzentrierte, versuchte Adamsberg den begehrlichen Gedanken an Linas Busen zu verdrängen, über den Brigadier Blériot in so spontane Begeisterung ausgebrochen war. Und ebenso die Vorstellung, falls ihre Sexualität wirklich so freizügig war, wie Émeri angedeutet hatte, dass er vielleicht mit ihr schlafen könnte. Diese ausschließlich männlich besetzte Ordebequer Truppe hatte für ihn etwas Trostloses. Aber niemand würde es sonderlich schätzen, wenn er mit einer Frau schliefe, die ganz oben auf der schwarzen Liste der Verdächtigen stand. Sein Telefon Nummer 2 meldete eine Nachricht, er drehte sich in den Schatten, um sie lesen zu können. Retancourt, endlich. Der Gedanke an Retancourts einsamen Tauchgang in die Untiefen des Clermont-Brasseur-Clans hatte ihn am Abend zuvor noch lange beschäftigt, bevor er in seiner Matratzenkuhle eingeschlafen war. Es gab dermaßen viele Haie in diesen Meerestiefen. Retancourt war vor Zeiten tatsächlich getaucht, sie hatte die raue Haut einiger dieser Tiere furchtlos berührt. Aber die Haie unter den Menschen waren weit gefährlicher als die Haifische.

Abend des Verbrechens: Erlöser 1 + Erl 2 + Vater waren auf Gala der FIA, Verband Stahlindustrie. Viel getrunken, noch zu recherchieren. Mercedes wurde von Erl 2 gefahren, hat auch Polizei geruf. Erl 1 schon vorher mit eigenem Wagen nach Hause gefahren. Erst später informiert. Anzüge Erl 1 und 2 nicht in der Reinigung. Habe sie untersucht: einwandfrei, kein Benzingeruch. Ein Anzug Erlöser 1 chem. gereinigt, aber nicht der von der Gala. Angehängte Fotos: Anzüge, getragen auf Gala + Fotos der beiden Brüder. Sehr unfreundlich ggüber Personal.

Adamsberg öffnete die Fotos, ein dunkelblauer Anzug mit feinen Streifen, den Christian Erlöser 1 getragen hatte, und das Jackett von Christophe Erlöser 2, im Marine-Look eines Jachtbesitzers. Der er nebenbei sicher auch war. Mitunter haben Haifische sogar Jachten, auf denen sie sich von ihren langen Streifzügen im Meer erholen, nachdem sie ein oder zwei Kalmare verschlungen haben. Es folgte ein Halbprofil von Christian, sehr elegant, diesmal mit kurzen Haaren, und ein Foto von seinem Bruder, fett und ohne jeden Charme.

Maître Deschamps verließ seine Kanzlei vor seiner Mitarbeiterin und sah aufmerksam nach rechts und links, bevor er die winzige Straße überquerte und geradewegs auf Adamsberg zusteuerte, mit eiligem und gestelztem Schritt, passend zu der Stimme, die er heute Morgen am Telefon gehört hatte.

»Kommissar Adamsberg«, sagte Deschamps, indem er ihm die Hand gab, »Sie wollen uns also helfen. Das beruhigt mich, ja, sehr. Ich mache mir Sorgen um Caroline, sehr.«

»Caroline?«

»Lina, wenn Ihnen das lieber ist. In der Kanzlei ist sie Caroline.«

»Und Lina«, fragte Adamsberg, »ist sie auch beunruhigt?«

»Wenn ja, dann will sie es nicht zeigen. Sicher, bei dieser ganzen Geschichte ist ihr nicht wohl zumute, aber ich glaube nicht, dass sie die Konsequenzen voll ermisst, die das alles für sie und ihre Familie haben kann. Die Ächtung durch die Stadt, mögliche Racheaktionen oder Gott weiß, was sonst noch. Es ist wahrlich besorgniserregend, sehr. Sie haben gestern offenbar das Wunder vollbracht, Léone zum Reden zu bringen.«

»Ja.«

»Würde es Ihnen was ausmachen, mir anzuvertrauen, was sie gesagt hat?«

»Nein, Maître. ›Hello‹, ›Flem‹ und ›Zucker‹.«

»Bringt Sie das irgendwie weiter?«

»In keiner Weise.«

Es schien Adamsberg, dass der kleine Deschamps erleichtert war, vielleicht weil Léo nicht Linas Namen genannt hatte.

»Glauben Sie, dass sie noch einmal reden wird?«

»Der Arzt hat sie aufgegeben. Ist das Lina?«, fragte Adamsberg, als er sah, wie die Tür der Kanzlei aufging.

»Ja. Bedrängen Sie sie bitte nicht. Ihr Leben ist hart, wissen Sie, eineinhalb Gehälter, um fünf Mäuler zu stopfen, dazu die kleine Pension der Mutter. Sie schlagen sich wirklich kümmerlich durch, sehr. Pardon«, korrigierte er sich sofort, »das wollte ich Ihnen eigentlich gar nicht sagen. Und bitte, ich wollte Ihnen damit auch gar nichts suggerieren«, fügte der Maître hinzu, bevor er sich eilig verabschiedete, so als wäre er auf der Flucht.

Adamsberg drückte Lina die Hand.

»Danke, dass Sie bereit waren, mich zu treffen«, sagte er professionell.

Lina war bei weitem kein vollkommenes Geschöpf. Sie

hatte eine zu große Brust für zu schlanke Beine, ein wenig Bauch, einen leichten Rundrücken, etwas vorstehende Zähne. Doch der Brigadier hatte recht, man hatte große Lust, diese Brust zu verschlingen und alles Übrige gleich mit, ihre straffe Haut, ihre runden Arme, ihr klares, etwas breites Gesicht mit den sehr normannischen hohen Wangenknochen, die eine leichte Röte überzog, das alles mit Sommersprossen übersät, die sie wie mit goldenen Pünktchen schmückten.

»Die *Blaue Wildsau* kenne ich gar nicht«, meinte sie.

»Das ist gegenüber dem Blumenmarkt, zwei Schritte von hier. Es ist nicht sehr teuer und doch köstlich.«

»Gegenüber dem Markt, das ist die *Rasende Wildsau*.«

»Genau, rasend.«

»Aber nicht blau.«

»Nein, nicht blau.«

Während er so neben ihr herging durch die Gässchen, wurde Adamsberg bewusst, dass seine Lust, sie zu fressen, noch größer war als sein Verlangen, mit ihr zu schlafen. Diese Frau machte ihm maßlosen Appetit, sie erinnerte ihn plötzlich an das riesige Stück Gugelhupf mit Honig, butterweich und noch ofenwarm, das er als Kind bei einer Tante im Elsass verschlungen hatte. Er wählte einen Tisch am Fenster, wobei er sich fragte, wie er eine korrekte Befragung durchführen sollte mit einer warmen Scheibe Gugelhupf mit Honig von genau der Farbe von Linas Haar, das in mächtigen Locken auf ihre Schultern fiel. Diese Schultern sah er im Übrigen gar nicht recht, denn Lina trug einen langen blauen Seidenschal, seltsame Idee mitten im Sommer. Adamsberg hatte sich keinen ersten Satz zurechtgelegt, er wollte seine Gesprächspartnerin erst sehen und sich dann etwas einfallen lassen. Und jetzt, wo Lina strahlend in all ihrem blonden Flaum vor ihm saß, gelang es ihm nicht mehr, sie mit dem schwarzen Gespenst des Wütenden Heers in Verbindung zu bringen, mit der Person, die das Entsetzliche sieht und es weitergibt. Die sie aber ja war. Sie gaben ihre Bestellung auf und warteten einen Augenblick schweigend und kleine Stückchen Brot kauend. Adamsberg sah zu ihr hin. Ihr Gesicht war immer noch klar und aufmerksam, doch sie unternahm keinerlei Anstrengung, ihm entgegenzukommen. Er war der Bulle, sie hatte in Ordebec ein Gewitter ausgelöst, er verdächtigte sie, sie wusste, dass man sie für verrückt hielt – das waren die schlichten Gegebenheiten der Situation. Er wechselte die Tischseite, so dass sein Blick nun auf den hölzernen Tresen fiel.

»Es wird wohl bald regnen«, sagte er schließlich.

»Ja, da zieht von Westen was auf. Vielleicht kommt es in der Nacht herunter.«

»Oder noch heute Abend. Alles ging von Ihnen aus, Mademoiselle Vendermot.«

»Sagen Sie Lina.«

»Alles ging von Ihnen aus, Lina. Ich meine nicht den Regen, sondern den Sturm, der über Ordebec tobt. Und dieser Sturm, kein Mensch weiß, bis wohin er gehen wird, wie viele Opfer er fordern wird, ob er drehen und auf Sie zukommen wird.«

»Nichts ist von mir ausgegangen«, sagte Lina und zupfte an ihrem Schal. »Alles ging von der Mesnie Hellequin aus. Sie ist durchgezogen, und ich habe sie gesehen. Was hätte ich Ihrer Meinung nach dagegen tun sollen? Es waren vier Ergriffene darunter, also wird es vier Tote geben.«

»Aber Sie waren es, die darüber geredet hat.«

»Wer das Heer sieht, ist verpflichtet, es zu sagen, er ist dazu verpflichtet. Das können Sie nicht verstehen. Woher kommen Sie?«

»Aus dem Béarn.«

»Also nein, dann können Sie das wirklich nicht. Die Mesnie ist eine Armee der flachen Weiten des Nordens. Und diejenigen, die man darin gesehen hat, können versuchen, sich zu retten.«

»Die Ergriffenen?«

»Ja. Und eben darum muss man reden. Es ist selten passiert, dass ein Ergriffener sich hat befreien können, aber vorgekommen ist es. Glayeux und Mortembot verdienen es nicht, zu leben, aber noch haben sie eine Chance, da herauszukommen. Diese Chance steht ihnen zu.«

»Haben Sie einen persönlichen Grund, sie zu hassen?«

Lina wartete mit ihrer Antwort, bis die Teller aufgetragen waren. Sie hatte ganz offensichtlich Hunger oder doch Lust zu essen, und warf einen geradezu leidenschaftlichen Blick auf die Speisen. Wobei es Adamsberg logisch erschien, dass eine so appetitliche Frau auch mit rechtschaffenem Appetit gesegnet war.

»Einen persönlichen, nein«, sagte sie und widmete sich nun sofort ihrem Gericht. »Man weiß, dass sie alle beide Mörder sind. Man sieht zu, dass man nichts mit ihnen zu tun hat, und es hat mich nicht verwundert, sie in den Händen der Mesnie zu sehen.«

»Wie Herbier?«

»Herbier war ein abscheulicher Mensch. Er musste immer irgendwo reinschießen. Aber er war ein völlig kaputter Typ. Glayeux und Mortembot sind nicht kaputt, sie töten, wenn es von Vorteil für sie ist. Zweifellos schlimmer als Herbier.«

Adamsberg zwang sich, schneller zu essen, als er es gewöhnt war, um dem Tempo der jungen Frau zu folgen. Er wollte nicht mit noch halbgefülltem Teller vor ihr sitzen.

»Aber es heißt, um das Wütende Heer zu sehen, muss man selber ein bisschen kaputt sein. Oder lügen.«

»Denken Sie, was Sie wollen. Ich sehe das Heer, und dafür kann ich nichts. Ich sehe es auf dem Weg von Bonneval, ich bin dort unterwegs, obwohl ich drei Kilometer entfernt wohne.«

Lina rollte jetzt mit der Spitze ihrer Gabel Kartoffelstückchen in einer Sahnesoße, mit einer Energie und einem Eifer, die ihn überraschten. Einer fast schon peinlichen Gier.

»Man könnte auch sagen, dass es sich um eine Vision handelt«, hob Adamsberg wieder an. »Eine Vision, in der Sie Menschen in Szene setzen, die Sie hassen. Herbier, Glayeux, Mortembot.«

»Ich habe Ärzte aufgesucht, wissen Sie«, sagte Lina, ihren Bissen genüsslich auskostend. »Im Krankenhaus von Lisieux haben sie zwei Jahre lang einen Haufen physiologischer und psychiatrischer Untersuchungen mit mir angestellt. Das Phänomen interessierte sie, wegen der heiligen Thérèse natürlich. Sie suchen eine beruhigende Erklärung, Kommissar, und ich habe sie auch gesucht. Aber es gibt keine. Sie haben keinen Mangel an Lithium oder sonstigen Substanzen bei mir festgestellt, die bewirken, dass einer die Heilige Jungfrau sieht oder Stimmen hört. Sie waren der Meinung, dass ich ausgeglichen bin, von stabiler Gesundheit und sogar ziemlich vernünftig. Und haben mich meinem Schicksal überlassen, ohne irgendwelche Schlussfolgerungen daraus zu ziehen.«

»Und was sollte man daraus schließen, Lina? Dass das Wütende Heer existiert, dass es tatsächlich über den Weg von Bonneval zieht und dass Sie es wirklich sehen?«

»Ich kann nicht versichern, dass es existiert, Kommissar. Aber ich bin sicher, dass ich es sehe. Soweit man zurückdenken kann, hat es immer irgendeinen Menschen gegeben, der das Heer durch Ordebec hat ziehen sehen. Vielleicht gibt es irgendwo dort draußen eine alte Wolke, einen Rauch, ein Chaos, eine schwebende Erinnerung. Vielleicht laufe ich da hindurch, so, wie man durch einen Nebel geht.«

»Und wie sieht er aus, dieser Seigneur Hellequin?«

»Blendend«, erwiderte Lina sehr schnell. »Ein Gesicht, ernst und vornehm, schmutzige blonde Haare, die ihm bis zu den Schultern über seine Rüstung fallen. Aber auch schaurig. Also weil«, fügte sie zögernd und sehr viel leiser hinzu, »weil seine Haut nicht normal ist.«

Lina unterbrach sich und aß hastig ihren Teller leer, mit

einem großen Vorsprung vor Adamsberg. Dann lehnte sie sich in ihrem Stuhl zurück, strahlender noch und entspannter als zuvor durch die erfolgte Sättigung.

»Hat es geschmeckt?«

»Phantastisch«, sagte sie treuherzig. »Ich war noch nie hier. Das können wir uns nicht leisten.«

»Wir werden uns noch Käse und ein Dessert bestellen«, fügte Adamsberg hinzu, der sich wünschte, dass die junge Frau sich vollends entspannte.

»Aber werden Sie erst mal fertig«, sagte sie liebenswürdig. »Sie essen ja nicht gerade schnell. Dabei sagt man, dass Polizisten immer alles in Eile machen müssen.«

»Ich kann überhaupt nichts eilig machen. Selbst wenn ich renne, renne ich langsam.«

»Der Beweis«, unterbrach ihn Lina, »als ich das Heer das erste Mal sah, wusste ich noch gar nichts von ihm, niemand hatte mir je davon erzählt.«

»Aber man sagt, in Ordebec würde jeder es kennen, auch wenn es ihm keiner beigebracht hat. Es scheint, man erfährt es, wenn man auf die Welt kommt, mit dem ersten Atemzug, mit der Muttermilch.«

»Nicht bei meinen Eltern. Sie haben immer sehr isoliert gelebt. Man hat Ihnen vermutlich schon erzählt, dass man mit einem wie meinem Vater nicht verkehrte.«

»Hat man.«

»Und das stimmt. Als ich meiner Mutter erzählte, was ich gesehen hatte – und ich weinte viel zu der Zeit, ich schrie –, hat sie geglaubt, ich wäre krank, ich hätte eine Art ›Nervenleiden‹, wie man damals sagte. Von der Mesnie Hellequin hatte sie noch nie gehört, auch mein Vater nicht. Im Übrigen kam er oft spätabends von der Jagd und nahm den Weg von Bonneval. Doch von denen, die die Geschichte kennen, ist nie einer nach Einbruch der Nacht über diesen Weg gegangen. Selbst wer nicht daran glaubt, meidet ihn.«

»Wann war das, dieses erste Mal?«

»Als ich elf Jahre alt war. Es war genau zwei Tage, nachdem eine Axt den Schädel meines Vaters in zwei Teile gespalten hatte. Ich nehme einen Vanillepudding mit Eischnee«, sagte sie zu der Kellnerin, »und mit sehr viel gehobelten Mandeln.«

»Eine Axt?«, sagte Adamsberg entsetzt. »So ist ihr Vater ums Leben gekommen?«

»In zwei Hälften gespalten wie ein Schwein, genau«, sagte Lina und ahmte den Vorgang seelenruhig nach, indem sie mit der Handkante hart auf den Tisch schlug. »Ein Hieb in den Schädel und einer ins Brustbein.«

Adamsberg verzeichnete dieses vollkommene Ungerührtsein und zog in Erwägung, dass sein Gugelhupf mit Honig am Ende doch nicht so butterweich sein könnte.

»Danach hatte ich lange Zeit Alpträume, nicht wegen meines in zwei Teile gespaltenen Vaters, sondern weil die Vorstellung mich entsetzte, ich könnte die Reiter wieder einmal sehen. Sie sind schon halb verwest, verstehen Sie, wie das Gesicht des Seigneur Hellequin. Vermodert«, fügte sie mit leichten Schauder hinzu. »Menschen wie Tiere haben nicht mehr alle ihre Gliedmaßen, sie machen einen grauenvollen Lärm, aber die Schreie der Lebenden, die sie mit sich schleppen, sind noch viel schlimmer. Zum Glück ist aber acht Jahre lang nichts passiert, und ich glaubte mich befreit von diesem ›Nervenleiden‹, das ich nur in meiner Kindheit ein Mal gehabt hätte. Doch mit neunzehn sah ich sie wieder. Sie sehen, Kommissar, das ist keine amüsante Geschichte, das ist keine Geschichte, die ich erfinden würde, um damit zu prahlen. Es ist ein entsetzliches Schicksal, ich habe mich zwei Mal deswegen umbringen wollen. Dann hat ein Psychiater in Caen es geschafft, dass ich trotz allem damit leben konnte, mit dieser Armee. Sie stört mich, sie belastet mich, aber sie hindert mich nicht mehr, zu kommen und zu gehen, wie ich will. Was meinen Sie, ob ich wohl noch ein paar Mandeln mehr bestellen kann?«

»Aber sicher«, sagte Adamsberg und winkte der Kellnerin.

»Wird es auch nicht zu teuer?«

»Die Polizei bezahlt.«

Lina lachte und spielte mit ihrem Löffel.

»Wenn die Polizei schon mal fürs Bußgeld aufkommt«, sagte sie.

Adamsberg sah sie an, ohne zu begreifen.

»*Les amandes* und *les amendes*«, erklärte Lina. »Die Mandeln, die man isst, das Bußgeld, das man zahlt. War ein Wortspiel. Ein Scherz.«

»Ach so, natürlich«, Adamsberg musste lächeln. »Entschuldigen Sie, ich bin etwas schwer von Begriff. Macht es Ihnen was aus, mir noch mehr von Ihrem Vater zu erzählen? Hat man herausgefunden, wer ihn getötet hat?«

»Nie.«

»Hat man jemanden verdächtigt?«

»Ja, sicher.«

»Wen?«

»Mich«, sagte Lina und lächelte schon wieder. »Als ich die Schreie hörte, bin ich nach oben gerannt, da lag er im Schlafzimmer in seinem Blut. Mein Bruder Hippo, der damals erst acht Jahre alt war, hat mich mit der Axt gesehen und hat's den Gendarmen erzählt. Er meinte nichts Böses zu tun, er hat eben auf ihre Fragen geantwortet.«

»Was heißt, Sie mit der Axt?«

»Ich hatte sie aufgehoben. Und die Gendarmen haben gedacht, ich hätte den Stiel abgewischt, weil sie keine Fingerabdrücke außer meinen darauf fanden. Am Ende, nachdem Léo und der Graf sich eingeschaltet hatten, haben sie mich in Ruhe gelassen. Das Fenster in dem Zimmer stand offen, es war ein Leichtes für den Mörder, da hindurch zu entkommen. Niemand mochte meinen Vater, ebenso wenig wie Herbier. Jedes Mal, wenn er einen seiner Tobsuchtsanfälle bekam, sagten die Leute, das sei die Kugel, die sich in seinem

Kopf mal wieder bewege. Als ich klein war, verstand ich das nicht.«

»Ich auch nicht. Was bewegte sich?«

»Die Kugel. Meine Mutter versichert, vor dem Algerienkrieg, als sie ihn geheiratet hat, sei er ein anständiger Kerl gewesen. Dann aber hat er diese Kugel in den Kopf bekommen, die man nicht hat rausholen können. Er wurde für den Außendienst für untauglich befunden und zu einem Kommando des Nachrichtendienstes versetzt. Kurz gesagt, zu den Folterern. Ich lasse Sie einen Moment allein, ich geh mal nach draußen, eine rauchen.«

Adamsberg gesellte sich wenig später zu ihr und zog eine halbzerdrückte Zigarette aus seiner Tasche. Er sah ihr Haar mit dem Gugelhupfhonigton nun ganz aus der Nähe, es war sehr voll für eine Frau aus der Normandie. Und auch die Sommersprossen auf ihren Schultern sah er, wenn ihr Schal verrutschte, den sie aber schnell wieder darüberzog.

»Hat er Sie geschlagen?«

»Und Ihrer, hat der Sie geschlagen?«

»Nein. Er war Schuhmacher.«

»Was hat das damit zu tun.«

»Stimmt.«

»Mich hat er nie angerührt. Aber meine Brüder hat er zu Brei geschlagen. Als Antonin noch ein Baby war, hat er ihn an einem Fuß gepackt und die Treppe runtergeschmissen. Einfach so. Vierzehn Brüche. Er hat ein ganzes Jahr in Gips gelegen. Und Martin, der aß nicht gern. Also hat er sein Essen heimlich in den Hohlraum des metallenen Tischbeins gestopft. Eines Tages hat mein Vater das bemerkt, da hat er ihn das ganze Zeug mit einem Angelhaken aus dem Tischbein rausholen lassen und ihn gezwungen, das alles zu essen. Es war natürlich längst verfault. Solche Sachen eben.«

»Und den Ältesten? Hippo?«

»Noch schlimmer.«

Lina trat ihre Zigarette auf dem Boden aus und stieß die Kippe in den Rinnstein. Adamsberg zog sein Mobiltelefon heraus – das zweite, konspirative –, das in seiner Tasche vibrierte.

Bin im Laufe des Abends bei dir, sag mir deine Adresse. LVB.

Veyrenc. Veyrenc, der ihm seinen Gugelhupf vor der Nase aufessen würde, der ihm das Stück wegschnappen würde, Veyrenc mit seinem samtweichen Gesicht und seiner verführischen Mädchenlippe.

Nicht nötig, alles ist in Ordnung, antwortete Adamsberg.

Es ist durchaus nicht alles in Ordnung. Gib mir die Adresse.

Anruf reicht nicht?

Gib mir die Adresse, verdammt.

Adamsberg kam an den Tisch zurück und tippte widerstrebend die Adresse von Léos Herberge ein, seine Stimmung war für den Augenblick verdüstert. Wolken, die von Westen her aufzogen, heute Abend würde es regnen.

»Gibt es Probleme?«

»Ein Kollege, der hierher unterwegs ist«, entgegnete Adamsberg und steckte den Apparat ein.

»Also gingen wir immer zu Léo«, fuhr Lina ohne jede Logik fort. »Praktisch war sie es, die uns großgezogen hat, sie und der Graf. Es heißt, Léo wird nicht durchkommen, die Maschine sei kaputt. Sie waren es ja wohl, der sie gefunden hat. Und mit Ihnen soll sie auch ein bisschen gesprochen haben.«

»Eine Minute lang«, sagte Adamsberg und streckte den Arm aus.

Er zog einen Kugelschreiber aus der Tasche und schrieb das Wort »Maschine« auf seine Papierserviette. Ein Wort, das schon der Arzt mit dem fischigen Namen ausgesprochen hatte. Ein Wort, das sich mit einem Nebel vor seine Augen legte, und vielleicht einer Idee in dem Nebel, aber was für einer, das wusste er nicht. Er steckte die Serviette ein und sah wieder zu Lina, mit dem verhangenen Blick eines Menschen, der gerade erst aufgestanden ist.

»Hatten Sie Ihren Vater in dem Heer gesehen? Damals, als Sie elf waren?«

»Es war ein ›Ergriffener‹ dabei, ja, ein Mann. Aber da war Feuer und unglaublich viel Rauch, er hatte seine Hände vors Gesicht geschlagen und schrie. Ich bin nicht sicher, ob er es war. Aber ich nehme es an. Auf jeden Fall habe ich seine Schuhe erkannt.«

»Und beim zweiten Mal, gab es da einen ›Ergriffenen‹?«

»Da war es eine alte Frau. Die kannten wir gut, sie warf nachts immer kleine Steine gegen die Fensterläden. Und murmelte Verwünschungen, sie war so der Typ Frau, der alle Kinder in der Gegend erschreckte.«

»Legte man ihr einen Mord zur Last?«

»Davon weiß ich nichts, ich glaube aber nicht. An ihrem Mann vielleicht, der sehr früh gestorben ist.«

»Und starb sie danach?«

»Neun Tage nachdem das Heer erschienen war, ganz friedlich in ihrem Bett. Seitdem ist die Mesnie nicht mehr durchgezogen, bis ich sie vor einem Monat wieder sah.«

»Und der vierte Ergriffene? Den haben Sie nicht erkannt? War es ein Mann, eine Frau?«

»Ein Mann, aber sicher bin ich mir da auch nicht. Denn ein Pferd fiel auf ihn drauf, und seine Haare brannten, verstehen Sie. Ich konnte nichts Genaues erkennen.«

Sie legte ihre Hand auf ihren gerundeten Bauch, als wollte sie mit den Fingern noch einmal würdigen, was sie da so schnell hinuntergeschlungen hatte.

Es ging auf halb fünf, als Adamsberg zu Fuß wieder in Léos Herberge eintraf, mit etwas erstarrten Gliedern, weil er die ganze Zeit gegen sein Begehren hatte ankämpfen müssen. Von Zeit zu Zeit holte er die Papierserviette heraus, betrachtete das Wort »Maschine« und steckte es wieder ein. Es sagte ihm überhaupt nichts. Wenn eine Idee darin enthalten war, musste sie sehr tief gesunken sein, unter einem Felsen feststecken, von Algenbüscheln verborgen. Früher oder später würde sie sich losmachen und schlingernd an die Oberfläche steigen. Eine andere Möglichkeit des Nachdenkens kannte Adamsberg nicht. Abwarten, sein Netz aufs Wasser werfen, ab und zu hineinsehen.

In der Küche stand Danglard mit hochgekrempelten Ärmeln und kochte und redete, und Zerk sah und hörte ihm andächtig zu.

»Es ist sehr selten«, sagte Danglard, »dass der kleine Zeh gut gebaut ist. Im Allgemeinen ist er missgestaltet, krumm, zusammengeschrumpft, ganz zu schweigen vom Nagel, der ziemlich verkümmert ist. Jetzt, wo die Stücke auf einer Seite gebräunt sind, kannst du sie wenden.«

Adamsberg lehnte sich an den Türrahmen und sah seinem Sohn zu, wie er die Anweisungen des Commandant befolgte.

»Kommt das von den Schuhen?«

»Es ist die Evolution. Der Mensch läuft weniger, der letzte Zeh verkümmert, er ist im Verschwinden begriffen. Eines Tages in ein paar hunderttausend Jahren wird von ihm nur noch ein Nagelfragment an der Seite unseres Fußes übrig sein. Wie beim Pferd. Die Schuhe machen es natürlich auch nicht besser.«

»Dasselbe wie bei unseren Weisheitszähnen. Sie haben keinen Platz mehr zum Wachsen.«

»Genau. Der kleine Zeh ist, wenn du so willst, so was wie der Weisheitszahn des Fußes.«

»Oder der Weisheitszahn ist der kleine Zeh des Mundes.«

»Ja, aber in dieser Version versteht man es nicht so gut.«

Adamsberg kam herein, goss sich einen Kaffee ein.

»Wie war's?«, fragte Danglard.

»Sie hat mich verstrahlt.«

»Gefährliche Wellen?«

»Nein, goldene. Sie ist ein bisschen zu dick, sie hat vorstehende Zähne, aber sie hat eine starke Ausstrahlung.«

»Also gefährlich«, meinte Danglard in missbilligendem Ton.

»Ich glaube, ich habe Ihnen noch nie von dem Gugelhupf mit Honig erzählt, den ich als Kind bei einer Tante gegessen habe. Genau das ist sie, in eins fünfundsechzig Höhe.«

»Vergessen Sie nicht, dass diese Vendermot eine krankhafte Spinnerin ist.«

»Schon möglich. Man merkt es ihr nicht an. Sie ist gleichzeitig selbstbewusst und kindisch, schwatzhaft und vorsichtig.«

»Und am Ende hat sie auch noch hässliche Zehen.«

»Verkümmerte«, korrigierte Zerk.

»Das ist mir egal.«

»Wenn es schon so weit ist«, knurrte Danglard, »sind Sie für die Ermittlung nicht mehr zu gebrauchen. Ich überlasse Ihnen das Abendessen und übernehme Ihre Ablösung.«

»Nein, ich bin um sieben Uhr mit ihren Brüdern verabredet. Veyrenc kommt heute Abend, Commandant.«

Danglard nahm sich die Zeit, ein halbes Glas Wasser über die Hühnerschenkel zu gießen, die Kasserolle zuzudecken und das Gas herunterzudrehen.

»So lässt du es eine Stunde lang köcheln«, sagte er zu Zerk, dann wandte er sich zu Adamsberg um. »Wir brauchen Veyrenc nicht, warum lassen Sie ihn herkommen?«

»Er hat sich ganz allein und ohne ersichtlichen Grund eingeladen. Was meinen Sie, Danglard, warum legt sich eine Frau einen Schal um die Schultern bei diesem Wetter?«

»Falls es regnet«, sagte Zerk. »Im Westen ziehen Wolken auf.«

»Um einen Makel zu verbergen«, konterte Danglard. »Eine Warze oder ein Teufelszeichen.«

»Das ist mir egal«, wiederholte Adamsberg.

»Menschen, die das Wütende Heer sehen, Kommissar, sind keine beglückenden Geschöpfe, keine sonnigen Gemüter. Es sind finstere, unheilvolle Seelen. Mit Strahlkraft oder ohne, vergessen Sie das nicht.«

Adamsberg sagte nichts dazu und zog wieder seine Papierserviette hervor.

»Was ist das?«, fragte Danglard.

»Ein Wort, das mir nichts sagt. *Maschine.*«

»Wer hat es geschrieben?«

»Na ich, Danglard.«

Zerk nickte, als verstünde er vollkommen.

23

Lina bat ihn in den großen Wohnraum, wo drei Männer ihn erwarteten, sie standen Seite an Seite an einem langen Tisch und sahen ihn prüfend an. Adamsberg hatte Danglard gebeten mitzukommen, damit er sich selbst von besagter Strahlkraft überzeugte. Er erkannte leicht den mittleren der Brüder, Martin, hoch aufgeschossen, mager und braun wie ein dürrer Ast, der das verdorbene Essen aus dem Tischbein hatte schlucken müssen. Hippolyte, der Älteste, ein Mann um die vierzig, hatte einen breiten, blonden Schädel und war seiner Schwester sehr ähnlich, wenn auch ohne das Strahlungsprinzip. Er war hochgewachsen und kräftig gebaut und streckte ihm eine große, etwas missgestaltete Hand entgegen. Ganz am Ende des Tisches stand Antonin und sah ihnen furchtsam entgegen. Braun und schmächtig wie sein Bruder Martin, doch besser proportioniert, hielt er die Arme wie zu seinem Schutz auf seinen hohlen Bauch gepresst. Er war der Jüngste, der mit den tönernen Knochen. Etwa fünfunddreißig Jahre alt, vielleicht noch betont durch sein schmales Gesicht, in dem die angstvollen Augen viel zu groß erschienen. Die Mutter in ihrem Lehnstuhl ganz im Hintergrund des Raums nickte zum Gruß nur kurz mit dem Kopf. Sie hatte die geblümte Bluse gegen einen verwaschenen grauen Kittel getauscht.

»Émeri hätten wir nicht reingelassen«, erklärte Martin mit den schnellen und ruckartigen Bewegungen einer langbeinigen Heuschrecke. »Aber bei Ihnen ist das was anderes. Wir haben Sie zum Aperitif erwartet.«

»Das ist sehr nett von Ihnen«, sagte Danglard.

»Wir *sind* nett«, bestätigte Hippolyte etwas ruhiger, während er die Gläser auf den Tisch stellte. »Wer von Ihnen beiden ist Adamsberg?«

»Ich«, sagte der Kommissar und setzte sich auf einen alten Stuhl, dessen Beine mit Stricken umwickelt waren. »Und er ist mein Stellvertreter, Commandant Danglard.«

Dann sah er, dass alle Stühle mit Seilen verstärkt waren, vermutlich, um zu verhindern, dass sie zusammenbrachen und Antonin auf den Boden fiel. Aus dem gleichen Grund waren sicher auch die Gummiwülste auf die Türrahmen genagelt. Das Haus war groß, kaum möbliert, armselig mit seinem abgeblätterten Putz, den Sperrholzmöbeln, dem Luftzug unter den Türen, den fast kahlen Wänden. Und es war ein derartiges Zirpen im Raum, dass Adamsberg instinktiv einen Finger aufs Ohr drückte, so, als wäre sein Tinnitus aus den vergangenen Monaten wiedergekehrt. Martin stürzte zu einem geschlossenen Weidenkorb.

»Den bringe ich mal raus«, sagte er. »Sie machen ja doch einen Heidenlärm, wenn man nicht daran gewöhnt ist.«

»Es sind Grillen«, erklärte Lina leise. »Etwa dreißig Stück sind in dem Korb.«

»Wird Martin die heute Abend wirklich essen?«

»Die Chinesen machen das«, versicherte Hippolyte, »und die sind immer schon schlauer gewesen als wir, und seit sehr viel längerer Zeit. Martin verarbeitet sie zu Pastete, mit einer Füllung aus Ei und Petersilie. Aber ich mag's lieber, wenn er eine Quiche daraus macht.«

»Das Fleisch der Grillen härtet den Lehm in meinen Knochen«, ergänzte Antonin. »Auch die Sonne, aber man muss sich vor dem Austrocknen hüten.«

»Émeri hat mir davon erzählt. Haben Sie dieses Problem mit dem Lehm schon lange?«

»Seit meinem sechsten Lebensjahr.«

»Greift der nur die Muskeln an oder auch Bänder und Nerven?«

»Nein, er greift die Knochen an, abschnittsweise. Aber die Muskeln setzen an den Knochen an, und an den lehmigen Abschnitten haben sie es viel schwerer. Darum bin ich auch nicht sehr stark.«

»Verstehe.«

Hippolyte entkorkte eine Flasche und goss Portwein in die Gläser – ehemalige Mostrichgläser, die mit der Zeit blind geworden oder aber schlecht abgetrocknet waren. Eines trug er seiner Mutter hin, die sich nicht aus ihrem Winkel wegbewegt hatte.

»Se driw nohcs redeiw tug nedrew«, sagte er mit einem breiten Lächeln.

»Es wird schon wieder gut werden«, übersetzte Lina.

»Wie machen Sie das?«, wollte Danglard wissen. »Die Buchstabenfolge umkehren?«

»Man braucht das Wort im Kopf nur rückwärts zu lesen. Wie ist Ihr vollständiger Name?«

»Adrien Danglard.«

»Neirda Dralgnad. Das klingt hübsch, Dralgnad. Sie sehen, es ist nicht schwer.«

Endlich musste Danglard sich mal geschlagen geben von einer Intelligenz, die der seinen absolut überlegen war, oder doch einem Spross dieser Intelligenz, der geradezu maßlos gewuchert war. Er fühlte sich geschlagen und war für einen Moment verstimmt. Hippolytes Talent fegte seine ganze klassische Bildung hinweg, sie erschien ihm auf einmal reizlos und wenig innovativ. Er kippte seinen Portwein in einem Zug hinunter. Ganz schöner Fusel, sicher zum billigsten Preis erworben.

»Was erwarten Sie von uns, Kommissar?«, fragte Hippolyte mit seinem breiten Lächeln, das irgendwie anziehend wirkte, ja sogar fröhlich, aber dennoch etwas Unheimliches hatte. Vielleicht kam es auch daher, dass er mehrere Milchzähne behalten hatte, die seine Zahnreihe sehr unregelmäßig erscheinen ließen. »Dass wir Ihnen sagen, was wir am

Abend des Todes von Herbier gemacht haben? Wann war das überhaupt?«

»Am 27. Juli.«

»Zu welcher Zeit?«

»Das weiß man nicht so genau, der Leichnam wurde erst sehr viel später gefunden. Die Nachbarsleute haben Herbier gegen sechs Uhr abends weggehen sehen. Von seinem Haus bis zur Kapelle, sagen wir, eine Viertelstunde, auf den letzten dreißig Metern muss er sein Mofa geschoben haben. Der Mörder erwartete ihn dort gegen 18 Uhr 15. Und es stimmt, ich muss wissen, wo Sie gewesen sind.«

Die drei Brüder und die Schwester sahen sich an, als hätte man ihnen eine idiotische Frage gestellt.

»Aber was soll das beweisen?«, fragte Martin. »Wenn wir Sie belügen, was fangen Sie dann damit an?«

»Wenn Sie mich belügen, werden Sie mir zwangsläufig verdächtig.«

»Und woran erkennen Sie das?«

»Ich bin Bulle, ich höre Lügen zu Tausenden. Mit der Zeit gewinnt man Erfahrung darin, sie zu erkennen.«

»Woran?«

»Am Blick, an einem Wimpernschlag, einer Verspannung der Gesten, einem Vibrieren in der Stimme, ihrer Schnelligkeit. Als würde derjenige auf einmal leicht hinken, statt normal weiterzulaufen.«

»Zum Beispiel«, meinte Hippolyte, »wenn ich Ihnen nicht in die Augen sehe, lüge ich?«

»Oder das Gegenteil«, meinte Adamsberg lächelnd. »Der 27. war ein Dienstag. Ich hätte gern, dass Antonin als Erster spricht.«

»Gut«, sagte der junge Mann, seine Arme noch fester auf den Bauch pressend. »Ich gehe fast nie aus dem Haus. Es ist gefährlich für mich draußen, will ich damit sagen. Ich mache Heimarbeit für einen Internethandel mit Trödel und Antiquitäten. Keine große Arbeit, aber eine Arbeit trotzdem. Dienstags gehe ich nie raus. Da ist Markttag und das Gedränge groß bis spät in den Nachmittag.«

»Er war nicht draußen«, unterbrach ihn Hippolyte und füllte Danglards Glas noch einmal nach, es war das einzige schon leere in der Tafelrunde. »Ich auch nicht. Riw neraw hcilrehcis ella reih.«

»Er sagt, dass wir sicherlich alle hier waren«, übersetzte Lina. »Aber das stimmt nicht, Hippo. Ich war an dem Abend noch lange in der Kanzlei, um eine Akte abzuschließen. Wir hatten eine umfangreiche Klageschrift bis zum 30. des Monats zu übergeben. Zur Vorbereitung des Abendessens bin ich dann nach Hause gegangen. Martin kam am Nachmittag im Büro vorbei, um Honig zu liefern. Er hatte seine Körbe dabei.«

»Stimmt«, sagte Martin und zog an seinen langen Fingern, dass die Gelenke knackten. »Dann bin ich zum Sammeln in den Wald, wo ich wahrscheinlich bis gegen sieben Uhr geblieben bin. Später hat es keinen Sinn mehr, da schlüpfen die Tiere in ihre Löcher zurück.«

»Sad tmmits«, gab Hippolyte zu.

»Nach dem Essen, wenn es im Fernsehen nichts Besonderes gibt, spielen wir oft Domino, oder wir würfeln«, sagte Antonin. »Das mag ich«, fügte er treuherzig hinzu. »An dem Abend aber konnte Lina nicht mit uns spielen, sie saß noch über ihrer Akte.«

»Enho eis thcam se reginew Ssaps.«

»Hör auf damit, Hippo«, bat Lina ihn rasch, »der Kommissar ist nicht hier, um sich mit dir zu amüsieren.«

Adamsberg betrachtete alle fünf, die Mutter, die sich in ihrem Lehnstuhl verschanzt hatte, die strahlende Schwester, die sie alle ernährte, und die drei spinnerten Genies, ihre Brüder.

»Der Kommissar weiß«, sagte Hippolyte, »dass Herbier umgebracht wurde, weil er ein Dreckskerl war, und auch, dass er der Busenfreund unseres Vaters war. Er wurde getötet, weil die Mesnie beschlossen hatte, sich ihn zu holen. Wir hätten ihn, wenn wir gewollt hätten, schon lange vorher töten können. Was ich nicht verstehe, ist, warum der Seigneur Hellequin unseren Vater vor einunddreißig Jahren geholt hat und Herbier erst so viele Jahre später. Aber es steht uns nicht zu, Hellequins Pläne zu beurteilen.«

»Lina sagt, dass der Mörder Ihres Vaters nie verdächtigt wurde. Auch von Ihnen nicht, Hippo, der Sie Lina mit der Axt in der Hand angetroffen haben?«

»Der Mörder«, antwortete Hippo, und er schlug mit seiner verstümmelten Hand einen Kreis in der Luft, »kommt von irgendwoher, nichts als schwarzer Rauch. Man wird es nie erfahren, auch bei Herbier und den drei anderen Ergriffenen nicht.«

»Werden sie sterben?«

»Aber sicher«, sagte Martin und stand auf. »Entschuldigen Sie, es wird Zeit für Antonins Massage. Wenn es halb acht schlägt. Es ist nicht gut, wenn man den Zeitpunkt verstreichen lässt. Aber fahren Sie fort, deswegen können wir Ihnen trotzdem zuhören.«

Martin nahm einen Tiegel mit einer gelblichen Mixtur aus dem Kühlschrank, während Antonin vorsichtig sein Hemd auszog.

»Das ist im Wesentlichen Schöllkrautsaft und Ameisensäure«, erklärte Martin. »Es kribbelt ein bisschen. Aber es ist sehr gut, es absorbiert seinen Lehm.«

Martin begann den knochigen Oberkörper seines Bruders sanft mit der Salbe einzureiben, und aus den wenigen Blicken, die gewechselt wurden, schloss Adamsberg, dass keiner von ihnen wirklich glaubte, dass Antonin zur Hälfte aus Lehm bestand. Aber sie ließen ihren Bruder in dem Glauben, gaben ihm ein Gefühl der Sicherheit und pflegten ihn, der einst in tausend Stücke zerbrochen war, als sein Vater ihn als Baby die Treppe hinuntergeworfen hatte.

»Wir sind nett«, wiederholte Hippolyte, während er sich

mit einer Hand durch seine langen blonden, ein wenig schmutzigen Locken fuhr. »Aber wir werden unserem Vater keine Träne nachweinen, und auch den Dreckskerlen nicht, die Lina in der Mesnie erkannt hat. Haben Sie meine Hände gesehen, Kommissar?«

»Ja.«

»Ich bin mit sechs Fingern an jeder Hand geboren. Mit einem kleinen Finger zusätzlich.«

»Hippo ist einfach phänomenal«, sagte Antonin lächelnd.

»Das kommt nicht häufig vor, aber es kommt vor«, sagte Martin und machte sich nun an den linken Arm seines Bruders, indem er die Salbe auf ganz bestimmte Stellen aufstrich.

»Sechs Finger an der Hand, das ist ein Teufelszeichen«, ergänzte Hippo und lächelte noch breiter. »So haben sie hier immer gesagt. Als wenn einer solchen Quatsch glauben könnte.«

»Aber Sie glauben an das Heer«, meinte Danglard und bat mit einem Blick um die Erlaubnis, sich einen weiteren Fingerbreit Wein einschenken zu dürfen, der in der Tat ein veritabler Rachenputzer war.

»Wir wissen, dass Lina das Heer sieht, das ist was anderes. Und wenn sie es sieht, sieht sie's. Aber wir glauben nicht an Teufelszeichen und anderen Quark.«

»Aber an Tote, die über den Weg von Bonneval reiten, schon.«

»Commandant Dralgnad«, sagte Hippolyte, »Verstorbene können einem sehr wohl als Wiedergänger erscheinen, ohne dass sie von Gott oder dem Teufel gesandt sind. Im Übrigen ist Hellequin ihr Seigneur. Und nicht Satan.«

»Genau«, bemerkte Adamsberg, der kein Interesse daran hatte, dass Danglard eine Polemik über Linas Armee vom Zaun brach.

Seit ein paar Minuten schon folgte er dem Gespräch etwas zerstreut, weil er, wenn auch erfolglos, damit beschäftigt war, herauszufinden, was sein Name in umgekehrter Buchstabenfolge ergab.

»Mein Vater schämte sich sehr für meine sechsfingrigen Hände. Er verbarg sie, indem er mir Fäustlinge überzog, er verlangte von mir, von den Knien zu essen, damit ich sie nicht auf den Tisch legte. Sie ekelten ihn an, es demütigte ihn, so einen Sohn in die Welt gesetzt zu haben.«

Wieder ging ein Lächeln über die Gesichter der Brüder, als wenn diese traurige Angelegenheit mit dem sechsten Finger sie königlich amüsierte.

»Erzähl«, bat Antonin, schon in Vorfreude darauf, diese gute Geschichte von neuem zu hören.

»Eines Abends, ich war acht Jahre alt, habe ich meine beiden Hände auf den Tisch gelegt, ohne Fäustlinge, und der Vater kam rein mit einer Wut, schrecklicher als Hellequins Zorn. Er nahm seine Axt. Dieselbe Axt, die ihn später in zwei Teile zerhacken sollte.«

»Das war die Kugel in seinem Kopf, die sich mal wieder drehte«, sagte plötzlich mit beinahe wimmernder Stimme die Mutter im Hintergrund.

»Ja, Maman, sicher war es die Kugel«, sagte Hippo etwas ungehalten. »Er griff meine rechte Hand und hackte den Finger ab. Lina sagt, ich sei ohnmächtig geworden, Maman habe geschrien, der Tisch war voller Blut, und Maman warf sich auf den Vater. Aber da hatte er schon meine linke Hand gepackt, und der andere Finger musste auch dran glauben.«

»Die Kugel hatte sich gedreht.«

»Ja, ganz gewaltig gedreht, Maman«, sagte Martin.

»Maman hat mich auf ihre Arme genommen und ist mit mir zum Krankenhaus gerannt. Ich wäre unterwegs verblutet, wenn der Graf sie nicht gesehen hätte, der gerade von einer feinen Abendgesellschaft nach Hause fuhr, stimmt's?«

»Einer piekfeinen«, bestätigte Antonin, während er sein

Hemd wieder überzog. »Er hat Maman und Hippo mitgenommen und ist in rasendem Tempo mit ihr los, sein schönes Auto war ganz und gar voller Blut. Der Graf ist ein guter Mensch, will ich damit sagen, den wird sich die Mesnie niemals holen. Jeden Tag hat er unsere Mutter zum Krankenhaus gefahren, damit sie Hippo besuchen konnte.«

»Aber der Arzt hat ihn nicht gut genäht«, sagte Martin voll Bitterkeit. »Wenn man heute einen sechsten Finger abnimmt, ist das fast nicht zu sehen. Während Merlan – der war es damals schon – ein Trottel ist. Er hat ihm die Hände regelrecht massakriert.«

»Ist doch nicht so schlimm, Martin«, sagte Hippolyte.

»Wir fahren heute immer nach Lisieux zum Arzt, von Merlan lassen wir uns nie behandeln.«

»Manche Leute«, fuhr Martin fort, »lassen sich ihren sechsten Finger abnehmen, aber bedauern es hinterher ein Leben lang. Sie erzählen, dass sie mit ihrem Finger ihre Identität verloren haben. Hippo sagt, ihm macht es nichts aus. In Marseille gibt es ein Mädchen, das seine Finger aus der Mülltonne des Krankenhauses wieder rausgefischt und sie immer in einem Blumentopf aufbewahrt hat. Können Sie sich das vorstellen? Wir denken, dass Maman das auch gemacht hat, aber sie will es nicht zugeben.«

»Idiot«, sagte die Mutter nur.

Martin trocknete sich die Hände an einem Lappen und wandte sich mit gewinnendem Lächeln an Hippolyte.

»Erzähl auch, was danach kam«, sagte er.

»Bitte«, bohrte Antonin, »erzähl.«

»Das ist vielleicht nicht nötig«, meinte Lina vorsichtig.

»Grebsmada driw se tchielleiv thcin hcilrednos nellafeg. Immerhin ist er Bulle.«

»Er sagt, es wird Ihnen vielleicht nicht sonderlich gefallen«, übersetzte Lina.

»Grebsmada, ist das mein Name?«

»Ja.«

»Das erinnert mich an das Serbische. Ich glaube, das klang so ähnlich.«

»Hippo hatte einen Hund«, sagte Antonin. »Er gehörte ihm allein, man sah sie immer zusammen, ich war richtig eifersüchtig. Er hieß Suif.«

»Er hatte das Tier geradezu perfekt abgerichtet.«

»Erzähl, Hippo.«

»Zwei Monate nachdem mein Vater mir die Finger abgehauen hatte, hat er mich in die Zimmerecke geschickt, ich musste mich zur Strafe auf den Boden setzen. Es war an dem Abend, an dem er Martin gezwungen hatte, alles aufzuessen, was er in das Tischbein gestopft hatte, und ich hatte ihn verteidigt. Ich weiß, Maman, die Kugel hatte sich wieder mal gedreht.«

»Ja, mein Junge, sie hatte sich gedreht.«

»Mehrmals um sich selbst, Maman.«

»Hippo hockte da in der Ecke«, fuhr Lina fort, »den Kopf an Suif gedrückt. Dann hat er dem Hund was ins Ohr gemurmelt, worauf Suif wie eine Furie aufgesprungen ist. Unserem Vater an die Gurgel.«

»Ich wollte, dass er ihn tötet«, erklärte Hippo mit aller Ruhe. »Ich hatte ihm den Befehl dazu gegeben. Aber Lina machte mir ein Zeichen, ich sollte aufhören, und so habe ich Suif befohlen, ihn loszulassen. Und alles aufzufressen, was noch in dem Tischbein war.«

»Suif hat das überhaupt nichts ausgemacht«, ergänzte Antonin, »aber Martin hat vier Tage lang gekotzt.«

»Später dann«, sagte Hippolyte etwas düsterer, »als unser Vater mit wieder zugenähter Kehle aus dem Krankenhaus kam, hat er sein Gewehr genommen und Suif erschossen, während wir in der Schule waren. Er hat den Kadaver direkt vor die Haustür gelegt, damit wir ihn bei unserer Rückkehr schon von weitem sahen. Da aber ist der Graf gekommen und hat mich mitgenommen. Er fand, dass ich hier nicht mehr sicher wäre, und hat mich einige Wochen lang auf dem Schloss behalten. Er hat mir einen Welpen gekauft. Aber sein Sohn und ich, wir haben uns nicht verstanden.«

»Sein Sohn ist eine dumme Sau«, meinte Martin.

»Nie regikcerd renielk Toidi«, bestätigte Hippolyte.

Adamsberg sah fragend zu Lina hin.

»Ein dreckiger kleiner Idiot«, übersetzte sie etwas zögernd.

»Ein *Toidi,* das passt irgendwie«, meinte Danglard mit einem Ausdruck intellektueller Befriedigung.

»Wegen dieses Toidi bin ich nach Hause zurückgekehrt, und meine Mutter hat mich unter Linas Bett versteckt. Ich lebte inkognito hier, und Maman wusste schon nicht mehr, wie sie es anstellen sollte. Aber Hellequin hat die Lösung gefunden, er hat den Alten in zwei Stücke gehauen. Und kurz danach hatte Lina das erste Mal die Vision.«

»Des Wütenden Heeres«, sagte Danglard.

»Ja.«

»Was ergibt das, verkehrt herum?«

Hippolyte schüttelte energisch den Kopf.

»Nein, den Namen des Heeres darf man nicht rückwärts sprechen.«

»Ich verstehe«, sagte Adamsberg. »Ihr Vater ist wie lange nach Ihrer Rückkehr aus dem Schloss zu Tode gekommen?«

»Dreizehn Tage danach.«

»Durch einen Axthieb in den Schädel.«

»Und ins Brustbein«, präzisierte Hippolyte fröhlich.

»Die Bestie war tot«, bestätigte Martin.

»Es war diese Kugel«, murmelte die Mutter.

»Letztendlich«, fasste Hippolyte zusammen, »hätte Lina mich nie bitten sollen, Suif zurückzupfeifen. Alles wäre schon an dem Abend erledigt gewesen.«

»Du kannst ihr deshalb nicht böse sein«, sagte Antonin, vorsichtig die Schultern zuckend. »Lina ist eben viel zu nett, das ist alles.«

»Ja, wir sind eben nett«, bestätigte Hippolyte mit einem Kopfnicken.

Als Lina aufstand, um sie zu verabschieden, glitt ihr Schal auf den Boden, und sie stieß einen kleinen Schrei aus. Mit ritterlicher Geste hob Danglard ihn auf und legte ihn ihr wieder um die Schultern.

»Nun, was meinen Sie, Commandant«, fragte Adamsberg, während sie langsam den Weg zu Léos Herberge zurückgingen.

»Eine potentielle Mörderfamilie«, sagte Danglard bedächtig, »mit großem Zusammengehörigkeitsgefühl, abgeschottet gegen die Außenwelt. Allesamt verrückt, durchgeknallt, schwer misshandelt, hochbegabt und wahnsinnig sympathisch.«

»Ich meine die Strahlung. Haben Sie's bemerkt? Obwohl Lina sich in Gegenwart ihrer Brüder zurückhält.«

»Ich habe es bemerkt«, gab Danglard widerstrebend zu. »Den Honig auf ihrer Brust und so. Aber es ist eine unheimliche Strahlung. Infrarot oder Ultraviolett, oder gar schwarzes Licht.«

»Sie sagen das wegen Camille. Aber Camille will mich nur noch auf die Wange küssen. Mit diesem gezielten, punktgenauen Kuss, der andeuten will, dass man nie mehr miteinander schlafen wird. Das ist unbarmherzig, Danglard.«

»Eine milde Strafe in Anbetracht des erlittenen Unrechts.«

»Und was soll ich Ihrer Meinung nach tun, Commandant? Soll ich mich jahrelang unter einen Apfelbaum hocken und auf Camille warten?«

»Der Apfelbaum ist nicht zwingend.«

»Soll ich die atemberaubende Brust dieser Frau nicht bemerken?«

»Sie sagen es«, gab Danglard zu.

»Eine Sekunde«, sagte Adamsberg und blieb stehen.

»Nachricht von Retancourt. Unserem Schlachtschiff auf Tauchgang in den haifischigen Abgründen.«

»Untiefen«, korrigierte Danglard und reckte den Hals nach dem Display. »Und ›haifischig‹ gibt es nicht. Übrigens, ein Schlachtschiff taucht nicht.«

Erl 1 in der Brandnacht spät nach Hause gekommen, nicht informiert. Stimmung nahezu normal. Würde sein Nichtinvolviertsein bestätigen. War aber nervös.

Nervös inwifern?, tippte Adamsberg ein.

»Schreibt man mit ›ie‹.«

»Gehen Sie mir nicht auf den Geist, Danglard.«

Hat ein Zimmermädchen gefeuert.

Warum?

Umständlich zu erklären, unwichtig.

Erklären Sie trotzdem.

Erl 1 hat dem Labrador bei Rückkehr Zucker gegeben.

»Was haben die Leute bloß, Danglard, dass sie ihren Hunden immer Zucker geben müssen?«

»Sie wollen geliebt werden. Weiter.«

Labrador lehnt ab. Zimmermädchen nimmt Tier mit, gibt noch mal Zucker. Wieder abgelehnt. Zim kritisiert Zucker. Erl 1 feuert sie noch selben Abend. Also nervös.

Weil Zim es nicht geschafft hat, dass Hund Zuck nimmt?

Unwichtig. Schon gesagt. Ende.

Zerk kam mit großen Schritten auf sie zu, die Fotoapparate über der Schulter hängend.

»Der Graf ist da gewesen, er will dich nach dem Essen sehen, so gegen zehn.«

»Ist es dringend?«

»Hat er nicht gesagt, er hat's eher befohlen.«

»Was für ein Typ ist er?«

»Man erkennt, dass er der Graf ist. Er ist alt, elegant, kahlköpfig und trägt eine abgewetzte Arbeitsjoppe aus blauem Leinen. Das Huhn ist fertig gegart, Commandant.«

»Hast du Sahne und Kräuter dazugegeben, wie sich's gehört?«

»Ja, in letzter Minute. Ich hab der Taube was davon gebracht, hat ihr super geschmeckt. Sie hat den ganzen Tag Kühe gezeichnet, mit meinen Stiften.«

»Also kann sie doch zeichnen?«

»Eigentlich nicht. Aber es ist auch verdammt schwer, eine Kuh zu zeichnen. Pferde sind leichter.«

»Wir essen schnell dieses Huhn, Danglard, dann gehen wir.«

24

Bei Einbruch der Nacht hielt Adamsberg mit dem Wagen vor dem Gittertor des Schlosses, das auf der Anhöhe gegenüber der Ordebequer Altstadt lag. Mit ungewohnter Wendigkeit fädelte Danglard seinen großen Körper aus dem Fahrzeug und postierte sich vor dem Gebäude, beide Hände um die Gitterstäbe geschlossen. Adamsberg las auf seinem Gesicht den Ausdruck reinen Entzückens, einen Zustand ohne alle Melancholie, den Danglard sehr selten erreichte. Er warf einen Blick auf das Schloss aus hellem Gestein, das für seinen Stellvertreter vermutlich so etwas wie einen Gugelhupf mit Honig bedeutete.

»Ich hatte Ihnen ja gesagt, es würde Ihnen hier gefallen. Wie alt ist dieses Schloss?«

»Die ersten Lehnsherren von Ordebec gab es schon zu Beginn des 11. Jahrhunderts. Doch erst in der Schlacht von Orléans im Jahr 1428 macht ein gewisser Graf von Valleray von sich reden, der sich den französischen Truppen angeschlossen hat, die vom Grafen von Dunois, sprich Jean, dem Bastard von Louis, Herzog von Orléans, befehligt werden.«

»Gut, Danglard, aber das Schloss?«

»Das bin ich gerade dabei, Ihnen zu erklären. Der Sohn dieses Valleray, Henri, hat es nach dem Hundertjährigen Krieg, Ende des 15. Jahrhunderts, erbauen lassen. Der gesamte linke Flügel, den Sie hier sehen, sowie der Westturm datieren aus dieser Zeit. Der ganze Mitteltrakt des Schlosses dagegen wurde im 17. Jahrhundert umgebaut, und die großen, niedrigen Portale sind Rekonstruktionen aus dem 18. Jahrhundert.«

»Vielleicht sollten wir mal klingeln, Danglard?«

»Da heulen mindestens drei oder vier Hunde. Wir klingeln und warten einen Geleitschutz ab. Ich verstehe nicht, was die Leute immer mit ihren Hunden haben.«

»Und ihrem Zucker«, sagte Adamsberg und zog an der Kette.

Rémy François de Valleray, Graf von Ordebec, erwartete sie ganz unzeremoniell in der Bibliothek, er trug immer noch seine blaue Leinenjacke, in der er wie ein Landarbeiter aussah. Aber Danglard verzeichnete, dass jedes der gravierten Gläser, die schon auf dem Tisch standen, locker eines seiner Monatsgehälter kostete. Und dass der Tropfen, der ihnen daraus serviert werden würde, allein an seiner Farbe gemessen die Reise von Paris hierher wert war. Kein Vergleich mit dem Portwein, den sie bei den Vendermots aus Mostrichgläsern getrunken hatten und der einem die Gedärme wegbrannte. Die Bibliothek musste an die tausend Bände umfassen, und die Wände waren in ihrer ganzen Höhe mit etwa vierzig Bildern behängt, die Commandant Danglard in helle Erregung versetzten. Kurz, die in einem noch nicht verarmten gräflichen Wohnsitz zu erwartende Ausstattung, hätte nicht ein unbeschreibliches Chaos dem Raum alles Erhabene genommen. Gummistiefel, Säcke mit Saatgut, Medikamente, Plastiktüten, Schrauben, heruntergebrannte Kerzen, Kisten mit Nägeln, Papierkram, all das lag über den Boden verstreut, auf Tischen und in Regalen.

»Meine Herren«, sagte der Graf, indem er seinen Stock abstellte und ihnen die Hand reichte, »ich danke Ihnen, dass Sie meinem Ruf gefolgt sind.«

Graf war er, ohne jeden Zweifel – im Tonfall, im Gebieterischen seiner Gesten, im Blick leicht von oben herab, ja selbst in seinem natürlichen Recht, sich in Bauernjoppe zu zeigen. Während man gleichzeitig auf Anhieb den normannischen Landadligen in ihm erkannte, am geröteten Teint, den ein wenig schwarzgeränderten Nägeln, dem insgeheim amüsierten Blick, den er auf sich selbst warf. Mit einer Hand füllte er die Gläser, während er sich mit der anderen auf seinen Stock stützte, und lud mit einer Armbewegung zum Sitzen ein.

»Ich hoffe, Sie werden diesen Calvados zu schätzen wissen, es ist derselbe, den ich auch Léo gebe. Komm rein, Denis. Ich darf Ihnen meinen Sohn vorstellen. Denis, die Herren sind von der Brigade criminelle aus Paris.«

»Ich ahnte nicht, dass ich dich stören würde«, sagte der Mann und grüßte sie achtlos und ohne ein Lächeln.

Weiße Finger mit gepflegten Nägeln, stämmiger Körper, wenn auch leicht verfettet, nach hinten gestrichenes graues Haar.

Der berühmte dreckige kleine Toidi also, wie die Vendermots meinten, der schuld daran war, dass der junge Hippolyte sein Refugium im Schloss vorzeitig verlassen hatte. Und in der Tat, so fand Adamsberg, der Mann sah echt nach einem Idioten aus: Hängebacken, schmale Lippen, verschlagener, distanzierter Blick oder einer, der zumindest eine Distanz deutlich zu machen suchte. Mehr aus Höflichkeit denn aus dem Wunsch, zu bleiben, goss er sich ein Glas ein. Seine ganze Haltung besagte, dass die Gäste ihn nicht interessierten, und selbst sein Vater kaum.

»Ich bin nur kurz vorbeigekommen, um dir zu sagen, dass der Wagen von Maryse morgen aus der Reparatur kommt. Man sollte Georges bitten, ihn entgegenzunehmen, ich werde den ganzen Tag im Verkaufssalon sein.«

»Hast du Georges nicht gefunden?«

»Nein, der Kerl wird wohl stockbetrunken in den Stallungen eingeschlafen sein, und ich werde ihn da nicht unter den Pferdebäuchen wachrütteln.«

»Gut, ich kümmere mich darum.«

»Danke«, sagte Denis und stellte sein Glas hin.

»Ich will dich nicht vertreiben.«

»Aber ich gehe. Ich überlasse dich deinen Gästen.«

Der Graf schnitt eine kleine Grimasse, als er die Tür ins Schloss fallen hörte.

»Tut mir leid, meine Herren«, sagte er. »Mein Verhältnis zu meinem Stiefsohn ist nicht das allerbeste, zumal er weiß, worüber ich mit Ihnen reden will, und das gefällt ihm nicht. Es geht um Léo.«

»Ich mag Léo sehr«, sagte Adamsberg, ohne seine Antwort recht bedacht zu haben.

»Das glaube ich. Und dabei haben Sie sie nur ein paar Stunden lang erlebt. Sie waren es, der sie gefunden hat, als sie verletzt am Boden lag. Und Sie waren es, der sie wieder zum Sprechen gebracht hat. Was uns vermutlich davor bewahrt hat, dass Dr. Merlan sie für hirntot erklärte.«

»Ich bin mit diesem Arzt aus ebendem Grund aneinandergeraten.«

»Das überrascht mich nicht. Er kann mitunter ein richtiger Toidi sein, ist es aber nicht immer.«

»Sie mögen Hippolytes Wörter, Herr Graf?«, fragte Danglard.

»Nennen Sie mich Valleray, das kommt uns allen entgegen. Ich kenne Hippo seit seiner Geburt. Und ich finde diesen Begriff recht zutreffend.«

»Wann hat er angefangen, die Buchstaben umzukehren?«

»Mit dreizehn. Er ist eine Ausnahmeerscheinung, und dasselbe gilt für seine Brüder und die Schwester. Von Lina geht ein ganz ungewöhnliches Licht aus.«

»Das ist dem Kommissar nicht entgangen«, bemerkte Danglard, den das süffige Aroma des Calvados wie zuvor schon der Anblick des Schlosses zutiefst besänftigte.

»Ihnen aber wohl?«, fragte Valleray erstaunt.

»Nein«, musste Danglard zugeben.

»Sehr gut. Und mein Calva?«

»Vorzüglich.«

Der Graf tauchte ein Stück Zucker in sein Glas und saugte

es ganz ungräflich aus. Adamsberg hatte flüchtig den Eindruck, allseits von Zuckerstückchen umzingelt zu sein.

»Mit Léo habe ich immer diesen Calva getrunken. Sie müssen wissen, dass ich diese Frau leidenschaftlich geliebt habe. Ich habe sie geheiratet, aber meine Familie, in der es einen ganzen Haufen Toidis gibt, glauben Sie mir, hat mir das Rückgrat gebrochen. Ich war jung, willensschwach, ich habe nachgegeben, wir wurden zwei Jahre später geschieden.«

»Es wird Ihnen seltsam vorkommen«, fuhr er fort, »aber gleichwohl – wenn Léo den Anschlag dieses infamen Mörders überlebt, werde ich sie noch einmal heiraten. So habe ich es beschlossen, wenn sie annimmt. Und hier sind nun Sie gefragt, Kommissar.«

»Sie wollen sie unter Ihrer Fuchtel haben.«

»Nein, ich will Léo wieder zu einem würdigen Leben verhelfen. Glauben Sie nicht, dass dies der kauzige Einfall eines alten Mannes ist. Ich denke schon über ein Jahr darüber nach. Ich hatte gehofft, ich könnte meinen Stiefsohn dazu bringen, es zu verstehen, aber es ist hoffnungslos. Also werde ich es ohne seine Zustimmung tun.«

Der Graf erhob sich mühsam, ging, auf seinen Stock gestützt, zu dem riesigen steinernen Kamin und warf zwei große Holzscheite hinein. Er hatte noch Kraft, der alte Herr, genügend zumindest, um diese ungewöhnliche Hochzeit zwischen den beiden fast Neunzigjährigen zu beschließen, mehr als sechzig Jahre nach ihrer ersten Verbindung.

»Schockiert Sie eine solche Heirat?«, fragte er, zu ihnen zurückkehrend.

»Im Gegenteil«, erwiderte Adamsberg. »Ich werde sogar gern kommen, wenn Sie mich einladen.«

»Das werde ich, Kommissar, wenn Sie sie da rausholen. Und Sie werden es schaffen. Léo hat mich eine Stunde vor ihrer Ermordung angerufen. Sie war entzückt von ihrem Abend mit Ihnen, ihre Meinung genügt mir. Das Ganze hat etwas Schicksalhaftes, wenn Sie mir diese etwas simple Einschätzung verzeihen. Wir sind alle ein wenig schicksalsgläubig, hier am Weg von Bonneval. Sie waren es, Sie allein, der sie aus ihrer Aphasie herausgeholt und sie wieder zum Reden gebracht hat.«

»Drei ganze Wörter.«

»Ich kenne sie. Wie lange haben Sie an ihrem Bett gesessen?«

»An die zwei Stunden, glaube ich.«

»Zwei Stunden, in denen Sie mit ihr gesprochen, ihr das Haar gekämmt, Ihre Hand auf ihre Wange gelegt haben. Ich weiß. Worum ich Sie bitte, ist, dass Sie zehn Stunden am Tag bei ihr sitzen, fünfzehn, wenn nötig. Bis Sie sie da rausgeholt haben. Das schaffen Sie, Kommissar Adamsberg.«

Der Graf unterbrach sich, und sein Blick wanderte langsam über die Wände der Bibliothek.

»Und wenn Sie es schaffen, schenke ich Ihnen das dort«, sagte er und wies mit seinem Stock nachlässig auf ein kleines Bild, das neben der Tür hing. »Es ist wie für Sie gemacht.«

Danglard sprang auf und betrachtete das Gemälde. Eine grazile Reitergestalt vor einer Gebirgslandschaft.

»Gehen Sie nur näher heran, Commandant Danglard«, sagte Valleray. »Erkennen Sie den Ort, Adamsberg?«

»Der Gipfel der Gourgs Blancs, würde ich meinen.«

»Genau. Ganz in Ihrer Nähe, wenn ich mich nicht irre?«

»Sie sind gut informiert.«

»Selbstverständlich. Wenn ich etwas in Erfahrung bringen muss, kriege ich es im Allgemeinen auch heraus. Ein Relikt, ein mächtiges Relikt einstiger Privilegien. Wie ich auch weiß, dass Sie gegen die Clermont-Brasseur-Gruppe vorgehen.«

»Nein, Herr Graf. Niemand geht gegen die Clermonts vor, ich so wenig wie ein anderer.«

»Ende 16. Jahrhundert?«, mutmaßte Danglard, über das Bild gebeugt. »Schule von François Clouet?«, fügte er leiser, weil nicht ganz so sicher, hinzu.

»Ja, oder, wenn man träumen wollte, sogar ein Werk des Meisters selbst, der sich für dieses eine Mal von den Zwängen des Porträtmalers befreit hätte. Doch wir haben keinen sicheren Anhaltspunkt dafür, dass er in die Pyrenäen gereist wäre. Wenn er auch 1570 Jeanne d'Albret gemalt hat, die Königin von Navarra. Vielleicht sogar in ihrer Stadt Pau.«

Danglard kam zurück und setzte sich wieder, beinahe verstört und mit leerem Glas. Das Bild war eine Rarität und ein Vermögen wert, Adamsberg schien sich dessen nicht bewusst zu sein.

»Schenken Sie sich doch nach, Commandant. Das Aufstehen fällt mir ein bisschen schwer. Und füllen Sie mein Glas auch gleich noch mal. Es kommt nicht oft vor, dass eine solche Hoffnung in mein Haus tritt.«

Adamsberg sah nicht auf das Bild, auch nicht zu Danglard oder zum Grafen. Er dachte an das Wort *Maschine,* das sich plötzlich aus seinem Ganggestein gelöst hatte und gegen Dr. Merlan schlug, dann gegen den jungen Mann mit den tönernen Knochen und gegen das Bild von Martins Fingern, wie sie die Mixtur auf der Haut seines Bruders verrieben.

»Ich kann das nicht«, sagte er. »Dazu bin ich nicht befähigt.«

»Doch«, beharrte der Graf und tippte mit der Spitze seines Stocks auf das gebohnerte Parkett, wobei ihm auffiel, dass Adamsbergs Blick, der ihm ohnehin schon etwas vage vorgekommen war, in ein nebulöses Schattenreich abzudriften schien.

»Ich kann es nicht«, wiederholte Adamsberg wie mit abwesender Stimme. »Ich leite eine Ermittlung.«

»Ich werde mit Ihren Vorgesetzten reden. Sie können Léo nicht fallenlassen.«

»Nein.«

»Also?«

»Ich kann nicht, aber jemand anders kann. Léo lebt, Léo

ist bei Bewusstsein, aber alles in ihr ist defekt. Ich kenne einen Menschen, der diese Art Pannen repariert, für die es keinen Namen gibt.«

»Ein Scharlatan?«, der Graf zog fragend seine weißen Brauen hoch.

»Ein Wissenschaftler. Der seine Wissenschaft aber auch praktiziert, und mit geradezu übermenschlichem Talent. Der gestörte Schaltkreise in Gang setzt, ein Gehirn wieder mit Sauerstoff versorgt, den Saugreflex kleiner Katzen repariert, erstarrte Lungen deblockiert. Ein Experte für das Funktionieren der menschlichen Maschinerie. Ein Meister. Er wäre unsere einzige Chance, Graf.«

»Valleray.«

»Er wäre unsere einzige Chance, Valleray. Er könnte sie von da zurückholen. Ohne dass ich etwas versprechen will.«

»Womit arbeitet er? Mit Medikamenten?«

»Mit seinen Händen.«

»Eine Art Magnetiseur?«

»Nein. Er öffnet Ventile, schiebt Organe an die richtige Stelle, betätigt Hebel, reinigt verstopfte Filter, kurz, er setzt den Motor wieder in Gang.«*

»Schicken Sie den Mann zu mir«, sagte der Graf.

Adamsberg lief durch den Raum, das alte Parkett knarrte unter seinen Schritten, und er schüttelte den Kopf.

»Das ist nicht möglich«, sagte er.

»Ist er im Ausland?«

»Er ist im Gefängnis.«

»Großer Gott.«

»Dazu brauchten wir eine Sondergenehmigung für eine zeitweilige Haftaufhebung.«

»Wer kann die erteilen?«

»Der Strafvollzugsrichter. Im Fall unseres Arztes ist das

* Fred Vargas, *Der verbotene Ort.*

der alte de Varnier, ein ausgesprochen sturer Bock, der wird davon überhaupt nichts hören wollen. Einen Gefangenen aus Fleury herauszuholen, damit er am Krankenbett einer alten Frau in Ordebec seine Talente entfaltet, hat für ihn einen Dringlichkeitswert gleich null, darauf wird er nie eingehen.«

»Raymond de Varnier?«

»Ja«, sagte Adamsberg, indem er weiter seine Runden durch die Bibliothek drehte, ohne auch nur einen Blick auf das Bild aus der Schule von Clouet zu werfen.

»Kein Problem, er ist ein Freund von mir.«

Adamsberg wandte sich zum Grafen um, der lächelte, die Augenbrauen vergnügt nach oben gezogen.

»Raymond de Varnier kann mir nichts abschlagen. Wir werden Ihren Experten kommen lassen.«

»Sie brauchen einen triftigen Grund, ebenso plausibel wie nachprüfbar.«

»Seit wann brauchen unsere Richter einen Grund? Doch spätestens seit dem heiligen Ludwig nicht mehr. Schreiben Sie mir nur den Namen dieses Arztes auf und den Ort, wo er einsitzt. Gleich morgen früh rufe ich Varnier an, wir können davon ausgehen, dass wir den Mann morgen Abend hier haben werden.«

Adamsberg sah zu Danglard hinüber, der zustimmend nickte. Der Kommissar verübelte es sich, wie spät er darauf gekommen war. Schon als Dr. Merlan so respektlos von Léo als einer defekten Maschine gesprochen hatte, hätte er an den Arzt im Gefängnis denken müssen, der ja selbst diesen Begriff verwendete. Wahrscheinlich hatte er sogar an ihn gedacht, doch ohne sich dessen bewusst zu sein. Das war er sich noch nicht mal, als auch Lina dieses Wort »Maschine« gebraucht hatte. Immerhin hatte er es da schon auf seine Serviette geschrieben. Der Graf reichte ihm einen Notizblock, und er schrieb alle nötigen Angaben auf.

»Es gibt noch ein weiteres Problem«, sagte er, als er ihm

den Block zurückgab. »Wenn ich hochgehe, werden sie unseren Schützling nicht mehr rauslassen. Aber wenn der Doktor Léo heilen soll, braucht er mehrere Sitzungen dafür. Und ich kann in vier Tagen hochgehen.«

»Ich weiß Bescheid.«

»Über alles?«

»Über vieles, das Sie betrifft. Ich sorge mich um Léo und die Vendermots. Da tauchen Sie hier auf, ich hole Erkundigungen ein. Ich weiß, dass man Sie hochgehen lassen wird, wenn Sie den Mörder von Antoine Clermont-Brasseur nicht wieder fassen, der aus Ihrem Kommissariat entflohen ist, schlimmer noch, aus Ihrem eigenen Büro, sozusagen unter Ihren Augen.«

»Exakt.«

»Sie werden übrigens verdächtigt, Kommissar. Wussten Sie das?«

»Nein.«

»Ja, seien Sie also besser auf der Hut. Einige Herren im Ministerium haben große Lust, ein paar Nachforschungen über Sie anzustellen. Sie sind nicht allzu weit von dem Gedanken entfernt, dass Sie den Jungen haben entkommen lassen.«

»Das ergibt doch keinen Sinn.«

»Gewiss«, sagte Valleray lächelnd. »Aber der Typ bleibt unauffindbar. Und derweil schnüffeln Sie im Umfeld der Familie Clermont herum.«

»Der Zugang ist rigoros versperrt, Valleray. Ich schnüffle nicht.«

»Immerhin haben Sie die beiden Söhne von Antoine, Christian und Christophe, befragen wollen.«

»Was man mir verwehrt hat. Dabei musste ich es belassen.«

»Und das schmeckt Ihnen nicht.«

Der Graf legte sein restliches Zuckerstückchen auf eine Untertasse, leckte sich die Finger und wischte sie an seiner blauen Jacke ab.

»Was hätten Sie denn gern gewusst? Über die Clermonts?«

»Wie der Abend vor dem Brand verlaufen ist, wenigstens das. In welcher Stimmung die beiden Söhne waren.«

»Normal, ja sogar recht fröhlich, sofern Christophe überhaupt fröhlich sein kann. Der Champagner floss in Strömen, und es war einer von der edelsten Sorte.«

»Woher wissen Sie das?«

»Weil ich dabei war.«

Der Graf nahm sich ein neues Stück Zucker, das er mit Andacht in sein Glas tauchte.

»Es gibt in dieser Welt einen kleinen Atomkern, in dem von jeher die Unternehmer die Aristokraten suchen, und umgekehrt. Wobei der Austausch zwischen ihnen, gegebenenfalls auch in Form ehelicher Bündnisse, das Zündpotential beider Seiten erhöht. Ich gehöre beiden Kreisen an, dem Adel und der Industrie.«

»Ja, ich weiß, Sie haben einst Ihre Stahlhütten an Antoine Clermont verkauft.«

»Hat unser Freund Émeri Ihnen das erzählt?«

»Ja.«

»Antoine war ein echter Raubvogel, der in großen Höhen kreiste, aber den man in mancher Hinsicht auch bewundern konnte. Gleiches kann man von seinen Söhnen nicht sagen. Doch wenn Sie dem Gedanken nachjagen, dass einer von beiden den Vater abgefackelt hat, sind Sie auf dem Holzweg.«

»Antoine hatte die Absicht, seine Haushälterin zu heiraten.«

»Rose, jaja«, bestätigte der Graf, während er an seinem Zuckerstückchen lutschte. »Ich glaube, er machte sich wohl eher ein Vergnügen daraus, seine Familie zu provozieren, und ich habe ihn gewarnt. Allein schon, dass er in den Augen seiner Söhne die brennende Hoffnung auf sein baldiges Ableben las, machte ihn rasend. In letzter Zeit war er häufig niedergeschlagen, leicht gekränkt und neigte zu heftigen Stimmungsschwankungen.«

»Wer von den Söhnen wollte ihn unter Vormundschaft stellen?«

»Vor allem Christian. Aber er hatte keinerlei Chance. Antoine war geistig voll da, und das war mühelos zu beweisen.«

»Und siehe da, zur rechten Zeit setzt ein junger Kerl den Mercedes in Brand, genau in dem Augenblick, als Antoine allein im Wagen wartet.«

»Ich verstehe, was Sie daran stört. Wollen Sie wissen, warum Antoine allein war?«

»Sehr gern. Und warum nicht der Chauffeur sie nach Hause gefahren hat.«

»Der Chauffeur war in die Küche gebeten worden, und Christophe fand, dass er zu betrunken war, um zu fahren. Also verließ er die Soiree mit seinem Vater, sie gingen zu Fuß zum Wagen, der in der Rue Henri-Barbusse stand. Kaum saß er am Steuer, bemerkte er, dass er sein Mobiltelefon nicht mehr bei sich hatte. Er bat seinen Vater, auf ihn zu warten, und lief den Weg zurück. Er fand das Gerät auf dem Bürgersteig in der Rue du Val-de-Grâce. Als er um die Straßenecke bog, sah er den Wagen in Flammen stehen. Hören Sie, Adamsberg, Christophe war gut fünfhundert Meter von dem Mercedes entfernt, was zwei Zeugen bestätigen können. Er hat geschrien und ist losgerannt, und die Zeugen mit ihm. Christophe war es auch, der die Polizei gerufen hat.«

»Hat er Ihnen das gesagt?«

»Seine Frau. Wir verstehen uns sehr gut – ich hatte sie seinerzeit ihrem späteren Mann vorgestellt. Christophe war völlig zerstört, entsetzt. Welcher Art auch immer das Verhältnis der beiden zueinander war, es ist kein Vergnügen, seinen Vater bei lebendigem Leib verbrennen zu sehen.«

»Ich verstehe«, sagte Adamsberg. »Und Christian?«

»Christian hatte die Gala schon früher verlassen, er war sehr angeheitert und wollte schlafen gehen.«

»Dennoch scheint er erst spät zu Hause eingetroffen zu sein.«

Der Graf kratzte sich eine Weile seinen kahlen Schädel.

»Ich verrate wohl kein Geheimnis, wenn ich sage, dass Christian hin und wieder eine andere Frau trifft, mehrere sogar, und dass er solche offiziellen Abendgesellschaften nutzt, um spät nach Hause zu kommen. Ich wiederhole es, die beiden Brüder waren in bester Laune. Christian hat getanzt, er hat eine glänzende Parodie des Baron de Salvin hingelegt, und selbst Christophe, der schwer aufzuheitern ist, hat sich eine Weile königlich amüsiert.«

»Herzliches Einvernehmen also, gelungener Abend.«

»Absolut. Ach übrigens, dort auf dem Kamin finden Sie einen Umschlag mit einem Dutzend Fotos von dem Abend, die Frau von Christophe hat sie mir geschickt. Sie versteht nicht, dass man sich in meinem Alter nicht mehr gern Fotos von sich ansieht. Schauen Sie sie sich an, dann bekommen Sie einen Eindruck von der Atmosphäre.«

Adamsberg betrachtete das Dutzend Fotos, und in der Tat, weder Christophe noch Christian hatten irgendetwas Angespanntes an sich, nichts jedenfalls von einem Typen, der gleich seinen Vater verbrennen wird.

»Ich sehe«, sagte Adamsberg und gab ihm die Aufnahmen zurück.

»Behalten Sie sie, wenn sie Sie überzeugen. Und beeilen Sie sich, den jungen Mann zu finden. Was ich leicht für Sie arrangieren könnte, wäre, bei den Brüdern Clermont eine Fristverlängerung für Sie zu erwirken.«

»Das erscheint mir notwendig«, sagte plötzlich Danglard, der immer noch die Galerie der Bilder entlangging wie eine Wespe, die von einem Tropfen Konfitüre zum nächsten fliegt. »Der junge Mo ist ungreifbar.«

»Irgendwann wird er schließlich Geld brauchen«, meinte

Adamsberg achselzuckend. »Er ist ohne einen Cent in der Tasche weg. Die Hilfe seiner Freunde wird auch nur eine Zeit währen.«

»Hilfe währt immer nur eine Zeit«, murmelte Danglard, »nur die Feigheit währt ewig. Nach diesem Prinzip fasst man die Flüchtigen am Ende fast immer. Vorausgesetzt, man hat nicht die Schwertspitze des Ministeriums im Nacken. Das behindert einen in den Bewegungen.«

»Ich habe verstanden«, sagte der Graf und stand auf. »Sehen wir also zu, dass dieses Schwert verschwindet.«

Als wenn es darum ginge, dachte Danglard, Arbeitersohn aus dem Departement Nord, nur einen Stuhl beiseitezuschieben, um sich besser bewegen zu können. Er zweifelte nicht daran, dass es dem Grafen gelingen würde.

25

Veyrenc erwartete sie mit Zerk vor der Tür von Léos Herberge. Der Abend war lau, die Wolken hatten sich schließlich verzogen, um sich woanders abzuregnen. Die beiden Männer hatten Stühle nach draußen getragen und rauchten in der Nacht. Veyrenc sah gelassen aus, aber Adamsberg traute dem Frieden nicht. Das sehr römische Gesicht des Lieutenant, rund, kraftvoll und in sich ruhend, mit weichen Linien gezeichnet ohne eine erkennbare Unebenheit, war eine kompakte Masse aus lautlosem Handeln und Hartnäckigkeit. Danglard gab ihm kurz die Hand, verschwand dann aber im Haus. Es war nach ein Uhr morgens.

»Machen wir eine Runde über die Felder«, schlug Veyrenc vor. »Lass deine Telefone hier.«

»Du willst sehen, wie die Kühe sich bewegen?«, sagte Adamsberg und stahl ihm eine Zigarette. »Du musst wissen, im Gegensatz zu dem, was bei uns vor sich geht, bewegen sich die Kühe hier sehr wenig.«

Veyrenc bedeutete Zerk, sie zu begleiten, wartete aber, bis sie weit genug entfernt waren, um an einer Feldumzäunung stehen zu bleiben.

»Es gab wieder einen Anruf vom Ministerium. Einen, der mir nicht gefallen hat.«

»Was genau hat dir daran nicht gefallen?«

»Der Ton. Eine Aggressivität in Anbetracht der Tatsache, dass Mo unauffindbar bleibt. Er hat kein Geld, sein Foto wurde überall verteilt, wohin hätte er gehen sollen? Genau das sagen sie.«

»Aggressiv waren sie von Anfang an. Was noch?«

»So was Höhnisches, eine Ironie. Der Typ, der angerufen hat, war nicht irgendein Subalterner. Er hatte den Ton dieser Leute drauf, die ihre Genugtuung darüber, dass sie etwas wissen, nicht verbergen können.«

»Was, zum Beispiel?«

»Zum Beispiel etwas, das sich gegen dich richtet. Ich weiß nicht genug, um mir dieses hämische Lachen, dieses verhalten Genüssliche erklären zu können, aber ich habe den deutlichen Eindruck, dass sie sich so einiges vorstellen.«

Adamsberg streckte die Hand nach dem Feuerzeug aus.

»Und das du dir auch vorstellst?«

»Das ist unwichtig dabei. Ich weiß nur, dass dein Sohn dich hierher begleitet hat, in einem zweiten Auto. Das wissen die natürlich auch, wie du dir denken kannst.«

»Zerk macht für eine schwedische Zeitung eine Reportage über vermodertes Laub.«

»Ja, sehr merkwürdig.«

»So ist er, er nimmt jede Gelegenheit wahr.«

»Nein, Jean-Baptiste, Armel ist durchaus nicht so. Ich habe auch die Taube nicht mehr im Haus gesehen. Was habt ihr mit ihr gemacht?«

»Sie ist davongeflogen.«

»Ah, sehr gut. Aber warum ist Zerk mit einem zweiten Wagen gefahren? War nicht genug Platz im Kofferraum für eure drei Gepäckstücke?«

»Worauf willst du hinaus, Louis?«

»Ich versuche dir klarzumachen, dass die sich gewisse Dinge vorstellen.«

»Von denen du glaubst, dass sie sich die vorstellen.«

»Zum Beispiel, dass Mo auf etwas wundersame Weise verschwunden ist. Dass zu viele Tauben davongeflogen sind. Ich glaube, Danglard weiß es. Der Commandant kann schwer etwas verbergen. Seit Momos Flucht kommt er mir vor wie ein verstörtes Huhn, das ein Straußenei ausbrütet.«

»Du hast eine zu lebhafte Phantasie. Traust du mir eine derartige Torheit zu?«

»Absolut. Ich habe übrigens nicht gesagt, dass es eine Torheit ist.«

»Worauf willst du hinaus, Louis?«

»Ich denke, die werden ziemlich bald hier aufkreuzen. Ich weiß nicht, wo du Mo untergebracht hast, aber ich glaube, er muss noch heute Nacht von hier verschwinden. Schnell und weit weg.«

»Und wie? Wenn auch nur einer von uns, du, ich oder Danglard, den Ort verlässt, ist dies das Signal. Im selben Augenblick werden wir auffliegen.«

»Dein Sohn«, schlug Veyrenc vor und sah den jungen Mann an.

»Du glaubst doch nicht, Louis, dass ich ihn da hineinziehen werde?«

»Das hast du schon längst getan.«

»Nein. Es gibt keinen greifbaren Beweis. Aber wenn sie ihn zusammen mit Mo im Auto fassen, wandert er auf direktem Wege in den Knast. Wenn du recht hast, sind wir gezwungen, Mo auszuliefern. Wir werden ihn hundert Kilometer von hier aussetzen, und er lässt sich schnappen.«

»Du hast doch selbst gesagt: Wenn er erst einmal in den Händen der Justiz ist, kommt er nicht mehr raus. Das ist beschlossene Sache.«

»Was schlägst du vor?«

»Zerk muss noch heute losfahren. Nachts gibt es weit weniger Straßensperren. Und ein Gutteil dieser Sperren funktioniert schon nicht mehr richtig. Die Jungs sind müde geworden.«

»Ich mach's«, sagte Zerk. »Lass«, meinte er und hielt Adamsberg zurück, »ich fahre. Und wohin, Louis?«

»Du kennst die Pyrenäen so gut wie wir, und du kennst die Übergänge nach Spanien. Von dort fährst du durch bis Granada.«

»Und dann?«

»Versteckt ihr euch bis zu neuer Weisung. Ich habe dir mehrere Hoteladressen mitgebracht. Zwei Kennzeichen für den Wagen, Fahrzeugpapiere, Geld, zwei Ausweise, eine Kreditkarte. Wenn ihr weit genug von hier weg seid, setzt ihr euch an einen Straßenrand und schneidet Mo die Haare ab, dass er wie ein braver Junge aussieht.«

»Hey, das ist doch der Beweis, dass er den Mercedes nicht angezündet hat«, sagte Zerk. »Er hat im Moment lange Haare.«

»Ja, und?«, fragte Adamsberg.

»Du weißt doch, dass man ihn Momo-mèche-courte* nennt?«

»Weil er die gefährlichen kurzen Zündschnüre verwendet, um Autos abzufackeln. Das macht das Spielchen noch spannender.«

»Nein, er heißt so, weil er sich jedes Mal dabei die Haare ansengt. Hinterher schneidet er sie kurz, damit man's nicht sieht.«

»Gut, Armel«, sagte Veyrenc, »aber wir haben es eilig. Wo hast du ihn versteckt, Jean-Baptiste? Weit weg?«

»Drei Kilometer von hier«, sagte Adamsberg etwas benommen. »Zwei, wenn man durch die Wälder fährt.«

»Wir fahren jetzt gleich. Während die Jungs ihr Zeug einpacken, bringen wir die Nummernschilder an und beseitigen die Fingerabdrücke.«

»Gerade jetzt, wo er angefangen hat zu zeichnen«, meinte Zerk.

»Und gerade jetzt, wo es so aussieht, als ob die Brüder Clermont aus dem Schneider sind«, meinte Adamsberg und drückte seine Zigarette mit dem Absatz aus.

»Und die Taube, was machen wir mit der Taube?«, fragte Zerk plötzlich aufgeregt.

* Der nachfolgende Wortwechsel spielt mit der doppelten Bedeutung von *mèche:* Haarsträhne, Zündschnur.

»Du nimmst ihn mit nach Granada. So haben wir es doch besprochen.«

»Nein, die andere. Was machen wir mit Hellebaud?«

»Die lässt du uns hier. Sie könnte euch leicht verraten.«

»Man muss ihr noch immer alle drei Tage die Füße mit Desinfektionslösung behandeln. Versprich mir, dass du das tust, versprich, dass du daran denkst.«

Es war beinahe vier Uhr morgens, als Adamsberg und Veyrenc die Rücklichter des Wagens sich entfernen sahen, die Taube gurrte im Käfig zu ihren Füßen. Adamsberg hatte seinem Sohn eine volle Thermoskanne Kaffee mitgegeben.

»Ich hoffe, du hast ihn nicht umsonst losgeschickt«, sagte er leise. »Ich hoffe, sie steuern nicht geradewegs in ihr Unglück. Sie werden den Rest der Nacht und den ganzen Tag fahren müssen. Sie werden fix und fertig sein.«

»Sorgst du dich um Armel?«

»Ja.«

»Der schafft das. *Sehr kühn ist der Versuch, gewagt das Unternehmen,/Doch wird ein furchtlos Herz auch dieses Wagnis zähmen.*«

»Wie sind die auf den Verdacht mit Mo gekommen?«

»Du hast es zu schnell durchgezogen. Sehr gut gespielt, aber zu schnell.«

»Ich hatte keine Zeit, ich hatte keine Wahl.«

»Ich weiß. Aber du hast es auch im Alleingang gemacht. *Glaub nicht, du könntest allein ihr trotzen, der Gewalt,/ Die Freunde, die du fliehst, sie waren dein einzig Halt.* Du hättest mich rufen sollen.«

26

Der Graf handelte noch in der Nacht und am frühen Morgen mit beeindruckender Durchschlagskraft, seiner Zuneigung für die alte Léone gemäß, denn der Arzt traf um 11 Uhr 30 in aller Diskretion im Krankenhaus von Ordebec ein. Valleray hatte den alten Richter um sechs Uhr morgens geweckt, seinen Befehl durchgestellt, und die Gefängnistore von Fleury hatten sich bereits um neun Uhr geöffnet, um den Konvoi passieren zu lassen, der den Gefangenen in die Normandie fuhr.

Zwei ganz gewöhnliche Autos fuhren auf den für das medizinische Personal reservierten Parkplatz, der von Passanten nicht eingesehen werden konnte. Eingerahmt von vier Männern und in Handschellen stieg der Arzt aus, dem Anschein nach wohlgenährt, ja sogar heiter, was Adamsberg etwas entspannte. Er hatte noch keinerlei Lebenszeichen von Zerk erhalten und nicht ein Wort von Retancourt. Zum ersten Mal kam ihm sein Torpedo Retancourt entschärft vor, kampfunfähig. Was möglicherweise die Hypothese des Grafen bestätigte. Wenn Retancourt nichts fand, dann, weil es nichts zu finden gab. Außer der Tatsache, dass Christian spät nach Hause gekommen war – und an diesen Punkt klammerte er sich –, erlaubte nichts, einen der beiden Brüder zu verdächtigen.

Der Arzt kam mit seinem watschelnden Gang auf ihn zu, gepflegte Erscheinung, gut gekleidet. Er hatte nicht ein Gramm während der Haft verloren, ja vielleicht sogar noch ein wenig zugelegt.

»Vielen Dank für diesen kleinen Ausgang, Adamsberg«,

sagte er und drückte ihm die Hand, »es tut gut, mal wieder Landluft zu atmen. Vor allem sprechen Sie mich vor den anderen nicht mit meinem Namen an, ich will ihn rein erhalten.«

»Wie also wollen wir sagen? Dr. Hellebaud? Wäre das was Passendes?«

»Vollkommen. Wie steht's um Ihren Tinnitus? Ist er wiedergekehrt? Wenn ich daran denke, dass ich Ihnen ja nur zwei Behandlungen habe zukommen lassen können.« »Verschwunden, Doktor. Nur ab und zu noch ein leichtes Pfeifen im linken Ohr.«

»Sehr schön. Diese Kleinigkeit kriegen wir auch noch hin, bevor ich mit den Herren hier wieder verschwinde. Wie geht's der kleinen Katze?«

»Bald abgestillt. Und das Gefängnis, Doktor? Ich hatte noch keine Zeit, Sie zu besuchen, seit Sie dort inhaftiert sind. Ich bitte um Entschuldigung.«

»Was soll ich Ihnen sagen, mein Lieber? Ich kann mich vor Arbeit nicht retten. Da sind die Behandlungen des Direktors – eine sehr böse, schon lange währende Lumbalgie –, dann der Gefangenen – psychische Somatisationen und Kindheitstraumata in Reinkultur, Fälle, die mich geradezu passionieren, ich geb's zu – und auch der Wärter – viele Suchtprobleme, viel unterdrückte Gewalt. Ich nehme nicht mehr als fünf Patienten pro Tag, darin bin ich eisern. Selbstverständlich lasse ich mich nicht dafür bezahlen, dazu bin ich nicht berechtigt. Aber, nun ja, ich werde in anderer Weise hinlänglich entschädigt. Sonderzelle, Vorzugsbehandlung, Wunschessen, Bücher nach Gusto, ich kann mich nicht beklagen. Mit all den Fällen, die ich dort vor mir habe, schreibe ich an einem ziemlich fesselnden Buch über Traumata in der Haft. Erzählen Sie mir von Ihrer Kranken. Vorfall? Diagnose?«

Adamsberg unterhielt sich eine Viertelstunde mit dem Arzt im Untergeschoss, dann ging er mit ihm in den ersten

Stock hinauf, wo Capitaine Émeri, Dr. Merlan, der Graf von Valleray und Lina Vendermot vor Léos Zimmertür warteten. Er stellte ihnen Dr. Paul Hellebaud vor, und einer der Wärter nahm ihm mit sichtlichem Respekt die Handschellen ab.

»Diesen Wärter«, murmelte der Arzt Adamsberg ins Ohr, »habe ich ins Leben zurückgeholt. Er war impotent geworden. Der arme Kerl war buchstäblich vernichtet. Heute bringt er mir jeden Morgen den Kaffee ans Bett. Wer ist diese stattliche Person da, die so überaus appetitlich aussieht?«

»Lina Vendermot. Sie hat den Funken ins Pulverfass geworfen, durch sie ist der erste Mord ausgelöst worden.«

»Eine Mörderin?«, fragte er und warf ihr einen überraschten und missbilligenden Blick zu, wobei er zu vergessen schien, dass er selbst ein Mörder war.

»Das wissen wir nicht. Sie hatte eine unheilvolle Vision, die hat sie weitererzählt, und damit hat alles angefangen.«

»Was für eine Vision?«

»Das ist eine alte Lokallegende, ein gewisses Wütendes Heer, das hier seit Jahrhunderten durchzieht, ein Heer von Halbtoten, das Lebende mit sich reißt, die sich schuldig gemacht haben.«

»Die Mesnie Hellequin?«, fragte der Arzt lebhaft.

»Genau. Die kennen Sie?«

»Wer hat nicht von ihr gehört, mein Freund? Also reitet der alte Seigneur hier durch die Gegend?«

»Drei Kilometer von hier entfernt.«

»Herrlicher Hintergrund«, sagte der Arzt begeistert und rieb sich die Hände, eine Geste, die Adamsberg an den Abend erinnerte, als der Doktor für ihn einen sehr edlen Wein aus dem Schrank geholt hatte.

»War die alte Dame unter den Ergriffenen?«

»Nein, aber es heißt, sie wusste etwas.«

Als der Arzt an das Bett trat und Léone ansah, die nach wie vor zu bleich und zu kalt war, erlosch sein Lächeln augenblicklich, und Adamsberg musste sich in den Nacken fassen, wo die Kugel wieder mal knisterte.

»Schmerzen im Nacken?«, fragte der Arzt ihn leise, ohne Léone aus den Augen zu lassen, so als würde er einen Arbeitsplan studieren.

»Oh, nichts weiter. Nur ein bisschen geballte Elektrizität, die mich da von Zeit zu Zeit nervt.«

»So was gibt's nicht«, meinte der Arzt verächtlich. »Wir sehen uns das nachher mal an, der Fall Ihrer alten Dame hier ist wesentlich brisanter.«

Er bat die vier Bewacher, bis zur Wand zurückzutreten, und gebot ihnen Schweigen. Merlan glaubte sein Idiotenimage noch unterstreichen zu müssen, indem er eine argwöhnische und betont amüsierte Miene aufsetzte. Émeri erstarrte fast in Habachtstellung wie für eine kaiserliche Parade, und der Graf, dem man einen Stuhl hinschob, hielt seine Hände fest, dass sie nicht zitterten. Lina stand hinter ihm. Adamsberg presste sein vibrierendes Telefon in der Hand, das Geheimtelefon 2, und warf einen Blick auf das Display. *Sie sind da. Durchsuchen Léos Haus. LVB.* Diskret zeigte er die Nachricht Danglard.

Sollen sie nur suchen, sagte er sich und dachte voll Dankbarkeit an Lieutenant Veyrenc.

Der Arzt hatte seine mächtigen Hände auf Léones Schädel gelegt, in den er lange hineinzuhorchen schien, ließ sie dann über den Hals gleiten und den Brustkorb. Schweigend lief er um das Bett herum und nahm ihre mageren Füße in seine Finger, befühlte sie, machte sich an ihnen mit Unterbrechungen mehrere Minuten lang zu schaffen. Dann kam er zu Adamsberg zurück.

»Alles ist tot, Adamsberg, vollkommen flach. Sicherungen durchgebrannt, Fascia mediastinalis und encephalica, also Pleura und Hirnhaut, blockiert. Gehirn mit Sauerstoff unterversorgt, respiratorischer Mechanismus dekomprimiert, Verdauungssystem abgeschaltet. Wie alt ist sie?«

Adamsberg hörte, wie der Graf schneller atmete.

»Achtundachtzig.«

»Gut. Ich werde eine erste Behandlung von circa fünfundvierzig Minuten an ihr vornehmen. Dann eine zweite, kürzere, gegen 17 Uhr. Ist das möglich, René?«, und er wandte sich zu dem Chefbewacher um.

Der ex-impotente Bewacher nickte sofort, rückhaltlose Verehrung im Blick.

»Wenn sie auf die Behandlung anspricht, muss ich in vierzehn Tagen wiederkommen, um sie zu stabilisieren.«

»Kein Problem«, versicherte der Graf mit erregter Stimme.

»Wenn Sie jetzt bitte alle hinausgehen wollen, ich möchte mit der Patientin allein sein, Dr. Merlan kann bleiben, wenn er es wünscht, vorausgesetzt, er verkneift sich seine Ironie, wenn sie denn auch stumm ist. Oder ich sehe mich gezwungen, auch ihn hinauszubitten.«

Die vier Bewacher konsultierten sich, begegneten dem gebieterischen Blick des Grafen, dem zweifelnden Ausdruck von Émeri, aber schließlich gab Chefbewacher René seine Zustimmung.

»Wir stehen vor der Tür, Doktor.«

»Selbstverständlich, René. Außerdem gibt es hier, wenn ich richtig sehe, zwei Überwachungskameras im Zimmer.«

»So ist es«, sagte Émeri. »Zum Schutz der Patientin.«

»Ich werde also nicht davonfliegen. Das habe ich übrigens auch nicht vor, der Fall fasziniert mich. Alles ist funktionsfähig, und nichts funktioniert. Was ganz zweifellos durch ein Entsetzen ausgelöst wurde, das in einem unbewussten Überlebensreflex die genannten Funktionen hat erstarren lassen. Sie will ihren Überfall nicht noch einmal erleben müssen, sie will nicht ins Leben zurück, um mit ihm konfrontiert zu werden. Schließen Sie daraus, Kommissar, dass sie ihren Aggressor kennt und dass dieses Wissen ihr unerträglich ist. Sie ist auf der Flucht, sehr weit weg, viel zu weit.«

Zwei von den Bewachern postierten sich vor der Tür, die

beiden anderen gingen die Treppe hinunter, um unterm Fenster Posten zu beziehen. Der Graf, der auf seinem Stock den Korridor entlanghumpelte, zog Adamsberg mit sich.

»Er wird sie ausschließlich mit seinen Fingern behandeln?«

»Ja, Valleray, ich sagte es.«

»Mein Gott.«

Der Graf sah auf seine Uhr.

»Es sind erst sieben Minuten vergangen, Valleray.«

»Aber könnten Sie nicht mal reingehen und nachsehen, wie das abläuft?«

»Wenn Dr. Hellebaud einen schwierigen Fall zu behandeln hat, versenkt er sich so stark in ihn, dass er meist schweißgebadet daraus hervorgeht. Man kann ihn dabei nicht stören.«

»Ich verstehe. Sie fragen mich nicht, ob ich in puncto Schwert etwas erreicht habe?«

»Welchem Schwert?«

»Dem des Ministeriums, das Sie im Nacken spüren.«

»Sagen Sie.«

»Es war nicht leicht, die beiden Söhne von Antoine zu überzeugen. Aber ich hab es geschafft. Sie haben acht weitere Tage, um diesen Mohamed zu fassen.«

»Danke, Valleray.«

»Gleichwohl kam mir der Kabinettschef des Ministers etwas seltsam vor. Als er sein Einverständnis gab, fügte er hinzu: ›Falls wir ihn nicht bereits heute finden.‹ Er sprach von diesem Mohamed. Ein bisschen so, als amüsierte er sich. Haben die eine Spur?«

Adamsberg spürte die Elektrizitätskugel heftiger im Nacken kribbeln, fast tat sie ihm weh. Keine Kugel, hatte der Arzt erklärt, so etwas gibt es nicht.

»Davon weiß ich nichts.«

»Führen die eine parallele Ermittlung hinter Ihrem Rücken, oder was?«

»Keine Ahnung, Valleray.«

Zu diesem Zeitpunkt musste die Geheimpolizei des Ministeriums schon sämtliche Orte durchsucht haben, an denen er seit seiner Ankunft in Ordebec gewesen war. Léos Herberge, das Haus der Vendermots – Adamsberg hoffte aus tiefster Seele, dass Hippolyte die ganze Zeit rückwärts gesprochen hatte – und die Gendarmerie – Adamsberg hoffte aus tiefster Seele, dass Flem ihnen an den Hals gesprungen war. Es war kaum anzunehmen, dass sie auch das Haus von Herbier durchsucht hatten, aber ein verlassener Ort kann für Polizeischnüffler immer interessant sein. In Gedanken ging er noch einmal durch, was er mit Veyrenc dort getan hatte. Die Fingerabdrücke beseitigt, das Geschirr mit kochend heißem Wasser gespült, das Bettzeug abgezogen – mit der Weisung an die beiden jungen Leute, es frühestens hundert Kilometer hinter Ordebec zu entsorgen –, die Siegel wieder angebracht. Blieben die Kothäufchen von Hellebaud, die sie, so gut es ging, weggekratzt hatten, aber es waren immer noch Spuren davon zu sehen. Er hatte Veyrenc gefragt, ob er das Geheimnis der phänomenalen Hartnäckigkeit von Vogelschiss kenne, aber Veyrenc wusste auch nicht mehr darüber als er.

27

Die beiden jungen Leute hatten sich am Steuer abgelöst, so dass abwechselnd jeder mal ein wenig schlafen konnte, Mo hatte kurzgeschnittene Haare und trug eine Brille und ein Bärtchen, eine recht pauschale Veränderung, aber doch beruhigend, denn so sah er auf dem Foto des neuen Personalausweises aus, den Veyrenc mitgebracht hatte. Mo war fasziniert von diesem falschen Dokument, er drehte es bewundernd in alle Richtungen und sagte sich, dass in Ungesetzlichkeiten von hohem Niveau die Bullen doch um einiges gewitzter waren als seine Amateurbande in der Cité des Buttes. Zerk hatte nur Straßen ohne Maut genommen, und auf ihre erste Sperre stießen sie auf der Umgehungsschnellstraße von Saumur.

»Stell dich schlafend, Mo«, nuschelte er zwischen den Zähnen. »Wenn sie mich anhalten, weck ich dich, du kramst in deinen Sachen, holst deinen Ausweis raus. Tu wie einer, der nicht versteht, was los ist, der überhaupt nie groß was versteht. Denk an was ganz Einfaches, denk an Hellebaud, konzentrier dich auf ihn.«

»Oder auf die Kühe«, sagte Mo aufgeregt.

»Meinetwegen, und sprich nicht. Nick nur verschlafen mit dem Kopf.«

Zwei Gendarmen kamen langsam auf das Fahrzeug zu, wie zwei tödlich gelangweilte Typen, die erleichtert sind, endlich mal was in die Finger zu kriegen. Der eine ging mit seiner Stablampe gemächlich um den Wagen herum, der andere leuchtete den beiden Männern kurz ins Gesicht, während er sich ihre Papiere geben ließ.

»Die Nummernschilder sind neu«, bemerkte er.

»Ja«, sagte Zerk. »Ich habe sie vor zwei Wochen anbringen lassen.«

»Der Wagen ist sieben Jahre alt, und die Schilder sind neu.«

»Das ist Paris«, erklärte Zerk. »Stoßstangen vorn und hinten eingedrückt, Nummernschilder verbeult, ich habe sie auswechseln lassen.«

»Warum? Waren die Ziffern nicht mehr lesbar?«

»Das schon. Aber Sie wissen doch, Brigadier, wie es in dieser Stadt läuft, wenn Ihre Nummernschilder erst im Eimer sind, dann geniert sich beim Einparken niemand mehr, Ihnen auch noch ein paar Beulen reinzufahren.«

»Sie sind nicht aus Paris?«

»Aus den Pyrenäen.«

»Na, das ist auf jeden Fall besser als die Hauptstadt«, erwiderte der Gendarm mit einem Anflug von Lächeln, als er die Papiere zurückgab.

Sie fuhren schweigend ein paar Minuten, so lange, bis ihr Herzrhythmus sich wieder normalisiert hatte.

»Du warst spitze«, sagte Mo. »Ich wär auf so was nicht gekommen.«

»Wir müssen anhalten und die Nummernschilder ramponieren. Mit ein paar Fußtritten.«

»Und einem bisschen Ruß aus dem Auspuff.«

»Dabei werden wir einen Happen essen. Steck deinen Ausweis in die Hosentasche, damit er sich ein bisschen verbiegt. Wir sehen zu neu aus.«

Um elf Uhr vormittags passierten sie eine zweite Sperre bei Angoulême. Um vier Uhr nachmittags hielt Zerk auf einer Gebirgsstraße bei Laruns.

»Wir machen noch eine letzte Pause von einer Stunde, Mo, aber nicht länger. Wir müssen rüber.«

»Sind wir schon an der Grenze?«

»Fast. Wir fahren nach Spanien über die Passstraße am

Socques. Und weißt du, was wir als Erstes machen? In der kleinen Herberge in Hoz de Jaca werden wir uns den Bauch vollschlagen und uns wie die Fürsten fühlen. Schlafen werden wir in Berdún. Und morgen Granada, zwölf Stunden Fahrt.«

»Und abschrubben werden wir uns auch mal. Ich habe den Eindruck, wir stinken.«

»Klar stinken wir. Und zwei Typen, die stinken, die fallen sofort auf.«

»Dein Vater wird meinetwegen hochgehen. Was denkst du, wie er das aufnehmen wird?«

»Weiß ich nicht«, sagte Zerk und trank ein paar Schlucke aus der Wasserflasche. »Ich kenne ihn nicht.«

»Wie?«, sagte Mo und griff nach der Flasche.

»Er hat mich gerade erst vor zwei Monaten gefunden.«

»Du bist ein Findelkind? Scheiße. Dabei siehst du ihm ähnlich.«

»Nein, ich meine, er hat mich gefunden, als ich schon achtundzwanzig war. Vorher wusste er nicht mal, dass es mich gibt.«

»Scheiße«, sagte Mo noch einmal und rieb sich die Wangen. »Mein Vater, der ist genau das Gegenteil. Er wusste, dass es mich gibt, aber er hat nie versucht, mich zu finden.«

»Meiner auch nicht. Ich bin ihm mehr oder weniger auf die Füße gefallen. Väter sind, glaube ich, was sehr Kompliziertes, Mo.«

»Vielleicht sollten wir jetzt besser ein Stündchen schlafen.«

Mo hatte den Eindruck, dass Zerks Stimme ein bisschen heiser geworden war. Sei es wegen des Vaters, sei es vor Müdigkeit. Jeder drückte sich in eine Wagenecke und suchte eine geeignete Schlafposition.

»Zerk?«

»Ja?«

»Eins kann ich trotzdem als kleine Gegenleistung für deinen Vater tun.«

»Den Mörder von Clermont finden?«

»Nein, aber den, der Hellebaud die Beine zusammengebunden hat.«

»Den Drecksbengel.«

»Ja.«

»Nicht schlecht. Aber den wirst du nicht finden.«

»Der Erdbeerkorb bei euch auf der Anrichte, in dem noch ein paar Federn lagen, habt ihr darin Hellebaud transportiert?«

»Ja, und?«

»Die Schnur, die da drin lag, waren damit seine Beine zusammengebunden?«

»Ja, mein Vater hatte sie für die Analyse aufgehoben. Was ist damit?«

»Also, das ist eine Diabolo-Schnur.«

Zerk richtete sich auf, zündete sich eine Zigarette an, gab auch Mo eine und kurbelte das Fenster herunter.

»Woher weißt du das, Mo?«

»Man verwendet Spezialschnüre, über die das Diabolo gleitet. Eine gewöhnliche Schnur nutzt sich ab, verdreht sich, und das Ding kommt ins Trudeln.«

»Die gleichen wie für Jo-Jo?«

»O nein. Das Diabolo strapaziert die Schnur vor allem in der Mitte, es zerreibt sie sogar regelrecht, deswegen braucht man dafür einen verstärkten Nylonfaden.«

»Na gut, und weiter?«

»So was findet man nicht überall. So was kauft man in Diabolo-Läden. Und davon gibt's nicht viele in Paris.«

»Selbst wenn«, meinte Zerk nach einem Augenblick des Nachdenkens, »selbst wenn wir diese Läden beobachten würden, könnten wir nicht rauskriegen, wer von den Käufern damit die Taube gefoltert hat.«

»Es gibt eine Möglichkeit«, beharrte Mo. »Diese Schnur war keine Profischnur. Ich glaube nicht, dass ihre Seele geflochten ist.«

»Ihre Seele?«

»Ihr Herz, ihre Mitte. Die Profis nehmen teurere Schnüre, die auf Rollen zu zehn oder zu fünfundzwanzig Metern verkauft werden. Aber die hier nicht. Die wird zusammen mit dem Diabolo und den Stöcken im Paket verkauft.«

»Und weiter?«

»Sie sah überhaupt nicht abgenutzt aus. Vielleicht könnten die Leute, die mit deinem Vater arbeiten, das mit einer Lupe erkennen?«

»Oder einem Mikroskop«, bestätigte Zerk. »Und was bedeutet das, wenn sie neu ist?«

»Na, warum sollte der Drecksbengel die neue Schnur von seinem Diabolo versauen? Warum nimmt er die und nicht eine einfache Paketschnur?«

»Weil es bei ihm zu Hause jede Menge davon gibt?«

»Genau. Sein Alter hat einen Diabolo-Laden. Der Rotzlöffel hat sich ein Stück von einer großen Rolle abgeschnitten, ein neues Stück, und er hat die billigste Schnur genommen. Folglich ist sein Vater Großhändler oder Zwischenhändler und verkauft seine Schnur an die Leute, die die Diabolo-Fertigsätze herstellen. Und an Großhändlern gibt es in Paris vielleicht nur einen. Vermutlich befindet sich sein Laden sogar in der Nähe des Kommissariats, denn Hellebaud hat danach bestimmt nicht mehr kilometerweit hüpfen können.«

Zerk rauchte mit halbgeschlossenen Augen und beobachtete Mo.

»Hast du lange darüber nachgedacht?«, fragte er.

»Ja, ich hatte in dem leeren Haus viel Zeit dafür. Findest du, dass das Quatsch ist?«

»Ich finde, dass wir, sobald wir ins Internet können, die Adresse von dem Laden und den Familiennamen des Drecksbengels herauskriegen sollten.«

»Aber wir können nicht ins Internet.«

»Nein, wir sind vielleicht für Jahre auf der Flucht. Es sei

denn, du findest auch den Dreckskerl, der dir die Füße zusammengebunden hat.«

»In der Größenordnung können wir nicht kämpfen. Die Clermonts, die sind das ganze Land.«

»Mehrere Länder sogar.«

28

Im Krankenhausflur hatte die Unruhe die einfachsten Formen der Höflichkeit vergessen lassen, niemand redete mit einem andern. Lina überlief ein Schauer, ihr Schal glitt wieder einmal auf den Boden. Danglard war schneller als Adamsberg, mit zwei seiner ungelenken großen Schritte war er hinter ihr und legte ihn ihr über die Schultern, mit etwas altväterlicher Bedächtigkeit und Sorgfalt.

Auch schon verstrahlt, dachte Adamsberg, während Émeri, die blonden Brauen gerunzelt, die Szene zu missbilligen schien. Alle verstrahlt, schloss Adamsberg. Alle in ihrer Hand, sie erzählt, was sie will, sie angelt sich, wen sie will.

Dann kehrten die Blicke in ihre gehabte Position zurück, sie richteten sich wieder auf die geschlossene Zimmertür, in der Erwartung, dass die Klinke zucken würde, so, wie man darauf lauert, dass der Vorhang sich über einem außergewöhnlichen Schauspiel hebt. Alle standen so reglos da wie die Kühe in den Wiesen.

»Der Motor ist wieder angesprungen, er schnurrt«, verkündete der Doktor schlicht, als er herauskam. Er zog ein großes weißes Taschentuch aus seiner Tasche, trocknete sich mit Methode die Stirn, aber behielt die Tür noch in der Hand.

»Sie können hineingehen«, sagte er zum Grafen, »aber sagen Sie kein Wort. Versuchen Sie nicht, sie zum Reden zu bringen, jetzt noch nicht. Frühestens in vierzehn Tagen. Diese Zeit wird sie mindestens brauchen, um ihre Situation zu akzeptieren, vorher darf man auf gar keinen Fall in sie dringen, sonst taucht sie wieder ab in den Limbus. Wenn Sie alle mir das versprechen können, dürfen Sie sie jetzt sehen.«

Die Köpfe neigten sich zustimmend.

»Aber wer bürgt mir mit seinem Wort dafür, dass die Anordnung befolgt wird?«, beharrte Dr. Hellebaud.

»Ich«, sagte Merlan, den niemand bemerkt hatte und der ein wenig gebeugt vor Fassungslosigkeit hinter Hellebaud stand.

»Ich nehme Sie beim Wort, lieber Kollege. Sie werden mir jeden Besucher begleiten oder ihn von jemandem begleiten lassen. Oder ich mache Sie verantwortlich für einen Rückfall.«

»Sie können mir vertrauen. Ich bin Arzt, ich lasse Ihre Arbeit von niemandem kaputtmachen.«

Hellebaud nickte und ließ den Grafen ans Bett treten, Danglard stützte seinen zitternden Arm. Er blieb einen Moment reglos und mit offenem Mund vor einer Léo stehen, deren Wangen sich leicht gerötet hatten, die ruhig atmete und ihn lächelnd und mit einem lebhaften Blick begrüßte. Der Graf legte seine Finger auf die Hände der alten Frau, die wieder warm durchpulst waren. Er drehte sich nach dem Arzt um, ratlos, wie er ihm danken sollte, da schwankte er plötzlich an Danglards Arm.

»Vorsicht«, sagte Hellebaud mit erschrockener Miene. »Schock, Anbahnung einer vasovagalen Synkope. Setzen Sie ihn hin, ziehen Sie ihm das Hemd aus. Sind die Füße blau?«

Valleray sackte auf den Stuhl, und Danglard hatte alle Mühe, ihn auszuziehen. Der Graf wehrte sich in seiner Verwirrung, so gut er konnte, als weigerte er sich mit aller Macht, nackt und gedemütigt in einem Krankenhauszimmer zu stehen.

»Er hasst das«, bemerkte Dr. Merlan lakonisch. »Bei sich zu Hause hat er einmal dasselbe Theater veranstaltet. Zum Glück war ich dabei.«

»Hat er öfter solche Schwächeanfälle?«, fragte Adamsberg.

»Überhaupt nicht, der letzte liegt ein Jahr zurück. Zu großer Stress, nichts Ernstes im Grunde. Mehr Angst als wirkliche Gefahr. Warum fragen Sie mich das, Kommissar?«

»Wegen Léo.«

»Da machen Sie sich mal keine Gedanken. Der ist robust, Léo wird ihn noch viele Jahre haben.«

29

Capitaine Émeri trat mit aufgelöster Miene ins Zimmer und fasste Adamsbergs Arm.

»Mortembot hat soeben seinen Cousin Glayeux ermordet aufgefunden.«

»Wann?«

»Vermutlich letzte Nacht. Die Gerichtsmedizinerin ist auf dem Weg. Und das Schlimmste kommt noch, man hat ihm den Schädel gespalten. Mit einer Axt. Der Mörder greift auf seine erste Methode zurück.«

»Du sprichst vom alten Vendermot?«

»Ja sicher, er ist der Anfang von allem. Wer die Grausamkeit sät, wird die Bestialität ernten.«

»Du warst noch gar nicht hier, als der Mann umgebracht wurde.«

»Trotzdem. Frag dich lieber, warum man seinerzeit niemanden verhaftet hat. Warum man vielleicht niemanden hat verhaften wollen.«

»Wer ist ›man‹?«

»Wer hier das Gesetz macht, Adamsberg«, sagte Émeri etwas gewunden, während Danglard den halbentkleideten Valleray hinausführte, »das wahre Gesetz, das einzig gültige Gesetz, das ist der Graf von Valleray d'Ordebec. Er gebietet über Leben und Tod auf seinem Grund und Boden, und weit darüber hinaus, wenn du wüsstest.«

Adamsberg zögerte, er erinnerte sich an die Weisungen, die er am Abend zuvor auf dem Schloss erhalten hatte.

»Denk doch mal nach«, fügte Émeri hinzu. »Er braucht deinen Gefangenen, um Léo behandeln zu lassen? Schon kriegt er ihn. Du brauchst einen zeitlichen Aufschub für deine Ermittlung? Er setzt ihn durch.«

»Woher weißt du, dass ich einen Aufschub erhalten habe?«

»Er selbst hat es mir gesagt. Er zeigt gern, wie weit seine Macht reicht.«

»Wen hätte er schützen wollen?«

»Man hat immer vermutet, dass eines der Kinder den Vater getötet hat. Vergiss nicht, dass man Lina dabei angetroffen hat, wie sie die Axt abwischte.«

»Das verheimlicht sie auch nicht.«

»Sie kann es nicht verheimlichen, weil es in der Ermittlungsakte steht. Aber vielleicht hat sie die Axt gesäubert, um Hippo zu schützen. Hat man dir erzählt, was sein Vater ihm angetan hat?«

»Ja, zwei Finger abgehackt.«

»Mit der Axt. Aber ebenso gut könnte Valleray es übernommen haben, dieses Ungeheuer zu töten, um die Kinder zu schützen. Nimm an, Herbier hätte das gewusst. Nimm weiter an, er hätte Valleray damit erpresst.«

»Dreißig Jahre danach?«

»Vielleicht blecht der schon seit Jahren.«

»Und Glayeux?«

»Reines Ablenkungsmanöver.«

»Du glaubst also, dass Lina und Valleray unter einer Decke stecken. Dass sie den Durchzug des Wütenden Heeres ankündigt, damit Valleray sich Herbiers entledigen kann. Dass alles Weitere, Glayeux, Mortembot, nichts als Kulisse ist, um dich auf die Spur eines Verrückten zu lenken, der an die Mesnie Hellequin glaubt und die Willensbekundungen von deren Seigneur ausführt.«

»Das passt doch, oder?«

»Vielleicht, Émeri. Ich aber glaube, dass es einen Wahnsinnigen, der das Heer fürchtet, tatsächlich gibt. Sei es einer der Ergriffenen, der seine Haut zu retten sucht, sei es ein zukünftiger Ergriffener, der sich die Gunst dieses Hellequin erwerben will, indem er sich ihm andient.«

»Warum glaubst du das?«

»Ich weiß nicht.«

»Weil du die Leute hier nicht kennst. Was hat dir Valleray versprochen, wenn du Léo da rausholst? Ein Kunstwerk vielleicht? Rechne nicht zu sehr damit. So was macht er ständig. Und warum will er Léo um jeden Preis retten? Hast du dich das mal gefragt?«

»Weil er an ihr hängt, Émeri, das weißt du doch.«

»Oder um zu erfahren, was sie weiß?«

»Mensch, Émeri, er ist eben fast ohnmächtig geworden. Er will sie heiraten, wenn sie durchkommt.«

»Das träfe sich gut. Die Aussage einer Ehefrau gilt nichts vor dem Gesetz.«

»Entscheide dich, Émeri. Ob du Valleray verdächtigst oder die Vendermots.«

»Vendermot, Valleray, Léo, alles eine Bagage. Der alte Vendermot und Herbier, die sind das teuflische Antlitz. Der Graf und die Kinder das unschuldige Antlitz. Tu alles zusammen, und du erhältst eine verdammt unkontrollierbare Brut, vermischt mit Lehm.«

30

»Er wurde am späten Abend überfallen, gegen Mitternacht etwa«, versicherte die Gerichtsmedizinerin Chazy. »Es waren zwei Axthiebe. Schon der erste hatte bei weitem gereicht.«

Glayeux lag vollkommen bekleidet in seinem Büro, den Kopf zweimal gespalten, sein Blut war reichlich über den Tisch und den Teppich geflossen, es hatte selbst die Entwürfe überzogen, die er auf dem Boden ausgebreitet hatte. Man sah noch das Gesicht der Madonna durch die Flecken.

»Wie scheußlich«, meinte Émeri und wies auf die Zeichnungen. »Die Heilige Jungfrau, ganz von Blut befleckt«, sagte er voller Ekel, als stieße ihn diese Schmach mehr ab als die Schlachteszene, die er vor Augen hatte.

»Der Seigneur Hellequin war ja nicht gerade zimperlich«, murmelte Adamsberg. »Und die Madonna beeindruckt ihn überhaupt nicht.«

»Offensichtlich nicht«, sagte Émeri mürrisch. »Glayeux hatte einen Auftrag für die Kirche von Saint-Aubin. Und er arbeitete immer bis spät in die Nacht. Der Mörder, sei es Mann oder Frau, ist hereingekommen, sie kannten sich. Glayeux hat ihn empfangen. Wenn er eine Axt am Leib versteckt hielt, muss er einen Trenchcoat getragen haben. Ziemlich seltsam bei dieser Wärme.«

»Erinnere dich, es sah nach Regen aus. Von Westen her zogen Wolken auf.«

Das Schluchzen von Michel Mortembot war aus dem Büro zu hören, ein Geheul mehr als ein Weinen, wie Männer es ausstoßen, die keine Tränen haben.

»So hat er noch nicht mal beim Tod seiner Mutter gejammert«, sagte Émeri in galligem Ton.

»Weißt du, wo er gestern war?«

»Er war zwei Tage in Caen, wegen einer größeren Bestellung von Birnbaumpflänzlingen. Das werden eine Menge Leute bestätigen. Er ist erst heute am späten Vormittag zurückgekommen.«

»Und gestern gegen Mitternacht?«

»War er in der Disko, im *Drunter und drüber.* Er hat die Nacht mit Nutten und Schwuchteln verbracht und hat jetzt Gewissensbisse. Wenn er fertig ist mit Flennen, wird der Brigadier ihn zur Zeugenaussage mitnehmen.«

»Ganz ruhig, Émeri, das bringt nichts. Wie lange müssen wir auf deine Kriminaltechniker warten?«

»So lange, wie sie von Lisieux hierher brauchen, kannst du dir ja ausrechnen. Wenn der Scheißkerl von Glayeux wenigstens meinen Rat befolgt hätte, wenn er wenigstens Personenschutz akzeptiert hätte.«

»Ganz ruhig, Émeri. Tut er dir leid?«

»Nein. Soll Hellequin ihn sich holen. Was ich aber sehe, ist, dass zwei von der Mesnie Ergriffene ermordet sind. Weißt du, was das in Ordebec auslösen wird?«

»Das blanke Entsetzen.«

»Ob auch Mortembot noch daran glauben wird, ist den Leuten scheißegal. Aber den Namen des vierten Opfers, den kennt man nicht. Man kann Mortembot schützen, aber nicht die ganze Stadt. Wenn ich wissen wollte, wer hier irgendwas auf dem Kerbholz hat, wer Angst hat, dass Hellequin ihn gezeichnet haben könnte, dann wäre das jetzt der Moment, die Augen aufzusperren. Allein indem man die Leute beobachtet, die, die zittern, und die, die gelassen bleiben. Und das würde ich mir aufschreiben.«

»Warte einen Moment«, sagte Adamsberg und klappte sein Telefon zu. »Commandant Danglard ist draußen, ich geh ihn mal holen.«

»Kann er nicht allein reinkommen?«

»Ich will nicht, dass er Glayeux sieht.«

»Und warum nicht?«

»Er kann kein Blut sehen.«

»Und so einer ist Bulle?«

»Ganz ruhig, Émeri.«

»Da hätte er auf dem Schlachtfeld ja einen echten Hasenfuß abgegeben.«

»Das ist nicht weiter tragisch, er hat keinen Marschall im Stammbaum. Alle seine Vorfahren haben im Bergwerk geschuftet. Das ist auch brutal, bringt aber keinen Ruhm.«

Eine kleine Menschenmenge hatte sich schon vor Glayeux' Haus versammelt. Man wusste, dass er einer der vom Seigneur Hellequin Ergriffenen war, und man hatte das Auto der Gendarmerie gesehen, mehr brauchte es nicht, um zu verstehen. Danglard hielt sich unbeweglich im Hintergrund.

»Ich bin mit Antonin hier«, erklärte er Adamsberg. »Er will Sie sprechen, Sie und Émeri. Aber er traut sich nicht allein durch die Menge, man muss ihm einen Weg bahnen.«

»Wir gehen durch die Hintertür«, sagte Adamsberg und fasste sanft Antonins Hand. Er hatte während der Massage durch den Bruder begriffen, dass die Hand fest war, das ganze Handgelenk aber zerbrechlich. Man musste also vorsichtig damit umgehen.

»Und wie geht es dem Grafen?«, fragte er.

»Er ist auf den Beinen. Und vor allem wieder angezogen, wenn auch noch immer erbost darüber, dass man ihm sein Hemd ausgezogen hat. Dr. Merlan hat eine Wende von hundertachtzig Grad vollzogen. Er hat dem Kollegen Hellebaud in aller Demut einen Raum zur Verfügung gestellt, wo dieser mit seinen Bewachern zu Mittag speist und große Reden schwingt. Merlan rückt ihm nicht von der Pelle, er wirkt wie einer, dessen sämtliche Gewissheiten durch einen Wirbelsturm davongetragen wurden. Wie sieht der Fall Glayeux aus?«

»So, dass Sie ihn sich besser nicht anschauen sollten.«

Adamsberg ging um das Haus herum, er und Danglard schützten Antonin von beiden Seiten. Sie begegneten Mortembot, der mit gesenktem Kopf daherkam wie ein erschöpfter Zugochse, von Brigadier Blériot verständnisvoll zum Auto geleitet. Blériot hielt den Kommissar diskret an.

»Der Capitaine ist sauer auf Sie, wegen Glayeux' Tod«, murmelte er. »Er meint – mit Verlaub –, dass Sie nichts unternommen hätten. Ich sage Ihnen das, um Sie zu warnen, er kann ziemlich unangenehm werden.«

»Das habe ich bemerkt.«

»Machen Sie sich nichts draus, es geht vorüber.«

Antonin setzte sich vorsichtig auf einen der Stühle in Glayeux' Küche und schob seine Arme unter den Tisch.

»Lina ist auf der Arbeit, Hippo ist Holz kaufen gefahren, und Martin ist im Wald«, erklärte er. »Darum bin ich gekommen.«

»Wir hören Ihnen zu«, sagte Adamsberg sanft.

Émeri hatte sich demonstrativ abseits von der Gruppe gesetzt, um anzudeuten, dass dies nicht seine Ermittlung war und Adamsberg, so groß sein Ruf sein mochte, auch nicht mehr zuwege gebracht hatte als er.

»Es heißt, Glayeux sei ermordet worden.«

»So ist es.«

»Sie wissen, dass Lina ihn in der Mesnie gesehen und gehört hat, wie er um Erbarmen schrie.«

»Ja. Mit Mortembot und einem Vierten, Unbekannten.«

»Was ich sagen will, ist, wenn die Mesnie tötet, tut sie es auf ihre Weise. Niemals mit einer modernen Waffe, das will ich damit sagen. Nicht mit einem Revolver oder einem Gewehr. Denn diese Waffen kennt Hellequin nicht. Hellequin ist zu alt.«

»Für Herbier stimmt das nicht.«

»Einverstanden, aber vielleicht war der auch nicht Hellequins Werk.«

»Für Glayeux dagegen stimmt es«, gab Adamsberg zu. »Er wurde nicht mit einer Schusswaffe getötet.«

»Sondern mit der Axt?«

»Woher wissen Sie das?«

»Weil unsere verschwunden ist. Das wollte ich sagen.«

»Schau an«, sagte Émeri und lachte auf, »du kommst bis hierher, so zerbrechlich du bist, um uns zu sagen, mit welcher Waffe das Verbrechen verübt wurde? Das ist aber nett von dir, Antonin.«

»Meine Mutter hat gesagt, es könnte von Nutzen sein.«

»Hast du nicht eher Angst, dass es auf euch zurückfallen könnte? Es sei denn, du denkst, man wird die Waffe ohnehin finden, und dem kommst du lieber zuvor?«

»Ganz ruhig, Émeri«, unterbrach ihn Adamsberg. »Wann haben Sie bemerkt, dass die Axt nicht mehr da war?«

»Heute früh, doch bevor ich das mit Glayeux erfuhr. Ich selbst benutze sie nicht, das kann ich mir gar nicht erlauben. Aber ich habe gesehen, dass sie nicht mehr dort war, wo wir sie für gewöhnlich hinstellen, draußen gegen den Holzstapel gekeilt.«

»So dass jeder sie sich nehmen könnte.«

»Ja, aber das macht niemand.«

»Hat sie irgendwas Besonderes, diese Axt? Etwas, woran man sie erkennen kann?«

»Hippo hat ein V in den Schaft geritzt.«

»Denken Sie, dass jemand sie benutzt hat, um den Verdacht auf Sie und Ihre Familie zu lenken?«

»Schon möglich, aber was ich sagen will, ist, dass das nicht sehr schlau wäre. Wenn wir Glayeux hätten umbringen wollen, hätten wir doch nicht unsere eigene Axt dazu genommen, stimmt's?«

»Aber sicher wäre das schlau«, mischte Émeri sich ein. »Es wäre ein so plumper Fehler, dass ihr ihn nicht begangen haben könntet. Ihr schon gar nicht, ihr Vendermots, die ihr die ausgekochtesten Schlitzohren von Ordebec seid.«

Antonin zuckte die Schultern.

»Du kannst uns nicht leiden, Émeri, darum interessiert mich deine Meinung nicht. Vielleicht war dein Vorfahr auf dem Schlachtfeld ja besser, sogar wenn er zahlenmäßig unterlegen war.«

»Misch dich nicht in meine Familie ein, Antonin.«

»Aber du mischst dich in meine ein, das ist es, was ich sagen will. Was hast du eigentlich von deinem Ahn geerbt? Du rennst durchs Gelände und dem ersten Hasen hinterher, den du siehst. Ohne dich jemals umzuschauen nach dem, was sonst noch passiert, ohne dich jemals zu fragen, was die anderen denken. Außerdem bist du gar nicht mehr mit der Ermittlung betraut. Ich rede hier mit dem Kommissar aus Paris.«

»Und da tust du gut dran«, erwiderte Émeri mit seinem angriffslustigen Grinsen. »Du siehst ja, wie erfolgreich er seit seiner Ankunft schon war.«

»Das ist normal. Es braucht seine Zeit, herauszufinden, was die Leute denken.«

Die Kriminaltechniker aus Lisieux betraten das Haus, und Antonin, von dem Geräusch in Unruhe versetzt, hob sein feines Gesicht.

»Danglard bringt Sie nach Hause, Antonin«, sagte Adamsberg und stand auf. »Danke, dass Sie uns aufgesucht haben. Émeri, ich sehe dich heute Abend zum Essen, wenn du einverstanden bist. Ich mag schwelende Konflikte nicht. Nicht weil ich so tugendhaft wäre, sondern weil sie mich anöden, ob sie nun berechtigt sind oder nicht.«

»Einverstanden«, sagte Émeri nach einem kurzen Moment. »An meinem Tisch?«

»An deinem Tisch. Ich überlasse dich jetzt den Technikern. Behalt Mortembot so lange wie möglich in der Zelle, unter dem Vorwand eines Polizeigewahrsams. In der Gendarmerie ist er wenigstens außer Gefahr.«

»Was hast du vor? Mittagessen gehen? Jemanden treffen?«

»Laufen. Ich muss laufen.«

»Was meinst du damit? Willst du was erkunden?«

»Nein, ich will nur laufen. Weißt du, dass Dr. Hellebaud mir versichert hat, dass es die Elektrizitätskugeln nicht gibt?«

»Aber was wäre es dann?«

»Darüber reden wir heute Abend.«

Alle schlechte Laune war aus dem Gesicht des Capitaine verschwunden. Brigadier Blériot hatte recht, es ging schnell vorüber, ein letztendlich sehr seltener Vorteil.

31

Die Unruhe würde größer werden in Ordebec, Angst würde umgehen, das Suchen nach einer Antwort beginnen, das aber, so dachte Adamsberg, wohl eher in das Grauen vor dem Wütenden Heer umschlagen als sich gegen die Ohnmacht des Pariser Kommissars richten würde. Denn wer hier könnte sich ernsthaft vorstellen, dass ein Mensch, nicht mehr als ein Mensch, die Macht besäße, dem Seigneur Hellequin einen Strich durch die Rechnung zu machen? Dennoch wählte Adamsberg einen wenig begangenen Weg, auf dem ihm kaum jemand begegnen und ihn ausfragen würde, auch wenn die Normannen ja nicht sonderlich begabt waren für direkte Fragen. Was sie allerdings durch lange Blicke und bedeutungsschwere Anspielungen zu kompensieren wussten, die einen in den Rücken trafen, um ihn am Ende doch vor die frontale Frage zu stellen.

Er umging Ordebec über die Straße zum Libellenteich, nahm die Abkürzung durch den Wald der Petites Alindes und schlug unter bleierner Sonne die Richtung zum Weg von Bonneval ein. Keine Gefahr, dass er zu dieser Zeit auch nur irgendeiner Menschenseele auf dem verfluchten Pfad begegnen würde. Er hätte den Weg schon längst wieder und wieder gehen sollen. Denn dort, und nur dort, konnte Léo etwas herausgefunden oder begriffen haben. Aber da war die Sache mit Mo gewesen, da waren die Clermont-Brasseurs gewesen, Retancourt, die auf Tauchstation ging, Léo in nahezu leblosem Zustand, der Auftrag des Grafen, und er hatte nicht sehr schnell gehandelt. Möglicherweise war auch ein gewisser Fatalismus mit im Spiel, aus dem heraus er die

Schuld ganz natürlich dem Seigneur Hellequin auf die Schultern lud, statt den realen Menschen, den Sterblichen zu suchen, der Leute mit der Axt massakrierte. Keinerlei Nachricht von Zerk. In diesem Punkt befolgte sein Sohn strikt sein Verbot, ihn zu kontaktieren. Denn zur Stunde, und schon gar nach der Razzia durch die Leute vom Ministerium, war sein zweites Handy mit Sicherheit geortet und wurde abgehört. Er musste Retancourt informieren, dass sie ihn nicht mehr anrief. Weiß Gott, welches Schicksal einem im grandiosen Fuchsbau der Clermont-Brasseurs entdeckten Maulwurf blühte!

Am Rande dieses Querpfads stand ein einsames Gehöft, bewacht von einem Hund, der es satthatte, zu bellen. Hier wurde das Telefon mit Sicherheit nicht abgehört. Adamsberg zog mehrmals an der alten Klingel, rief laut nach den Bewohnern. Als keine Antwort kam, stieß er die Tür auf und fand das Telefon auf einem Tisch im Eingang, mitten unter einem Wust von Briefen, Regenschirmen und schlammverkrusteten Stiefeln. Er nahm den Hörer ab, um Retancourt anzurufen.

Und legte ihn wieder auf. Das harte Päckchen mit den Fotos in seiner Hosentasche, die der Graf ihm am Vorabend gegeben hatte, brachte sich plötzlich in Erinnerung. Er nahm es heraus und zog sich hinter eine Scheune zurück, um die Bilder in Ruhe zu betrachten, aber noch immer nicht hörte er den durchdringenden Schrei, den sie ihm sandten. Christian im Kreis lachender Menschen, wie er Gott weiß wen parodiert, Christophe, unelegant, grinsend, mit einer goldenen Krawattennadel in Form eines Hufeisens, Gläser in allen Händen, Servierplatten, geschmückt mit Blumenkaskaden, tief ausgeschnittene Kleider, Brillanten, Siegelringe, die sich ins Fleisch alter Finger graben, Kellner in Livree. Viel zu sehen für einen auf den Prunk und die Posen der Herrschenden spezialisierten Zoologen, nichts für einen Bullen auf der Suche nach einem Vatermörder. Eine Schar

Wildenten zog seine Aufmerksamkeit auf sich, in vollendeter V-Formation flogen sie vorüber. Er sah ins Blassblau des Himmels – den im Westen eine Wolkenfront zu verdunkeln begann –, steckte die Fotos wieder in den Umschlag, streichelte die Blesse einer Stute, die sich die Mähne von den Augen schüttelte, und sah auf seine Uhren. Wenn Zerk irgendetwas zugestoßen wäre, dann wüsste er es bereits. In diesem Augenblick mussten sie kurz vor Granada sein, außer Reichweite der schärfsten Fahndungsmaßnahmen. Dass er sich Sorgen machen würde um Zerk, hatte er nicht vorausgesehen, er wusste nicht, was daran Schuldgefühl und was Zuneigung war, eine Zuneigung, die er noch nicht kannte. Er stellte sich die beiden vor, wie sie dreckig und verschwitzt auf der Höhe über der Stadt ankamen, er sah das knochige kleine Gesicht von Zerk vor sich, wie es lächelte, und er sah Mo mit seinen kurzgeschnittenen Haaren wie ein braver Schüler. Mo, das heißt Momo-mèche-courte, Momo-Kurzlocke.

Hastig steckte er die Fotos in seine Hosentasche, ging schnellen Schritts zu dem verlassenen Gehöft zurück, sah sich prüfend um und wählte Retancourts Nummer.

»Violette«, sagte er, »das Foto, das du mir von Erlöser 1 geschickt hast.«

»Ja.«

»Da hat er kurzgeschnittene Haare. Aber an dem Gala-Abend trägt er längere Haare. Wann hast du es aufgenommen?«

»Am Tag nach meiner Ankunft.«

»Also drei Tage nach dem Brandanschlag auf den Vater. Versuch herauszufinden, wann er sich die Haare hat schneiden lassen. Auf die Stunde genau. Vor oder nach seiner Rückkehr von der Gala. Das muss dir gelingen.«

»Ich habe den hochnäsigsten Majordomus des ganzen Hauses für mich eingenommen. Er spricht mit niemandem, mir aber gewährt er eine Ausnahme.«

»Das überrascht mich nicht. Schick mir das Ergebnis, danach benutz diese Telefone nie mehr und hau dort ab.«

»Problem?«, fragte Retancourt gelassen.

»Ein erhebliches.«

»Gut.«

»Wenn er sich selbst vor seiner Rückkehr die Haare geschnitten hat, könnte er auf der Kopfstütze in seinem Wagen welche zurückgelassen haben. Hat er ihn seit dem Mord gefahren?«

»Nein, immer der Chauffeur.«

»Suchen wir also nach winzigen Haaren auf dem Fahrersitz.«

»Ohne Durchsuchungsgenehmigung, versteht sich.«

»Genau, Lieutenant, die kriegen wir nie.«

Er lief noch zwanzig Minuten, bis er den Anfang des Bonneval-Weges erreichte, in Gedanken beschäftigt und irritiert von dem so plötzlichen Haarschnitt von Christian Clermont-Brasseur. Doch nicht er hatte seinen Vater im Mercedes zurückgefahren. Er war schon früher gegangen, leicht angeheitert, und hatte noch eine Frau besucht, deren Namen man nie erfahren würde. Und nachdem man ihm die Nachricht vom Tod seines Vaters überbracht hatte, hatte er vielleicht einen seriöseren Haarschnitt gewünscht, als Ausdruck der Trauer um ihn.

Vielleicht. Aber da war Mo, der sich in der Hitze seiner Zündeleien mitunter die Haare angekokelt hatte. Wenn Christian den Wagen in Brand gesetzt und wenn er sich dabei ein paar Haarsträhnen versengt hatte, hatte er das in Eile kaschieren müssen, indem er das ganze Haar möglichst kurz schnitt. Aber Christian war gar nicht am Ort gewesen, man kam immer wieder an den Punkt zurück, und nichts nervte Adamsberg mehr, als sich im Kreise zu drehen, ganz im Gegensatz zu Danglard, der sich, bis ihm schwindelig wurde, in so einem Kreis verrennen und dann in seinen eigenen Fußstapfen versacken konnte.

Er zwang sich, die Brombeeren nicht zu beachten und, immer auf den Spuren der alten Léo, seine Aufmerksamkeit auf den Weg von Bonneval zu konzentrieren. Er kam an dem dicken Baumstamm vorbei, wo er sich neben sie gesetzt hatte, dachte einen Moment intensiv an sie, verweilte lange an der Kapelle des heiligen Antonius, der einem half, alles Verlorene wiederzufinden. Seine Mutter trällerte den Namen dieses Heiligen bei jeder Kleinigkeit, die sie verlegt hatte, in einem nervtötenden Liedchen. »Heiliger Antonius von Padua, gib, dass ich finde mein Dingesda.« Als Kind war Adamsberg ziemlich schockiert, dass seine Mutter so ungeniert Saint-Antoine bemühte, bloß um einen Fingerhut wiederzufinden. Ihm jedenfalls half der Heilige nicht, er fand nichts auf dem Weg. Pflichtbewusst ging er ihn noch einmal in der Gegenrichtung und setzte sich auf halbem Wege auf den umgehauenen Stamm, diesmal mit einem Vorrat an Brombeeren, die er auf der Baumrinde ablegte. Er sah sich auf dem Display seines Telefons erneut die Fotos an, die Retancourt ihm geschickt hatte, verglich sie mit denen, die Valleray ihm überlassen hatte. Da gab es in seinem Rücken ein Krachen, und Flem brach aus dem Unterholz, mit dem seligen Ausdruck eines Kerls, der der Puppe auf dem Nachbarhof gerade einen erfolgreichen Besuch abgestattet hat. Flem legte ihm seine sabbelnde Schnauze aufs Knie und sah ihn mit jenem Flehen in den Augen an, das kein menschliches Wesen mit einer solchen Entschlossenheit hinkriegt. Adamsberg tätschelte ihm die Stirn.

»Und jetzt willst du dein Stück Zucker? Aber ich habe keins, Kumpel. Ich bin nicht Léo.«

Flem ließ nicht locker, er legte seine erdigen Pfoten auf Adamsbergs Hosenbein und verstärkte sein Flehen.

»Kein Zucker, Flem«, wiederholte der Kommissar mit Nachdruck. »Der Brigadier gibt dir eins, nachher um sechs. Willst du eine Brombeere?«

Adamsberg hielt ihm eine Beere hin, die das Tier verschmähte. Als es die Vergeblichkeit seiner Bitte oder auch die Uneinsichtigkeit dieses Typen zu begreifen schien, begann es im Erdreich zu Adamsbergs Füßen zu scharren, große Mengen Laub aufwirbelnd.

»Flem, du zerstörst den Mikrokosmos von vermodertem Laub.«

Der Hund setzte sich hin und sah ihn unverwandt an, sein Blick ging vom Boden zu Adamsbergs Gesicht, die eine seiner Pfoten lag auf einem kleinen weißen Papier.

»Ja, Flem, das ist ein Zuckerpapier. Aber es ist leer. Es ist alt.«

Adamsberg schob sich eine Handvoll Beeren in den Mund, aber Flem beharrte, setzte seine Pfote auf eine andere Stelle, führte diesen Mann, der eine Ewigkeit brauchte, ihn zu verstehen. Innerhalb einer Minute sammelte Adamsberg sechs alte Zuckerpapierchen vom Boden auf.

»Alle leer, Kumpel. Ich weiß, was du mir erzählen willst: Das hier ist eine Zuckermine. Ich weiß, an dieser Stelle gab dir Léo, nachdem du da drüben auf dem Gehöft deine Nummer gemacht hattest, immer dein Stückchen Zucker. Ich verstehe deine Enttäuschung. Aber ich habe nun mal keinen Zucker.«

Adamsberg stand auf und ging ein paar Meter weit in der Hoffnung, Flem seiner aussichtslosen Besessenheit zu entreißen. Der Hund folgte ihm leise winselnd, und plötzlich machte Adamsberg kehrt, setzte sich wieder auf den Baumstamm, in genau der Position, in der er damals neben Léo gesessen hatte, rief sich die Szene ins Gedächtnis zurück, die ersten Worte, die sie gewechselt hatten, dann das Auftauchen des Hundes. Wenn Adamsbergs Verstand auch untauglich für das Speichern von Wörtern war, so erinnerte er sich doch mit äußerster Genauigkeit an alles, was Bilder anging. Klar wie einen Federstrich sah er Léos Geste vor Augen. Léo hatte den Zucker nicht aus dem Papier gewickelt, weil da gar kein Papier drum war. Sie war nicht der Mensch, der eingewickelten Zucker mit sich herumtrug, es war ihr vollkommen egal, dass sie ihre Taschen, ihre Finger oder den Zucker beschmutzte.

Sorgfältig sammelte er die sechs staubigen Papierchen auf, die Flem ausgebuddelt hatte. Jemand anders hatte hier Zucker gegessen. Die Papierchen mochten schon gut zwei Wochen hier liegen, dicht beieinander, als wenn sie alle mit einem Mal weggeworfen worden wären. Ja und, was weiter? Außer der Tatsache, dass man auf dem Weg von Bonneval war? Eben. Vielleicht hatte ein Jugendlicher auf dem Baumstamm gesessen in der Nacht, als er auf das Erscheinen des Wütenden Heeres wartete – denn das war die Wette, die manche untereinander eingingen –, und hatte Zucker gegessen, um sich zu stärken. Oder hatte in der Mordnacht hier Station gemacht? Und hatte den Mörder vorbeikommen sehen?

»Flem«, sagte er zu dem Hund, »hast du Léo diese Papiere gezeigt? In der Hoffnung auf eine kleine Zugabe?«

Adamsberg dachte an seinen Besuch am Krankenbett und deutete die drei Worte, die die alte Frau gehaucht hatte, *Hello, Flem, Zucker,* nun in einem anderen Sinne.

»Flem«, wiederholte er, »Léo hat diese Zuckerpapiere gesehen, stimmt's? Sie hat sie gesehen? Und ich werde dir sogar sagen, wann sie sie gesehen hat. An dem Tag, an dem sie Herbiers Leiche entdeckt hat. Sonst hätte sie im Krankenhaus nicht darüber gesprochen, mit der wenigen Kraft, die sie nur hatte. Aber warum hat sie am Abend davor nichts gesagt? Meinst du, dass sie erst später begriffen hat? Wie ich? Mit Verzögerung? Am nächsten Tag? Aber *was* begriffen, Flem, was?«

Adamsberg schob die Papierchen behutsam in den Umschlag mit den Fotos.

»Was hat sie begriffen, Flem?«, fuhr er fort, während er weiterlief und dieselbe Abkürzung wählte, die Léo genommen hatte. »Was? Dass es bei dem Mord einen Zeugen gegeben haben muss? Woher wusste sie, dass die Papierchen an jenem Abend weggeworfen wurden? Weil sie auch am Tage vor dem Mord mit dir dort war? Und sie noch nicht da lagen?«

Der Hund lief ausgelassen den Pfad hinunter, pinkelte an dieselben Bäume wie beim ersten Mal, und die Herberge kam in Sicht.

»Das kann es nur sein, Flem. Ein Zeuge, der Zucker fraß. Und der die ganze Bedeutung dessen, was er gesehen hatte, erst begriffen hat, als er später von dem Mord hörte und das Datum des Mordes erfuhr. Aber ein Zeuge, der schweigt, weil er Angst hat. Vielleicht wusste Léo ja, welcher Junge in jener Nacht seine Mutprobe auf dem Weg abgelegt hatte.«

Fünfzig Schritt vor der Herberge sauste Flem los, auf ein Auto zu, das am Straßenrand stand. Brigadier Blériot kam dem Kommissar entgegen. Adamsberg lief schneller in der Hoffnung, er wäre im Krankenhaus vorbeigefahren und brächte neue Nachrichten.

»Nichts zu machen, man findet einfach nicht heraus, was sie hat«, sagte er zu Adamsberg, ohne ihn zu begrüßen, und breitete seufzend seine kurzen Arme aus.

»Verdammt, Blériot. Was geht da vor sich?«

»Sie hat immer so ein Rasseln seitlich.«

»Ein Rasseln?«

»Ja, kein Schubwiderstand, ihr geht immer gleich die Puste aus. Bergab dagegen und auf ebener Strecke ganz normal.«

»Aber von wem sprechen Sie denn, Blériot?«

»Na, von der Karre hier, Kommissar. Und bevor die Präfektur uns eine neue gibt, werden wir fünf Mal die Äpfel fallen sehen.«

»Okay, Brigadier. Wie ist die Vernehmung von Mortembot ausgegangen?«

»Er weiß nichts, wirklich nicht. Ein richtiger Waschlappen«, sagte Blériot ein bisschen traurig, während er Flem streichelte, der an ihm hochgesprungen war. »Ohne Glayeux ist er nichts.«

»Er will sein Stück Zucker«, erklärte Adamsberg.

»Er will vor allem in seiner Zelle bleiben. Erst hat dieser Hornochse mich beschimpft, dann hat er versucht, mir eins in die Fresse zu hauen in der Hoffnung, das würde ihm einen längeren Aufenthalt im Knast einbringen. Ich weiß doch Bescheid.«

»Verstehen wir uns recht, Blériot«, sagte Adamsberg und wischte sich am Ärmel seines T-Shirts den Schweiß von der Stirn, »ich wollte nur sagen, dass der Hund seinen Zucker haben will.«

»Es ist noch nicht sechs.«

»Ich weiß, Brigadier. Aber wir waren im Wald, er war bei der Hündin auf dem Gehöft, und nun will er sein Stück Zucker.«

»Dann müssen Sie es ihm schon selber geben, Kommissar. Ich habe gerade am Motor gebastelt, und wenn meine Hände nach Benzin riechen, da ist nichts zu machen, nimmt er mir einfach nichts ab.«

»Ich habe keinen Zucker, Brigadier«, erklärte Adamsberg geduldig.

Wortlos wies Blériot auf seine Hemdentasche, die voll mit eingewickeltem Würfelzucker war.

»Bedienen Sie sich.«

Adamsberg zog einen heraus, machte das Papier ab und gab den Zucker Flem. Das also war erledigt, endlich, eine Kleinigkeit.

»Schleppen Sie immer so viel Zucker mit sich herum?«

»Ja, und?«, brummelte Blériot.

Adamsberg spürte, dass seine Frage zu direkt gewesen war und an ein persönliches Problem rührte, das Blériot nicht gewillt war zu erklären. Vielleicht litt der dicke Brigadier unter Hypoglykämie-Anfällen, jenem plötzlichen Absinken des Blutzuckerspiegels, das einem die Beine weghaut und den Schweiß auf die Stirn treibt, wie einem *Waschlappen* kurz vor der Ohnmacht. Oder vielleicht fütterte er damit die Pferde. Oder stopfte ihn gelegentlich in den Benzintank seiner Feinde. Oder warf ihn in ein morgendliches Glas Calvados.

»Können Sie mich bis zum Krankenhaus mitnehmen, Brigadier? Ich muss den Arzt noch sprechen, bevor er zurückfährt.«

»Es scheint, er hat die Léo wieder hochgeholt, wie man einen Karpfen aus dem Schlamm zieht«, sagte Blériot und setzte sich hinters Steuer, Flem sprang auf die Rückbank. »Einmal hab ich doch tatsächlich eine Forelle aus der Touques gezogen. Einfach so mit der Hand. Muss wohl auf einen Felsen aufgeschlagen sein oder so was. Ich habe es aber nicht übers Herz gebracht, sie zu essen, keine Ahnung warum, ich hab sie wieder ins Wasser geworfen.«

»Was machen wir mit Mortembot?«

»Das Weichei möchte heute Nacht in der Gendarmerie bleiben. Darauf hat er ein Anrecht, bis morgen 14 Uhr. Danach – also, ich weiß nicht. Jetzt wird er's wohl bereuen, dass er seine Mutter umgebracht hat. Bei ihr wäre er in Sicherheit gewesen, das war nicht die Sorte Frau, die sich solchen Blödsinn erzählen lässt. Und wenn er sich außerdem ruhig verhalten hätte, hätte der Hellequin auch nicht seine Armee auf ihn gehetzt.«

»Glauben Sie an die Armee, Brigadier?«

»Aber nicht doch«, brummelte Blériot. »Ich sag halt, was man so sagt, das ist alles.«

»Gibt es viele Jungs, die nachts auf den Weg gehen?«

»Ja. All die kleinen Kretins, die sich nicht trauen, nein zu sagen.«

»Wem gehorchen sie?«

»Den älteren Kretins. So läuft die Sache. Entweder du verbringst eine Nacht auf dem Bonneval, oder du hast keinen Arsch in der Hose. So einfach ist das. Ich hab's gemacht, da war ich fünfzehn. In dem Alter, kann ich Ihnen sagen, ist es mit dem Mut nicht weit her. Und Feuer machen darf man nicht, das verbietet die Regel.«

»Weiß man, wer dieses Jahr draußen war?«

»Weder in diesem noch in anderen Jahren. Es rühmt sich hinterher keiner damit. Weil die Kumpels am Ausgang auf einen warten, und die sehen es, wenn man sich in die Hose gepisst hat. Oder noch schlimmer. Also gibt keiner damit an. Es ist wie eine Sekte, geheim.«

»Müssen die Mädchen auch mitmachen?«

»Unter uns, Kommissar, in solchen Dingen sind die Mädels tausendmal weniger bekloppt als die Jungs. Bereiten sich doch nicht freiwillig Unannehmlichkeiten. Nein, natürlich gehen die nicht.«

Dr. Hellebaud beendete gerade eine kleine Mahlzeit in dem Raum, den man ihm zur Verfügung gestellt hatte. Er plauderte angeregt mit zwei Krankenschwestern und einem geradezu leutseligen Dr. Merlan, der inzwischen restlos von ihm eingenommen war.

»Sie sehen mich, mein Freund«, sagte er, Adamsberg begrüßend, »bei einem kleinen Imbiss vor meinem Aufbruch.«

»Wie geht es ihr?«

»Ich habe eine zweite Behandlung zur Kontrolle an ihr vorgenommen, es ist alles so geblieben, ich bin zufrieden. Falls ich mich nicht irre, wird ihr Organismus nun langsam wieder in Gang kommen, von Tag zu Tag ein wenig mehr. Vor allem nach vier Tagen werden Sie deutlich die Wirkungen erkennen, danach setzt die Phase der Konsolidierung ein. Doch Achtung, Adamsberg, vergessen Sie nie: Keine Polizistenfragen, was haben Sie gesehen, wer war es, was ist passiert? Noch ist sie nicht in der Lage, der Erinnerung daran ins Gesicht zu sehen, und sie mit Macht dahin zu führen würde alle unsere Bemühungen blockieren.«

»Ich werde persönlich darüber wachen, Dr. Hellebaud«, versicherte Merlan eilfertig. »Ihr Zimmer wird abgeschlossen werden, und niemand kommt ohne meine Erlaubnis hinein. Und niemand wird mit ihr reden, ohne dass ich zugegen bin.«

»Ich verlasse mich vollkommen auf Sie, lieber Kollege. Adamsberg, wenn Sie die Genehmigung noch eines zweiten Ausflugs für mich erwirken könnten, ich muss die Patientin in vierzehn Tagen noch einmal sehen. Es war mir ein Vergnügen, wirklich.«

»Und ich danke Ihnen, Hellebaud, wirklich.«

»Hören Sie, mein Freund, das ist doch mein Beruf. Apropos, Ihre Elektrizitätskugel? Wollen wir uns das mal gleich ansehen? René«, fragte er, an den Chefbewacher gewandt, »haben wir noch die fünf Minuten? Bei dem Kommissar brauche ich nicht länger. Er ist ungewöhnlich infrasymptomatisch.«

»Das geht«, sagte René nach einem Blick auf die Wanduhr. »Aber um 18 Uhr spätestens müssen wir weg sein, Doktor.«

»Das ist mehr, als ich brauche.«

Der Arzt lächelte, tupfte sich die Lippen mit einer Papierserviette ab und zog Adamsberg mit sich in einen Korridor, gefolgt von zwei Wachmännern.

»Sie brauchen sich nicht hinzulegen. Setzen Sie sich auf diesen Stuhl, das reicht vollkommen. Ziehen Sie nur Ihre Schuhe aus. Wo haben Sie die besagte Kugel? Im Nacken?«

Der Arzt bearbeitete einen Augenblick den Schädel, den Hals und die Füße des Kommissars, verweilte auch bei seinen Augen und den Wangenknochen.

»Sie sind immer noch genauso einzigartig, mein Freund«, sagte er schließlich und bedeutete ihm, dass er die Schuhe wieder anziehen könne. »Man brauchte bloß hier und da einige wenige irdische Verbindungen zu kappen, und Sie würden in die Wolken aufsteigen, dabei glauben Sie nicht mal an irgendwas. Wie ein Ballon. Passen Sie auf sich auf, Adamsberg, das sagte ich Ihnen schon einmal. Das wirkliche Leben ist, zugegeben, ein Haufen Scheiße, Niedertracht und Mittelmäßigkeit, darüber sind wir uns einig. Aber wir sind nun mal gezwungen, mein Lieber, da hindurchzuwaten. Gezwungen. Zum Glück sind Sie auch ein sehr einfaches Wesen, und ein Teil von Ihnen ist fest im Boden verankert wie der Huf eines im Schlamm stecken gebliebenen Stiers. Das ist Ihre Chance, und die habe ich am Hinterhaupt und am Jochbein bei der Gelegenheit etwas konsolidiert.«

»Und die Kugel, Doktor?«

»Die Kugel kam, physiologisch betrachtet, von einem gestauchten Abschnitt zwischen den Halswirbeln C1, der blockiert war, und C2. Und somatisch ist sie vermutlich in der Folge eines schweren Schuldkomplexes entstanden.«

»Ich glaube nicht, dass ich jemals so etwas wie Schuld empfinde.«

»Da mögen Sie eine glückliche Ausnahme sein. Aber auch die hat Schwachstellen. Ich würde sagen, und Sie wissen, aus wie großer Nähe ich diese Auferstehung miterlebt habe, dass der Einbruch eines Ihnen unbekannten Sohnes in Ihr Leben – und nicht nur unbekannten, auch seelisch gestörten durch die Abwesenheit des Vaters, wenn nicht gar demoralisierten durch Ihre Leichtfertigkeit, so könnten Sie vermuten – ein ganz schönes Quantum an Schuldgefühlen in Ihnen aufgebaut hat. Daher diese Reaktion an den Halswirbeln. Ich muss Sie jetzt verlassen, mein Freund. Vielleicht sehen wir uns in vierzehn Tagen wieder, falls der Richter noch einmal die Genehmigung unterschreibt. Wussten Sie, dass der alte Varnier total korrupt ist und verdorben bis auf die Knochen?«

»Gewiss, diesem Umstand haben wir es ja auch zu verdanken, dass Sie hier sind.«

»Gehaben Sie sich wohl, mein Freund«, sagte der Arzt und schüttelte ihm die Hand. »Ich würde mich wirklich freuen, wenn Sie mich in Fleury hin und wieder besuchen kämen.«

Er sagte »Fleury«, so als spräche er von seinem Landsitz, wo er ihn gern zu einem freundschaftlichen Nachmittagsplausch in seinem ländlichen Salon empfangen würde. Adamsberg sah ihn davongehen mit einem Gefühl von Achtung, das ihn ein wenig rührte, was selten bei ihm vorkam und sicher eine unmittelbare Auswirkung der soeben erfahrenen Behandlung war.

Bevor Dr. Merlan Léos Tür abschloss, schlich er leise noch einmal in ihr Zimmer, berührte ihre warmen Wangen, streichelte ihr Haar. Für einen Moment war er versucht, ihr von den Zuckerpapieren zu erzählen, verdrängte den Gedanken aber sofort wieder.

»Hello, Léo, ich bin's. Flem war bei seinem Mädchen auf dem Gehöft. Er ist glücklich.«

32

In der Halle eines ziemlich düsteren Hotels am Stadtrand von Granada schalteten Zerk und Mo den alten Rechner aus, den sie konsultiert hatten, und gingen mit betont lässigem Schritt zum Treppenhaus. Man denkt nie darüber nach, wie man läuft, außer wenn man sich beobachtet weiß, von der Polizei oder von der Liebe. Und nichts ist dann schwieriger, als die verlorene Natürlichkeit zu imitieren. Sie hatten beschlossen, den Fahrstuhl zu meiden, weil die Fahrgäste an diesem Ort, wo es nichts anderes gibt, mehr Zeit haben als sonst wo, jemanden zu beobachten.

»Ich weiß nicht, ob es sehr klug war, ins Internet zu gehen«, sagte Mo, als er die Zimmertür schloss.

»Bleib ruhig, Mo. Niemand fällt mehr auf als ein verkrampfter Typ. Wenigstens haben wir unsere Auskünfte.«

»Ich glaube nicht, dass es eine so gute Idee ist, in dem Restaurant in Ordebec anzurufen. Wie, hast du gesagt, heißt es?«

»*Die rasende Wildsau*. Nein, wir rufen nicht an. Es ist nur ein Notnagel, falls wir in Schwierigkeiten kommen. Und jetzt haben wir den Namen dieses verdammten Geschäfts für Spiele und Diabolos: *Am seidenen Faden*. Eine Kleinigkeit, nun noch den Namen des Inhabers herauszukriegen und in Erfahrung zu bringen, ob er Kinder hat. Eher einen Jungen, zwischen zwölf und sechzehn Jahren.«

»Einen Sohn«, meinte auch Mo. »Ein Mädchen würde wohl weniger auf den Gedanken kommen, einer Taube die Beine zusammenzubinden, um ihr das Leben zu vermiesen.«

»Oder Autos abzufackeln.«

Mo setzte sich auf sein Bett, streckte die Beine aus, bemühte sich, ruhig zu atmen. Er hatte das Gefühl, dass in seinem Magen ununterbrochen ein zweites Herz schlug. Adamsberg hatte ihm in dem Haus mit den Kühen erklärt, dass es sich dabei vermutlich um kleine Kugeln Elektrizität handelte, die sich hier oder da festsetzten. Er legte die Hand auf den Bauch, um sie zu verteilen, und blätterte in einer französischen Zeitung vom Vortag.

»Aber es kann einem Mädchen durchaus einfallen«, fügte Zerk hinzu, »dem Typen lachend dabei zuzusehen, wie er die Taube fesselt oder eine Karre in Brand setzt. Schreiben sie was Neues über Ordebec?«

»Nein, nichts. Aber ich sage mir, dein Vater hat Wichtigeres zu tun, als den Namen des Kerls von diesem Diaboloaden rauszukriegen.«

»Denke ich nicht. Ich glaube, dass der Kerl, der die Taube gefoltert hat, der Kerl, der in Ordebec gemordet hat, der Kerl, der Clermont-Brasseur verbrannt hat, dass die alle Arm in Arm durch seinen Kopf spazieren, ohne dass er zwischen ihnen groß unterscheidet.«

»Ich denke, du kennst ihn nicht.«

»Aber ich habe allmählich das Gefühl, dass ich ihm ähnlich bin. Morgen früh, Mo, müssen wir um 8 Uhr 50 das Zimmer verlassen. Und das alle Tage. Wir müssen den Eindruck erwecken, dass wir einen geregelten Job haben. Falls wir morgen noch hier sind.«

»Ah. Du hast es auch bemerkt?«, fragte Mo, indem er seinen Bauch massierte.

»Den Typen unten, der uns angeguckt hat?«

»Ja.«

»Er hat uns ein bisschen lange angeguckt, oder?«

»Ja. Woran denkst du dabei?«

»An einen Bullen, Mo.«

Zerk machte das Fenster auf, um seinen Zigarettenrauch

nach draußen zu blasen. Vom Zimmer aus sah man nur einen kleinen Hof, ein paar dicke Abzugsrohre, Wäsche auf einer Leine und Zinkdächer. Er warf seine Kippe aus dem Fenster, sah sie irgendwo im Schatten landen.

»Besser, wir hauen gleich hier ab.«

33

Émeri hatte stolz beide Flügel der Tür seines Empire-Salons geöffnet, begierig auf die Reaktionen seiner Gäste. Adamsberg schien überrascht, blieb aber gleichgültig – Banause, schloss Émeri –, aber das Erstaunen von Veyrenc und die bewundernden Kommentare von Danglard befriedigten ihn hinlänglich, um auch die letzten Spuren des vorangegangenen Zwists zu tilgen. In Wahrheit bewunderte Danglard zwar das erlesene Mobiliar, aber das Übermaß an akribisch genauer Nachgestaltung des Ganzen gefiel ihm nicht.

»Wundervoll, Capitaine«, schloss er und nahm seinen Aperitif entgegen, denn Danglard verstand sich sehr viel höflicher zu benehmen als die beiden Béarner.

Weshalb der Commandant auch nahezu die gesamte Konversation während des Diners bestritt, mit jener ehrlichen Lebhaftigkeit, die er perfekt vorzutäuschen wusste und für die Adamsberg ihm immer dankbar war. Zumal die Menge des in antiken Karaffen mit dem eingravierten Wappen des Fürsten von Eckmühl kredenzten Weins bei weitem ausreichte, um beim Commandant eventuelle Entzugsangst gar nicht erst aufkommen zu lassen. Von Danglard ermutigt, der mit seiner Kenntnis der Geschichte der Grafschaft Ordebec wie auch der Schlachten des Marschalls Davout glänzte, trank Émeri reichlich und öffnete sich von Mal zu Mal mehr, wurde beinahe familiär und sogar sentimental. Es schien Adamsberg, als ob der Mantel des Maréchal und mit ihm die Haltung, die er seinem Erben abverlangte, immer mehr von seinen Schultern glitt, bis er schließlich auf den Boden fiel.

Während gleichzeitig ein neuer Zug Danglards Gesicht glättete. Adamsberg kannte ihn gut genug, um zu wissen, dass dieser Ausdruck von heimlichem Vergnügen nicht die gewohnte Entspannung war, die der Alkohol bei ihm bewirkte. Es war etwas Schalkhaftes, so, als würde der Commandant einen amüsanten kleinen Coup vorbereiten, den er wohlweislich für sich zu behalten gedachte. Ein kleiner Coup, so dachte Adamsberg, der zum Beispiel gegen Lieutenant Veyrenc gerichtet sein könnte, dem gegenüber er sich endlich einmal fast liebenswürdig zeigte, was schon ein potentiell gefährliches Zeichen war. Ein kleiner Coup, der ihm erlaubte, den Mann heute Abend anzulächeln, den er morgen hintergehen würde.

Das Drama von Ordebec, das von dem kaiserlichen Festmahl ausgeschlossen und verbannt gewesen war, fand zur Stunde des Calvados schließlich Eingang in die Gespräche.

»Was wirst du mit Mortembot machen, Émeri?«, fragte Adamsberg.

»Wenn ich Unterstützung durch deine Leute bekomme, könnten wir ihn zu sechst oder siebt eine Woche lang überwachen. Hättest du so viele zur Verfügung?«

»Ich habe einen weiblichen Lieutenant, der zehn Männer ersetzt, der aber derzeit auf Tauchstation ist. Ich kann einen oder zwei gewöhnliche Brigadiers dafür freistellen.«

»Könnte dein Sohn uns nicht behilflich sein?«

»Meinen Sohn, Émeri, setze ich diesem Risiko nicht aus. Er ist dafür auch gar nicht ausgebildet, er kann nicht mal schießen. Und außerdem ist er auf Reisen.«

»Ach so? Ich dachte, er macht eine Reportage über vermodertes Laub.«

»Hat er auch. Aber dann hat ein Mädchen aus Italien ihn angerufen, und er ist hin. Du weißt doch, wie das ist.«

»Ja«, sagte Émeri und lehnte sich zurück, soweit sein steiler Empire-Sessel ihm das gestattete. »Doch nach so allerhand belanglosen Zerstreuungen habe ich schließlich hier meine Frau kennengelernt. Als sie mit mir nach Lyon ging, langweilte sie sich schon, ich aber liebte sie noch immer. Ich habe gedacht, wenn ich mich nach Ordebec versetzen ließe, würde sie sich freuen. Die Gegend, die alten Freunde wiedersehen. Darum habe ich mich abgestrampelt, um hierher zurückzukommen. Aber nein, sie blieb in Lyon, eigensinnig, wie sie war. In meinen beiden ersten Jahren in Ordebec habe ich nichts Großes zustande gebracht. Danach habe ich ohne jedes Vergnügen die Bordelle von Lisieux frequentiert. Das ganze Gegenteil von meinem Ahn, liebe Freunde, wenn ich mir erlauben darf, Sie so zu nennen. Keine Schlacht, die ich nicht verloren hätte, außer ein paar unbedeutenden Verhaftungen, die der erstbeste Trottel hätte vornehmen können.«

»Ich weiß nicht, ob ›gewinnen‹ oder ›verlieren‹ die richtigen Worte sind, um das Leben zu bewerten«, murmelte Veyrenc. »Das heißt, ich denke nicht, dass man sein Leben bewerten muss. Man wird doch pausenlos zu etwas gezwungen, und das ist ein Verbrechen.«

»›Schlimmer als ein Verbrechen – ein Fehler!‹«, ergänzte Danglard mechanisch, die mutmaßliche Antwort zitierend, die Fouché dem Kaiser gab.

»Das gefällt mir«, sagte Émeri, wieder etwas aufgerichtet, und erhob sich leicht schwankend, um eine zweite Runde Calvados einzugießen. »Man hat die Axt gefunden«, erklärte er ohne jeden Übergang. »Sie wurde über das Mäuerchen geworfen, das hinter Glayeux' Haus verläuft, und ist im Feld dahinter gelandet.«

»Wenn einer von den Vendermots ihn umgebracht hat, glaubst du wirklich, dass er dazu das eigene Werkzeug genommen hätte? Und wenn ja, war es doch das Einfachste, es auch wieder mitzunehmen, oder?«

»Das könnte man so und so interpretieren, Adamsberg, ich sagte es schon mal. Es entlastet sie und ist darum sehr schlau.«

»Nicht schlau genug für sie.«

»Du magst sie, nicht wahr?«

»Ich habe nichts gegen sie. Nichts, was einigermaßen stichhaltig wäre.«

»Aber du magst sie.«

Émeri verschwand für einige Augenblicke und kam mit einem alten Klassenfoto zurück, das er Adamsberg auf die Knie legte.

»Hier, sieh mal«, sagte er. »Wir alle da drauf sind so zwischen acht und zehn Jahre alt. Hippo ist damals schon sehr groß, er ist der Dritte von links in der hinteren Reihe. Noch hat er seine sechs Finger an jeder Hand. Du kennst die grässliche Geschichte?«

»Ja.«

»Ich bin in der Reihe davor, der Einzige, der nicht lächelt. Du siehst, ich kenne ihn nicht erst seit gestern. Und ich kann dir sagen, Hippo war der Klassenschreck. Nicht der nette Kerl, den er dir gegenüber spielt. Wir parierten. Selbst ich, der zwei Jahre älter war als er.«

»Prügelte er?«

»Hatte er gar nicht nötig. Er hatte eine viel mächtigere Waffe. Mit seinen sechs Fingern, sagte er, sei er ein Soldat des Teufels, und er könne alles Unheil, das er wolle, über uns hereinbrechen lassen, wenn wir ihn ärgerten.«

»Und, habt ihr ihn geärgert?«

»Anfangs schon. Du kannst dir vorstellen, wie ein Schulhof voller Jungs reagiert, wenn da plötzlich einer mit sechs Fingern auftaucht. Als er fünf, sechs Jahre alt war, haben wir ihn verfolgt und nach Strich und Faden verarscht. Das stimmt. Eine der Banden war besonders grausam zu ihm, ihr Anführer war Régis Vernet. Einmal hat Régis Nägel in Hippos Stuhl geschlagen, mit den Spitzen nach oben, so dass Hippo sich aufgespießt hat. Er hatte sechs Löcher im Hintern und blutete, und der ganze Hof hat sich kaputtgelacht. Ein andermal hat man ihn an einen Baum gebunden, und wir haben ihn alle angepinkelt. Eines Tages aber ist Hippo aufgewacht.«

»Und hat seine sechs Finger gegen euch gekehrt.«

»Genau. Sein erstes Opfer war dieser Mistkerl von Régis. Hippo hat ihm gedroht, dann hat er seine beiden Hände auf ihn gerichtet, todernst. Und du kannst mir's glauben oder nicht, fünf Tage später ist der kleine Régis von einem Auto aus Paris überfahren worden und hat beide Beine verloren. Entsetzlich. Aber wir Schüler, wir wussten, dass nicht das Auto daran schuld war, sondern der Fluch, den Hippo auf ihn geworfen hatte. Und Hippo widersprach auch nicht, im Gegenteil. Er sagte, dass er dem Nächsten, der ihm auf den Wecker ginge, die Arme, die Beine und selbst die Eier abreißen würde. Von da an hat alles sich umgekehrt, nun lebten wir in Angst. Später hat Hippo mit seinen Kindereien aufgehört. Aber ich kann dir versichern, noch heute, ob einer nun dran glaubt oder nicht, noch heute riskiert niemand einen Streit mit ihm. Weder mit ihm noch mit seiner Familie.«

»Kann man ihn sprechen, diesen Régis?«

»Er ist tot. Ich erfinde nichts, Adamsberg. Das Unglück hat sich festgebissen an ihm. Krankheit, Entlassungen, Todesfälle und Armut. Am Ende hat er sich in der Touques ertränkt, vor drei Jahren. Er war erst sechsunddreißig. Wir Älteren aus der Schule, wir wussten, dass das Hippos Rache war, die nie aufgehört hatte, ihn zu verfolgen. Hippo hatte es vorausgesagt. Wenn er beschloss, seine Finger auf einen zu richten, dann bedeutete das für denjenigen die Verdammung auf Lebenszeit.«

»Und was denkst du heute darüber?«

»Zum Glück bin ich mit elf Jahren von hier weg und habe das alles vergessen können. Wenn du den Bullen Émeri fragst, sagt er dir, dass diese Schicksalsgeschichten Blödsinn sind. Fragst du das Kind Émeri, so passiert es mir schon mal, dass ich denke, Régis ist eben verdammt gewesen. Sagen wir mal, der kleine Hippo hat sich verteidigt, so gut er konnte. Wir behandelten ihn als Satansbrut, als kranke Ausgeburt der Hölle, und da hat er schließlich den Teufel gespielt. Aber er hat auf einer spektakulären Höhe gespielt, selbst nachdem ihm die Finger abgeschnitten worden waren. Und dennoch sage ich dir, wenn der Kerl auch kein Abgesandter des Teufels ist, so ist er doch hart und vielleicht sogar gefährlich. Er hat unter seinem Vater mehr gelitten, als wir uns vorstellen können. Aber als er seinen Hund auf ihn gehetzt hat, da war das der reine Mordversuch. Und ich möchte nicht beschwören, dass ihm solche Gelüste heute vergangen sind. Wie willst du, dass die Vendermot-Kinder brave kleine Engel geworden sind, bei allem, was sie durchgemacht haben?«

»Antonin wirfst du in den gleichen Topf?«

»Ja. Ich glaube nicht, dass aus einem Baby, das man in tausend Stücke zerschlagen hat, ein Mensch von ruhigem Naturell werden kann. Man glaubt, dass Antonin viel zu große Angst hat, zu zerbrechen, um selber zu handeln. Aber er könnte auf einen Abzug drücken, vielleicht auch eine Axt anheben, ich weiß nicht.«

»Er sagt nein.«

»Aber er würde alle Handlungen von Hippo blindlings unterstützen. Man kann annehmen, dass sein Besuch heute, wegen der Axt, von seinem Bruder befohlen war. Dasselbe gilt für Martin, der sich wie ein wildes Tier ernährt und dem Älteren doch auf dem Fuße folgt.«

»Bleibt Lina.«

»Die Hellequins Heer sieht und auch nicht viel richtiger im Kopf ist als ihre Brüder. Oder die es zu sehen vorgibt, Adamsberg. Wichtig ist doch nur, zukünftige Opfer zu benennen, die anderen in Angst und Schrecken zu versetzen, wie Hippo es einst mit seinen Fingern machte. Hippo übernimmt es, die so bezeichneten Opfer anschließend umzubringen, während die Familie ihm alle nötigen Alibis liefert.

So steht es denn in ihrer Macht, Terror in Ordebec zu verbreiten und als Rächer in Erscheinung zu treten, da diese Opfer ja überdies ausgemachte Schurken sind. Ich glaube allerdings eher, dass Lina tatsächlich eine Vision hatte. Was alles ausgelöst hat. Eine Vision, die ihre Brüder beim Wort genommen und auszuführen beschlossen haben. Sie glauben daran. Denn Linas erste Vision hat sich fast zur selben Zeit ereignet wie der Tod des Vaters. Davor oder danach, ich weiß nicht mehr.«

»Zwei Tage danach. Sie hat es mir erzählt.«

»Sie erzählt es gern. Und hast du bemerkt, mit welcher Gelassenheit?«

»Ja«, sagte Adamsberg, und er sah wieder Linas Handkante wie ein Fallbeil auf den Tisch aufschlagen. »Und warum sollte Lina den Namen des letzten Opfers geheim halten?«

»Entweder hat sie es wirklich nicht genau gesehen, oder sie wahren dieses kleine Geheimnis, um die Bevölkerung in Schach zu halten. Dafür sind sie begabt. Das Grauenvolle dieser Bedrohung lässt sämtliche Ratten aus ihren Löchern kommen. Das amüsiert sie, das befriedigt sie, und sie finden es gerecht. Wie es auch gerecht war, dass ihr Vater starb.«

»Wahrscheinlich stimmt das, Émeri. Es sei denn, jemand macht sich die augenscheinliche Schuld der Vendermots zunutze, um die Morde zu vollbringen. Er tötet in aller Gelassenheit, weil er sicher ist, dass man die Teufelsfamilie dafür anklagen wird.«

»Und was wäre sein Motiv?«

»Sein panisches Entsetzen vor dem Wütenden Heer. Du hast selbst gesagt, dass viele in Ordebec daran glauben und einige so sehr daran glauben, dass sie nicht mal darüber zu reden wagen. Denk daran, Émeri. Man könnte eine Liste all dieser Leute aufstellen.«

»Es sind zu viele«, sagte Émeri und schüttelte den Kopf.

Schweigend ging Adamsberg den Weg zurück, Veyrenc und Danglard waren ihm langsam ein Stück vorausgegangen. Die Wolken im Westen hatten sich immer noch nicht entladen, die Nacht war zu warm. Danglard richtete hin und wieder das Wort an Veyrenc, auch das war ungewöhnlich, neben diesem Ausdruck von spöttischer Geheimnistuerei, der nicht aus seinem Gesicht gewichen war.

Émeris Verdacht gegen die Vendermots verdross Adamsberg. Zusammen mit den Einzelheiten, die er aus Hippolytes Kindheit erfahren hatte, war er glaubhaft. Man konnte sich schlecht vorstellen, mit welcher Weisheit oder Befähigung zur Gnade die Vendermot-Kinder hätten begabt sein müssen, um der Versuchung des Zorns, der Rache zu entgehen. Ein Sandkorn aber knirschte in seinen verstreuten Gedanken. Die alte Léo. Er hielt keinen Einzigen der vier Vendermots für fähig, sie auf den Boden zu schmettern. Doch selbst in diesem Fall, dachte Adamsberg, hätte Hippo – gesetzt, er wäre es gewesen – eine weniger barbarische Methode bei der alten Frau angewandt, die ihm in seiner ganzen Kindheit zur Seite gestanden hatte.

Er ging durch den Keller, bevor er sein Zimmer aufsuchte, und steckte die Zuckerpapiere und die Fotos in ein altes Cidre-Fass. Dann sandte er der Brigade eine Nachricht mit der Bitte um zwei weitere Leute bis 14 Uhr in Ordebec. Estalère und Justin wären dafür sehr geeignet, keinem der beiden machte die erdrückende Langeweile einer Personenüberwachung irgendetwas aus, dem Ersten auf Grund seines »glücklichen Naturells« – wie manche es nannten, um ihn nicht als Trottel zu bezeichnen –, dem Zweiten, weil Geduld einer der Grundpfeiler seines Perfektionismus war. Und Mortembots Haus zu beschützen war nicht sonderlich schwer. Zwei Fenster vorn heraus und drei nach hinten, alle mit Läden versehen. Einzige Schwachstelle: die kleine Luke des Toilettenfensters an der Seitenfront, ohne Laden, aber mit einem eisernen Gitter versperrt. Da musste der Mörder schon sehr nahe herankommen, um die Scheibe einzuschlagen und eine Kugel durch diese schmale Öffnung abzufeuern, was bei zwei Männern, die um das Haus herumliefen, unmöglich wäre. Und wenn man in Dimensionen des Seigneur Hellequin dachte, würde die verwendete Waffe vermutlich keine Kugel sein. Er würde Axt, Schwert, Lanze, Keule, Stein, die blanke Hand zum Erdrosseln benutzen, alles mittelalterliche Methoden, die nur von innen einsetzbar waren. Herbier allerdings war mit einem Gewehr mit abgesägtem Lauf getötet worden, und das detonierte.

Adamsberg schloss die Kellertür und überquerte den großen Hof. Alle Lichter in der Herberge waren gelöscht, Veyrenc und Danglard schliefen. Mit den Fäusten vertiefte er noch ein wenig die Mulde in der Mitte seiner wollenen Matratze und grub sich hinein.

34

Zerk und Mo hatten das Hotel durch den Notausgang verlassen, der auf die Dienstbotentreppe führte, und gelangten unbehelligt auf die Straße.

»Wohin fahren wir?«, fragte Mo, als er ins Auto stieg.

»Wir suchen uns ein kleines Dorf im Süden, einen Steinwurf von Afrika entfernt. Dort gibt's haufenweise Schiffe und jede Menge Seeleute, mit denen man eine kleine Abmachung treffen kann, dass sie uns rüberbringen.«

»Du willst übersetzen?«

»Wir werden sehen.«

»Scheiße, Zerk, ich habe mitgekriegt, was du in deine Tasche gesteckt hast.«

»Die Knarre?«

»Ja«, sagte Mo ungehalten.

»Bei unserem Halt in den Pyrenäen, als ich dich habe schlafen lassen, waren wir einen Kilometer von meinem Dorf entfernt. Ich habe keine zwanzig Minuten gebraucht, um die Waffe vom Großvater zu holen.«

»Du bist total verrückt, was willst du mit einem Revolver anfangen?«

»Einer Pistole, Mo. Einer 1935er A Automatik, Kaliber 7,5. Stammt aus dem Jahr 1940, aber sie funktioniert, das kannst du mir glauben.«

»Und Munition, hast du auch Munition?«

»Eine ganze Schachtel voll.«

»Aber was, um Himmels willen, willst du damit machen?«

»Immerhin kann ich schießen.«

»Scheiße, du hast doch nicht die Absicht, auf einen Bullen zu schießen?«

»Nein, Mo. Aber irgendwie müssen wir ja durchkommen, nicht wahr?«

»Ich dachte immer, du wärst ein ruhiger Typ. Nicht so 'n durchgeknallter.«

»Ich bin ein ruhiger Typ. Mein Vater hat dich aus der Reuse gefischt, an uns ist es jetzt, uns durchzuschlagen, damit wir nicht dahin zurückkehren.«

»Gehen wir also gleich nach Afrika?«

»Wir sehen uns erst mal ein bisschen bei den Schiffen um. Wenn sie dich kriegen, Mo, geht mein Vater hops. Auch wenn ich ihn nicht kenne, gefällt mir die Idee gar nicht.«

35

Veyrenc schlief nicht. Er stand am Fenster und wartete. Danglard hatte den ganzen Abend einen so merkwürdigen Eindruck gemacht, Danglard heckte etwas aus, ein Vergnügen, einen Sieg, er dachte über einen Coup nach. Einen Coup beruflicher Art, so vermutete Veyrenc, denn der Commandant war nicht der Typ, der die von Émeri erwähnten Bordelle von Lisieux aufsuchte. Oder aber er hätte es ohne alle Umschweife angekündigt. Die Liebenswürdigkeit, die er ihm gegenüber gezeigt hatte und die seine kindische Eifersucht einmal vergessen ließ, hatte Veyrenc vollends in Alarmzustand versetzt. Er vermutete, Danglard war dabei, einen entscheidenden Fortschritt in der Ermittlung zu erzielen und kein Wort darüber verlauten zu lassen, um ihn zu überholen und sich einen Vorsprung in Adamsbergs Gunst zu sichern. Morgen würde er dem Kommissar stolz seinen Tribut vorweisen. Damit hatte Veyrenc nichts zu schaffen. Wie er sich auch nicht über das Vorhaben beunruhigte, das der Commandant in seinem für gewöhnlich gut geordneten Kopf erwägen mochte. Doch bei einer Ermittlung, während derer sich derartige Meuchelmorde häuften, ging man nicht allein.

Um 1 Uhr 30 war Danglard noch immer nicht aufgetaucht. Enttäuscht warf sich Veyrenc, vollkommen bekleidet, aufs Bett.

Danglard hatte seinen Wecker auf 5 Uhr 50 gestellt und war sofort eingeschlafen, was ihm selten passierte, außer wenn die Erregung angesichts einer bevorstehenden Handlung ihm befahl, schnell und tief zu schlafen. Um 6 Uhr 25 am Morgen setzte er sich ans Steuer, löste die Handbremse und ließ den Wagen langsam den abschüssigen Weg hinabrollen, um niemanden zu wecken. Erst als er die Landstraße erreicht hatte, startete er und fuhr langsam zweiundzwanzig Kilometer weit, die Sonnenblende heruntergeklappt. Sein Informant, Mann oder Frau, hatte ihn gebeten, möglichst unbemerkt zu bleiben. Die Tatsache, dass dieser Informant ihn zu Unrecht für den Kommissar gehalten hatte, war ein richtiger Glücksumstand. Er hatte die Nachricht am Abend zuvor in seiner Jackentasche gefunden, geschrieben mit Bleistift und mit der linken Hand oder doch einer im Schreiben nicht sehr geübten Hand. *Komissar, Ich habe etwas über Glayeux zu sagen, aber unter der Bedingung das ich verborgen bleiben kan. Zu gefärlich. Treffen am Bahnhof von Cérenay, Bahnsteig A, um 6h50 genau. DANKE. Seihen Sie* - die beiden Wörter waren durchgestrichen und mehrmals überschrieben worden – *möglichst unaufällig, kommen Sie vor allem nicht zu spät.*

Als er in Gedanken die Ereignisse des Vortages noch einmal durchspielte, war Danglard zu dem Schluss gelangt, dass der Verfasser ihm den Zettel nur in dem Moment in die Tasche hatte schieben können, als er sich unter die Menschenmenge vor Glayeux' Haus gemischt hatte. Vorher, im Krankenhaus, war er noch nicht drin gewesen.

Der Commandant parkte den Wagen unter einer Baumreihe und gelangte zum Bahnsteig A, indem er ungesehen um den kleinen Bahnhof herumlief. Das Gebäude lag abseits der Ortschaft, es war geschlossen und verlassen. Auch auf den Bahnsteigen keine Menschenseele. Danglard sah auf die Anzeigetafel und stellte fest, dass vor 11 Uhr 12 kein Zug in Cérenay hielt. Also null Risiko, dass in den nächsten vier Stunden irgendein Mensch hier aufkreuzen würde. Der Informant hatte einen der seltenen Plätze gewählt, wo man mit absoluter Einsamkeit rechnen konnte.

Als die Bahnhofsuhr 6 Uhr 48 zeigte, setzte Danglard sich auf eine der Bänke auf dem Bahnsteig, in leicht vorgeneigter Haltung, wie gewöhnlich, ungeduldig und ein bisschen zerschlagen. Er hatte nur wenige Stunden geschlafen, und unter neun Stunden war er praktisch zu nichts zu gebrauchen. Aber die Vorstellung, Veyrenc in die Schranken zu weisen, stimulierte ihn, ließ ihn lächeln, ja, gab ihm das Gefühl, an Bedeutung zu gewinnen. Er arbeitete mit Adamsberg seit über zwanzig Jahren zusammen, und das spontane Einvernehmen zwischen dem Kommissar und Lieutenant Veyrenc fuchste ihn sehr. Danglard war zu klug, um sich etwas vorzumachen, er wusste, dass seine Abneigung im Grunde blanke, schmähliche Eifersucht war. Er war nicht mal sicher, ob Veyrenc ihm den Platz überhaupt streitig machte, aber die Versuchung war zu groß. Ein Zeichen setzen, um Veyrenc zu überholen. Danglard hob den Kopf, schluckte, verdrängte ein vages Gefühl von Unwürdigkeit. Adamsberg war weder sein Orientierungspunkt noch sein Vorbild. Im Gegenteil, das Verhalten und die Denkungsart dieses Mannes gingen ihm meist gegen den Strich. Aber seine Achtung, ja seine Zuneigung waren ihm unerlässlich, als wenn dieses schwebende Wesen ihn schützen oder in seinem Sein rechtfertigen konnte. Um 6 Uhr 51 spürte er einen heftigen Schmerz im Nacken, griff sich mit der Hand dorthin und brach auf dem Bahnsteig zusammen. Eine Minute später lag der Körper des Commandant quer über den Schienen.

Der Bahnsteig war von allen Seiten so vollkommen einsehbar, dass Veyrenc nur in zweihundert Metern Entfernung von Danglard, im Schutz einer Verteilerstation, einen Beobachtungspunkt hatte finden können. Der Blickwinkel war nicht besonders gut, er sah den Mann erst, als dieser schon auf zwei Meter an den Commandant herangekommen war. Der Hieb, den er ihm mit der Handkante auf die Halsschlagader versetzte, und Danglards Zusammenbruch dauerten nur wenige Sekunden. Als der Mann sich daranmachte, den Körper zur Bahnsteigkante zu rollen, war Veyrenc schon losgerannt. Er war noch etwa vierzig Meter entfernt, als Danglard auf die Gleise fiel. Der Mann ergriff bereits die Flucht, mit wuchtigem, rigorosem Schritt.

Veyrenc sprang ins Gleisbett, hob Danglards Gesicht an, das ihm leichenblass erschien im Morgenlicht. Sein Mund stand offen, schlaff, die Augen waren geschlossen. Veyrenc fand den Puls, hob die Lider über einem leeren Blick. Danglard war betäubt, unter Drogen oder im Begriff zu sterben. Ein großer blauer Fleck verbreitete sich seitlich auf seinem Hals, um eine deutlich sichtbare Einstichstelle herum. Der Lieutenant griff ihm mit den Armen unter die Schultern, um ihn auf den Bahnsteig hochzuziehen, aber die fünfundneunzig Kilo dieses leblosen Körpers ließen sich nicht von der Stelle bewegen. Er brauchte Hilfe. Schweißgebadet richtete er sich auf, um Adamsberg anzurufen, als er den unverwechselbaren Pfiff eines Zuges hörte, der in hohem Tempo aus der Ferne herannahte. Entsetzt sah er zu seiner Linken die tosende Masse der Lokomotive geradlinig auf sich zukommen. Veyrenc warf sich auf Danglards Körper, zog ihn unter Aufbietung all seiner Kraft zwischen die Schienen, drückte ihm die Arme an die Schenkel. Der Zug stieß ein Hornsignal aus, es klang wie ein verzweifelter Schrei, der Lieutenant hievte sich mit einem Ruck auf den Bahnsteig hinauf und rollte seitlich weg. Brüllend rasten die Wagen vorbei, dann entfernte sich das Getöse, ließ ihn unfähig zu jeder Bewegung zurück, sei es, dass der ungeheure Kraftaufwand seine Muskeln gesprengt hatte, sei es, dass die Vorstellung ihm unerträglich war, Danglard ansehen zu müssen. Den Kopf in den Arm gerollt, spürte er, dass Tränen ihm über die Wangen geflossen waren. Ein Satz, ein einziger, geisterte durch sein leeres Gehirn. *Der Abstand zwischen der Oberseite des Körpers und der Unterseite des Zuges beträgt nur zwanzig Zentimeter.*

Fünfzehn Minuten später etwa richtete sich der Lieutenant schließlich auf den Ellbogen auf und zog sich an die Bahnsteigkante heran. Den Kopf in die Hände gestützt, machte er die Augen mit einem Ruck auf. Danglard, wie er so ordentlich dalag zwischen den glänzenden Schienen, sah aus wie ein zwischen die Holme einer Luxusbahre gebetteter Leichnam, aber er war unversehrt. Veyrenc ließ seine Stirn auf den Arm zurücksinken, zog sein Telefon heraus und rief Adamsberg an. Sofort kommen, Bahnhof Cérenay. Dann griff er nach seinem Revolver, entsicherte ihn und installierte ihn fest in seiner rechten Hand, den Finger am Abzug. Und schloss die Augen wieder. *Der Abstand zwischen der Oberseite des Körpers und der Unterseite des Zuges beträgt nur zwanzig Zentimeter.* Jetzt erinnerte er sich an die Geschichte, die im vergangenen Jahr auf der Strecke des Schnellzugs Paris – Granville passiert war. Der Mann war so stockbetrunken und reglos, als der Zug über ihn hinwegfuhr, dass das totale Aussetzen aller Reflexe ihm das Leben gerettet hatte. Veyrenc verspürte ein Kribbeln in den Beinen und begann sie langsam zu bewegen. Sie schienen ihm wie aus Watte und wogen gleichzeitig schwer wie Granitblöcke. *Zwanzig Zentimeter.* Was für ein Glück, dass der gänzliche Mangel an Muskulatur es Danglard ermöglicht hatte, flach wie ein Lumpen zwischen den Schienen zu versacken.

Als er hinter sich ein Laufen hörte, saß er im Schneidersitz auf dem Bahnsteig, den Blick fest auf Danglard gerichtet, als wenn diese pausenlose Aufmerksamkeit dem Commandant die Durchfahrt eines zweiten Zuges oder das Abgleiten in den Tod hätte ersparen können. Ab und zu hatte er in irgendwelchen blöden Satzfetzen zu ihm gesprochen, *halt durch, beweg dich nicht, atme,* aber nicht mal ein Augenzwinkern als Antwort erhalten. Doch jetzt sah er, wie Danglards schlaffe Lippen bei jedem Atemzug bebten, und über dieses schwache Zucken wachte er. Sein Verstand setzte allmählich wieder ein. Der Kerl, der Danglard zu diesem Treffen bestellt hatte, hatte sich einen unfehlbaren Plan ausgedacht, indem er ihn unter den Schnellzug Caen–Paris warf zu einer Stunde, wo keine Gefahr bestand, dass ein Zeuge dazwischentreten würde. Man hätte ihn erst mehrere Stunden später entdeckt, wenn das Betäubungsmittel, was auch immer es war, bereits aus seinem Körper gewichen wäre. Man wäre nicht mal darauf gekommen, ein Narkotikum überhaupt zu suchen. Was hätte die Ermittlung ergeben? Dass Danglards Melancholie sich in letzter Zeit sehr verstärkt hatte, dass er fürchtete, in Ordebec sein Leben zu lassen. Dass er sich, vollkommen betrunken, auf diese Gleise gelegt hätte, um zu sterben. Seltsame Wahl, gewiss, aber da sich das Delirium eines betrunkenen und selbstmörderisch veranlagten Menschen nicht mit der Elle messen ließ, hätte man in diesem Sinne entschieden.

Er wandte den Blick nach der Hand, die sich auf seine Schulter legte, Adamsbergs Hand.

»Steig schnell da runter«, sagte Veyrenc zu ihm. »Ich kann mich nicht bewegen.«

Émeri und Blériot hatten Danglards Körper schon bei den Schultern gefasst, und Adamsberg sprang auf das Gleis, um seine Beine anzuheben. Blériot war danach nicht in der Lage, sich allein wieder auf den Bahnsteig zu schwingen, man musste ihn an beiden Händen hochziehen.

»Dr. Merlan wird gleich hier sein«, sagte Émeri, über Danglards Brustkorb gebeugt. »Meiner Meinung nach total unter Drogen, aber außer Lebensgefahr. Das Herz schlägt langsam, aber regelmäßig. Was ist passiert, Lieutenant?«

»Ein Kerl«, sagte Veyrenc mit immer noch schleppender Stimme.

»Kannst du nicht aufstehen?«, fragte Adamsberg.

»Ich glaube nicht. Hast du einen Schnaps oder so was?«

»*Ich* hab einen«, sagte Blériot und zog einen billigen

Flachmann hervor. »Es ist noch nicht mal acht, der zerreißt einen ein bisschen.«

»Genau das Richtige«, versicherte Veyrenc.

»Haben Sie heute Morgen was gegessen?«

»Nein, ich habe die ganze Nacht gewacht.«

Veyrenc trank einen Schluck mit jener klassischen Grimasse, die anzeigt, dass einen das Gesöff in der Tat zerreißt. Dann noch einen zweiten und gab Blériot die Flasche zurück.

»Kannst du was sagen?«, fragte Adamsberg, der ebenfalls im Schneidersitz neben ihm Platz genommen hatte und die hellen Spuren auf seinen Wangen bemerkte, die die Tränen hinterlassen hatten.

»Ja. Ich hatte einen Schock, das ist alles. Ich habe meine physischen Grenzen überschritten.«

»Warum bist du wach geblieben?«

»Weil Danglard irgendeinen dummen Coup im Alleingang im Sinn hatte.«

»Du hattest das also auch bemerkt?«

»Ja. Er wollte mir zuvorkommen, und ich fand, dass das gefährlich wäre. Ich habe geglaubt, er würde noch in der Nacht losgehen, aber er hat sich erst morgens um 6 Uhr 30 weggeschlichen. Ich habe den anderen Wagen genommen und bin ihm nachgefahren. Dann sind wir hier angekommen.« Veyrenc umriss mit einer vagen Geste den Ort. »Ein Kerl hat ihm einen Schlag auf den Hals versetzt, ihm dann, glaube ich, eine Spritze reingejagt und ihn auf die Gleise geworfen. Ich bin gerannt, der Kerl auch, und habe versucht, Danglard da wegzuzerren, aber unmöglich. Und dann kam der Zug.«

»Der Schnellzug Caen–Paris«, sagte Émeri düster, »der um 6 Uhr 56 hier durchfährt.«

»Ja«, sagte Veyrenc mit gesenktem Kopf. »Und er ist wirklich schnell, das kann man sagen.«

»Scheiße«, sagte Adamsberg zwischen den Zähnen.

Warum war es Veyrenc, der Danglard überwacht hatte? Warum nicht er? Warum hatte er den Lieutenant durch diese Hölle gehen lassen? Weil Danglards Plan gegen Veyrenc gerichtet war und Adamsberg ihn für belanglos gehalten hatte. Eine Sache unter Männern.

»Ich hatte gerade noch Zeit, Danglard von den Schienen zu zerren und ihn dazwischen auszustrecken, wie, weiß ich nicht, und mich auf den Bahnsteig hochzuhieven, wie, weiß ich nicht. Verdammt, er war so schwer und die Bahnsteigkante so hoch. Ich habe noch den Wind vom Zug auf dem Rücken gespürt. Zwanzig Zentimeter. Es sind zwanzig Zentimeter zwischen der Oberseite eines Körpers – eines erschlafften, eines betrunkenen Körpers – und der Unterseite eines Zuges.«

»Ich weiß nicht, ob ich daran gedacht hätte«, sagte Blériot und sah Veyrenc verblüfft an. Während er gleichzeitig fasziniert auf den dunklen Haarschopf dieses Lieutenant starrte, der mit einem Dutzend ungewöhnlicher, fuchsroter Strähnen übersät war, wie Mohnblüten in einem braunen Feld.

»Und der Kerl?«, fragte Émeri. »Könnte er das Bullige von Hippolyte gehabt haben?«

»Er war stämmig, ja. Aber ich war zu weit weg, und er trug Kapuze und Handschuhe.«

»Und sonst, was hatte er noch an?«

»Turnschuhe und so eine Art Sweatshirt. Marineblau oder dunkelgrün, weiß ich nicht. Hilf mir, Jean-Baptiste, ich kann jetzt aufstehen.«

»Warum hast du mich nicht gerufen, als du los bist? Warum bist du allein gefahren?«

»Das war eine Angelegenheit zwischen ihm und mir. Eine groteske Initiative von Danglard, überflüssig, dich da mit hineinzuziehen. Ich hätte mir nie vorgestellt, dass sie solche Ausmaße annimmt. *So ging er denn allein, das Herz voll bittrem Gram …*« Veyrenc unterbrach seinen begonnenen

Vers und zuckte mit den Schultern. »Nein«, murmelte er, »keine Lust.«

Dr. Merlan war eingetroffen und dabei, Commandant Danglard zu untersuchen. Er schüttelte immer wieder den Kopf und murmelte »unter den Zug gekommen, unter den Zug gekommen«, als suchte er sich von der Außergewöhnlichkeit des Ereignisses zu überzeugen, das er erlebte.

»Wahrscheinlich eine ordentliche Dosis eines Anästhetikums«, sagte er, während er aufstand und zwei Krankenpfleger herbeiwinkte, »aber ich habe den Eindruck, die Wirkung lässt bereits nach. Wir nehmen ihn mit, ich werde das Aufwachen behutsam beschleunigen. Aber das Sprechvermögen wird frühestens in zwei Stunden wiederhergestellt sein, kommen Sie also nicht vorher, Kommissar. Er hat einige Prellungen, von dem Schlag auf die Carotis herrührend und seinem Sturz auf die Gleise. Doch ich glaube nicht, dass etwas gebrochen ist. Unter den Zug gekommen, ich fasse es nicht.«

Adamsberg sah die Trage sich entfernen, und eine Woge der Verzweiflung kam im Nachhinein über ihn. Aber die Elektrizitätskugel machte sich nicht wieder im Nacken bemerkbar. Dank Dr. Hellebauds Behandlung, zweifellos.

»Und Léo?«, fragte er Merlan.

»Gestern Abend hat sie sich aufgesetzt und etwas gegessen. Wir haben die Magensonde entfernt. Aber sie spricht nicht, sie lächelt nur ab und zu, als machte sie sich so ihre Gedanken, bekäme sie nur nicht richtig zu fassen. Man könnte meinen, Ihr Dr. Hellebaud habe ihre Sprachfunktion blockiert, es ist, als hätte er einen Schalter umgelegt. Und dass er sie wieder in Gang setzen wird, wenn er die Zeit für gekommen hält.«

»Das sähe ihm ähnlich.«

»Ich habe ihm an sein Haus in Fleury geschrieben, um ihn über den neuesten Stand zu unterrichten. Den Brief habe ich an den Direktor adressiert, wie Sie mir rieten.«

»An sein Gefängnis in Fleury«, präzisierte Adamsberg.

»Ich weiß, Kommissar, aber ich sage und ich denke es nicht gern. Wie ich ja auch weiß, dass Sie es waren, der ihn festgenommen hat, aber ich will nichts von seinen Verfehlungen wissen. Ist es wenigstens nichts Medizinisches?«

»Nein.«

»Unter den Zug gekommen, ich fasse es nicht. Nur Selbstmörder werfen sich vor einen Zug.«

»Eben, Doktor. Es ist keine gewöhnliche Waffe. Aber weil es eine bekannte Methode ist, sich das Leben zu nehmen, sollte Danglards Tod ohne weiteres als Selbstmord erscheinen. Gegenüber dem gesamten Krankenhauspersonal halten Sie bitte diese Version aufrecht, und sehen Sie zu, soweit dies möglich ist, dass nichts nach außen dringt. Ich möchte den Mörder nicht nervös machen, der in diesem Augenblick noch vermutet, dass sein Opfer von den Rädern des Zuges zerstückelt wurde. Lassen wir ihm diese Gewissheit für ein paar Stunden.«

»Ich verstehe«, sagte Merlan und kniff die Augen zusammen, mit einem Ausdruck, der mehr Scharfsinn als nötig zu erkennen geben wollte. »Sie wollen überraschen, beobachten, belauern.«

Nichts dergleichen tat Adamsberg. Die Ambulanz fuhr weg, und er lief von einem Ende des Bahnsteigs A zum anderen, eine kurze Strecke von zwanzig Metern, denn es widerstrebte ihm, sich von Veyrenc zu entfernen, dem Blériot – das hatte er gesehen – drei oder vier Stück Zucker verabreicht hatte. Blériot, der Zuckerer. Ungewollt verzeichnete er, dass der Brigadier die Papierchen nicht auf den Boden fallen ließ. Er knüllte sie zu einer kleinen Kugel zusammen, die er dann in seine vordere Hosentasche schob. Émeri, dessen Uniform erstmals schlecht saß, so hastig hatte er sich angezogen, um zu ihnen zu stoßen, kam kopfschüttelnd herüber.

»Ich finde keinerlei Spuren um die Bank herum. Nichts, Adamsberg, wir haben nichts.«

Veyrenc bedeutete Émeri, ihm eine Zigarette zu geben.

»Und es würde mich wundern, wenn Danglard uns helfen könnte«, sagte Veyrenc. »Der Kerl kam von hinten und hat ihm nicht die Zeit gelassen, sich umzudrehen.«

»Wie kommt es, dass der Zugführer ihn nicht gesehen hat?«, fragte Blériot.

»Zu dieser Zeit hatte er die Sonne voll im Gesicht«, sagte Adamsberg. »Er fuhr genau Richtung Osten.«

»Selbst wenn er ihn gesehen hätte«, ergänzte Émeri, »hätte er die Maschine nicht unter mehreren hundert Metern stoppen können. Lieutenant, wie kamen Sie auf die Idee, Danglard nachzufahren?«

»Einhaltung der Dienstvorschrift, nehme ich an«, sagte Veyrenc lächelnd. »Ich habe ihn das Haus verlassen sehen und bin ihm gefolgt. Denn bei so einer Art Ermittlung zieht man nicht allein los.«

»Und warum ist er allein gegangen? Er scheint mir doch eher ein vorsichtiger Mensch zu sein.«

»Aber auch ein Einzelgänger«, fügte Adamsberg zu Danglards Rechtfertigung hinzu.

»Und der, der ihn zu dem Treffen bestellt hat, hat sicherlich verlangt, dass er ohne Begleitung kommt«, seufzte Émeri. »Wie immer. Wir sehen uns in der Gendarmerie, um die Wachrunden bei Mortembot zu organisieren. Adamsberg, hast du deine beiden Mitarbeiter aus Paris bekommen?«

»Sie müssten vor 14 Uhr hier sein.«

Veyrenc fühlte sich kräftig genug, um sich wieder ans Steuer zu setzen, und Adamsberg folgte ihm in dichtem Abstand bis zu Léos Herberge, wo der Lieutenant rasch eine Dosensuppe hinunterschlang und sich auf der Stelle schlafen legte. Als Adamsberg zu seinem Zimmer ging, fiel ihm ein, dass er am Tag zuvor vergessen hatte, der Taube Körner hinzustellen. Und sein Fenster hatte offengestanden.

Aber Hellebaud hatte sich in einem seiner Schuhe eingenistet, so wie andere Artgenossen sich auf einem Schornsteinkopf niederlassen würden, und wartete geduldig auf ihn.

»Hellebaud«, sagte Adamsberg, indem er den Schuh samt Taube hochnahm und aufs Fensterbrett stellte, »wir müssen ein ernstes Wort miteinander reden. Du bist dabei, den Naturzustand zu verlassen und auf direktem Wege in die Zivilisation abzurutschen. Deine Beine sind geheilt, du kannst fliegen. Schau nach draußen. Da hast du Sonne, Bäume, Weibchen, Würmer und Insekten in Hülle und Fülle.«

Hellebaud ließ ein Gurren hören, das Adamsberg ein gutes Omen zu sein schien, und mit umso größerem Nachdruck schob er Schuh und Taube auf die Fensterbrüstung hinaus.

»Flieg, wann du willst«, sagte er. »Du brauchst auch kein Wort zum Abschied zu hinterlassen, ich versteh das dann schon.«

36

Adamsberg hatte sich erinnert, dass man Mutter Vendermot Blumen mitbringen sollte, und so klopfte er um zehn Uhr morgens sanft an die Haustür. Es war ein Mittwoch, die Chancen standen gut, dass Lina da sein würde, es war ihr freier Vormittag im Austausch gegen ihren Bereitschaftsdienst am Samstag. Sie beide wollte er sprechen, Lina und Hippolyte, getrennt voneinander und für eine etwas gezieltere Befragung. Er fand sie alle beim Frühstück um den großen Tisch, keiner war schon angezogen. Er begrüßte sie einen nach dem anderen, ihre verschlafenen Mienen prüfend. Hippos verknautschtes Gesicht erschien ihm überzeugend, aber bei der Hitze, die jetzt schon herrschte, konnte man sich leicht das ungefähre Aussehen eines zerknitterten Schläfers geben. Bis auf das nächtliche Anschwellen der Lider, das man nicht nachahmen konnte, hatte Hippo von Natur aus schwere Augenlider, weshalb einem sein Blick häufig weder sehr wach noch sympathisch erschien.

Die Mutter – die Einzige, die schon fertig angezogen war – freute sich ehrlich über die Blumen und bot dem Kommissar sofort einen Kaffee an.

»Es heißt, in Cérenay hat es eine Tragödie gegeben«, sagte sie, und es war das erste Mal, dass er sie wirklich wieder reden hörte, mit ihrer ebenso demütigen wie wohlartikulierten Stimme. »Diese grausige Geschichte geht hoffentlich nicht weiter? Es ist doch Mortembot nichts passiert?«

»Woher wissen Sie es denn?«, fragte Adamsberg.

»Ist es Mortembot?«, beharrte sie.

»Nein, der ist es nicht.«

»Heilige Muttergottes«, stöhnte die Alte. »Wenn das in diesem Tempo vorangeht, dann muss ich mit den Kindern, dann müssen wir weg von hier.«

»Aber nein, Maman«, sagte Martin mechanisch.

»Ich weiß schon, was ich sage, mein Junge. Ihr wollt ja nichts sehen, alle, wie ihr da sitzt. Aber früher oder später wird einer kommen und wird einer uns umbringen.«

»Aber nein, Maman«, wiederholte Martin. »Die haben viel zu große Angst.«

»Sie begreifen nichts«, sagte die Mutter, nun an Adamsberg gewandt. »Sie begreifen nicht, dass sie uns alle für schuldig halten. Mein armes Mädchen, wenn du wenigstens deine Zunge im Zaum gehalten hättest.«

»Dazu hatte ich kein Recht«, sagte Lina ein wenig streng und ungerührt von der Sorge ihrer Mutter. »Das weißt du sehr wohl. Man muss den Ergriffenen ihre Chance geben.«

»Ja, gewiss«, sagte die Mutter und setzte sich an den Tisch. »Aber wo sollen wir auch hingehen? Dabei muss ich sie doch beschützen«, erklärte sie, indem sie sich aufs Neue zu Adamsberg umdrehte.

»Niemand wird uns anzurühren wagen, Maman«, sagte Hippolyte und hob seine beiden missgestalteten Hände zur Decke, und alle brachen in Gelächter aus.

»Sie begreifen einfach nichts«, wiederholte die Mutter leise und resigniert. »Spiel nicht mit deinen Fingern, Hippolyte. Es ist nicht der Moment, den Clown zu machen, wenn es in Cérenay einen Toten gegeben hat.«

»Was ist denn überhaupt passiert?«, fragte Lina, von der Adamsberg den Blick wenden musste, denn ihre Brust war allzu sichtbar unter dem Stoff ihres weißen Pyjamas.

»Maman hat es dir doch erzählt«, sagte Antonin. »Jemand hat sich unter den Schnellzug aus Caen geworfen. Es ist ein Selbstmord, das hat sie damit sagen wollen.«

»Wie haben Sie es denn erfahren?«, fragte Adamsberg die Mutter.

»Beim Einkaufen. Der Bahnhofsvorsteher traf um 7 Uhr 45 ein und sah die Polizei und den Rettungswagen. Er hat einen der Krankenpfleger gesprochen.«

»Um 7 Uhr 45? Wo der erste Zug nicht vor elf Uhr dort hält?«

»Er hatte einen Anruf vom Lokführer des Expresszuges erhalten. Dem war so gewesen, als hätte er auf dem Gleis etwas gesehen, also ist der Bahnhofsvorsteher hin, um nachzusehen. Wissen Sie, wer sich umgebracht hat?«

»Und Ihnen, hat man es Ihnen gesagt?«

»Nein«, sagte Hippo. »Vielleicht die Marguerite Vanout.«

»Warum die?«, fragte Martin.

»Du weißt doch, was man in Cérenay sagt. Eis tkcit thcin rhem githcir.«

»Sie tickt nicht mehr richtig«, erklärte Lina.

»Ach ja? Wieso?«, fragte Antonin, mit der ehrlich erstaunten Miene eines Menschen, der sich in keiner Weise bewusst ist, dass er selber nicht ganz richtig tickt.

»Seitdem ihr Mann sie verlassen hat. Sie schreit herum, zerreißt ihre Kleider, zerkratzt die Häuserwände, schreibt was drauf. Auf die Wände.«

»Was schreibt sie denn?«

»Wiederliche Schweine«, erklärte Hippo. »Mit *ie*. Und manchmal auch im Singular. Sie schreibt es überall im Dorf an, die Leute in Cérenay haben allmählich die Nase voll davon. Jeden Tag muss der Bürgermeister all die *Wiederlichen Schweine* beseitigen lassen, die sie in der Nacht verewigt hat. Und gleichzeitig, da sie ja einen Haufen Geld hat, versteckt sie hier und da einen großen Schein, unter einem Stein, in einem Baum, und am nächsten Morgen können die Leute es sich nicht verkneifen, das verstreute Geld zu suchen, wie in einem Versteckspiel. Keiner kommt mehr pünktlich zur Arbeit. Sie ganz allein hält den Ort in Aufregung. Und es ist ja auch nicht verboten, Geld zu verstecken.«

»Es ist sogar ziemlich komisch«, meinte Martin.

»Ziemlich«, bestätigte Hippo.

»Es ist gar nicht komisch«, wandte die Mutter tadelnd ein. »Sie ist eine arme Frau, die den Verstand verloren hat, und dabei leidet sie.«

»Ja, aber komisch ist es trotzdem«, sagte Hippo und beugte sich zu ihr hinab, um einen Kuss auf ihre Wange zu drücken.

Das verwandelte die Mutter radikal, als sähe sie plötzlich ein, dass jeder Tadel zwecklos und ungerecht war. Sie tätschelte ihrem großen Sohn die Hand und zog sich wieder in ihren Lehnstuhl in der Ecke zurück, von wo aus sie an dem Gespräch vermutlich nicht mehr teilnehmen würde. Es war wie ein dunkler, stiller Abgang, als wenn ein Schauspieler in den Hintergrund der Bühne verschwindet und man ihn doch noch sehen kann.

»Wir werden ein paar Blumen zum Begräbnis schicken«, sagte Lina. »Immerhin kennen wir ihre Tante gut.«

»Soll ich im Wald welche pflücken?«, schlug Martin vor.

»Das macht man nicht, zu einem Begräbnis selbstgepflückte Blumen zu schicken.«

»Dazu braucht man gekaufte Blumen«, meinte auch Antonin. »Können wir Lilien kaufen?«

»Nicht doch, Lilien nimmt man für eine Hochzeit.«

»Und wir haben auch gar kein Geld für Lilien«, sagte Lina.

»Vielleicht Anemonen?«, schlug Hippo vor. »Eid dnis thcin reuet, Nenomena.«

»Es ist nicht die Jahreszeit«, erwiderte Lina.

Adamsberg ließ sie noch einen Moment die Wahl der Blumen für Marguerite erörtern, und diese Unterhaltung, es sei denn, sie wäre von höheren Mächten inspiriert, bewies ihm mehr als alles andere, dass kein Vendermot mit dem Vorfall in Cérenay etwas zu tun hatte. Wenn die Vendermots auch zweifellos alle höher inspiriert waren.

»Aber Marguerite ist gar nicht tot«, sagte Adamsberg schließlich.

»Ach? Also dann keine Blumen mehr«, erklärte Hippo entschieden.

»Wer war es dann?«, fragte Martin.

»Es ist überhaupt niemand ums Leben gekommen. Der Mann lag zwischen den Schienen, und der Zug ist über ihn hinweggerauscht, ohne ihn zu berühren.«

»Bravo«, sagte Antonin. »Das nenne ich eine künstlerische Erfahrung.«

Gleichzeitig gab der junge Mann seiner Schwester ein Stück Zucker, und Lina, die sofort verstand, brach es ihm in zwei Teile. Eine Geste, die einen kräftigen Fingerdruck erforderte, den Antonin sich nicht zutraute. Adamsberg wandte den Blick ab. Diese Zuckerattacken in jeder Situation ließen ihn allmählich schaudern, als wäre er von einem vielgestaltigen Angreifer umzingelt, dem die Zuckerstückchen als Wurfgeschosse und Burgmauern dienten.

»Wenn er sich wirklich umbringen wollte«, sagte Lina und sah Adamsberg an, »hätte er sich quer drüberlegen müssen.«

»Genau, Lina. Er wollte sich nicht umbringen, jemand hat ihn da hingelegt. Es handelt sich um meinen Stellvertreter Danglard. Jemand wollte ihn umbringen.«

Hippolyte runzelte die Brauen.

»Einen Zug als Waffe benutzen«, bemerkte er, »heißt sich die Sache nicht gerade einfach machen.«

»Aber um einen Selbstmord vorzutäuschen, ist es nicht dumm«, sagte Martin. »Wenn man ein Bahngleis sieht, denkt man doch gleich an Selbstmord.«

»Ja«, sagte Hippolyte und zog ein zweifelndes Gesicht. »Aber eine derartige Organisation kommt aus einem bleiernen Hirn. Ehrgeizig, aber primitiv. Latot tremmäheb. Total behämmert.«

»Hippo«, sagte Adamsberg und schob seine Tasse von

sich, »ich müsste Sie mal allein sprechen. Danach auch Lina, wenn das möglich ist.«

»Primitiv, primitiv«, wiederholte Hippo.

»Aber ich muss Sie sprechen«, insistierte Adamsberg.

»Ich weiß nicht, wer Ihren Stellvertreter umbringen wollte.«

»Es geht um etwas anderes. Um den Tod Ihres Vaters«, fügte er leiser hinzu.

»Also dann«, meinte Hippo mit einem Blick auf seine Mutter, »gehen wir besser nach draußen. Ich will mich nur noch anziehen.«

Adamsberg lief auf dem kleinen Schotterweg neben Hippolyte, der ihn um gut zwanzig Zentimeter überragte.

»Ich weiß nichts über seinen Tod«, sagte Hippo. »Er hat eins mit der Axt in den Schädel bekommen und eins in die Brust, und das war's.«

»Aber Sie wissen, dass Lina den Schaft abgewischt hat.«

»Das habe ich damals gesagt. Aber ich war klein.«

»Hippo, warum hat Lina den Schaft abgewischt?«

»Ich weiß es nicht«, sagte Hippo ein wenig trotzig. »Nicht, weil sie ihn getötet hatte. Ich kenne meine Schwester, hören Sie. Nicht, dass sie nicht manchmal Lust dazu gehabt hätte, wie wir alle. Das Gegenteil war der Fall. Schließlich war sie es, die Suif daran gehindert hat, ihm die Kehle durchzubeißen.«

»Also hätte sie den Schaft abgewischt, weil sie dachte, einer von Ihnen hätte ihn getötet. Oder weil sie einen von Ihnen dabei beobachtet hat. Martin, oder Antonin.«

»Die waren sechs und vier Jahre alt.«

»Oder Sie.«

»Nein. Wir hatten alle viel zu große Angst vor ihm, um uns so etwas zuzutrauen. Dem waren wir einfach nicht gewachsen.«

»Aber immerhin haben Sie den Hund auf ihn gehetzt.«

»Dann wäre sein Tod Suifs Schuld gewesen, nicht meine. Verstehen Sie den Unterschied?«

»Ja.«

»Und das Ergebnis, der Mistkerl hat meinen Hund abgeknallt. Wir hatten das Gefühl, wenn einer von uns gewagt hätte, direkt auf den Vater loszugehen, wäre der fähig gewesen, uns alle umzubringen, wie Suif, und meine Mutter als Erste. Was vielleicht auch geschehen wäre, wenn der Graf mich nicht zu sich genommen hätte.«

»Émeri sagt, Sie wären nicht gerade ein ängstliches Kind gewesen. Er sagt, Sie hätten in der Schule ziemlichen Terror verbreitet, als Sie klein waren.«

»Ich habe den Laden ganz schön aufgemischt, ja«, erwiderte Hippolyte, der sein breites Lächeln wiedergefunden hatte. »Was sagt er, der Émeri? Dass ich ein kleiner Satansbraten war, der alle Welt terrorisierte?«

»So ungefähr.«

»Stimmt genau. Aber Émeri war auch kein Waisenknabe. Und er, er hatte keine Entschuldigung. Er war behütet und verwöhnt. Noch bevor Régis seine Folterbande gründete, gab es einen Hervé, der zum Halali blies, wenn es um mich ging. Na, und ich kann Ihnen sagen, dass Émeri nicht der Letzte war, wenn sie mich einkreisten, um mich zu verprügeln. Nein, Kommissar, ich bedaure nichts, ich musste mich verteidigen. Ich brauchte nur meine Hände gegen sie auszustrecken, und schon liefen sie schreiend auseinander. War ganz einfach. Und es war ihre eigene Schuld. Sie waren es, die gesagt haben, dass ich Teufelshände hätte, dass ich eine Ausgeburt der Hölle sei. Von allein wäre ich nicht drauf gekommen. Also hab ich es für mich benutzt. Nein, das Einzige, was ich bedaure, ist, dass ich der Sohn des übelsten Scheißkerls hier in der Gegend bin.«

Lina hatte sich inzwischen angezogen, sie trug ein knapp sitzendes Blüschen, das Adamsberg erschauern ließ. Hippolyte überließ ihr den Platz und tätschelte ihr den Arm.

»Er wird dich nicht auffressen, Schwesterchen«, sagte er. »Aber er ist auch nicht gerade zaghaft. Er möchte gern wissen, wo die Leute ihren Dreck versteckt haben, und das ist ein gemeiner Job.«

»Er hat Léo gerettet«, sagte Lina und sah ihren Bruder ärgerlich an.

»Aber er fragt sich, ob ich Herbier und Glayeux getötet habe. Er stochert in meinem Haufen Dreck herum. Stimmt's, Kommissar?«

»Völlig normal, dass er sich die Frage stellt«, unterbrach ihn Lina. »Hast du dich wenigstens anständig benommen?«

»Sehr«, versicherte Adamsberg lächelnd.

»Aber da Lina keinen Dreck zu verbergen hat, überlasse ich sie Ihnen ganz unbesorgt«, sagte Hippo im Weggehen. »Reba ehew, eis nemmürk rhi nie raah.«

»Das heißt?«

»Wehe, Sie krümmen ihr ein Haar«, übersetzte Lina. »Verzeihen Sie, Kommissar, das ist sein Temperament. Er fühlt sich für uns alle verantwortlich. Dabei sind wir so nette Leute.«

Wir sind nett. Die einfältige Visitenkarte der Vendermots. So kindisch, so dumm, dass Adamsberg schon wieder dran glauben wollte. Ihr Ideal vom Ich, sozusagen, ihre erklärte Devise. *Wir sind nett.* Um was zu verbergen?, hätte Émeri darauf erwidert. Ein so intelligenter Typ wie Hippolyte – und intelligent war ein blasser Ausdruck –, einer, der die Buchstaben in den Wörtern mühelos verdrehen konnte, als jonglierte er mit Kugeln, der konnte nicht einfach nur *nett* sein.

»Lina, ich stelle Ihnen dieselbe Frage wie Hippo. Als Sie Ihren Vater ermordet aufgefunden haben, warum haben Sie da die Axt abgewischt?«

»Um irgendwas zu tun, nehme ich an. Aus einem Reflex.«

»Sie sind nicht mehr elf, Lina. Sie können sich denken,

dass diese Art Antwort nicht mehr genügt. Haben Sie die Axt abgewischt, um die Spuren von einem Ihrer Brüder zu löschen?«

»Nein.«

»Ist Ihnen nicht der Gedanke gekommen, Hippo könnte ihm den Schädel gespalten haben? Oder Martin?«

»Nein.«

»Warum?«

»Wir hatten alle viel zu große Angst vor ihm, um in seinem Zimmer zu erscheinen. Jedenfalls wagten wir nicht mal hinaufzugehen. Das war verboten.«

Adamsberg blieb mitten auf dem Weg stehen, wandte sich zu Lina um und strich ihr mit dem Finger über ihre sehr rosige Wange, ohne jede Anzüglichkeit, so, wie Zerk über das Gefieder der Taube gestrichen war.

»Also, wen wollten Sie dann schützen, Lina?«

»Den Mörder«, sagte sie plötzlich und hob den Kopf. »Ohne dass ich wusste, wer es war. Ich war gar nicht schockiert, als ich ihn in seinem Blut fand. Ich habe bloß gedacht, endlich hat ihn jemand erschlagen, er wird nie mehr wiederkommen, und das war eine ungeheure Erleichterung. Ich habe die Fingerabdrücke auf der Axt beseitigt, damit man den Täter nie bestrafen würde. Wer es auch war.«

»Danke, Lina. Hippo war der Schrecken in der Schule?«

»Er beschützte uns. Denn auch meine kleinen Brüder im anderen Schulhof hatten schwer zu leiden. Und als Hippo den Mut fand, seinen Peinigern die Stirn zu bieten, mit seinen armen verkrüppelten Händen, hat man uns endlich in Ruhe gelassen. Wir sind nett, aber Hippo hat uns verteidigen müssen.«

»Er sagte zu denen, er sei vom Teufel gesandt, er könne sie alle vernichten.«

»Und das hat funktioniert!«, sagte sie lachend und ungerührt. »Sie wichen alle vor uns zurück! Für uns Kinder war es das Paradies. Wir hatten plötzlich das Sagen. Nur Léo hat uns damals gewarnt. Die Rache ist ein Gericht, das man kalt isst, sagte sie, aber das verstand ich damals nicht. Und heute«, fügte sie düster hinzu, »müssen wir dafür zahlen. Mit dieser Geschichte von Hippo-dem-Teufel und mit Hellequins Heer, ich kann schon verstehen, dass meine Mutter Angst um uns hat. 1777 haben sie François-Benjamin, einen Schweinezüchter, mit Heugabeln erschlagen.«

»Ja, das habe ich gehört. Weil er das Heer gesehen hatte.«

»Mit drei Opfern, die er namentlich genannt hatte, und einem, das er nicht hatte erkennen können. Genau wie ich. Nach dem Tod des zweiten Opfers ist die Menge über ihn hergefallen, und sie haben über zwei Stunden auf ihn eingestochen. François-Benjamin hat die Gabe an seinen Neffen Guillaume weitergereicht, der sie an seine Cousine Elodine weitergegeben hat, danach ist sie an Sigismond gegangen, den Gerber, dann an Hébrard, dann an Arnaud, einen Leinwandhändler, dann an Louis-Pierre, den Cembalospieler, an Aveline und schließlich an Gilbert, der sie mir, so heißt es, über dem Weihwasserbecken vermacht hat. Ihr Stellvertreter, wusste der etwas, dass man ihn umbringen wollte?«

»Keine Ahnung.«

So ging er denn allein, das Herz voll bittrem Gram, rezitierte Adamsberg in Gedanken, überrascht, dass der kleine Vers von Veyrenc sich ihm aufdrängte.

»Sie brauchen auch nicht zu suchen«, und ihre Stimme wurde plötzlich hart. »Nicht ihn hat einer töten wollen. Sie.«

»Aber nein.«

»Doch. Denn selbst wenn Sie heute nichts wissen, werden Sie morgen alles wissen. Sie sind sehr viel gefährlicher als Émeri. Die Zeit läuft.«

»Meine?«

»Ja, Ihre, Kommissar. Machen Sie, dass Sie wegkommen, rennen Sie. Nichts hält den Seigneur noch seine Soldaten jemals auf. Gehen Sie ihm aus dem Weg. Glauben Sie mir oder nicht, ich versuche Ihnen zu helfen.«

So heftige und so unbegreifliche Worte, dass Émeri sie schon für viel weniger verhaftet hätte. Adamsberg rührte sich nicht.

»Ich muss Mortembot beschützen«, sagte er.

»Mortembot hat seine Mutter umgebracht. Er ist es nicht wert, dass man sich um ihn bemüht.«

»Das ist nicht mein Problem, Lina, das wissen Sie genau.«

»Sie verstehen nicht. Er wird sterben, was auch immer Sie tun. Gehen Sie vorher.«

»Wann?«

»Sofort.«

»Ich meine: Wann wird er sterben?«

»Das entscheidet Hellequin. Gehen Sie. Sie und Ihre Leute.«

37

Adamsberg betrat langsamen Schritts den Hof des Krankenhauses, das er bald ebenso gut kannte wie die Kaffeebar in der Brigade. Danglard hatte es abgelehnt, die Patientenkleidung zu tragen, er hatte das vorschriftsmäßige blaue Papierhemd ausgezogen und saß in seinem Anzug auf dem Bett, so schmutzig er war. Die Schwester hatte lautstark protestiert, die Sache sei nicht hygienisch. Aber weil er ein Ex-Selbstmörder war und in seiner ganzen Länge unter einen Zug gekommen – ein Ereignis, das Respekt abnötigte –, hatte sie nicht gewagt, ihn zu zwingen.

»Ich brauche einen etwas angemesseneren Aufzug«, war Danglards erster Satz.

Während seine Augen gleichzeitig zu der gelb gestrichenen Wand hin auswichen, seine Schande, seine Lächerlichkeit und seine Entwürdigung fliehend, die er schon gar nicht in Adamsbergs Blick lesen wollte. Dr. Merlan hatte ihm in groben Zügen berichtet, was vorgefallen war, ohne eine Meinung dazu zu äußern, und Danglard wusste nicht, wie er sich selbst noch ins Gesicht sehen sollte. Er hatte sich in keiner Weise professionell verhalten, er hatte sich grotesk verhalten, schlimmer noch: wie ein Idiot. Er, Danglard, der überlegene Intellekt. Seine primitive Eifersucht, der brennende Wunsch, Veyrenc zu vernichten, hatten nicht dem geringsten Rest Würde und Verstand mehr Raum gelassen. Vielleicht hatte dieser winzige Rest sich gemeldet, etwas zu sagen versucht, aber er hatte nichts gehört, nichts wissen wollen. Wie der letzte aller Kretins war er in seine eigene Zerstörung gerannt. Und ausgerechnet der, den er demütigen wollte, hatte ihn beschützt und beinahe sein eigenes Leben unter den Rädern des Zuges gelassen. Er, Veyrenc de Bilhc, hatte die Geistesgegenwart, den Mut und die Kraft besessen, ihn zwischen die Schienen zu legen. Er selbst, grübelte Danglard, hätte diese dreifache Leistung nie vollbracht. Bestimmt wäre er nicht auf den Gedanken gekommen, den Körper in seiner Lage zu verändern, und ganz sicher hätte er nicht die Kraft dazu gehabt. Vielleicht wäre er, schlimmer noch, sogar schon vorher weggerannt, um sich auf den Bahnsteig zu retten.

Das Gesicht des Commandant war grau vor Hilflosigkeit. Man hätte meinen können, eine Ratte, die hoffnungslos in einem Korridor festsaß und nicht gemütlich in einem guten Brotkanten bei Tuilot Julien.

»Schmerzen?«, fragte Adamsberg.

»Nur wenn ich den Kopf drehe.«

»Scheint, Sie haben nichts davon mitbekommen, dass der Zug über Sie hinwegfuhr«, sagte Adamsberg ohne eine tröstliche Note in der Stimme.

»Nein. Es ist ärgerlich, so etwas zu erleben, ohne sich an das Geringste zu erinnern, nicht wahr?«, versuchte Danglard es mit einem Körnchen Ironie.

»Nicht das ist ärgerlich.«

»Wenn ich wenigstens mehr gesoffen hätte als gewöhnlich.«

»Nicht mal das, Danglard. Im Gegenteil, Sie haben sich bei Émeri so weit unter Kontrolle gehabt, dass Sie einen halbwegs klaren Kopf behielten für Ihre einsame Operation.«

Danglard sah zu der gelben Decke hoch und entschied sich, in dieser Position zu verharren. Er war Adamsbergs Blick begegnet und hatte den scharfen Glanz in seinen Pupillen gesehen. Einen Glanz, der weit trug und dem er zu entrinnen suchte. Jenen seltenen Glanz, der beim Kommissar nur in Augenblicken des Zorns, höchsten Interesses oder beim plötzlichen Auftauchen einer Idee in die Augen trat.

»Veyrenc, der hat den Zug gespürt«, beharrte Adamsberg.

Wütend auf Danglards Mittelmäßigkeit, enttäuscht, traurig, o ja, das war er. Er hatte das Bedürfnis, ihn zu zwingen, dass er hinsah und dass er es wusste. *So ging er denn allein, das Herz voll bittrem Gram.*

»Wie geht es ihm?«, nuschelte Danglard kaum hörbar.

»Er schläft. Er erholt sich. Wir werden von Glück sagen können, wenn er keine neuen roten Strähnen kriegt. Vielmehr weiße Strähnen.«

»Woher wusste er es?«

»Wie ich es auch wusste. Sie sind ein schlechter Verschwörer, Commandant. Die Freude über einen geheimen, aufregenden und hochmütigen Plan war Ihnen während des ganzen Abendessens vom Gesicht abzulesen, und auch aus Ihren Gesten.«

»Und warum ist Veyrenc aufgeblieben?«

»Weil er nachgedacht hat. Er hat sich gedacht, wenn etwas Sie derart erregen konnte, etwas, das Sie allein ausführen wollten, es wahrscheinlich eine Sache war, die sich gegen ihn richtete. Zum Beispiel in den Besitz einer neuen Information zu gelangen. Während Sie, Commandant, vergessen haben, dass, wenn ein Informant anonym bleiben möchte, er nicht persönlich erscheint. Er schreibt und vereinbart kein Treffen. Selbst Estalère hätte den Braten gerochen. Sie nicht. Veyrenc ja. Und schließlich und vor allem hat Veyrenc gedacht, dass man in einer so blutigen Affäre keinesfalls allein losmarschiert. Außer wenn man seinen kleinen Lorbeer für sich einheimsen will und dieser Wunsch einem die augenscheinlichsten Dinge vernebelt. Denn Sie hatten doch eine Nachricht erhalten, Danglard? Mit Angabe eines Treffpunkts?«

»Ja.«

»Wo? Wann?«

»Ich fand den Zettel in meiner Jackentasche. Der Typ hat ihn mir vermutlich in der Menschenmenge vor Glayeux' Haus hineingeschoben.«

»Haben Sie ihn aufgehoben?«

»Nein.«

»Bravo, Commandant. Warum nicht?«

Danglard zernagte erst eine ganze Weile die Innenseite seiner Wangen, bevor er sich entschied, zu antworten.

»Weil ich nicht wollte, dass es herauskommt, dass ich eine Nachricht für mich behalten hatte. Dass ich vorsätzlich gehandelt hatte. Sobald ich die Information erhalten hätte, wollte ich mir eine plausible Erklärung dafür ausdenken.«

»Zum Beispiel?«

»Dass mir in der Menge ein Typ aufgefallen wäre. Dass ich mich über ihn erkundigt hätte. Dass ich mal nach Cérenay gegangen wäre, um ein bisschen mehr in Erfahrung zu bringen. Etwas Unverfängliches.«

»Etwas Ehrbares, also.«

»Ja«, stöhnte Danglard. »Etwas Ehrbares.«

»Und es ist schiefgegangen«, sagte Adamsberg, stand auf und begann auf den wenigen Quadratmetern im Zimmer umherzugehen, immer um das Bett des Commandant herum.

»Okay«, sagte Danglard. »Ich bin in die Jauchegrube gefallen und darin stecken geblieben.«

»Das ist mir schon vor Ihnen passiert, erinnern Sie sich?«

»Ja.«

»Sie erfinden also nichts Neues. Das Schwierigste ist nicht, hineinzufallen, sondern hinterher wieder sauber zu werden. Was war das für eine Nachricht?«

»Eine Schrift von einem, der nahezu Analphabet ist, mit vielen Fehlern. Entweder echt oder vorgetäuscht, beides wäre möglich. Wenn es getürkt war, war es auf jeden Fall gut gemacht. Vor allem dieses ›Seihen Sie‹, das er mehrmals durchgestrichen hatte.«

»Und was stand drin?«

»Ich sollte pünktlich um 6 Uhr 50 auf dem Bahnhof von Cérenay sein. Ich nahm an, der Typ käme aus dem Dorf.«

»Glaube ich nicht. Der Vorteil von Cérenay ist, dass dort noch Züge durchfahren. Zum Beispiel um 6 Uhr 56. Während der Bahnhof von Ordebec stillgelegt ist. Was sagt Merlan über das Betäubungsmittel?«

Adamsbergs Augen waren fast wieder in ihren Normalzustand zurückgekehrt, wässerig, »algenmäßig«, wie manche sagten, die ein Wort erfinden mussten, um diesen Eindruck von geschmolzen, verschwommen, nahezu pastös zu beschreiben.

»Nach den ersten Ergebnissen habe ich nichts mehr im Körper. Er vermutet ein Narkosemittel, das von Veterinärmedizinern verwendet wird, um mich für eine Viertelstunde einzuschläfern, und das sich danach schnell verflüchtigt. Eine schwache Dosis Ketaminhydrochlorid, denn Halluzinationen hatte ich nicht. Kommissar, können wir die Sache irgendwie deichseln? Ich meine, können wir es so einrichten, dass die Brigade nichts von meinem Alleingang erfährt?«

»Nichts dagegen einzuwenden, was mich betrifft. Aber wir sind drei, die darum wissen. Nicht mit mir müssen Sie das besprechen, sondern mit Veyrenc. Schließlich könnte er versucht sein, sich zu rächen. Was verständlich wäre.«

»Ja.«

»Soll ich ihn herschicken?«

»Nicht jetzt.«

»Im Grunde«, sagte Adamsberg, während er zur Tür ging, »hatten Sie also gar nicht so unrecht, als Sie meinten, Sie würden in Ordebec Ihr Leben aufs Spiel setzen. Was den Grund angeht, weshalb man Sie umbringen wollte, Commandant, da sollten Sie jetzt mal nachdenken, alle Puzzleteilchen zusammentragen. Herausfinden, was der Mörder bei Ihnen gefürchtet hat.«

»Nein!«, Danglard schrie es fast, als Adamsberg die Tür öffnete. »Nicht mich hat er gemeint. Der Typ hat mich für Sie gehalten. Sein Brief begann mit ›Kommissar‹. Sie wollte er töten. Sie sehen nicht aus wie ein Bulle aus Paris, ich schon. Als ich zum Haus von Glayeux kam, in meinem grauen Anzug, hat der Typ geglaubt, ich wäre der Kommissar.«

»Das denkt auch Lina. Und ich weiß nicht, warum sie es denkt. Ich lasse Sie jetzt allein, Danglard, wir müssen die Posten um Mortembots Haus einteilen.«

»Sehen Sie Veyrenc?«

»Falls er bereits aufgewacht ist.«

»Könnten Sie ihm etwas von mir ausrichten?«

»Ganz bestimmt nicht, Danglard. Das müssen Sie schon selber tun.«

38

Die Besonderheiten des Einsatzortes, wie Émeri ihn bezeichnet hatte – das heißt des Mortembot'schen Hauses –, waren den Posten der gemischten Truppe Ordebec-Paris ausführlich erläutert worden, dazu die jeweiligen Einsatzstunden. Der halbe Mann, auf den Émeri Anspruch hatte – Brigadier Faucheur –, war von der Gendarmerie in Saint-Venon angesichts der Dringlichkeit der Situation in Vollzeit freigestellt worden. So verfügte man über vier Trupps zu je zwei Mann, was es möglich machte, das Haus in vier Wachrunden zu sechs Stunden vierundzwanzig Stunden lang zu observieren. Ein Mann an der Hinterfront, die auf die Felder hinausging, verantwortlich für diese und die Ostseite. Ein zweiter Mann vorn, verantwortlich für die Straßenfront und den Westgiebel. Das Haus war nicht sehr lang, keine Ecke würde unbeobachtet bleiben. Es war 14 Uhr 35, Mortembot ließ seinen massigen Körper auf den kleinen Plastikstuhl fallen und hörte sich schwitzend die Instruktionen an. Hausarrest bis auf weiteres, bei geschlossenen Fensterläden. Er hatte nichts dagegen. Wenn er gekonnt hätte, hätte er darum gebeten, in einer zementierten Kiste eingeschlossen zu werden. Man vereinbarte einen Code, der Mortembot die Sicherheit geben würde, dass es ein Bulle wäre, der mit Verpflegung und Informationen an seine Tür klopfte. Der Code würde jeden Tag erneuert werden. Absolutes Verbot, selbstverständlich, dem Briefträger zu öffnen, jedwedem Boten aus seinen Baumschulen oder einem Freund, der sich nach ihm erkundigen käme. Die Brigadiers Blériot und Faucheur übernahmen die erste Runde bis

21 Uhr. Justin und Estalère würden sie ablösen und bis drei Uhr morgens bleiben, Adamsberg und Veyrenc von da an bis neun Uhr, und Danglard würde mit Émeri um 15 Uhr abschließen. Adamsberg hatte unter Scheinvorwänden aushandeln müssen, dass Danglard und Veyrenc nicht zusammen eingesetzt würden – überstürzte Versöhnungen erschienen ihm unsinnig und geschmacklos. Das Programm war für drei Tage aufgestellt.

»Und nach den drei Tagen?«, fragte Mortembot, der sich wieder und wieder mit den Fingern durch seine nassen Haare fuhr.

»Das werden wir dann sehen«, sagte Émeri grob. »Wir werden dich nicht wochenlang in Watte packen, wenn wir den Mörder zu fassen kriegen.«

»Aber den kriegt ihr doch nie«, sagte Mortembot beinahe wimmernd. »Den Seigneur Hellequin fasst man nicht.«

»Du glaubst also daran? Ich dachte, du und dein Cousin, ihr wärt Ungläubige.«

»Jeannot ja. Ich aber habe immer gedacht, dass es dort im Wald von Alance eine Macht gibt.«

»Und hast du das Jeannot gesagt?«

»Nein, nein. Er war der Meinung, das sei albernes Geschwätz von irgendwelchen Dumpfbacken.«

»Und wenn du dran glaubst, weißt du also auch, warum Hellequin dich erwählt hat? Weißt du, warum du Angst vor ihm hast?«

»Nein, nein, ich weiß es nicht.«

»Natürlich.«

»Vielleicht, weil ich der Freund von Jeannot war.«

»Und Jeannot den kleinen Tétard umgebracht hat?«

»Ja«, sagte Mortembot und rieb sich die Augen.

»Hast du ihm geholfen?«

»Nein, nein, Gott bewahre.«

»Und es macht dir nichts aus, deinen Cousin anzuschwärzen, kaum dass er tot ist?«

»Hellequin verlangt die Reue.«

»Ah, darum also. Damit der Seigneur dich verschont. In dem Fall läge es aber sehr in deinem Interesse, zu erzählen, was mit deiner Mutter passiert ist.«

»Nein, nein. Ich habe sie nicht angerührt. Sie ist doch meine Mutter.«

»Du hast nur mit einem Seil am Fuß der Leiter gezogen. Du bist ein Lump, Mortembot. Steh auf, wir werden dich in deiner Bude einschließen. Und da du jetzt Zeit zum Nachdenken hast, komm ins Reine mit Hellequin, schreib deine Beichte nieder.«

Adamsberg ging in der Herberge vorbei, wo er Hellebaud auf seinem Bett hockend fand, in der Matratzenkuhle, und auch Veyrenc, der aufgewacht, geduscht und umgezogen war und am Tisch vor einer Portion aufgewärmter Nudeln saß, die er gleich aus dem Topf aß.

»Wir übernehmen die Wachrunde von drei Uhr morgens bis um neun. Meinst du, das geht?«

»Absolut, ich glaube, ich bin wieder fit. Einen Zug auf dich zurasen zu sehen, das ist unbeschreiblich. Ich hätte fast aufgegeben, ich hätte Danglard beinah auf den Schienen liegen lassen und wäre auf den Bahnsteig gesprungen.«

»Dafür wirst du einen Orden bekommen«, sagte Adamsberg mit einem kleinen Lächeln, »die Ehrenmedaille der Polizei. In Silber.«

»Lieber nicht. Dann müssten wir alles sagen und Danglard fürchterlich demütigen. Ich glaube, davon würde sich der Alte nicht erholen. Der zu Boden gestürzte Albatros, die gefallene Intelligenz.«

»Er rudert schon jetzt am Boden, Louis. Er weiß nicht, wie er sich aus seinem Debakel herauswinden soll.«

»Normal.«

»Ja.«

»Willst du auch ein paar Nudeln? Ich esse nicht alles auf«, sagte Veyrenc und reichte ihm den Topf.

Während Adamsberg die lauwarmen Nudeln aß, klingelte sein Telefon. Er klappte es mit einer Hand auf und las die Nachricht von Retancourt. Endlich.

Laut Aussage Erl 1 ggüber Majordomus, Haare abgeschnitt. Donnerstag Nacht, 3 Uhr, Schock Todesnachr. Aber laut gefeuertem Zimmermädchen Haare schon abgeschnitt. Donnerstag bei Rückkehr von Gala. Aber Zimm. sehr rachsüchtig, als Zeugin suspekt. Haue jetzt hier ab. Kümmere mich um Auto.

Adamsberg zeigte den Text Veyrenc, sein Herz schlug ein bisschen schneller.

»Verstehe ich nicht«, sagte Veyrenc.

»Ich erklär's dir.«

»Ich muss dir auch was erklären«, sagte Veyrenc und senkte seine langen Wimpern. »Sie sind unterwegs.«

Er brach ab und zeichnete die Umrisse von Afrika auf ein Blatt Papier, das als Notizzettel für eine Liste von Einkäufen gedient hatte.

Wann hast du es erfahren?, schrieb Adamsberg unter die Wörter *Käse, Brot, Feuerzeug, Körner für Taube.*

Mitteilung empfangen vor 1 Stunde, schrieb Veyrenc.

Von wem?

Einem Freund, von dem dein Sohn die Nr. hat.

Was ist passiert?

Sind in Granada auf einen Bullen gestoßen.

Sind wo?

In Casares, fünfzehn Kilometer von Estepona entfernt.

Liegt wo?

Gegenüber von Afrika.

»Gehen wir raus«, sagte Adamsberg und stand auf. »Ich habe keinen Hunger mehr.«

39

»Keine besonderen Vorkommnisse«, sagte Justin, als Veyrenc und Adamsberg um 2 Uhr 55 eintrafen, um sie abzulösen.

Adamsberg lief ums Haus herum zu Estalère, der gewissenhaft auf und ab ging, den Blick mal aufs Haus, mal in die Felder gerichtet.

»Nichts«, bestätigte Estalère, »außer dass er immer noch nicht schläft«, und er wies auf das Licht hinter den Fensterläden.

»Er hat mehr nachzudenken als zu schlafen.«

»Bestimmt ist es das.«

»Was isst du da?«

»Ein Stück Zucker. Das hilft, um seine Energie zu erhalten. Wollen Sie auch eins?«

»Nein danke, Estalère. Zucker macht mich im Augenblick hochgradig gereizt.«

»Eine Allergie?«, fragte der Brigadier besorgt und riss seine großen grünen Augen auf.

Adamsberg hatte ebenfalls kein Auge zutun können, trotz aller Versuche, sich vor seinem Wachdienst mit einem Vorrat an Schlaf zu versorgen. Zerk und Mo waren in Gefahr und kurz davor, irgendwo in Afrika zu verschwinden – warum folgte sein Zerk dem Schicksal von Mo bis hierhin? Der Mörder von Ordebec entzog sich ihm wie das echte stinkende Gerippe, das er war, so dass man glauben konnte, sie hätten alle miteinander recht und niemand könnte den Seigneur Hellequin mit seinen langen Loden je zu fassen kriegen. Die Familie Clermont blieb unangreifbar, bis auf diese Geschichte mit den kurzen Haaren. Was aber ein so schwaches Indiz war, dass es sich bei näherer Prüfung schon in Luft auflöste. Es sei denn, das entlassene Zimmermädchen hatte recht und Erlöser 1, Christian, war tatsächlich mit abgeschnittenen Haaren nach Hause zurückgekehrt. Um 20 Uhr mit langen Haaren weggegangen, um 2 Uhr morgens mit kurzen Haaren wiedergekommen. Raspelkurz, so wie Mo sich den Kopf schor, wenn das Feuer ihm die Haare versengt hatte. Damit man die verbrannten Strähnen, die Lücken nicht sah, damit die Bullen ihn nicht verdächtigten. Aber Christophe und nicht Christian hatte den Vater nach Hause gefahren. Und beider Anzüge waren makellos sauber und nicht in die Reinigung gegeben worden.

Adamsberg konzentrierte sich auf die Überwachung. Der Mond beleuchtete hell die Felder und den Waldsaum, selbst wenn, wie Émeri gemeint hatte, von Westen her Wolken aufzogen. Es schien, als ob nach vierzehn Tagen Hitze ohne einen Tropfen Regen die Normannen anfingen, sich über diese Anomalie zu beunruhigen. Die Sache mit den Wolken im Westen wurde allmählich zur fixen Idee.

Um vier Uhr morgens brannte immer noch Licht in den beiden Zimmern im Erdgeschoss, in der Küche und der Toilette. Dass Mortembot wachte, war nicht verwunderlich, aber die schlaflosen Menschen, die Adamsberg kannte, löschten doch die meisten Lichter, außer in dem Raum, in den sie sich zurückgezogen hatten. Es sei denn, Mortembot hatte, gelähmt vor Angst, nicht gewagt, das Haus im Dunkeln zu lassen. Um fünf Uhr ging er zu Veyrenc hinüber.

»Findest du das normal?«, fragte er ihn.

»Nein.«

»Kontrollieren wir?«

»Ja.«

Adamsberg klopfte in der vereinbarten Weise an die Haustür. Vier Mal lang, zwei Mal kurz, drei Mal lang. Er wiederholte den Code mehrmals, erhielt jedoch keine Antwort.

»Mach auf«, sagte er zu Veyrenc, »und halt deine Waffe bereit. Bleib draußen, solange ich nach dem Mann suche.«

Die entsicherte Waffe in der Hand, lief Adamsberg, an die Wände gedrückt, durch die leeren Zimmer. Kein aufgeschlagenes Buch, kein eingeschalteter Fernseher, kein Mortembot. In der Küche die Überreste einer kalten Mahlzeit, die er aufzuessen nicht die Kraft gehabt hatte. Im Bad ein paar Kleidungsstücke, jene, die er gestern auf dem Kommissariat getragen hatte. Mortembot konnte nur durch das Dachfenster entkommen sein, er hatte gewartet, bis einer der beiden Wachposten um die Ecke bog, und war dann auf die Erde gesprungen. Er hatte ihnen offenbar nicht getraut, hatte es vorgezogen, zu verschwinden. Adamsberg öffnete die Toilettentür, und der große Körper fiel ihm rücklings vor die Füße, die Hosen noch heruntergelassen. Das Blut hatte den Fußboden überschwemmt, und in Mortembots Hals steckte ein langes, dickes Projektil aus Stahl. Der Bolzen einer Armbrust, wenn Adamsberg sich nicht irrte. Mortembot war seit mindestens drei Stunden tot. Die Glasscheibe der Fensterluke lag zerbrochen auf dem Boden.

Der Kommissar rief Veyrenc herein.

»Genau in die Kehle getroffen, während er pinkelte. Und das in dieser Höhe«, sagte Adamsberg und stellte sich vor das Becken, mit dem Gesicht zu dem kleinen Fenster. »Das Projektil ist geradewegs in seinen Hals hinein.«

»Scheiße, Jean-Baptiste, die Luke ist durch eine Eisenstange geteilt. Zu beiden Seiten sind nicht mehr als zwanzig Zentimeter Raum. Was ist das für ein Geschoss? Und ein Bogenschütze vorm Fenster? Den hätte Estalère doch gesehen, verdammt!«

»Das ist ein Bolzen, ein ziemlich gewaltiger Armbrustbolzen.«

Veyrenc pfiff durch die Zähne, vor Wut oder auch vor Überraschung.

»Weiß Gott eine mittelalterliche Waffe.«

»Nicht ganz so, wie's scheint, Louis. Nach dem, was aus der Wunde herausragt, wette ich auf einen Jagdbolzen. Sehr modern. Leicht, stabil und schussgenau, versehen mit rasierklingenscharfen Flügeln, die starke Blutungen hervorrufen. Der sichere Tod.«

»Vorausgesetzt, man hat die Möglichkeit zu zielen«, sagte Veyrenc, während er um den Körper herumging und sein Gesicht zwischen die Eisenstange und die Seitenwand der Luke legte. »Sieh dir das an. Es passt gerade so mein Arm hindurch. Mit etwas Glück musste der Schütze sich in weniger als fünf Metern Entfernung postieren, um einen solchen Schuss hinzukriegen, ohne dass er gegen die Stange prallte. Estalère hätte ihn gesehen. Das Licht der Straßenlaterne reicht bis dahin.«

»Nicht mit Glück, Louis. Mit einer Scheibenarmbrust, einer Compound zum Beispiel. Wenn die außerdem mit Nachtvisier ausgestattet war, konnte der Mann aus vierzig Metern sein Ziel nicht verfehlen. Selbst aus fünfzig nicht, wenn er gut war. Und wer eine derartige Waffe besitzt, ist mit Sicherheit gut. Wie auch immer, es bedeutet, dass der Mörder im Wald stand, genau am Waldrand. Vollkommen lautloser Schuss, er konnte ganz gemächlich verschwinden, bevor die Bullen den Schaden überhaupt bemerkten.«

»Du kennst dich aus mit Armbrüsten?«

»Ich war Scharfschütze wider Willen während meines Militärdienstes. Sie haben mich mit allen möglichen Dingern schießen lassen.«

»Seltsam«, meinte Veyrenc, als er sich umdrehte. »Er hat sie gewechselt.«

Adamsberg wählte Émeris Nummer.

»Was gewechselt?«, sagte er.

»Seine Sachen. Mortembot hat sich umgezogen. Poloshirt und passende graue Sweathose. Wozu, wo er doch allein zu Hause eingeschlossen war?«

»Um den Dreck von seinem Aufenthalt im Gefängnis loszuwerden, oder? Erscheint mir logisch. Habe ich dich geweckt, Émeri? Beeil dich, herzukommen. Mortembot ist tot.«

»Hatte das nicht bis morgen Zeit?«, fragte Veyrenc.

»Was?«

»Das Umziehen.«

»Verdammt, Louis, das kann uns doch egal sein. Er ist pissen gegangen, der Mörder hat auf diesen Moment gewartet. Mortembot zeigt sich ihm frontal, in vollem Licht und unbeweglich vor der Fensterluke. Geradezu perfekte Zielscheibe. Schweigend ist er zusammengebrochen, der Seigneur Hellequin hat ihn sich geholt, und dazu noch mit einer traditionellen Waffe.«

»Traditionell, aber aufgerüstet auf eine Barnett Buck Commander, hast du gesagt.«

»Für einen solchen Schuss kann ich mir nichts anderes vorstellen. Aber so ein Apparat wiegt immerhin seine drei Kilo und ist fast einen Meter lang. Selbst in klappbarer Form kannst du die nicht einfach unter die Jacke stecken. Der Kerl musste wissen, wo er sie hinterher lässt.«

»Wer besitzt heute so ein Ding?«

»Viele Jäger. Es ist die typische Waffe der Wilddiebe, die einiges riskieren, da sie ja nicht auffallen wollen. Und so was nennt sich auch noch ›Freizeitwaffe‹, Kategorie 6, freier Waffenbesitz, angesehen als Spiel oder Sport. Ein Spiel, dass ich nicht lache.«

»Warum hast du nicht an so etwas gedacht?«

Adamsberg betrachtete lange die Fensteröffnung, die zerbrochene Scheibe, die Eisenstange.

»Ich habe vor allem gedacht, dass bei dem Hindernis der Glasscheibe jedwedes Geschoss zwangsläufig abgelenkt würde, egal ob Kugel oder Pfeil. Das Resultat wäre zu ungewiss, als dass ein Mörder es wagen würde, da hindurchzuschießen. Aber sieh dir diese Scheibe mal genau an, Louis. Das ist es, was wir nicht überprüft haben.«

Émeri trat ins Haus, nur zwei Knöpfe seiner Uniformjacke waren geschlossen.

»Tut mir leid, Émeri«, sagte Adamsberg. »Ein Armbrustpfeil durchs Toilettenfenster. Gerade als der Mann pinkeln war.«

»Die Fensterluke? Aber die hat eine Stange in der Mitte!«

»Das Geschoss ist durch, Émeri. Und direkt in seine Kehle hinein.«

»Eine Armbrust? Aber damit kann man höchstens auf zehn Meter einen Hirsch verletzen.«

»Nicht mit der hier, Émeri. Hast du Lisieux informiert?«

»Sie sind unterwegs. Dafür übernimmst du die Verantwortung, Adamsberg. Du leitest die Ermittlung. Und deine Leute hatten Wachdienst.«

»Aber auch meine Leute können nicht aus vierzig Metern Entfernung in einen Wald hineinsehen. Vielmehr hättest du den Zugang durch diese Luke voraussehen müssen. Du warst beauftragt, alle Risiken des Ortes genauestens einzuschätzen.«

»Ich hätte also auch den Schuss einer Armbrust durch ein Mauseloch voraussehen müssen?«

»Sagen wir, ein Rattenloch.«

»Dieses Rattenloch hatte eine dicke Glasscheibe davor, die jedes x-beliebige Projektil abgelenkt hätte. Der Schütze konnte diesen Weg nicht wählen.«

»Sieh dir die Scheibe an, Émeri. Nicht ein Glassplitter ist im Holz zurückgeblieben. Sie ist vorher sorgfältig herausgeschnitten worden, so dass ein leichter Stups mit dem Finger genügt hätte, sie herausfallen zu lassen.«

»So dass sie das Geschoss nicht abgelenkt hat.«

»Genau. Und wir haben die Kratzspur des Diamanten auf dem Rahmen nicht bemerkt.«

»Das erklärt nicht, warum der Kerl sich für die Armbrust entschieden hat.«

»Wegen der Lautlosigkeit. Der Schütze muss außerdem das Haus von Mortembots Mutter gekannt haben. Es liegt überall Teppichboden, selbst in der Toilette. Die Scheibe ist völlig geräuschlos zu Boden gefallen.«

Émeri schlug den Kragen seiner Jacke hoch und knurrte verärgert.

»Hier in der Gegend«, sagte er, »haben die Leute eher Gewehre. Wenn der Mörder keinen Alarm auslösen wollte, konnte er mit einem Schalldämpfer und einer Unterschallkugel schießen.«

»Selbst das kracht noch. Ungefähr wie ein 22er Druckluftgewehr, also viel lauter als eine Armbrust.«

»Trotzdem hört man auch da das Geräusch der Sehne.«

»Aber das ist kein Ton, den man erwartet. Aus der Ferne kann man ihr Vibrieren für ein Flügelrauschen halten. Und schließlich ist sie eine Hellequin-Waffe, nicht wahr?«

»Das ja«, meinte Émeri voll Bitterkeit.

»Vergiss das nicht, Émeri. Es ist eine nicht nur technisch, sondern auch künstlerisch perfekte Wahl. Historisch und poetisch.«

»Auf Herbier hat er nicht gerade poetisch geschossen.«

»Sagen wir, er entwickelt sich. Er verfeinert.«

»Meinst du, dass der Mörder sich für Hellequin hält?«

»Keine Ahnung. Wir wissen nur, dass er ein ausgezeichneter Armbrustschütze ist. Haben wir doch zumindest etwas, womit wir anfangen können. Wir sollten uns in den Schützenvereinen umsehen, ihre Mitglieder unter die Lupe nehmen.«

»Warum hat er sich denn umgezogen?«, fragte Émeri mit Blick auf Mortembots Körper.

»Um den Gefängnisdreck abzustreifen«, sagte Veyrenc.

»Meine Zelle ist sauber. Und die Decken auch. Was meinst du, Adamsberg?«

»Ich frage mich gerade, warum ihr, du und Veyrenc, euch darüber aufregt, dass er sich umgezogen hat. Obwohl natürlich alles zählt«, sagte er, indem er müde auf die Fensterluke wies. »Selbst ein Rattenloch. Und vor allem ein Rattenloch.«

40

Adamsberg beteiligte sich bis sieben Uhr morgens an der Suche in den Wäldern, unterstützt von den fünf anderen Männern, die man aus dem Bett geholt hatte. Danglard sah erschöpft aus. Auch er, dachte Adamsberg, hatte nicht einschlafen können, weil er vergeblich einen ruhigen Ort gesucht hatte, wo er seine Gedanken ablegen konnte, so, wie man vor dem Wind eine Zuflucht sucht. Aber im Augenblick gab es für Danglard keine Zuflucht mehr. Sein überragender Verstand, den man keiner Niedertracht oder Dummheit verdächtigt hätte, lag in Trümmern zu seinen Füßen.

Beim ersten Tageslicht fand man sehr schnell den Ort, wo der Mörder gewartet hatte. Faucheur entdeckte ihn und rief die anderen. Auf ungewöhnliche Weise wurde klar, dass er sich, verborgen hinter einer weit ausladenden Eiche, auf einen kleinen Klapphocker gesetzt hatte, dessen Metallfüße sich in den Laubteppich gebohrt hatten.

»So was hab ich ja noch nie gesehen«, sagte Émeri geradezu entrüstet. »Ein Mörder, der auf seinen Komfort achtet. Der Typ schickt sich an, einen Menschen umzubringen, aber er will seine Beine dabei nicht ermüden.«

»Vielleicht ist er alt«, meinte Veyrenc. »Oder das Stehen fällt ihm schwer. Bevor Mortembot sich am Toilettenfenster zeigen würde, konnten Stunden vergehen.«

»So alt nun wieder auch nicht«, sagte Adamsberg. »Um die Sehne einer Armbrust zu spannen und den Rückstoß aufzufangen, muss einer schon ganz schön kräftig sein. Im Sitzen konnte er genauer zielen. Und man macht weniger

Geräusche, als wenn man stehend auf der Stelle tritt. Wie weit sind wir von der Zielscheibe entfernt?«

»Ich würde sagen, zweiundvierzig, dreiundvierzig Meter«, schätzte Estalère, der, wie Adamsberg ja immer behauptet hatte, gute Augen besaß.

»In der Kathedrale von Rouen«, sagte Danglard sehr leise, als wenn sein verlorener Glanz ihn fortan daran hinderte, normal zu sprechen, »bewahrt man das Herz von Richard Löwenherz auf, der durch einen Armbrustbolzen im Kampf getötet wurde.«

»Ach ja?«, sagte Émeri, den die Erwähnung ruhmreicher Ereignisse von Schlachtfeldern stets belebte.

»Ja. Bei der Belagerung von Châlus-Chabrol im März 1199 wurde er verletzt und starb elf Tage danach am Wundbrand. Bei ihm wenigstens kennt man den Mörder.«

»Wer?«, fragte Émeri.

»Pierre Basile, ein kleiner Adliger aus dem Limousin.«

»Verdammt, was geht uns das an?«, sagte Adamsberg, gereizt, dass Danglard sich selbst in seinem Zusammenbruch nicht enthalten konnte, seine Bildung herunterzuspulen.

»Es ist nur«, sagte Danglard mit dumpfer Stimme, »weil er eines der berühmtesten Opfer der Armbrust ist.«

»Und nach Richard nun dieser erbärmliche Michel Mortembot«, sagte Émeri. »Das nennt man einen gründlichen Niedergang«, schloss er kopfschüttelnd.

Die Männer liefen weiter durch den Wald auf der hoffnungslosen Suche nach Spuren des Mörders. Der Laubboden war vom Sommer ausgetrocknet und hielt keine Abdrücke fest. Eine Dreiviertelstunde später ließ Émeri einen Pfiff hören und versammelte die Männer wenige Meter vor dem entgegengesetzten Waldrand. Seine Jacke hatte er inzwischen zugeknöpft und erwartete sie, wieder sehr aufrecht, vor einem frisch ausgehobenen Stück Erdreich, das nur flüchtig mit losen Blättern überdeckt war.

»Die Armbrust«, sagte Veyrenc.

»Denke ich auch«, sagte Émeri.

Die Grube war nicht sehr tief, allenfalls dreißig Zentimeter, und die Brigadiers hatten bald eine Plastikhülle freigelegt.

»Das ist es«, sagte Blériot. »Der Kerl wollte nicht riskieren, seine Waffe zu beschädigen. Er hat sie hier vergraben, um sie fürs Erste zu schützen. Die Grube muss er vorher ausgehoben haben.«

»Wie er auch vorher die Fensterscheibe herausgeschnitten hat.«

»Wie aber konnte er ahnen, dass Mortembot sich hier verkriechen würde?«

»Es war nicht schwer zu erraten, dass Mortembot nach Glayeux' Tod wieder in das Haus seiner Mutter ziehen würde«, meinte Émeri. »Sehr schlecht eingegraben«, fügte er, auf die Grube weisend, naserümpfend hinzu. »Wie er auch die Axt sehr flüchtig versteckt hat.«

»Vielleicht ist er etwas beschränkt«, meinte Veyrenc. »Sehr effektiv in der unmittelbaren Aktion, aber unfähig, vorauszudenken. Eine gedankliche Organisation mit Fehlstellen, mit Lücken.«

»Oder aber die Waffe gehört jemandem, wie schon die Axt«, sagte Adamsberg, dem sich vor Müdigkeit alles im Kopf zu drehen begann, »zum Beispiel einem der Vendermots. Und der Mörder legt es darauf an, dass man sie findet.«

»Sie wissen, was ich von denen halte«, sagte Émeri. »Aber ich glaube nicht, dass Hippo eine Armbrust besitzt.«

»Und Martin? Wo er sich auf seinen Beutezügen doch immer im Wald herumtreibt?«

»Ich sehe ihn nicht mit einer Commander seine Viecher einfangen. Aber wer bestimmt eine besaß, war Herbier.«

»Vor zwei Jahren«, bestätigte Faucheur, »hat man eine Bache mit einem Armbrustbolzen in der Flanke gefunden.«

»Der Mörder könnte sie sich nach Herbiers Tod leicht aus seinem Haus geholt haben, bevor es versiegelt wurde.«

»Obwohl man«, sagte Adamsberg leise, »Siegel auch immer erbrechen und neu anbringen kann.«

»Dazu muss man aber Profi sein.«

»Das stimmt.«

Émeris Mannschaft nahm das Beweismaterial mit, um es nach Lisieux zu überführen, sperrte das Gebiet um die Grube und den Klappstuhl ab, ließ Blériot und Faucheur zur Bewachung da, bis das Team von der Spurensicherung einträfe.

Sie erreichten Mortembots Haus im selben Augenblick wie Dr. Merlan, der für die ersten Untersuchungen hergebeten worden war. Die Gerichtsmedizinerin wurde in Livarot festgehalten, wo ein Schieferdecker vom Dach gestürzt war. Dem Anschein nach nichts Kriminelles, aber die Gendarmen hatten es vorgezogen, sie zu rufen, in Anbetracht des Kommentars der Ehefrau, die schulterzuckend angedeutet hatte, dass ihr Mann »mit Cidre abgefüllt gewesen war wie ein Kuhpansen«.

Merlan besah sich den Leichnam von Mortembot und schüttelte den Kopf.

»Dass man nicht mal mehr in Ruhe pissen kann«, sagte er schlicht.

Eine etwas ungehobelte Grabrede, dachte Adamsberg, aber nicht ganz unzutreffend. Merlan bestätigte, dass der Schuss zwischen ein und zwei Uhr morgens, auf jeden Fall vor drei Uhr abgegeben worden war. Er zog den Bolzen heraus, ohne den Körper zu verschieben, damit seine Kollegin die Dinge in unverändertem Zustand vorfinden würde.

»Ein entsetzlich barbarisches Ding«, sagte er und bewegte das Geschoss vor Adamsbergs Augen. »Öffnen wird ihn meine Kollegin, aber wenn ich mir den Schusskanal so ansehe, hat der Bolzen den Kehlkopf bis hin zur Speiseröhre durchschlagen. Ich denke, er wird erstickt sein, noch bevor die Blutung eingesetzt hat. Ziehen wir ihn wieder an?«

»Dürfen wir nicht, Doktor. Erst nachdem die Spurensicherung da war.«

»Immerhin«, sagte Merlan mit einer Grimasse.

»Ja, Doktor, ich weiß.«

»Und Sie«, meinte Merlan und starrte Adamsberg an, »Sie sollten sich mal ganz schnell schlafen legen. Der da auch«, fügte er mit einer Daumenbewegung zu Danglard hinzu. »Hier ruhen sich einige Leute zu wenig aus. Sie werden mir noch umfallen wie die Kegel, ohne dass überhaupt eine Kugel gerollt ist.«

»Na, geh schon«, sagte Émeri und gab Adamsberg einen leichten Klaps auf die Schulter. »Ich werde auf die Jungs warten. Ich und Blériot, wir haben geschlafen.«

Hellebaud hatte in seinem Zimmer Spuren seines morgendlichen Ausflugs hinterlassen, indem er überall ein paar Körner verstreut hatte. Aber er war in Adamsbergs linken Schuh zurückgekehrt und gurrte, als er ihn sah. Diese Sache mit dem Schuh, so wider die Natur sie war, hatte wenigstens einen großen Vorteil. Die Taube deponierte ihren Mist nicht mehr großzügig im ganzen Raum, sondern strikt nur noch in diesen Schuh. Nach dem Schlafen würde er das Innere auskratzen. Womit?, fragte er sich, als er sich in die Matratzenkuhle rollte. Mit einem Messer? Einem Teelöffel? Einem Schuhanzieher?

Die Brutalität dieser Pfeilspitze hatte ihn angewidert, diese messerscharfen Flügel, wie sie den Typen mitten im Pinkeln durchbohrten. Viel mehr angewidert als die Brotkrume in der Kehle der alten Frau, Tuilot Lucette, eine Methode, die in ihrer Einmaligkeit und Primitivität auch irgendwie etwas Rührendes hatte. Dann hatte Danglard ihn genervt mit seinem Kommentar über Richard Löwenherz, was, zum Teufel, ging sie das an? Ebenso Veyrenc, der sich fragte, warum Mortembot seine Sachen gewechselt hatte. Schnell vergehender und ziemlich ungerechter Ärger, Ausdruck seiner großen Müdigkeit. Mortembot hatte sein blaues Jackett abgelegt – das noch den Zellengeruch an sich haben mochte, was auch immer Émeri behauptete, oder den Geruch des Desinfektionsmittels – und einen hellgrauen, baumwollenen Hausanzug mit dunkelgrau abgesetzter Hose angezogen. Na und? Und wenn Mortembot nun das Bedürfnis nach Bequemlichkeit gehabt hatte? Oder Eleganz? Auch Émeri hatte ihn geärgert mit seiner neuerlichen Ankündigung, dass er die ganze Verantwortung für das Desaster auf ihn ablade. Du bist ein feiger Soldat, Émeri. Dieser dritte Mord würde Ordebec vollends in Brand setzen, und danach die ganze Region. Die Lokalzeitungen waren schon voll vom mörderischen Rasen Hellequins, einige Leserbriefe zeigten mit dem Finger auf die Vendermots, ohne sie namentlich zu nennen, und gestern war es ihm so vorgekommen, als hätten die Straßen sich am Abend schneller geleert als sonst. Und jetzt, wo der Killer mit einer Armbrust aus der Ferne mordete, war niemand mehr sicher in seinem Rattenloch. Er schon gar nicht, den man unter einem Zug in drei Teile hatte schneiden wollen. Wenn der Mörder hätte ahnen können, wie unwissend und machtlos er war, hätte er sich nicht die Mühe gemacht, einen Zug kommen zu lassen, um ihn zu vernichten. Vielleicht versperrte ihm Linas Busen einfach jede Sicht auf die Schuld der Familie Vendermot.

41

Drei Stunden später machte Adamsberg die Augen auf, vom Lärm einer Fliege geweckt, die wie eine Furie von einem Ende des Zimmers zum anderen sauste, ohne offensichtlich bemerkt zu haben, ebenso wenig wie Hellebaud, dass das Fenster weit geöffnet war. In diesem ersten wachen Moment dachte er weder an Mo und Zerk und die Gefahr, in der sie schwebten, noch an die Toten des Seigneur Hellequin, noch an die alte Léo. Er fragte sich nur, warum er geglaubt hatte, dass die Jacke, die Mortembot in der Zelle trug, blau wäre, obwohl sie doch braun war.

Er öffnete die Tür, streute ein paar Körner auf die Schwelle, um Hellebaud zu veranlassen, sich wenigstens einen Meter von seinem Schuh wegzuwagen, und ging zur Küche, um sich einen Kaffee zu brühen. Danglard saß schon dort, schweigend, das Gesicht über eine Zeitung gebeugt, die er nicht las, und Adamsberg begann allmählich ein wenig Mitleid für seinen alten Freund zu empfinden, der unfähig war, aus seiner Jauchegrube herauszukommen.

»Im *Ordebequer Kurier* schreiben sie, dass die Bullen aus Paris rein gar nichts auf die Reihe bekommen. In wenigen Worten zusammengefasst.«

»Womit sie nicht unrecht haben«, sagte Adamsberg, während er kochendes Wasser über das Kaffeepulver goss.

»Sie erinnern daran, dass der Seigneur Hellequin schon 1777 die Maréchaussée unter seinem Stiefel mühelos plattgemacht hat.«

»Auch das ist nicht falsch.«

»Dennoch gibt's da eine Sache. Hat nichts mit der Ermittlung zu tun, aber ich muss trotzdem darüber nachdenken.«

»Wenn es sich um Richard Löwenherz handelt, lassen Sie's, Danglard.«

Adamsberg ging in den großen Hof hinaus und ließ das Wasser auf dem Gas weiterkochen. Danglard schüttelte den Kopf, erhob einen Körper, der ihm zehn Mal schwerer vorkam als sonst, und brühte den Kaffee zu Ende. Er trat ans Fenster, um Adamsberg unter den Apfelbäumen herumlaufen zu sehen, die Hände in den Taschen seiner ausgebeulten Hose, den Blick – so schien ihm – leer, abwesend. Danglard dachte an den Kaffee – sollte er ihn rausbringen? Oder ihn allein trinken, ohne dem Kommissar Bescheid zu sagen? –, wobei er aus den Augenwinkeln den Hof immer noch im Blick behielt. Adamsberg verschwand aus seinem Gesichtsfeld, dann tauchte er aus dem Keller wieder auf und kam raschen Schritts zum Haus zurück. Er setzte sich mit einem Ruck, ohne seine sonstige Geschmeidigkeit, auf die Bank, legte beide Hände flach auf den Tisch und sah ihn starr an, ohne ein Wort zu sagen. Danglard, der sich im Moment nicht mehr berechtigt glaubte, zu fragen oder zu kritisieren, stellte zwei Tassen auf den Tisch und goss den Kaffee ein wie eine gute Ehefrau, etwas Besseres fiel ihm nicht ein.

»Danglard«, sagte Adamsberg, »welche Farbe hatte die Jacke von Mortembot, als er in der Gendarmerie war?«

»Braun.«

»Genau. Und ich habe sie blau gesehen. Ich meine, als ich später daran dachte, habe ich ›blau‹ gesagt.«

»Ja?«, sagte Danglard vorsichtig, da solche Unbeweglichkeitsphasen bei Adamsberg ihn mehr beunruhigten, als wenn das Licht in seinen Algenaugen aufglomm.

»Und warum, Danglard?«

Der Commandant führte stumm seine Tasse zum Mund. Der Gedanke reizte ihn, einen Tropfen Calvados hineinzugeben, wie sie es hier machten, um »den Körper zu beseelen«, aber er ahnte, dass diese Geste um drei Uhr nachmittags den gerade abgeflauten Zorn von Adamsberg neu beleben könnte. Vor allem seit der *Ordebequer Kurier* schrieb, dass sie rein gar nichts auf die Reihe bekämen und auch – das hatte er dem Kommissar verschwiegen –, dass es ihnen wohl ziemlich wurst wäre. Vielleicht aber war Adamsberg, im Gegenteil, mit seinen Gedanken so sehr woanders, dass er es nicht mal bemerken würde. Er wollte gerade aufstehen, um sich diesen kleinen Tropfen zu genehmigen, als Adamsberg ein Päckchen Fotos aus der Tasche zog, die er vor ihm ausbreitete.

»Die Brüder Clermont-Brasseur«, sagte er.

»Ich weiß«, sagte Danglard. »Die Fotos, die Ihnen der Graf gegeben hat.«

»Genau. Wie sie an dem besagten Abend angezogen waren. Hier Christian im blauen Nadelstreifen, hier Christophe im Marineblazer des Jachtbesitzers.«

»Vulgär«, urteilte Danglard leise.

Adamsberg zog sein Mobiltelefon heraus, scrollte sich durch ein paar Bilder, dann reichte er es Danglard.

»Hier das Foto, das Retancourt geschickt hat, es zeigt den Anzug, den Christian trug, als er in der Nacht nach Hause kam. Der Anzug wurde nicht in die Reinigung gegeben, wie auch der von seinem Bruder nicht. Sie hat's überprüft.«

»Also muss man's wohl glauben«, sagte Danglard, während er das kleine Bild aufmerksam betrachtete.

»Ein blaugestreifter Anzug bei Christian. Sehen Sie es? Nicht braun.«

»Nein.«

»Warum habe ich also gedacht, dass Mortembots Jacke blau war?«

»Irrtümlich.«

»Weil er sich *umgezogen* hat, Danglard. Sehen Sie jetzt die Verbindung?«

»Ehrlich gesagt, nein.«

»Weil ich im Grunde wusste, dass Christian sich *umgezogen* hat. Wie es auch Mortembot getan hat.«

»Und warum hat Mortembot sich umgezogen?«

»Aber Mortembot ist uns doch vollkommen egal«, erregte sich Adamsberg. »Man könnte glauben, Sie machen das absichtlich, dass Sie nicht verstehen.«

»Vergessen Sie nicht, ich bin immerhin unter einen Zug gekommen.«

»Stimmt«, gab Adamsberg knapp zu. »Christian Clermont *hat sich umgezogen,* und das war mir seit Tagen vor Augen. So sehr vor Augen, dass ich, wenn ich an Mortembots Jacke dachte, ich sie als blaue Jacke gesehen habe. Wie die von Christian. Vergleichen Sie beide mal genau, Danglard: den Anzug, den Christian während des Empfangs trägt, und den, den Retancourt fotografiert hat, das heißt, mit dem er in jener Nacht nach Hause gekommen ist.«

Adamsberg legte das Foto, das er vom Grafen hatte, und genau daneben die Handy-Aufnahme vor Danglard hin. Er schien plötzlich zu realisieren, dass ein Kaffee vor ihm stand, und stürzte die halbe Tasse hinunter.

»Nun, Danglard?«

»Ich sehe es nur, weil Sie es mir sagen. Die beiden Anzüge von Christian sind beinahe identisch, beide vom gleichen Blau, aber es sind in der Tat nicht dieselben.«

»Das ist es, Danglard.«

»Auf dem zweiten sind die Streifen nicht ganz so fein, das Revers ist breiter, die Armlöcher sind kleiner.«

»Das ist es«, wiederholte Adamsberg lächelnd, stand auf und begann mit langen Schritten zwischen Kamin und Tür hin und her zu laufen. »Das ist es. In der Zeit zwischen Mitternacht, als Christian die Gala verlassen hat, bis gegen zwei Uhr morgens, als er nach Hause gekommen ist, muss er sich umgezogen haben. Es ist sehr durchdacht, kaum wahrnehmbar, und doch ist es da. Der Anzug, den er am nächsten Tag in die Reinigung gegeben hat, ist in der Tat nicht der, den er trug, als er nach Hause kam, Retancourt hat sich nicht geirrt. Es ist der, den er auf der Gala anhatte. Und warum, Danglard?«

»Weil er nach Benzin stank«, sagte der Commandant mit einem ersten schwachen Lächeln.

»Und er stank nach Benzin, weil Christian den Mercedes in Brand gesetzt hat, mit seinem darin eingeschlossenen Vater. Und noch was«, fügte er hinzu, mit der Hand auf den Tisch schlagend, »er hat sich die Haare geschnitten, bevor er nach Hause fuhr. Sehen Sie sich die Fotos noch einmal an: auf dem Empfang halblange Haare mit Stirnlocke, sehen Sie? Doch als er nach Hause kommt, sind sie nach Aussage des geschassten Zimmermädchens sehr kurz. Weil, wie das Mo häufig passiert ist, der Gluthauch des Brandes ihm die Haare versengt hat und die Lücken zu sehen waren. Darum hat er sie abgeschnitten, auf die gleiche Länge, und hat den Anzug gewechselt. Und was sagt er am nächsten Morgen seinem Kammerdiener? Dass er sich in der Nacht aus Kummer, in einem Akt der Verzweiflung, könnte man meinen, den Kopf rasiert hat. Christian-mèche-courte.«

»Kein direkter Beweis«, sagte Danglard. »Das Foto von Retancourt wurde nicht in der Nacht selbst aufgenommen, und nichts beweist, dass sie – oder das Zimmermädchen, von dem sie es weiß – sich nicht im Anzug geirrt hat. Sie sehen so gleich aus.«

»Es könnten sich Haare im Auto finden.«

»In der Zwischenzeit ist sicher alles gründlich gereinigt worden.«

»Nicht unbedingt, Danglard. Es ist verdammt schwer, all die kleinen abgeschnittenen Haare wegzukriegen, vor allem vom Bezug einer Kopfstütze, wenn wir Glück haben und das Wageninnere mit Stoff ausgekleidet ist. Man kann davon ausgehen, dass Christian es ein bisschen flüchtig gemacht hat, zumal er ja nichts zu riskieren meinte. Nicht die geringste Befragung würde er über sich ergehen lassen müssen. Retancourt muss den Wagen untersuchen.«

»Wie soll sie die Genehmigung dafür erhalten?«

»Die kriegt sie nicht. Dritter Beweis, Danglard. Der Hund, der Zucker.«

»Die Geschichte von Ihrer Léo.«

»Ich meine den anderen Hund, den anderen Zucker. Wir machen gerade eine Zuckerplage durch, Commandant. In manchen Jahren sind es Schwärme von Marienkäfern, die auf die Erde fallen. Und in anderen ist es Würfelzucker.«

Adamsberg suchte die Textnachrichten, die Retancourt ihm über das so plötzlich entlassene Zimmermädchen geschickt hatte, und gab sie Danglard zu lesen.

»Ich verstehe nichts.«

»Weil Sie unter einen Zug gekommen sind. Vorgestern, auf der Landstraße, hat Blériot mich gebeten, ich sollte Flem selber sein Stück Zucker geben. Er hatte am Motor des Autos herumgebastelt und erklärte mir, dass Flem den Zucker verschmäht, wenn seine Hände nach Benzin riechen.«

»Sehr gut«, meinte Danglard etwas lebhafter und stand auf, um den Calvados unten aus dem Küchenschrank zu holen.

»Was machen Sie, Danglard?«

»Ich nehme nur einen einzigen Tropfen. Um den Kaffee ein wenig aufzuheitern und damit auch meine Jauchegrube.«

»Hören Sie, Commandant, das ist Léos Calva, den der Graf ihr immer gibt. Wie stehen wir da, wenn sie wieder nach Hause kommt? Wie eine Besatzungsarmee?«

»Einverstanden«, sagte Danglard und goss sich rasch den Tropfen ein, während Adamsberg gerade auf dem Weg zum Kamin war und ihm einen Moment den Rücken zukehrte.

»Darum nämlich ist das Zimmermädchen gefeuert worden. Christian hat sich umgezogen, sich frisch gemacht, aber seine Hände rochen noch immer nach Benzin. Das ist ein Geruch, der einem Stunden hinterher noch an der Haut klebt. Ein Geruch, den ein Hund unfehlbar bemerkt. Das hat Christian sofort begriffen, als das Tier sich von dem Zucker abwandte. Den das Zimmermädchen dann vom Boden aufgehoben hat. Und ›kritisiert‹ hat. Er musste das belastete Stück loswerden. Und auch das Zimmermädchen, das er auf der Stelle entlassen hat.«

»Sie müsste es bezeugen.«

»Das und die Sache mit den abgeschnittenen Haaren. Sie ist auch nicht die Einzige, die Christian in jener Nacht gesehen hat. Da sind noch die beiden Beamten, die ihm die Nachricht überbracht haben. Danach hat er sich in seinem Zimmer eingeschlossen. Man müsste mehr wissen über Retancourts Satz: *Zim kritisiert Zucker.* Was kritisiert sie daran? Sie beauftragen Retancourt noch heute Abend damit.«

»Wo, heute Abend?«

»In Paris, Danglard. Sie fahren zurück, Sie informieren Retancourt und brechen lautlos wie ein Schatten wieder auf.«

»Nach Ordebec?«

»Nein.«

Danglard kippte seinen Kaffee-Calva, dachte einen Augenblick nach. Adamsberg machte sich an den beiden Telefonen zu schaffen und nahm die Batterien heraus.

»Sie wollen, dass ich die beiden Jungs suchen gehe? Meinen Sie das?«

»Ja. Sie werden nicht lange brauchen, sie in Casares ausfindig zu machen. In Afrika dagegen ist das schon eine andere Sache. Wenn die Bullen in Granada auf sie aufmerksam geworden sind, können sie durchaus auch in den Küstenstädten nach ihnen zu fahnden beginnen. Wir müssen vor ihnen da sein, Danglard. Sie fahren, so schnell Sie können, runter und holen sie zurück.«

»Das erscheint mir verfrüht.«

»Nein, ich denke, wir haben genug Material für eine erfolgreiche Anklage beisammen. Und wir müssen die Rückkehr der beiden mit etwas Fingerspitzengefühl organisieren. Zerk kommt vermutlich aus Italien zurück, wohin er in irgendeiner Herzensangelegenheit abgetaucht war, und Mo wird in der Wohnung eines Freundes geschnappt werden. Der Vater des Freundes wird schwach und denunziert ihn. Das wird plausibel klingen.«

»Wie erreiche ich Sie?«

»Rufen Sie mich in verschlüsselten Worten in der *Blauen Wildsau* an. Wir vereinbaren, dass ich von morgen an jeden Abend dort esse, ich oder Veyrenc.«

»In der *Rasenden Wildsau*«, korrigierte Danglard mechanisch, als er plötzlich seine langen, schlaffen Arme fallen ließ. »Aber es war der andere, verdammt, es war Christophe, der den Mercedes fuhr. Christian hatte die Soiree doch längst verlassen.«

»Sie haben es zu zweit gemacht. Christian ist mit seinem eigenen Wagen sehr viel früher weg, hat ihn in der Nähe des Mercedes geparkt und gewartet, bis sein Bruder herauskam. Er stand bereit, mit neuen Turnschuhen an den Füßen. Die er jedoch wie ein alter Ignorant geschnürt hatte. In dem Moment, wo Christophe sich vom Mercedes und dem darin eingeschlossenen Vater entfernte, angeblich um sein Telefon zu suchen, das er in der Tat kurz zuvor auf den Bürgersteig hatte fallen lassen, goss Christian das Benzin um den Wagen aus, legte Feuer und lief schnellstens zu seinem Wagen zurück. Christophe war also weit genug entfernt, als der Mercedes in Flammen aufging, er rief die Polizei, er hatte sogar Zeugen, als er losrannte. Indessen führte Christian die Operation zu Ende: Er deponierte die Schuhe bei Mo – die Tür ist marode und lässt sich mit einem Bleistift öffnen –, er zog sich um, räumte seinen Anzug in den Kofferraum. Und da bemerkt er, dass ein Teil seiner Haare versengt ist. Er schert sich den Kopf. Am nächsten Morgen holt er seinen Anzug aus dem Auto und gibt ihn in die Reinigung. Nun braucht er nur noch Mo fertigzumachen.«

»Und warum sollte Christian ein Rasiermesser dabeigehabt haben?«

»Solche Typen haben immer eine gepackte Reisetasche im Kofferraum stehen. Um von einer Minute auf die andere in einen Flieger zu springen. Folglich hatte er ein Rasiermesser.«

»Der Untersuchungsrichter wird von alldem nichts hören wollen«, Danglard schüttelte den Kopf. »Die Burgmauern sind unpassierbar, das System ist in sich geschlossen.«

»Also gehen wir über das System selbst hinein. Ich glaube nicht, dass es dem Grafen von Valleray gefallen wird, wenn er hört, dass die beiden Brüder seinen alten Freund Antoine haben verbrennen lassen. Und er wird Druck machen.«

»Wann soll ich fahren?«

»Ich denke, jetzt gleich, Danglard.«

»Ich lass Sie nicht gern allein mit dem Seigneur Hellequin.«

»Ich glaube nicht, dass Hellequin mit dem Schnellzug Caen-Paris tötet. Auch nicht mit einer Armbrust vom Typ Commander.«

»Geschmacksentgleisungen.«

»Ja.«

42

Danglard stellte gerade sein letztes Gepäck in den Kofferraum von einem der beiden Wagen, als er Veyrenc im Hof bemerkte. Er hatte noch nicht die Kraft oder die Worte und vor allem nicht die Demut gefunden, um auf den Lieutenant zuzugehen. Der Tod von Mortembot hatte es ermöglicht, die Prüfung hinauszuschieben. Die einfache Vorstellung, ihm die Hand zu reichen und »danke« zu sagen, erschien ihm auf feierliche Weise lächerlich.

»Ich gehe die Jungs suchen«, sagte er ein wenig erbärmlich, als er auf seiner Höhe angekommen war.

»Riskant«, meinte Veyrenc.

»Adamsberg hat das Schlupfloch gefunden. Das Rattenloch, durch das wir zu den Clermonts hineingelangen. Vielleicht haben wir jetzt beisammen, worauf sich die Anklage gegen die beiden Brüder stützen ließe.«

Veyrencs Augen leuchteten auf, seine Lippe zog sich über seinem gefährlichen Mädchenlächeln nach oben. Danglard erinnerte sich, dass Veyrenc seinen Neffen Armel, genannt Zerk, liebte wie seinen eigenen Sohn.

»Wenn Sie dort sind«, sagte Veyrenc, »kriegen Sie bitte eins heraus. Ob Armel im Vorbeifahren etwa die Pistole vom Großvater hat mitgehen lassen.«

»Adamsberg sagte mir mal, dass er gar nicht schießen kann.«

»Er kennt den Jungen nicht. Der schießt sehr gut.«

»Mein Gott, Veyrenc«, sagte Danglard, die Spannung für einen Moment vergessend, die über dem Gespräch lag. »Ich wollte Adamsberg ja etwas sagen, es hat zwar nichts mit der

Ermittlung zu tun, ist aber trotzdem interessant. Können Sie ihm das ausrichten?«

»Sagen Sie.«

»Im Krankenhaus habe ich den Schal vom Boden aufgehoben, der Lina von den Schultern gerutscht war. Und wenn es noch so warm ist, sie hüllt sich immer in dieses Stück Stoff. Danach habe ich dem Arzt geholfen, den Grafen hinauszubringen, als er umgekippt ist. Wir haben ihm den Oberkörper frei gemacht, er sträubte sich mit aller Macht dagegen. Hier«, sagte Danglard, indem er den Mittelfinger auf sein linkes Schulterblatt legte, »hat er auf der Haut einen ziemlich hässlichen violetten Fleck, etwa wie eine Kellerassel von zwei Zentimetern Länge. Ja, und Lina hat den gleichen Fleck.«

Die beiden Männer tauschten einen beinahe einverständigen Blick.

»Lina Vendermot ist Vallerays Tochter«, sagte Danglard. »So wahr ich durch die Jauchegrube gegangen bin. Und da sie und ihr Bruder Hippo sich ähneln wie zwei Wassertropfen, beide blond wie ein Flachsfeld, gehören sie zusammen. Die beiden Dunkelhaarigen dagegen, Martin und Antonin, sind sicher vom Vater Vendermot.«

»Scheiße. Und wissen sie es?«

»Der Graf bestimmt. Darum hat er sich so dagegen gewehrt, dass wir ihm das Hemd auszogen. Die Kinder, das weiß ich nicht. Es sieht nicht so aus.«

»Aber warum sollte Lina ihren Fleck verbergen?«

»Sie ist eine Frau. Diese Assel ist sehr unschön.«

»Ich überlege, was das an den Schachzügen von Hellequin ändern könnte.«

»Noch keine Zeit gehabt, darüber nachzudenken, Veyrenc. Ich überlasse Ihnen die Baustelle«, sagte er, ihm die Hand reichend. »Danke«, fügte er hinzu.

Er hatte es getan. Er hatte es gesagt.

Wie der Gewöhnlichste unter den Sterblichen. Wie der

durchschnittlichste aller Menschen nach einem ganz banalen Drama, sagte er sich, während er sich die Handflächen trocknete, bevor er sich ans Steuer setzte. Die Hand reichen, danke sagen, das war zweifellos leicht, abgedroschen, vielleicht mutig, aber es war getan, und Veyrenc hatte es verdient. Später würde er ihm mehr sagen, wenn er's denn schaffte. In einer plötzlichen Anwandlung diebischer Freude richtete er sich auf bei dem Gedanken, dass Adamsberg die Mörder des alten Clermont überführt hatte. Dank Mortembots Jacke und nach Gott weiß welcher Methode, er war nicht sicher, ob er die Verknüpfung der einzelnen Dinge wirklich verstanden hatte. Aber der Sprengsatz war angebracht, und für den Augenblick tröstete ihn das sehr über die Schändlichkeiten dieser Welt und in bescheidenem Maße über die eigenen.

Am Abend um neun traf er Retancourt auf der Terrasse eines kleine Restaurants im Erdgeschoss ihres Wohnblocks in Seine-Saint-Denis. Jedes Mal, wenn er Violette wiedersah, selbst nach drei Tagen, fand er sie größer und fülliger als in seiner Erinnerung, und das beeindruckte ihn. Sie saß auf einem Plastikstuhl, dessen Beine sich unter ihrem Gewicht spreizten.

»Drei Dinge«, rekapitulierte Retancourt, die sich nur einen kurzen Moment für die seelischen Befindlichkeiten ihrer im Morast von Ordebec feststeckenden Kollegen interessiert hatte, denn Gefühlsschwingungen waren nicht ihre Stärke. »Der Wagen von Erlöser 1, Christian. Ich habe mich informiert, er steht in ihrer Privatgarage, zusammen mit dem des Bruders und der Gemahlinnen. Wenn ich ihn untersuchen will, werde ich ihn da rausholen müssen. Also Sicherheitscode knacken, Kabel kurzschließen. Das schafft Noël im Handumdrehen. Aber das Risiko, das Auto hinterher zurückzubringen, gehe ich nicht ein, die werden schon sehen, wie sie es wiederkriegen, das soll nicht unser Problem sein.«

»Wir können die entnommenen Proben nicht verwenden, wenn wir nicht den offiziellen Weg gegangen sind.«

»Aber die offizielle Genehmigung kriegen wir nie. Also gehen wir anders vor. Indizien illegal sammeln, Dossier anlegen, danach schlagen wir zu.«

»Nehmen wir's mal an«, sagte Danglard, der die ziemlich brutalen Manöver seiner Kollegin selten in Frage stellte.

»Zweiter Punkt«, sagte sie, indem sie ihren mächtigen Finger auf den Tisch legte, »der Anzug. Der, der diskret in die Reinigung gegeben wurde. Benzindämpfe, ebenso Haare, vor allem ganz kurze, gehen schwer raus. Mit ein wenig Glück finden wir noch flüchtige Spuren davon im Gewebe. Allerdings müssen wir dazu den Anzug entwenden.«

»Problem.«

»Nicht unbedingt. Ich kenne den Dienstplan, ich weiß, wann Vincent, mein Majordomus, an der Pforte eingesetzt ist. Ich komme mit einer Tasche, erkläre, dass ich im oberen Stock eine Jacke oder irgendwas anderes vergessen habe, und dann werde ich sehen.«

Mangelnde Vorbereitung, Dreistigkeit und Vertrauen, alles Mittel, die Danglard zutiefst widerstrebten.

»Unter welchem Vorwand haben Sie eigentlich dort Ihren Abschied genommen?«

»Dass mein Mann hinter mir her wäre, dass er mich gefunden hätte, dass ich zu meiner Sicherheit fliehen müsste. Vincent hat mir sein Mitgefühl ausgesprochen, wenn er auch überrascht schien, dass ich verheiratet bin, und mehr noch, dass ein Ehemann mich mit solcher Hartnäckigkeit sucht. Ich glaube nicht mal, dass Christian meinen Weggang bemerkt hat. Dritter Punkt, der Zucker. Also das Zimmermädchen, Leila. Sie ist tief gekränkt, sie wird ganz sicher reden, falls sie sich an etwas erinnert. Sowohl, was den Zucker, als auch, was die abgeschnittenen Haare angeht. Wie ist Adamsberg auf die Idee mit dem vertauschten Anzug gekommen?«

»Das kann ich Ihnen nicht so genau sagen, Violette. Es

hing an Fäden, nicht stärker als Spinnweben, ja, die nicht mal vollständig waren und auch nicht alle in eine Richtung wiesen.«

»Kann ich mir sehr gut vorstellen«, sagte Retancourt, die gegen die nebulösen Denkstrukturen des Kommissars schon oft Front gemacht hatte.

»Also dann, auf die Verhaftung der Herren Clermont-Brasseur«, sagte Danglard und füllte Retancourts Glas zu dem alleinigen Zweck, sich selbst noch eines einschenken zu können. »Das wird schön anzusehen sein, es wird moralisch, hygienisch und eine Genugtuung sein, aber von kurzer Dauer. Das Imperium wird an die Neffen übergehen, und alles beginnt von vorn. Sie können mich nicht auf meinem Handy erreichen. Geben Sie Ihren Bericht an Adamsberg in der *Rasenden Wildsau,* jeweils abends. Das ist ein Restaurant in Ordebec. Sollte er zu Ihnen sagen, Sie möchten ihn in der *Blauen Wildsau* anrufen, dann wundern Sie sich nicht, es ist derselbe Ort, aber er kann sich den Namen nicht merken. Ich weiß nicht, warum er solchen Wert darauf legt, dass dieses Wildschwein blau ist. Ich schreibe Ihnen die Nummer auf.«

»Und Sie brechen wieder auf, Commandant?«

»Ja, heute Abend noch.«

»Ohne dass man Sie erreichen kann? Das heißt, ohne dass man Sie ausfindig machen kann?«

»So ist es.«

Retancourt nickte, sie schien nicht überrascht, was Danglard befürchten ließ, dass sie das Wesentliche an ihrem Manöver mit Mo nicht begriffen hatte.

»Mit anderen Worten, Sie wollen verschwinden, ohne dass man es bemerkt?«

»Ja.«

»Und wie wollen Sie das anstellen?«

»In aller Heimlichkeit. Zu Fuß, im Taxi, ich weiß noch nicht.«

»Schlecht, so was«, meinte Retancourt und schüttelte missbilligend den Kopf.

»Was Besseres weiß ich nicht.«

»Ich schon. Wir gehen noch auf ein letztes Glas zu mir hinauf, das ist unverfänglich. Von dort nimmt mein Bruder Sie mit. Sie wissen, dass Bruno ein übles Subjekt ist? Bekannt bei allen Bullen in der Vorstadt?«

»Ja.«

»Und so harmlos und unbeholfen, dass, wenn sie sein Auto anhalten, sie ihn durchwinken und weiterfahren lassen. Zu viel ist er nicht zu gebrauchen, aber fahren, das kann er. Er kann Sie heute Nacht noch bis Strasbourg oder Lille, Toulouse, Lyon oder an einen anderen Ort fahren. Welche Richtung wäre Ihnen recht?«

»Sagen wir, Toulouse.«

»In Ordnung. Von dort nehmen Sie den Zug, wohin Sie wollen.«

»Das erscheint mir perfekt, Violette.«

»Bis auf Ihre Kleidung. Wohin auch immer Sie gehen, und vorausgesetzt, Sie wollen nicht auf Anhieb als einer aus Paris erkannt werden, ist das nicht gut. Sie nehmen zwei Anzüge von Bruno, die werden etwas lang sein in den Beinen, etwas eng am Bauch, aber nichts Unmögliches. Und sie sind ein bisschen grell. Das wird Ihnen nicht gefallen. Sehen halt einen Tick zu protzig, zu hochgestochen aus.«

»Vulgär?«

»Ziemlich, ja.«

»In Ordnung.«

»Ein Letztes. Hängen Sie Bruno ab, sobald Sie in Toulouse sind. Ziehen Sie ihn nicht in Ihre Angelegenheiten hinein, er hat schon genug Probleme.«

»Das pflege ich ohnehin nicht zu tun«, sagte Danglard und dachte im gleichen Augenblick daran, dass er beinahe Veyrencs Tod verschuldet hätte.

»Wie geht es der Taube?«, fragte Retancourt schlicht, als sie aufstand.

Fünfunddreißig Minuten später verließ Danglard Paris, im Auto des Bruders auf der Rückbank ausgestreckt, in einem Anzug aus billigem Stoff, der ihm an den Ärmeln spannte, und ausgestattet mit einem neuen Mobiltelefon. Sie können schlafen, hatte Bruno gesagt. Danglard schloss die Augen, er fühlte sich, zumindest bis Toulouse, beschützt vom starken und souveränen Arm des Lieutenant Violette Retancourt.

43

»Wie eine Kellerassel?«, wiederholte Adamsberg nun schon zum zweiten Mal.

Er war erst um sieben Uhr abends von der Gendarmerie und danach vom Krankenhaus zurückgekehrt. Veyrenc erwartete ihn am Eingang des Weges zur Herberge, und er berichtete ihm, was er an wesentlichen Ergebnissen mitbrachte. Die Analysen der Techniker aus Lisieux hatten nichts ergeben, der Klapphocker des Mörders war ein gebräuchliches Modell, das alle Angler benutzten, die Armbrust in der Tat die von Herbier, es hatten sich nur seine Fingerabdrücke darauf gefunden, Estalère und Justin waren in die Brigade zurückgefahren, und Léo war schon wieder ein wenig zu Kräften gekommen, blieb aber weiterhin stumm.

»Eine Kellerassel von zwei Zentimetern Länge. Auf dem linken Schulterblatt von Valleray und von Lina.«

»Wie eine Art großes Insekt, so auf den Rücken gemalt?«

»Ich will dich nicht nerven wie Danglard, aber die Assel ist kein Insekt. Sie ist ein Krustentier.«

»Ein Krustentier? Wie eine Krabbe, willst du sagen? Eine Krabbe ohne Wasser?«

»Eine kleine Landkrabbe, genau. Der Beweis, sie hat vierzehn Beine. Insekten haben sechs. Daran kannst du erkennen, dass Spinnen, die acht Beine haben, auch keine Insekten sind.«

»Willst du mich verarschen? Du versuchst mir weiszumachen, dass Spinnen so was wie Landkrabben sind?«

Während Veyrenc Adamsberg die Wege des Wissens erschloss, fragte er sich, warum der Kommissar nicht auf die

Ankündigung reagierte, dass Hippolyte und Lina die unehelichen Kinder von Valleray waren.

»Nein, das sind Arachniden.«

»Das ändert einiges«, meinte Adamsberg, indem er langsam loslief. »Aber was?«

»Das ändert nicht viel an unserem Bild von der Assel. Sie ist ein Krustentier, das man nicht isst, das ist alles. Obwohl man sich fragen kann, was Martin wohl damit anstellen würde.«

»Ich rede von Valleray. Wenn einer so ein Zeichen auf dem Rücken hat und zwei andere Personen haben es auch, sind sie zwangsläufig von derselben Familie, oder?«

»Sicher. Und Danglards Beschreibung war exakt. Größe zwei Zentimeter, Färbung violett, der Körper ein langgezogenes Oval, und so was wie zwei Antennen am Vorderteil.«

»Ein Krustentier eben.«

»Ja. Und wenn du bedenkst, dass Valleray nicht wollte, dass man ihn auszieht, kannst du mit Sicherheit daraus schließen, dass er weiß, dass dieser Fleck ihn verraten kann. Folglich weiß er, dass die beiden Vendermot-Kinder von ihm sind.«

»Aber die wissen es nicht, Louis. Hippo hat mir gesagt, und er war regelrecht grantig in seiner Aufrichtigkeit, das Einzige, was er in seinem Leben bedaure, sei, der Sohn von seinem Scheißkerl von Vater zu sein.«

»Das bedeutet, dass der Graf sich sehr wohl hütet, es ihnen zu sagen. Er hat sich um sie gekümmert, als sie klein waren, er hat ihre Erziehung Léo anvertraut, er hat den jungen Hippo bei sich aufgenommen, als er ihn bedroht wusste, aber er hat seine Kinder nie anerkannt. Lässt sie vielmehr mit ihrer Mutter dahinvegetieren«, schloss Veyrenc hart.

»Angst vor dem Skandal, Sicherung der Erbschaft. Ziemlich mieser Typ also, der Graf von Valleray.«

»Fandest du ihn sympathisch?«

»Sympathisch ist nicht das richtige Wort. Ich fand ihn geradeheraus und sehr entschieden. Auch großzügig.«

»Eher ist er wohl hinterhältig und feige.«

»Oder er hockt auf dem Riff seiner Vorfahren und wagt sich nicht zu bewegen. Wie eine Seeanemone. Nein, sag mir jetzt bitte nicht, was Seeanemonen sind. Mollusken, nehme ich an.«

»Nein, Cnidaria, Quallen.«

»In Ordnung«, räumte Adamsberg ein, »eine Qualle. Bestätige mir bitte nur, dass Hellebaud ein Vogel ist, und ich bin beruhigt.«

»Er ist ein Vogel. Das heißt, er war es. Seit er deinen Schuh für sein natürliches Umfeld hält, sind die Dinge in Bewegung geraten.«

Adamsberg nahm sich eine Zigarette von Veyrenc und setzte seinen langsamen Gang fort.

»Nachdem der Graf die blutjunge Léo geheiratet hatte«, sagte er, »hat er dem Druck des Valleray-Clans nachgegeben und sich von ihr scheiden lassen, um eine Frau aus vornehmer Familie zu heiraten, eine Witwe mit Sohn.«

»Denis de Valleray ist nicht sein Sohn?«

»Das, Louis, weiß jeder. Es ist der Sohn der Mutter, er hat ihn im Alter von drei Jahren adoptiert.«

»Keine weiteren Kinder?«

»Nicht offiziell. Man munkelt, dass der Graf steril sei, was sich ja nun hiermit als falsch erweist. Stell dir vor, Ordebec erfährt, dass er zwei Kinder von einer Putzfrau hat.«

»Die Mutter Vendermot war im Schloss beschäftigt?«

»Nein. Aber sie hat etwa fünfzehn Jahre lang in einer Art Schlosshotel in der Umgebung von Ordebec gearbeitet. Sie muss unwiderstehlich gewesen sein, falls sie Linas Busen hatte. Habe ich dir schon von Linas Busen erzählt?«

»Ja. Und ich habe ihn sogar gesehen. Ich bin ihr begegnet, als sie aus ihrem Büro kam.«

»Und was hast du gemacht?«, fragte Adamsberg mit einem raschen Blick zum Lieutenant hin.

»Dasselbe wie du. Ich habe sie betrachtet.«

»Und?«

»Du hast recht. Man kriegt so was wie Heißhunger.«

»In diesem Schlosshotel also suchte der Graf vermutlich die junge Frau Vendermot auf. Ergebnis: zwei Kinder. Von Seiten der Mutter hatte der Graf nichts zu befürchten. Sie würde es nicht über die Dächer schreien, dass Hippo und Lina die Kinder des Grafen sind. Denn so, wie man uns den alten Vendermot beschreibt, hätte er sie dafür umbringen können, und warum nicht gleich die Kleinen mit.«

»Sie hätte nach seinem Tod darüber reden können.«

»Auch dann war es noch eine Frage der Ehre«, sagte Adamsberg und schüttelte den Kopf. »Sie hat auf ihren Ruf zu achten.«

»Folglich machte sich der Graf keine Gedanken. Außer wegen dieses Feuermals, das ihn verraten konnte. Ergibt das eine Verbindung zum Seigneur Hellequin?«

»Letztendlich keine. Der Graf hat zwei uneheliche Kinder, so weit, so gut. Nichts, was auch nur in irgendeiner Weise mit den drei Morden zu tun haben könnte. Aber ich bin des Nachdenkens müde, Louis. Ich werde mich dort unter den Apfelbaum setzen.«

»Pass auf, dass du nicht nass wirst.«

»Ja, ich habe schon gesehen, es kommt was hoch von Westen.«

Ohne zu wissen, warum, beschloss Adamsberg, einen Teil der Nacht auf dem Weg von Bonneval zu verbringen. Er lief ihn in seiner ganzen Länge ab, ohne in der Dunkelheit eine einzige Brombeere erkennen zu können, dann kam er zurück und setzte sich auf den Baumstamm, an dem Flem seinen Zucker eingefordert hatte. Er blieb dort über eine Stunde sitzen, leidenschaftslos und empfänglich für jeden überraschenden Besuch des Seigneurs, der sich ihm aber nicht zu zeigen geruhte. Vielleicht, weil Adamsberg überhaupt nichts empfand in dieser Waldeinsamkeit, weder Unbehagen noch Furcht, nicht einmal, als der geräuschvolle Durchzug eines Hirschs ihn den Kopf wenden ließ. Ebenso wenig, als eine Schleiereule nicht weit von ihm ihren charakteristischen Ruf ertönen ließ, der wie menschliches Atmen klingt. Wobei er hoffte, dass die Schleiereule auch tatsächlich ein Vogel war. Sicher hingegen war er inzwischen, dass sich hinter Valleray ein mieser Kerl verbarg, und dieser Gedanke verdross Adamsberg. Autokrat, Egoist, ohne Liebe zu seinem Adoptivsohn. Der sich dem Ehrenkodex der Familie gebeugt hatte. Aber warum sich dann mit achtundachtzig Jahren entschließen, Léo noch einmal zu heiraten? Warum diese Provokation? Warum nach einem ganzen Leben der Unterwerfung auf dem letzten Stückchen Weg den Skandal erneut heraufbeschwören? Vielleicht, um genau diese allzu lange Knechtschaft abzuschütteln. Manch einer erhebt den Kopf erst im allerletzten Augenblick. In dem Fall änderte das natürlich alles.

Ein sehr viel lauteres Getöse plötzlich, ein schweres Getrappel, ein Schnauben, das ihn kurz hoffen ließ. Er stand auf, hellwach, bereit, sich beim Erscheinen des Seigneurs mit der langen Mähne zu verdrücken. Aber es war nur eine Horde Wildschweine, die zu ihrer Suhle jagte. Nein, dachte Adamsberg, indem er sich wieder auf den Weg machte, für ihn interessierte sich Hellequin nicht. Der Alte zog Frauen wie Lina vor, und darin gab er ihm recht.

44

»In dem Fall würde das alles ändern«, verkündete Adamsberg Veyrenc beim Frühstück.

Der Kommissar hatte Kaffee und Brot unter einen der Apfelbäume in den Hof hinausgetragen. Während er die Schalen füllte, warf Veyrenc kleine Cidre-Äpfel in eine Entfernung von etwa vier Metern.

»Überleg mal, Louis. Mein Foto ist am Tag nach meiner Ankunft im *Ordebequer Kurier* erschienen. Der Mörder konnte mich nicht mit Danglard verwechseln. Also hat einer sehr wohl *ihn* auf den Schienen töten wollen, nicht mich. Warum? Weil er die Kellerasseln gesehen hatte. Eine andere Lösung gibt es nicht.«

»Und wer konnte wissen, dass er sie gesehen hat?«

»Du müsstest doch am besten wissen, dass Danglard schwer etwas verbergen kann. Er wird durch Ordebec spaziert sein, hat mit Leuten geredet, sie zum Reden gebracht. Dabei hat er sich möglicherweise verraten. Also gäbe es durchaus eine Verbindung zwischen den Morden und den Asseln. Der Mörder will um jeden Preis verhindern, dass man erfährt, wer die Vendermot-Kinder wirklich sind.«

»Verbirg die Nachkommen dein, die Früchte deiner Lenden, / Denn kehr'n sie erst zurück, wird Rache sich vollenden«, murmelte Veyrenc und warf einen weiteren Apfel.

»Es sei denn, der Graf will sie nun nicht mehr verbergen. Es ist jetzt ein Jahr her, dass der alte Valleray das Haupt erhoben hat mit seinem Entschluss, Léo zu heiraten. Wieder zu verbinden, was er aus Schwäche einst gelöst hatte. Er hat sein ganzes Leben lang gehorcht, er weiß das, er will es wiedergutmachen. Was vermuten ließe, dass er auch das mit den Kindern wiedergutmachen will.«

»Und wie?«, fragte Veyrenc und nahm sich einen siebten Apfel vor.

»Indem er sie in sein Testament aufnimmt. Teilung durch drei. So sicher, wie die Seeanemone keine Molluske ist, denke ich, dass Valleray sie in seinem Testament bedacht hat und dass man Hippolyte und Lina nach seinem Tod anerkennen wird.«

»Den Mut, es vorher zu tun, hat er nicht.«

»Anscheinend nicht. Was machst du da bloß mit den Äpfeln?«

»Ich ziele auf die Löcher der Feldmäuse. Warum bist du dir dieses Testaments so sicher?«

»Heute Nacht im Wald bin ich mir sicher geworden.«

Als wenn der Wald sozusagen ihm Wahrheiten vermitteln könnte. Veyrenc ging über die typische Nebelhaftigkeit dieser Adamsberg'schen Antwort lieber hinweg.

»Was hattest du denn im Wald verloren?«

»Ich habe einige Stunden der Nacht auf dem Weg von Bonneval verbracht. Ich habe Wildschweine gehört, das Röhren eines Hirschs und eine Schleiereule. Die doch wohl hoffentlich ein Vogel ist, nicht wahr? Kein Krustentier, keine Spinne.«

»Ein Vogel. Die Eule, die so schnauft wie ein Mensch.«

»Genau die. Warum zielst du auf den Bau der Feldmäuse?«

»Es ist wie Golfspielen.«

»Du verfehlst aber sämtliche Löcher.«

»Ja. Du meinst also, wenn Valleray die drei Kinder in sein Testament aufgenommen hat, würde das alles ändern. Doch nur, wenn jemand es weiß.«

»Jemand weiß es. Denis de Valleray liebt seinen Stiefvater nicht. Er wird ihn schon seit längerem belauern. Man darf vermuten, dass seine Mutter ihn gewarnt hat, damit er nicht zwei Drittel seines Vermögens an diese Bastarde von Bauernlümmeln verliert. Es würde mich wundern, wenn er das Testament seines Vaters nicht kennt.«

Veyrenc legte seine Handvoll Äpfel ab, goss sich eine zweite Tasse Kaffee ein und streckte Adamsberg, um ein Stück Zucker bittend, die Hand hin.

»Ich kann diese ganzen Zuckergeschichten nicht mehr hören«, sagte der Kommissar, indem er ihm ein Stück reichte.

»Du hast es doch hinter dir. Der Zucker von Flem hat dich auf den Zucker von Christian Clermont gebracht, damit schließt sich die Dose.«

»Hoffen wir's«, meinte Adamsberg und drückte kräftig auf den Deckel, der schwer einrastete. »Wir müssen wieder das Gummi drummachen. Das macht Léo auch so, wir müssen ihre Eigenheiten respektieren. Sie muss alles unversehrt vorfinden, wenn sie zurückkommt. Danglard hat sich schon von ihrem Calvados bedient, das reicht. Ich halte es also für sicher, dass Denis keine Molluske ist und dass er das Testament seines Vaters kennt. Vielleicht schon seit einem Jahr, seit es mit der Meuterei des Grafen angefangen hat. Wenn sein Vater stirbt, steht er vor dem finanziellen und gesellschaftlichen Ruin. Der Vicomte Denis de Valleray, Auktionator in Rouen, wird der Bruder von zwei Bauern, der Bruder des Verrückten mit den sechs Fingern, der Bruder der Wahnsinnigen mit ihren Visionen und der Stiefsohn eines sittenlosen Grafen.«

»Es sei denn, er beseitigt die Vendermot-Kinder. Keine leichte Entscheidung.«

»Aus einem bestimmten Blickwinkel schon. Der Vicomte sieht die Vendermots zweifellos als etwas sehr Geringes an. Ich könnte mir vorstellen, er verachtet sie ganz spontan, instinktiv. Ihr Verschwinden mag ihm sogar legitim erscheinen. Es würde, aus seiner Sicht, nicht sehr *schwerwiegend* sein. Nicht schwerwiegender als für dich, wenn du die Ausgänge von einem Bau der Feldmäuse verstopfst.«

»Ich werde sie wieder freimachen.«

»Auf jeden Fall unvergleichlich weniger schwerwiegend, als zwei Drittel seines Erbes zu verlieren und sein gesamtes gesellschaftliches Ansehen. Es steht für ihn sehr viel auf dem Spiel.«

»Du hast eine Wespe auf der Schulter.«

»Ein Insekt«, präzisierte Adamsberg und verscheuchte sie.

»Stimmt. Und wenn Denis das Testament kennt – falls dieses Testament existiert –, verachtet er die Vendermots nicht nur, er hasst sie.«

»Seit einem Jahr oder länger. Wir wissen nicht, wann der Graf es aufgesetzt hat.«

»Und doch sind nicht Hippo und Lina tot.«

»Ich weiß«, sagte Adamsberg und stellte die Zuckerdose hinter sich, als wenn ihr Anblick ihn störte. »Er ist kein Impulsivtäter. Er überlegt, er schleicht herum. Hippo und Lina zu beseitigen ist gefährlich. Nimm an, jemand weiß um ihre Herkunft. Wenn Danglard es in zwei Tagen begreifen konnte, kann man sich vorstellen, dass auch andere es wissen. So dass Denis zögert. Denn wenn die beiden Vendermots sterben, würde automatisch er verdächtigt werden.«

»Von Léo, zum Beispiel. Sie hat sie behütet, als sie klein waren, und sie verkehrt mit dem Grafen seit siebzig Jahren.«

»Also hat Denis ihr den Schädel eingeschlagen. Und in dem Fall hätte der Mordanschlag nichts mit einer Entdeckung zu tun, die Léo gemacht hätte. Jetzt hast du die Wespe.«

Veyrenc blies auf seine Schulter und drehte seine Trinkschale um, damit der süße Kaffeerest das Insekt nicht noch mehr anzog.

»Dreh deine auch um«, sagte er zu Adamsberg.

»Ich hatte keinen Zucker drin.«

»Ich dachte immer, du nimmst welchen.«

»Ich sagte dir, dass Zucker mich im Augenblick nervt.

Falls Zucker denn ein Insekt ist. Jedenfalls schwirrt er um mich herum wie ein ganzer Wespenschwarm.«

»Im Grunde«, meinte Veyrenc, »lauert Denis auf eine günstige Gelegenheit, die ihm erlaubt, zu töten, ohne den Verdacht auf sich zu lenken. Und diese Gelegenheit bietet sich ihm geradezu perfekt, als Lina ihre Vision hat.«

Adamsberg lehnte sich an den Baumstamm, Veyrenc nun fast den Rücken zukehrend, der die andere Baumseite besetzt hielt. Um 9 Uhr 30 begann die Sonne schon empfindlich zu brennen. Der Lieutenant zündete sich eine Zigarette an und reichte auch dem Kommissar eine über die Schulter.

»Ideale Gelegenheit, in der Tat«, stimmte Adamsberg zu. »Denn falls die drei Ergriffenen sterben, wird sich das Entsetzen der Bevölkerung von Ordebec zwangsläufig gegen die Vendermots richten. Gegen Lina, die als ›Fährmann‹ zwischen den Lebenden und den Toten verantwortlich ist für die Vision. Aber auch gegen Hippo, von dem alle Welt weiß, dass er mal die sechs Finger des Teufels hatte. In einem solchen Kontext würde die Ermordung der beiden Vendermots niemanden überraschen, und die Hälfte der Einwohner käme als Täter in Frage. Genau wie seinerzeit im Jahr siebzehnhundert und noch was, als die Dörfler einen gewissen Benjamin mit Heugabeln erschlugen, der die Ergriffenen beschrieben hatte. Um dem Blutvergießen ein Ende zu machen, darum hat die Menge ihn getötet.«

»Aber wir sind nicht mehr im 18. Jahrhundert, die Methode wird eine andere sein. Man wird Lina und Hippo nicht mehr in aller Öffentlichkeit den Bauch aufschlitzen, man wird es diskreter tun.«

»Denis ermordet also Herbier, Glayeux und Mortembot. Außer bei Herbier tut er es auf traditionelle Weise, er beachtet mehr oder weniger das Ritual, um die Angst im Volk zu schüren. Er ist durchaus der Typ, der zum handverlesenen Mitgliederkreis eines Klubs von Armbrustschützen zählen könnte, nicht wahr?«

»Was wir folglich als Erstes überprüfen müssen«, sagte Veyrenc zustimmend und warf den zwanzigsten Apfel.

»Erwarte nicht, dass du je triffst, wenn du dabei sitzen bleibst. Und da die drei Opfer notorische Schurken sind und sehr wahrscheinlich sogar Mörder, hat Denis umso weniger Skrupel, sie zu opfern.«

»Was bedeutet, dass jetzt, wo wir miteinander reden, Lina und Hippo in unmittelbarer Lebensgefahr sind.«

»Nicht vor Einbruch der Nacht.«

»Du bist dir aber klar, dass für den Augenblick die ganze Geschichte lediglich auf der violetten Kellerassel beruht.«

»Sehen wir uns doch mal die Alibis von Denis an.«

»Du kommst an diesen Typ nicht näher heran als an die Clermonts.«

Schweigend blieben die Männer eine ganze Weile sitzen, dann warf Veyrenc seinen gesamten Vorrat an Äpfeln mit einem Mal und begann das Geschirr auf das Tablett zu räumen.

»Sieh mal«, sagte Adamsberg leise und fasste Veyrenc beim Arm. »Hellebaud verlässt das Haus.«

Und tatsächlich, die Taube hatte sich schon zwei Meter von der Schwelle seines Zimmers fortbewegt.

»Hast du bis dorthin Körner gestreut?«, fragte Veyrenc.

»Nein.«

»Dann sucht sie sich jetzt Insekten.«

»Insekten, Krustentiere, Gliederfüßer.«

»Genau.«

45

Capitaine Émeri hörte Adamsberg und Veyrenc gebannt zu. Er hatte dieses Feuermal nie gesehen, er hatte nie davon gehört, dass die Vendermot-Sprösslinge die Kinder von Valleray wären.

»Dass er alles gevögelt hat, was ihm vor die Flinte kam, war bekannt. Wie man auch wusste, dass seine Frau ihn hasste und den kleinen Denis in Feindseligkeit gegen den Vater erzog.«

»Wie man ebenso weiß, dass seine Frau sich später auch keinen Zwang mehr antat«, fügte Blériot hinzu.

»Alles müssen wir nun nicht rauskramen, Brigadier. Die Situation ist so schon heikel genug.«

»Doch, Émeri, wir müssen alles rauskramen. Und dieses Krustentier, das können wir nicht einfach vom Tisch wischen.«

»Was für ein Krustentier?«, fragte Émeri.

»Diese Assel«, erläuterte Veyrenc. »Sie ist ein Krustentier.«

»Aber was, zum Teufel, geht uns das an?«, ereiferte sich Émeri und stand plötzlich auf. »Stehen Sie nicht wie ein Ölgötze da, Blériot, gehen Sie uns einen Kaffee machen. Ich warne dich, Adamsberg, und hör mir gut zu. Ich lehne es ab, auch nur den geringsten Verdacht gegen Denis de Valleray zu erwägen. Verstehst du mich? Ich lehne es ab.«

»Weil er der Vicomte ist.«

»Beleidige mich nicht. Du vergisst, dass der Adel des Kaiserreichs nichts mit der Aristokratie zu tun hatte.«

»Warum dann?«

»Weil deine Geschichte keinen Sinn ergibt. Die Geschichte von dem Typen, der drei Leute umbringt, nur um die Vendermots loszuwerden.«

»Das passt perfekt.«

»Nein, denn dann müsste Denis entweder schwachsinnig oder blutrünstig sein. Ich kenne ihn, er ist weder das eine noch das andere. Er ist boshaft, opportunistisch, ehrgeizig.«

»Mondän, eingebildet, verächtlich.«

»Alles das, ja. Aber auch ebenso faul, vorsichtig, ängstlich, ohne Entschlusskraft. Du bist auf dem Holzweg. Er hätte nie die Energie, Herbier mitten ins Gesicht zu schießen, Glayeux mit der Axt zu erschlagen, Mortembot einen Bolzen in die Kehle zu jagen. Wir suchen einen tollkühnen Verrückten, Adamsberg. Und die tollkühnen Verrückten, du weißt ja, wo die in Ordebec wohnen. Wer sagt dir, dass es nicht das Gegenteil ist? Wer sagt dir, dass nicht Hippo die drei Männer massakriert hat, bevor er sich an Denis de Valleray heranwagt?«

Blériot stellte ein Tablett auf den Tisch, verteilte hastig die vier Tassen, auf eine nachlässige Art, die sich sehr von Estalères Sorgfalt unterschied. Émeri bediente sich noch im Stehen, reichte den Zucker herum.

»Na, wer sagt dir das?«, fuhr er fort.

»Daran hatte ich nicht gedacht«, gab Adamsberg zu. »Das könnte hinhauen.«

»Das haut sogar sehr gut hin. Stell dir vor, Hippo und Lina wissen um ihre Abstammung, kennen das Testament. Wäre doch möglich, oder?«

»Das wäre es«, sagte Adamsberg und lehnte entschieden den Zucker ab, den Émeri ihm reichte.

»Deine Überlegung träfe dann vollkommen zu, nur in der umgekehrten Richtung. Sie haben alles Interesse, Denis zu beseitigen. Doch bei Eröffnung des Testaments wären sie die Ersten, die man verdächtigen würde. Also denkt sich

Lina eine Vision aus, bei der sie das vierte Opfer unerkannt bleiben lässt.«

»Einverstanden«, räumte Adamsberg ein.

»Viertes Opfer wird Denis de Valleray sein.«

»Nein, Émeri, das funktioniert nicht. Das würde die Vendermots nicht vor dem Verdacht schützen, im Gegenteil.«

»Und warum?«

»Weil man dann ja wohl annehmen müsste, dass Hellequins Heer die vier Männer umgebracht hat. Womit man wieder bei den Vendermots angekommen wäre.«

»Scheiße«, sagte Émeri und stellte seine Tasse hin. »Dann finde was anderes.«

»Zunächst sollte man überprüfen, ob Denis de Valleray mit der Armbrust schießt«, meinte Veyrenc, der sich einen kleinen grünen Apfel aufgehoben hatte und ihn zwischen seinen Handflächen hin und her rollte.

»Hast du einen Überblick über die Sportklubs hier in der Gegend?«

»Da gibt's viele«, sagte Émeri entmutigt. »Elf insgesamt in der Region, fünf allein im Departement.«

»Ist unter diesen elf Vereinen ein etwas vornehmerer?«

»Die Compagnie de la Marche in Quitteuil-sur-Touques. Dort muss man zwei Bürgen unter den anderen Mitgliedern haben, sonst kommt man gar nicht rein.«

»Perfekt. Frag an, ob Denis bei ihnen eingeschrieben ist.«

»Und wie? Die Auskunft geben die mir niemals. Diese Zirkel schützen ihre Mitglieder. Und ich habe nicht die Absicht, ihnen zu sagen, dass die Gendarmerie eine Ermittlung über den Vicomte eröffnet.«

»Dazu wäre es in der Tat zu früh.«

Émeri lief im Raum auf und ab, mit steif aufgerichtetem Oberkörper, Hände im Rücken, das Gesicht verschlossen.

»Also gut«, sagte er nach einem Moment unter Adamsbergs beharrlichem Blick. »Ich werde es mit einem Bluff versuchen. Gehen Sie alle drei hinaus, ich hasse es, vor Publikum zu lügen.«

Zehn Minuten später öffnete der Capitaine die Tür und bedeutete ihnen mit einer etwas unwilligen Geste, wieder hereinzukommen.

»Ich habe mich als ein gewisser François de Rocheterre ausgegeben. Ich habe erklärt, dass der Vicomte de Valleray bereit sei, für meinen Antrag auf Mitgliedschaft in der Compagnie die Bürgschaft zu übernehmen. Ich habe gefragt, ob es nötig sei, dass ich zwei Bürgen benenne, oder ob die Empfehlung des Vicomte allein genüge.«

»Sehr gut«, meinte Blériot.

»Sparen Sie sich Ihren Kommentar, Brigadier. Ich pflege redlich zu arbeiten, ich mag solchen Humbug nicht.«

»Ergebnis?«, fragte Adamsberg.

»Ja«, seufzte Émeri, »Valleray ist in der Tat Klubmitglied. Und er ist ein guter Schütze. Aber er hat nie eingewilligt, am Preisschießen der Liga der Normandie teilzunehmen.«

»Wohl zu gewöhnlich«, sagte Veyrenc.

»Sicher. Aber jetzt haben wir ein Problem. Der Sekretär des Klubs redete ein bisschen viel. Nicht weil es ihm Vergnügen machte, mich zu informieren, sondern weil er mich testen wollte. Er war misstrauisch, da bin ich sicher. Was bedeutet, dass die Compagnie de la Marche Denis de Valleray möglicherweise anrufen wird, um herauszufinden, ob er einen gewissen François de Rocheterre tatsächlich kennt. So dass Denis mitkriegen wird, dass jemand unter falschem Namen sich Fragen über ihn stellt.«

»Und speziell über seine Fähigkeiten als Armbrustschütze.«

»Genau. Denis ist keine große Leuchte, aber er wird schnell begreifen, dass man ihn des Mordes an Mortembot verdächtigt. Seien es die Bullen, sei es ein Unbekannter. Er wird auf der Hut sein.«

»Oder die Sache schnell hinter sich bringen. Hippo und Lina beseitigen.«

»Lachhaft«, sagte Émeri.

»Denis hat alles zu verlieren«, insistierte Adamsberg. »Denk mal ernsthaft darüber nach. Das Beste wäre, eine Wache vor dem Schloss aufzustellen.«

»Kommt nicht in Frage. Ich würde den Grafen und den Vicomte, also meine gesamte Hierarchie, am Hals haben. Unmotivierte Überwachung, diffamierende Verdächtigungen, professioneller Fauxpas.«

»Stimmt«, gab Veyrenc zu.

»Dann überwachen wir das Haus der Vendermots. Aber das ist viel unsicherer. Kannst du Faucheur noch einmal herbitten?«

»Ja.«

»Es ist nicht nötig, bevor es richtig dunkel wird. Wir fangen um zehn Uhr abends an und hören um sechs Uhr morgens auf. Macht acht Stunden Überwachung, das können wir einrichten.«

»Ausgezeichnet«, räumte Émeri ein, der plötzlich sehr müde zu sein schien. »Wo ist Danglard abgeblieben?«

»Er leidet unter den Nachwirkungen. Er ist zurückgefahren.«

»So dass ihr nur noch zu zweit seid.«

»Das wird reichen. Du übernimmst die Wache von 22 Uhr bis zwei Uhr, danach löse ich dich mit Veyrenc ab. Wir haben vorher noch Zeit, in der *Wildsau* zu Abend zu essen.«

»Nein, wir machen es umgekehrt. Ich übernehme die zweite Wache mit Faucheur, von zwei Uhr bis sechs. Ich bin kaputt, ich muss mich erst mal hinlegen.«

46

Es war drei Tage her, dass Adamsberg ein Buch aus Léos Bibliothek mit ins Krankenhaus gebracht hatte. Er hatte der alten Dame das Haar gekämmt und sich dann, auf einen Ellbogen gestützt, an ihr Bett gesetzt und ihr etwa zwanzig Seiten daraus vorgelesen. Es war ein altes Buch und erzählte von den Verwicklungen einer leidenschaftlichen Liebe, die nur in der Katastrophe enden konnte. Die Sache schien die alte Frau nicht sonderlich zu begeistern, aber sie lächelte oft während der Lektüre und bewegte rhythmisch den Kopf und die Finger, als würde sie ein Lied hören und keine Geschichte. Heute hatte Adamsberg bewusst ein anderes Buch gewählt. Er las ein technisches Kapitel über das Abfohlen der Stute, und Léo tänzelte in der gleichen Weise. Ebenso die Krankenschwester, die diese Lesestunden nie versäumte und die der Wechsel des Themas nicht zu erschüttern schien. Adamsberg begann sich über diesen Zustand von fast seligem Frieden zu beunruhigen, er hatte Léo ganz anders kennengelernt, gesprächig, sehr geradeheraus, ein bisschen grantig und sehr burschikos im Umgang. Dr. Merlan, der einen unbeirrbaren Glauben an seinen Kollegen Hellebaud bewahrte, während der Kommissar ihn zu verlieren begann, versicherte ihm, dass der Heilungsprozess genau in der Weise verlief, die der Osteopath beschrieben hatte, den er tags zuvor in seinem »Haus in Fleury« telefonisch hatte konsultieren dürfen. Léone war absolut in der Lage, zu sprechen und zu denken, doch ihr Unterbewusstsein hatte diese Funktionen abgeschaltet, mit Hilfe des Arztes, der sie in ein heilsames Refugium eingeschlossen hatte, und es würde noch einige Tage brauchen, bevor das Schutzgitter sich heben würde.

»Es ist erst sieben Tage her«, sagte Merlan. »Lassen Sie ihr die Zeit.«

»Sie haben ihr nichts über Mortembot gesagt?«

»Kein Wort. Wir befolgen die Weisungen. Haben Sie die gestrige Zeitung gelesen?«

»Den Artikel über die Bullen aus Paris, die nichts begreifen?«

»So in etwa.«

»Sie haben recht. Zwei Morde seit meiner Ankunft.«

»Aber auch zwei, die verhindert wurden. Der von Léone und der des Commandant.«

»Verhindern heißt nicht kämpfen, Doktor.«

Dr. Merlan breitete mitfühlend die Arme aus.

»Die Ärzte können nicht diagnostizieren ohne Symptome, und die Bullen können es nicht ohne Indizien. Ihr Mörder ist ein asymptomatisches Wesen. Er hinterlässt nicht eine Spur, er geht vorüber wie ein Gespenst. Nicht normal, Kommissar, nicht normal. Valleray ist auch dieser Meinung.«

»Der Vater oder der Sohn?«

»Der Vater natürlich. Denis mokiert sich über alles, was hier vorgeht.«

»Kennen Sie ihn gut?«

»Nun ja, so einigermaßen. In der Stadt sieht man ihn nur selten. Aber zwei Mal im Jahr gibt der Graf ein Abendessen für die Honoratioren, zu denen ich gehöre. Nicht sehr amüsant, aber unumgänglich. Die Speisen allerdings sind exzellent. Haben Sie den Vicomte im Visier?«

»Nein.«

»Da tun Sie auch gut dran. Er hätte niemals jemanden zu töten versucht, und wissen Sie, warum? Weil er sich dafür hätte entscheiden müssen, und dazu ist er nicht fähig. Er hat sich ja nicht mal selbst seine Frau ausgesucht, stellen Sie sich mal vor. Jedenfalls sagt man das.«

»Wir reden noch mal darüber, Doktor, sobald Sie einen Moment Zeit für mich haben.«

Hippolyte hängte vor seinem Haus Wäsche auf, über eine blaue Leine, die zwischen zwei Apfelbäumen gespannt war. Adamsberg beobachtete ihn, wie er ein Kleid seiner Schwester ausschüttelte, damit die Knitterfalten herausgingen, bevor er es sorgfältig anklammerte. Es kam natürlich nicht in Frage, dass er ihm ohne alle Umschweife seine neue Verwandtschaft mitteilte. Das konnte im Augenblick nur gewalttätige und unberechenbare Wirkungen zeitigen, und der Mörder war zu flüchtig und zu beweglich, als dass man dieser unkontrollierbaren Situation noch weitere Überraschungen hinzufügen durfte. Hippo unterbrach sich, als er Adamsberg näher kommen sah, wobei er sich unwillkürlich die Kante seiner rechten Hand rieb.

»Netug gat, Kommissar.«

»Guten Tag«, erwiderte Adamsberg. »Haben Sie was an der Hand?«

»Ach, nichts, es ist der fehlende Finger. Immer wenn sich Regen ankündigt, habe ich da ein heftiges Stechen. Es bewölkt sich im Westen.«

»Es bewölkt sich schon seit Tagen im Westen.«

»Aber diesmal ist es sicher«, sagte Hippo und nahm seine Arbeit wieder auf. »Es wird regnen, und nicht zu knapp. Es sticht mich ungewöhnlich stark.«

Adamsberg strich sich mit der Hand übers Gesicht, zögerte. Émeri hätte jetzt unfehlbar vermutet, dass nicht der fehlende Finger diesen Schmerz hervorrief, sondern der heftige Schlag, den er Danglard mit der Handkante versetzt hatte.

»Und an der linken Hand sticht es Sie nicht?«

»Mal ist es die eine Hand, mal die andere, manchmal auch beide. Es ist nicht mathematisch.«

Ungewöhnliche Intelligenz, lauernder Verstand, schroffe

Wesensart. Wenn nicht Adamsberg die Ermittlung führen würde, hätte Émeri Hippo schon vor einer Weile eingelocht. Hippo setzte die Vision seiner Schwester in die Wirklichkeit um, tötete die Ergriffenen, beseitigte gleich darauf auch noch den Valleray-Erben.

In aller Ruhe machte sich Hippo an einer geblümten Bluse von Lina zu schaffen, was Adamsberg augenblicklich das Bild ihrer Brust vor Augen führte.

»Sie zieht jeden Tag was Neues an, ein Wahnsinn, was das für Arbeit macht.«

»Wir werden Ihr Haus heute Nacht überwachen, Hippo. Um Ihnen das zu sagen, bin ich hergekommen. Wenn Sie also zwei Männer draußen sehen, schießen Sie nicht auf sie. Ich und Veyrenc von zehn Uhr bis zwei. Danach lösen Émeri und Faucheur uns ab bis zum Morgengrauen.«

»Warum?«, fragte Hippo achselzuckend.

»Drei sind jetzt tot, Ihre Mutter hat recht, wenn sie Angst um Sie hat. Ich habe auf dem Weg hierher eine neue Inschrift an der Mauer des Lagerhauses gesehen: *Tod den V.*«

»›Tod den Vegetariern‹«, sagte Hippo grinsend.

»Oder ›Tod den Vendermots‹. Denen, durch die das Unheil über uns gekommen ist.«

»Wozu sollten sie uns töten?«

»Um den Fluch zu brechen.«

»Unsinn. Ich habe Ihnen gesagt, dass niemand es wagen wird, uns zu nahe zu kommen. Und an Überwachungen glaube ich nicht. Der Beweis, Mortembot wurde ermordet. Ich will Ihnen ja nicht weh tun, Kommissar, aber Sie waren zu nichts nütze. Sie sind wie Bussarde um das Haus gekreist, und trotzdem ist er Ihnen durch die Lappen gegangen. Würden Sie mir mal helfen?«

Arglos reichte Hippolyte Adamsberg die Enden eines Bettlakens, und beide Männer schüttelten das Wäschestück in der warmen Luft aus.

»Der Mörder«, fuhr Hippolyte fort, während er dem

Kommissar zwei Wäscheklammern in die Hand drückte, »saß seelenruhig auf seinem Klappstuhl, er wird sich hinterher kaputtgelacht haben. Ein Bulle hat noch nie einen daran gehindert, zu töten. Wenn der Kerl entschlossen ist, dann ist er wie ein Pferd, das gestartet ist. Hindernisse überspringt es einfach, fertig, aus. Und der da ist verdammt entschlossen. Um einen Menschen auf die Gleise zu werfen, muss einer schon ganz schön kaltblütig sein. Wissen Sie, warum er es auf Ihren Stellvertreter abgesehen hatte?«

»Immer noch nicht«, erwiderte Adamsberg hellhörig. »Es scheint, er hat ihn mit mir verwechselt.«

»Unsinn«, sagte Hippo wieder. »So einer irrt sich nicht in der Zielscheibe. Passen Sie bloß auf sich auf, wenn Sie heute Nacht hier Wache schieben.«

»Einen Bullen umzubringen hat noch nie was gebracht. Denn die sind wie Disteln, es wachsen immer wieder welche nach.«

»Das stimmt, aber dieser Kerl ist ein ganz Blutrünstiger. Axt, Armbrust, Eisenbahnzug, so was ist abstoßend. Eine Kugel ist doch viel sauberer, oder?«

»Nicht unbedingt. Herbier hatte sie den Schädel zersprengt. Und es macht Krach.«

»Das ist wahr«, räumte Hippo ein und kratzte sich den Nacken. »Und der hier ist ein Phantom, man sieht und hört nichts von ihm.«

»Das sagt auch Merlan.«

»Dieses eine Mal hat er nicht unrecht. Überwachen Sie, wenn Sie wollen, Kommissar. Wenigstens wird es meine Mutter beruhigen. Sie weiß im Moment eh nicht mehr, wo ihr der Kopf steht. Sie muss sich um Lina kümmern.«

»Ist sie krank?«

»Hier«, meinte Hippo und zeigte auf seine Stirn. »Wenn Lina das Heer gesehen hat, ist sie wochenlang aufgewühlt. Dann hat sie ihre Krisen.«

Danglards Anruf in der *Rasenden Wildsau* kam kurz vor 21 Uhr. Adamsberg stand mit einem gewissen Zögern auf. Langsam ging er zum Telefon, indem er sich fragte, wie er das Gespräch verschlüsseln sollte. Mit Wörtern zu spielen war die allerletzte seiner Begabungen.

»Sie können Ihren Absender beruhigen«, sagte Danglard. »Ich habe die beiden Pakete in der Gepäckaufbewahrung gefunden. Es war der richtige Schlüssel.«

Gut, dachte Adamsberg erleichtert. Danglard hatte Zerk und Mo gefunden, sie waren also in Casares.

»Nicht zu sehr beschädigt?«

»Die Verpackung ein bisschen zerdrückt, die Schnur zerschlissen, aber insgesamt noch sehr präsentabel.«

Gut, dachte Adamsberg wieder. Die Jungs waren müde, aber in guter Verfassung.

»Was soll ich damit machen?«, fragte Danglard. »Soll ich sie an den Absender zurückschicken?«

»Wenn sie nicht zu sperrig sind, behalten Sie sie noch bei sich. Ich habe noch keine Nachricht vom Verteilzentrum.«

»Aber sie *sind* sperrig, Kommissar. Wohin damit?«

»Nicht mein Problem. Sind Sie beim Abendessen?«

»Noch nicht.«

»Beim Aperitif? Dann trinken Sie einen Portwein auf mein Wohl.«

»Den trinke ich nie.«

»Aber ich mag ihn. Trinken Sie ihn.«

Na gut, sagte sich Danglard. Es war ziemlich plump, aber nicht dumm. Adamsberg bat ihn, die Jungs nach Porto zu fahren, das heißt in die entgegengesetzte Richtung zu der, die sie bisher eingeschlagen hatten. Und es gab noch keinerlei Nachricht über Retancourts Nachforschungen. Also noch zu früh, um sie wieder über die Grenze zu bringen.

»Tut sich was in Ordebec?«

»Es stinkt so vor sich hin. Heute Nacht vielleicht.«

Adamsberg kam zu Veyrenc an den Tisch zurück und aß

sein fast kalt gewordenes Fleisch zu Ende. Ein Donnerschlag erschütterte auf einmal die Mauern des Restaurants.

»Die Wolken im Westen«, murmelte Adamsberg und wies mit der Gabel nach oben.

Die beiden Männer begannen ihre Nachtwache unter prasselndem Regen und dem Krachen der Blitze. Adamsberg hielt sein Gesicht in die Sintflut. In solchen Gewittermomenten fühlte er sich partiell verbunden mit der Masse an Energie, die dort oben grundlos, ziellos sich entlud, ohne anderen Impuls als die Entfaltung einer ebenso phantastischen wie nutzlosen Macht. Einer Macht, die ihm in diesen letzten Tagen sehr gefehlt hatte, einer Macht, die sich ausschließlich in den Händen des Gegners befunden hatte. Und die heute Abend endlich bereit war, auf ihn herabzuströmen.

47

Die Erde war am Morgen noch nass, und Adamsberg, der unter seinem Frühstücksapfelbaum saß, die Zuckerdose wohlweislich im Rücken, fühlte, wie seine Hosenbeine sich mit Feuchtigkeit vollsogen. Mit seinen nackten Füßen versuchte er Gräser zu fassen und sie zwischen den Zehen durchzuziehen. Die Temperatur war um mindestens zehn Grad gefallen, der Himmel war diesig, aber die Morgenwespe hatte sich unverzagt wieder eingefunden. Hellebaud pickte in vier Meter Entfernung von der Schwelle seines Zimmers, was ein bemerkenswerter Fortschritt war. Keinen hingegen gab es auf Seiten des Mörderphantoms, die Nacht war ruhig verlaufen.

Blériot kam auf ihn zugerannt, so schnell seine Körperfülle es ihm erlaubte.

»Ihre Mailbox ist voll«, sagte er schnaufend, als er auf seiner Höhe ankam.

»Wie?«

»Ihre Mailbox, sie ist voll. Ich konnte Sie nicht erreichen.«

Tiefe Schatten unter den Augen, unrasierte Wangen.

»Was ist los, Brigadier?«

»Denis de Valleray hätte die Vendermots heute Nacht kaum umlegen können. Er ist tot, Kommissar. Beeilen Sie sich, man wartet auf Sie im Schloss.«

»Wie denn tot?«, schrie Adamsberg und rannte mit bloßen Füßen zu seinem Zimmer.

»Er hat sich aus dem Fenster gestürzt«, schrie Blériot seinerseits, wenn auch sehr widerwillig, denn so was gehörte nicht gerade zu den Dingen, die man lauthals herausschrie.

Adamsberg nahm sich nicht die Zeit, eine trockene Hose anzuziehen, schnappte sein Telefon, fuhr so, wie er war, in seine dastehenden Schuhe und lief, Veyrenc wachzurütteln. Vier Minuten später stieg er in das alte Auto des Brigadiers.

»Berichten Sie, Blériot, ich höre Ihnen zu. Was weiß man?«

»Der Graf hat Denis heute Morgen um 8 Uhr 05 gefunden, er hat Émeri angerufen. Der Capitaine ist ohne Sie hin, Sie waren nicht erreichbar. Mich hat er losgeschickt, Sie zu suchen.«

Adamsberg biss sich auf die Lippen. Als sie von ihrer Nachtwache zurückkamen, hatten er und Veyrenc ihre Telefone ausgeschaltet, um unbefangen über die beiden flüchtigen jungen Leute reden zu können. Und er hatte vergessen, seinen Akku vor dem Schlafengehen wieder reinzustecken. Da er sein Telefon immer als persönlichen Feind betrachtete, was es in der Tat auch war, hatte er ihm nicht mehr die nötige Aufmerksamkeit geschenkt.

»Was sagt er?«

»Dass Denis de Valleray sich umgebracht hat, darüber bestünde kein Zweifel. Der Leichnam riecht förmlich nach Whisky. Émeri meint, dass der Vicomte sich regelrecht hat volllaufen lassen, um den Mut dazu zu finden. Ich bin mir da nicht so sicher. Denn der Vicomte war krank, er hat sich aus dem Fenster gelehnt, um sich zu übergeben. Seine Zimmer sind in der zweiten Etage, und der Hof darunter ist gepflastert.«

»Könnte er das Gleichgewicht verloren haben?«

»Ja. Die Fenstergitter im Schloss sind sehr niedrig. Aber da zwei von seinen Schachteln mit Beruhigungsmitteln fast leer sind und die mit den Schlaftabletten geöffnet war, nimmt der Capitaine an, dass er sich umbringen wollte.«

»Wann etwa?«

»Gegen Mitternacht oder ein Uhr morgens. Dieses Mal ist die Gerichtsmedizinerin schon unterwegs, und die von der Spurensicherung sind es auch. Wenn es sich um den Vicomte handelt, sind sie schneller.«

»Nahm er viele Medikamente?«

»Sie werden sehen, sein Nachttisch liegt voll davon.«

»Trank er?«

»Sagt man. Aber nie so viel, dass er betrunken gewesen wäre, oder krank. Das Blöde ist«, sagte Blériot mit einer Grimasse, »dass Émeri behauptet, Denis hätte sich nicht umgebracht, wenn Sie nicht diese Ermittlung über seinen Armbrustschützenverein eingeleitet hätten.«

»Es wäre also meine Schuld?«

»Gewissermaßen. Denn gestern Abend ist der Sekretär der Compagnie bereits zum Aperitif auf dem Schloss erschienen.«

»Die trödeln ja nicht.«

»Aber danach, beim Abendessen, habe Denis nach Aussage des Grafen durchaus nicht bedrückt gewirkt. Allerdings achtet in dieser Familie niemand wirklich auf den anderen. Jeder speist für sich, an seiner Ecke eines riesigen Tischs, ohne dass sie drei Worte miteinander wechseln. Keine andere Zeugenaussage, seine Frau ist mit den Kindern in Deutschland.«

»Demnach müsste Émeri ja auch denken, dass, wenn der Vicomte sich umgebracht hat, er in der Tat schuldig war.«

»Das sagt er auch. Sie kennen den Capitaine ja ein bisschen. Er steigt auf sein hohes Ross – und das kann man wohl sagen bei dem Ururenkel eines Marschalls –, aber er kommt auch gleich wieder herunter. Er sagt nur, Sie hätten es anders anstellen sollen. Mit größerer Umsicht an die Sache herangehen, die Beweise in aller Stille sammeln und Denis einstweilen unter Beobachtung stellen. Dann wäre er jetzt nicht tot.«

»Dafür lebenslänglich im Gefängnis, und seine Bluttaten würden in aller Öffentlichkeit ausgebreitet. Genau das, was er nicht gewollt hat. Wie hat der Graf es aufgenommen?«

»Er ist schockiert, hat sich in seiner Bibliothek eingeschlossen. Aber kein Kummer. Die beiden konnten sich nicht mehr ausstehen.«

Adamsberg erreichte Émeri auf seinem Mobiltelefon, zwei Kilometer vom Schloss entfernt.

»Ich habe das Papier«, sagte der Capitaine hart.

»Was für ein Papier?«

»Herrgott, dein verfluchtes Testament. Also gut, du hattest recht, die beiden Vendermot-Kinder erben, jeder ein Drittel. Einziger Vorteil für Denis, er behält das Schloss.«

»Hast du mit dem Grafen darüber geredet?«

»Man kriegt nichts aus ihm heraus, er ist auf einmal schneidend wie Feuerstein. Ich glaube, er weiß nicht, wie er die Situation beherrschen soll.«

»Und was sagt er zu den von Denis begangenen Morden?«

»Er weist alles en bloc zurück. Er gibt zu, dass ihm sein Stiefsohn nicht sympathisch war, und umgekehrt. Aber er behauptet, dass Denis weder die drei Männer getötet noch Léo niedergeschlagen, noch Commandant Danglard auf das Bahngleis gestoßen haben kann.«

»Argument?«

»Weil er ihn seit seinem dritten Lebensjahr kennt. Und er wird sich felsenfest an seine Version klammern. Die Angst vor dem Skandal, du verstehst.«

»Und was ist seine Version?«

»Dass Denis so viel getrunken hat, bis ihm schlecht wurde, aus einem persönlichen Grund, den man nicht kennt. Dass er, als ihm übel wurde, zum Fenster gestürzt ist, um sich zu erbrechen. Dass das Fenster offenstand, um die Gewitterkühle hereinzulassen. Dass ihm schwindelig wurde und er rausgefallen ist.«

»Und was denkst du?«

»Du bist nicht ganz unschuldig daran«, grummelte Émeri. »Der Besuch vom Sekretär der Compagnie hat ihn alarmiert. Er hat sich eine Mischung aus Tabletten und Alkohol reingezogen und ist daran gestorben. Aber nicht so, wie er gewollt hätte. Nicht, indem er, auf seinem Bett liegend, das Bewusstsein verloren hätte. Er ist zum Fenster getaumelt, hat sich hinausgelehnt, um sich zu übergeben, und ist gefallen.«

»Gut«, meinte Adamsberg, ohne auf den Vorwurf des Capitaine einzugehen. »Wie hast du es angestellt, dem Grafen das Testament zu entreißen?«

»Mit Druck. Indem ich ihm gesagt habe, dass ich den Inhalt kenne. Da war er in die Enge getrieben. Schmutziges Geschäft, Adamsberg, abstoßend. Ohne Anstand, ohne Größe.«

Adamsberg besah sich den zerschmetterten Kopf des Vicomte, die Höhe des Fensters, das niedrige Gitter, die Lage des Körpers, das Erbrochene, das über den Boden gespritzt war. Der Vicomte war in der Tat aus seinem Zimmer herabgestürzt. In dem großen Raum war eine Whiskyflasche auf den Teppich gerollt, und drei Tablettenschachteln lagen geöffnet neben dem Bett.

»Ein Neuroleptikum, ein Anxiolytikum und ein Schlafmittel«, sagte Émeri, nacheinander auf die Schachteln zeigend. »Er saß schon auf dem Bett, als er sie eingenommen hat.«

»Ich sehe«, sagte Adamsberg, den Spuren des Erbrochenen folgend, eine auf dem Laken, die nächste zwanzig Zentimeter vor dem Fenster, die letzte auf dem Geländer. »Als ihm übel wurde, ist er in einem Reflex zum Fenster gestürzt. Eine Frage der Würde.«

Adamsberg zog sich in einen etwas abseits stehenden Sessel zurück, während die beiden Mitarbeiter der Spurensicherung das Zimmer in Besitz nahmen. Ja, seine Nachfrage im Schützenverein hatte Vallerays Selbstmord ausgelöst. Ja, der

Vicomte hatte nach drei Morden und zwei Mordversuchen keinen anderen Ausweg gewusst. Adamsberg sah seinen kahlen Kopf vor sich, der zerschmettert im Hof lag. Nein, Denis de Valleray hatte weder die Statur noch den Ausdruck eines unverfrorenen Mörders. Nichts Rohes, nichts Einschüchterndes, vielmehr war er ein reservierter und leiser Mensch, allenfalls schroff. Und doch hatte er es getan. Mit dem Gewehr, mit der Axt, mit der Armbrust. Erst in diesem Augenblick begriff Adamsberg, dass der Fall Ordebec an sein Ende gekommen war. Dass die verstreuten, vor sich hintuckernden Ereignisse sich plötzlich zu einer Schlinge zusammengezogen hatten, so wie man eine große Tasche mit einem Ruck schließt. So wie die Gewitterwolken im Westen auf einen Schlag brechen. Er würde ein letztes Mal Léo besuchen, ihr eine neue Wendung der Liebesgeschichte oder ein Kapitel über die trächtigen Stuten vorlesen. Ein letztes Mal die Vendermots, Merlan, der Graf, Flem, ein letztes Mal Lina, die Kuhle in der Wollmatratze, sein Platz unter dem schrägen Apfelbaum. Bei dem Gedanken an diese Abschiede und dieses Vergessenwerden überkam ihn ein seltsames Gefühl von Unvollständigkeit. So leicht wie Zerks Finger auf dem Gefieder der Taube. Morgen würde er Hellebaud in die Stadt zurückbringen, morgen würde er nach Paris fahren. Das Wütende Heer verschwand, der Seigneur kehrte zu den Schatten zurück. Nachdem er, sagte sich der Kommissar verdrossen, seine Mission komplett erfüllt hatte. Den Seigneur Hellequin besiegt man nicht. Alle hatten es vorausgesagt und wieder und wieder gesagt, und es stimmte. Dieses Jahr würde in die Annalen der düsteren Legende von Ordebec eingehen. Vier Ergriffene, vier Tode. Nur menschliches Zutun hatte er noch verhindern können, er hatte wenigstens Hippo und Lina vor dem Lynchmord mit der Heugabel bewahrt.

Die Gerichtsmedizinerin rüttelte ungeniert an seinem Arm, als sie ihn ansprach.

»Pardon«, sagte Adamsberg, »ich hatte Sie nicht kommen sehen.«

»Es war kein Unfall«, sagte sie. »Die Analysen werden es bestätigen, aber die Voruntersuchung weist auf die Einnahme einer tödlichen Dosis von Benzodiazepinen und vor allem Neuroleptika hin. Wenn er nicht aus dem Fenster gestürzt wäre, wäre er wahrscheinlich daran gestorben. Suizid.«

»Es bestätigt sich«, sagte einer der Mitarbeiter und kam auf sie zu. »Ich finde nur eine einzige Serie von Abdrücken, wie es aussieht, den seinen.«

»Was ist eigentlich passiert?«, fragte die Gerichtsmedizinerin. »Ich weiß, dass seine Frau beschlossen hat, mit den Söhnen in Deutschland zu leben, aber die Ehe besteht schon seit Jahren nur noch auf dem Papier.«

»Er hatte gerade erfahren, dass er erledigt war.«

»Finanzieller Ruin?«

»Nein, die laufende Ermittlung. Er hatte drei Männer umgebracht, um ein Haar noch einen vierten, und die alte Léone, und war im Begriff, zwei weitere Personen zu töten. Oder auch vier. Oder fünf.«

»Er?«, sagte die Ärztin und blickte zum Fenster.

»Das überrascht Sie?«

»Mehr als das. Er war ein Mensch, der nie einen hohen Einsatz wagte.«

»Wie meinen Sie das?«

»So einmal im Monat versuche ich mein Glück im Casino von Deauville. Dort sah ich ihn hin und wieder. Ich habe nie wirklich mit ihm gesprochen, aber man erfährt viel über einen Menschen, wenn man ihn am grünen Tuch beobachtet. Er konnte sich nie entscheiden, er fragte um Rat, er hielt den ganzen Tisch in nervenaufreibender Weise auf, und das alles, um schließlich ganz bescheiden zu setzen. Kein wagemutiger Mensch, kein Gewinnertyp, vielmehr ein kleinmütiger, unselbständiger Spieler. Man kann sich kaum vorstellen, dass er mal selbst eine Idee ausgearbeitet hätte. Und noch weniger einen so grausamen Entschluss. Er lebte nur dank seines Ranges, seines Prestiges, seiner Verbindungen. Das war seine Sicherheit, sein Netz. Ein Netz, verstehen Sie, wie die Trapezkünstler es haben.«

»Und wenn dieses Netz nun zu reißen drohte?«

»In dem Fall ist natürlich alles möglich«, sagte die Gerichtsmedizinerin. »Wenn lebensbedrohlicher Alarm ausgelöst wird, reagiert der Mensch unberechenbar und dramatisch.«

Adamsberg registrierte diesen Satz, er hätte die Dinge nie so formuliert. Es konnte ihm von Nutzen sein, um den Grafen zu besänftigen. Dramatische Morde, unberechenbarer Selbstmord, nie jemanden in die Enge treiben, so weltgewandt und gesittet er sein mag. Sie alle wussten das, nur konnte man es auf verschiedene Weise ausdrücken. Den Satz vor sich hinmurmelnd, schritt er die große, gebohnerte Eichentreppe hinab, als sein Telefon in seiner Gesäßtasche vibrierte. Die Berührung mit dem angetrockneten Schlamm erinnerte ihn daran, dass er nicht mal daran gedacht hatte, sich eine saubere Hose anzuziehen. Vor der Tür zur Bibliothek blieb er stehen, um Retancourts Mitteilung zu lesen. *Sechs abgeschn Haare auf Kopfstütze vorn links, zwei auf Anzug von Gala. Zim bestätigt kurzgeschn Haar sowie Garagengeruch am Zucker.* Adamsberg presste seine Finger um das Gerät, von jenem kindischen und aufregenden Gefühl von Macht durchströmt, das er am Abend zuvor während des Gewitters empfunden hatte. Eine ganz elementare, brutale, wilde Freude, ein Triumph über die Mächtigen. Er atmete zwei Mal tief durch, strich sich mit der Hand übers Gesicht, um sein Lächeln wegzuwischen, und klopfte an die Flügeltür. Bis der Graf antwortete, aufbrausend und begleitet von einem Schlag seines Stocks auf das Parkett, war ihm der Satz der Gerichtsmedizinerin gänzlich entfallen, untergegangen in den trüben Wassern seines Gehirns.

48

Er hatte Léo besucht, ihr ein Kapitel über Fälle von Zwillingsgeburten bei Pferden vorgelesen, hatte sie auf die Wange geküsst, gesagt: »Ich komme wieder«, und sich von Dr. Merlan verabschiedet. Er war bei den Vendermots vorbeigegangen, hatte die Brüder unterbrochen, die gerade dabei waren, eine Hängematte im Hof anzubringen, und in wenigen Worten den Ausgang der Situation dargelegt, ohne das heiße Thema der Valleray'schen Vaterschaft anzuschneiden. Diese Mühe überließ er Léo oder dem Grafen selbst, wenn er denn jemals den Mumm dazu haben sollte. Vallerays Zorn begann sich zu legen, aber bei dem Schock, der das Schloss erschütterte, bezweifelte Adamsberg, ob er seinen großmäuligen Entschluss, Léo zu heiraten, aufrechterhalten würde. Schon morgen würden die Medien im Lande haarklein über die Verbrechen des Vicomte berichten und der Blutspur, die geradewegs zum Schloss führte, so nahe wie möglich zu kommen suchen.

Die Pressekonferenz war für neun Uhr angesetzt, und Adamsberg überließ es Capitaine Émeri, damit zu glänzen, was ihm in Anbetracht seiner insgesamt wohlwollenden Mitarbeit auch gerecht erschien. Émeri hatte sich überschwänglich dafür bedankt, ohne zu ahnen – er, der alle förmlichen Ansagen liebte, bei denen er prunken konnte –, dass Adamsberg froh war, der Veranstaltung zu entrinnen. Émeri hatte darauf bestanden, den Abschluss der Ermittlung zu feiern, indem er ihn mit Veyrenc, Blériot und Faucheur zum Aperitif in sein Empire-Speisezimmer bat. Blériot hatte die Wurst geschnitten, Faucheur ein paar ekelhaft schmeckende Kir angemischt, und Émeri hatte sein Glas auf die Vernichtung des Feindes erhoben, wobei er bei der Gelegenheit gleich noch an die großen Siege seines Ahns erinnerte: Ulm, Austerlitz, Auerstedt, Eckmühl und vor allem Eylau, die liebste seiner Schlachten. Als Davout, auf seiner rechten Flanke angegriffen, Verstärkung durch das Armeekorps des Marschalls Ney erhielt. Und der Kaiser, seine Männer antreibend, Murat zuschrie: »Wirst du uns von diesen Leuten verschlingen lassen?« Aufgeräumt und als hätte er gut gespeist, hatte sich der Capitaine dabei immer wieder mit der Hand über den Bauch gestrichen, sicherlich, weil er nun von allen seinen Elektrizitätskugeln befreit war.

Er hatte Lina in ihrer Kanzlei aufgesucht und einen letzten Blick auf das Objekt seiner Begierde geworfen. Zusammen mit Veyrenc hatte er Léos Haus in Ordnung gebracht und einen Moment überlegt, ob er nicht ein bisschen Wasser in die Flasche mit dem Calvados gießen sollte, um den Pegelstand wieder aufzufüllen. Sakrileg, Dummerjungenstreich, hatte Veyrenc erklärt, man gießt kein Wasser in einen solchen Calva. Er hatte den Vogeldreck aus seinem linken Schuh gekratzt, die verstreuten Körner zusammengefegt, auf die Matratzenkuhle geklopft, um die Vertiefung auszugleichen. Er hatte vollgetankt, seine Tasche gepackt und war noch einmal ganz nach oben ins alte Ordebec hinaufgestiegen. Auf einem warmen, noch von der Sonne beschienenen Mäuerchen sitzend, betrachtete er jede Einzelheit auf Wiesen und Hügeln und hoffte darauf, dass eine unbewegte Kuh sich bewegen würde. Er musste, bevor er losfahren konnte, sein Abendessen in der *Blauen Wildsau,* das hieß Danglards Anruf abwarten, um ihn zu bitten, die beiden jungen Leute nun zurückzubringen. Dazu musste der Commandant Zerk Richtung Italien auf den Weg schicken und Mo bei einem seiner Kumpels absetzen, dessen Vater die Rolle des Denunzianten übernehmen würde. Er brauchte seine Instruktionen nicht mal zu verschlüsseln, er hatte sie vor Danglards Abreise mit ihm festgelegt. Er brauchte nur noch das Signal zu geben. Keine einzige Kuh geruhte sich zu bewegen, und angesichts dieses Misserfolgs hatte Adamsberg das gleiche Gefühl von Unvollkommenheit wie am Morgen. Genauso flüchtig und genauso klar.

Im Grunde war es so etwas Ähnliches wie das, was sein Nachbar, der alte Lucio, ihm ständig erzählte, der als Kind im Spanischen Bürgerkrieg einen Arm verloren hatte. Das Problem, so erklärte Lucio, war nicht so sehr dieser Arm als die Tatsache, dass er im Moment des Verlustes dort einen Spinnenbiss hatte, den er noch nicht zu Ende gekratzt hatte. Und siebzig Jahre später kratzte Lucio ihn immer noch im Leeren. Was nicht zu Ende geführt ist, quält einen immer wieder. Was aber hatte er denn in Ordebec nicht zu Ende gebracht? Dass die Kühe sich bewegten? Dass Léo endgültig wiederhergestellt war? Den Abflug der Taube? Oder aber, das war sehr viel gewisser, die Eroberung von Lina, die er nicht einmal berührt hatte? Jedenfalls juckte es ihn, und in Unkenntnis der Ursache konzentrierte er sich auf die in der Landschaft gefrorenen Rinder.

Veyrenc und er trennten sich bei Einbruch der Nacht. Adamsberg übernahm es, das Haus abzuschließen, was er ohne alle Eile tat. Er stellte den Vogelkäfig in den Kofferraum, trug Hellebaud im Schuh hinaus und installierte ihn auf dem Vordersitz. Die Taube erschien ihm jetzt hinreichend zivilisiert, also denaturiert genug, dass sie nicht während der Fahrt anfangen würde, umherzuflattern. Der Gewitterregen war ins Wageninnere eingedrungen, vielleicht auch in den Motor, denn er hatte einige Mühe, zu starten. Was bewies, dass die Autos der Brigade nicht in besserem Zustand waren als das von Blériot und sehr weit entfernt von den Mercedes der Clermont-Brasseurs. Er warf einen Blick auf Hellebaud, der friedlich auf seinem Sitz saß, und dachte an den alten Clermont, der auf einem ähnlichen Vordersitz in vollem Vertrauen gewartet hatte, während seine beiden Söhne sich anschickten, ihn abzufackeln.

Zweieinhalb Stunden später durchquerte er den dunklen kleinen Garten seines Hauses in der Erwartung, dass der alte Lucio gleich aufkreuzen würde. Sein Nachbar hatte ihn bestimmt kommen hören, er würde unweigerlich auftauchen mit seinem Bier, so tun, als ob er unter den Baum pinkelte, bevor er das Gespräch eröffnete. Adamsberg hatte gerade seine Tasche und Hellebaud aus dem Wagen geholt, den er samt seinem Schuh auf den Küchentisch stellte, als Lucio auch schon aus der Dunkelheit trat, zwei Flaschen Bier in der Hand.

»Sieht wohl besser aus, *hombre*«, diagnostizierte er.

»Ich glaube.«

»Die Scheißschnüffler sind noch zwei Mal wiedergekommen. Dann sind sie verschwunden. Hast du deine Angelegenheiten geregelt?«

»Fast.«

»Und da auf deinem Land? Hast du das geregelt?«

»Es ist beendet. Wenn auch ziemlich übel. Drei Morde und ein Selbstmord.«

»Des Schuldigen?«

»Ja.«

Lucio nickte, er schien die makabre Bilanz zu ermessen und öffnete die Biere, indem er die Verschlusskappen an einem Ast aufhebelte.

»Du schädigst schon die Wurzeln«, protestierte Adamsberg, »indem du draufpinkelst, und jetzt reißt du auch noch die Rinde auf.«

»Überhaupt nicht«, entrüstete sich Lucio. »Im Urin ist jede Menge Stickstoff, was Besseres gibt's gar nicht für die Kompostierung. Was glaubst du sonst, warum ich unter den

Baum pisse? Der Stickstoff«, wiederholte Lucio, das Wort genüsslich auskostend. »Wusstest du das nicht?«

»Ich weiß nicht viel, Lucio.«

»Setz dich, *hombre*«, sagte der Spanier und wies auf die Holzkiste. »Es war heiß hier«, sagte er und trank einen Schluck aus der Flasche, »wir haben ganz schön gelitten.«

»War es dort auch. Von Westen zogen immer wieder Wolken auf, aber nichts passierte. Gestern endlich hat sich alles entladen, der Himmel wie die Ermittlung. Und dann war da noch eine Frau, deren Brust ich von der Stelle weg hätte verschlingen mögen. Du machst dir keine Vorstellung. Ich habe das Gefühl, ich hätte es tun sollen, ich habe das Gefühl, dass ich irgendwas nicht zu Ende gebracht habe.«

»Juckt's dich?«

»Ja, darum wollte ich dir auch davon erzählen. Es juckt mich nicht auf dem Arm, es nervt mich im Kopf. Wie eine Tür, die ständig klappt, eine Tür, die ich nicht geschlossen habe.«

»Dann, *hombre*, musst du noch mal dahin zurück. Sonst klappt sie dein Leben lang. Du kennst das Prinzip.«

»Die Ermittlung ist abgeschlossen, Lucio. Ich habe dort nichts mehr zu tun. Vielleicht kommt es auch daher, dass ich nicht gesehen habe, wie die Kühe sich bewegen. In den Pyrenäen, ja. Aber dort, nichts zu machen.«

»Kannst du nicht die Frau haben? Ich meine, statt die Kühe zu beobachten?«

»Ich will sie ja nicht haben, Lucio.«

»Ah.«

Lucio trank die Hälfte seiner Flasche, schluckte geräuschvoll, rülpste und dachte über den schwierigen Fall nach, den Adamsberg ihm da vorlegte. Er war außerordentlich sensibel für Dinge, die man nicht zu Ende gekratzt hat. Das war sein Gebiet, seine Spezialität.

»Wenn du an sie denkst, denkst du da an was Essbares?«

»An einen Gugelhupf mit Mandeln und Honig.«

»Was ist das?«

»Eine besondere Art von Brioche.«

»Das ist was Genaues«, sagte Lucio mit Kennermiene. »Und Spinnenbisse sind immer genau. Du solltest dich nach so einem Gugelhupf umsehen. Der könnte dein Problem beheben.«

»Ich werde in Paris keinen echten finden. Das ist eine Spezialität des Ostens.«

»Ich kann Maria bitten, dass sie dir einen bäckt. Es wird ja wohl Rezepte dafür geben, oder?«

49

Zur Auswertung der zurückliegenden Ereignisse trat die Brigade am Sonntag, einem 15. August, um 9 Uhr 30 zusammen, anwesend waren vierzehn Mitarbeiter. Adamsberg hatte Retancourt mit Ungeduld erwartet und als Zeichen seiner Dankbarkeit und Bewunderung in rauer, etwas militärischer Herzlichkeit ihre Schulter umfasst, eine Geste, die Émeri gefallen hätte. Eine Art Ritterschlag zur Begrüßung des tapfersten seiner Soldaten. Retancourt, die all ihren Scharfsinn verlor, wenn man sie mit Emotionen konfrontierte, hatte den Kopf geschüttelt wie ein verlegenes und störrisches Kind und sich ihre Genugtuung für später, das heißt für sich allein aufgehoben.

Die Beamten hatten sich im Kreis um den großen Tisch gesetzt, Mercadet und Mordent führten Protokoll. Adamsberg mochte diese großen Versammlungen nicht sehr, bei denen er resümieren, erklären, Weisungen erteilen und Schlussfolgerungen ziehen musste. Seine Aufmerksamkeit sackte beim geringsten Anlass weg, entzog sich den Erfordernissen des Augenblicks, so dass Danglard sich immer neben ihn setzte, um ihn notfalls in die Wirklichkeit zurückzuholen. Aber Danglard war zur Stunde in Porto mit Momo-mèche-courte, nachdem er Zerk Richtung Rom auf den Weg gebracht hatte, und bereitete vermutlich seine Rückkehr nach Paris vor. Adamsberg rechnete gegen Abend mit ihm. Der Wahrscheinlichkeit halber würde man noch einige Tage warten, dann würde der Pseudodenunziant die Brigade verständigen. Mo würde den Händen des Kommissars wie eine Trophäe übergeben werden. Adamsberg ging in Gedanken noch einmal seine Rolle dabei durch, während Lieutenant Froissy über die Fälle der letzten Tage berichtete, unter anderem eine blutige Auseinandersetzung zwischen zwei Kollegen einer Versicherungsgesellschaft, von denen der eine den anderen als »mondsüchtige Schwuchtel« tituliert hatte, worauf der ihm mit einem Papiermesser die Milz aufgeschlitzt hatte, der Mann war gerade noch gerettet worden.

»Und offenbar«, fügte Justin mit gewohnter Akribie hinzu, »war nicht die ›Schwuchtel‹ der Streitpunkt, sondern das ›mondsüchtig‹.«

»Was ist denn eine ›mondsüchtige Schwuchtel‹?«, wollte Adamsberg wissen.

»Das weiß keiner, nicht mal der, der es gesagt hat. Wir haben nachgefragt.«

»Gut«, sagte Adamsberg, der auf dem Block, den er auf den Knien hielt, zu zeichnen begann. »Und das kleine Mädchen mit der Rennmaus?«

»Das Gericht hat sein Einverständnis damit erklärt, dass das Kind von einer in der Vendée lebenden Halbschwester aufgenommen wird. Der Richter hat eine psychiatrische Betreuung der Kleinen angeordnet. Die Halbschwester ist bereit, auch die Rennmaus aufzunehmen. Die gleichfalls ein Mädchen ist, hat der Arzt gesagt.«

»Anständige Frau«, meinte Mordent mit einem kurzen Ruck seines langen, mageren Halses, was er jedes Mal tat, wenn er einen Kommentar abgab, wie um das Gesagte zu unterstreichen. Da Mordent etwas von einem gerupften alten Reiher hatte, erinnerte diese Bewegung Adamsberg immer an das Glucksen des Vogels, wenn er einen guten Fisch verschlingt. Vorausgesetzt, der Reiher war tatsächlich ein Vogel und der Fisch ein Fisch.

»Und der Großonkel?«

»In Haft. Vom Richter bestätigte Anklagepunkte: Freiheitsberaubung, Nötigung und Misshandlung. Aber wenigstens keine Vergewaltigung. Allerdings wollte der Großonkel das Mädchen niemand anderem überlassen.«

»Gut«, wiederholte Adamsberg und zeichnete den schrägen Apfelbaum vom Frühstück.

So wenig er die Worte der Gerichtsmedizinerin länger als ein paar Sekunden hatte behalten können, so genau war jeder Ast, jeder Zweig des Apfelbaums in seinem Gedächtnis bewahrt geblieben.

»Tuilot Julien«, verkündete jetzt Lieutenant Noël.

»Der Mord mit der Brotkrume.«

»Genau.«

»Eine in ihrer Art einzigartige Waffe«, sagte Adamsberg, das Blatt auf seinem Block umdrehend. »So effektiv und leise wie eine Armbrust, setzt aber unmittelbare Nähe voraus.«

»Wo ist da der Zusammenhang?«, fragte Retancourt.

Adamsberg deutete durch ein Zeichen an, dass er das später erläutern würde, und begann das Gesicht von Dr. Merlan zu zeichnen.

»In Untersuchungshaft«, sagte Noël. »Eine Cousine will die Kosten seiner Verteidigung übernehmen. Argument: lebenslange Schädigung durch die Tyrannei der Ehefrau.«

»Tuilot Lucette.«

»Ja. Diese Cousine hat ihm Kreuzworträtsel ins Gefängnis gebracht. Er ist noch keine zwölf Tage drin und hat unter freiwilligen Mitgefangenen schon ein Turnier auf Anfängerniveau veranstaltet.«

»Also in Bestform, wenn ich richtig verstehe.«

»Noch nie so unternehmungslustig gewesen, sagt die Cousine.«

Dann wurde es still, alle wandten sich jetzt Retancourt zu, von der man wusste, dass sie die Hauptrolle in der Affäre Clermont-Brasseur gespielt hatte, ohne dass man Einzelheiten kannte. Adamsberg bedeutete Estalère, den Kaffee zu bringen.

»Momo-mèche-courte wird noch immer gesucht«, begann der Kommissar, »aber nicht er hat den Mercedes in Brand gesetzt.«

Während des sehr langen Berichts von Retancourt – der erste Anzug, der zweite Anzug, der Haarschnitt, das Zimmermädchen, der Labrador, der Benzingeruch – teilte Estalère den Kaffee aus, dann ging er mit Milch und Zucker um den Tisch, ganz in seinem Stil, voller Aufmerksamkeit für die Sonderwünsche jedes Einzelnen. Lieutenant Mercadet hob schweigend die Hand zum Zeichen der Ablehnung, was Estalère kränkte, weil er fest überzeugt war, dass der Lieutenant immer Zucker in den Kaffee nahm.

»Nicht mehr«, erklärte Mercadet ihm leise. »Eine Diät«, sagte er und legte die Hand auf seinen Bauch.

Erleichtert beendete Estalère seinen Rundgang, während Adamsberg ohne erkennbaren Grund erstarrte. Eine Frage von Morel überraschte ihn, da wurde ihm bewusst, dass Retancourt am Ende ihres Berichts angekommen war und er einen Teil davon verpasst hatte.

»Wo ist Danglard?«, wiederholte Morel.

»Er ruht sich aus«, sagte Adamsberg rasch. »Er ist unter einen Zug gekommen. Keinerlei Verletzung, aber davon erholt man sich nicht so leicht.«

»Er ist unter einen Zug gekommen?«, fragte Froissy mit dem gleichen verblüfften und staunenden Ausdruck wie Dr. Merlan.

»Veyrenc hat die Geistesgegenwart besessen, ihn zwischen die Schienen zu ziehen.«

»Zwanzig Zentimeter zwischen der Oberseite des Körpers und der Unterseite des Zuges«, erläuterte Veyrenc. »Er hat nichts gemerkt.«

Adamsberg erhob sich etwas unbeholfen, ließ seinen Notizblock auf dem Tisch liegen.

»Veyrenc fährt fort mit dem Bericht über Ordebec«, sagte er. »Ich komme wieder.«

»Ich komme wieder«, was er immer sagte, als wenn es sehr gut möglich wäre, dass er eines Tages nicht wiederkommen würde. Er ging aus dem Raum mit noch etwas wiegenderem Schritt als gewöhnlich und trat auf die Straße. Er wusste, dass er ganz plötzlich versteinert gewesen war, unbeweglich wie eine normannische Kuh, dass er etwa fünf, sechs Minuten der Konferenz gar nicht mitbekommen hatte. Warum, hätte er nicht sagen können, und das herauszufinden lief er jetzt durch die Straßen. Nicht, dass diese schlagartige Geistesabwesenheit ihn beunruhigt hätte, schließlich hatte er sie schon öfter erlebt. Er wusste den Grund nicht, aber er kannte die Ursache. Irgendetwas war durch sein Denken geschossen wie der Bolzen einer Armbrust, so schnell, dass er es nicht hatte erfassen können. Und doch hatte es genügt, ihn erstarren zu lassen. Wie damals, als er im Hafenbecken von Marseille dieses Flimmern auf dem Wasser bemerkt hatte, wie damals, als er das Plakat auf den Häuserwänden von Paris gesehen hatte, oder wie in jener schlaflosen Nacht im Zug von Venedig nach Belgrad. Und das unsichtbare Bild, das vorübergezogen war, hatte das wässrige Feld seines Gehirns trockengelegt und in seinem Sog weitere nicht wahrnehmbare Visionen mit sich gerissen, eine an der anderen hängend wie eine Kette von Magneten. Er sah weder den Anfang noch das Ende, aber er sah Ordebec und, genauer noch, eine offenstehende Wagentür, die von Blériots altem Auto, auf die er nicht besonders geachtet hatte. Genau das war's, was er gestern zu Lucio gesagt hatte, es gab irgendwo eine Tür, die nicht richtig geschlossen war, eine Tür, die hin- und herschlug, einen Spinnenbiss, den er nicht zu Ende gekratzt hatte.

Langsam und mit Bedacht lief er durch die Straßen zum Seine-Ufer hinunter, wohin ihn im Fall innerer Erschütterungen seine Schritte immer führten. Und in solchen Augenblicken spannte Adamsberg, der für Angst oder jede andere heftige Empfindung nahezu unempfänglich war, sich wie eine Saite, ballte die Fäuste, versuchte zu fassen, was er gesehen hatte, ohne es zu sehen, oder gedacht hatte, ohne es zu denken. Es gab keine Methode, um diese Perle aus dem gestaltlosen Haufen seiner Gedanken herauszulösen. Er wusste nur, dass er sich beeilen musste, denn sein Geist war so beschaffen, dass in ihm alles versank. Manchmal hatte er sie schon zu fassen gekriegt, indem er vollkommen unbeweglich verharrte und wartete, bis das flüchtige Bild wabernd wieder an die Oberfläche stieg, manchmal beim Laufen, wenn er im Chaos seiner Erinnerungen wühlte, manchmal im Schlaf, indem er die Gesetze der Schwerkraft wirken ließ, und er fürchtete, wenn er sich vorab für eine Strategie entschied, seine Beute zu verfehlen.

Nach über einer Stunde Herumlaufen setzte er sich im Schatten auf eine Bank und stützte das Kinn in die Hände. Den Faden des Gesprächs hatte er während Retancourts Rede verloren. Was war in dem Moment geschehen? Nichts. Alle Beamten saßen auf ihren Plätzen, hörten dem Bericht des Lieutenant aufmerksam zu. Mercadet kämpfte mit dem Schlaf, bemüht, sich dennoch seine Notizen zu machen. Alle außer einem. Estalère war herumgegangen. Natürlich hatte er den Kaffee serviert, mit dem Perfektionismus, mit dem er diese Handlung stets ausführte. Der junge Mann war gekränkt gewesen, weil Mercadet den Zucker abgelehnt hatte, den er für gewöhnlich nahm, wobei der Lieutenant auf seinen Bauch gedeutet hatte. Adamsberg nahm die Hände vom Gesicht, presste seine Knie zusammen. Mercadet hatte noch eine Geste gemacht, er hatte die Hand zum Zeichen der Ablehnung gehoben. Genau in dem Augenblick war das Geschoss der Armbrust durch seinen Kopf gegangen. Der Zucker. Es war etwas mit diesem verdammten Zucker, von Anfang an. Der Kommissar hob seine Hand und hielt sie vor sich hin, genau wie Mercadet es getan hatte. Er wiederholte die Geste ein Dutzend Mal, sah wieder die offene Wagentür und Blériot vor seinem defekten Auto. Blériot.

Auch Blériot hatte es abgelehnt, Zucker in seinen Kaffee zu tun, als Émeri ihm welchen angeboten hatte. Er hatte schweigend die Hand gehoben, genau wie Mercadet vorhin. Das war in der Gendarmerie, an dem Tag, an dem sie über Denis de Valleray sprachen. Blériot mit seinen von Zuckerstückchen prallen Hemdentaschen, der aber selber keinen in seinen Kaffee tat. Blériot.

Adamsberg hielt in seiner Handbewegung inne. Da war sie, die Perle, hell schimmernd in der Felsspalte. Die Tür, die er nicht geschlossen hatte. Fünfzehn Minuten später stand er ganz langsam auf, um seine erst schwach ausgeformten und nicht recht begriffenen Empfindungen nicht zu verscheuchen, und kehrte zu Fuß nach Hause zurück. Er hatte seine Tasche vom Tage zuvor noch nicht ausgepackt, er nahm sie, steckte Hellebaud in den Schuh und brachte alles, so leise er konnte, zu seinem Auto. Er wollte kein Geräusch machen, weil er fürchtete, lautes Sprechen könnte seine Gedankenpartikel, die sich gerade mühsam zu einem Ganzen formten, stören. So schickte er Danglard auf dem Handy, das Retancourt ihm gegeben hatte, nur schlicht eine Mitteilung: *Fahre zurück. Im Bedarfsfall gleicher Ort, gleiche Zeit.* Er war nicht in der Lage, das Wort »Bedarfsfall« korrekt einzugeben, und ersetzte es durch »nötig«. *Falls nötig, gleicher Ort, gleiche Zeit.* Dann sandte er Lieutenant Veyrenc eine Nachricht: *Komm 20 Uhr 30 zu Léos Herberge. Bring unbedingt Retancourt mit. Achtet darauf, dass niemand euch sieht, kommt über den Waldweg. Bring eine Seilwinde und etwas zu essen mit.*

50

Adamsberg bemühte sich, unauffällig wieder nach Ordebec hineinzufahren, es war zwei Uhr nachmittags, um diese Zeit war an einem Sonntag kein Mensch auf der Straße. Er nahm den Waldweg, um zu Léos Haus zu gelangen, öffnete die Tür zu dem Zimmer, das er inzwischen als seines betrachtete. Sich in die Kuhle der Wollmatratze zu drücken erschien ihm erst mal als das Wichtigste. Er stellte den fügsamen Hellebaud auf die Fensterbrüstung und warf sich aufs Bett. Er schlief nicht ein, er hörte auf das Gurren der Taube, die glücklich zu sein schien, ihren alten Standort wiederzufinden. Und ließ seine Gedanken sich verweben, ohne mehr zu versuchen, sie voneinander zu trennen. Er hatte vor kurzem ein Foto gesehen, das ihn beeindruckt hatte, denn es war ein treffendes Bild für die Vorstellung, die er sich von seinem Gehirn machte. Es zeigte den auf einem großen Schiffsdeck ausgeschütteten Inhalt der Fangnetze, eine Masse, die sich über die Köpfe der Seeleute hinaus türmte, bunt zusammengewürfelt, nicht identifizierbar, in der sich das Silber der Fische, das Braun der Algen, das Grau der Krustentiere – des Meeres, nicht des Landes, wie diese verfluchte Kellerassel –, das Blau der Hummer, das Weiß der Muscheln unentwirrbar vermischten, ohne dass man die Abgrenzungen der einzelnen Elemente erkennen konnte. Das war's, womit er sich ständig herumschlug, eine ineinander verknäulte, wirre Masse, wogend und vielgestaltig, immer im Begriff, sich zu verändern oder in sich zusammenzusinken, ja ins Meer zurückzutauchen. Die Seeleute sortierten diese Masse, indem sie zu kleine Tiere, Algenbündel, alle ungeeignete Materie ins Wasser zurückwarfen und die verwendbaren und bekannten Arten beiseitelegten. Er selber, so schien ihm, ging umgekehrt vor, er warf die vernünftigen Sachen weg und machte sich danach an die Untersuchung der unbrauchbaren Teile seines persönlichen Haufens.

Er ging noch einmal an den Ausgangspunkt zurück, angefangen bei Blériot, wie er die Hand vor seinem Kaffee hob, und ließ Bilder und Geräusche von Ordebec an sich vorüberziehen: das schöne, zerfressene Gesicht des Seigneur Hellequin, Léo, wie sie im Wald auf ihn wartete, die Empire-Bonbonniere auf Émeris Tafel, Hippo, der das nasse Kleid seiner Schwester ausschüttelte, die Stute, deren Nüstern er gestreichelt hatte, Mo und seine Buntstifte, die Salbe auf Antonins tönernen Knochen, das Blut auf der Madonna von Glayeux, Veyrenc, der auf dem Bahnsteig zusammengebrochen war, die Kühe und die Kellerassel, die Elektrizitätskugeln, die Schlacht von Preußisch Eylau, die Émeri ihm schließlich drei Mal erzählt hatte, der Stock des Grafen, wie er auf das alte Parkett schlug, das Zirpen der Grillen bei den Vendermots, die Wildschweinrotte auf dem Weg von Bonneval. Er drehte sich auf den Rücken, legte die Hände unter den Nacken, fixierte die Deckenbalken. Dieser Zucker. Dieser Zucker hatte ihn all die Tage verfolgt, er hatte eine derartige Gereiztheit in ihm ausgelöst, dass er ihn am Ende schon in seinem Kaffee nicht mehr sehen konnte.

Zwei Stunden später stand Adamsberg wieder auf, seine Wangen glühten. Er brauchte nur einen Menschen zu sehen, Hippolyte. Er würde bis 19 Uhr warten, der Stunde, zu der alle Bewohner von Ordebec zum Aperitif in Küchen und Cafés zusammenhockten. Indem er den Ort von außen umging, könnte er zum Haus der Vendermots gelangen, ohne Gefahr zu laufen, dass ihm jemand begegnete. Auch die Vendermots würden gerade beim Aperitif sein, vielleicht würden sie diesen grauenhaften Portwein austrinken, den sie zu seinem Empfang gekauft hatten. Er musste Hippo schonend zu seiner Sicht der Dinge hinführen, ihn bewegen, dass er sich genau an den Ort begab, wo er ihn haben wollte, ihn so steuern, dass er sich keine Eigenmächtigkeit erlaubte. *Wir sind nett.* Eine wahrlich bündige Definition für ein an den Fingern amputiertes Kind, das seine Schulkameraden jahrelang terrorisiert hatte. *Wir sind nett.* Er sah auf seine Uhren. Er hatte zur Bestätigung noch drei Anrufe zu erledigen. Einen an den Grafen von Valleray, einen weiteren an Danglard und den letzten an Dr. Merlan. In zweieinhalb Stunden würde er sich auf den Weg machen.

Er schlüpfte aus dem Zimmer und in den Keller. Wenn er dort auf ein Weinfass stieg, reichte er an eine staubige kleine Luke heran, die einzige Öffnung, die auf ein Stück Kuhweide hinausging. Er hatte Zeit, er würde warten.

Als er beim Angelusläuten ungesehen das Haus der Vendermots erreichte, war er zufrieden. Nicht weniger als drei Kühe hatten sich bewegt. Und sogar mehrere Meter weit, ohne die Nase vom Boden zu erheben. Was ihm als ein ausgezeichnetes Omen für die Zukunft von Ordebec erschien.

51

»Habe nichts einkaufen können, alle Läden waren geschlossen«, sagte Veyrenc, indem er einen Beutel mit Vorräten auf dem Tisch ausschüttete. »Wir mussten Froissys Schrank plündern und müssen ihr das so bald wie möglich ersetzen.«

Retancourt saß mit dem Rücken an den erloschenen Kamin gelehnt, ihr blonder Haarschopf ragte um einiges über die steinerne Ummantelung hinaus. Adamsberg fragte sich, was er ihr in diesem Haus zum Schlafen anbieten konnte, wo alle Betten antik waren, das heißt viel zu kurz für ihre Körpermaße. Sie sah Veyrenc und Adamsberg zu, wie sie mit Seitlingen gefüllte Hasenpastete auf ein paar Sandwichs strichen, und ihr Gesichtsausdruck war nahezu heiter. Man wusste nie, warum Retancourt den einen Tag eine strenge, den anderen eine liebenswürdige Miene aufsetzte, man fragte auch nicht danach. Und selbst wenn sie lächelte, hatte die große Frau in ihrem Wesen immer etwas Raues und leicht Imponierendes, das einen davon abhielt, ihr vertrauliche Mitteilungen zu machen oder leichtfertige Fragen zu stellen. Ebenso wenig, wie man einem tausendjährigen Mammutbaum einen freundschaftlichen – im Grunde also despektierlichen – Klaps auf den Stamm gegeben hätte. Welche Miene auch immer sie hatte, Retancourt nötigte einem Ehrerbietung ab, manchmal sogar Ergebenheit.

Nach der dürftigen Abendmahlzeit – aber Froissys Pastete war unstreitig köstlich – zeichnete Adamsberg ihnen eine Lageskizze des Ortes auf. Ab Léos Herberge den Pfad in südöstlicher Richtung einschlagen, dann querfeldein abkürzen, auf den Weg von La Bessionnière einbiegen, einen Trampelpfad, und von dort zu dem alten Brunnen gelangen.

»Ein kleiner Fußmarsch von sechs Kilometern. Was Besseres als diesen Brunnen habe ich nicht gefunden. Der Gänsebrunnen. Ich habe ihn entdeckt, als ich mal an der Touques entlanggelaufen bin.«

»Die Touques, was ist das?«, fragte Retancourt, immer auf Genauigkeit bedacht.

»Der Fluss hier in der Gegend. Der Brunnen liegt schon auf dem Gebiet der Nachbargemeinde, er wird seit vierzig Jahren nicht mehr benutzt, der Schacht ist etwa zwölf Meter tief. Es ist leicht und verführt gerade dazu, einen Menschen hineinzustoßen.«

»Wenn derjenige sich weit genug über den Brunnenrand beugt«, meinte Veyrenc.

»Womit ich rechne. Denn der Mörder hat dieses Manöver schon einmal durchgeführt, als er Denis aus dem Fenster stieß. Er weiß, wie man's macht.«

»Womit du sagen willst, dass Denis sich nicht das Leben genommen hat«, stellte Veyrenc fest.

»Man hat ihn umgebracht. Er ist das vierte Opfer.«

»Und nicht das letzte.«

»Genau.«

Adamsberg legte den Stift hin und äußerte seine letzten Überlegungen – so dies denn das richtige Wort war. Retancourt rümpfte mehrmals die Nase, wie immer erregte seine Methode, ans Ziel zu gelangen, ihr Missfallen. Andererseits hatte er dieses Ziel erreicht, das musste sie zugeben.

»Was erklären würde, warum er nicht die geringste Spur hinterlassen hat«, sagte Veyrenc, den diese neuen Elemente nachdenklich stimmten.

Retancourt dagegen kam noch einmal auf die praktische Seite der Aktion zurück.

»Ist er breit, der Brunnenrand?«

»Nein, dreißig Zentimeter ungefähr. Und vor allem ist er niedrig.«

»Dann könnte es klappen«, meinte Retancourt zustimmend. »Und der Durchmesser des Brunnens?«

»Ausreichend.«

»Wie gehen wir vor?«

»Fünfundzwanzig Meter von dort entfernt steht ein altes landwirtschaftliches Gebäude. Eine von zwei großen, morschen Toren verschlossene Lagerhalle. Dort stehen wir, näher dran gibt es kein Versteck mehr. Doch Achtung, Hippo ist ein kräftiger Kerl. Es besteht schon ein großes Risiko.«

»Gefährlich«, sagte Veyrenc. »Wir riskieren ein Menschenleben.«

»Wir haben keine Wahl, es gibt keinerlei Beweis, außer ein paar armseligen Zuckerpapierchen ohne erkennbaren Zusammenhang mit dem Fall.«

»Hast du sie aufgehoben?«

»In einem der Fässer im Keller.«

»Vielleicht finden sich Fingerabdrücke darauf. Es hat wochenlang nicht geregnet.«

»Aber das ist kein Beweis. Sich auf einen Baumstamm setzen und Zucker fressen ist nicht kriminell.«

»Dann haben wir Léos drei Worte.«

»Worte einer Greisin, die unter Schock stand. Und die ich als Einziger gehört habe.«

»Zusammen mit Danglard.«

»Der nicht so genau hingehört hat.«

»Damit kommen wir nie durch«, bestätigte Retancourt. »Da bleibt keine andere Lösung, als ihn auf frischer Tat zu überführen.«

»Gefährlich«, wiederholte Veyrenc.

»Darum ist Retancourt hier, Louis. Sie reagiert schneller und verlässlicher. Sie erwischt den Mann noch, wenn er schon zum Sturz ansetzt. Sie hat auch das Seil, für den Notfall.«

Veyrenc zündete sich eine Zigarette an und schüttelte den Kopf, ohne Unmut erkennen zu lassen. Dass man Retancourts Schlagkraft höher einschätzte als die seine, war etwas so Offensichtliches, dass man darüber nicht diskutierte. Sie hätte es bestimmt auch geschafft, Danglard auf den Bahnsteig zu hieven.

»Wenn das Ding schiefgeht«, sagte er, »ist der Mann tot, und wir mit.«

»Es kann nicht schiefgehen«, wandte Retancourt ruhig ein. »Wenn es denn überhaupt dazu kommt.«

»Es wird dazu kommen«, versicherte Adamsberg. »Der Kerl hat keine Wahl. Und diesen Mann umzubringen, das wird ihn sehr reizen.«

»Gehen wir einfach mal davon aus«, sagte Retancourt und reichte ihr Glas hin, damit es gefüllt würde.

»Violette«, sagte Adamsberg sanft, während er gehorchte, »das ist das dritte Glas. Und wir brauchen alle Ihre Kräfte.«

Retancourt zuckte die Schultern, als hätte der Kommissar etwas sehr Kindisches gesagt, das man am besten kommentarlos überging.

52

Retancourt war hinter dem linken Flügel des Schuppentors postiert, die beiden Männer rechts. Nichts durfte den Start des Lieutenant hin zum Brunnen aufhalten.

Adamsberg hob in der Dunkelheit beide Hände mit den ausgestreckten zehn Fingern. Noch zehn Minuten. Veyrenc trat seine Zigarette auf dem Boden aus und drückte sein Auge an einen breiten Spalt im Holz. Der kräftige Lieutenant spannte seine Muskeln in Vorbereitung seines Einsatzes, während Retancourt, an den Türpfosten gelehnt und trotz der fünfzehn Meter Seil, die sie sich um den Leib gewickelt hatte, den Eindruck vollkommener Entspanntheit machte. Angesichts der drei Gläser Wein beunruhigte Adamsberg das ein wenig.

Hippolyte kam als Erster und setzte sich auf den Brunnenrand, die Hände in den Taschen.

»Stämmig, der Junge«, murmelte Veyrenc, »und seiner sicher.«

»Behalt den Taubenschlag im Auge. Von da wird Émeri kommen.«

Drei Minuten später erschien auch der Capitaine, sehr aufrecht, die Uniformjacke korrekt zugeknöpft, aber mit leicht zögerndem Schritt.

»Das ist das Problem«, sagte Adamsberg leise. »Er ist ängstlicher.«

»Es könnte ihm von Vorteil sein.«

Die beiden Männer begannen miteinander zu reden, aber was sie sagten, war vom Schuppen aus nicht zu verstehen. Sie hielten sich weniger als einen Meter voneinander entfernt, misstrauisch, angriffsbereit. Hippolyte sprach mehr als Émeri, schnell, mit aggressivem Unterton. Adamsberg warf einen besorgten Blick auf Retancourt, die immer noch an der Toreinfassung lehnte und ihre gelassene Haltung um keinen Fingerbreit verändert hatte. Das war nicht unbedingt ein gutes Zeichen, Retancourt war in der Lage, im Stehen zu schlafen wie ein Pferd, ohne zu schwanken.

Hippolytes Lachen schallte durch die Nacht, hart, böse. Er gab Émeri einen Schlag auf den Rücken, in einer Geste, die nichts Freundschaftliches hatte. Dann beugte er sich über den Brunnenrand, einen Arm ausgestreckt, als wollte er etwas zeigen. Émeri erhob die Stimme, brüllte etwas wie »Dreckskerl« und beugte sich seinerseits hinunter.

»Achtung«, murmelte Adamsberg.

Die Bewegung war routinierter und schneller, als er sich vorgestellt hatte – der Arm des Mannes, der unter den Beinen durchgreift und beide zusammen anhebt –, und seine Reaktion langsamer, als er gehofft hatte. Er stürzte mit einer guten Sekunde Verspätung los, mit leichtem Rückstand gegenüber Veyrenc, der seine ganze Masse einsetzte. Retancourt war schon am Brunnen, als er noch drei Meter entfernt war. Mit einer Technik, die sie allein beherrschte, hatte sie Émeri zu Boden geworfen und sich rittlings auf ihn gesetzt, hielt seine Arme fest an den Boden gepresst und blockierte gnadenlos den Brustkorb des Mannes, der unter ihrem Gewicht stöhnte. Hippolyte stand schnaufend auf, die Finger aufgeschürft von den Steinen, an denen er sich festgeklammert hatte.

»Das war knapp«, sagte er.

»Du hast nichts riskiert«, sagte Adamsberg und wies auf Retancourt.

Er ergriff die Handgelenke des Capitaine, schloss die Handschellen in seinem Rücken, während Veyrenc ihm die Füße zusammenband.

»Und keine falsche Bewegung, Émeri. Violette kann dich

zertreten wie eine Kellerassel, das solltest du wissen. Wie eine Landkrabbe.«

Schwitzend und mit rasendem Herzschlag wählte Adamsberg Blériots Nummer, während Retancourt aufstand, sich lässig auf den Brunnen setzte und sich in aller Ruhe eine Zigarette anzündete, so als käme sie gerade vom Markt zurück. Veyrenc lief umher und schwenkte die Arme, um seine Spannung abzubauen. In der Ferne wurden seine Umrisse von der Dunkelheit geschluckt, dann sah man von ihm nur noch das Leuchten seiner roten Haarsträhnen.

»Kommen Sie zu uns raus an den alten Gänsebrunnen, Blériot«, sagte Adamsberg. »Wir haben den Mann gefasst.«

»Welchen Mann«, fragte Blériot, der erst beim zehnten Klingeln abgenommen hatte, mit schläfriger Stimme.

»Den Mörder von Ordebec.«

»Und Valleray?«

»Es war nicht Valleray. Kommen Sie her, Brigadier.«

»Wohin? Nach Paris?«

»In Paris, Blériot, gibt es keinen Gänsebrunnen. Wachen Sie auf.«

»Welchen Mann?«, fragte Blériot, sich räuspernd, noch einmal.

»Émeri. Es tut mir sehr leid, Brigadier.«

Und es tat Adamsberg wirklich leid. Er hatte mit diesem Menschen gearbeitet, sie waren gemeinsam unterwegs gewesen, hatten zusammen getrunken und gegessen, bei ihm zu Hause auf den Sieg angestoßen. An dem Tag – es war ja erst gestern, erinnerte sich Adamsberg – war Émeri gastfreundlich, redegewandt, sympathisch gewesen. Er hatte vier Menschen umgebracht, Danglard auf das Bahngleis gestoßen, Léos Kopf auf die Fliesen geschlagen. Die alte Léo, die ihn als kleinen Jungen aus dem zugefrorenen Teich gerettet hatte. Am Vortag erst hatte Émeri sein Glas Kir auf das Andenken seines Ahns erhoben, er war voller Zuversicht gewesen. Es gab einen Schuldigen, selbst wenn es nicht der von ihm vorgesehene war. Die Arbeit war zwar noch nicht abgeschlossen, zwei Tote noch, um endgültig damit fertig zu sein, drei, falls Léo die Sprache wiederfinden sollte. Aber es sah alles sehr gut aus. Vier vollendete Morde, zwei gescheiterte Versuche, drei weitere Morde in Sicht, er hatte seinen Plan. Insgesamt sieben Tote, eine schöne Bilanz für einen stolzen Soldaten. Adamsberg hatte seinen Schuldigen, Denis de Valleray, mit dem er in seine Brigade zurückfahren würde, der Fall war abgeschlossen und das Schlachtfeld frei.

Adamsberg setzte sich im Schneidersitz neben ihn. Émeri, den Blick zum Himmel gewandt, gab sich den Anschein eines Kämpfers, der vorm Feind nicht erzittert.

»Eylau«, sagte Adamsberg zu ihm. »Eine der Schlachten deines Ahns und eine deiner liebsten. Du kennst ihren Verlauf auswendig, du erzählst jedem davon, der es hören, und auch dem, der es nicht hören will. ›Eylau‹ war das Wort, das Léo gesagt hat. Und nicht ›Hello‹, natürlich. ›Eylau, Flem, Zucker.‹ Dich meinte sie damit.«

»Du begehst den Fehler deines Lebens, Adamsberg«, sagte Émeri mit dumpfer Stimme.

»Wir sind drei, die es bezeugen können. Du hast versucht, Hippo in den Brunnen zu stürzen.«

»Weil er ein Mörder ist, ein Teufel. Ich habe es dir immer gesagt. Er hat mich bedroht, ich habe mich verteidigt.«

»Er hat dich nicht bedroht, er hat dir gesagt, er wisse, dass du schuldig bist.«

»Nein.«

»Doch, Émeri. Ich habe ihm nämlich seine Rolle vorgeschrieben. Er sollte dir melden, dass er einen menschlichen Körper im Brunnen gesehen habe, und dich bitten hinzukommen, um es zu bestätigen. Du warst beunruhigt. Warum eine Verabredung in der Nacht? Was erzählte Hippo da von einem Körper im Brunnen? Du bist gekommen.«

»Ja und? Wenn da eine Leiche war, war es meine Pflicht, mich hinzubegeben. Egal, zu welcher Zeit.«

»Aber da war keine Leiche. Da war nur Hippo, der dich beschuldigte.«

»Kein Beweis«, sagte Émeri.

»Genau. Von Anfang an keinerlei Beweis, keinerlei Indiz. Weder bei Herbier noch bei Glayeux, auch nicht bei Léo, Mortembot, Danglard, Valleray. Sechs Opfer, vier Tote und nicht eine Spur. Das kommt selten vor, ein Mörder, der vorübergeht wie ein Gespenst. Oder wie ein Bulle. Denn wer könnte besser als ein Bulle alle Spuren löschen? Du übernahmst den technischen Teil, du warst es, der mir die Resultate brachte. Bilanz: Wir hatten nichts, nicht eine Fußspur, nicht ein Indiz.«

»Es gibt kein Indiz, Adamsberg.«

»Ich vertraue darauf, dass du alles beseitigt hast. Aber da ist noch der Zucker.«

Blériot parkte sein Auto beim Taubenschlag und kam mit einer Taschenlampe angerannt, seinen dicken Bauch vor sich herschiebend. Er sah seinen am Boden gefesselten Capitaine, warf einen entgeisterten und empörten Blick auf Adamsberg, hielt sich aber zurück. Er wusste nicht, ob er eingreifen, ob er etwas sagen sollte, er wusste nicht mehr, wo Freund, wo Feind war.

»Brigadier, befreien Sie mich von diesen Knallköpfen«, befahl Émeri. »Hippo hat mich hergebeten unter dem Vorwand, im Brunnen liege eine Leiche, er hat mich bedroht, und ich habe mich verteidigt.«

»Und versucht, mich reinzustoßen«, sagte Hippo.

»Ich hatte keine Waffe«, sagte Émeri. »Ich hätte hinterher Leute zusammengetrommelt, damit man dich rausholt. Wenn auch Dämonen von deinem Schlage genau auf diese Weise krepieren sollten. Damit sie in die Tiefe der Erde zurückfahren.«

Blériot sah abwechselnd Émeri und Adamsberg an, immer noch unfähig, sich für eine Seite zu entscheiden.

»Brigadier«, sagte Adamsberg und sah auf, »Sie süßen

Ihren Kaffee nicht. So dass die Zuckervorräte, die Sie bei sich trugen, für den Capitaine waren, stimmt's, und nicht für Sie?«

»Ich habe immer welchen bei mir«, sagte Blériot knapp.

»Um ihm welchen zu geben, wenn er eine Krise hat? Wenn ihm die Beine den Dienst versagen, wenn er anfängt zu schwitzen und zu zittern?«

»Darüber darf man nicht reden.«

»Warum sind Sie es, der die Vorräte mit sich herumschleppt? Weil es seine Taschen ausbeult? Weil er sich schämt?«

»Beides, Kommissar. Darüber darf man nicht reden.«

»Müssen diese Zuckerstückchen eingewickelt sein?«

»Aus Gründen der Hygiene, Kommissar. Manchmal habe ich sie wochenlang in meinen Taschen, ohne dass er eins nimmt.«

»Ihre Zuckerpapierchen, Blériot, sind die gleichen wie die, die ich auf dem Weg von Bonneval aufgelesen habe, vor dem umgefallenen Baumstamm. Dort hat Émeri eine Krise gehabt. Dort hat er sich hingesetzt und sechs Stück Zucker gegessen, dort hat er die Papierchen zurückgelassen, dort hat Léo sie gefunden. Nach dem Mord an Herbier. Denn zehn Tage vorher lagen sie noch nicht da. Léo weiß alles, Léo assoziiert die Dinge, sie sieht die Schmetterlingsflügel, Léo weiß, dass Émeri manchmal mehrere Stückchen Zucker hintereinander essen muss, um wieder ins Lot zu kommen. Was tat Émeri auf dem Weg von Bonneval? Das ist die Frage, die sie ihm gestellt hat. Dann ist er zu ihr gekommen und hat ihr geantwortet, das heißt, er hat sie niedergeschlagen.«

»Unmöglich. Der Capitaine hat nie Zucker bei sich. Er fragt immer mich danach.«

»Aber an dem Abend, Blériot, ging er allein zur Kapelle, da hat er welchen mitgenommen. Er kennt sein Problem. Eine starke Erregung, ein plötzlicher Energieverbrauch, die können eine hypoglykämische Krise auslösen. Er konnte ja nicht riskieren, ohnmächtig zu werden, nachdem er Herbier ermordet hatte. Wie reißt er das Papier auf? An den Seiten? In der Mitte? Und dann? Rollt er es zu einer Kugel zusammen? Zerknittert er es? Lässt er es so, wie es ist? Faltet er es? Wir haben alle unsere Macken mit solchen Papieren. Sie zum Beispiel machen ein sehr festes kleines Kügelchen daraus, das Sie in Ihre vordere Jackentasche stecken.«

»Um es nicht auf die Erde zu werfen.«

»Und er?«

»Er reißt es in der Mitte auf und öffnet es zu drei Vierteln.«

»Und danach?«

»Er lässt es so.«

»Ganz genau, Blériot. Und bestimmt wusste Léo das. Ich verlange nicht von Ihnen, dass Sie Ihren Capitaine verhaften. Ich und Veyrenc werden ihn jetzt auf die Rückbank des Autos befördern. Sie steigen vorn ein. Alles, was ich von Ihnen erwarte, ist, dass Sie uns zur Gendarmerie fahren.«

53

Adamsberg hatte, sobald sie im Vernehmungsraum angekommen waren, Émeri die Handschellen abgenommen und die Stricke gelöst. Er hatte Commandant Bourlant in Lisieux benachrichtigt. Blériot war zu Léos Keller geschickt worden, um die Zuckerpapiere zu holen.

»Nicht sehr klug, ihm die Hände frei zu lassen«, bemerkte Retancourt im beiläufigsten Ton der Welt. »Denken Sie an die Flucht von Mo. Mir nichts, dir nichts hat ein Beschuldigter das Weite gesucht.«

Adamsberg begegnete Retancourts Blick und fand in ihm, mit großer Gewissheit diesmal, wieder jenen Ausdruck von provokanter Ironie. Retancourt hatte Momos Flucht durchschaut, wie Danglard, und sie hatte kein Wort gesagt. Dennoch musste ihr nichts so missfallen haben wie diese Methode mit ungewissem Ausgang.

»Aber heute sind Sie ja hier, Retancourt«, erwiderte Adamsberg mit einem Lächeln. »Also riskieren wir nichts. Wir warten auf Bourlant«, sagte er, sich zu Émeri umwendend. »Ich bin nicht befugt, dich in dieser Gendarmerie zu befragen, wo du noch beamtet bist. Dieser Posten hat keinen Leiter mehr, Bourlant wird dich nach Lisieux überstellen.«

»Umso besser, Adamsberg. Bourlant wenigstens folgt dem Prinzip der Faktizität. Bei dir weiß doch alle Welt und sagt es, dass du Wolken schaufelst, und deine Meinung findet bei den Sicherheitskräften, bei Gendarmen oder Bullen, doch nirgendwo Glaubwürdigkeit. Ich hoffe, das weißt du?«

»Und hast du darum so sehr darauf bestanden, dass ich

nach Ordebec komme? Oder weil du dir gedacht hast, dass ich konzilianter wäre als dein Kollege, der dich keinen Fuß in die Ermittlung hätte setzen lassen?«

»Weil du ein Nichts bist, Adamsberg. Wind, Wolken, ein analphabetisches Ektoplasma, das auch nicht ansatzweise zu einem Gedanken fähig ist.«

»Du bist gut unterrichtet.«

»Na klar. Es war meine Ermittlung, und ich hatte nicht vor, sie mir von einem fähigen Bullen wegnehmen zu lassen. Gleich als ich dich sah, habe ich begriffen, dass alles, was man über dich sagt, stimmt. Dass ich ganz nach meinem Belieben vorgehen könnte, während du dich in deine Nebel entferntest. Du bist ja nicht mal irgendwo hingegangen, du hast rein gar nichts gemacht, das kann alle Welt bezeugen. Die Presse eingeschlossen. Alles, was du gemacht hast, war, mich daran zu hindern, diesen Scheißkerl von Hippo festzunehmen. Und warum schützt du ihn? Weißt du das wenigstens? Damit niemand seine Schwester anrührt. Du bist unfähig, und du bist besessen. Alles, was du in Ordebec getan hast, war, ihre Brust anzustarren und dich um deine blöde Taube zu kümmern. Ganz davon abgesehen, dass auch noch die Polizeiaufsichtsbehörde ihre Leute zu einer Razzia hergeschickt hat. Dachtest du, ich hätte das nicht gewusst? Was hast du überhaupt hier gemacht, Adamsberg?«

»Ich habe Zuckerpapiere aufgesammelt.«

Émeri machte den Mund auf, holte Luft und schwieg. Adamsberg glaubte zu wissen, was er beinahe gesagt hätte: Armer Idiot, die werden dir nichts nützen, deine Zuckerpapiere.

Also gut, er würde auch hier keine Fingerabdrücke finden. Jungfräuliches Papier, weiter nichts.

»Und du glaubst, die Geschworenen mit deinen Papierchen überzeugen zu können?«

»Du vergisst eins, Émeri. Der, der versucht hat, Danglard zu töten, hat auch die anderen umgebracht.«

»Natürlich.«

»Ein kräftiger Mann, der sich als guter Läufer erwiesen hat. Du hast gesagt, wie ich, dass Denis de Valleray die Morde begangen hat und dass er es auch war, der Danglard zu dem Treffen in Cérenay bestellt hat. So steht es in deinem ersten Bericht.«

»Natürlich.«

»Und dass er sich das Leben genommen hat, nachdem der Sekretär des Klubs ihn darüber informiert hatte, dass eine Ermittlung im Gange sei.«

»Kein ›Klub‹. Die Compagnie de la Marche.«

»Wie du willst, das beeindruckt mich nicht. *Mein* Vorfahr wurde einberufen während deiner Napoleonischen Kriege, und er ist darin umgekommen, mit zwanzig Jahren, falls dich das interessiert. In Eylau, damit du verstehst, warum dieser Name mir im Gedächtnis geblieben ist. Mit beiden Beinen im Schlamm, während dein Ahn in der Siegesparade marschierte.«

»Familienschicksal«, Émeri lächelte, gerader aufgerichtet denn je, und legte lässig einen Arm über die Rückenlehne seines Stuhls. »Du wirst auch nicht mehr Glück haben als dein Vorfahr, Adamsberg. Du steckst schon bis zu den Schenkeln im Schlamm.«

»Denis hat sich umgebracht, wie du schreibst, weil er wusste, dass er beschuldigt wurde. Beschuldigt der Morde an Herbier, Glayeux, Mortembot und der Mordversuche im Fall von Léo und Danglard.«

»Selbstverständlich. Du kennst nicht die Fortsetzung des Laborberichts. Eine Dosis von Beruhigungsmitteln und Neuroleptika, die ein Pferd umgehauen hätte, dazu fast fünf Gramm Alkohol im Blut.«

»Warum nicht? Es ist leicht, einem halb bewusstlosen Menschen das Ganze in den Hals zu schütten. Du hebst seinen Kopf an und löst den Schluckreflex aus. Dennoch, Émeri: Warum hätte Denis Danglard töten sollen?«

»Du selbst hast es mir erklärt, Wolkenschaufler. Weil Danglard die Wahrheit über die Vendermot-Kinder wusste. Wegen ihres Feuermals in Form eines Insekts.«

»Eines Krustentiers.«

»Ist mir scheißegal«, brauste Émeri auf.

»Ich habe dich drauf gebracht, und ich habe mich geirrt. Denn erklär mir mal, wie sollte Denis de Valleray so schnell erfahren haben, dass Danglard dieses Krustentier gesehen hatte? Und begriffen haben, was es bedeutete? Während ich selbst es erst am Abend seiner Abreise erfahren habe?«

»Gerüchteweise.«

»Was ich zunächst angenommen hatte. Aber ich habe Danglard angerufen, er hat mit niemandem darüber geredet, außer mit Veyrenc. Der Mann, der ihm den Zettel in die Tasche geschoben hat, hat dies sehr kurze Zeit nach dem Unwohlsein des Grafen im Krankenhaus getan. Die Einzigen, die beobachten konnten, wie Danglard den Schal wieder über Linas Schultern gelegt hat, wie Danglard den Rücken des Grafen entblößt hat, wie Danglard auf diesen lila Fleck gestarrt und sich darüber gewundert hat, waren also der alte Valleray, Dr. Merlan, die Krankenpfleger, die Gefangenenwärter, Dr. Hellebaud, Lina und du. Die Wärter und Hellebaud kannst du ausklammern, die haben mit der Geschichte nichts zu tun. Lass die Krankenpfleger weg, die nie den Fleck der Vendermot-Kinder gesehen haben. Lass Lina weg, die nie den Rücken des Grafen gesehen hat.«

»Sie hat ihn an dem Tag gesehen.«

»Nein, denn sie stand weit im Hintergrund, im Flur, Danglard hat es mir bestätigt. So dass also Denis de Valleray nicht wissen konnte, dass der Commandant die Existenz seiner Geschwister entdeckt hatte. Er hatte folglich keinen Grund, ihn unter den Schnellzug Caen–Paris zu stoßen. Du hingegen wohl. Wer sonst noch?«

»Merlan. Er hat Hippo, als er klein war, die Finger operiert.«

»Merlan stand nicht in der Menschenmenge vor Glayeux' Haus. Außerdem interessieren ihn die Valleray-Nachkommen in keiner Weise.«

»Lina hat es sehen können, was auch immer dein Commandant sagt.«

»Sie war nicht vor Glayeux' Haus.«

»Aber ihre Tonpfeife von Bruder, der war da. Antonin. Wer sagt dir, dass sie ihn nicht davon verständigt hat?«

»Merlan. Lina hat das Krankenhaus weit nach den anderen verlassen, sie stand noch eine Weile am Empfang und sprach mit einer Freundin. Vergiss sie.«

»Bleibt der Graf, Adamsberg«, erklärte Émeri unnachgiebig. »Weil er nicht wollte, dass man erfährt, dass sie seine Kinder sind. Jedenfalls nicht zu seinen Lebzeiten.«

»Auch er war nicht vor dem Haus, sondern noch zur Beobachtung in der Klinik. Du allein hast es gesehen, hast begriffen, und du allein hast die Nachricht in Danglards Tasche schmuggeln können. Wahrscheinlicher sogar noch in dem Moment, als er Glayeux' Haus betreten hat.«

»Und was sollte es mich interessieren, dass der Graf diese Satansbrut gezeugt hat? Ich bin schließlich kein Valleray-Sohn. Willst du meinen Rücken sehen? Find nur einen einzigen Bezug zwischen mir und dem Tod all dieser armen Teufel.«

»Das ist einfach, Émeri. Das Grauen. Und das zwanghafte Bedürfnis, die Ursache dieses Grauens zu beseitigen. Du warst zeitlebens eingeschüchtert und gekränkt vom Glanz deines Ahns, den du nicht hattest. Zu deinem Unglück hat man dir auch noch seinen Vornamen gegeben.«

»Das Grauen«, sagte Émeri und breitete die Hände aus. »Und wovor, mein Gott? Vor dem Jammerlappen Mortembot, der mit runtergelassener Hose gestorben ist?«

»Vor Hippolyte Vendermot. Der in deinen Augen für all deine Machtlosigkeiten verantwortlich ist. Und das seit zweiunddreißig Jahren. Die Aussicht, so zu enden wie Régis, verfolgt dich, du musstest den zerstören, der dich als Kind verdammt hatte. Von dieser ›Verdammung‹ bist du überzeugt. Denn danach hattest du einen beinahe tödlichen Sturz vom Fahrrad. Aber darüber hast du mir nichts gesagt. Oder irre ich mich?«

»Warum sollte ich dir meine Kindheit erzählen? Alle Kinder fallen mit dem Fahrrad mal auf die Schnauze. Ist dir das nie passiert?«

»Doch. Aber nicht, genau nachdem ich von dem satanischen kleinen Hippo ›verdammt‹ worden bin. Nicht, nachdem ich von dem tragischen Unfall von Régis erfahren habe. Seitdem ist alles für dich immer schlimmer geworden. Deine schulischen Misserfolge, dein beruflicher Ärger in Valence, in Lyon, deine Sterilität, deine Frau, die dich verlassen hat. Deine Angst, deine Verzagtheit, deine Schwindelanfälle. Du bist kein Marschall geworden, wie dein Vater gewollt hätte, du bist nicht mal Soldat. Und dieses Fiasko auf breiter Front ist in deinen Augen ein Drama, ein Drama, in dem es noch schlimmer kommen wird. Aber du, Émeri, bist nicht schuld an diesem Drama, Hippo hat es ausgelöst, indem er dich ›verdammte‹. Indem er dir jede Nachkommenschaft versagte, jedes glückliche oder doch ruhmreiche Leben verwehrte, was für dich auf dasselbe hinausläuft. Hippo ist die Quelle all deines Übels, deines bösen Geschicks, und er jagt dir immer noch Angst ein.«

»Bleib vernünftig, Adamsberg. Wer würde diesen degenerierten Kerl fürchten, der verkehrt herum spricht?«

»Glaubst du, man muss degeneriert sein, um die Buchstaben umkehren zu können? Natürlich nicht. Man muss mit einem ganz besonderen Genie begabt sein. Einem teuflischen Genie. Das weißt du, so wie du weißt, dass Hippo unschädlich gemacht werden muss, zu deinem Schutz. Du bist erst zweiundvierzig Jahre alt, du kannst noch mal von vorn anfangen. Seit deine Frau dich verlassen hat und seit dem Selbstmord von Régis vor drei Jahren, der dich vollends in Panik versetzt hat, ist das dein Wahn. Denn du bist ein Mensch der Wahnvorstellungen. Siehe dein Empire-Zimmer.«

»Das ist schlicht Ehrfurcht, aber so was kannst du nicht begreifen.«

»Nein, es ist Größenwahn. Deine tadellos sitzende Uniform, die kein Stück Zucker ausbeulen darf. Deine soldatische Haltung. Und ein einziger Mensch ist verantwortlich für das, was du als ungerechtes, unerträgliches, schmachvolles und vor allem bedrohliches Desaster ansiehst: Hippolyte Vendermot. Doch der Fluch, den er auf dich geworfen hat, erlischt erst mit seinem Tod. Aus neurotischer Sicht sozusagen ein Fall von legitimer Verteidigung, hättest du nicht vier weitere Menschen umgebracht.«

»In diesem Fall«, sagte Émeri und warf sich wieder einmal in den Stuhl zurück, »hätte es doch genügt, nur einfach Hippo zu töten.«

»Gewiss, aber was du mehr als alles fürchtest, ist, für seinen Tod verantwortlich gemacht zu werden. Und das liegt nahe. Denn alle Welt hier weiß von eurer Kindheit, von deinem Fahrradunfall mit zehn Jahren, nach deiner ›Verdammung‹, von deinem Hass auf die Vendermots. Du brauchst ein Alibi, um dich vollkommen sicher zu fühlen. Ein Alibi und einen Schuldigen. Du brauchst eine umfassende und geschickte Strategie, wie in Eylau. Die wohldurchdachte Strategie, mit der allein man, wie der Kaiser, eine zweifache Übermacht besiegen kann. Und Hippolyte Vendermot ist gut zehnmal stärker als du. Aber du bist der Nachfahre eines Marschalls, verdammt noch mal, du kannst ihn vernichten. ›Wirst du dich von diesen Leuten verschlingen lassen?‹, wie der Kaiser gesagt hätte. Nein, ganz gewiss nicht. Aber unter der Voraussetzung, dass du alle Unebenheiten im Gelände berücksichtigst. Du brauchst einen Marschall Ney, der zu Hilfe kommt, als Davout auf seiner rechten Flanke bedroht ist. Darum hast du Denis aufgesucht.«

»Ich sollte bei ihm gewesen sein?«

»Vor einem Jahr warst du beim Grafen zu einem Diner mit einigen Honoratioren geladen, darunter Dr. Merlan, dem Vicomte Denis natürlich, Auktionator von Évreux, und anderen. Dabei hatte der Graf einen Schwächeanfall, du hast ihn mit Hilfe des Doktors zu seinem Zimmer begleitet. Merlan hat mir das erzählt. Ich vermute, an dem Abend hast du Kenntnis von dem Testament erhalten.«

Émeri lachte auf, es war ein echtes Lachen.

»Warst du dabei, Adamsberg?«

»Sozusagen. Ich habe es mir vom Grafen bestätigen lassen. Er hat geglaubt, er würde sterben, da hat er dich dringlich um sein Testament gebeten und dir den Schlüssel zum Safe gegeben. Er wollte, bevor er starb, seine beiden Kinder Vendermot darin aufnehmen. Also hat er mühsam ein paar Zeilen aufs Papier gebracht und dich gebeten, gegenzuzeichnen. Er verließ sich auf deine Diskretion, du warst Capitaine, du warst ein Ehrenmann. Aber natürlich hast du diese Zeilen gelesen. Und es hat dich überhaupt nicht verwundert, dass der Graf solche Ungeheuer wie Hippo und Lina in die Welt gesetzt hat. Du hast das Mal auf seinem Rücken gesehen, als Merlan ihn abhorchte. Du kennst das von Lina, der Schal rutscht ihr ja ständig herunter. Und für dich ist das keine Kellerassel mit ihren Fühlern, es ist eine gehörnte rote Teufelsfratze. All das bestätigt dich in der Vorstellung, dass diese Nachkommenschaft gottverdammte Bastarde sind. Und an diesem Abend, nachdem du nun schon so lange Zeit auf eine Gelegenheit gewartet hast, die Vendermot-Sippe verschwinden zu lassen – denn Lina ist in deinen Augen eine genauso dunkle Figur –, bietet sich dir endlich die Gelegenheit. Fast. Ängstlich, wie du bist, überlegst du natürlich lange, du erwägst sorgfältig alle Einzelheiten, und einige Zeit später sprichst du mit Vallerays Sohn.«

»Ich hatte nie eine Beziehung zu dem Vicomte, das weiß jeder.«

»Aber du kannst ihm jederzeit einen Besuch abstatten, Émeri, in deiner Eigenschaft als Chef der Gendarmerie. Du hast Denis die Wahrheit eröffnet, ihm von diesen paar Zeilen erzählt, die sein Vater dem Testament hinzugefügt hat. Du hast ihn in seinen Abgrund blicken lassen. Er ist ein schwacher Mensch, und das weißt du. Aber einer wie der Vicomte entschließt sich nicht so mit einem Schlag. Du hast ihm Bedenkzeit gegeben, hast ihn grübeln lassen. Dann hast du ihn wieder aufgesucht, um ihn unter Druck zu setzen, ihn zu überzeugen und ihm dieses Angebot zu machen: Du kannst ihn von den Bastard-Erben befreien, unter der Bedingung, dass er dir ein Alibi liefert. Denis ist schwankend geworden, hat sicher weitergegrübelt. Aber wie du vorausgesehen hattest, am Ende hat er akzeptiert. Wenn du es bist, der tötet, wenn er nichts weiter zu tun braucht, als zu schwören, dass er mit dir zusammen war, ist das nicht zu teuer bezahlt. Der Handel zwischen euch wird abgeschlossen. Du wartest auf die Gelegenheit.«

»Du hast immer noch nicht auf meine Frage geantwortet. Was konnte mich das interessieren, dass der Graf diese Kreaturen gezeugt hat? Und dass Danglard es wusste?«

»Gar nicht. Auf die Kreaturen selber kam es dir an. Doch wenn ihre Herkunft bekannt geworden wäre, hättest du die Unterstützung durch deinen Komplizen Denis verloren, der keinerlei Vorteil mehr davon gehabt hätte, wenn er dich deckte. Das heißt, du hättest dein Alibi verloren. Darum hast du Danglard auf die Schienen geworfen.«

In dem Augenblick betrat Commandant Bourlant den Raum, begrüßte knapp Kommissar Adamsberg, den er nicht sonderlich schätzte.

»Was wird ihm zur Last gelegt?«

»Vier Morde, zwei Mordversuche, zwei Mordabsichten.«

»Absichten zählen nicht. Die Unterlagen, auf die Sie sich dabei stützen?«

»Morgen um zehn Uhr haben Sie meinen Bericht. An

Ihnen ist es dann, zu entscheiden, ob Sie die Sache dem Richter vorlegen oder nicht.«

»Das erscheint mir korrekt. Folgen Sie mir, Capitaine Émeri. Sie wollen es mir bitte nicht verübeln, ich weiß kein Wort von der Geschichte. Aber Adamsberg leitet die Ermittlung, ich bin verpflichtet, ihm zu folgen.«

»Wir werden nur wenige Stunden miteinander verbringen, Commandant«, sagte Émeri und stand feierlich auf. »Es gibt keine Beweise, er spinnt.«

»Sind Sie allein gekommen, Commandant?«, fragte Adamsberg.

»So ist es, Kommissar. Wir haben den 15. August.«

»Veyrenc, Retancourt, begleiten Sie den Commandant. Ich mache mich inzwischen an den Bericht.«

»Alle Welt weiß, dass du keine drei Zeilen zusammenkriegst«, sagte Émeri mit höhnischem Lachen.

»Mach dir darum keine Gedanken. Ein Letztes, Émeri: Die perfekte Gelegenheit, die hat dir, ohne es zu wissen, Lina geliefert. Als sie das Wütende Heer gesehen hat und ganz Ordebec es erfuhr. Sie selbst hat dir den Weg gewiesen, wie ein Wink des Schicksals. Du brauchtest ihre Vorhersage nur noch in die Tat umzusetzen, die drei Ergriffenen zu töten und so die Leute gegen die Vendermots aufzuhetzen. ›Tod den V.‹ Danach wolltest du Lina und ihren verfluchten Bruder umbringen. Man hätte in der Stadt zwangsläufig nach einem Wahnsinnigen gesucht, dem das Heer solches Entsetzen bereitet, dass er entschlossen gewesen wäre, seinen ›Fährmann‹ zu beseitigen. Wie 1775, wo sie sich zu Dutzenden auf diesen François-Benjamin gestürzt haben. Und an Verdächtigen hätte es nicht gefehlt.«

»1777«, korrigierte Veyrenc stellvertretend für Danglard.

»So viele vielleicht nicht, aber zweihundert mindestens.«

»Ich meine nicht die Zahl der Verdächtigen, sondern das Jahr, in dem François-Benjamin erschlagen wurde. 1777.«

»Ah, sehr gut«, sagte Adamsberg, ohne gekränkt zu sein.

»Idiot«, zischte Émeri zwischen den Zähnen.

»Denis hat sich fast ebenso schuldig gemacht wie du«, fuhr Adamsberg in aller Ruhe fort, »indem er dir sein Einverständnis eines Feiglings, seine Absolution eines Versagers gab. Aber als du begriffen hast, dass die Compagnie de la Hache ...«

»De la Marche«, unterbrach ihn Émeri.

»Wie du willst. Dass die Compagnie den Vicomte über die Ermittlung in Kenntnis setzen würde, war dir klar, dass er nach wenigen Stunden umfallen würde. Dass er reden, dass er dich bezichtigen würde. Denis, er wusste, dass du die Ergriffenen umgebracht hattest, um den Tod der Vendermots vorzubereiten. Du bist zu ihm gegangen, hast auf ihn eingeredet, um seine Befürchtungen zu beschwichtigen, hast ihn bewusstlos geschlagen – dein berühmter Hieb auf die Halsschlagader –, hast ihm Alkohol und Tabletten eingetrichtert. Doch was nicht vorauszusehen war, Denis richtet sich plötzlich auf, um sich zu übergeben, stürzt zum geöffneten Fenster. Da war das Gewitter, erinnerst du dich? Augenblick der Entfesselung aller Gewalten. Du brauchst nur seine Beine anzuheben, und er kippt raus. Denis würde der Morde beschuldigt werden, die ihn nun in den Selbstmord getrieben hatten. Perfekt. Zwar brachte das deinen Plan durcheinander, aber letztlich nicht allzu sehr. Nach diesen vier Todesfällen und selbst wenn es jetzt eine rationale Erklärung für sie gab, würde halb Ordebec weiterhin der Meinung sein, dass die eigentliche Ursache das Heer wäre. Dass im Prinzip ja doch Hellequin die vier Ergriffenen vernichtet hätte. Dass der Vicomte lediglich sein bewaffneter Arm gewesen sei, sein Instrument. Dass Hippo und Lina nach wie vor an der Ankunft des Seigneurs teilhatten. Nichts stand also im Wege, zu behaupten, ein Wahnsinniger habe daraufhin die beiden Helfershelfer von Hellequin ausgeschaltet. Ein Wahnsinniger, den man, mit Zustimmung der Bevölkerung, nie finden würde.«

»Ein ganz schönes Gemetzel für einen einzigen Menschen«, meinte Émeri und strich seine Jacke glatt.

»Sicher, Émeri. Aber du kannst ruhig hinzufügen, dass dieses Gemetzel dir außerordentlich gefiel. Glayeux und Mortembot hatten dich beide verhöhnt, gedemütigt und waren dir entkommen. Du hast sie zutiefst gehasst. Herbier ebenso, den du nie zu fassen bekamst. Alles böse Menschen, und du beseitigtest die bösen Menschen, Hippo als Letzten. Aber vor allem, Émeri, glaubst du vehement an das Heer. Der Seigneur Hellequin, seine Gehilfen Hippo und Lina, sein Opfer Régis, das alles ergibt für dich einen Sinn. Und indem du die Ergriffenen umbrachtest, erwarbst du dir im gleichen Zuge die Gnade des Seigneurs. Was nicht wenig ist. Denn du hast gefürchtet, das vierte Opfer zu sein. Diesen vierten Mann, diesen Ungenannten, mochtest du nie erwähnen. Weshalb ich vermute, dass du vor langer Zeit schon einmal jemanden umgebracht hast. Wie Glayeux, wie Mortembot. Das allerdings bleibt dein Geheimnis.«

»Es reicht, Kommissar«, schaltete Bourlant sich ein. »Nichts von dem, was hier gesagt wurde, hat irgendwie Gewicht.«

»Ich weiß, Commandant«, sagte Adamsberg mit einem schwachen Lächeln, während er Veyrenc und Retancourt dem schroffen Beamten aus Lisieux hinterherschob.

»Des Adlers stolzer Spross«, murmelte Veyrenc, *»wähnt' sich in irrem Glaub',/Er träumt' vom Pantheon und stürzte in den Staub.«*

Adamsberg bedeutete Veyrenc durch einen Blick, dass dies nicht der Augenblick war, so wie er Danglard gerügt hatte, als er über Richard Löwenherz zu referieren begann.

54

Lina war nicht zur Arbeit gegangen, das Regelwerk im Hause Vendermot war erschüttert durch die Nachricht von der Verhaftung des Capitaine Émeri, des Vertreters der Ordnungskräfte. Etwa wie wenn die Kirche von Ordebec sich auf ihr Dach gedreht hätte. Nach der Lektüre von Adamsbergs Bericht – der zu großen Teilen von Veyrenc verfasst worden war – hatte Commandant Bourlant sich entschieden, den Richter zu informieren, der die Untersuchungshaft angeordnet hatte. Jedermann in Ordebec wusste inzwischen, dass Louis Nicolas Émeri in Lisieux einsaß.

Aber vor allem hatte der Graf der Familie Vendermot ein feierliches Schreiben überbringen lassen, in welchem er sie über die wahre Herkunft von Hippolyte und Lina informierte. Es erscheine ihm weniger entwürdigend, hatte er Adamsberg erklärt, wenn die Kinder es vorher von ihm erfuhren, und nicht hinterher durch das Gerücht, das wie immer schnell kursieren und verletzend sein würde.

Auf seinem Rückweg vom Schloss fand Adamsberg sie, obwohl es schon auf Mittag zuging, im Esszimmer versammelt, wo sie ziellos hin und her liefen, wie Billardkugeln auf einem unebenen Tuch gegeneinanderstoßend, den großen Tisch umkreisend, der noch nicht mal abgeräumt war.

Niemand schien Adamsbergs Eintreffen zu bemerken. Martin hämmerte mit kleinen Stößen in einem fast leeren Mörser herum, während Hippo, für gewöhnlich der Chef im Hause, um das Zimmer lief, mit dem Zeigefinger über die Wände streichend, als wenn er dort eine unsichtbare Linie zöge. Ein Kinderspiel, sagte sich Adamsberg. Hippo baute sein Leben neu auf, und damit würde er noch lange zu tun haben. Antonin verfolgte ängstlich den zügigen Schritt des Bruders, wechselte ständig den Platz, um zu vermeiden, dass er im Vorbeigehen mit ihm zusammenstieß. Lina machte sich eigensinnig an einem der Stühle zu schaffen, wo sie mit dem Fingernagel kleine Farbplättchen abkratzte, mit einer solchen Beharrlichkeit, dass man glauben konnte, von dieser neuen Tätigkeit hinge ein ganzes Leben ab. Allein die Mutter, in ihren Lehnstuhl zurückgezogen, rührte sich nicht. Ihre ganze Haltung, der gesenkte Kopf, die aneinandergepressten dünnen Beine, die um den Körper geschlungenen Arme, schrie die Schande heraus, die sie erdrückte und aus der sie keinen Ausweg sah. Alle wussten jetzt, dass sie mit dem Grafen geschlafen hatte, dass sie den Vater betrogen hatte, und ganz Ordebec würde sich bis in alle Ewigkeit das Maul darüber zerreißen.

Ohne einen von ihnen zu grüßen, denn er glaubte nicht, dass sie es hören würden, ging Adamsberg zunächst zur Mutter und legte ihr seinen Blumenstrauß auf die Knie. Was, so schien ihm, ihr Unbehagen noch vergrößerte. Sie war es nicht wert, dass man ihr Blumen schenkte. Adamsberg beharrte, nahm ihre Hände eine nach der anderen und legte sie auf die Blumenstängel. Dann wandte er sich zu Martin um.

»Würdest du uns einen Kaffee machen?«

Diese Bemerkung und der Übergang zum Du schienen die Aufmerksamkeit der Familie wieder auf einen Punkt zu konzentrieren. Martin stellte seinen Mörser hin und ging, sich den Kopf kratzend, zum Herd. Adamsberg nahm selbst die Kaffeeschalen aus dem Schrank und verteilte sie auf dem schmutzigen Tisch, nachdem er einen Teil des gebrauchten Geschirrs in einer Ecke zusammengeschoben hatte. Er bat jeden einzeln, sich zu setzen. Lina kam dem als Letzte nach, und kaum saß sie, machte sie sich mit ihrem Fingernagel an der abblätternden Farbe des Stuhlbeins zu schaffen. Adamsberg wusste, er hatte keinerlei psychologische Begabung, und einen Moment lang war er versucht, zu fliehen. Er nahm Martin die Kaffeekanne aus den Händen und füllte alle Schalen, trug eine davon der Mutter hin, die ablehnte, ihre Hände noch immer krampfhaft um den Strauß geschlossen. Adamsberg war, als hätte er noch nie im Leben so viel Kaffee getrunken wie hier. Auch Hippo schob seine Schale von sich und machte sich ein Bier auf.

»Eure Mutter hat Angst um euch gehabt«, begann Adamsberg, »und sie hatte hundertmal recht.«

Er sah, wie die Blicke sich senkten. Alle neigten den Kopf wie zu einer kirchlichen Andacht.

»Wenn keiner von euch in der Lage ist, ihre Verteidigung zu ergreifen, wer soll es dann tun?«

Martin streckte die Hand nach seinem Mörser aus, hielt sich aber zurück.

»Der Graf hat sie davor bewahrt, wahnsinnig zu werden«, sagte Adamsberg aufs Geratewohl. »Keiner von euch kann ermessen, was für eine Hölle ihr Leben war. Valleray hat euch alle beschützt, das verdankt ihr ihm. Er hat verhindert, dass Hippo eine Kugel abgekriegt hat wie der Hund. Auch das verdankt ihr ihm. Mit seiner Hilfe hat sie euch alle in Sicherheit gebracht. Allein hätte sie das nicht vermocht. Sie hat getan, was sie als Mutter tun musste. Das ist alles.«

Adamsberg war sich dessen, was er da sagte, durchaus nicht sicher, er wusste nicht, ob die Mutter wahnsinnig geworden wäre oder nicht, ob der Vater tatsächlich auf Hippolyte geschossen hätte, doch es war nicht der Augenblick, die Dinge feiner zu rastern.

»Hat also der Graf den Vater getötet?«, fragte Hippo.

Das Familienoberhaupt brach das Schweigen, ein gutes Zeichen. Adamsberg atmete auf, mit Bedauern, dass er keine Zigarette von Zerk oder Veyrenc bei der Hand hatte.

»Nein. Wer euren Vater getötet hat, wird man nie erfahren. Herbier vielleicht.«

»Ja«, warf Lina lebhaft ein, »das ist möglich. In der Woche davor hatte es eine heftige Szene zwischen beiden gegeben. Herbier verlangte Geld von meinem Vater. Da ging es laut her.«

»Aber sicher«, meinte Antonin und machte seine Augen endlich weit auf. »Wahrscheinlich wusste Herbier das mit Hippo und Lina und wollte meinen Vater erpressen. Nie hätte der ertragen, dass die ganze Stadt es weiß.«

»In dem Fall«, wandte Hippo ein, »hätte aber der Vater Herbier erschlagen.«

»Ja«, sagte Lina, »darum ist es auch seine Axt. Der Vater hat wohl versucht, Herbier zu töten, aber der andere hat die Oberhand gewonnen.«

»Auf jeden Fall«, bekräftigte Martin, »wenn Lina Herbier im Wütenden Heer gesehen hat, dann doch wohl, weil er ein Verbrechen begangen hatte. Bei Mortembot und Glayeux wusste man's, bei Herbier wusste man's nicht.«

»Genauso ist es«, schloss Hippo. »Herbier hat dem Vater den Schädel gespalten.«

»Bestimmt ist es so«, bestätigte Adamsberg. »Der Kreis schließt sich, alles kommt zu einem Ende.«

»Warum sagen Sie, dass meine Mutter recht hatte, wenn sie Angst hatte?«, fragte Antonin. »Nicht uns hat Émeri umgebracht.«

»Aber euch hätte er bald getötet. Das war sein eigentliches Ziel: Hippo und Lina zu ermorden und die Verantwortung dafür auf irgendeinen Menschen in Ordebec abzuwälzen, der durch die Toten des Wütenden Heeres vor Angst wahnsinnig geworden wäre.«

»Wie 1777.«

»Genau. Aber der Tod des Vicomte hat ihn aufgehalten. Den hat auch Émeri aus dem Fenster gestoßen. Aber jetzt ist es vorbei«, sagte er, sich zur Mutter umwendend, die den Kopf wieder zu heben schien, als wenn sie nun, da ihre Taten ausgesprochen und sogar verteidigt worden waren, aus ihrer Betroffenheit ein wenig auftauchen konnte. »Die Zeit der Angst ist vorbei«, sagte er noch einmal mit Nachdruck. »Vorbei ist auch der Fluch, der auf der Vendermot-Sippe lag. So wird die Schlächterei wenigstens ein Gutes gehabt haben: Man wird nun wissen, dass keiner von euch der Urheber war, sondern dass ihr die Opfer gewesen seid.«

»So dass wir niemanden mehr beeindrucken werden«, sagte Hippo mit einem enttäuschten Lächeln.

»Ja, schade eigentlich«, meinte Adamsberg. »Du wirst ein Mensch mit fünf Fingern.«

»Ein Glück, dass Maman die Stummel aufgehoben hat«, seufzte Antonin.

Adamsberg blieb noch eine Stunde, bevor er sich, mit einem letzten Blick auf Lina, verabschiedete. Im Hinausgehen fasste er die Mutter bei den Schultern und bat sie, ihn bis auf den Weg hinaus zu begleiten. Verschüchtert legte die kleine Frau die Blumen hin und griff nach einer Waschschüssel, erklärte, dass sie bei der Gelegenheit gleich die Wäsche abnehmen könne.

So ging er mit ihr die zwischen den Apfelbäumen gespannte Leine entlang und half ihr, die Wäschestücke abzuklammern und sie gefaltet in die Schüssel zu legen. Ihm fiel nichts ein, womit er die Frage taktvoll angehen konnte.

»Herbier soll Ihren Mann getötet haben«, sagte er leise. »Wie denken Sie darüber?«

»Das ist gut«, murmelte die kleine Frau.

»Aber es stimmt nicht. Sie haben ihn getötet.«

Die Mutter ließ ihre Wäscheklammer fallen und fasste mit beiden Hände die Leine.

»Wir sind die beiden Einzigen, die es wissen, Madame Vendermot. Die Tat ist verjährt, und keiner wird je darüber reden. Sie haben keine Wahl gehabt. Entweder Sie oder die beiden. Ich meine, die beiden Kinder von Valleray. Er hätte sie umgebracht. Sie haben sie auf die einzig mögliche Weise gerettet.«

»Wie haben Sie das herausbekommen?«

»In Wahrheit sind wir drei, die es wissen. Sie, ich und der Graf. Wenn die Sache verhindert werden konnte, dann weil der Graf interveniert hat. Er hat es mir heute Morgen bestätigt.«

»Vendermot wollte die Kleinen umbringen. Er wusste es.«

»Von wem?«

»Von niemandem. Er war aufs Schloss gefahren, Balkenmaterial ausliefern, und Valleray half ihm beim Entladen. Der Graf ist an einem der Greifer vom Bagger hängengeblieben und hat sich sein Hemd der Länge nach aufgerissen. Da hat Vendermot seinen Rücken gesehen. Und er hat das Zeichen gesehen.«

»Aber noch jemand weiß es, wenn auch nur halb.«

Die Frau sah Adamsberg erschrocken an.

»Lina«, fuhr er fort. »Sie hat als kleines Mädchen mit angesehen, wie Sie ihn erschlagen haben. Darum hat sie den Stiel der Axt abgewischt. Danach hat sie alles auslöschen, alles im Vergessen versenken wollen. Und hat unmittelbar darauf jene erste Krise bekommen.«

»Was für eine Krise?«

»Ihre erste Vision des Wütenden Heeres. Sie hat Vendermot gesehen, er war einer der Ergriffenen. Damit wurde der Seigneur Hellequin für das Verbrechen verantwortlich, Sie waren es nicht mehr. Und diesen Wahn hat sie weiter gepflegt.«

»Mit Absicht?«

»Nein, um sich zu schützen. Aber man müsste sie von diesen Alptraum befreien.«

»Das kann man nicht. Das sind Dinge, die stärker sind als wir.«

»Sie können es vielleicht, indem Sie ihr die Wahrheit sagen.«

»Niemals«, sagte die kleine Frau und klammerte sich erneut an die Wäscheleine.

»In einer Furche ihres Hirns ahnt Lina es schon. Und wenn Lina es ahnt, dann auch ihre Brüder. Es würde ihnen helfen, wenn sie wüssten, dass Sie es getan haben, und warum.«

»Niemals.«

»Entscheiden Sie, Madame Vendermot. Denken Sie nach. Antonins tönerne Knochen werden sich festigen, Martin wird aufhören, all dieses Viehzeug zu essen, Lina wird sich befreit fühlen. Denken Sie daran, Sie sind die Mutter.«

»Es ist ja vor allem dieses Tönerne, das einem so zu schaffen macht«, sagte sie sehr leise.

So leise, dass Adamsberg nicht daran zweifelte, dass ein Windhauch sie in diesem Augenblick verwehen würde wie die flaumigen Flugschirme des Löwenzahns. Eine zerbrechliche und ratlose kleine Frau, die ihren Ehemann mit zwei Axthieben gespalten hatte. Der Löwenzahn ist eine bescheidene und sehr widerstandsfähige Blume.

»Zwei Dinge allerdings werden immer so bleiben«, sagte Adamsberg nach einer Pause. »Hippo wird weiter verkehrt herum sprechen. Und Hellequins Heer wird weiter durch Ordebec ziehen.«

»Aber so viel ist sicher«, sagte die Mutter jetzt energischer, »das hat nichts miteinander zu tun.«

55

Veyrenc und Danglard führten Mo in Handschellen und ziemlich unsanft in Adamsbergs Büro und setzten ihn gewaltsam auf den Stuhl. Adamsberg empfand echte Freude, ihn wiederzusehen, in Wahrheit eine etwas selbstherrliche Genugtuung bei dem Gedanken, dass es ihm gelungen war, ihn dem Scheiterhaufen zu entreißen.

Zu beiden Seiten von Mo postiert, spielten Veyrenc und Danglard perfekt ihre Rolle, die Gesichter eisern und konzentriert. Adamsberg zwinkerte Mo unmerklich zu.

»Du siehst, Mo, wie so ein Ausbruch endet.«

»Wie haben Sie mich gefunden?«, fragte der junge Mann in halbherzig aggressivem Ton.

»Früher oder später wärst du uns in die Hände gefallen. Wir hatten dein Adressbuch.«

»Ist mir scheißegal«, sagte Mo. »Ich hatte ein Recht darauf, ich musste fliehen. Ich habe diese Karre nicht angezündet.«

»Das weiß ich«, sagte Adamsberg.

Mo nahm einen mäßig erstaunten Ausdruck an.

»Die beiden Söhne von Clermont-Brasseur haben das selbst übernommen. In diesem Augenblick, wo ich mit dir rede, werden sie des vorsätzlichen Mordes angeklagt.«

Bevor er Ordebec drei Tage zuvor verlassen hatte, hatte Adamsberg vom Grafen das Versprechen erhalten, dass dieser beim zuständigen Richter intervenieren würde. Ein Versprechen, das der Alte mühelos gewährte, da die Brutalität der beiden Brüder ihn tief erschüttert hatte. Er hatte sein

Quantum Gräuel in Ordebec erlebt und war nicht zur Nachsicht geneigt, auch nicht gegenüber sich selbst.

»Seine Söhne?« Mo tat entrüstet. »Seine eigenen Söhne haben ihn abgefackelt?«

»Und die Sache so arrangiert, dass man dich dafür anklagen würde. Mit deinen Turnschuhen, nach deiner Methode. Nur dass Christian Clermont nicht wusste, wie man die Schuhe zuschnürt. Und der Gluthauch ihm ein paar Haarsträhnen versengt hat.«

»Das tut er fast jedes Mal.«

Mo wandte den Kopf nach rechts, nach links, wie einer, dem plötzlich bewusst wird, dass die Dinge eine Wendung genommen haben.

»Also bin ich frei?«

»Glaubst du?«, sagte Adamsberg hart. »Hast du vergessen, auf welche Weise du hier rausgekommen bist? Bedrohung eines Polizeibeamten mit der Waffe in der Hand, Anwendung von Gewalt und Ausbruch aus Polizeigewahrsam.«

»Aber ich musste es tun«, wiederholte Mo.

»Mag sein, junger Mann, aber so ist das Gesetz. Du kommst in Untersuchungshaft, und in einem Monat etwa stehst du vor deinem Richter.«

»Ich habe Ihnen nicht weh getan«, protestierte Mo. »Nur ein kleiner Haken.«

»Ein kleiner Haken, der dich vor den Richter bringt. Du hast ja Übung. Er wird entscheiden.«

»Wie viel riskiere ich?«

»Zwei Jahre«, schätzte Adamsberg, »in Anbetracht der außergewöhnlichen Umstände und des erlittenen Schadens. Bei guter Führung könntest du nach acht Monaten rauskommen.«

»Acht Monate, Scheiße«, sagte Mo, diesmal beinahe ehrlich.

»Du solltest mir wohl eher danken, dass ich die Brandstifter gefunden habe. Und dabei hatte ich keinen Grund, dich besonders zu mögen. Ein Kommissar, der einen Beschuldigten entwischen lässt, weißt du, was der riskiert?«

»Ist mir doch egal.«

»Das ist mir klar«, sagte Adamsberg und stand auf. »Führen Sie ihn ab.«

Er gab Mo ein Zeichen mit der Hand, das ihm bedeuten sollte: *Ich hatte es dir vorher gesagt. Acht Monate. Eine andere Möglichkeit gibt es nicht.*

»Sie haben recht, Kommissar«, sagte Mo plötzlich und reichte ihm seine gefesselten Hände. »Ich sollte Ihnen danken.«

Indem er Adamsbergs Hände drückte, ließ Mo ein Papierkügelchen hineingleiten. Ein größeres Kügelchen als ein zusammengeknülltes Zuckerpapier. Adamsberg schloss die Tür, nachdem er gegangen war, lehnte sich dagegen, damit niemand hereinkam, und faltete die Botschaft auseinander. Mo hatte darin in winzig kleinen Buchstaben detailliert seine Überlegungen zu der Schnur aufgeschrieben, mit der die Beine der Taube Hellebaud zusammengebunden gewesen waren. Am Schluss des Briefchens standen der Name und die Anschrift des Drecksbengels, der das getan hatte. Adamsberg lächelte und schob das Papier tief in seine Tasche.

56

Nach dem gleichen Verfahren wie beim ersten Mal hatte der Graf von Valleray am vereinbarten Tag den Osteopathen erneut an Léos Krankenbett kommen lassen. Der Arzt war seit zwanzig Minuten im Zimmer tätig, in Gegenwart allein von Dr. Merlan, der keine Einzelheit davon versäumen wollte, und des Bewachers René. Im Flur wiederholte sich beinahe die gleiche Szene, das unruhige Auf-und-ab-Gehen der Wartenden, Adamsberg, Lina, die Krankenschwester, auf einem Stuhl sitzend der Graf, der mit seinem Stock das Linoleum traktierte, die Bewacher aus Fleury vor der Zimmertür. Dasselbe Schweigen, dieselbe Spannung. Doch für Adamsberg war die Unruhe heute eine andere. Es ging nicht mehr darum, ob Léo überlebte, sondern darum, zu wissen, ob es dem Arzt gelingen würde, ihr die Sprache wiederzugeben. Die Sprache, mit der sie, oder aber nicht, den Namen des Mörders von Ordebec nennen würde. Ohne diese Aussage bezweifelte Adamsberg, ob der Richter die Beschuldigung Capitaine Émeris aufrechterhalten würde. Er würde eine so schwerwiegende Anklage nicht auf der Grundlage von sechs Zuckerpapieren erheben, die außerdem, wie sich herausgestellt hatte, nicht den geringsten Fingerabdruck aufwiesen. Und auch Émeris Angriff auf Hippolyte am Brunnen bewies in nichts, dass er die anderen Morde begangen hatte.

Für den Grafen ging es darum, zu erfahren, ob seine alte Léo ihre verlorene Vitalität wiedererlangen oder in ihrem einfältigen Schweigen verharren würde. Von der Heirat hatte er nicht mehr gesprochen. Nach all den Katastrophen,

Ängsten und Skandalen, die Ordebec erschüttert hatten, schien selbst der kleine Ort erschöpft zu sein, seine Apfelbäume neigten sich noch stärker, seine Kühe schienen zu Statuen erstarrt.

Eine Regenfront und ein Zustrom kühler Luft hatten die Normandie wieder in ihren Normalzustand versetzt. So dass Lina statt in einer ihrer sehr offenherzigen geblümten Blusen in einem hochgeschlossenen Pullover erschienen war. Adamsberg war noch auf dieses Problem konzentriert, als Dr. Hellebaud endlich aus Léos Zimmer kam, zufrieden und beschwingt. Ein Tisch wurde für ihn im Schwesternzimmer gedeckt, wie beim letzten Mal. Man begleitete ihn schweigend dorthin, und der Arzt rieb sich lange die Hände, bevor er ihnen versicherte, dass vom morgigen Tag an Léo wie gewohnt reden würde. Sie hatte genügend seelische Kraft wiedererlangt, so dass er die Blockierungen hatte lösen können. Merlan sah ihm beim Essen zu, eine Wange in die Hand gestützt, in der Pose eines alten Liebhabers.

»Eins«, sagte der Osteopath zwischen zwei Bissen, »würde ich gern wissen. Dass ein Mann sich auf Sie stürzt, um Sie umzubringen, das würde jeden Menschen schockieren. Dass ein Freund es tut, würde das Trauma erheblich verschlimmern. Aber bei Léo muss etwas noch viel Gewaltigeres passiert sein, weshalb sie sich so kategorisch geweigert hat, dieser Tatsache ins Gesicht zu sehen. Man könnte ein solches Phänomen beobachten, wenn zum Beispiel ihr eigener Sohn sie angegriffen hätte. Ganz sicher sogar. Darum verstehe ich nicht. Aber ich bleibe dabei, es war nicht einfach ein Bekannter, der sie überfallen hat. Es war etwas mehr.«

»In der Tat«, sagte Adamsberg nachdenklich. »Es war jemand, den sie nicht mehr oft sah. Aber den sie einmal sehr gut gekannt hatte, unter ganz ungewöhnlichen Umständen.«

»Und die waren?« Der Arzt sah ihn fest an, ein erwartungsvolles Leuchten in den Augen.

»Als dieser Mann drei Jahre alt war, hat Léo sich in einen zugefrorenen Teich gestürzt, in dem er am Ertrinken war. Sie hat ihm das Leben gerettet.«

Der Arzt nickte lange.

»Das genügt mir«, sagte er.

»Wann könnte ich sie sehen?«

»Schon gleich. Aber befragen erst morgen früh. Wer hat ihr nur diese unmöglichen Bücher mitgebracht? Eine groteske Liebesgeschichte und ein Buch über Pferdeheilkunde. Unglaublich!«

»Ich fand die Liebesgeschichte sehr schön«, sagte die Krankenschwester.

Adamsberg lief noch einmal über den Weg von Bonneval, zur Kapelle von Saint-Antoine hinauf, schließlich die Straße zum Alten Gänsebrunnen, so dass er ziemlich erschöpft zum Abendessen in der *Wildsau* ankam, sei sie nun blau oder rasend. Zerk, der von seiner romantischen Italienreise zurück war, rief ihn während des Essens aus Paris an, um ihm mitzuteilen, dass Hellebaud abgehoben habe und nun wirklich weg sei. Eine großartige Nachricht, aber Adamsberg hörte doch eine gewisse Ratlosigkeit aus der Stimme seines Sohnes heraus.

Schon um sieben Uhr morgens hatte er sein letztes kleines Frühstück unter den Apfelbaum getragen. Er wollte den Beginn der Besuchszeit nicht verpassen, er wollte nicht, dass Commandant Bourlant vor ihm bei Léo wäre. Mit Unterstützung Dr. Merlans und der Krankenschwester hatte er erreicht, dass man ihm dreißig Minuten vor der offiziellen Zeit das Tor öffnete. Mit dem Zucker versöhnt, tat er gleich zwei Stück in seinen Kaffee, dann schloss er gewissenhaft die Dose und spannte das Gummi herum.

Um 8 Uhr 30 machte ihm die Krankenschwester diskret das Krankenhaustor auf. Léo erwartete ihn, sie saß bereits angekleidet in einem Sessel. Dr. Merlan hatte schon für heute ihre Entlassung genehmigt. Es war vereinbart, dass um die Mittagszeit Brigadier Blériot zusammen mit Flem sie abholen würde.

»Sie sind sicher nicht nur um des Vergnügens willen hier, mich zu sehen, nicht wahr, Kommissar? Wie gemein von mir«, korrigierte sie sich sofort. »Sie waren es ja, der mich ins Krankenhaus gebracht hat, Sie haben bei mir gewacht, Sie haben diesen Arzt besorgt. Wo praktiziert er eigentlich?«

»In Fleury.«

»Merlan hat mir erzählt, dass Sie mich sogar gekämmt haben. Sie sind nett.«

Wir sind nett, erinnerte sich Adamsberg und sah die Gesichter der Vendermot-Kinder vor sich, zwei blonde, zwei dunkelhaarige, und es stimmte ja auch beinahe. Er hatte Dr. Merlan aufgetragen, Léone vor allem nichts von der Verhaftung Émeris zu erzählen. Er wollte ihre Aussage ganz und gar unbeeinflusst.

»Das stimmt, Léo. Ich will es wissen.«

»Louis«, murmelte Léo. »Es war mein kleiner Louis.«

»Émeri?«

»Ja.«

»Werden Sie's aushalten, Léo?«

»Ja.«

»Was ist passiert? Was war mit dem Zucker? Denn das haben Sie zu mir gesagt: ›Eylau‹ – nach dem Namen der Schlacht –, ›Flem‹ und ›Zucker‹.«

»Ich erinnere mich nicht. Wann war das?«

»Zwei Tage nach dem Überfall.«

»Nein, das sagt mir nichts. Aber das Problem mit dem Zucker, ja, das stimmte. Das letzte Mal war ich zehn Tage zuvor bei Saint-Antoine gewesen, und ich hatte nichts bemerkt.«

»Also vor dem Verschwinden von Herbier.«

»Ja. Und an dem Tag, an dem ich Sie getroffen habe, als ich auf Flem wartete, habe ich da vor dem Baumstamm alle diese kleinen weißen Papiere auf dem Boden liegen sehen. Ich habe sie unters Laub geschoben, weil es so hässlich aussah, mindestens sechs Stück habe ich gezählt. Am nächsten Morgen musste ich wieder daran denken. Es geht doch nie einer über den Weg von Bonneval, Sie wissen das. Ich fand es merkwürdig, dass jemand sich ausgerechnet zum Zeitpunkt von Herbiers Ermordung dort herumgetrieben hatte. Und ich kenne nur einen Menschen, der sechs Stück Zucker hintereinander isst. Und der die Papiere nicht zerknüllt. Louis. Er hat manchmal diese Unterzuckerungskrisen, verstehen Sie, Zustände, wo er wieder auf die Beine kommen muss. Am nächsten Tag also habe ich mich gefragt, ob Louis dort vorbeigekommen war, ob er die Leiche im Wald gesucht hatte und, wenn es so war, warum er es dann nicht gesagt hatte und, vor allem, warum er sie nicht gefunden hatte. Ich war neugierig und habe ihn angerufen. Hätten Sie nicht eine Zigarre, Kommissar? Ich habe schon tagelang nicht geraucht.«

»Ich habe eine zerdrückte Zigarette.«

»Die wird's auch tun.«

Adamsberg öffnete weit das Fenster und gab Léo die Zigarette und Feuer.

»Danke«, sagte Léo und blies den Rauch aus. »Louis sagte, er komme vorbei. Gleich als er eintrat, hat er sich auf mich geworfen. Ich weiß nicht, ich verstehe es nicht.«

»Er ist der Mörder von Ordebec, Léo.«

»Auch von Herbier?«

»Von Herbier und einigen anderen.«

Léone tat einen langen Zug aus ihrer Zigarette, die leicht zitterte.

»Louis? Mein kleiner Louis?«

»Ja. Wir haben heute Abend viel Zeit, darüber zu reden, wenn Sie mich zum Essen dabehalten. Ich übernehme auch die Zubereitung.«

»Eine Suppe wäre gut, mit viel Pfeffer drin. Hier haben sie keinen Pfeffer.«

»Mache ich. Doch sagen Sie mir: Warum haben Sie ihn ›Eylau‹ genannt? Und nicht Louis?«

»Das war sein Kosename, als er ein Knirps war«, sagte Léo mit jenem sich verändernden Blick, wenn plötzlich die Vergangenheit hochkommt. Es war ein Scherz seines Vaters, der ihm eine Trommel geschenkt hatte, aber ein Scherz, bei dem er sicher schon eine militärische Zukunft seines Sohnes im Auge hatte. Das hat sich gehalten, bis er fünf Jahre alt war: die kleine Trommel von Eylau, der kleine Eylau. Habe ich ihn tatsächlich so genannt?«

Zur gleichen Zeit platzte in den Medien die Bombe der Affäre Clermont-Brasseur und sorgte für einigen Wirbel. Man fragte sich begierig, ob die beiden Brüder nach dem Verbrechen gedeckt worden waren. Allerdings ohne die Frage weiter zu vertiefen. Auch ohne sich noch lange bei der Verhaftung des jungen Mohamed aufzuhalten. Die ganze Aufregung würde nicht lange dauern. Noch ein paar Tage, und die Affäre würde heruntergespielt werden und danach in Vergessenheit geraten, genau wie Hippo, der beinahe in den Gänsebrunnen gestürzt war.

Schockiert und ernüchtert zugleich lauschte Adamsberg den Nachrichten aus Léos verstaubtem kleinen Radio. Er hatte eingekauft, hatte eine Gemüsesuppe püriert, ein angemessen leichtes Abendessen für einen Rückkehrer aus dem Krankenhaus vorbereitet. Obwohl er sich dachte, dass Léo etwas Deftigeres, ja sogar Fetteres sehr viel lieber gewesen wäre. Wenn er sich nicht täuschte, würde der Abend bei Calvados und Zigarre enden. Adamsberg überließ das Radio sich selbst und zündete für Léos Heimkehr ein Feuer im Kamin an. Die Hundstage waren mit dem Mörder gegangen, das leidgeprüfte Ordebec kehrte zu seinen frostigen Temperaturen zurück.

57

Über einen Monat später, an einem Mittwoch, nahm Danglard in der Brigade eine sorgfältig verschlossene und mit zwei Griffen versehene stabile Kiste entgegen, die ein Sonderkurier überbrachte. Er ließ sie durch den Scanner laufen, der einen rechteckigen Gegenstand zeigte, der zwischen zwei Brettern eingeschlossen und fest in Holzwolle verpackt war. Er hob die Kiste vorsichtig an und stellte sie behutsam auf Adamsbergs Schreibtisch. Er, Danglard, hatte es nicht vergessen. Gierig betrachtete er die Lieferung, strich zärtlich über die raue Oberfläche der Kiste, war versucht, den Deckel anzuheben. Die Vorstellung, dass ein Gemälde aus der Schule von Clouet nur wenige Zentimeter vor ihm lag, versetzte ihn geradezu in Fieber. Er richtete es so ein, dass Adamsberg ihm begegnen musste, wenn er kam.

»Es steht ein Paket in Ihrem Büro.«

»Gut, Danglard.«

»Ich glaube, es ist der Clouet.«

»Der was?«

»Das Bild des Grafen. Schule von Clouet. Das Kleinod, das Juwel, eines Menschen Trost.«

»Gut, Danglard«, sagte Adamsberg noch einmal, als er bemerkte, dass ein ungewöhnlicher Schweiß das plötzlich gerötete Gesicht des Commandant netzte.

Bestimmt hatte Danglard schon geraume Zeit darauf gewartet. Er selbst hatte seit jenem Abend in der Schlossbibliothek nicht mehr an das Bild gedacht.

»Seit wann ist es da?«

»Fast zwei Stunden.«

»Ich war bei Tuilot Julien. Sie sind bereits beim Kreuzworträtselwettstreit für Fortgeschrittene angekommen.«

Adamsberg öffnete die Kiste ein bisschen grob, dann begann er unter Danglards angstvollem Blick mit bloßen Händen die Holzwolle herauszunehmen.

»Richten Sie bloß keinen Schaden an, verdammt noch mal! Sie haben ja keine Ahnung!«

Es war das versprochene Bild. Adamsberg legte es in die instinktiv ausgestreckten Hände von Danglard und lächelte in mimetischer Reaktion über das tiefe Glück, das aus den Zügen des Commandant strahlte. Das erste, seit er ihn in diesen Kampf mit dem Wütenden Heer hineingezogen hatte.

»Ich vertraue es Ihnen an, Danglard.«

»Nein!«, schrie Danglard fast, völlig verwirrt.

»Doch, doch. Ich bin ein Bauer, ein Bergmensch, ein Wolkenschaufler, ja, ein Banause, wie Émeri gesagt hat. Und das stimmt. Bewahren Sie es für mich auf, bei Ihnen wird es sehr viel glücklicher, sehr viel behüteter sein. Es muss bei Ihnen sein, und Sie sehen, es ist Ihnen schon in die Arme gefallen.«

Danglard senkte den Kopf auf das Gemälde, zu keinem Wort fähig; Adamsberg vermutete, dass er den Tränen nahe war. Das war Danglards tiefe Emotionalität, sie erhob ihn zu Herrlichkeiten, die Adamsberg nicht kannte, und sie konnte ihn auch in eine Würdelosigkeit treiben wie die vom Bahnhof Cérenay.

Außer dem Bild – und Adamsberg war sich bewusst, dass es sich um ein unschätzbares Geschenk handelte – lud der Graf von Valleray ihn für fünf Wochen später zu seiner Trauung mit Mademoiselle Léone Marie Pommereau in der Kirche von Ordebec ein. Adamsberg umrandete das Datum auf dem Terminplan an der Wand mit dickem blauen Filzstift und sandte seiner alten Léo einen Kuss. Er würde nicht versäumen, den Arzt in seinem »Haus in Fleury« zu benachrichtigen, aber es war nicht vorstellbar, selbst bei aller Macht, über die der Graf von Valleray verfügte, dass man ihm gestatten würde, am Fest seiner Wiederauferstandenen teilzunehmen. Diese totale Macht besaß man nur in Festungen wie der der Clermonts, wo das Rattenloch, das er gegraben hatte, sich jeden Tag ein wenig mehr schloss, unwiderruflich, mit Unterstützung Tausender ergebener Hände, die die Schändlichkeiten, die Komplizenschaften löschten und die Pulverspuren verwischten.

Es vergingen noch drei Wochen und fünf Tage, als Hellebaud, die Taube, eines Morgens wieder auf der Brüstung des Küchenfensters erschien. Eine herzliche Begrüßung, ein sehr aufgeregter Besuch. Der Vogel pickte in Zerks und Adamsbergs Hände, lief mehrere Male um den Tisch herum, erzählte unter häufigem Gurren, was er erlebt hatte. Eine Stunde später flog er wieder davon, gefolgt von den versonnenen, leeren Blicken Adamsbergs und seines Sohns.

Anmerkung

Die Geschichte der Begegnung von Gauchelin, dem Pfarrer von Bonneval, mit dem Wütenden Heer, die der Historiker Ordéric Vital im 12. Jahrhundert erzählt, ist so hinlänglich bekannt, dass man sehr viele Hinweise dazu im Internet findet. Die in diesem Roman zitierten alten Texte sind entnommen dem Werk von Claude Lecouteux, *Fantômes et revenants au Moyen Âge,* Éditions Imago, Paris 1986. F. V.